M.S. Kelts

Jace ...
and no way back

Impressum

http://www.deadsoft.de

Cover: Irene Repp
http://www.daylinart.webnode.com

Bildrechte:

1. Auflage
ISBN 978-3-96089-033-1
ISBN 978-3-96089-034-8 (epub)

Im Laufe der Zeit trifft man viele Menschen. Sie kommen und gehen. Bei manchen fragt man sich: Wo warst Du die ganze Zeit und wie hat es ohne Dich funktioniert?
Danke, dass Du da bist, Mäuschen. Für Deinen unermüdlichen Zuspruch, die wohldosierten Tritte und aufbauenden Worte.
Auf die nächsten Jahre, Bücher, Brunchs, Messen und allem, was dazu gehört.

1.
Dirk

Kennt ihr das auch? Den Moment, w[illegible] detwas tut und das Schicksal einem dabei a[illegible]? Dieses innere Ziehen, das dich unmi[illegible]st, dass du just in dem Moment [illegible] einen Ort führt, den du he[illegible]est wie den Teufel persönlich?
Haargenau so geht es mi[illegible] der kleinen Anzeige meines Telefons die Num[illegible]kes Telefonanschluss lese. Er und sein Mann, Jamie, [illegible]en momentan in LA und sind somit weit weg. Was für mich aber keinen Schutz bedeutet.
Ich kneife die Augen zusammen, als könne ich das Läuten so zum Verstummen bringen, was natürlich völliger Schwachsinn ist. Vielleicht sollte ich meinem Bruderherz einen anderen Klingelton gönnen: Eine Truckhupe, so ein lautes, dröhnendes Monster, wäre passender als diese melodiösen Klänge.
Ich seufze laut und beschließe, mir erst mal einen Kaffee zu holen. Er wird ohnehin nicht aufgeben und mich ab jetzt im Minutentakt quälen, bis ich sein Gespräch annehme. Wobei er ja nicht wissen kann, warum ich mich so ziere.
Fünf Minuten später kehre ich in mein Büro zurück und schiele wieder auf das Display. Sag ich ja: Minutentakt! Es ist im Grunde völlig bescheuert, dass ich mich jedes Mal davor drücke, mit ihm zu telefonieren. Ich mag meinen Bruder und seinen Mann sehr.
Ehrlich.
Was ich hingegen gar nicht leiden kann, sind die Gefühle, die ihre grandiose Liebe in mir auslöst.
Das sanfte Geräusch von Vogelgezwitscher, vermengt mit meditativen Klängen, erfüllt abermals den Raum.
Definitiv der falsche Klingelton.
Und eben erwähntes Schicksal holt zum Paukenschlag aus. Das zarte Schultertippen habe ich erfolgreich seit Jahrzehnten ignoriert, nun klappt es seit Längerem nicht mehr. Nämlich seit mein kleiner Bruder einen Pornodarsteller an Land gezogen, sich mit an Unverschämtheit grenzender Offenheit geoutet und inzwischen an Jamies Seite zum Erotikstar aufgestiegen ist. Irgend-

wann um diesen Zeitpunkt herum hat sich der für mich zuständige Schutzengel samt Schicksal auf härtere Maßnahmen verlegt. Und diesmal ist es irgendwie stärker, die Vorahnung massiver, irgendwie kompromisslos. Vielleicht habe ich dem Schicksal zu lange ein Schnippchen geschlagen, wer weiß. Weg mit diesen unerklärlichen Gedanken und zurück zur Realität, sprich dem läutenden Telefon.

Ich umrunde seufzend den ordentlich aufgeräumten Schreibtisch und sinke in meinen schwarzen Ledersessel. Ich schüttle meinen Kopf und starre den schwarzen Apparat an. Warum überfallen mich jedes Mal die gleichen blödsinnigen Gedanken, wenn ich mit den beiden Kontakt habe? Neid?

Nein, definitiv nicht. Ich gönne ihnen ihre wunderschöne, große Liebe von ganzem Herzen. Immerhin haben sie ja auch beide hart darum gekämpft.

Liegt die Antwort etwa irgendwo da unten? Versteckt in kryptischen Buchstaben, die sich in den Rillen des alten Bohlenbodens verbergen, oder warum starre ich in die Dämmerung unter meinem Schreibtisch?

Hilft nichts. Ich weiß, warum. Jeder Versuch, mir selbst ein Schnippchen zu schlagen, ist verlorene Zeit. Ich weiß es schon lange. Aber … es zu verschweigen, hilft, es zu verdrängen. Genauso praktisch wie jede Situation, die mich mit erhobenen Zeigefinger daran erinnert, lieber umgangen zu werden.

Leider Gottes sind Mike und Jamie der Prototyp einer solchen Situation und eine Begegnung mit ihnen ist kein erhobener Zeigefinger, sondern gleicht dem amerikanischen Plakat, auf dem dick und fett steht: ‚WE WANT YOU!'

Sehnsucht!

Schwupp, jetzt ist es raus. Ich hab's gewusst, kaum bricht Mike in meinen sorgsam durchgeplanten und biederen Alltag ein, kann ich der Wahrheit nicht länger entkommen.

Verflucht aber auch. Ich reibe mein Gesicht und hole krampfhaft Luft. Ja, verdammt, ich habe Sehnsucht! Nach … nach dem, was die beiden miteinander haben. Diese Wahnsinnsliebe, die jeden in ihrer Nähe dahinschmelzen lässt, mich eingeschlossen.

Es läutet abermals!

Dicht neben meinem Ohr haut ein ganzes von besagtem Schicksal verpflichtetes Orchester auf einen drei Meter großen Gong.
Ich nehme das Gespräch entgegen und mein Leben macht einen Purzelbaum.

„Hi, kleiner Bruder."
Michael lacht am anderen Ende durch die Entfernung etwas zeitverzögert. „Hi, wo treibst du dich denn rum? Definitiv keine Zeit für die Mittagspause, oder?"
War ja klar, dass er vorher checkt, ob er mich erwischt. „Nein, ich war gerade Kaffee holen. Was gibt's so Dringendes, dass du mich mit minütlichen Anrufen quälst? Ihr kommt doch übermorgen sowieso her."
Statische Geräusche knistern in der Leitung. „… verschieben muss."
Was? Irgendwas stört die Verbindung. Ich warte ein paar Sekunden, aber er ist wohl fertig. Das Fragment des Satzes ergibt keinen Sinn. „Mike, ich habe dich nicht verstanden, was ist los?"
„Das wird nichts mit übermorgen! Mein Drehpartner ist ausgefallen und wir müssen auf Ersatz warten. Wir haben die Flüge um eine Woche nach hinten verschoben."
Ich muss lachen. Drehpartner ausgefallen? „Was hast du angestellt? Hat er dich nackt gesehen und die Flucht ergriffen?"
Mike kichert haltlos und wirft einen englischen Satz in den Raum, der nicht mir gilt. Im Hintergrund höre ich weitere fröhliche Stimmen. Ich kann es immer noch nicht fassen, womit er inzwischen recht gutes Geld verdient. Seit einem Jahr bearbeitet er mich schon, dass ich ihn endlich in LA besuche und seine und Jamies Kollegen kennenlerne.
Bis heute habe ich mich erfolgreich davor gedrückt, wobei meine Familie meist als Ausrede herhalten muss. Dieser Besuch würde mir das Genick brechen. Definitiv zu viel Testosteron auf einem Haufen! Hat mir letztes Jahr bei den Highlandgames schon gereicht. Nicht, dass ich auf Männer in Röcken stehe, mir reichen Männer an sich schon! Vor allem, wenn es solche gut trainierten, verdammt sympathischen Kerle wie Mikes Freunde und Mitschotten sind. Und wenn mir das schon Probleme macht,

was wird dann erst passieren, wenn ich seinen Kollegen drüben begegne? Diese Männer sind alle wie aus dem Katalog und … na ja. Ich will nicht länger darüber nachdenken. Schön blöd!
Ah, er redet weiter.
„Dirk, du musst uns einen riesigen Gefallen tun."
Oh nein. Ich seufze schon, ehe er weiterspricht. Mike und seine Gefallen! Das kann nur etwas sein, was mir Ärger einbringt. War schon immer so, ich habe ein untrügliches Gespür für Fettnäpfchen und ähnliche Unannehmlichkeiten. Und wenn mein Bruderherz mit von der Partie ist, haben sie immer die Größe eines Schwimmbeckens.
„Mike, ich …"
„Jetzt hör doch erst mal zu. Uns wäre es anders auch lieber, aber es gibt keine andere Möglichkeit, bitte."
Ich seufze lauter, er nimmt es als Aufforderung. „Gut, also wir hätten am Samstag doch dieses Treffen mit den Bewerbern für unsere Agentur. Kannst du das bitte für uns übernehmen? Wir …"
Um Himmels willen! Allein der Gedanke produziert eine Gänsehaut auf meinem ganzen Körper. „Nein!"
„Die Jungs kommen so gegen drei, ich schicke dir alle Unterlagen per Fax …"
„NEIN!"
Stille.
„Wie, nein? Ich war doch noch gar nicht fertig."
Manchmal kann mein Bruder richtig nervig sein. Wie ein tollpatschiger Hundewelpe, nur größer und mit noch mehr Charme. Verflucht! „Ich sage dennoch nein. Ich habe keine Zeit."
„Ach jetzt … Es ist Samstag, du musst nicht ins Büro, und …"
„Mike, nein. Such dir bitte jemand anderen. Ich kann so was nicht."
„Du weißt doch noch gar nicht, was ich von dir will."
Da hat er recht, aber ich will es auch gar nicht wissen. Es geht um Männer! Gutaussehende, junge Männer, die sich für eine einschlägige Agentur bewerben. 80 Prozent von ihnen dürften schwul sein. Also genau der Typ Mann, dem ich seit langer Zeit aus dem Weg gehe und den ich meide wie der Teufel ein Eichhörnchen.

In der Gesellschaft schwuler Männer habe ich immer das Gefühl, sie können es sehen! Die Tatsache, dass ich ihnen längst nicht so abgeneigt bin, wie ich es in Anbetracht des Ringes an meinem Finger sein sollte. Dass mir warm wird und der bloße Gedanke an sie es schafft, mich zu erregen.
„Bitte, Mike, verschon mich“, versuche ich ein letztes Mal an seine Vernunft zu appellieren. Wobei ich schon um die Sinnlosigkeit weiß, während ich es ausspreche.
„Sorry, kann ich nicht. Es ist wirklich wichtig und niemand anderem als dir würden wir das auf die Schnelle anvertrauen. Schau dir die Kerle an, du weißt, was hier gesucht wird und wer vor Jamies Linse passt. Check sie einfach und die anderen vertröstest du.“
Mein Kopf möchte auf die Holzplatte meines Schreibtisches. Ich weiß allerdings, wie die Jungs aussehen sollten. Habe ja immerhin denselben Geschmack. Oh bitte. Die Aktion kann nur nach hinten losgehen.
„Bitte, Mike, ich …“
„Hey, Bruderherz, ich muss weiter. Ich schicke dir die Unterlagen zu und melde mich später wieder, okay?“
Statt einer Antwort brumme ich missmutig und entlocke ihm ein weiteres fröhliches Lachen. „Schade, dass dein Drehpartner dich nicht mit irgendetwas Fiesem angesteckt hat.“
„Ja, ich hab dich auch lieb, Brüderchen. Ich soll dir Grüße von meinem Süßen ausrichten, er bedankt sich auch für deine Unterstützung.“
Spricht’s und legt auf. Na klasse, so viel dann dazu, dass ich irgendeine Wahl habe.

Eine viertel Stunde später spuckt mein Fax eine Vielzahl von Bildern mit dazugehörigen Daten aus. Resigniert klopfe ich den Stapel, es sind an die 24 Blätter, in Form und lege sie, ohne sie eines Blickes zu würdigen, beiseite. Ich will keines dieser Gesichter näher betrachten und damit irgendwelchen Wünschen, Träumen und sonstigem Blödsinn Tür und Tor öffnen.
Zur Hölle mit meinem Bruder! Was jahrzehntelang ein bloßer Verdacht, ein abstruser Gedanke ohne Beweis und Tiefe war, ist

dank ihm seit gut einem Jahr nicht mehr von der Hand zu weisen: Ich stehe auf Männer!
Das allein ist schon Irrsinn. Ich habe es immer als fixe Idee abgetan, etwas, das meine Neugierde anregt, mehr auch nicht. Ein geheimer, sexy Wunschtraum, den jeder von uns mit sich rumträgt.
So wäre es wohl auch für den Rest meines Lebens geblieben. Ich hätte weiter, ohne zu zaudern, an der Seite meiner Frau Melanie mein etwas biederes Dasein gefristet und wäre leidlich zufrieden gewesen.
Dann kamen Mikes Outing und Jamie. Und dieser saublöde Abend nach dem Studioausbau. Ich weiß heute noch nicht, warum ich nicht einfach wieder gegangen bin. Warum habe ich nicht meine Cola geschnappt und bin nach oben in mein Zimmer verschwunden, als ich bemerkt habe, dass die zwei gerade zur Sache kommen?
Aber nein, ich Hornochse bleibe wie festgewachsen sitzen und beobachte die wohl heißeste Nummer, die ich je gesehen habe. Zu sehen, wie es zwei Männer miteinander treiben, ist an sich schon eine Sache für sich. Aber dabei ihre Liebe zueinander mitzubekommen, dieses unglaubliche Begehren und innige Miteinander … Das war es, was mich erst recht sprachlos gemacht hat.
Seitdem weiß ich, dass mein kleines Problem längst die Größe eines Hochseedampfers angenommen hat.
Der Vergleich passt sogar. Ich umschiffe seit dato jede Untiefe, gehe Mikes Kumpels und Kollegen aus dem Weg, erfinde Ausreden, um sie nicht zu besuchen, wenn Aidan – der übrigens ein absolut feiner Kerl ist – und weitere von Jamies alten Freunden bei ihnen sind. Das ist schwierig und schmerzhaft, weil ich mich in ihrer Gesellschaft gefährlich wohl und seltsam frei fühle. Und, was noch viel schlimmer ist, mit gierigen Augen jede ihrer kleinen Gesten und Berührungen in meine hungrige Seele sauge. Wenn diese Kerle sich umarmen, rumblödeln, löst es in mir eine Lawine aus, die ich kaum verkrafte.
Langsam frage ich mich, wie ich es 34 Jahre geschafft habe, das zu ignorieren? Aber obwohl ich mein Verlangen kenne, werde

und kann ich nichts weiter tun, als schauspielern! Ich habe einen Weg gewählt und den werde ich weitergehen.
Und wird Liebe nicht im Grunde völlig überschätzt? All das Sehnen und Leiden …
Okay, das ganze Orchester schüttelt unisono den Kopf.
Lassen wir das.
Bleiben wir bei der Ehrlichkeit, ist ja niemand hier, dem ich irgendetwas beweisen muss.
Ich bin unglücklich! Mein Leben ist nicht mehr als eine aufgeblähte Hülle voller Momente der Sinnlosigkeit. Meine Ehe? Ein Stück Papier, das bestimmt, was ich am Wochenende zu tun habe und wohin der nächste Urlaub geht. Ich weiß, ich bin zynisch und Melanie gegenüber extrem unfair. Aber dieser Zynismus ist alles, was mich seit damals über Wasser hält.
Bla, bla, bla. Ich sollte mal genauer hinschauen.
Ein Hochseedampfer mit Tretbootantrieb und in Sichtweite ein tückischer Eisberg.
Habe wohl übersehen, dass auf meinem Schiff der Name Titanic steht!

2.
Jace

Ich steige aus der Tram und halte für einen Moment das Gesicht in die Sonne. Passanten rempeln mich an, aber das stört mich nicht. Die Sonne, die fremden Berührungen, all das zeigt mir, dass ich im Leben zurück bin.
Unwillkürlich spüre ich ein Grinsen auf meinem Gesicht. Ein Schub Lebensfreude stupst mein Herz an und drängt die Erinnerung an die letzten zwei Jahre weiter in den Hintergrund. Ich habe das Gefühl, aus einem Traum erwacht zu sein, so verschwommen sind die Gedanken an diese Zeit. Wie ein Filmriss, der sich über Monate hinzieht. Vielleicht ist es auch besser so. Nein, nicht vielleicht, sondern definitiv. Die Trauer ist vorbei, der Schmerz, nicht mehr so lähmend, lässt mir wieder die Möglichkeit, etwas zu tun. Zeit, nach vorne zu sehen und die Vergangenheit ruhen zu lassen.
Ja.
I'll be back, frei nach Arni!
Noch einmal lese ich die Adresse auf dem Spickzettel in meiner Tasche, obwohl ich sie längst auswendig kann. Ein kleinlicher Tick, aber notwendig, wenn ich wieder dahin will, wo ich vor ein paar Jahren war. Nur nichts dem Zufall überlassen, das war schon immer meine Stärke.
So wie jetzt, auch wenn das Ziel sich von meinen früheren Plänen etwas unterscheidet. Ich will raus aus der bornierten Enge des Modezirkels. Mein Panzer ist mir zu klein geworden, beziehungsweise ich bin nun endlich so weit, das zu tun, was ich im Grunde schon immer wollte, aber aus Rücksicht auf meine Familie unterlassen habe, auch wenn ich ihr egal bin. Ich will Freiheit, die Ungezwungenheit des Erotikmarktes kosten. Noch ein Grund ist, dass ich keinen Bock darauf habe, mich mit den zuckersüßen Teenies und aufstrebenden 18-jährigen Schönlingen messen zu müssen.
Das ist vorbei. Mit 28 bin ich fast zu alt, aber ich weiß, anderweitig wird man meine Qualitäten zu schätzen wissen.
Nein … ich zwinge meine Gedanken weg von dunklen Erinnerungen, die prompt wieder zur Stelle sind. Es macht keinen Sinn,

über vertane Chancen und verpasste Gelegenheiten nachzugrübeln. Das hat mir genug Zeit geraubt.
Jetzt heißt es leben, die Unabhängigkeit genießen und nur für mich da sein, und zwar in jeder Hinsicht.
Noch immer zufrieden lächelnd mache ich mich auf den restlichen Weg. Nur zwei Querstraßen, da muss das Hotel liegen. Ich bin echt gespannt und neugierig. Dass die sehr bekannte und angesehene Agentur auch in Deutschland castet, ist mir neu. Ich bin einfach nicht mehr so ganz auf dem Laufenden, auch das muss sich in nächster Zeit ändern. Zwar habe ich Vorarbeit geleistet, aber im Grunde ist es zu früh, um auf dieses Casting zu gehen. Meine Mappe ist nicht auf dem neuesten Stand und bedarf einiger aktueller Aufnahmen, aber ich lasse es jetzt einfach darauf ankommen.
Da diese spezielle Agentur für ihre Seriosität und Qualität bekannt ist, muss ich einfach hingehen. Es wäre so klasse, wenn ich da unterkäme, ich mich dadurch endlich ausleben könnte …
Ah, ich sehe die markante, restaurierte Fassade des Hotels. Vielleicht kenne ich jemanden von den Agenten oder den Models? Wobei das zweite eher unwahrscheinlich ist. Die Branche ist extrem schnelllebig und oberflächlich. Ein Neustart, wie ich ihn vorhabe, ist eher schwierig, aber wie gesagt … ich kenne meine Qualitäten und kann sie auch einsetzen.

3.
Dirk

Die Resonanz meiner Ehefrau auf dieses Casting am Samstag war zwar vorhersehbar, aber das Ausmaß des Unwetters hat mich doch ein wenig überrascht.
Wir haben wieder mal Zoff. Langsam wird das zu einem Dauerzustand, die Gründe dafür werden immer kleiner und nichtiger. Aber sobald Mike irgendwie die Finger im Spiel hat, tickt sie regelrecht aus. Ich weiß, dass sie ihn nicht besonders mag, noch nie mochte. Woher ihre Abneigung kommt, kann ich nicht erklären. Es ist in der letzten Zeit noch schlimmer geworden, als projizierte sie ihren ganzen Frust und das Kippen unsere Ehe auf ihn. Dabei kann er tatsächlich nicht das Geringste dafür.
Ich bemerke, dass ich in jüngster Vergangenheit nicht mehr für uns kämpfe. Das erschreckt mich selbst. Anstatt vernünftig mit ihr zu reden, ziehe ich mich zurück und lasse sie schimpfen. Was soll ich auch dagegen argumentieren? Sie hat ja irgendwo recht.
Normalerweise gehört das Wochenende uns, die Zeit, in der ich mit meiner Tochter Lea etwas unternehme, was ich liebend gern tue. Aber Melanies Nähe strengt mich zu sehr an, ich muss immer darauf achten, was ich wie, warum und wie oft mache.
Herrgott, nach 10 Jahren Ehe hängen wir uns an jeder Kleinigkeit auf. Mich nervt ihr frauentypischer Klamottentick und sie regt sich über meine angebliche Schlampigkeit auf. Sie versteht einfach nicht, dass ich, wenn ich Feierabend habe, meinen Anzug schnellstmöglich ausziehe und lieber in Jeans und T-Shirt den Rest des Abends begehe.
Show! Das ist es, was sie abziehen will, habe ich längst durchschaut. Sie legt Wert auf ihren Status als Architektenfrau.
Das kotzt mich so an! Dabei … will ich einfach nur Dirk sein, nach Hause kommen, in meinen kühnsten Träumen von einem Mann in den Arm genommen werden …
Okay, jetzt wird's kitschig. Lassen wir das, dieses schwülstige Kopfkino ist was für SIXX.

Samstag, kurz vor 14 Uhr. Das Casting findet im Saal eines Hotels statt, welches Michael umgebaut hat. Das Ambiente passt

wie angegossen, an den Wänden hängen riesige, für Jamies Verhältnisse relativ brave Fotografien. Dennoch … die detaillierte Wiedergabe gut gebauter Männerkörper bleibt bei mir nicht ohne Wirkung.
Ich bin extra früher gekommen, weil ich die Unterlagen noch nicht angeschaut habe. Die letzten drei Tage waren auch so schon schlimm genug. 24 Jungs im Alter von 19 bis 29. Eine bunte Mischung mit einer Gemeinsamkeit: Sie alle streben eine Modelkarriere an, oder besser eine Erotikmodelkarriere. Dürften also alle recht offenherzig und selbstbewusst daherkommen.
Klasse! Und keiner, der mir zur Seite steht. Ich muss Mike echt mal fragen, wer ihm die Schnapsidee unterbreitet hat, dass ich für so was geeignet sein soll.
Aber wie ich die Sache einschätze, ist sowieso Jamie wieder mal die treibende Kraft. Dieses kleine Schlitzohr hat es wirklich faustdick hinter den Ohren. Er versteht es, Geld zu machen, und hat die deutsche Marktlücke sofort für sich entdeckt. Seit er nicht mehr dreht, dehnt er seinen Aktionsradius immer weiter aus und hat ihrer amerikanischen Agentur die Idee einer deutschen Zweigstelle schmackhaft gemacht. So weit, so gut, aber er und Mike haben viel zu viel um die Ohren, um sich genügend darum kümmern zu können. Und da komme ich ins Spiel, wie es aussieht. Hätte mir auch eher auffallen können, bei den ständigen Hinweisen, die Mike in diversen Gesprächen eingestreut hat.
Pete, einer der Hotelbesitzer, begrüßt mich, begleitet mich in den vorbereiteten Raum und wir unterhalten uns über Alltägliches. Nach ein paar Minuten verschwindet er, um mir eine Kanne Kaffee und Wasser zu bringen.
Dann also die Unterlagen. Seufzend hole ich den Stapel aus der Mappe und drehe ihn um. Ja, ich hatte recht: jung und hübsch. Wobei der Erste mir nicht so zusagt, stelle ich fest. Viel zu knabenhaft und schmal. Eric ist erst 19 Jahre alt, oh Mann, sollte der nicht noch zur Schule gehen? Na super, das sind ja genau die richtigen Gedanken für den Job. Ich bin nicht hier, um diesen Männern eine Moralpredigt zu halten.
Weiter. Mirko, 22, gut gebaut, dunkler Typ, muskulös, der würde passen. Ich lege seinen Bogen beiseite. Die Agentur beschäftigt

eher kräftigere Typen, keine Twinks, deshalb kann ich vorher schon etwas aussortieren. Zwar hat Karl, der zuständige Agent in Amerika, schon ausgesucht, aber er ließ durchblicken, dass viele der Bögen gefakt sein könnten.
Ich bin in dieser Hinsicht gut gebrieft worden, was hilfreich ist. Die nächsten zwei Kandidaten fallen gleich durchs Raster, sie wirken wie die netten Jungs von nebenan. Wenn ich mir die mit Mike an einem Set vorstelle, bekomme ich eine Gänsehaut. Uah, weg mit diesen Gedanken. Wenn ich mir meinen Bruder überhaupt bei seiner *Arbeit* vorstelle, kommt automatisch dieser Abend mit Jamie in meinen Kopf und darauf kann ich jetzt echt verzichten.
Weiter mit den Bildern.
Ein Peter, hmmm, sieht etwas altbacken aus, aber gute Figur. Muss ich mir anschauen. Dann Jace, 28, toller Body, fein definiert, alles dran, gutes Gesicht …
Fuck!
Und was für ein Gesicht. Dieser arrogante, hochmütige und irgendwie gestellte Ausdruck zeigt mir, dass er bereits Erfahrung hat. Das ist kein Anfängerbild, sondern eine professionelle Sedcard. Dieser – ich blättere zurück und suche seinen Namen – Jace ist eine andere Nummer, definitiv. Älter und mit Sicherheit erfahrener. Dunkelblonder Schopf, perfekt gestylt, markantes Gesicht mit etwas zu vollen Lippen, Typ Schmollmund. Diese Augen! Ich schlucke mühsam. Ich wusste ja vorher schon, dass das hier eine blöde Idee ist, aber inzwischen wird daraus eine mittlere Katastrophe. Was für eine Farbe ist das? Ich halte mir das Foto so dicht an die Nase, dass ich einen Fettfleck darauf hinterlasse.
Grün? Nein. Braun? Irgendwas dazwischen. Wie bernsteinfarbener Honig.
Mein Tretbootdampfer nimmt den Eisberg in Angriff!

4.
Jace

Ich bin sprachlos, was bei mir echt selten vorkommt, als ich den Empfangsraum des Hotels betrete. Dass dieser alte Kasten renoviert ist, war von außen ersichtlich, aber erst im Inneren zeigt sich die Extravaganz.
Wenn ich Zeit hätte, würde ich zu gern mal die Gesichter von unwissenden Reisenden beobachten, wenn sie das sehr erotische Ambiente bemerken. Nichts hier drin ist billig oder entspricht rot-plüschigem Klischee, im Gegenteil. Die schnörkellosen, modernen Möbel ergänzen die Wahnsinnsbilder sehr gut und unterstreichen deren Wirkung.
Sehr ansprechend, ich bin wirklich beeindruckt vom Können des Fotografen. Die großen Männerakte sind hervorragend umgesetzt, sehr sexy und jeder davon mit dem gewissen Quäntchen mehr, als würde der abgelichtete Mann in der nächsten Szene zur Sache kommen. Ich brauche unbedingt Bilder von dem Künstler, das steht fest.
Da der Weg zum Casting durch Schilder ausgewiesen ist und ich früh dran bin, nehme ich mir die Zeit und betrachte die Signatur im unteren rechten Eck.
Hmmm. ‚*Silverart*' sagt mir nichts. Aber Moment … Irgendetwas klingelt bei dem Namen doch. Silverart, Silver … da war doch was.
Wow. Ich trete respektvoll einen Schritt zurück. Ist das nun Zufall, dass genau diese Agentur, bei der er als Akteur unter Vertrag war, hier castet? Oder hat der Mann, der das Pseudonym Silver trägt, tatsächlich hiermit zu tun?
Er dürfte in meinem Alter sein und soweit ich mich erinnere, hat er, nachdem ihn ein Attentat entstellt hat, das Metier gewechselt. Er ist vom Pornostar aus dem Bett hinter die Kamera gewechselt. Obwohl er, soweit ich weiß, auch noch als Model recht erfolgreich ist.
Ja, Silver! Das muss er sein.
Ein Grund mehr, hier ordentlich zu punkten.
Dann lassen wir es mal angehen.

Kurze Zeit später finde ich mich, wie befürchtet, zwischen teils sehr jungen Männern wieder. Bei ein paar von ihnen bin ich mir echt nicht sicher, ob die wissen, was der Job eigentlich bedeutet. War ich auch je so naiv? Ich glaube nicht, wenn ich ehrlich bin. Ich habe nie was dem Zufall überlassen, stets penibel geplant und Entscheidungen immer zu meinem Vorteil getroffen. Privat und geschäftlich.

Das hat mir den Ruf eines eiskalten Egoisten eingebracht, aber das war mir immer egal. In dieser Branche spielt jeder eine Rolle. Zu zeigen, wer man in Wirklichkeit ist, macht einen schwach und angreifbar und darauf konnte und kann ich getrost verzichten.

Die einzige Person, die mich wirklich immer so erlebte, wie ich bin, ist weg, also wozu soll ich etwas ändern?

Dann ist es endlich soweit und ich werde hineingebeten.

Schon als ich den Raum durchquere und auf den Tisch zugehe, hinter dem der Mann sitzt, der über meine nächste Zukunft entscheidet, weiß ich, dass ich meinen erst vor kurzem getroffenen Vorsätzen untreu werde.

Ich habe mir eigentlich fest vorgenommen, mich komplett auf meine Karriere zu konzentrieren und irgendwelche Affären und sonstige Liebschaften sein zu lassen.

Eigentlich.

Der Plan kippt gerade.

Keine Ahnung, woran es liegt, aber dieser Mann hat etwas, was mich total anspricht. Er dürfte ein paar Jährchen älter als ich sein, sehr ruhige, gelassene Ausstrahlung. Er wirkt geerdet, gefestigt, als stünde er mit beiden Beinen fest im Leben und wüsste, was er will.

Oder sind es seine Augen? Fast komisch, wie er sie aufreißt, als er mich erblickt. Aber nicht sein offensichtliches Begehren macht mich an, sondern diese Wärme in ihnen. Er strahlt Sicherheit aus. Weiß der Teufel, warum mich das so anmacht.

Fakt ist jedoch: Ich werde es bei ihm versuchen und da ich ihm ja offensichtlich auch gefalle, dürfte es kein großes Problem sein.

Ja, mein Unterleib meldet sich begeistert zu Wort. Diesen großen, kräftig gebauten Mann im Bett zu haben, dürfte genau nach meinem Geschmack sein.

5.
Dirk

Eineinhalb Stunden später wirft der Ausguck meines Schiffes sein Fernglas über Bord und springt ins eisige Wasser.
Elf Männer liegen hinter mir. Ich hatte lustige, provokante Gespräche und ein paar haben die Zähne gar nicht auseinander gebracht. Karl hat definitiv recht: Foto und Wirklichkeit liegen manchmal universenweit auseinander. Meine engere Wahl ist auf drei zusammengeschrumpft, aber ich glaube, bei denen dürfte es Potential geben.
Ich erwische mich dabei, wie ich jedes Mal, wenn die Tür aufgeht, den Atem anhalte. Jace' Bild hat einen Negativabdruck in meinem Hirn hinterlassen. Gar nicht gut.
Bis vor besagten eineinhalb Stunden dachte ich, schon auf Männer zu stehen sei mein Problem, jetzt hat das Problem ein Gesicht.
Ich stehe fraglos auf dunkelblonde Haare, Bernsteinaugen, maskulines Gesicht und den trainierten Body eines Sportlers! Vielleicht könnte ich Pete ja bitten, den Typen irgendwie abzuwimmeln? Nein, er würde meinen Geisteszustand innerhalb von Sekunden auf nicht zurechnungsfähig herabstufen, weil dieser Mann wie die Faust aufs Auge zur Agentur passt.
Ausgerechnet! Aber irgendwie war es ja klar. Fahrig verschaffe ich mir Zeit, indem ich mir frischen Kaffee einschenke. Währenddessen geht die Tür auf, Schritte erklingen, nähern sich meinem Tisch am gegenüberliegenden Ende des Raumes.
Ich schlucke mühsam und schiele aus den Augenwinkeln in besagte Richtung. Schicke Schuhe, cremefarbene Slipper, darüber eine schwarze Jeans. Mein Blick gleitet höher, meine Kaffeetasse in die Gegenrichtung.
Stimmt!
Manchmal liegen zwischen Wirklichkeit und Bild Universen! Auch diesmal! Was es noch viel schlimmer macht.
Vor mir steht zweifelsfrei dieser Jace! Allerdings liegen zwischen dem Bild und dem Kerl hier mindestens drei Jahre. Ich starre einen verteufelt gut aussehenden Mann an, dessen Gesicht noch viel ausgeprägter und schöner ist als auf dem Foto. Ein überheb-

liches Lächeln klebt wie festgewachsen darin und schreit meine Hand regelrecht an, es ihm von der Miene zu kloppen. Denn es ist definitiv das Ergebnis seines Aussehens. Der Mann weiß, wie er wirkt, wahrscheinlich muss er aufpassen, dass er nicht ständig auf der Schleimspur seiner Anhänger auf den Hosenboden fällt.
Okay, gut jetzt. Ich hole den Kaffee wieder an meinen Mund und atme tief durch. Ich bin hier, weil ich für die Agentur Nachschub caste! Basta! Und nicht, um mir verbotene Gelüste schmackhaft zu machen!
Seine kräftigen Hände schieben sich mit einer Mappe in mein Gesichtsfeld und nehmen alle guten Vorsätze mit. Große Klasse! Sehr gepflegt! Ein Siegelring an der Rechten mit kleinen Steinchen um ein Wappen. Länger kann ich keine Zeit schinden, sonst glaubt der noch, er castet mich!
Ich hebe meinen Kopf und zwinge mich, ihm direkt ins Gesicht zu sehen. Die Wirkung auf meinen Unterleib ist verheerend und erschreckt mich in ihrer Heftigkeit. Täusche ich mich, oder ist seine Miene längst nicht mehr so selbstsicher wie vorhin?
Würde mich schon interessieren, wie er mich sieht. Meine Gedanken stolpern wie wild durch die Gegend. Als ob das nicht völlig egal ist. Trotzdem steht er da und erwidert meine Musterung ebenso intensiv wie ich.
Dann lächelt er sachte und gibt meinem Dampfer den Todesstoß.
Hurra! Titanic zwei ist soeben gesunken … und hat das Schicksalsorchester mit nach unten gezogen, welches schon vor einiger Zeit seine Instrumente weggepackt hat.

„Hi … ich bin Jace!“
Na super! Jetzt hat der Kerl auch noch eine Stimme, die jedem Erotikhörbuch zum Bestseller verhelfen würde. Ich glaube es nicht!
Ich schüttle den Kopf und nehme sein Blatt zur Hand, wobei mir auffällt, dass ich die Eckdaten schon im Kopf habe. Dann eben seine Mappe. Nach einem stummen Blick, der ihn jedoch überhaupt nicht aus der Fassung bringt, schlage ich sie auf und habe sofort mit einem akuten Blutstau in unteren Regionen zu kämpfen.

Den Kerl vor Jamies Linse kann und mag ich mir nicht ausmalen. Und wenn schon, müsste ich eines seiner Bilder in Lebensgröße über mein Bett hängen. Am besten an die Decke und dann los …

Ich pruste unvermittelt los, weil dieser Gedanke so bescheuert ist.

„Also gelacht hat bei meinen Bildern bis heute noch keiner."

Mein Kopf ruckt hoch und findet sein amüsant verzogenes Gesicht. Sofort mag ich diesen Ausdruck, jegliche Arroganz ist verflogen, er steigt in mein Lachen völlig unbefangen ein und nickt auf das Bild.

Ja, das Bild. Jace in einem knappen Irgendwas, wofür ich nicht mal einen Namen habe, das wirklich nur seinen Schwanz samt Hoden in feuerroten Stoff hüllt. Der Rest von ihm ist herrlich nackt. Wahnsinnskörper, das muss ich ihm neidlos zugestehen. Gut definierte Muskeln, ein herrlicher Waschbrettbauch. Das V seines Oberkörpers macht mich ganz kirre. Mir läuft das Wasser im Mund zusammen.

Was mache ich jetzt bloß? Das hier ist so blöd.

Hmmm, ich blättere einfach um. Na toll, jetzt fehlt wenigstens auch noch der String. Ein Blätterwald, Jace lehnt an einem Baum und schaut zum Fotografen zurück. Sein Hintern hält, was die Vorderseite verspricht. Ein richtiger Knackarsch! Würde mich schon interessieren, wie viel Zeit der im Fitnessstudio verbringt, um so auszusehen.

Mist!

Ich blättere die Mappe durch und muss mich mit dem Gedanken anfreunden, dass dieser Kerl mich heiß macht!

Ich wollte immer wissen, wie sich ein Mann anfühlt? Nein, ich will wissen wie genau dieser Mann sich anfühlt! Jace wird innerhalb von Minuten zum Dreh- und Angelpunkt meiner Gelüste.

Nun, zumindest kenne ich jetzt meinen Typ. Nicht, dass es irgendeine Rolle spielt.

Mit einem lauten Knall schließe ich seine Mappe, lehne mich zurück und wage es, ihn direkt anzusehen. Er grinst lässig. Kein Zweifel, dieser Mann kennt das Metier.

„Ich brauch dir nicht zu erzählen, dass du passt, das weißt du selber." Ich räuspere mich, ein wolliger Klumpen blockiert den flüssigen Wortfluss.
Jace nickt lediglich.
„Deine Mappe sieht nicht danach aus, als hättest du keinen Erfolg. Allerdings sind die Bilder alle etwas älter. Warum jetzt die Agentur?"
Seine Schultern zucken kurz nach oben. „Ich musste eineinhalb Jahre pausieren und möchte neu einsteigen. Ich will weiterkommen."
„Als Erotikmodel?", frage ich ungläubig. Täusche ich mich oder ist die *normale* Karriere nicht eigentlich erstrebenswerter, weil weniger anrüchig und angesehener?
Wieder grinst er hinreißend. Diese winzigen Grübchen neben seinem Mund werden mein Untergang sein. Wieso flammt jedes Mal wieder das gleiche Bild vor meinem inneren Auge auf? Meine Zunge, wie sie seine vollen Lippen erforscht und dann über diese Vertiefungen leckt …
„Das Leben ist zu kurz, um brav zu sein, und normal kann jeder … Ich mag es, mich zu zeigen und zu provozieren, ganz einfach."
Einfach? Der hat sie ja nicht mehr alle. Ich räume demonstrativ seine Sachen zusammen und reiche ihm seine Unterlagen. Stumm erwidert er meinen erzwungen wertfreien Blick.
„Ich gebe deine Sachen weiter, danke, Jace", schaffe ich zu nuscheln und hoffe, er nimmt das als Anlass, zu verschwinden.
Ha, tut er. Wortlos dreht er sich um und entfernt sich zwei Schritte. Dann hält er jedoch an und schaut zu mir zurück. Stumm mustert er mich mit gerunzelter Stirn und schüttelt schließlich lachend den Kopf, während er sich wieder nähert.
Gar nicht gut. Mein Schwanz pocht munter vor sich hin, der Anblick seines festen Hinterns reicht aus, um mir den Rest zu geben. Was will der denn noch?
Galant zieht er eine Karte aus der hinteren Hosentasche und hält sie mir unter die Nase.
Automatisch greife ich danach und lese in sauber gedruckten Buchstaben: Jacob Stolz. Model. Und eine Mobilnummer.

„Jacob?“ Wider Willen muss ich grinsen. Also dieser Eros sieht nicht aus wie ein Jacob. Der Nachname passt allerdings wie angegossen.
„Ja, meine Eltern fanden das wohl lustig. Ich bevorzuge Jace.“
„Das kann ich verstehen.“ Ich wedle mit der Karte umher. „Was soll ich jetzt damit? Deine Daten stehen alle auf dem Kontaktbogen.“
Seine Augen blitzen auf, als er mit den Schultern zuckt. „Wer weiß, vielleicht hast du ja mal Verwendung dafür?“
Das nenne ich dann mal direkt. Aber sehe ich so … notgeil aus? Die Hand, an der ich meinen Ehering trage, fällt demonstrativ auf den Tisch. Er folgt der Geste mit den Augen. Sein Grinsen wird breiter und die linke Augenbraue klettert nach oben.
„Hübscher Ring!“
Boah, was für ein Arsch! Ich starre ihn fassungslos an, als er sich wegdreht und Richtung Tür geht.
„Ich glaube kaum, dass ich für deine Karte Verwendung habe!“, rufe ich ihm hinterher.
Er winkt, neigt den Kopf in meine Richtung und lächelt süß. „Man weiß ja nie!“
Die Tür ist schon seit Sekunden zu, aber ich starre noch immer Löcher in das dunkle Türblatt.
Was sollte das? Wirke ich so verzweifelt? Verwechselt der mich mit einer Besetzungscouch? Oh Gott, nein. Das war jetzt mal so die total falsche Metapher. Ich mag Kino, aber nicht, wenn es in meinem Kopf stattfindet, ich einer der Schauspieler bin und dieser verdammte Jace irgendwelche Dinge mit mir macht.
Der Vorhang steht noch immer einen Spalt offen, als Nummer 13 den Saal betritt und sich angenehm professionell vorstellt.

6.
Dirk

Dieser junge Mann verfolgt mich auch 10 Tage später noch, als mein Bruderherz endlich wieder deutschen Boden betritt und ich ihm den ganzen Mist übergeben kann.
Wir treffen uns bei unseren Eltern. Das ist inzwischen eine regelrechte Tradition. Das Auto der beiden Weltenbummler steht im Hof und einer von uns findet immer die Zeit, sie vom Flughafen abzuholen.
Schon komisch, seit Mike so viel in Amerika ist, sehen wir uns eigentlich öfter als früher, als er lediglich 200 Kilometer weiter im Süden wohnte.
Ja, das Leben unserer gesamten Familie, sprich meines und das meiner Eltern, hat sich mit seinem mitverändert. Ich hinke aber irgendwie hinterher. Meine eigene Unzulänglichkeit schließt mich aus, offenbart mir meine kaum eingestandene Einsamkeit. Ständig muss ich mich verstellen, schauspielern, ein Leben führen, das im Grunde nicht mehr das Meine ist.
Verfahrene Situation, nur weil ich irgendwie in eine recht verfrühte Midlifecrisis rutsche, jammere ich hier rum.

Sie sitzen bereits bei Kaffee und selbstgebackenem Kuchen, als ich zu ihnen stoße. Melanie ist nicht mit von der Partie. Seit wir beinahe täglich streiten, gehen wir zu solchen Treffen nur noch gemeinsam, wenn wir zum Sonntagsessen eingeladen werden.
Widerwillig erobert ein Lächeln mein Gesicht, als ich aus dem Wohnzimmer Jamies herzliches Lachen vernehme. Das tut gut, die Erinnerung an den Überfall, bei dem er fast sein Leben verloren hätte, und seinen mühsamen Weg ins Leben zurück hat bei uns allen Spuren hinterlassen und ihn näher gebracht. Er ist ein fester Teil dieser Familie geworden.
Ich betrete das Zimmer und werde sofort mit einem lautstarken Hallo begrüßt. Mike steht auf und zieht mich in eine Bärenumarmung. „Hey Bruderherz“, flüstert er mir dabei ins Ohr und hebt mich ein Stück vom Boden hoch.
Ich ächze, erwidere die Geste aber gern. Mir fehlen zu seiner Größe nur zwei bis drei Zentimeter, aber an seine Breite werde

ich nie rankommen. Er erfüllt das Klischee vom blonden Wikinger noch mehr als früher. Regelmäßige Studiobesuche gehören eindeutig zum Berufsbild Erotikdarsteller. Bekommt ihm gut, genauso wie die Sonne Kaliforniens. Er ist braungebrannt, wahrscheinlich nahtlos, und seine blauen Augen strahlen vor Glück.

„Alles okay?", fragt er. Für eine Millisekunde überkommt mich Angst, er würde irgendetwas von meinem schwarz-grauen Inneren erkennen.

„Ja, viel Arbeit, aber sonst alles beim Alten." Ja, genau! Mein persönliches Desaster in kurzen, präzisen Worten auf den Punkt gebracht: Alles beim Alten. Ich könnte kotzen!

Dann steht Jamie vor mir. Auch wir umarmen uns voller Zuneigung. Er ist einen Kopf kleiner als ich, ebenfalls sehr gut im Training, aber weitaus zierlicher als sein Mann.

„Danke, dass du uns aus der Patsche geholfen hast", meint er statt einer Begrüßung, und anders als Mike hat er wenigstens den Anstand, es nicht als selbstverständlich anzusehen.

„Gern geschehen." Ja, klar. Schon nach zwei Sätzen bin ich wieder so weit, dass ich im nächstbesten Mauseloch verschwinden möchte. Seine Patsche ist jetzt meine Patsche!

Dieser verfluchte Jace geht mir nicht mehr aus dem Sinn, das ist totaler Mist. Jetzt habe ich es die letzten Tage leidlich geschafft, ihn aus meinem Kopf zu verbannen, aber kaum erinnert mich Jamie an das Treffen, ist alle Arbeit umsonst.

Das junge Model ist wie ein Lesezeichen in meinem Hirn, steckt an einer Stelle, die extrem spannend und interessant ist … an der ich aber nicht weiterlesen kann.

Die nächsten zwei Stunden verlaufen sehr entspannt. Unsere beiden Weltenbummler erzählen von ihrem arbeitsreichen Aufenthalt, wobei sie geschickt alles auslassen, was mir und unseren Eltern die Schamesröte ins Gesicht treiben könnte. Die Branche ist uns ja bekannt, aber hier gilt eines: Jamie fotografiert und Mike dreht Filme. Mehr Details sind unerwünscht und unnötig. Das ist ein stummes Einverständnis zwischen uns allen.

Ich bekomme zwar meist hinterher doch alles erzählt, aber das zählt dann nicht. Diesmal jedoch werde ich auf nähere Informa-

tionen verzichten und ihnen, entgegen meiner Gewohnheiten, keinen Gegenbesuch in Wangen abstatten.
Brauche ich jetzt einfach nicht. Jedes erotische Einzelteil verselbstständigt sich gerade zu einem Puzzle, das letztendlich ein Bild ergibt: Jace.
Nein Danke!

Nachdem Mum den Tisch abgeräumt und sich mit unserem Vater ins Wohnzimmer verzogen hat, hole ich die Ergebnisse des Castings.
Jamie nimmt die aussortierten Bögen an sich und geht sie gemeinsam mit Mike durch.
„Ich wusste, du hast es drauf", kommentiert mein Bruder die Auswahl und lächelt mich gewinnend an.
„Was nicht heißt, dass ich es noch mal mache. Das ist euer Job."
„Ja, schon, aber du hast genug mitbekommen, um ein gutes Urteil abzugeben. Wir haben dich in der Agentur vorgestellt und du hast grünes Licht, um uns hier zu unterstützen."
Ich atme tief durch und reibe mein Gesicht. Was soll das denn? Ehrlich? Spinnen die jetzt? „Jetzt mal langsam … Ich führe ein Architekturbüro, da passt das überhaupt nicht rein."
Jamie nickt gedankenverloren und betrachtet mit gerunzelter Stirn ein Bild. Da ich ihm gegenübersitze, kann ich nicht erkennen, welcher junge Mann ihn ins Grübeln bringt. Er legt den Bogen auf den Tisch, neben den Stapel, und antwortet: „Wir müssen eine Lösung dafür finden, Dirk. Dieses ständige Pendeln ist ja gut und schön, aber es ist extrem anstrengend. Wir brauchen in Deutschland eine Vertrauensperson, die unsere Termine sortiert und solche Sachen übernimmt."
„Manager? Übertreibst du jetzt nicht ein bisschen?"
Er sieht ungläubig auf. „Nein, tu ich nicht. Das Beste wäre im Grunde, einer von uns bliebe hier und der andere in den Staaten, aber dazu sind wir beide nicht bereit, oder, Babe?" Er sieht Mike an, dessen Arm fest um Jamies Hüfte geschlungen ist.
„No way! Lieber verzichte ich auf die Hälfte der Jobs."
Klare Ansage und völlig verständlich. Ich würde die Liebe meines Lebens auch nicht ständig am anderen Ende der Welt … Oh! Was denke ich denn jetzt schon wieder für einen Quatsch?

Melanie sollte, oder ist, oder … Aaahhh.
Bloß weg mit diesen Gedankengängen!
„Dann sucht euch jemanden. Macht eine Ausschreibung, ein Jobangebot, irgendwas …“
Mike räuspert sich laut und funkelt mich an. „Nein! Ich bin zwar noch relativ neu in dem Business, aber eines habe ich gelernt: Vertrauen ist dort das allerwichtigste! Ich will meinen Arsch nicht einem Fremden anvertrauen, der aus lauter Gier irgendwelchen Blödsinn damit anstellt und Verträge aushandelt, die ich nicht erfüllen kann und will. Und was Jamie angeht: Die Männer, die sich vor seine Kamera stellen, müssen einem bestimmten Standard entsprechen. Billig kann jeder, das brauche ich dir nicht zu erklären.“
Mir fällt nichts Vernünftiges darauf ein, weil er recht hat. Mehr zu mir selbst murmle ich: „Ist wohl eher ein anderes Körperteil, welches du zur Verfügung stellst.“
Sie lachen beide herzhaft auf. Ich drehe mich weg und schaue aus dem Fenster. Mums ganzer Stolz: ihr blühender Rosengarten. Da ist es wieder, dieses innige Gefühl der Verbundenheit zwischen den beiden. Das Schicksal zeigt mir den Stinkefinger und präsentiert mir einen Ausweg in Form meines Bruders und Schwagers. Ohne Worte.
„Trotzdem … ich kann das nicht, ich …“
„Du musst es jetzt auch nicht sofort entscheiden“, wirft Jamie beschwichtigend ein und lässt die Blätter auf den Tisch sinken.
Oh nein, ausgerechnet Jace’ Bogen liegt oben auf. Er gesellt sich zum winkenden Schicksalsfinger.
„Aber denk wenigstens darüber nach. Mike hat mir erzählt, du seist ein wahres Organisationsgenie, genau das brauchen wir. Warum besprechen wir das nicht mal alles in Ruhe, wenn du uns besuchen kommst, hmmm?“
Na klasse, ich werde das Gefühl nicht los, dass die beiden schlicht so lange warten, bis sie mich breitgeschlagen haben, und gar keine andere Option ins Auge fassen.
„Ich kann diesmal nicht kommen, ich habe zu viel zu tun“, quetsche ich hervor, kann aber dabei keinem der beiden in die Augen sehen.

„Ach ja? Und warum willst du tatsächlich nicht zu uns rausfahren?“ Mike! Natürlich, wie konnte ich denken, dass er mich nicht durchschaut.
Seufzend erwidere ich ihre ernsten Blicke und zucke mit den Schultern. „Kannst du ein einfaches *Nein* akzeptieren?“
Er mustert mich genau. „Ja, das ist mir allemal lieber als deine schwachsinnigen Ausreden.“
Gut, um Ehrlichkeit musste man sich bei ihm noch nie Sorgen machen.
Jamie schmunzelt und widmet sich wieder den Bewerbern. Er betrachtet Jace' Bild und legt den Kopf schräg.
Wenn er an dem Jungen irgendeinen Makel zur Sprache bringt, kann ich für nichts garantieren. Wow, was ist denn mit mir los?
„Den kenn ich!“, murmelt er undeutlich und wühlt in den Begleitblättern. „Ja, dachte ich es mir doch. Jace Stolz! Aus welchem Loch ist der denn gekrochen?“
Mir wird mulmig zumute. Das ist jetzt nicht wahr, oder? „Woher kennst du ihn?“, höre ich mich überrascht fragen.
Jamie schaut mich an, seine markanten, großen Augen funkeln. „Er ist schon lange im Geschäft, gefragtes Model mit zweifelhaftem Image. Ist vor, hmmm, etwa zwei Jahren einfach verschwunden. Ich hätte nie gedacht, dass der wieder aufkreuzt. Und du bist sicher, dass er sich nicht verlaufen hat?“
„Ja, er sagte, er möchte wieder anfangen und was Neues machen. Hat mich auch gewundert, aber er war sich völlig darüber im Klaren, dass es um ein Erotikcasting geht. Was … was für einen Ruf hat er denn?“ Klasse, jetzt komme ich schon ins Stottern. Nur gut, dass ich meine Hände unter dem Tisch verstecken kann, denn ich kann weder ihr Zittern noch wahre Schweißströme verbergen.
„Er ist eine richtige Bitch! Lässt nichts anbrennen. Man hat sich erzählt, er bräuchte keine Hotelzimmer zu mieten, weil er in jeder Stadt einen Stecher hätte …“
Jamies harte Worte handeln ihm nicht nur von mir einen überraschten Seitenblick ein. Als er es bemerkt, sieht er auf und atmet durch. „Ich bin mir nicht sicher, ob ich so einen Typen aufnehmen möchte.“

„Vielleicht hat er sich geändert?“ Was, zur Hölle, rede ich denn da?
„Hmmm, wenn ja, wäre es toll, er ist klasse. Ich kenne seine alten Bilder, er ist ein Megatalent. Wenn allerdings nicht, wäre er bei einer der billigen Agenturen besser aufgehoben. Ich habe keinen Bock, dass er unseren Ruf in den Dreck zieht.“
„Wenn du ihm ins Gewissen redest?“
Jamie sieht mich nachdenklich an. Habe ich mich jetzt zu weit vorgewagt? Und warum ist mir das wichtig?
„Ich bezweifle, dass das nützt. Wenn Jace wieder ins Geschäft will, kann er sich die Agentur eigentlich aussuchen. Er wird sich keine Vorschriften machen lassen. Eben wegen solcher Typen steht die Pornobranche so mies da. Andererseits … bei den falschen Leuten wird er bald nur noch auf dem Rücken liegend zu sehen sein … Ich weiß nicht, was wir machen.“ Er legt das Blatt auf den Stapel zu den anderen und schmiegt sich an Mikes Seite.
Jamies Worte machen mich nachdenklich und ängstlich. Eine völlig abstruse Mischung. Ist Jace wirklich so ein Arsch? Lässt mich meine Menschenkenntnis völlig im Stich, weil er meinem Schwanz so gefällt? Tatsache ist: Die bloße Vorstellung, dass er bei einem der Billigproduzenten verheizt wird, macht mich nervös. Ich schüttle den Kopf, um diese Gedanken zu verscheuchen. Erstens kenne ich ihn im Grunde gar nicht und zweitens bin ich nicht sein Kindermädchen. Er schien mir ganz genau zu wissen, was er will.

Jamies schonungslos offene Darstellung von Jace’ Ruf hilft mir ein wenig, die nächsten Tage auf den Boden der Tatsachen zurückzukommen. Wobei ich mich frage, warum ich mir überhaupt so einen Kopf drum mache. Der Kerl ist bereits wieder über alle Berge und wird meinen Weg nie mehr kreuzen.

Der Alltag hat mich am Montag wieder. Ich begehe gerade eine Großbaustelle, als mein Handy vibriert. Ich entschuldige mich bei meinen Begleitern und suche eine ruhige Ecke. Es ist Jamie! Ich hätte ja eher gedacht, dass mein Bruder mir weiterhin in den Ohren liegt, ihr Mädchen für alles zu spielen, aber er hat den

Part an seinen Mann abgegeben. Der macht es wesentlich eleganter, auch wenn ich ihn längst durchschaut habe.
Nur muss ich gestehen, dass ihr Plan funktioniert. Mit seinen ständigen Mails, SMS und Anrufen bleibt der Fluchtweg in meinem Kopf bestehen und gibt meiner Krise neue Energie. So wie auch jetzt. Das ist heute schon der vierte Anruf, bei dem er irgendwelche Kleinigkeiten zu einem der Bewerber wissen will. Der Verdacht, dass er das zum Vorwand nimmt, erhärtet sich minütlich.
Als ich ihn abgewimmelt habe, nehme ich das Geschäftsgespräch wieder auf. Wir begutachten das gesamte neu erbaute Stockwerk und lassen uns vom Bauleiter auf einen schlechten Kaffee einladen.
Mein Handy klingelt erneut. Langsam werde ich echt sauer. Wenn sie mir schon mit dieser Schnapsidee auf den Wecker gehen müssen, dann wenigstens nach Feierabend. Mit einem Fluch auf den Lippen hole ich es hervor und schalte es frei.
Eine SMS. Hmmm, die Nummer kenne ich nicht. Während ich sie öffne, schaue ich unseren Gastgeber an und beantworte eine kurze Frage.
Dann wieder die Nachricht. ‚Mein Flieger landet um 19 Uhr. Treffen wir uns um 21 Uhr in der Bar des Flughafenhotels? J.‘
Aha … Was? Muss ein Irrläufer sein, keiner meiner Bekannten oder Freunde ist zurzeit unterwegs. Ich lösche die Worte und widme mich meinen Tischnachbarn.
Ein paar Minuten später wiederholt sich die Prozedur. Langsam drehe ich echt durch. War es früher schön, ohne dieses Big-Brother-Gefühl.
‚Hast du meine Nachricht erhalten? J.‘
Okay, wer immer das sein soll, bekommt jetzt wenigstens eine Antwort, sonst verdorrt die Person heute Abend am Tresen.
‚Ja, ist aber an die falsche Nummer gegangen.‘
Ich lasse den Apparat vor mir liegen und entschuldige mich bei den Anwesenden. Wobei jeder von ihnen Verständnis hat, immerhin müssen wir alle erreichbar sein. Ah, voila, die Antwort.
‚LOL. Nein Dirk, habe die richtige Nummer. Ich will dich sehen. Jace.‘

Schlagartig einsetzende Schnappatmung. Was zur Hölle? Mein Gesicht muss wohl schneeweiß werden, da meine Kollegin rechts neben mir fürsorglich nach meinem Arm greift und mich festhält. Stimmt … ich schwanke tatsächlich. Die Buchstaben verschwimmen vor meinen Augen. Witzigerweise, ich stimme in das Lachen meiner Tischnachbarn ein, schüttle ich das Telefon, als ob es am Text etwas ändern würde.
Das erneute Piepen macht es nicht leichter. ‚21 Uhr? Bis später. J.'
Hallo? Sag mal … hat der nicht mehr alle? Meine Überraschung wandelt sich in handfesten Ärger. Dieses arrogante, schnöselige Bürschchen will mich sehen? Was glaubt der denn? Dass ich auf sein Pfeifen reagiere wie ein Hund?
‚Nein, ich komme nicht!' Wie gebannt starre ich auf das Display, und ja, er reagiert umgehend.
‚Doch! ;-)'
Dieser … nein, ich will das Schimpfwort, das mir spontan einfällt, nicht aussprechen. So eine bodenlose Frechheit! Und wie kommt der an meine Handynummer? Hat Jamie …? Nein, sicher nicht, vor allem nicht, wenn man bedenkt, was er von Jace hält. Und wieso will der mich sehen? Inzwischen müsste er doch mitbekommen haben, dass ich mit seinem Job nichts zu tun habe. Fragen über Fragen, und noch während ich darüber nachgrüble, wird mir klar, dass er recht hat.
Ich werde in die Bar fahren!

7.
Dirk

Ich weiß jetzt nicht, was mich mehr ärgert: die Tatsache, dass ich tatsächlich wie bestellt um kurz vor neun Richtung Flughafen fahre, oder die Auseinandersetzung mit Melanie.
Beides ist in etwa gleich blöd und nervig. Ich gehe normalerweise abends nie aus. Habe ich vor Jahren aufgegeben, eher aus Faulheit denn aus Notwendigkeit. Meine Frau jedoch hat ihre festen Ausgehtage, die sie mit Freundinnen im Kino oder beim Essen verbringt. Die Regelung klappt hervorragend. Zumindest hat sie das bis heute Abend, als ich ihr sagte, ich müsse nochmal weg, um mich mit jemandem geschäftlich zu treffen. Ihre Begeisterung über eine Umgestaltung unseres Alltags hält sich in Grenzen, da ich, was weiß ich, welcher Teufel mich geritten hat, gleich angedeutet habe, dass es zukünftig öfter vorkommen könnte.
Ich bin entsetzt, wie leicht mir die Lüge über die Lippen kommt. Betrüge ich sie nicht damit schon? Aber was hätte ich ihr auch sagen sollen? Etwa, dass mich ein 28-jähriges, schwules Malemodel auf einen Drink eingeladen hat, dem es hinsichtlich der Gerüchte nur um einen Schlafplatz mit dazugehöriger Unterhaltung gehen kann?
Wohl kaum.
Also eine Lüge.
Ich befürchte, die erste von vielen.
Blödes, grinsendes Schicksalsorchester.

Die Bar des Hotels befindet sich praktischerweise auf der gleichen Tiefgaragenebene, auf der ich einen Parkplatz finde. Angenehm empfinde ich beim Betreten die Tatsache, dass nicht mehr geraucht werden darf. So trifft einen beim Eintreten nicht gleich der Schlag. Die Lokalität ist recht modern und schnörkellos eingerichtet. Dunkles Holz, ein typisch bayerischer Touch mit schmiedeeisernen Dekoelementen und dem unvermeidlichen Weiß-Blau unserer Flagge. So sehr ich es auch versuche: Jace will hier einfach nicht her passen. Er gehört in eine Schickimickilocation mit Hip Hop und stylishen Longdrinks.

Nein! Er gehört *überhaupt* nicht hier her! Basta! Und genau das werde ich ihm jetzt auch klar machen.
Wäre ja noch schöner, taucht hier auf und bringt mir meinen schön geordneten Alltag durcheinander.
So, Laden geentert. Und wo ist er jetzt? Die Zahl der Gäste ist überschaubar, aber nirgends entdecke ich den dunkelblonden Haarschopf. Ich gehe einige Schritte weiter. Eine Bewegung linkerhand lenkt meine Aufmerksamkeit auf sich.
Na klasse!
Besagter Mistkerl hat sich einen Platz in einem abgelegenen Separee ausgesucht. Einen Tisch am Rande, völlig umgeben von einer Sichtschutzwand und kunstvoll drapiertem Stoffefeu. Wie gemacht für ein heimliches Stelldichein!
Meine Hormone laufen Amok! Ich kann versuchen, es zu leugnen und meine ach so praktische Wut weiter am Flackern zu halten, aber es gelingt nur für einen Augenblick. Fakt ist: Dieses heimliche Treffen macht mich an! Der Kerl macht mich an! Sein Scheißruf macht mich an!
Großer Gott!
Ich bin echt völlig am Ende. Welchen Schalter hat der Mistkerl umgelegt, dass jede bis dato ausreichende und funktionierende Argumentation außer Kraft gesetzt ist? Was an ihm ist so anders? Ich komme nicht drauf und bin dem Ganzen, zu meiner Schande, ausgeliefert.
Halt! Das darf nicht sein!
Ich sammle mich mühsam und besinne mich auf die Realität: Nicht schwul! Verheiratet! Biederer Architekt! Vater! … Langweilig! Sexuell unterversorgt! Scharf darauf, zu erleben wie ein Mann …!
Ahhhh!
Mein Gehirn neigt im Moment dazu, ständig falsche Abzweigungen zu nehmen.
Und sehr hilfreich ist die Tatsache, dass der Auslöser jetzt aufsteht, mir einen Schritt entgegen kommt und zum Stein erweichen süß lächelt, auch nicht.
Was ist der für eine Schönheit! Enge Jeans, verboten enges, weißes T-Shirt, Sonnenbrille im Haar - was ich persönlich für einen schwachsinnigen Modegag halte - und eine Hand lässig in

der Hosentasche. Seine dunkelblonden Haare sind perfekt auf Nachlässigkeit getrimmt und sein Lächeln vervollständigt seine Anmut. Dieser Mann kann eigentlich nur ein Model sein, alles andere wäre pure Verschwendung.
Er wirkt wie ein Magnet auf mich. Ohne mein Zutun streben meine Beine zu ihm, helfen meinem sexuell frustrierten Körper dabei, in seine Reichweite zu gelangen.
Alles Verräter!
Dann stehe ich vor ihm. Wenigstens mein Gesicht unterliegt noch meinem Willen und schmachtet ihn nicht an wie der sehr steife, sabbernde Rest von mir.
„Woher hast du meine Nummer?“ Unfreundlich? Aber so was von. Mir egal.
Er lacht fröhlich, meine scharfen Worte prallen von seiner unverschämten Selbstsicherheit wie Gummigeschosse ab. „Die Agentur war so freundlich, sie mir zu geben, als ich ihnen sagte, du hast um weitere Auskünfte gebeten.“
Wie bitte? Ich muss später ganz dringend ein sehr ernstes Wort mit Jamie und Mike reden. Das geht ja wohl gar nicht.
„Lass das in Zukunft“, fauche ich ihn an.
„Gern … ich habe sie jetzt ja.“
Ahhh, ich möchte ihm am liebsten eine knallen. Der Mann bringt mich innerhalb von Sekunden auf 180. „Du weißt genau, was ich meine.“
Wieder lacht er und verursacht bei mir Herzrasen. „Ich habe Rotwein bestellt, ich hoffe, er trifft deinen Geschmack. Komm, setz dich hin.“
Er wendet sich ab und rutscht auf die Bank in das noch dunklere Eck. Ich hingegen bleibe verdattert stehen. Das gibt's doch nicht. Wie kann der sich so absolut sicher sein, dass er mich rumkriegt? „Jace … Was zum Teufel willst du? Ich habe dir letztes Mal gesagt, dass du mich in Ruhe lassen sollst.“
Seelenruhig schenkt er einen Schluck in ein bauchiges Glas ein, schwenkt es elegant und schüttelt den Kopf. Wie er seine Hände bewegt, macht mich schier kirre. Wunderschöne, kraftvolle Männerhände! „Du hast nur behauptet, keine Verwendung für meine Karte zu haben.“

„Haarspalterei!“, fauche ich aufgebracht und halte ihm meine Hand hin. Wieder mal muss mein Ehering für meine Feigheit herhalten. „Was siehst du da?“
Jace lacht und klopft neben sich auf die Polster. Ich Idiot folge doch tatsächlich seiner Aufforderung. Erst dann widmet er mir seine volle Aufmerksamkeit.
Mist, der Schuss geht ja wohl nach hinten los. Er ergreift meine Hand und streicht mit dem Daumen über den abgenutzten Goldreif. Die Berührung jagt eine Horde von Schauern durch meinen ganzen Organismus, meine Kehle wird trocken. Was macht dieser Junge mit mir?
„Was ich sehe? Wenn in dem Ring ein Frauenname steht, ist in deinem Leben einiges völlig schiefgelaufen. Ich weiß, dass ich dich anmache! Du hast mich fast mit Blicken verschlungen, als ich vor dem Tisch stand. Also was stellst du dich jetzt so an? Lass uns ein Glas trinken und dann nach oben gehen, hmmm? Ich möchte mit dir schlafen und …“
„Er hatte recht!“
Seine verträumten Augen fokussieren sich wieder und er sieht mich lauernd an. „Wer?“
„Unwichtig. Aber es stimmt, du lässt wirklich nichts anbrennen, oder? In jeder Stadt einen anderen Stecher?“
Jace ist, entgegen meiner Befürchtung, weder beleidigt noch schockiert. Lachend nimmt er einen Schluck und lehnt sich an das Polster zurück.
„Mein Ruf eilt mir also voraus? Dann muss ich wenigstens nicht das schüchterne Bürschchen spielen. Und eigentlich ist es mir völlig schnuppe, was die Leute da draußen von mir denken. Hat *er* gesagt ich sei eine Schlampe?“
Oh, warum trifft mich das Wort härter als ihn? „So in etwa.“
Jace nickt und lässt abermals den Wein im Glas kreisen. Bilde ich mir das ein oder huscht ein Hauch von Schmerz durch seine Augen? „Dann eben Schlampe, auch egal. Zumindest habe ich mehr Spaß als *er*, oder?“
Wider Willen muss ich grinsen. Mehr Spaß als Jamie mit meinem Bruderherz? Da könnte er ordentlich danebenliegen. „Da dürftest du dich täuschen.“

Er schielt mich von der Seite her an. Dann klappt er das Visier wieder vors Gesicht. „Mir ist schon lange egal, was andere von mir halten. Ich mag Sex und wenn ich welchen bekommen kann, greife ich zu. Und heute will ich dich. So einfach ist das!"
Punkt.
Ausrufezeichen!
Der hat doch echt nicht mehr alle Tassen im Schrank. Aber ich bin von seiner unverblümten Offenheit so geplättet, dass ich nicht gleich antworten kann. „Ich glaube, du hast die Bedeutung dieses Ringes doch nicht ganz verstanden. Ich bin verheiratet und gedenke meiner Frau treu zu bleiben."
Er verzieht das Gesicht zu einem gespielt entsetzten Ausdruck. Meine Finger kribbeln und ich spüre, wie sich meine Fäuste ballen. Ich bin kein Schläger, echt nicht, aber in dieser Sekunde könnte ich diese Profession wirklich ins Auge fassen.
„Zu blöd auch! Dann frag ich mich, warum dich mein Arsch so anmacht? Hmmm? Du konntest ja letztes Mal kaum den Blick davon nehmen …"
„Ich muss mir dein Geschwätz echt nicht anhören. Was glaubst du eigentlich? Tauchst hier auf und lässt deine altkluge Modelerfahrung raushängen? Du hast keine Ahnung, wer ich bin, was ich will oder …"
„Doch!" Das Wort hallt scharf durch die schummerige Ecke. „Du bist scharf auf mich! Mir ist deine Ehe völlig egal, Mann. Ich will einen Fick und normalerweise muss ich nicht so ein Tamtam machen wie jetzt. Gehst du mit auf mein Zimmer oder nicht? Wenn nicht, dann solltest du das nächste Mal aufhören zu sabbern, wenn dich ein Kerl anmacht. Denn dass du schwul bist, riecht jeder auf 200 Meter gegen den Wind."
Wow. Das ist dann mal eine Ansage. Wenn es nicht mich betreffen würde, müsste ich ihm für die kurze und prägnante Zusammenfassung all meiner privaten Dramen danken. Aber es betrifft mich. Und es ist schlichtweg scheiße, es so vor den Latz geknallt zu bekommen. Sprachlos stehe ich auf und gehe. Ich bin nicht auf den Mund gefallen, das liegt bei uns in der Familie, aber darauf kann, will, werde und darf ich nichts erwidern. Denn entweder zertrümmere ich ihm sein hübsches Modelgesicht oder tue genau das, was er sagt: ihm das Gehirn rausficken.

Großer Gott … mich erschrecken ja schon die bloßen Gedanken. Nix wie weg hier!
Raus aus dem Lokal, ohne einen Gruß geschweige denn einen Blick zurück. In Gedanken mache ich mir die Notiz, Mike und seinem Mann NIE WIEDER einen Gefallen zu tun, und unterstreiche sie tiefrot.
Ich durchquere die fast leere Tiefgarage, meine Schritte hallen laut von den Betonwänden wider. Das Piepen der Entriegelung meines Autos durchschneidet die Geräusche meiner Schritte.
Mein Kombi ist in Sichtweite, das Orange der Blinker zeichnet bunte Kreise an die Wand. Rettung in Sicht.
„Dirk?“
Verflucht aber auch. Ich hetze weiter, als wäre der Leibhaftige hinter mir her.
„Dirk!“
Eine Hand umfasst meinen Oberarm. Warum habe ich seine Schritte nicht gehört? Er reißt mich unsanft herum. Hat ganz schön Kraft, der Junge. Mein wutverzerrtes Gesicht beeindruckt ihn offensichtlich überhaupt nicht.
„Erträgst du die Wahrheit immer so schlecht?“
Boah, der spielt mit seinem Leben, weiß der das nicht? Ich kneife meine Augen zusammen und atme angestrengt durch die Nase ein und aus. „Ich muss mir von einem dahergelaufenen Schönling nicht so einen Blödsinn an den Kopf werfen lassen. Wenn du so dringend eine Nummer brauchst, geh doch in ein Bordell oder halte deinen Hintern auf die Straße. Aber lass mich zufrieden.“
„Ich will aber genau dich!“
Ich fasse es nicht! Also um den heißen Brei rumreden ist echt nicht sein Ding. „Aber ich dich nicht!“ Meine Stimme klingt nur halb so fest, wie ich es mir wünsche.
Fuck! Wieso steht plötzlich ein Auto so dicht hinter mir, dass ich nicht ausweichen kann? Erschrocken lausche ich dem Stöhnen, das mir unwillkürlich entschlüpft.
Mein Gott!
Spinnt der? Wie kann man nur so dreist sein? Jace’ Hand liegt auf meiner Körpermitte, massiert meinen harten Ständer, der

zweifelsfrei meine Jeans ordentlich ausbeult. Das fühlt sich … furchtbar gut an.

Ich komme zu mir und schubse ihn grob weg. „Spinnst du jetzt völlig?"

Jace bleibt, wo er ist, und betrachtet mich von oben bis unten wie eine leckere Nachspeise. „Du *bist* scharf auf mich!"

Meine Wut verpufft wie die Luft aus einem geplatzten Luftballon. Ich muss hier weg! Sofort! Ich wende mich meinem Auto zu, als seine Hand in meinem Nacken zu liegen kommt.

Erstarrt halte ich den Atem an. Sein Daumen gleitet über meine Haut, in meine kurzgeschnittenen Nackenhaare. Ich kann das nächste Seufzen gerade noch zurückhalten. Alles in mir sehnt sich nach dieser zärtlichen, aber doch kraftvollen Berührung. Das ist so völlig anders, als bei … einer Frau.

Unwillkürlich fallen meine Augenlider zu, ich drücke mich an seine Hand und seufze dann doch leise. Wie geht das? Wendet er gerade den Zaubernackenbiss einer Katze an, bei dem die Jungen erstarren, während sie in der Gegend herumgetragen werden? Anders kann ich mir mein eigenes Verhalten nicht erklären. Es ist einfach beschämend.

Gar nicht gut! Plötzlich Wärme neben mir, Jace' Atem streift meine Wange. Mein ganzer Leib kribbelt, ist in totalem Aufruhr wegen den vielen Sinneseindrücken, die von ihm ausgehen. Sein Duft, dieses Potpourri aus Männlichkeit, herbem After Shave und einem Hauch Rotwein, pulsierende Wärme, sein leicht beschleunigter Atem …

Nein! Ich will … ich darf das nicht! So ein Wahnsinn. Ich schüttle den Kopf und weiche aus, was ziemlich schwer ist, weil er jeder meiner halbherzigen Bewegungen folgt.

Vielleicht hilft ja ein ruhiger Appell an seine Vernunft? Ein Versuch kann nicht schaden.

„Bitte, Jace! Hör auf damit."

Tatsächlich erstarrt seine Hand. Sofort bin ich gewillt, meine Bitte zu widerrufen. Was bin ich für ein Idiot!

„Schau mich an, Dirk", fordert er ebenso leise und wartet, bis ich ihm den Kopf zudrehe.

Seine Augen sind echt unwiderstehlich. Goldener Bernstein. „Was spricht gegen ein, zwei Stunden Vergnügen?"

„Ich habe meiner Frau ein Versprechen gegeben und möchte es gern einhalten."
Sein Blick ist sehr sanft, irgendwie verständnisvoll. „Du bist schon längst fremdgegangen, wenn auch nur in Gedanken."
Ich will das nicht hören, schüttle meinen Kopf. „Lass es, Jace." Mühsam winde ich mich unter seiner Hand hervor und gehe Richtung Fahrertür, ohne ihn eines Blickes zu würdigen. Besser nicht mehr anschauen, ehe ich komplett den Verstand verliere. Einen Fuß schon im Innenraum, sehe ich doch zurück. Was für ein verteufelt hübscher Anblick, nur dieses fiese, kleine Lächeln verwandelt ihn von einem sinnlichen Engel in einen Dämon. Einen Dämon, der mich zweifelsfrei die nächsten Stunden, ach was sage ich, Wochen heimsuchen wird.
„Lösch bitte meine Nummer. Ich möchte nicht, dass du dich nochmal meldest, okay?"
Er lacht leise auf. „Was ist so schlimm, einen Mann zu begehren? Hmmm?"
Der Ernst seiner Worte lässt mich innehalten. Nicht gut, Wut und Ärger sind bessere Helfer, um seinem Charme zu entkommen. „Nichts. Nur ihm nachzugeben … das wäre ein Fehler."
Damit steige ich ein, verriegle tatsächlich hinter mir die Türen, als würde er mich mit Gewalt raus und in irgendein Eck zerren, um sich seinen Spaß zu holen.

Tatsächlich bin ich so aufgewühlt, dass ich mich später auf Melanies Werben einlasse. Unser Liebesleben liegt schon seit längerem brach. In dieser Nacht jedoch bekommt sie all meinen Frust zu spüren. Nicht gut! Dass ich mir nicht noch eine Ohrfeige einhandle, weil ich viel zu ungestüm und grob mit ihr umgehe, ist alles.
Mein Körper ist danach befriedigt, ihm genügen die gewohnten Berührungen und das schnelle Abarbeiten des Programms. Meinem Geist nicht mehr.
Ich schäme mich zutiefst. Wann habe ich angefangen, jeden Gedanken, der mit meiner Ehe zu tun hat, so abfällig zu formulieren? Das ist nicht fair. Melanie gibt ihr Bestes und hat meinen Frust wirklich nicht verdient. Sicher … wir haben uns etwas

auseinandergelebt, trotzdem. Ich benehme mich zunehmend wie ein Arschloch und sollte das, schon Lea zuliebe, langsam wieder in den Griff bekommen.
Nach dieser Erkenntnis ist mein Ärger noch größer als beim Verlassen der Tiefgarage und Jace mit aller Gewalt in meinem Kopf zurück. Von meinem Frust ganz zu schweigen.
Nachdem ich mich eine Stunde im Bett hin und her gewälzt habe, beschließe ich aufzustehen und mir einen Kakao zu machen. Es hilft nicht das Geringste, Jace aus meinen Gedanken verbannen zu wollen, also lasse ich zu, dass die Begegnung zurückkommt.
Was für ein verrückter Abend! Im Nachhinein muss ich über sein aggressives Werben schmunzeln. Er dürfte doch reichlich Auswahl haben, was will er ausgerechnet von mir? Sehr zu meinem Beschämen schmeichelt mir seine Hartnäckigkeit.
Ohne Eitelkeit kann ich wohl behaupten, dass mein Aussehen etwas über dem Durchschnitt liegt. Eher sporadisches Fitnesstraining und etliche Kilometer wöchentliches Laufbandtraining halten mich in Form. Dank guter Gene habe ich einigermaßen Muskelmasse. Ich komme eher nach unserer Mutter, was aber kein Nachteil ist. Ihr habe ich meine dunkelbraunen Haare und die ebensolchen Augen zu verdanken, wohingegen Mike eher unserem Vater gleicht.
Aber ich würde nie behaupten, aus der Masse hervorzustechen, bin eher der Typ ohne Wiedererkennungswert. Deshalb verstehe ich ihn einfach nicht. Jace ist eine ganz andere Klasse. Er passt wirklich in Mikes und Jamies Liga der außergewöhnlichen Männer, ich dagegen gehöre noch nicht mal auf die Ersatzbank.
Nun, vielleicht hat er geglaubt, bei so einem Mittelmaß leichtes Spiel zu haben? Braucht er die Bestätigung, einem anderen Mann das Gefühl zu geben, ein besonderes Schnäppchen gemacht zu haben?
Weiß ich nicht, werde ich auch nie herausfinden.
Aber blöd fühlt es sich allemal an.

8.
Dirk

Eigentlich hatte ich angenommen, nachdem ich Jace so standhaft entkommen bin, würde sich meine Krise etwas legen. So, als hätte ich mir selbst bewiesen, dass ich mir meine Wünsche hinsichtlich anderer Männer nur einbilde.
Weit gefehlt! Jetzt, zehn Tage nach meiner Flucht aus der Tiefgarage, ist aus dem Schwelbrand ein Buschfeuer geworden.
Seine Hand in meinem Nacken … Die Berührung hat sich in meine Nerven eingebrannt und verursacht ständig Kurzschlüsse. Ich spüre der Empfindung nach, versuche sie in mein Gedächtnis zu rufen, durch die Erinnerung erneut zu fühlen. Warum macht mich das so viel mehr an als Melanies bemühte Zärtlichkeit? Warum löst dieser Mann einen Wirbel an Gedanken und Wünschen aus, die mich schier umbringen?
War das je früher so? Habe ich überhaupt mal so intensiv empfunden? Ist es wirklich nur schlichte Neugierde oder komme ich langsam dem Umfang der Katastrophe auf die Spur? Sollte ich wirklich … schwul sein? Geht es überhaupt, das so lange zu verleugnen? Oder bin ich eher bi? Ich weiß es nicht und jeder weitere Gedanke daran verursacht mir Kopfschmerzen der Güteklasse A.
Mike und Jamie kommen mir unwillkürlich wieder in den Sinn. Auch sie sind momentan ständig in meinem Kopf. Dieser eine Abend … Sonst verdränge ich die Bilder vehement, jetzt lasse ich sie ausnahmsweise zu. Dass mein Bruder seinen Mann vergöttert, weiß ich. Selbst wenn ich es nicht wüsste, ich und alle anderen können es sehen. Er hängt an Jamies Lippen, sitzt oft verträumt in der Landschaft rum und himmelt ihn einfach nur an. Aber damals war es besonders intensiv, und das bleibt mir im Gedächtnis. Diese unglaubliche Verbundenheit! Das war kein Sex, sondern wirklich Liebe machen! Jede ihrer Gesten, jeder Blick, jeder Kuss, einfach alles quoll über vor Liebe und völliger Vernarrtheit. Das war das Schöne und Beeindruckende an dieser Liebesszene, nicht der echt heiße und harte Sex an sich.
Sich das zu wünschen, wäre allerdings wirklich doof. Dann kann ich genauso gut warten, bis grüner Schnee vom Himmel fällt.

Sex alleine würde mir ja schon reichen.
Mit einem Mann.
Mit Jace!
Ich beiße fast eine Ecke aus der Kaffeetasse und knirsche mit den Zähnen. Allein der Gedanke an diesen Kerl lässt meinen Schwanz munter die Arbeit aufnehmen.
Toll, wie schnell ich wieder bei ihm bin.
Wie er mich angefasst hat ... sein Handballen auf meinem pochenden Glied. Wie wäre es ohne Stoff dazwischen, pur, nur Haut an Haut? Würde er ihn mögen? Ich bin ziemlich gut bestückt. Mag er große Schwänze oder steht er eher auf kleine?
Verdammt aber auch, so werde ich heute Nacht niemals Schlaf finden, murre ich hilflos und kündige dem Vorführer meines Kopfkinos.

Donnerstagabend.
Ich habe gerade Lea ins Bett gebracht und sinke auf die Couch, als Melanie mir mein Handy reicht. Gelangweilt hebt sie nicht mal ihren Blick von einem Buch, in dem es zweifellos um irgendwelche englischen Lords und Ladys geht, und murmelt: „Jemand will was von dir."
Wahrscheinlich Mike, ich habe mich entschlossen, doch morgen zu ihnen zu fahren. Ein guter Ort, um von zu Hause zu flüchten! Ich Feigling!
Seufzend werfe ich einen Blick auf das Display. Keine Nummer! Ein Déjà-vu! Das wird doch nicht ...? Vorsichtig, als handle es sich um eine Bombe in meiner Hand, öffne ich die Nachricht.
‚Wenn du die nächste SMS nicht willst, dann mach jetzt dein Handy aus. J.'
So ein ... Mir fehlen wieder mal die Worte. Mein Daumen schwebt über dem Ausknopf. Er zittert im Takt mit meinem völlig irrlaufenden Herzen.
Was kommt jetzt?
Ich will es ausmachen.
Nein, ich will diese SMS!
Ausmachen?
Oder?
Großer Gott, das halte ich nicht aus.
Es piepst!

Melanie sieht auf und ich fühle mich so ertappt, als liefe auf dem Display ein Porno.
„Willst du nicht rangehen?"
Nein, will ich im Grunde eigentlich nicht. Aber meine pubertären Fantasien von Jace und mir in einem Bett, während wir irgendetwas Unanständiges machen, leiten meinen Finger und seine Worte erscheinen schwarz auf weiß.
‚Du hast nicht ausgeschaltet! ;-) Sehr gut. Warte auf dich. Tiefgarage. J.'
Das kann unmöglich sein Ernst sein. Mir stellt es alle Haare auf, eigentlich müsste ich wie ein explodierter Hamster aussehen. Was denkt sich dieser Kerl bloß dabei?
Uah, es klingelt noch mal. ‚Bitte!'
Bitte? Mir platzt beinahe die Hutschnur. Bitte, was? Bitte, komm? Bitte, schnell? Bitte … Während ich regelrecht auf die Füße springe, stecke ich mein Handy in die Hosentasche und rausche aus dem Zimmer.
„Muss nochmal weg", hinterlasse ich beim Weggehen achtlos an Melanies Adresse. Erst im Auto fällt mir auf, dass sie weder geantwortet noch irgendwie reagiert hat. Oder habe ich es schlichtweg nicht bemerkt? Wenn das so ist, erwartet mich später zweifelsfrei ein ordentliches Donnerwetter.
Später?
Ich fahre rechts ran und atme erst einmal tief durch. Später! Ja! Nach … meinem Treffen mit … Jace! Ich bin allen Ernstes unterwegs, um mich mit diesem dreisten, zuckersüßen und meine Träume beherrschenden Mann zu treffen. Sieht so aus! Mir fällt kein passendes Tier ein, das mich samt Zustand beschreiben würde, ohne dadurch beleidigt zu sein.
Am besten, ich mache kehrt, unterziehe mich Melanies Standpauke und beantrage morgen eine neue Handynummer.

Das Schicksalsorchester haut sich brüllend auf die Schenkel und legt den ersten Gang ein.

Gute zehn Minuten später fahre ich die Rampe der Tiefgarage hinab. Mein Magen rebelliert, das Abendessen hüpft ununterbrochen Richtung Ausgang.

Oh nein! Ich sehe ihn! Lässig lehnt er am Kofferraum eines dunklen Golfs und schaut mir mit verschränkten Armen lächelnd entgegen.
Schlagartig entfacht sein herablassender, siegessicherer Gesichtsausdruck meine Wut. Na warte, dir wird dein hämisches Grinsen gleich vergehen. Seine Selbstzufriedenheit wurmt mich maßlos. Ich parke mit Elan ein, springe aus dem Wagen und stapfe festen Schrittes in seine Richtung. Was an seiner Haltung und dem Grinsen nicht das Geringste ändert.
Mit schräg gelegtem Kopf erwartet er mich, lässt seine Augen über mich gleiten, nickt anerkennend und weckt jemand anderen so ganz nebenbei ebenfalls auf.
Wie blöd ist das denn?
„Sag mal, was denkst du dir eigentlich bei solchen Aktionen?", fahre ich ihn ungehalten an. Irgendwie überspringen wir jedes Mal eine normale, wie unter zivilisierten Personen übliche Begrüßung.
Er zuckt gelangweilt mit den Schultern. „Wieso? Hat doch funktioniert."
Oh! „Du sollst mich doch …"
Jace stößt sich seufzend vom Auto ab, nähert sich mir, hakt einen Finger in die vordere, rechte Gürtelschlaufe meiner Jeans und verschließt mit der anderen Hand meinen Mund.
Das in der Summe macht mich auf der Stelle sprachlos. „Pssst. Vergeude die kostbare Zeit nicht mit Schimpfen und dem Verteidigen deiner Moral. Ich bin nur heute Nacht hier, morgen in aller Frühe muss ich nach Mailand. Also halte jetzt einfach deine Klappe, okay?"
Was? Wie zum Henker kommt der so plötzlich in meine Arme? Das darf doch nicht wahr sein? Ist aber so! Die Hand auf meinem Mund wandert in meinen Nacken und zieht mich zu ihm, die andere platziert er ungeniert auf meinem Hinterteil. Sein Aktionismus überrumpelt mich komplett.
„Jace?!", wispere ich viel zu zaghaft, als dass es irgendetwas nützen würde.
Seine Bernsteinaugen verschwinden hinter seinen Lidern, als er leise seufzt und sich in absolut unmissverständlicher Absicht meinem Mund nähert.

Scheiße auch! Was ist das hier? Verführung a la Holzhammermethode? Die Geschwindigkeit, mit der er mich vereinnahmt, raubt mir jegliche Möglichkeit zur Flucht. Zählt das als Ausrede? Denn im Grunde, wenn ich ehrlich bin, will ich das, egal, was er gerade vorhat.
Ich schäme mich.
Echt.
Und dann ist er da! Der alles verändernde Moment, vor dem ich seit Jahrzehnten davonlaufe und den ich krampfhaft zu vermeiden versuche: der Kuss eines anderen Mannes!
Fast schüchtern huschen Jace' Lippen über meine, tasten sich vor, liebkosen mich und hinterlassen ein irrsinniges Prickeln. Mein Körper vibriert und mir wird heiß. Sein ganz eigener Geschmack löst in mir eine Lawine aus, prägt mich auf ihn und hinterlässt in meinem Herzen einen Stempel, der mich nachhaltig verwirrt.
Ich versuche zurückzuweichen und er lässt mich, zu meiner Überraschung, gehen. Als er meinen sehr nahen Blick endlich erwidert, ist dort keinerlei Scheu oder Angst vor Zurückweisung erkennbar. Jace strahlt Ruhe und Überlegenheit aus. Was mich tierisch nervt und gleichzeitig besänftigt. Warum das so ist, kann ich nicht benennen.
Obwohl … vielleicht, weil er mein Innerstes weitaus besser kennt, als ich es tue.
Zur Hölle mit ihm!
Jace überbrückt den letzten Abstand zwischen uns und lehnt sich an mich. Na toll! Meine Frage, ob er mich verarscht oder tatsächlich heiß auf mich ist, erübrigt sich gerade oder er hat die eigenartige Angewohnheit, Holzstücke in der Hose mit sich rumzutragen.
Seufzend reibt er seine Nase über meinen Hals, entlockt mir ein hilfloses Ächzen und veranlasst meine Arme, sich um ihn zu legen. Ich kann nichts dagegen tun, mein Verlangen, meine Neugierde ist stärker als jede Vernunft.
Und, großer Gott, es fühlt sich toll an. Dieser harte, muskulöse Leib an mir, die leichten Bewegungen, als er sich an mich presst und meine Hände schüchtern ein Stückchen seinen Rücken ertasten.

Als er das registriert, verstärkt er den Druck und schmiegt sich gänzlich an mich.
Meine Beine verwandeln sich in etwas, was den Rest meines Körpers kaum noch trägt.
Was passiert hier gerade? Kann mich mal jemand aufklären? Vielleicht hilft fragen?
„Jace? Was hast du eigentlich vor?“
Er kichert leise, ich spüre die Erschütterung seines Körpers unter meinen Händen. Und seine Wärme, diese Muskeln und dieser männliche, markante Duft …
Wunderschön! So … richtig!
Wo soll das bloß hinführen?
Zwischen seinen Lippen, die sich zupfend einen Weg hinab auf mein Schlüsselbein bahnen, quellen vereinzelte Worte hervor. Er sollte aufpassen, dass er sich an der Gänsehaut nicht die Lippen wundscheuert. Es dauert, bis ich den Satz zusammenfügen kann. So lange ziept er mit jeder Liebkosung an meiner dürftigen Selbstbeherrschung.
„Will … dich … immer … noch … haben!“
Er ist am Ziel angelangt, seine Zähne umschließen sachte den Knochen und verwandeln meine Knie in Zuckerwatte. Oh, wie kommt er jetzt plötzlich in die Nähe meines Ohres? Sanfter Atem streicht über die empfindliche Haut. Unwillkürlich beginnen meine Hände eine Wanderschaft über seinen Körper.
Ich komme mir vor wie eine Marionette, deren Fäden er in der Hand hält.
„Jace?“ Nächster Anlauf.
Er weicht etwas zurück und sieht zu mir auf.
Amber! Ups! Wo kommt dieser Gedanke urplötzlich her?
Ja, das ist der Name, den er in meinen Träumen haben wird! Amber – Bernstein.
„Verbring die Nacht mit mir, bitte!“ Seine Stimme ist fest, erwachsen, beängstigend selbstbewusst.
Ich kann nur verneinend den Kopf schütteln.
„Warum nicht?“
„Du weißt, warum!“ Sage ich, halte ihn aber weiterhin wie verzweifelt fest an mich gedrückt.

Er lacht sanft und küsst mein Kinn. Stromstöße rasen durch meinen Leib, legen die Synapsen meines Gehirns lahm. Jetzt gut aufpassen, Dirk, sonst findest du dich schneller in der Waagerechte wieder, als dir lieb ist.
„Dann willst du gleich wieder fahren?“ Sein offener Blick schreit nach Ehrlichkeit.
Ich höre mich selbst nein sagen und bin überrascht, nein, geplättet. Wo ist der vernünftige, biedere, stets abwägende Dirk geblieben? Ich muss hier weg. Aber so was von.
Ich sehe ihn an. Jace wartet geduldig und hat die Güte, nicht zu grinsen. Mist. Leider ist meine Antwort wahr! Ich will gerade viel, aber ganz sicher nicht gehen. „Nein“, betone ich abermals und weiche seinem wissenden Blick aus.
Kann ich …? Ich tue es einfach. Mit rasendem Herzen wage ich einen Vorstoß in vermintes Gebiet und lehne meine Wange an sein Ohr. Sein Duft betäubt mich, jagt alle scharfsinnigen Gedanken zum Teufel und hält Wache. Nur einmal kosten! Ein einziges Mal! Ist das so verwerflich? Wir haben ja keinen Sex!
Noch nicht!
Ich schiebe die letzten Worte vehement weit weg.
Meine Lippen finden die samtige Haut unterhalb seines Ohres. Sein Geruch ist dort um ein Vielfaches intensiver! Ich wage einen tiefen Atemzug und gleite in einen Rausch, der seinen Namen trägt.
Was ist das für ein Geräusch? Jace stöhnt verhalten! Dieser kaum wahrnehmbare Genusslaut schwemmt weitere Barrieren weg. Mein scheuer Kuss wird fester. Sein Haupt gleitet geschmeidig zur Seite, gibt mir Raum für …
ICH DARF DAS NICHT!
Ruckartig weiche ich zurück, aber diesmal verhindert er meine Flucht mit festem Griff.
Wir sehen uns in die Augen, so nah, dass sich unsere Nasenspitzen fast berühren. Ich schüttle meinen Kopf, will ihm klarmachen, dass es hier enden muss.
Jace wiederholt meine Geste stumm, widerspricht mir derart – und gewinnt!
Meine Schonfrist ist wohl zu Ende, denn der folgende Kuss ist das Schärfste, was ich je erlebt habe. Warm wölbt er seine

Lippen über meine, seine Zunge gleitet vorsichtig dazwischen, fordert Einlass, welche ich ihr überrumpelt gewähre.
Wow! Was an diesem Kuss ist so anders als an unzähligen, die ich zuvor genossen habe? Ich weiß es nicht, aber er löst eine regelrechte Lawine in mir aus, die mein bisheriges Leben verschüttet und neue Bereiche freilegt. Das ist so sexy. Der Gedanke, einen Mann im Arm zu haben, ihn auf derart intime Weise zu berühren, schürt meine Gier nach ihm weiter. Der Hauch des Verbotenen macht aus dieser Szene etwas ganz Besonderes.
Ich habe keine Kraft mehr! Meine Widerstandskraft erlahmt unter seinem Ansturm von Sekunde zu Sekunde schneller. Wieder seufzt er so hinreißend, bewegt sich in meinen Armen, die ihn nun an mich pressen, als müsste er mich in hoher See über Wasser halten.
Er neigt sein Haupt, öffnet seinen Mund, verschlingt mich … Nein, halt, ich bin es ja, der eine Hand in sein Haar krallt und den Kuss in etwas nahezu Brutales verwandelt.
Unsere Zungen tanzen miteinander, als wäre es das Normalste auf der Welt. Ich erforsche schamlos seinen Mund, koste seinen erregenden Geschmack, lasse zu, dass ich völlig trunken werde von ihm. Neben mir könnte eine Atombombe explodieren, aber ich würde es nicht bemerken, so nimmt mich das hier gefangen.
Ich will mehr! Alles! Diesen Kerl erkunden, vernaschen, ihn durch ein zerwühltes Bett treiben und ihm den Verstand rausvögeln!
Scheiße!
Ruckartig weiche ich zurück, stoße ihn entsetzt von mir.
Verdammt!
Vor mir dreht sich alles. Das kann, darf nicht sein! Ich darf diese Gedanken nicht zulassen, ihnen kein Gesicht geben. Sich Sex mit einem Mann zu wünschen ist eine Sache, aber das hier? Sein Kuss ist ein extrem unmoralisches Versprechen.
Ah, er sieht mich endlich wieder an.
Jace bemerkt den Aufruhr in mir nicht, stattdessen kommt er wieder näher, küsst sachte meinen rechten Mundwinkel und lacht.

„Oh Mann, wenn du im Bett auch so eine Rakete bist, wird das ein sehr befriedigender Fick.“
Das reicht!
Sein Satz zieht die Matratze fort, auf die mich sein Kuss geschmissen hat, und wirft mich auf den harten Betonboden der Tatsachen.
Ruckartig weiche ich weiter zurück, als würde mich sein sexy Körper verbrennen. Tut er ja auch irgendwie.
Abermals starre ich ihn entsetzt an. Jace seufzt, streicht sein in Unordnung geratenes Haar zurück und blickt mich ernst an.
„Dirk …“
„Nein. Kein Wort. Halte dich in Gottes Namen von mir fern, bitte, Jace. Es ist ohnehin schon schwer genug … Männer zu begehren. Aber ich kann nicht mit dir schlafen, weil … weil …“ Mir gehen die Argumente aus. „Für mich ist eine Ehe ein ernstes Thema, ich möchte Mel…“
Er unterbricht mich unwirsch. „Hör auf. Ich will den Namen deiner Frau nicht wissen. Genauso wenig, wie ich deine engstirnige Moral hören will. Alles, was mich interessiert, ist Sex! Mit dir! Ich werde dich nicht täglich anrufen, keine schwülstigen Liebesbriefe verfassen und nicht verlangen, dass du sie für mich verlässt. Alles, was ich will, ist eine Affäre, die mir hier die Nächte versüßt. War das jetzt klar genug für dich?“
Absolut. Schmerzhaft klar.
Auf welchem Kilometer seines Lebens hat der Junge eigentlich sein Herz verloren? Aber ehrlich sein kann ich ebenfalls.
Ich trete noch einen Schritt zurück und stecke meine Hände in die Hosentaschen. Dort sind sie allemal besser aufgehoben als auf seinen Hüften, in deren Richtung sie tendieren.
„Wie schön für dich. Du hast recht, du machst mich an, aber ich will keine Affäre. Ich möchte nach Hause gehen und ihr in die Augen schauen können. Tut mir leid.“
Statt einer Antwort gibt er ein abfälliges Geräusch von sich und lässt mich stehen. Das ist mal was Neues. Einen Meter weiter verharrt er, sieht zu mir zurück und schmunzelt.
„Du hast bereits eine! Wenn ich das nächste Mal komme, schicke ich dir meine Zimmernummer! Und weißt du was? Vielleicht solltest du *dir* mal zur Abwechslung in die Augen schauen. Dann

könntest du nämlich sehen, dass du längst aufgehört hast, zu leben!“
Rumms!
Manchmal wird die Wahrheit echt überbewertet!

9.
Jace

Unfassbar. Bin ich wirklich so aus der Übung? Muss fast so sein, weil es der Kerl tatsächlich zum zweiten Mal schafft, mir zu widerstehen. Ich kapiere es einfach nicht. Gibt es echt noch Menschen, Männer im speziellen, die ihren Prinzipien treu sind?
Dirk gehört zweifelsfrei einer sehr seltenen, vom Aussterben bedrohten Art an. Oder er ist schlichtweg bescheuert.
Nein. Ich verziehe den Mund und betrachte mein missmutiges Gesicht in der polierten Stahlwand des Aufzuges.
Dirk ist alles, nur nicht dumm. Ich glaube eher, hinter seiner bemüht tugendhaften Fassade versteckt sich ein Mann, der schlicht noch nicht weiß, was er will.
Schade eigentlich, oder auch nicht. Ich beginne zu grinsen, da ich es sein werde, der ihn knackt. Oh ja. Dirk wird mir nicht mehr lange widerstehen und es wird mir ein Vergnügen sein, ihm zu zeigen, was Sex zwischen Männern bedeutet.
Vorhin, dieser Kuss hat mir gezeigt, wie es sein könnte. Er ist keiner dieser schüchternen Softies, sondern hat die Chance lustvoll ergriffen, als er für einen Moment die Vernunft vergessen hat.
Und, ich gestehe, ich mag es, in seinen Armen zu liegen. Zwar war es nur sehr kurz, aber trotzdem. Dirk ist groß und kräftig, perfekt dazu geeignet, mich ganz zu vereinnahmen.
Hmmm … wozu soll das nun gut sein? Ich will, dass er mich fickt, und kein gemütliches Gekuschle vor dem Kamin.
Ja, doch … ich bin definitiv aus der Übung, überlege ich, während ich in meinem Hotelzimmer vor der geöffneten Reisetasche knie.
Es ist noch früh, viel zu früh, um ins Bett zu gehen. Dirks Kuss hat mich erregt und ich brauche heute Nacht etwas anderes als meine eigene Hand.
Ich will einen Schwanz. Einen Typen, der es mir besorgt und nicht lange drum herum redet. Entschlossen greife ich mir ein anderes T-Shirt, dessen Stoff leicht schimmert und sich herrlich auf der Haut anfühlt.

Minuten später stehe ich in der Lobby und warte auf mein Taxi, das mich in einen angesagten Club bringt. Zwar ist heute Donnerstag, aber ich hoffe dennoch fündig zu werden.
Schließlich wissen die Männer dort wenigstens, was sie wollen.

Ha. Ich wusste doch, dass es nicht an mir liegen kann. Mein Glas Mineralwasser ist noch nicht zur Hälfte leer, als ich angesprochen werde. Und wie es der Zufall will, entspricht der Typ auch noch genau meinem Beuteschema: groß, kräftig und selbstbewusst. Dem muss ich jetzt echt nicht erklären, was ich will.
Wir kommen schnell zur Sache und ich genieße das Unkomplizierte zwischen uns. Er - ich habe mir nicht die Mühe gemacht, mir seinen Namen zu merken - hat in der Nähe eine kleine Wohnung und kaum drinnen, kann ich mich endlich verwöhnen lassen.
Seine festen Berührungen und letztendlich sein Schwanz verscheuchen meine bewussten Gedanken und sorgen dafür, dass ich meine Einsamkeit ein Stück weit vergesse.
Dieses blöde Gefühl, das ich einfach nicht greifen kann und das in meinem Leben nichts zu suchen hat.

Der nächste Morgen. Ich sitze im Flieger und versuche, Schlaf nachzuholen. Nach dem sehr ausgiebigen Sex ist mir etwas passiert, was sonst nicht vorkommt. Ich bin doch tatsächlich neben dem Fremden eingepennt. Das an sich ist jetzt nicht der Grund für das seltsame Gefühl in meiner Magengegend, auch wenn ich seine Telefonnummer kaum noch ausschlagen konnte.
Nein.
Mein Blick gleitet durch das Flugzeugfenster nach draußen. Die Sonne spiegelt sich auf der weißen Tragfläche, darunter eine dicke Wolkenschicht, die den Erdboden verbirgt.
Ich schlucke den bitteren Geschmack der aufgelösten Aspirintablette hinunter.
Dirk.
Er ist schuld an meinem Unwohlsein. Was total bescheuert und unlogisch ist. Er spukt in meinem Kopf herum, seit ich irgendwann nachts aufgewacht bin und mir irgendein Sandmann den Gedanken, ich würde neben ihm liegen, ins Hirn gepflanzt hat.

Daraufhin habe ich mich an den warmen Leib geschmiegt und erst am Geruch festgestellt, dass ich mich irre.
Ganz groteske Situation. Der namenlose Kerl wachte auf und war natürlich hellauf begeistert, dass ich auf Schmusekurs ging.
Time to go, und das recht flott.
Habe ich dann auch getan, mir ein Taxi geholt und bin verschwunden. Soll er ruhig glauben, dass ich mich melde. Obwohl … wenn sich Dirk das nächste Mal wieder wie die Jungfrau von Orleans anstellt, wäre es echt eine sehr befriedigende Alternative.
Das ist jetzt der logische, nachvollziehbare Gang meiner Gedanken. Aber … eigentlich will ich das nicht, sondern nur Dirk.
Ich will einfach Sex mit ihm.
Sex!
Ja.
Ich schüttle den Kopf und leere den Rest meines Getränks.
Und warum schwelge ich dann permanent in dem kurzen, aber sehr prägnanten Moment, als er mich in die Arme genommen hat?
Ich werde echt langsam alt.
Gute Ausrede.

10.
Dirk

Tatsächlich offenbart der Blick in den Spiegel, als ich nach Hause komme, a: ich bin ein Vollidiot, b: ich sehe aus wie eine Fledermaus, die eine Runde Ventilator hinter sich hat, und c: Jace hat recht!
Wobei c die schlimmsten Auswirkungen hat.
Ich hasse es, wenn was nicht so läuft, wie ich es erwartet habe. Vielleicht ist das der Grund, warum ich recht zurückgezogen lebe. Das dort draußen kann ich nicht planen, nur bedingt beeinflussen.
Und jetzt habe ich zunehmend das Gefühl, als würde dieser anbetungswürdige Mann alle Fäden in der Hand halten.
Anbetungswürdiger Mann? Ich seufze und spritze noch mehr kaltes Wasser in mein Gesicht. Womit hat er sich diesen Titel verdient? Mit seiner Arroganz, der Frechheit, in mein Dasein zu platzen? Mit seiner schonungslosen Ehrlichkeit? Mit seiner sexuellen Anziehungskraft, die jenseits von Gut und Böse liegt? Wo liegt der Unterschied? Tatsache ist: Ich kann ihn fühlen, auch jetzt noch, obwohl ich schon vor drei Stunden in meinen drögen Alltag zurückgekehrt bin.
Sein Kuss hat einen Abdruck auf mir hinterlassen! Himmelherrgott! Es war nur ein Kuss! Dennoch lechzte ich dem Gefühl nach. Das kleine Flämmchen Sehnsucht hat neuen Zündstoff bekommen und flackert lichterloh.
Fakt ist: Wenn er Ernst macht und mir demnächst wirklich seine Zimmernummer schickt, werde ich … mein Handy ausschalten.
Ja!
Definitiv!
Doch! Ehrlich!

Als ich Melanie beim Frühstück eröffne, nach Wangen zu Mike zu fahren, hält sich ihre Überraschung in Grenzen. Lea bekommt, dank ihrer drei Jahre, noch nicht die greifbare Spannung zwischen uns mit. Ich versuche zu schauspielern, wenn sie dabei ist. Nichts liegt mir ferner, als meiner Kleinen ihr junges

Leben zu vermiesen. Reicht schon, wenn ich dabei bin, meines und Melanies an die Wand zu fahren.

Eine halbe Stunde später bin ich unterwegs und drehe im Auto den CD-Player voll auf. Vielleicht hilft die Musik ja, Jace' Bild aus meinem Kopf zu bekommen.

Nach dem dritten Lied wird auch das zum Bumerang. *'Waves after Waves'* ... Klasse! Jace' Heimsuchungen haben auch was von Wellen, jede höher, mitreißender, gefährlicher sowieso.

Ich drehe dem Sänger den Hahn ab und genieße trotz allem die immer grüner werdende Landschaft um mich herum. Es ist Mitte Juni, alles steht in vollem Saft. Oh nein, noch so eine blöde Metapher. Durch das herabgelassene Fenster rieche ich frisch abgeerntete Felder und würzigen Heuduft.

Ich mag die Gegend, in der sich mein kleiner Bruder einen alten Hof gekauft hat, sehr. Anfangs habe ich an seinem Verstand gezweifelt, aber inzwischen kann ich ihn mir in München gar nicht mehr vorstellen.

Sein Freundeskreis tut ein Übriges dazu. Diese wilde Mischung aus Handwerkern, Bauern und Angestellten, die zusammen diesen witzigen Schottenverein bilden und ihn und Jamie samt dessen gewöhnungsbedürftigem Beruf so herzlich und ohne groß zu zögern aufgenommen haben.

Ich freue mich für ihn und, wenn ich ehrlich bin, beneide ich ihn auch ein wenig darum. Er hat es geschafft, dem Regime unseres Vaters zu entkommen, ist immer straight seinen Weg gegangen und hat dabei nur gewonnen.

Den Mut hatte ich nie. Werde ihn wohl auch nie haben. Er hat mal gesagt, er bewundere meine Geradlinigkeit und die Sicherheit, mit der ich mein Leben gestalte und meinen wohl sortierten Alltag im Griff habe.

Mir ist fast die Spucke weggeblieben vor Unglauben. So sieht er das? Er ist weit davon entfernt, dumm zu sein, aber da hat ihn sein Urteilsvermögen komplett im Stich gelassen.

Ich bin nur einfach nicht so mutig wie er! Basta! Da liegt der Hase begraben. Als ich irgendwann bemerkte, dass mich meine Mitstudenten mehr erregen als Frauen, war meine erste Reaktion, mir eine Freundin zuzulegen. Als das in die Brüche ging, habe ich fast Panik bekommen und bin die nächste Partnerschaft

eingegangen. Mit Melanie! Wir haben dann recht schnell geheiratet und vor drei Jahren kam Lea.
Das perfekte Leben, in einem Strom, in dem die meisten schwimmen. Mir dreht es den Hals zu, wenn ich mir vorstelle, in zehn Jahren noch an genau demselben Fleck zu sein wie heute. Aber aus bekanntem Mangel an Arsch in der Hose wird sich das wohl nicht ändern.

Zwei Stunden später erklimme ich die steile Privatstraße zu Mikes Hof. Hmmm, kein Auto da. Vielleicht hätte ich mich doch vorher anmelden sollen. Aber egal, ich kenne das Versteck des Notschlüssels und kann mich selbst rein lassen.
Himmlische Ruhe umgibt mich, ich gönne mir die Zeit, setze mich vor der Haustür auf eine krumme Holzbank und lasse meine Augen über das weite Panorama schweifen.
Jetzt Jace neben mir, im Arm …
Fuck!
Ich glaub's ja nicht!
Zähneknirschend erhebe ich mich und wühle den Schlüssel unter einem Blumentopf hervor. Das Versteck ist so offensichtlich, jeder würde da nachsehen, aber hier, auf dem Land, kann man damit noch leichter leben. Und außerdem … jeder Einbrecher würde angesichts der sehr provokanten Bilder und Conan wohl erst mal zur Salzsäure erstarren und sein Vorhaben vergessen.
Die Tür geht einen Spalt auf und eine feuchte Hundenase erscheint im Spalt.
„Hey Conan", begrüße ich den kräftigen Rüden und lasse ihn ins Freie.
Vielleicht täte mir ein Spaziergang gut? Gesagt, getan. Ich ziehe Conan sein Geschirr an und mache mich auf den Weg. Dank meines Autos werden sich Mike und Jamie später nicht weiter über sein Fehlen wundern.

Als ich eine dreiviertel Stunde später über die Wiese hinter dem Haus zurückkomme, herrscht Leben auf dem Hof. Mehrere Männer, darunter die unvermeidlichen Kiltträger, breiten eine große Zeltplane zum Trocknen aus. Es wird gelacht und rumgefrotzelt, was das Zeug hält.

Völlig anderes Leben! Hier herrscht Sonne und Licht, in meinem Dasein Trübsinn und Kälte. Wieder kehren meine Gedanken zu Jace zurück, zu seinem Kuss und den kraftvollen Berührungen … Warum kann ich mir nicht wenigstens hin und wieder die Sonne in Form von Bernsteinaugen und einem sexy Body gönnen? Die Vorstellung ist wie eine verbotene, leckere Praline, die Realität hingegen wie eine Faust in meinem Magen.
Weil ich es nicht darf! Weil es verbotene Gelüste sind! Weil ich feige bin!
Ah, sie haben mich entdeckt. Ich bücke mich und klipse die Leine los, damit er zu seinen Herrchen rennen kann. Und dann zwinge ich ein unverbindliches Lächeln auf meine Miene, schraube meine Mundwinkel irgendwo zwischen Kiefer und Ohren fest und begebe mich in den Kampf.
Funktioniert gut, für etwa zwei Stunden. So lange nämlich, wie die Jungs vom Schottenverein die Planen aufhängen, ihre Bierchen genießen und die bestellten Pizzen verdrücken.
Ich fühle mich gut aufgehoben und sicher. Meine privaten Probleme, einschließlich Jace und seine Drohung, sind weit weg und erscheinen mir zwei Bier später wie wild gewordene Träume.
Dann verschwindet einer nach dem anderen, ich werde gedrückt und verabschiedet wie einer, der dazugehört. Übrig bleiben schließlich nur wir drei. Jamie und Mike liegen eng umschlungen in der Hängematte und schütten so Benzin in mein schwelendes Sehnsuchtsfeuer.
Ich sollte ins Bett gehen. Fasziniert mustere ich das Farbenspiel des Sonnenuntergangs im dunklen Glas der Bierflasche.
„Ach übrigens …"
Jamies leise Stimme, kein Wunder, sein Kopf klemmt ja auch irgendwo unter Mikes Hals, reißt mich aus den Träumereien.
„Wir werden es mit Jace Stolz probieren. Er ist recht umtriebig und will wohl so schnell wie möglich seinen alten Status zurückerobern. Nächste Woche ist in München ein Shooting. Nur, falls es dich interessiert."
Die Worte dringen an meine Ohren, in mein Gehirn und werden verarbeitet. Ich spüre, wie ich erbleiche.
München?!
Zimmernummer!

Oh Gott, oh Gott!
Mein Kehlkopf ist verschwunden, ich kann nicht mehr sprechen.
Jamie taucht aus der Umarmung auf und mustert mich neugierig. „Alles okay?"
„Klar", krächze ich und täusche einen Hustenanfall vor. „Muss ins Bett", nuschle ich noch undeutlicher und unterstreiche den Satz mit einem Fingerzeig in ihre Richtung. Vielleicht verstehen sie den Wink, denn Mikes Hand erobert sich gerade einen Platz auf Jamies Hinterteil. In dessen Jeans, wohlgemerkt.
Hmmm, scheint zu klappen. Sie kichern beide los wie Teenies und ich ergreife die Flucht.
Eine Woche? Reicht das, um einen Flug zum Mars zu buchen? Was soll ich bloß machen? Auf der oberen Treppenstufe fällt es mir wie Schuppen von den Augen. Der Satz ‚*Nein, ich gehe nicht hin*' existiert in meinem Kopf nicht länger. Ich habe lediglich Angst zu … Verdammt nochmal. Sprich es ruhig aus, du Holzkopf. Ich habe Schiss, zu versagen! Das ist es, was mir Bauchschmerzen verursacht.
Wie betäubt krieche ich ins Bett und umklammere die dünne Bettdecke. Wann habe ich meinen Entschluss, stark zu bleiben, eigentlich gekippt?
Jace' Anziehungskraft ist viel zu mächtig für mich. Das Versprechen von Unverbindlichkeit, nur Sex, aber kein anstrengendes Geplänkel für den Rest der Zeit, hat die Waage wohl zu seinen Gunsten ausschlagen lassen.
Womit er wieder mal recht hat: Im Grunde gehe ich in Gedanken längst fremd! Mit ihm! Einem Mann! Und just in dem Moment weiß ich auch, dass ich damit Melanie jegliche Möglichkeit zum Ausgleich raube. Eine Affäre mit einer Frau würde wenigstens für Chancengleichheit sorgen. Aber mit einem Mann? Das ist mehr als fies und mein schlechtes Gewissen, obwohl diese herrlich schmutzigen Dinge ja bis dato nur in meinem Kopf stattfinden, schreit Zeter und Mordio.
Aber ich will verdammt sein, wenn ich es nicht mal vor mir selbst gestehen kann: Ja! JA! Ich bin heiß auf das, was er mir bietet. Ich will diesen Mann, will mit ihm schlafen, ihn schmecken, all die Dinge anstellen, die ich bis heute nur in Internetfilmchen gesehen habe.

Ja, ich weiß, ich sitze ja praktisch an der Quelle, aber ehrlich? Pornos, die aus Jamies aktiver Zeit stammen, in denen er mitwirkt oder gar welche mit meinem Bruder, sind tabu. Und mit ihnen alles, was aus dem Hause ihrer Agentur stammt, weil diese Streifen weder billig noch mit wackeligen Handkameras gedreht werden. Warum? Ich verstecke mein Gesicht vor Scham im Kissen. Ganz einfach, weil ich dem Ganzen nicht den Hauch einer Chance geben will, aus der Schmuddelecke zu entkommen. Denn damit müsste ich es akzeptieren, annehmen, dass es was mit mir zu tun hat … Ich bin so blöd. Echt.
Wird Zeit, dass mir meine Schutzengel Flügel anpassen, denn mein persönlicher Abgrund rückt näher.

Im Nachhinein stellt sich der Besuch bei meinem Bruderherz als eher hinderlich heraus. Die bloße Shooting-Ankündigung war ja schon ein Schock, aber am nächsten Tag sitze ich mit ihnen auf der Terrasse beim Essen, als besagter Plagegeist auf Jamies Handy anruft.
Da es um Geschäftliches geht und die beiden mich so selbstverständlich mit einbeziehen, als wäre mein Managerposten längst fix, schaltet er das Gerät auf Lautsprecher und gönnt mir den zweifelhaften Genuss von Jace' Honigstimme.
Jeder verdammte gesprochene Buchstabe bringt mein Blut zum Kochen. Sein Lachen jagt eine Gänsehaut über meinen Leib. Ich kann es nicht länger leugnen, die Anzahl der Schmetterlinge in meinem Bauch ist inzwischen gesundheitsgefährdend.
Der Junge macht mich an, ich bin heiß auf ihn! Er ist der Mann, der meine für Jahrzehnte stabile Mauer zum Einsturz bringt. Aber während ich einerseits meinen riesigen Kaffeepott dazu benutzen möchte, Jamies Handy zu zerstören, gewinnt eine andere Einsicht ebenfalls an Schwere: Allein der Gedanke, dass mich und diesen Verrückten etwas verbindet, dieser eine, kurze Kuss und das Versprechen seiner Zimmernummer, löst in mir ein unanständiges Glücksgefühl aus.
Tatsächlich ist das die Würze, nach der es mich gelüstet! Spannung und Abenteuer, Sex sowieso … mein Leben ist dabei, aus dem Takt zu geraten, und … ich freue mich darauf!

Mein wesentlich erwachsenerer Verstand zeigt mir hingegen den Vogel. Ich bin im Begriff, eine Affäre zu beginnen und alles aufs Spiel zu setzen, was mir bis dato wichtig war.
Völlig bescheuert! Und das nur, weil ich einmal einen Mann in die Finger bekommen will.
Ich weiß, ich sollte eben jene davon lassen, ehe ich sie mir richtig verbrenne. Jetzt wäre die allerletzte Chance dazu.
Ich lausche Jace' Stimme und seinen sehr geschäftsmäßigen Worten. Ja, er kennt sich definitiv in dem Geschäft aus und diskutiert recht hart mit Jamie und Mike die Konditionen des samstäglichen Shootings. Hart und direkt! Und das soll der gleiche Kerl sein, der sich seufzend in meinen Armen gerekelt hat, nur weil ich seinen Hals geküsst habe? Mir kommen Zweifel. Andererseits … das hier ist Business, unsere Treffen reine Privatsache. Und er hat ja selbst betont, dass er ein paar Stunden Vergnügen haben will …

Gegen Abend mache ich mich auf den Rückweg. Die Fahrt verläuft ruhig und der kitschige Sonnenuntergang im Rückspiegel passt zu meiner Aufregung, die gar nicht mehr nachlassen will.
Aber ich will ihn doch gar nicht wiedersehen? Oder? Scheiße tut das weh! Warum eigentlich? Ich kenne den Kerl nicht. Alles, was ich weiß, ist, dass er ein extrem aggressives Wesen besitzt, einen grandios schlechten Ruf und den sinnlichsten Körper, den ich mir vorstellen kann. Hilft alles nichts. Ich nehme mir vor, wenigstens noch ein wenig zu träumen.

In München erwartet mich unser stilles, leeres Reihenhäuschen am Rande der Stadt. Melanie hat mir im Laufe des Tages per SMS mitgeteilt, dass sie mit Lea zu ihren Eltern an den Starnberger See fährt.
Nachdenklich stehe ich im dunklen Wohnzimmer und blicke in den kleinen Garten hinaus. Bunte und weiße Solarlampen zeichnen helle Stellen auf den Rasen.
Seltsam … ich spüre, wie ich die Verbindung zu all dem hier verliere, als wäre es nicht mehr mein Leben. Hmmm, im Grunde war es auch immer schon so. Angefangen vom Auto, einem

Familienkombi, über das Haus, bis zu der Einrichtung gehört alles zu Melanies Empfinden von Leben.
Warum fällt mir das jetzt alles auf? Hat Jace auch dort den Meißel angesetzt? Die Jahre dicke Schicht aus Bequemlichkeit aufgestemmt? Ich sollte nicht so unzufrieden sein! Aber ich bin es! Muss wirklich eine Midlifecrisis sein.
Darf ich mir für einen Moment ausmalen, was ich möchte? Ein Motorrad und ein alter Camper wären toll, und damit einfach ins Blaue fahren, anstatt in Familienburgen am Mittelmeer. Und wenn ich die Wahl hätte, würde ich in einer großzügigen Penthousewohnung leben wollen. Alles ist zu eng für mich, mein Dasein ein einziges Korsett …

11.
Jace

Es läuft! Ich freue mich tierisch. Der Einstieg zurück in den Zirkus gestaltet sich einfacher als erwartet. Gut, dass ich damals genügend Eindruck hinterlassen habe, so erinnern sich viele Modedesigner und Agenturen noch an mich.
Aber … am allermeisten freue ich mich über die Zusage der amerikanischen Agentur. Sie haben sich zwar ungewöhnlich viel Zeit gelassen, aber egal. Ich war in der Zwischenzeit nicht untätig und habe meine Fühler in diverse Richtungen ausgestreckt. Ich will ehrlich sein, als mir klar wurde, dem Internet sei Dank, dass Silverart tatsächlich das Label von Jamie Declaire ist, habe ich gehofft, da angenommen zu werden.
Ich will solche Bilder! Und wenn er Kampagnen für diese Agentur schießt, ist es der einzig wahre Platz für mich. Und wer weiß … vielleicht geht mein Weg ja noch weiter. Ich bin durchaus nicht abgeneigt, auch vor einer Filmkamera zu agieren.
Was mich zu einem völlig dummen Zwiespalt führt.
Soweit ich weiß, dreht die Agentur in Deutschland keine Pornos, also müsste ich dazu in die USA gehen. Vor ein paar Wochen hätte ich ohne zu zögern den Auslandskontrakt unterzeichnet, aber inzwischen zögere ich doch.
Was im Grunde bescheuert ist. Ich werfe meine unlängst gefassten Vorsätze über den Haufen, wegen eines Mannes, der sich bisher weigert, was mit mir anzufangen.
Ich umfasse meine Kaffeetasse und trete auf den Balkon meiner Frankfurter Wohnung hinaus. Die Sonne scheint mir ins Gesicht. Himmel, hätte ich jetzt Lust auf eine Zigarette. Aber ich habe wohlweislich keine im Haus. Die letzten zwei Jahre habe ich geraucht, um mich zu beruhigen, obwohl ich nicht weiß, ob das tatsächlich funktioniert oder eher der reichlich genossene Alkohol mein Gehirn benebelt hat. Mir hat es zumindest geholfen, bilde ich mir ein. Aber da nun alles ausgeräumt ist und ich beschlossen habe, ein neues Leben zu beginnen, habe ich kurzerhand damit aufgehört.

Und eben jener Mann weckt nun den Wunsch nach einer Kippe in mir. Warum bloß? Was hat er an sich, das mich so fesselt? Es ist Blödsinn.
Letzte Woche in Paris verbrachte ich ein paar sehr heiße Nächte mit einem Barmann. Das war viel einfacher und unkomplizierter. Sex, zwei leckere Abendessen und das war es dann.
Trotzdem … Kaum betrete ich deutschen Boden, ist er in meinen Gedanken zurück. Und seltsamerweise sind es seine warmen, dunklen Augen, die mir als erstes in den Sinn kommen. Okay, ich muss unwillkürlich lachen, viel mehr habe ich von ihm ja auch noch nicht zu sehen bekommen. Obwohl dieser eine Kuss in der Garage schon was hatte. Von Schüchternheit keine Spur, ich glaube, Dirk ist ein Wolf im Schafspelz und hinter seiner gezeigten Heterofassade lauert ein Vulkan. Ein Vulkan, den ich zum Ausbruch bringen will, das steht fest.
Vielleicht … Wenn wir im Bett waren und meine Neugier gestillt ist, kann ich ja immer noch über den Auslandsaufenthalt nachdenken.
Ich betrachte das Häusermeer vor mir und weiß, dass ich mir selbst was vormache. Vernünftig wäre es, jetzt gleich zu gehen. Diese Affäre, obwohl noch nicht mal richtig begonnen, lässt mich Dinge tun, die ich nicht will. Und alles nur, weil mich dieser Mann irgendwie anders anspricht.
Da … schon wieder! Meine Gedanken drehen sich im Kreis.
Auch nicht schlecht wäre es, wenn er im Bett eine Niete ist. Ja, das wäre eine sehr gute Alternative. Ein Fick und dann bye, bye, auf Nimmerwiedersehen.
Hmmm, komisches Gefühl. Verdammt, ich muss echt aufpassen, dass er mir nicht gefährlich wird. Nur Sex! Es wird Zeit, dass ich mir meine eigenen Worte wieder in Erinnerung rufe.
Es reicht schon, dass ich gestern, nachdem ich den Vertrag in der Post gefunden habe und daraufhin Jamie anrief, beinahe nach Dirk gefragt hätte.
Es macht mich fast wahnsinnig, dass ich über ihn nichts in Erfahrung bringen kann. Er hat uns zwar gecastet, aber unter den Mitarbeitern der Agentur taucht sein Name nicht auf. Auch sonst ist er eine völlige Unbekannte in dieser Gleichung. Wo kommt er her? Was tut er?

Lauter Fragen, die mich leider nicht weiterbringen. Und im Grunde, ich sollte bei der Ehrlichkeit bleiben, was soll ich mit den Antworten anfangen? Wozu brauche ich sie wirklich? Um einmal im Monat mit ihm Spaß zu haben, reichen mir seine Handynummer und die Gewissheit, dass er mich ficken will.
Das Lächeln auf meinem Gesicht fühlt sich falsch an, aber ich zwinge mich, die perfekt einstudierte Pose so lange aufrecht zu erhalten, bis es klappt.
Womit wir wieder bei der vorherrschenden Meinung über mich wären: Ich bin eine eiskalte Bitch.
Bitte schön!
Gerne.
Dann lasst ihr mich wenigstens mit euren falschen, geheuchelten Freundschaften in Ruhe und ich muss nicht so tun, als ob mir Menschen etwas bedeuten.
Aber Dirk … Nein. Weg mit diesen Gedanken. Es bringt nichts, gar nichts.
Lieber schaue ich nach vorne und freue mich auf das Shooting am Samstag. Meine Bewährungsprobe mit Silver sozusagen. Dass sie in München stattfindet, ist natürlich ein sehr positiver Nebeneffekt. Bei meinem Telefongespräch am Wochenende habe ich mit Freude erfahren, dass Jamie wohl öfter in Deutschland ist. Sein Mann stammt aus der Gegend, nicht weit weg vom Bodensee.
Sein Mann! Ich muss unwillkürlich schmunzeln. Wer hätte gedacht, dass sich dieser sehr erfolgreiche Darsteller von einem Deutschen einfangen lässt. Also ich zumindest nicht. Passt nicht zu ihm, aber was weiß ich schon.
Früher war seine Welt für mich ganz weit weg. Ich hätte mich nicht getraut, so offensiv zu sein, dazu habe ich viel zu viel auf das Gerede meiner Familie gegeben. Aber das war einmal, zum Glück.
So, ich schlucke den Rest Kaffee hinunter, ehe er kalt wird, und gehe hinein. Ich muss noch einen Wagen mieten, damit ich in München einen fahrbaren Untersatz habe. Schließlich weiß man ja nie, für was man ihn braucht. Der Flug ist bereits von der Agentur gebucht, ein toller Service, muss ich sagen.

Noch vier Tage. Halleluja! Und schon wieder ist mein Gehirn an der Stelle, wo sich Dirk befindet, eingerastet.
Ja, mein Freund, noch vier Tage, dann werden wir sehen, wie viel Eindruck mein Kuss beim letzten Mal auf dich gemacht hat. Und ich bin echt gespannt, welchen Eindruck erst mein Arsch bei dir machen wird.

12.
Dirk

Die Woche vergeht wie im Flug, ich fiebere regelrecht dem Samstag entgegen. Ob er sich wirklich melden wird? Wird er tatsächlich dreist genug sein, lediglich die Zimmernummer zu simsen? Ich gestehe: Seine unverblümte Frechheit hat es mir angetan. Ist er im Bett auch so direkt? Hmmm, aber ist Sex unter Männern nicht sowieso geradliniger als mit einer Frau? Ich weiß, das ist unfair, aber manchmal finde ich es reichlich anstrengend, die Auserwählte schon Stunden vorher auf die finalen paar Minuten vorzubereiten.
Ich schmunzele über meine eigenen Gedanken. So weit weg ist der Gedanke, mit ihm ins Bett zu gehen, also? Keine Armeslänge entfernt. Ich weiß, sollte er mich heute anfunken, würde ich wohl zu ihm gehen.
Die Vorstellung raubt mir den Atem!
Sekunden später fällt mir die Vernunft wieder in den Arm und schreit mich zurück. Dieses ständige Wechselbad der Gefühle ist anstrengend und süß zugleich. Und brandgefährlich.
Ich darf ihn nicht wiedersehen!
Ich will es so gern! Den Duft seiner Haut wieder riechen, diesen herrlich festen Leib an mir fühlen, erkunden, wie sich seine Haut unter meinen Fingern anfühlt. Noch mal seine Lippen an meinen, seine Zunge, die forsch meinen Mund erkundet …
Der bloße Gedanke daran erregt mich, ängstigt mich …

Samstagnachmittag gegen vier sitze ich mit Lea im Garten und leiste ihr Gesellschaft, während sie selbstvergessen unter den Bäumen mit ihren Puppen und Stofftieren spielt. In solchen Momenten ist Jace so ungreifbar wie ein Hirngespinst.
Ich erschrecke fast zu Tode, als mein Handy klingelt und mir eine SMS anzeigt. Ich muss über das erleichterte Geräusch lachen, gut dass Melanie gerade in der Küche werkelt und das nicht mitbekommt.
Es ist Jamie. Seine Nachricht: ‚Shoot läuft hervorragend, hast du gut ausgesucht! ;-)‘

Wider Willen freue ich mich über sein Lob. Sie haben mich letzte Woche eingeladen, zuzusehen, aber ich habe abgelehnt. Vielleicht, wenn Jace nicht dabei gewesen wäre, aber so? Nein, danke.

Der Nachmittag zieht sich dahin wie Kaugummi. Meine Nervosität wächst ins Uferlose. Allein der Gedanke, dass er in der Stadt ist … Was bin ich für ein Vollidiot!

Das Essen lasse ich ausfallen und präsentiere meiner Frau eine leichte Magenverstimmung. Stimmt ja auch, die verfluchten Schmetterlinge halten mich ganz schön auf Trab.

Nach der Tagesschau falle ich in ein Loch. Zu blöd. Warum bin ich so enttäuscht? Vielleicht hat er aufgegeben, da ich mich ja mit Händen und Füßen dagegen gewehrt habe? Oh Jace … jetzt hast du mich kosten lassen und dann das?

Ich starre Löcher in unseren beigefarbenen Wohnzimmerteppich. Melanies Frage nach meinem Wunsch bezüglich des Fernsehprogramms beantworte ich mit einem lapidaren: „Mir egal." Ist es auch. Ich will …

Nein, es ist besser so …

Sämtliches Blut versackt in meiner Körpermitte, als ich den Vibrationsalarm meines Telefons durch den Stoff an meinem Hintern fühle. Unvermittelt reißt es meine Mundwinkel förmlich Richtung Ohren, kostet sehr viel Kraft, das nicht zuzulassen.

Jetzt ganz langsam! Vielleicht ist er es ja überhaupt nicht. Ich zwinge mich zur Langsamkeit und stehle mich von der Couch Richtung Toilette. Ich habe keine Affäre? Stimmt, aber ich benehme mich schon so, als ob.

Kaum drinnen, krame ich das Handy hervor und hole betont lässig, wie um mir selbst meine Coolness zu bestätigen, die Nachricht hervor.

Quietsche ich so? Oh … mein … Gott! Ich benehme mich wie ein Teenie, ist das zu fassen? Aber es ist tatsächlich Jace. Seiner Nummer habe ich inzwischen den Namen Amber zugeordnet.

Sekundenlang starre ich auf das Display, wage aber nicht, die Nachricht zu öffnen.

Point of no return!

Letzte Chance auf Rückzug!

Vertan!

Mein Zeigefinger fällt nach unten und zaubert seine Worte ans Tageslicht.
‚Hotel Bergmann, Zimmer 28, zweiter Stock rechts. J.'
Ich schlucke krampfhaft. Er hat es tatsächlich getan! Gütiger Himmel, macht mich das an! Fassungslos schaue ich an mir hinab, mein Schwanz nimmt die Nachricht wirklich sehr gut auf.
Was jetzt? Wie soll ich Melanie erklären, dass ich weg muss? Vielleicht sollte ich mir eine neue Marotte zulegen: abends mal was trinken gehen. Ich versuche es.
Auf dem Weg ins Wohnzimmer trifft mich die ernüchternde Erkenntnis, dass ich gerade planmäßig meinen ersten Seitensprung in die Wege leite. Den ersten! Ich weiß, es wird nicht bei dem einen bleiben.
Wieder bei ihr, sinke ich auf die Couchlehne und druckse herum, bis sie mich genervt anschaut.
„Was ist los?"
„Ich … ich würde gern noch was trinken gehen, stört es dich, wenn ich dich alleine lasse?"
Sie verdreht genervt die Augen. „Lass mich raten, dein Bruder und Schwager sind in der Stadt, oder?"
Puh, eine dankbare Ausrede, die ich umgehend ergreife. „Ja, sie hatten heute einen Termin hier."
Melanie schnappt sich die Fernbedienung und sucht einen anderen Kanal. „Wird's spät?", fragt sie, ohne mich anzusehen.
Gelegenheit macht Diebe. Ich Arsch! „Wahrscheinlich. Warte nicht auf mich, okay?"
Sie nickt und hält mir die Backe hin, als ich sie zum Abschied küsse.
Dann verlasse ich beinahe fluchtartig unser Haus und hetze zum Auto. Bergmann Hotel, ich programmiere mein Navi und fahre los.
Mein Denken habe ich eingestellt, bringt jetzt nichts mehr und gegen diese unbändige, völlig unlogische Freude kann es ohnehin nicht mehr ankommen. Ich habe ein Date! Das erste seit was weiß ich wie vielen Jahren. Mit einem Mann! Das ist dann die absolute Premiere!

Das Hotel gehört deutlich in die gehobene Klasse. Moderner Bau, trotz des etwas altbackenen Namens. Ein Nachtportier steht dienstbeflissen hinter dem Tresen und schaut mir neugierig entgegen. Es ist schon recht spät, die Beleuchtung gedimmt und aus versteckten Lautsprechern erklingt sanfter Jazz.
Hoffentlich sieht er mir meine Nervosität nicht an, sonst mache ich mich gleich hier zum Affen. Aber mir scheint, ich habe doch noch alles im Griff.
„Guten Abend“, begrüßt er mich mit gedämpfter Stimme. „Kann ich ihnen helfen?“
Ich bringe kaum den Satz über die Lippen, aber ich muss es aussprechen, sonst lässt er mich nicht vorbei. „Herr Stolz erwartet mich.“
Sein erblühendes Lächeln lässt keine Rückschlüsse auf seine Gedanken zu. Gut geschult, der Mann. „Ja, er hat sie angekündigt. Zimmer 28. Mit dem Fahrstuhl in den zweiten Stock und dann rechter Hand.“
Ich nicke lächelnd und gehe mit schlotternden Beinen Richtung Lift. So, so … hat mich also angekündigt. Fast ärgert mich seine Überzeugung, dass ich komme. Ich kann mich nicht recht damit anfreunden, so durchschaut zu werden.
Egal jetzt. Die Lifttüren öffnen sich, ich trete ein und die Fahrt geht los.
Die Fahrt ins Ungewisse … in sein Bett!
Ein Abenteuer mit offenem Ausgang!

13.
Dirk

Ich verlasse den Lift und wende mich wie beschrieben nach rechts. Mein Herz rast regelrecht, ich bekomme kaum Luft.
Jace erwartet mich! MICH! Ich kann es kaum glauben.
Im Vorbeigehen lese ich die Zimmernummern. 26, 27 … meine Schritte werden langsamer.
28!
Ich bleibe regungslos vor der dunkelbraunen Tür stehen und plötzlich habe ich Fluchtgedanken.
Was, wenn ich versage? Ich hatte noch nie was mit einem Mann. Und Jace ist kein unbeschriebenes Blatt. Ach Gott … was mache ich, wenn er mich ficken will? Daran habe ich noch gar nicht gedacht. Scheiße! Tatsächlich gehe ich zwei Schritte zurück, ehe ich mich besinne.
Ich schließe meine Augen, zwinge mich, tief einzuatmen, und gestatte mir eine ehrliche Antwort auf die alles entscheidende Frage: Was will ich?
Das Ergebnis ist eindeutig und besteht aus nur einem Wort: IHN!
Ich mache kehrt und klopfe sachte an die Tür. Als ich keine Antwort bekomme, drücke ich die Klinke, nicht abgeschlossen. Mit einem Megakloß im Hals gehe ich hinein und schließe sie sanft hinter mir.
Scheinbar hat Jace mein Klopfen doch gehört, denn er kommt mir aus dem angrenzenden Badezimmer entgegen. Sein Haar ist noch feucht von der Dusche. Ein winziges Rinnsal an der rechten Halsseite spiegelt das sanfte Licht einer einsamen Stehleuchte wieder. Ein weißer, schmuckloser Hotelbademantel verhüllt seinen Luxuskörper. Er ist barfuß, ich mag seine Füße! Dann ist er bei mir, sieht mich an. Es fällt kein einziges Wort.
Fast zeitgleich greifen wir nacheinander und umschlingen uns. Unsere Lippen finden sich blind.
Hmmm, aus einer normalen Begrüßung wird wohl wieder nichts.
Der Kuss ist … unbeschreiblich! Wild und doch zart, tastend und zugleich fordernd. Ich drehe ihn um seine Achse und presse ihn an die Tür, lehne mich gierig an ihn. Er stöhnt in meinen

Mund, heizt mir allein durch diesen Laut weiter ein. Ich gehe mit, steige in das Geräusch ein, ohne es steuern zu können. Seine Hand klammert sich in mein Haar, die andere knetet meinen Hintern. Ich erwidere diese Gesten ebenfalls, ohne seinen Mund auch nur für eine Millisekunde freizugeben.
Gott, was bin ich scharf auf diesen Mann! Meine Hormone entgleisen, meine Gier kommt wie ein wildes Tier aus ihrem dunklen Versteck und stürzt sich auf Jace. Was passiert mit mir? Wo kommt dieser dunkle Zwang her, ihn besitzen zu wollen? Dieses Gefühl, seinen Leib samt Seele mit meinen Händen, Lippen und meinem Schwanz aus der Realität lösen zu wollen und ihm meine ganz persönliche, unvergessliche Marke aufzudrücken?
Ich verstehe diese Dinge nicht! Sie gehören nicht zu mir, sind viel zu wild und unberechenbar, als dass sie Teil meines Lebens sein könnten.
Aber sie sind da! Jetzt! In dieser Sekunde und ich werde den Verdacht nicht los, dass dieser Mann noch ganz andere Dinge in mir aus der verstaubten Ecke, die von Moral und Feigheit bewacht wird, holen wird.
Ich weiche ein winziges Stück zurück, um atmen zu können. Jace' Gesicht glüht vor Lust, seine Lippen sind herrlich feucht und schon jetzt ein wenig geschwollen. Ich lecke langsam darüber, er zischt leise. Dann ergreife ich seine Hände, unsere Finger flechten sich ineinander und er erwidert meinen Blick ungläubig.
Langsam, weiter an ihn gelehnt, schiebe ich seine Hände an der Tür nach oben, liefere ihn mir aus, wogegen er nichts unternimmt.
Ein paar Sekunden Vernunft, nur ein paar, um ein paar Eckdaten zu klären. Vorher noch ein Kuss, ja!
Er schnappt nach meiner Zunge, saugt sie in seinen Mund … Das ist so geil! Und er schmeckt fantastisch! Ich will mehr davon, erobere seinen feuchten Mund grob und ungestüm und bin erschrocken, wie gern er das zulässt, ja, mich lockt, auffordert, sein Innerstes in Besitz zu nehmen.
Ich gebe ihn frei, meine Stirn lehnt an seiner, wir keuchen beide und ich spüre sein rasendes Herz gegen meine Brust schlagen.

Oder ist es mein eigenes? Keine Ahnung, spielt auch nicht wirklich eine Rolle.
„Jace?“ Ich zwinge meine Zunge, Worte zu bilden, anstatt ihn zu lecken.
Er lacht auf und blinzelt. „Bist du immer so ein Tier?“, verlangt er zu wissen und ruckelt an seinen gefangenen Händen. Ich kann sie jetzt nicht loslassen, weil er mich dann anfasst und das mein Gehirn in Streik legt. Erst reden, so bescheuert das jetzt auch ist. Aber ich lache unwillkürlich mit. „Eigentlich nicht, muss an dir liegen.“
Sein Kopf sinkt nach hinten und er erwidert meinen Blick. „Ehrlich? … Dann halte dich nicht zurück! Friss mich mit Haut und Haaren“, flüstert er anzüglich und leckt über meine Nasenspitze.
Ich kneife meine Augen zusammen und lege den Kopf in den Nacken, um nicht genau das hier an der Tür zu tun. Schon witzig, sieht momentan so aus, als schaffe ich es nicht mal bis ins Bett mit ihm.
„Jace, hör zu.“ Zweiter Anlauf. Ich blicke auf ihn nieder und mir scheint, als habe er den ernsten Unterton meiner Worte verstanden. „Ich habe noch nie mit einem Mann geschlafen, du musst mir helfen.“ Ich hoffe, der lacht jetzt nicht, sonst schmeiße ich ihn hinter mich und haue ab. Spitz hin oder her, aber mein Stolz hat sich noch nicht aus dem Fenster gestürzt.
„Lass mich mal los“, fordert er sanft und als ich es tue, legt er seine Arme auf meine Schultern. „Das habe ich mir schon fast gedacht. Bring mich einfach ins Bett und tu, was dir gefällt! Nur eines: Fass mich nicht an wie ein zerbrechliches Weibchen!“
Ich lache laut auf und presse ihn ungestüm an die Wand. Wie ich erschrocken feststelle, gefällt mir der Gedanke, nicht sonderlich zärtlich sein zu müssen, verdammt gut.
„Das hatte ich auch gar nicht vor“, quetsche ich dicht an seinen Lippen hervor und raube ihm einen weiteren Kuss. Kann mir jemand mal erklären, warum ich mich davor so geziert habe? Ich bin ein Schwachkopf! Ihn zu küssen ist, als ob man eine Treppe in den siebten Himmel erklimmt.
Mein Gewissen räuspert sich im Hintergrund, aber ich schlage ihm die Tür vor der Nase zu.

Seine Hände arbeiten sich meinen Rücken hinunter, kneten mich, erforschen meinen Körper. Oh Mann, ich will sie auf meiner Haut spüren, aber dazu müsste ich ihn freigeben. Geht nicht, nicht jetzt. Ah, jetzt hat er meinen Hintern erreicht und zieht mich vollends an sich. Er beendet den Kuss und starrt mich an.
„Sag mir, dass das in deiner Hose kein Fake ist! Mann, ich steh auf große Schwänze."
Uahrg … Mir fehlt die Spucke, um irgendetwas darauf zu erwidern. Adieu Moral, Erziehung, sanftes Heranführen an den ersten Gaysex. Jace fällt nicht mit der Tür ins Haus, er sprengt es einfach in die Luft.
„Find's raus", erwidere ich nur halb so mutig, wie es klingt.
Er grinst. Was für eine Frechheit, so ein anmutiges Gesicht zu haben und darauf einen derart provozierend sinnlichen Ausdruck zu zaubern. „Werde ich." Spricht's und schiebt mich mit einem atemlosen Gesichtsausdruck kräftig einen Schritt zurück.
Dann steht er da, wir sehen uns an. Etwas geschieht, ich kann es nicht benennen. Seine Bernsteinaugen durchdringen meine Seele und die Geste, wie seine Zunge über seine Lippen huscht, meinem Geschmack nachspürt, lässt mein Herz stolpern.
Tausend Kleinigkeiten fallen mir an ihm auf, überfallen meinen Geist. Sein noch feuchtes Haar, das jetzt wesentlich dunkler wirkt als sonst. Der winzige, goldene Stecker im linken Ohr, ein Leberfleck an der rechten unteren Wange. Als er breiter lächelt, sein linker Eckzahn, der ein winziges bisschen schräg steht und seine Perfektion noch stärker hervorhebt.
Mein Blick wandert hinab auf seine Füße, die ich vorhin schon zum verrückt werden sexy fand. Kräftige Männerfüße, feine, goldene Härchen … Ich möchte meine Lippen darauf drücken.
Oh Gott! Ich stehe auf seine Füße!?
Ich schlucke und zwinge meine Augen aufwärts, sie kommen nur bis zu seinen Händen, die unmissverständlich dabei sind, den Stoffgürtel zu lösen.
Ja!
Mach endlich!
Lass mich dich ansehen, mache mich zu deinem willenlosen Sklaven, der dich um den Verstand vögeln will.

Kurz schaue ich in seine Augen. Er mustert mich zufrieden. Scheißkerl! Er weiß genau, dass ich ihm nicht widerstehen kann, es schon nicht konnte, als ich sein Foto gesehen habe.
Dann ist der Knoten offen, demonstrativ langsam zieht er den Gürtel auseinander, nimmt aber seine verfluchten Hände nicht vom Stoff, sodass er ihn noch weiterhin verhüllt.
„Willst du sehen, was du heute Nacht bekommen wirst?"
„Jetzt mach schon!" Oh nein! Ich lasse mich wie ein 15-jähriger von dem Schönling aus der Reserve locken.
„Wenn ich es nicht tue, wirst du ihn mir dann mit Gewalt ausziehen?" Seine Stimme trieft vor Lust.
Das und ihn übers Knie legen für seine Folter. „Ja, nächstes Mal vielleicht, jetzt darfst du es tun", knurre ich durch meine zusammengebissenen Zähne. Dann geht mir der Sinn meiner Worte auf und ich sehe ernüchtert auf.
Er lacht immer noch nicht, gut so. Wirkt eher zufrieden und völlig einverstanden damit. „Gut! Ich nehme dich beim Wort, das *nächste* Mal ziehst du mich aus." Er flüstert die Worte wie einen Zauberspruch. Und das sind sie auch, denn endlich, endlich öffnet er den Mantel, streicht ihn beiseite und lässt ihn unvergleichlich reizvoll über seine Schultern hinabgleiten.
Pures Gift, dieser Mann! Belladonna und Fliegenpilz in einem, zum Abheben gefährlich!
Dann steht er nackt vor mir. Ich falle fast in Ohnmacht bei diesem Anblick. Der ganze Kerl ist einfach perfekt! Ein super trainierter Body! Schlank, aber muskulös, bronzene Haut mit wenigen, goldenen Härchen über dem Bauchnabel. Ich höre mich stöhnen, mein Schwanz pocht, will endlich ins Freie und ebenfalls sehen, was ihn erwartet.
„Großer Gott … Jace", keuche ich und kann die Augen nicht mehr von ihm nehmen. Dieser aufreizende Mistkerl. Eine Reihe von Sternen führt in seiner Leistengegend beidseitig direkt auf seinen wunderschönen, schlanken Penis zu. Wie die Landebahn ins Paradies.
Und, Hilfe, er ist erregt, kein Zweifel. Der Kerl ist so was von geil! Sein Glied pulsiert, die Eichel ist feucht und gerade, als ich ihn betrachte, rinnt ein Tropfen herab und jagt meinen Puls ins Nirwana.

Bevor mir aufgeht, was ich tue, berührt mein Zeigefinger die feuchte Spur und ich lecke sie auf. Will ihn schmecken, kosten … Wieder sehe ich ihn an und diesmal finde ich sehr wohl Überraschung auf seiner Miene.
„Was?“, frage ich ihn verunsichert.
„Weißt du, wie scharf mich das macht?“
Meine Schranken fallen, mein Gehirn ist vom Winde verweht. Na, was soll ich dann erst sagen?
Er ergreift meine Hand und küsst besagten Zeigefinger, dann drückt er die Finger auseinander und zieht mich an sich, legt sie um seinen strammen Schwanz. Wieder keuchen wir beide gleichermaßen.
Ein fremder Penis in meiner Hand, neu, ungewohnt … herrlich aufregend und, als ich eine zögernde Massage beginne, ungeheuerlich heiß! Ich sehe hinab, betrachte fasziniert, wie seine gerötete Eichel in meiner Faust verschwindet, wieder hervorlugt. Ein weiterer Tropfen quillt hervor, benässt die ganze Spitze und meine Hand.
„Jace …“ Nur ein Wort, ich kann nicht mehr klar denken.
Er stöhnt und lehnt seinen Kopf an die Tür, seine Hüften stoßen vor, er fickt meine Faust. Mir fliegt gleich das Schädeldach weg. Dann hält er inne, erwidert meinen Blick.
„Zwei Wünsche für heute Nacht, okay?“
Ich nicke dümmlich.
Er presst sich an meinen Körper und zerrt das T-Shirt über meinen Kopf.
„Erstens: Lass mich einmal deinen Mund auf meinem Schwanz spüren!“
Mein T-Shirt fliegt achtlos beiseite. Jetzt öffnet er den Ledergürtel meiner Jeans und gleich darauf den Knopf samt Reißverschluss. Ruckartig packt er alles, was mich von ihm trennt, und schiebt es mir bis an die Kniekehlen hinab. Mein Penis prallt an seine Brust und ich gebe ein erbärmliches Geräusch von mir.
„Hast du mich verstanden?“
Nicken muss reichen, mehr geht echt nicht.
Er grinst schelmisch. „Gut, dann zweitens: Fick mich endlich!“
Oh, oh, oh … Mann! „Welche Reihenfolge?“, quetsche ich zwischen einem atemberaubenden Kuss, seiner offensiven Entde-

ckungstour über meinen Rücken und stolpernden Hopsern Richtung Bett hervor.
„Egal, bloß spar dir eine lange Pause dazwischen."
Mir gehen die Worte aus, deshalb lasse ich es. Ich falle auf die Bettkante und habe den wohl geilsten Anblick aller Zeiten direkt vor Augen. Jace' Hände liegen auf meinem Kopf, um Wunsch eins gezielt einzufordern, aber ich gönne ihm noch ein bisschen Wartezeit. Zuerst ziehe ich mir meine Hose über die Füße und kicke alles in die Dunkelheit neben dem Bett.
Und dann genieße ich diesen unglaublichen Anblick. Meine Zweifel hinsichtlich meiner Lust auf Männer sind Geschichte. Ich glaube, ich war noch nie so hart und erregt wie jetzt. Was für ein Körper! Was für eine Haut! Diese Muskeln, der Geruch, besonders hier. Wie konnte ich jemals davor weglaufen? Wie dem widerstehen? Damit ist jetzt tatsächlich Schluss! Ich lege meine Hand um sein herrliches Glied und reibe fest auf und ab. Jace stöhnt laut. Dann beuge ich mich vor und küsse die tränende Spitze behutsam.
Samtig weich, warm, süß … meine Zunge kostet seinen Geschmack und dann gebe ich meinem Verlangen nach und gleite mit geschlossenen Lippen an seinem strammen Mast abwärts. Er krümmt sich, seine Hände ziehen an meinen Haaren.
„Oh fuck …"
Ich grinse innerlich und wiederhole meinen Überfall. Das hier ist so gut! Mutig gleiten meine Hände seine Oberschenkel hinauf auf seinen Hintern, halten ihn fest, während ich ihn blase, wie ich es selbst gern mal hätte. Sanft umfasse ich seine glatt rasierten Hoden, knete sie und erforsche atemlos den Weg zu seinem Eingang.
Oh, er stellt sein rechtes Bein auf die Matratze neben mich, gibt mir Raum.
Ich sehe auf, ohne ihn freizugeben, Jace erwidert meinen Blick. So viel Lust auf seiner Miene! Ich spreize seine Backen und gelange mit beiden Händen ans Ziel. Er keucht haltlos, als ich sachte einen Finger auf seiner Rosette kreisen lasse.
Ich habe nicht wirklich Ahnung, was ich tue, aber es scheint ihm zu gefallen.

„Oh ja, gib mir deinen Finger, komm … dehne mich“, fordert er stockend.
Okay, dann ans Eingemachte. Ich beobachte genau seine Reaktion, als ich sachte meinen Zeigefinger in ihm versenke. Ich erspüre seine Wärme und bin erstaunt, wie eng sich sein Körper um mich schmiegt. Jace zischt leise, sein Kopf sinkt in den Nacken.
Was für ein Hammeranblick! Er schiebt sich selbst weiter auf ihn drauf, seine Miene konzentriert und völlig offen. Tiefer in ihn! Sein Mund öffnet sich, er keucht, dann sieht er wieder auf mich herab.
„Und du bist sicher, dass du noch nie Sex mit einem Mann hattest?“, verlangt er heiser zu wissen.
Ich entlasse seinen Penis bedauernd aus meinem Mund und küsse mich von der Wurzel nach zur Spitze, ehe ich antworte. Insgeheim wundert es mich ja selbst, dass ich keinerlei Scheu vor dem intimen Kontakt habe, alles erscheint mir so passend und richtig. Keine Scheu, keine Hemmungen, da ist nichts.
Kurz kommt mir der Gedanke, ihm meine Verwandtschaft zu verraten, aber ich lasse es dann doch. Unsere Welt soll so klein wie möglich bleiben.
„Ganz sicher. Du bist mein Versuchskaninchen!“
Er lacht auf und wühlt in meinen Haaren. „Sehr gern. Können wir dann das Vorspiel beenden und gleich zur Sache kommen?“
„Wir sind doch schon dabei.“
Jace lacht auf, das sinnliche Geräusch geht in einem tiefen Stöhnen unter, als ich mutig einen zweiten Finger in ihn einführe. Was ist das gut!
„Okay … gut .. dann eben … Oh Dirk, wenn du so weitermachst, komme ich bald.“
Hmmm, heißt das jetzt aufhören oder weitermachen? Keine Ahnung, ich mache zweiteres und sauge kräftig an ihm.
„Scheiße!“ Fast ruckartig löst er sich aus meinem Mund und stützt sich auf meine Schultern.
Kraftvoll zieht er meinen Kopf in den Nacken und stürzt sich auf meine Lippen. Was für ein Kuss! Meine Hände sind weiterhin auf ihm, in ihm.

Er zieht sich zurück und hält meine Handgelenke fest, als er vor mir in die Knie geht. Dann robbt er näher, drückt meine Schenkel auseinander und küsst mich abermals. Ich presse ihn am Hintern an mich, genieße schamlos seine Wärme, das Gefühl seiner weichen, gepflegten Haut an mir. Ich hätte nie erwartet, wie verboten gut sich so ein Mann anfühlt.
Als er mich, nach Stunden wie ich glaube, freigibt und etwas zurückweicht, ist auch der letzte Rest Vernunft gefallen.
Hier bin ich frei! Frei zu tun, zu sagen und zu machen, wonach mir der Sinn steht. Jace ist der perfekte Mann für meine Wünsche und Gelüste. Er hat die erste Seite des Buches meiner Träume aufgeschlagen und er ist erwachsen und erfahren genug, sie mit mir zu erleben.
Und ich weiß in jener Sekunde, dass er es ebenso weiß! Jace hat mich längst durchschaut. Gut so! Er lächelt sachte, streichelt meinen Oberkörper. Oh ja. Ich will ihn spüren. Genüsslich schließe ich die Augen und begebe mich in seine kundigen Hände. Sein Mund knabbert an meinem Hals, hinab auf meine Schultern. Mit den Knöcheln umkreist er meine Brustwarzen und zwickt sie mit den Fingergelenken mit kräftig. Ich stöhne haltlos, ich hatte ja keine Ahnung, dass ich da so empfindlich bin! Dann wieder sein Mund und seine Zunge, die Einlass fordert, kaum gebe ich ihm nach, weicht er zurück und küsst sich hinab, während er mich nach hinten auf das Bett drückt.
Ich gebe ihm die Führung ab, völlig ungewohnt. Sonst muss ich immer die Initiative ergreifen, aber das hier ist irre gut!
Oh … seine Hand umfasst meinen Schwanz unvermittelt und wunderbar fest. Ein Ächzen begleitet seine Tat, meine Beine gleiten zur Seite. Ich suche seinen Blick, aber er mustert mich gerade voller Gier und leckt sich die Lippen dabei.
Mein Schwanz in seiner Hand ist ein unglaublicher Anblick. Wenn er auf Größe steht, dürfte er jetzt seine Freude haben, die Natur hat mich wirklich reich beschenkt. Ihn scheint es, anders als einige Frauen, nicht zu ängstigen, und dabei ist sein Hintern ja nicht gerade dafür gemacht worden, gefickt zu werden.
„Also Dirk … wow! Das nenne ich mal einen ordentlichen Schwanz! Genauso geil wie sein Besitzer!“ Sagt’s und schluckt mich umstandslos.

Alles um mich herum verschwindet hinter diesem Feeling. Ich kann es nicht beschreiben, es ist jenseits von allem, was ich je wagte, mir vorzustellen. Jace' heißer, feuchter Mund, der feste Ring seiner Lippen, pumpt das Blut in meinen Penis wie nie etwas zuvor. Jetzt sein Blick: Seine Augen funkeln vor Gier und purem Empfinden.
Er entlässt mich aus seinem Mund, reibt aber weiter mit einer Hand auf und ab, während er sich selbst streichelt. Nein … das will ich nicht. Ich befreie mich aus seinem Griff und hole ihn zu mir auf das Bett.
Dicht an dicht fallen wir quer darüber und beginnen einander zu entdecken. Und was für eine Reise das ist! Jace ist so perfekt, die Kraft unter meinen Händen bringt mein Blut zum Sieden. Grob drücke ich ihn auf den Rücken und folge mit den Lippen meinen Händen, will ihn mit allen Sinnen entdecken: spüren, schmecken, riechen …
Er zittert unter meiner Behandlung, geht mit, wir rangeln und wälzen uns gierig aufeinander umher, streiten um die Obermacht und gewinnen doch beide in jeder Sekunde.
Schließlich liegt er unter mir. Fasziniert betrachte ich unsere feuchten Schwänze einträchtig nebeneinander. Jetzt will ich den Rest. Ich bin so heiß, dass ich befürchte, eine weitere, feste Berührung lässt mich kommen. Aber ich will in ihn! Seinen Körper auf die einzig wahre Art haben: Ich will mit ihm schlafen!
Und wieder habe ich das Gefühl, er weiß es. Schwer atmend erwidert er meinen fordernden Kuss, streicht seine Haare aus der Stirn und drückt mich auf die Seite. Ich lasse mich fallen und beobachte seine eleganten Bewegungen. Der Schwung seines Rückens ist wunderschön und, hoppla, das ist mir bis jetzt tatsächlich entgangen: Auf dem Ansatz seines runden Hinterns sitzt noch ein Tattoo. Ich beuge mich zu ihm hinüber und umkreise es zart mit dem Zeigefinger. Es ist ein gebrochenes Herz, auf der einen Hälfte steht ein J und auf der anderen ein P.
Eine verlorene Liebe? Eine Beziehung, die in die Brüche ging? Ich drücke meine Lippen darauf und empfinde plötzlich sehr viel Wärme für diesen Mann. Warum habe ich das Gefühl, er versteckt sich in Wirklichkeit auch jetzt vor mir? Ich befürchte, er

hat seine Modelrolle so verinnerlicht, dass er gar nicht mehr er selbst sein kann. Seine Geschichte würde mich interessieren, wie konnte es passieren, dass er einen so miserablen Ruf bekam? Irgendwie passt es nicht, stimmt sein mieses Image nicht mit dem überein, was ich glaube, zu sehen …

Er weicht mir aus und sieht mich ernst an.

„Frag erst gar nicht danach, ich werde dir nicht antworten." Ungewohnte Schärfe in seiner dunklen Stimme.

Oh Mann, ich wollte doch nicht seine Erregung zum Teufel jagen. Ich schüttle den Kopf und streiche über seine Brust. Es scheint ihn zu beruhigen, denn nach Sekunden schließt er wieder die Augen und seufzt leise.

„Jace?"

„Hmmm?" Er sieht mich träge an.

Fallen mir noch immer schwer, die Worte, aber ich muss sie aussprechen, sie aus meinem Gehirn scheuchen, um sie wahr werden zu lassen. „Ich will dich!" Sehr leise, vielleicht zu sanft, um hierher zu passen. Egal.

„Was willst du?"

Wie? Hat er nicht verstanden … Oh! Er spielt wieder sein Spielchen! „Dich!", erwidere ich schmunzelnd und male unsinnige Muster auf seinen Brustkorb.

„Hmmm, sehr allgemein gehalten. Was genau?"

„Macht es dich an, darüber zu reden?"

Er dreht sich auf die Seite. Wir liegen uns verdammt nah gegenüber. Ich mag dieses jegliche Fehlen von Scheu zwischen uns, kein Geziere, kein nerviges Getue, weil der Bauch zu dick, die Schenkel nicht glatt genug sind. Einfach zwei Menschen die sich … Hmmm, mögen? Nein, Sex wollen. Ja, das passt besser.

„Ja, ich mag es, zu sagen, was ich will, wie ich es will und so weiter. Und du?"

Ich betrachte ihn, während ich darüber nachdenke. „Keine Ahnung."

Jace schüttelt den Kopf und kichert. „Du machst mir Spaß! Aber dass du mich jetzt ficken willst, das weißt du, ja?"

„Allerdings!"

Er robbt näher, schnurrt. „Dann sag es mir. Beschreibe, was du mit mir zu tun gedenkst."

„Du spinnst."
„Komm schon, lass dich darauf ein."
Ich verschlucke fast meine Zunge. Soll ich heute Nacht allen Ernstes 34 Jahre im Schnelldurchlauf nachholen? Aber gut, ich schließe die Augen und überbrücke die restlichen Zentimeter zwischen uns. Meinen Kopf in seinem Schopf zu verstecken hilft ungemein. „Ich will dich spüren, Jace. Ich möchte dich nehmen, meinen … Schwanz tief in deinen entzückenden Hintern stecken und dann so lange in dich stoßen, bis du kommst."
Er unterbindet mein Versteckspiel und zerrt meinen Kopf am Haar nach oben. Nach einem Kuss mustert er mich genau. Seine Augen werden dunkler, wie goldenes Laub im Herbst nach einem Regenguss. Ich kann seine Erregung förmlich riechen.
„Wie willst du das tun? Langsam oder schnell? Bist du eher zärtlich oder ein stürmischer Liebhaber, hmmm?"
Diese Worte! Ich habe das Gefühl, wir treiben es schon miteinander, so heizt mir das ein. Jace hat recht! Das hier ist ein grandioses Spiel. Meine Zunge löst sich allmählich.
„Zuerst langsam, bis ich weiß, dass ich es richtig mache, dann will ich dich hart und schnell. Ich möchte dich durch dieses verdammte Bett treiben und dich stöhnen hören."
Er umfasst unvermittelt meinen steinharten Ständer. „Ich mag es gern etwas härter. Und dieser wunderschöne Schwanz dürfte meinen Hintern sehr gut ausfüllen." Kaum verstummt, weicht er aus und holt von der anderen Seite, aus dem Nachttisch, ein Gummi und Gleitgel.
Die Tube drückt er mir in die Hand und reißt selbst die Plastikhülle auf. Etwas ratlos schaue ich zu, wie er mit geübten Fingern und sehr professionell meinen Schwanz verpackt. Die Berührung reicht fast aus, um mich kommen zu lassen, was er gekonnt verhindert, indem er meine Schwanzwurzel fest zusammenpresst.
Keuchend falle ich auf den Rücken. Er kichert und küsst meinen Bauch.
„Ich lege mich auf den Bauch, okay? Dehne mich noch ein bisschen, ich sage dir, wenn ich soweit bin." Spricht's und legt sich genau in Position.

Irgendwie ist die Situation echt blöd. Ich komme mir wie ein blutiger Anfänger vor. Kopfschüttelnd rapple ich mich auf die Knie, als Jace nach mir greift.
„Ich mag es, wenn du mich mit den Fingern fickst. Komm, es wird dir auch gefallen."
Sein Wort in Gottes Ohr. Was mir jedoch auf Anhieb gefällt, ist sein Anblick. Jegliche Zweifel beiseite schiebend, lasse ich mich einfach fallen und streichle mich seinen Rücken hinab, bis auf seinen prallen Hintern. Er seufzt und entspannt sich sichtlich. Nicht lange und ich kann nicht widerstehen, ihn dort unten zu küssen. Sein eindringlicher Geschmack lässt mich mutiger werden. Für einen Moment gebe ich dem Drang nach, ihn mit der Zunge zu kosten. Auch so ein verbotener Wunsch: einen Mann zu rimmen! Mal sehen, was er davon hält.
Jace reagiert unglaublich. Sein Blick schießt über die Schulter zu mir, als ich mich zwischen seine Beine lege und seine muskulösen Backen auseinander ziehe. Dieser Anblick macht mich wild und katapultiert meine abgeflaute Lust höher als je zuvor.
Und erst sein Geschmack! Männlich und herb. Meine Zungenspitze huscht über den festen Muskelring. Jace zieht krampfhaft die Luft ein und starrt mich an.
Ich hebe fragend eine Augenbraue und stupse gegen seinen Eingang. Ich bin selbst komplett über meinen Mut überrascht.
„Scheiße, Dirk! Das ist so geil!"
„Dann magst du es?"
„Oh ja … weiter, bitte."
Gut, sein Wunsch ist mir Befehl. Ich widme mich voller Hingabe meiner Aufgabe und spüre, wie er sanft wird. Schließlich versenke ich einen Finger in ihm, es geht jetzt wunderbar leicht. Zwei. Jace' Gesicht verschwindet im Kissen, sein Becken hebt sich mir entgegen. Ich schenke ihm einen dritten Finger und sein Stöhnen wird laut.
„Jetzt komm", fordert er heiser und rutscht von mir weg auf die Knie.
Er braucht mich nicht zweimal zu bitten. Sofort bin ich hinter ihm, setze meine Eichel an das kleine Loch und drücke mich in ihn. Ich könnte schreien, als ich in seine heiße Enge dringe. Und wie eng! Das Gel glänzt auf seinen Backen, die Lichtreflexe

nehmen mich gefangen und der Anblick meines Schwanzes in einem Männerhintern sowieso. Meine Hoden spannen gefährlich, das hier wird ein viel zu kurzes Gastspiel, verdammt. Ich dränge mich tiefer. Wow. Ist das eng! Mein Glied wird zusammengepresst, gefoltert, aber ich will gar nicht wissen, wie es Jace geht mit meinem Kaliber. Er stöhnt herzzerreißend und seine Hände krallen sich in das Leintuch.
Weiter, ich umklammere seine schmalen Hüften. Meine Vernunft schwindet mit jedem Millimeter. Großer Gott, ich will ihn hart und grob, ihn an mich ziehen, mich an ihm vergehen!
Wo kommen diese Gedanken her? An welchem Ort haben sie bis heute geschlummert?
Ich kann nicht mehr! Es fehlt noch gut ein Drittel, als ich die Geduld verliere und ihn erbarmungslos an mich ziehe. Jace schreit leise auf und stöhnt langgezogen, dreht sich zu mir um. Auf seiner Miene finde ich lustvollen Schmerz, was mich etwas auf den Boden der Tatsachen zurückholt. Ich verharre erschrocken, warte, bis er mir irgendein Zeichen gibt. Endlich sieht er mich an, sein Gesicht wird weich und entspannt. Dann schmunzelt er und ich widme mich wieder dem erstaunlichen Anblick vor mir.
Was für ein Bild: Ich ficke einen Mann! Einen wunderschönen, jungen und willigen Kerl, der mir jetzt mit einem Nicken zu verstehen gibt, dass ich Gas geben kann.
Ich tue es. Ohne ihn aus den Augen zu lassen, steigere ich meinen Takt, penetriere ihn mitleidlos und steige in sein Keuchen ein. Kurze, harte Stöße, Jace' Oberkörper sinkt auf die Matratze, er reibt seinen Schwanz im Takt. Jedes Mal, wenn meine Eier an seinen Hintern klatschen, keucht er auf. Leise Worte dringen an meine Ohren, Worte wie: schneller, härter, mehr! Ich verliere den Fokus, fühle nur noch die köstliche Enge um mich und das Ansteigen des Drucks in meinen Eiern.
Alles in mir kribbelt, ein Megaorgasmus ballt sich in mir zusammen. Oh ja, ich will in ihm kommen, in ihm abspritzen und, obwohl ich ein Gummi trage, das Gefühl haben, ihn zu markieren.
Ich umfasse ihn und lege meine Hand über seine, drücke zu, entlocke ihm einen Schrei. Ich mag es, beim Onanieren meine

Eichel zu reizen, also probiere ich es einfach bei ihm aus. Und ja, es funktioniert, er zuckt unter mir, sein Hintern wird enger und nach zwei, drei, harten Strichen spritzt er stöhnend in meine Hand.
Oh … es wird noch enger, pulsierende Wellen geben mir den Rest und nach wenigen kurzen Stößen presse ich mich in ihn und komme keuchend. Was für ein Wahnsinn! Willenlos dehne ich meinen Erguss aus, indem ich mich mehrere Male in ihn presse und meine Hüften kreisen lasse. Das ist so intensiv! Ich umklammere Jace' Hüften und genieße das Abflauen tief in ihm, lasse den Orgasmus sachte ausklingen und streiche über seinen verschwitzten Rücken.
Er atmet tief und schwer, ich auch. Was für eine Nummer! Jetzt rappelt er sich auf und kommt auf die Ellenbogen. Kopfschüttelnd sieht er zu mir zurück. Mein Penis schwillt ab, aber ich bin einfach nicht gewillt, die heiße Enge zu verlassen.
Ich betrachte seine Miene. Er wirkt äußerst zufrieden, dann habe ich meinen Job wohl doch nicht so schlecht gemacht fürs erste Mal.
Da – schon wieder! Verdammt! So schnell kommt man wieder auf den Boden der Tatsachen. Weiß ich denn, ob er nicht nur einen verheirateten Heteromann vernaschen wollte, um ihn auf seine Siegesliste zu schreiben?
Back to the roots. Scheißgefühl! Ich halte das Gummi fest und ziehe mich aus ihm zurück. Jace' Kopf fällt auf seine Unterarme und er stöhnt mitleiderregend.
Ich sollte mich anziehen und verschwinden. Die Realität steht plötzlich kopfschüttelnd vor mir und verjagt Lust und Unvernunft.
Ja, wird das Beste sein. Wortlos steige ich aus dem Bett, grabsche mir meine Klamotten und verschwinde im Bad. Wenigstens muss ich nicht duschen, ich rieche nicht nach Parfüm und Lippenstift wird es auch nie auf meinem Hemdkragen geben. Klasse! Mann, ich habe den Kerl vernascht, das war's dann aber auch schon.
Er hat bekommen, was er wollte, ich durfte mal spüren, wie sich der Hintern eines Mannes anfühlt.
Jetzt nach Hause, zurück in den Alltag zu Frau und Kind.

Ich sehe auf und starre den Mann im Spiegel an. Sein ebenmäßiges Gesicht wirkt nur unterschwellig zufrieden. Ich kenne ihn zu gut! Da ist noch etwas. Etwas Ungeheuerliches. Das Spiegelbild streckt mir die Zunge raus. Ein paar Resthormone sorgen da wohl noch für Ausfälle!
Meinen Gürtel noch in der Hand, kehre ich zu Jace zurück und hole mein T-Shirt von der Eingangstür. Er sitzt mit untergeschlagenen Beinen am Kopfteil des Bettes und beobachtet mich. Am liebsten würde ich grußlos verschwinden und ihn vergessen. Was utopisch ist. Dazu hat es mir viel zu sehr gefallen. Seufzend schlüpfe ich in mein T-Shirt, gehe zu ihm und lasse mich auf dem Bettrand nieder.
Schöner Mann! Offensichtlich bekomme ich gerade den wahren Jace zu sehen, da er völlig entspannt wirkt. Ich bewundere seine totale Ungezwungenheit. Lässig sitzt er da, eingetrocknetes Sperma ziert seinen Bauch, sein Glied liegt entspannt zwischen seinen Schenkeln. Ohne es bewusst zu wollen, streiche ich mit der Hand über seine ausgeprägte Brust und lächle über die Gänsehaut, die ich auslöse. Mir fällt auf, dass ich nicht weiß, wie empfindlich seine Brustwarzen sind. Ich hätte sie gern geleckt, an ihnen gesaugt und festgestellt, ob ihn das anmacht. Vertane Chance.
Ich schüttle den Kopf und begegne seinem forschenden Blick.
„Du ziehst ein Gesicht, als wäre das der schlechteste Sex deines Lebens gewesen."
Unwillkürlich muss ich grinsen. „Nein, sorry. Es war schön."
Jace' Augenbrauen wandern nach oben. „Schön? Das ist der kleine Bruder von scheiße."
Ich lache laut auf und raube ihm einen Kuss. Soviel dann zu meinem Vorhaben, still und heimlich zu verschwinden.
„Nein, im Ernst … Hat Spaß gemacht mit dir. Aber ich sollte jetzt gehen." Boah, ich schäme mich für meine Worte, wie platt klingt das denn? Ich bin definitiv aus der Flirtübung.
Er nickt, seufzt und streckt sich. Gibt's so was? Meine Lust auf ihn pirscht sich schon wieder heran.
„Ja, ich muss auch noch ein paar Stunden schlafen. Das Shooting war anstrengend, der Fotograf ist ein echter Viehtreiber."

Ich beiße mir auf die Lippen, um nicht laut aufzulachen. Oh ja, das ist Jamie zweifelsfrei. Ich erinnere mich an unzählige Wortgefechte zwischen ihm und Mike, weil der sich über seine Perfektion beschwerte.
„Hab ich auch schon gehört. Hat es sich wenigstens gelohnt?"
„Absolut. Der hat es echt drauf. Zwar weiß jetzt ein guter Teil Münchens, wie mein nackter Hintern aussieht, aber das war es wert!", teilt er mir grinsend mit.
Ich mag sein lächelndes Gesicht, diese Verbissenheit, die er sonst an den Tag legt, ist völlig verschwunden. Weiß er eigentlich, dass er sonst wie ein kalter Fisch wirkt? Jetzt ist so viel Wärme in seinen Augen, die durch seine Trägheit nach dem Liebesakt noch verstärkt wird. Noch immer das perfekte Model, aber jetzt ungekünstelt und weich.
Hormone!
Definitiv!
Bloß weg hier!
„Dann schlaf gut, klappt jetzt vielleicht besser, nachdem du den Druck los bist."
„Ganz sicher. Und bei dir?"
Ich schaue ihn an, wahrscheinlich zu lange. Dann beuge ich mich vor und küsse sanft seine Lippen. Herrschaft! Warum mutiere ich hier zum Gefühlsdussel? Es war ein Fick, mehr nicht. In Wahrheit wurmt mich jetzt schon das bloße Wort. Es ist viel zu herablassend für das, was wir erlebt haben.
Total blöd.
Vielleicht … war es ja das erste und letzte Mal? Wer weiß das schon. Ich will ihn nicht bitten, sich wieder zu melden, und ich will auch nicht von ihm hören, dass er mir wieder eine SMS schickt. Gehen, den Abend im Gedächtnis behalten, weiterleben. Das wäre perfekt.
„Müsste bestens funktionieren. Danke, Jace", quetsche ich hervor, weil mich meine eigenen Gedanken verletzen.
Ich weiche zurück, er funkelt mich irgendwie verärgert an. „Wenn du jetzt noch Geld auf das Nachtkästchen legst, knall ich dir eine."
„Blödmann", werfe ich ihm sanft an den Kopf, küsse seine Nasenspitze und stehe auf. Bei der Tür hebe ich meine Wagen-

schlüssel auf und schaue noch mal zu ihm zurück. Ja, er grinst wieder und winkt mir kurz zu. Gut so, scheinbar hat sich das bescheuerte Gefühl wieder gelegt.
Dann unterbricht die Tür den Sichtkontakt und ich kehre in mein Leben zurück.

14.
Jace

Die Tür fällt leise ins Schloss und ich bin allein. Dirk ist weg, zurück zu seiner Familie.
Ganz langsam erobert ein breites Grinsen mein Gesicht und ich muss mich zwingen, keinen total kindischen Freudentanz auf dem Bett aufzuführen.
Ich habe es geschafft! Tschakka! Und ich wusste, mein Gefühl trügt mich nicht. Was für ein Abend, was für ein Fick!
Zwar ist der vermutete Vulkan noch nicht explodiert, aber was nicht ist, kann, nein, wird fraglos noch werden. Dirk ist gefangen und wird zweifellos einem weiteren Treffen nicht abgeneigt sein. Seine Neugier ist geweckt, er hat gekostet und es hat ihm definitiv gefallen.
Mir auch, und wie. Um ehrlich zu sein, schäme ich mich jetzt fast, dieses sehr erregende Intermezzo als Fick zu bezeichnen. Reine Gewohnheit, aber diesmal passt es irgendwie nicht. Und daran hat ganz allein Dirk Schuld, seine Einfühlsamkeit, liebevolle Ungeduld. Auch wie er gerade gegangen ist, war anders, auch wenn ich gespürt habe, dass sein schlechtes Gewissen ihn ziemlich plagt. Er ist nicht oberflächlich genug, um hier grinsend rauszuspazieren und mir das Gefühl zu geben, benutzt worden zu sein. Und nicht nur das.
Mir vergeht mein Grinsen, stattdessen berühre ich meine geschwollenen, empfindlichen Lippen. Himmel, wie dieser Mann küsst. Als wäre er am Verhungern. Und genauso liebt er auch. Wann habe ich mich das letzte Mal so behütet und gut aufgehoben gefühlt? Ich erinnere mich nicht. Dirk ist anders, mehr bei mir, bei dem was wir tun, und weniger darauf bedacht, nur sein eigenes Vergnügen zu finden.
Hmmm, ist das nun gut oder schlecht? Vielleicht lag es auch nur daran, dass es für ihn das erste Mal mit einem Mann war? Vielleicht war er schlicht unsicher und deshalb so achtsam?
Nein. Ich schüttle meinen Kopf. Dirk ist so. Er ist keiner dieser Machoärsche, die einen durchrammeln und dann verschwinden. Das ist klasse oder ein verdammtes Problem.

Gedankenverloren ziehe ich die Bettdecke hoch und stecke meine Nase in den Stoff. Ja, ich kann ihn noch riechen, diesen markanten Duft nach einem mir unbekannten After Shave. Männlich, aber mit einer irgendwie blumigen Note. Es passt so gut zu ihm.
Ich sollte es bei diesem einen Mal belassen, wobei mir weniger sein schlechtes Gewissen Sorgen macht als meine Gefühle. Nein, ich werde jetzt nicht drüber nachdenken, wie gut ich mich bei ihm gefühlt, wie sehr ich seine Berührungen genossen habe. Und schon gar nicht, wie mein Herz geklopft hat, als ich ihn im Zimmer stehen sah. Das war lediglich der Reiz des Unbekannten. Ein neuer Mann in meinem Bett, noch dazu ein bekennender Hetero …
Ich atme tief und bewusst durch. Genauso ist es und nicht anders.
Jetzt fliege ich erst mal nach London und mache die Metropole unsicher, genieße ein paar Männer dort und dann wird sich mein Herz schon wieder einkriegen.
Alles andere passt weder in mein Leben noch in den Plan, den ich mir aufgestellt habe. Es würde mich nur wieder fesseln und an einen Ort ketten, der mir mehr Gefängnis ist als alles andere. Und außerdem … es gelten klare Spielregeln: Affäre, nicht mehr. Ich denke, das ist für uns beide die einzig richtige Option.
Ich will frei sein, frei von Menschen, die mir etwas bedeuten und diese Gefühle ohnehin nicht erwidern. Frei von Zwängen, kleinbürgerlicher Moral und den Lebensvorstellungen meiner Mitmenschen.
Ich will ich sein! Ein für alle Mal. Und wenn sich Dirk als Hemmschuh erweist, wird er aus meinem Leben so schnell verschwinden, wie er gekommen ist.
Und um sein Leben muss ich mir ohnehin keine Gedanken machen. Er ist gut bei seiner Familie aufgehoben. Soll er die Tage und übrigen Nächte ruhig bei seiner Frau und Tochter verbringen und den braven Normalo spielen. Immerhin habe ich mir ja nicht umsonst einen verheirateten Mann geangelt. Hat den Vorteil, dass ich mir keine Gedanken um Beziehungssachen machen muss. Das macht es einfacher.

Ich habe ein Stückchen hinter seine Fassade schauen können. Mir genügt seine wilde Seite alle paar Wochen. Und ich werde dafür sorgen, dass er unsere Treffen kaum noch erwarten kann.
Zufrieden mit mir selbst kuschle ich mich in das Kissen und lasse mich vom Duft meines Liebhabers einlullen, bis ich eingeschlafen bin.
Wie schön wäre es, wenn ich jetzt in seinen Armen liegen könnte …

15.
Dirk

Morgens beim Frühstück bin ich schweigsamer denn je. Die restliche Nacht war … seltsam. Ich bin so befriedigt wie lange nicht mehr, meine Haut kribbelt in Erinnerung an den Mann und mein Innerstes ist in Aufruhr.
Ich war meiner Frau immer treu, wahrscheinlich liegt es daran, dass dieses sexuelle Erlebnis so tiefen Eindruck hinterlässt. Das und die willkommene Direktheit. Zimmernummer, Vorspiel, Sex, Gehen.
Perfekt.
Echt?
Hmmm.
Irgendetwas in mir grummelt, überlegt, rümpft die Nase. Ich weiß nicht, was es ist.
Aber egal. So war es, und mit unverschämt viel Glück hat sich Jace nicht im Nachhinein über mich totgelacht und lässt mich noch mal ran.
Da! Habe ich nicht gestern auf der Rückfahrt beschlossen, dass einmal genug sei? Man sagt doch: einmal ist keinmal. Oder?
Schwache Ausrede für einen Seitensprung, aber etwas Besseres, um mein Gewissen leidlich zu beruhigen, fällt mir gerade echt nicht ein.

Der Vormittag verläuft ruhig und nach Plan. Ich kümmere mich um Lea und gebe so Melanie Gelegenheit, ihren Kram zu erledigen. Ein eingespieltes Team. Warum stößt mir das plötzlich so auf? Das ist nicht gut. Ich mag es geordnet, keine unnötigen Aufregungen und stets zu wissen, was als nächstes kommt. Und jetzt, ganz plötzlich, soll das ins Gegenteil umschlagen? Eine Gänsehaut rast über meinen Leib, als ich es für eine Sekunde wage, meinen Gedanken freien Lauf zu lassen.
Nein. Träume sind etwas für Spinner und … Menschen wie meinen Bruder, der immer mit einem Lächeln nach vorne sieht.
So ein Mist, mir gehen langsam die Ausreden aus. Egal. Ich beschließe, mir selbst ein paar Tage Zeit zu geben, dann wird sich der Aufruhr in meinem Herzen schon wieder legen.

Gegen elf registriere ich mit unverschämter Erleichterung Mikes Nummer auf meinem Handy und rufe ihn zurück.
„Hey Bruder, was gibt es?“, erwidere ich auf seine Begrüßung.
„Du, wir sind noch hier in Petes Hotel, hast du Lust auf ein Mittagessen und die Bilder? Immerhin hast du die Jungs ja ausgesucht.“
„Au ja, ich muss mich nur umziehen“, antworte ich so schnell, dass mir das erst hinterher aufgeht. Während ich aus dem Wohnzimmer gehe, erwidere ich Melanies ungeduldigen Blick mit einem entschuldigenden Gesichtsausdruck.
„Okay, wir sehen uns dann gleich. Bis dann.“ Mike legt auf.
„Du warst doch erst gestern Abend mit ihnen weg. Langsam kannst du echt bei ihnen einziehen“, stellt sie verärgert fest und holt meine unverschämt gute Laune vom Sockel.
„Ach, jetzt komm, sie sind doch so selten hier.“
„Hast du nicht was anderes zu tun? Sonst arbeitest du doch am Wochenende auch immer.“
Doch, hätte ich, aber ich habe einfach keine Lust drauf. Und außerdem … die Aussicht auf Jace’ nackten Hintern ist ohnehin nicht sonderlich dienlich bei schnöden Berechnungen.
„Ich bin auf dem Laufenden. Ich werde auch nicht lange bleiben, versprochen.“
Mit einem unbestimmten Laut verschwindet sie in der Küche, und das ist für mich das Startsignal.

Gute zwanzig Minuten später betrete ich das kleine Speisezimmer des Hotels und finde Pete, Erich, seinen Mann und Geschäftspartner, und meine beiden Familienmitglieder an einem runden Tisch über einen wilden Stapel Bilder gebeugt.
Mein Bruder nimmt mich in den Arm, nachdem ich den Hoteliers die Hände geschüttelt habe. Jamie hingegen steht auf und packt meinen Kopf. Ach je, ich weiß, was jetzt kommt, aber ich habe schon vor Monaten aufgegeben, dagegen zu protestieren. Jamie kennt einfach bei Menschen, die er mag, keine Schranken. Und ja, er drückt mir einen fetten Schmatzer auf die Lippen und grinst mich strahlend an.
Ich grinse ihn dümmlich an. „Wofür war das jetzt?“
„Jace war so geil! Toll, was so ein Profi vor der Kamera bringt.“

Oh, da kann ich nicht wiedersprechen. Geil ist der Kerl ohne Zweifel.
„Ja? Das ist super. Dann lass mal sehen.“ Erwidere ich trocken und hoffe, dass niemand meine Körpermitte näher in Augenschein nimmt. Mein Schwanz schwelgt nämlich auch gerade in Erinnerungen.
Jamie packt mich am Arm und zieht mich an den Tisch. Wortlos schiebt er mir einen dicken Stapel Bilder hin. Wow. Ja, das ist mein Jace!
Ich ächze! Mike schaut mich komisch an, aber ich zeige auf das sehr pikante Bild obenauf und er frisst die Ausrede. In Wirklichkeit liegt mir das Wort *mein* quer in der Kehle. Einmal Bettsport und dann so was? Ich hab echt ’nen Vogel! Sollte mich wohl bei ihm hinten anstellen.
Aber gut, die Bilder. Konzentriert gehe ich die Aufnahmen durch. Echt wunderschön. Extravagant und ganz Jamies Stil. Sehr detaillierte Großaufnahmen. Ein Portrait, auf dem seine unfassbar schönen Augen mir fast ein Loch ins Gehirn brennen. Und dann muss ich herzhaft lachen. Ich weiß nun, was er meinte, als er sagte, ganz München kennt jetzt seinen Arsch.
Jamie hat von draußen nach drinnen fotografiert. Man bedenke, das Hotel liegt an einer sehr zentralen und stark frequentierten Straße. Die Fotografie zeigt Jace, der sich gerade anziehen will. Er steht hinter einer Balkontür und sieht verträumt auf das Hemd in seiner Hand, während Fußgänger vorbeigehen und bemüht zur Seite sehen. Mir gefällt der Gegensatz darin. Außerhalb der moderne Verkehr und bekleidete Menschen, innen der nackte, sinnliche Mann im barocken Ambiente des Saales. Einfach Wahnsinn.
Ich lausche Jamies Erklärungen und bin stolz auf meinen … ja, wie nenne ich ihn jetzt? Lover, Geliebten? Nein, das hört sich an wie aus einem Lord- und Ladyschinken. Im Grunde ist es ja einerlei. Deshalb schiebe ich diese unsinnigen Gedanken weg, muss aber feststellen, dass ich mich so wohl wie lange nicht mehr fühle. Auch als Mike und Jamie während des Essens über geschäftliche Dinge diskutieren und mich wie selbstverständlich mit einbeziehen, habe ich kein ungutes Gefühl. Ob ich es will oder nicht, mein Erlebnis mit Jace erweist sich als Eintrittskarte

in ihr Business. Und als ich ihnen bei einer organisatorischen Angelegenheit einen hilfreichen Tipp geben kann, sehe ich, wie sie sich zuzwinkern. Hmmm, das hätte mich vor nicht allzu langer Zeit noch geärgert, aber jetzt? Es löst eine erschreckende Zufriedenheit in mir aus.

Tage vergehen im rhythmischen Einerlei meines Alltags. Ich habe sehr viel zu tun und zu überwachen. Gut so, Jace gerät wieder in den Hintergrund und mit ihm meine etwas weniger extreme Sehnsucht nach einem Mann. Hunger und Neugierde gestillt sozusagen.
Dennoch spüre ich sie weiterhin und lehne aus Angst, mich nicht im Griff zu haben, und eingefahrenen Denkmustern wieder mal einen Auftrag ab, weil die Kontaktperson in mein Beuteschema fällt. Ich weiß, das ist äußerst unprofessionell, aber ich kann nicht aus meiner Haut.

Als zwei Wochen um sind, merke ich, dass ich mein Handy nicht mehr aus meiner Reichweite lasse. Das ist total kindisch und bescheuert. Aber es ist, als sei mein Hirn wie ein Wecker gestellt und wüsste, dass er jetzt normalerweise wieder hier sein müsste.
Hmmm, spätestens Sonntagabend wird mir klar, dass ich lange nicht so cool bin, wie ich dachte. Ich bin, im Gegenteil, völlig von der Rolle, weil er sich nicht gemeldet hat. Freitag verging, da konnte ich es ja noch verkraften, Samstag auch. Der war schon schlimmer und ich habe mich gezwungen, bis in die Nacht irgendeinen Blödsinn im Fernseher anzusehen, falls er sich erst spät meldet.
Hat er nicht! Am Sonntag bin ich mit Lea in den Zoo und habe demonstrativ mein Telefon im Auto gelassen. Super! Nach fünf Minuten bin ich zurückgelaufen und habe es geholt. Wusste gar nicht, dass einmaliger Sex eine so verheerende Wirkung auf das Denken hat.

Okay, montags drauf bin ich wenigstens wieder da, wo ich vor Jace war: Im Dauerclinch mit meiner Ehefrau, die partout eine Woche nach Mallorca will.

Ich will aber nicht, ich kann gar nicht, weil ich so viel Arbeit habe. Von der Hoffnung, dass sich mein Gespiele doch noch meldet, ganz zu schweigen.
Wir streiten gute vier Tage, nicht am Stück, aber Häppchenweise kommt das gut hin. Anders als früher … Hmmm, dieses *früher* ist irgendwie komisch. Wo beginnt es? Was ist anders als vor dem imaginären Punkt? Fakt ist: Ich lasse mich nicht mehr breitklopfen! Des lieben Frieden willens habe ich meist nachgegeben und zugestimmt. Darauf habe ich echt keine Lust mehr! Als sie das merkt, wird sie unsicher und schmollt.
Auch gut, so habe ich wenigstens meine Ruhe.
Am Freitag der dritten Woche ist es keine Ausrede, dass ich etwas trinken gehen möchte. Mir fällt schlicht die Decke auf den Kopf. Ein wenig durch die Stadt laufen und mir irgendwo ein Bier genehmigen wird mir vielleicht helfen.
Ich sitze schon beim zweiten, als das Telefon vor mir auf der Theke vibriert.
Gut, dass ich gerade geschluckt habe, sonst hätte der Barkeeper eine ordentliche Dusche abbekommen.
Auf dem Display steht: AMBER!
Es dauert, bis ich genug Mut finde, um ranzugehen. Neben sprudelnder Freude empfinde ich echte Überraschung, von meinem rasenden Herz will ich gar nicht erst anfangen. Ich bin definitiv irgendwo im Teeniealter hängen geblieben, so benimmt sich doch kein erwachsener Mann. Und eine weitere Einsicht veranlasst mich fast, mit der Faust auf den Tresen zu schlagen. Mist, ich kann nicht mal was tun, geschweige denn zu ihm. Ich bin zu Fuß unterwegs!
‚Selbes Hotel? Ich warte in der Lobby. J.'
Also Nerven hat der schon, stelle ich lachend fest. Und da wundert er sich, wenn ihm jemand Geld auf den Nachttisch legt?
Schwupps! Mein großer Freund ist ganz Ohr, als die Bilder vom letzten Mal schlagartig präsent sind. Verdammt aber auch.
Seufzend tippe ich meine Absage ins Handy. Ich könnte heulen.
‚Sorry, kann nicht mehr Fahren.'
‚Warum?'
‚Bin zu Fuß unterwegs und habe zwei Bier intus.' Das ist so blöd, echt.

‚Wo?‘
Hmmm, was soll's. Ich simse ihm die Adresse und schwelge für Sekunden in der unsinnigen Hoffnung, er würde mich holen.
Sie vergeht recht schnell wieder, als der Apparat stumm bleibt. Dann eben nicht.
Scheißkerl!

Der Kellner stellt gerade mein drittes Glas vor mich, als hinter mir eine dunkle Stimme erklingt. „Alkohol macht impotent, wusstest du das?“
Meine Haare springen in Halbachtstellung. Jace?!
Ich fahre auf dem Hocker herum und starre ihn perplex an. „Was machst du denn hier?“
Er lacht ungläubig. „Hallo? Du hast kein Auto, bist weit weg vom Hotel und hast mir die Adresse gegeben?“
Oh, natürlich. „Ja, ich … dachte, du kommst nicht.“
Jace legt seinen Kopf schief und lächelt honigsüß. Sehr kurz streicht er mir über den Oberarm. „Und lasse mir dich entgehen?“
Mein Herz rast los, mein Unterleib pocht und nickt bejahend.
Ungerührt legt er einen Zwanziger auf den Tresen und wendet sich ab. Ich starre auf seinen Hintern und kann mich nicht rühren.
„Na los … komm schon.“
Ich hasse seine Selbstsicherheit … ich liebe sie! Oh Mann! Wie an Fäden gezogen, steige ich mit bebenden Knien vom Stuhl und folge ihm. An der Tür wartet er und hält sie mir auf. Sein Blick ist täuschend sanft, aber ich kann dieses Verlangen darin sehen. Schon witzig, es können nur klitzekleine Veränderungen in seinem Gesicht sein, aber es ist anders als auf den Fotos. Nebeneinander gehen wir die Straße ein Stück zu seinem Auto hinunter. Er parkt in einer dunklen Seitengasse. Mein Magen flattert, vielleicht bekomme ich jetzt gleich einen Kuss von ihm? 15 Jahre und keinen Tag älter! In jedem Fall! Wie kann man sich so aufführen?
Ich räuspere mich und versuche, ein Gespräch in Gang zu bringen. „Hab deine Fotos gesehen.“

Jace grinst und steckt seine Hände in die Jackentaschen. „Ja? Gefallen sie dir?"
Gefallen? Habe mir ernsthaft überlegt, eines davon zu mopsen, aber Jamie hätte es zweifelsfrei gemerkt und die Reaktion darauf möchte ich mir nicht ausmalen.
„Ganz toll, ehrlich! Und ja, ich denke dein Hintern dürfte jetzt bekannt sein. Hast du keine Probleme, dich so zu zeigen?"
Er schmunzelt und erwidert meinen Blick. „Nein, ich muss mich ja nicht verstecken, oder?"
„Nein, ich meine nur …"
„Ich weiß, was du meinst. Meine exhibitionistische Ader ist recht ausgeprägt, war sie schon immer, deshalb möchte ich ja auch in das Erotikgeschäft."
Hmmm, mir wird irgendwie mulmig dabei. Aber ich kann wohl kaum die Alleinherrschaft über seinen Body beantragen.
„Musst du wissen", gebe ich etwas missmutig zum Besten.
Er schubst mich an der Schulter und grinst unverschämt. „Wie bist du denn drauf? Immerhin hast du mich doch gecastet, oder?"
Stimmt, blöd. „Ja, aber ich war nur die Vertretung, ich betreibe ein Architekturbüro, kenne aber die Leute der Agentur ein wenig." Schön verpackte Untertreibung. Ich glaube, ich fange gerade an, ein Spinnennetz zu weben, und spiele dann, wenn ich es fertig habe, gleich die Fliege.
Jace nickt lediglich und holt seinen Autoschlüssel aus der Tasche. Drei Stehplätze weiter vorne blinkt eine silberne Karosse. Nicht der Golf vom letzten Mal. Wahrscheinlich hat er einen Leihwagen.
War das Absicht? Das Auto steht unter einem ausladenden Kastanienbaum. Die völlig zugewachsene Laterne schafft es nicht, ihr Licht bis auf die Straße zu schicken.
Meine Nervosität erklimmt unbekannte Höhen. Jetzt sind wir da, ich bleibe stehen und schlucke, sehe ihn an. Könnte er nicht wenigstens so viel Anstand haben, etwas weniger souverän zu sein?
„Hey", flüstert er leise und hält mich davon ab, in sein Auto zu springen. Er kommt ganz nah zu mir, ich kann ihn riechen, seine

Wärme spüren, als er mich am Aufschlag meiner Jacke packt und zu sich zieht.
Dann sind seine Lippen auf meinen, ich seufze leise und lege meine Hände auf seine Hüften. So schön! Ein zarter, tastender Kuss, seine Zunge fragend und sanft. Ich fordere ihn auf, ziehe ihn ganz an mich und lasse ihn ein. Er gleitet in meine Arme, seine Hände umfassen mich und dann zieht er mich am Hintern an seinen Leib.
Ich ächze, als ich spüre, dass wir beide hart sind.
Jace weicht ein kleines Stück zurück und grinst. „Aber hallo! Da freut sich aber jemand, mich zu sehen."
Rumms! Eine Ohrfeige wäre nicht weniger effektiv gewesen. Ruckartig weiche ich zurück. „Deinen Sarkasmus kannst du dir echt sparen. Selbstgefälliger Bastard!" Ich bin von null auf hundert stinksauer. Nicht genug, dass ich ihm nicht widerstehen kann und sämtliche Prinzipien einer Ehe in den Müll werfe, er muss es mir auch noch zentimeterdick aufs Butterbrot schmieren. Unwirsch wende ich mich ab und gehe den Weg zurück. Der kann mich echt mal. Wie konnte ich mich bloß auf diesen Scheiß einlassen?
„Dirk!" Er packt mich am Arm und reißt mich herum.
Verdammt, ist der Mann schön! Ärger verleiht seiner Miene einen strengen Touch, ebenso anziehend, wie wenn er entspannt ist.
„Jetzt mach mal halblang", fährt er mich an. „So war das jetzt echt nicht gemeint."
Beschwichtigt mich nicht völlig, aber immerhin so, dass ich stehenbleibe und tief durchatme.
„Was hältst du davon, wenn wir ins Hotel fahren, was trinken und ein paar Dinge besprechen?"
Reden? Mit Jace? Und Sex? Hmpf … Und ich bin beleidigt, wenn er so daherredet?
Er legt seine Arme auf meine Schultern und holt mich zu sich. „Ich freue mich echt, dich zu sehen, Dirk, und auf alles weitere auch. Und genau so habe ich das auch gemeint … Kommst du?"
Was soll ich darauf erwidern? Ich packe seine Hüften und küsse ihn grob. Ja, das brauche ich jetzt, das und nichts anderes! Er wird weich und anschmiegsam unter meinem forschen Übergriff.

Und mein spezieller Körperteil, dem vor Sekunden schlagartig die Luft ausgegangen ist, wird wieder hart und einsatzbereit. Ich presse ihn an mich und er spürt es auch.
Als ich ihm kurz Gelegenheit gebe, zu atmen, lächelt er süß und reibt seinen Unterleib an mir.
„Und er freut sich doch …!"
Mistkerl! „Grrr … können wir das Reden nicht verschieben?", frage ich heiser.
Jace lacht herzhaft und zieht mich zurück zum Auto. „Mit Vergnügen", flüstert er anzüglich und bugsiert mich auf den Beifahrersitz.
Danach verliere ich den Fokus und kann nicht glauben, wo ich mich befinde. Ich bin hin und her gerissen, Jace ist neben mir, wir fahren ins Hotel, werden wieder Sex haben! Ich werde ein weiteres Mal meine Frau betrügen.
Furchtbar!
Jaaa!
Oh Gott!

Nebeneinander betreten wir die Lobby. Derselbe Portier hat wieder Dienst und grüßt mich nur mit einem Kopfnicken. Tausend Euro für seine Gedanken.
Bereits im Lift wird klar, dass wir beide kaum die Finger bei uns behalten können. Kaum sind die Türen zu, schmiegt sich Jace an mich und greift mir ungeniert vorne in die Hose. Ich lasse ihm atemlos den Willen und schaue ihn an, als er meinen harten Schwanz umfasst und dabei stöhnt.
„Du hast recht, reden können wir hinterher immer noch. Jetzt brauch ich erst mal das hier!"
Und ich das, denke ich und packe ihn am Hintern. Ein verboten heißer Kuss und seine festen Finger auf meinem Ständer. What a feeling!
Die Türen gehen auf … und wieder zu. Haben wir irgendwie verpasst. Inzwischen presse ich ihn an die stählerne Wand und reibe mich hemmungslos an seiner Hand. Scheiße, bin ich scharf auf diesen Mann!
Die Türen öffnen sich wieder. Wir bemerken es beide gleichzeitig, kichern wie Teenies und gehen Hand in Hand hinaus.

Hand in Hand! Ich fasse es nicht. Normalerweise hasse ich so was! Dieses kitschige Rumgemache, Küsschen hier, Küsschen da. Mir wird es bei Mike und Jamie manchmal schon zu viel. Und jetzt? Jetzt kann ich seine warmen, festen Finger gar nicht mehr loslassen, aus lauter Angst, er könnte sich in Luft auflösen.

Der Gang ist leer, gute Gelegenheit! Ich ziehe ihn ein weiteres Mal an mich und vergehe mich an seinem süßen Mund. Jace geht hemmungslos mit, bewegt sich in meinen Armen so sinnlich, dass mir übel wird. Haut! Ja, ich will seine Haut spüren, auf der Stelle. Ohne den Kuss zu unterbrechen, rupfe ich hinten sein Hemd aus der Jeans und streiche über seinen warmen Rücken. Sein Kopf fällt in den Nacken und er stöhnt.

„Oh Dirk … das ist gut. Halt dich diesmal nicht zurück, hörst du?"

Worte, was soll ich da schon sagen? Ich beuge mich hinab und schnappe nach seinem Hals.

Er keucht auf und weicht zurück. „Keinen Knutschfleck, das dauert ewig zum Überschminken."

Ah ja. Okay, das sind dann mal völlig andere Gedanken. Aber lecken geht auch. Er zischt leise, hebt sein rechtes Bein an und hakt es um meine Beine. Das ist so … herrlich schamlos! Ich werde verrückt. Todesmutig drücke ich eine Hand in seine Hose, weiche zurück und beobachte, wie er darauf reagiert.

Er geht ab wie eine Rakete. Also, wenn die Gerüchte stimmen und er in jeder Stadt einen Typen hat, muss er nymphoman veranlagt sein.

Ohne meinem Blick zu widerstehen, reibt er seinen Hintern an meiner Hand. „Na komm, gib mir deinen Finger", mehr Knurren denn menschliche Sprache.

Das hier ist völlig abgefahren. Aber ich tue es, qualvoll langsam und mir bewusst, dass jederzeit eine Tür aufgehen könnte. Meine Finger gleiten in seine Spalte, teilen seinen muskulösen Hintern. Was für ein Gefühl! Dann bin ich am Ort des Geschehens und drücke dagegen.

Jace japst nach Luft und klammert sich an mir fest, als sein Körper mich einlässt. Auge in Auge! Das ist Wahnsinn! Als ich zustoße, küsse ich ihn wieder, nehme seinen Schrei auf. Oh ja … mag mich auch seine direkte Art verunsichern, so weiß ich jetzt,

womit ich ihn habe. Während ich den Finger kreisen lasse, suche ich wieder seinen Blick. Er ist reif, soviel ist sicher. Seine nächsten Worte bestätigen meine Vermutung.
„Fick mich!“, fordert er drängend und öffnet hektisch meine Hose.
Ich unterbinde sein Tun und weiche zurück. So viel Gier auf seiner Miene. „Dann solltest du endlich aufschließen, hmmm?“
Jace grinst, schlingt seinen Arm um meine Hüfte und zieht mich ein paar Meter weiter.
Anderes Zimmer diesmal, gleiches Interieur, Einheitsbrei und völlig irrelevant. Wichtig ist das Bett, das steht in Reichweite und ist groß genug.
Dicht an dicht, uns nicht mehr loslassend, knallt die Tür unanständig laut für diese Uhrzeit hinter uns zu. Innerhalb der kurzen Distanz habe ich ihn aus dem Hemd geschält und seine Hose auf den Oberschenkeln.
Ein Griff zwischen seine Beine. Sein Penis ist feucht und steinhart, ich drücke ihn fest, während ich langsam an ihm auf und ab gleite. Er soll erst kommen, wenn ich in ihm bin, die Erinnerung an diese Enge treibt mir den Schweiß auf die Stirn.
Gott, ich will diesen Kerl so sehr.
„Gummi, Gel?“ quetsche ich hervor und schubse ihn auf die Liegewiese, während ich mich selbst meiner Klamotten entledige.
Jace strampelt seine Hose fort, wirft die Socken achtlos an mir vorbei und krabbelt auf den Knien zum gegenüberliegenden Nachttisch.
Ich erstarre mitten in der Bewegung, angesichts dieses Anblicks. Kaum hat er die Sachen in der Hand, bin ich hinter ihm.
Vorspiel fällt definitiv aus! Ich will ihn jetzt einfach vernaschen. Punkt. Und wie mir scheint, geht es ihm genauso. Während ich mit zittrigen Händen das Gummi überrolle, verteilt er Gel an seinem Eingang und wirft mir dabei so heiße Blicke zu, dass ich das fast nicht schaffe. Schmunzelnd hilft er mir schließlich, was mir beinahe jegliche Beherrschung raubt.
Aber dann ist es so weit. Grob packe ich seine Hüften und stelle ein Bein auf. Ich habe keinen Schimmer, wie langsam oder schnell es normalerweise geht. Ich drücke einfach meine Eichel

an seinen Eingang und presse mich in ihn. Jace keucht und verkrallt sich im Kissen.
Schonungslos dehne ich ihn und bin erst zufrieden, als ich mich komplett in ihn geschoben habe. Der Körper vor mir bebt, sein Stöhnen zeugt von Qual und Lust zugleich. Ich beiße mir auf die Zunge, um nicht vor Wollust aufzuschreien.
Das ist so geil! Und dann werfe ich tatsächlich alles über Bord, was mich 34 Jahre begleitet hat. Kaum gibt mir Jace ein Zeichen, ficke ich ihn so grob und rücksichtslos, wie ich es noch nie getan habe. Hier ist kein Platz für Zärtlichkeit oder liebevolle, achtsame Gesten.
Das hier ist purer, unverfälschter Sex zwischen zwei Männern, die nur auf Erfüllung aus sind. Unser Stöhnen wird zu einem Laut, unsere Bewegungen harmonieren, das rhythmische Klatschen unserer Leiber aufeinander erfüllt den Raum.
Ich packe ihn am Genick und hole ihn zu mir hoch. Meine Hand liegt um seine Kehle, ertastet seinen rasenden Puls.
Mein Orgasmus baut sich in mir auf, ich spüre dieses Ziehen in den Eingeweiden, aber ich will nicht langsamer werden. Diese Brutalität löst mich aus allem heraus, befreit mich, meinen Geist …
Ich packe Jace' Hand und lege sie um sein Glied. „Komm für mich!", fordere ich und beiße vorsichtig in seinen Hals.
Er kommt meiner Bitte nach. Dieses Bild, wie er sich reibt, während ich ihn vögle, ist umwerfend. Ich habe noch nie in meinem Leben etwas Erotischeres als das hier gesehen.
Jace öffnet seinen Mund und wimmert leise: „Härter, bitte … Dirk", seine Stimme flehend und triefend vor Gier.
Umgehend erhöhe ich den Takt und ändere die Stellung, dringe tiefer und treffe diesen ganz speziellen Punkt in ihm, der ihm den Rest gibt. Das Stöhnen wird anders, zeugt von reiner Ekstase und ja … nach Sekunden krümmt er sich zusammen und wird wieder so herrlich eng.
Sein Hintern kontrahiert sich krampfhaft um meinen hämmernden Schwanz und jagt mich über die Schwelle. Ich stoße weiter zu, komme in ihm und finde die perfekte Erfüllung in seinem heißen Hintern.

Sekunden vergehen, wir klammern uns aneinander, als hätten wir Angst, durch dieses Irrsinnsempfinden abzuheben. Schließlich drücke ich ihn nach vorne und lasse mich gleichzeitig auf die Seite fallen, ohne ihn freizugeben. Es dauert, bis wir zu Atem kommen, solange verharre ich in ihm, unfähig, mich auch nur einen Millimeter zu rühren. Stattdessen hole ich ihn ganz nah zu mir, presse meinen rechten Arm unter seinen Kopf, damit er darauf zu liegen kommt, und schlinge die Linke um seinen feuchten, sinnlichen Körper.
Es dauert einige Zeit, bis mir die sehr vertrauliche Stellung bewusst wird. Ich umarme ihn! Eigentlich nichts Verwerfliches nach dem Sex, aber … ebenso wie das Händchenhalten vorhin etwas, das mir nicht liegt.
Ich bin kein Romantiker. Melanie hat sich schon am Anfang unserer Beziehung darüber beschwert, dass ich nicht auf Kuscheln stehe. Gemütliche Abende vor dem Fernseher, Arm in Arm?
Nicht mein Ding!
Als mir aufgeht, dass ich diesen Mann eigentlich gar nicht mehr loslassen will, überkommt mich ein seltsames Gefühl der Wärme. Sachte presse ich meine Lippen in seinen Nacken und entlocke ihm ein winziges Geräusch, welches irgendwie ein weiterer Tropfen in meinem leeren Herzen ist.
Das … kann nicht sein. Ich grinse dümmlich und schüttle über mein sentimentales Gesäusel den Kopf. Ja klar, ich wusste nicht, dass so ein heißer Fick mir das Gehirn vernebelt.
Anders kann es nicht sein. Darf es nicht sein. Aber für eine Millisekunde sehe ich dem Tropfen hinterher, wie er sich zu den anderen gesellt und die Pfütze vergrößert, die etwas bildet, das nicht sein darf … und den Namen Jace trägt.
Mir wird warm! Und reichlich mulmig zumute. Nur gut, dass Sex auch die Nebenwirkung Müdigkeit hat. Jace noch immer im Arm, lasse ich zu, dass mich der Schlaf übermannt und diese komischen Empfindungen fortnimmt.

Ich erwache, weil mir kalt ist und an mir rumgeruckelt wird. Mag ich gar nicht! Melanie weiß das eigentlich, ich verstehe gar nicht … Oh! Schlagartig bin ich hellwach und reiße meine Augen auf.
Dunkelblondes, verstrubbeltes Haar, erregender Duft nach Sex, Testosteron und Schweiß.
Lecker!
Meine Verunsicherung hinsichtlich der Uhrzeit schiebe ich geflissentlich beiseite und mache mir einen Spaß, Jace am Aufstehen zu hindern. Genau das versucht er nämlich gerade. Als er bemerkt, dass ich ihn festhalte, dreht er mir den Kopf zu und blickt mich amüsiert an.
„Wieder wach?"
„Sieht so aus."
„Lass mich schnell auf die Toilette."
Ich gebe ihn frei und drehe mich auf den Rücken. Verdammt gutes Gefühl! Ich beobachte, wie er nackt und völlig ungezwungen nach einer kurzen Weile wiederkommt und meinen Blick erwidert. Er kniet sich auf die Matratze und streicht mit der ganzen Hand, von der Brust angefangen, bis hinab auf meine Waden.
„Du bist ein schöner Mann, Dirk", murmelt er selbstvergessen und jagt Schamesröte in mein Gesicht. Ich und schön? Was nimmt er für Drogen?
„Na klar! Du musst mir keinen Honig um den Bart schmieren, ich geh auch so mit dir ins Bett."
Er sieht auf, scheint aus seinen Gedanken zu erwachen und lacht auf. „Hallo? Ich meine das ernst. Du hast einen schönen Körper, gut ausgebildete Muskeln, aber nicht so übertrieben. Dein Gesicht ist sehr ansprechend, ich mag deine dunklen Augen …" Jace schluckt, schüttelt den Kopf und dreht sich weg.
Täusche ich mich oder wird er ein wenig rot? Hmmm, nein, das muss täuschen. Ein Profi wie er wird doch nicht so einen Nullachtfünfzehnkerl wie mich attraktiv finden. Leider.
Schon wieder dieses seltsame Gefühl in mir, als ich ihn da so versunken auf dem Bett knien sehe.
Seufzend hole ich ihn kurzerhand in meine Arme und drücke ihn an mich. Nur kurz, weil ich spüre, wie er sich versteift. Doch er

weicht nur ein kleines Stück zurück und bleibt mir gegenüber liegen.
„Du wolltest reden, Jace? Was gibt es?“ So, jetzt kommt wahrscheinlich die kalte Dusche und er wird mir eröffnen, dass zwei Nummern mit einem Langweiler wie mir genug sind.
Er lächelt und streicht mit den Fingerspitzen über meine Brust. Ich habe fast keinen Haarwuchs, ihm scheint es zu gefallen, auch wenn das völlig uninteressant ist.
„Ja. Wir sollten vielleicht ein paar Dinge klarstellen“, meint er ungewohnt ernst.
Mit einer Geste bitte ich ihn, weiterzusprechen, und spüre dem kalten Gefühl in meiner Herzgegend nach. Was soll das? Warum macht es mir fast … Angst, dass er eventuell diese kurze Affäre beendet?
„Du hast geglaubt, ich würde mich nicht mehr melden, stimmt's?“, fragt er und sieht mich unvermittelt wieder an.
Statt einer Antwort zucke ich mit den Schultern, aber ich sehe, er versteht es.
„Dachte ich mir. Hör zu, mein Job ist sehr unregelmäßig, ich weiß nicht immer, wann ich wieder hier bin, deshalb …“
Ich unterbreche ihn. „Jace. Das weiß ich doch. Und selbst wenn du dich nicht mehr gemeldet hättest …“ Mir gehen die Worte aus. So ein Mist, es hätte mich verletzt. Nein … um ehrlich zu sein, möchte ich dieses Spiel mit dem Feuer noch nicht beenden.
Jace mustert mich genau und ich befürchte, er kann auf meiner Miene lesen wie in einem offenen Buch. Kurz huscht ein Schmunzeln über sein Gesicht. Nicht abfällig, sondern zufrieden.
„Ich werde mich wieder melden. Der Sex mit dir ist klasse und ich glaube, er wird mit der Zeit noch besser. Wenn du möchtest … kann ich dir ja mal zwischendurch eine Nachricht schicken …“
Blöd. Ich nicke, ehe er fertig ist. Ja, doch … ich benehme mich wie ein Teenie, der um mehr bettelt.
Jace schmunzelt, warum auch nicht, aber es wirkt nicht überheblich, sondern ehrlich. „Oder du könntest dich auch mal melden.“ Als er das sagt, wirkt er längst nicht mehr so souverän.

Ich hole tief Luft und lege meine Hand auf sein Gesicht. Kurz zuckt er zusammen. Was zum Teufel ist so schlimm daran? Ich kapiere das nicht.
„Ich wollte dich nicht belästigen."
Er nickt leicht und küsst meine Handinnenfläche. „Dito, ich dich auch nicht. Mir ist klar, dass ich dich in Schwierigkeiten …"
„Lass es, Jace, bitte." Ich werde ernst und seufze. „Deine Hartnäckigkeit in Ehren, aber ich hatte die Wahl, nein zu sagen, oder? Zerbrich dir nicht meinen Kopf."
Als ich meinen eigenen Worten lausche, wird mir klar, dass aus dem anonymen Fick gerade eine handfeste Affäre wird. Vier Begegnungen und es geht weit über das hinaus, was ich gutheißen kann. Seufzend suche ich nach den richtigen Worten. „Jace … ich weiß nicht, was du willst, aber ich bin nun mal …"
Er lacht auf und knufft mir auf die Brust. „Wow, langsam. Keine Panik, Dirk. Wir werden uns treffen, jede Menge Spaß miteinander haben und das war es auch. Keine Verpflichtung, kein Geheule, keine Ansprüche. Sex und Spaß, reicht dir das als Grund, mich zu treffen?"
Ich zwicke ihn in den straffen Bauch und steige in sein erleichtertes Lachen mit ein. Puh, gerade noch mal die Kurve gekriegt.
„Und ob. Vor allem Sex! Ich hatte ja keine Ahnung, was ein Mann zu bieten hat." Während ich das sage, habe ich allerdings ein ganz blödes Gefühl im Magen. Nennt sich Bedauern und gehört hier überhaupt nicht her.
„Ein Mann? Hey, ich biete dir das! Okay? Glaub ja nicht, dass du über jeden so herfallen könntest."
Es entsteht eine handfeste Rangelei.
„Ach ja? Na dann zeig mal, was du noch so zu bieten hast", fordere ich ihn heraus und die Stimmung kippt umgehend. „Darf ich dich noch mal vernaschen oder hast du genug?"
Ich hole ihn an meine Lippen und küsse ihn ausgiebig. Meine Hände wandern über seinen Leib und entlocken ihm ein Seufzen. Oh ja … das hier ist wirklich super. Ich lasse von seinen Lippen ab und betrachte seine schöne Brust. Da war doch was, was mir letztens entgangen ist. Mit dem Daumen reibe ich über seine Brustwarze und registriere, wie sich der leicht gebräunte Hof kräuselt und zusammenzieht.

„Magst du das?“, verlange ich leise zu wissen und sauge seine Reaktion gierig auf. Diese wunderschönen Augen werden dunkler und verschwinden halb hinter seinen Lidern. Ein Hauch entweicht ihm, als ich fester reibe und mein Bein zwischen seine drücke.
„Jace? Rede mit mir. Ich mag es, wenn du mir sagst, was du willst.“ Es ist tatsächlich so. Noch etwas, was mich selbst völlig überrascht. Hat mich sonst, ehrlich gesagt, nicht wirklich interessiert.
Er stöhnt unter meinen Händen, drückt sich mir entgegen. Ich pfeife doch erst mal auf Worte und mache mich auf eine Entdeckungsreise. Mit Händen und Lippen erforsche ich den sinnlichen Männerkörper vor mir auf dem Bett und schwelge gänzlich ungewohnt in meiner Neugierde.
Zentimeter für Zentimeter erobere ich den Mann, der sich irgendwie völlig ergibt und hemmungslos meine festen Berührungen annimmt.
Da ist wirklich nichts außer genießen, annehmen und völlig im Hier und Jetzt sein. Kein Spiel, es gibt nichts, was zu beachten und zu planen wäre. Das ist so … grandios unkompliziert. Wie er vorhin betonte: Sex und Spaß. Punkt und fertig.
Und ich will beides mit vollen Händen schöpfen.
Ich erobere seinen Unterleib, sein Penis ist längst wieder erwacht und reckt sich mir entgegen. Hmmm, nein, dafür ist später Zeit. Ich drücke seine Beine zur Seite und widme mich seinen hinreißenden Hoden. Ich mag diese weiche Haut und die Tatsache, dass er perfekt enthaart ist. Als ich sein Säckchen in meinen Mund sauge und mit der Zunge knete, krümmt er sich zusammen und greift nach meinem Kopf.
Lächelnd sieht er mich an. „Ich soll dir sagen, was mir gefällt? Du kommst gerade von ganz alleine drauf.“ Seine Stimme ist mit atemlosem Lachen gemischt.
Ich grinse zurück und setze meine Wanderung fort. Genüsslich widme ich mich seinen Beinen und dann seinen Füßen. Die machen mich ehrlich an, weiß der Teufel, warum, aber es ist so.
Jace keucht auf, als ich meine Zunge über den Rist gleiten lasse und dabei mit leichtem Druck seine Fußsohle massiere. Wahnsinn, ist er da empfindlich. Ich rapple mich auf und knie neben

ihm, hole sein Bein zu mir hoch und streiche mit der anderen Hand bis hinauf zu seinem Oberschenkel.
Jace liebt es ohne Zweifel, derart verwöhnt zu werden. Seine Hand liegt auf meiner, leitet mich, zeigt mir die Areale, denen ich Aufmerksamkeit schenken soll. Ich weiß, ich werde mir jedes davon merken, ich spüre jetzt schon, dass sich mir dieses erotische Bild ins Gehirn brennt und dort wahrscheinlich für immer sein wird.
Als meine Lippen seine Waden hinaufwandern und saugende Liebkosungen hinterlassen, stöhnt er langgezogen und öffnet sich für mich. Fahrig schnappt er meine Hand und führt sie zwischen seine Beine. Ich grinse und genieße meine eigene, neu entfachte Lust, so macht mich das hier an. Jace erwidert meinen Blick atemlos, als er meine Finger in sich drückt.
Obwohl es komisch sein müsste, stört es mich nicht, dass er die Tube aufschnappen lässt und Gel über meine Finger gibt. Nichts hier ist gekünstelt oder gestellt. Es ist … als würden wir uns schon ewig kennen und dieses heiße Spiel etwas sein, was wir täglich teilen.
„Oh fuck …“ Jace’ Kopf knallt nach hinten und verfehlt nur knapp das Kopfteil des Bettes, als ich zwei Finger in ihn schiebe. Seine Hände krallen sich in das Leintuch, während er seine Beine zur Seite fallen lässt und meine Stöße willkommen heißt.
Was ist dieser Kerl geil! Das ist doch nicht normal, oder? Seine völlige Hemmungslosigkeit jagt bei mir sämtliche Vorbehalte und Ängste zum Teufel.
Sachte bilde ich mit allen Fingern eine Spitze und dehne ihn schonungslos. Sein Blick schießt zu mir herauf, ungläubig, regelrecht fassungslos.
Ich robbe näher zu ihm und küsse ihn, während ich ihn weiter so befriedige. Es ist unglaublich, wie es mich anmacht, ihn so zu verwöhnen. Die Liste meiner neu entdeckten Vorlieben wird langsam unüberschaubar.
„Dirk!“ Er keucht meinen Namen hervor. „Komm zu mir, bitte.“
Aber hallo? Das muss er nicht zweimal fragen. Ich will mich gerade zum Nachttisch beugen, als er mir zuvorkommt und das Gummi bereits öffnet.

Das Gefühl seiner Finger, die gekonnt und flott den Schutz überziehen, ist echt irre. Doch als ich mich dann auf ihn fallen lasse, versteift er sich wieder. Er schüttelt den Kopf und drückt mich zurück. Dann hebt er sein Bein über meinen Kopf und zieht mich zu sich.
Auch gut. Ich falle seitlich neben ihn und führe meinen Penis an seinen gut vorbereiteten Eingang. Großer Gott … ich kollabiere fast, wie schnell und leicht ich ihn erobern kann. Mein Herz rast unkontrolliert. Ich kann mich nicht mehr beherrschen und nehme ihn sofort heftig und in schnellem Takt.
Jace stöhnt und drückt sich mir entgegen. Verdammt, ich will sein Gesicht sehen, wenn ich ihn vögle. Ich schlinge meine Linke um sein Bein und hole ihn ein Stück auf mich, den anderen Arm schiebe ich unter seinen Kopf und zwinge ihn am Kinn zu mir herum. Herrlich, wie ausgeliefert er mir in dieser Position ist. Ich lecke über seinen Mund, zwinge meine Zunge zwischen seine Lippen und ficke auch diese Körperöffnung.
Jace geht völlig mit, passt sich mir geschmeidig an und erwidert schließlich, nach deutlichem Zögern, meinen Blick.
Scheiße, ist das gut, zu sehen, wie ich ihn mitreißen kann, wie er meine kraftvollen Stöße willkommen heißt und Sekunde für Sekunde in bloßes Empfinden fällt.
Das ist fast noch schöner als der bloße Sex an sich … Was ich nicht verstehe.
Mein Name entkommt ihm, als ich seine Hoden umfasse und knete.
Unsere Vereinigung wird härter, ich folge ihm ins bloße Fühlen und verweigere jeden analytischen Gedanken. Dieses warme Gefühl in meiner Seele, das mit dem Sex so gar nicht zu vereinbaren ist …
Als er irgendwann kommt, dabei so herzzerreißend wimmert und sein heißes Sperma über meine Hand läuft, kann ich mich nicht länger beherrschen und presse mich zuckend in ihn, bis auch mein Orgasmus mich erlöst.
Jace klammert sich an mich, gibt mich ebenso wenig frei wie ich ihn. Ein letzter Kuss noch, dann gleiten wir beide in den Schlaf hinüber.

16.
Dirk

Wahrscheinlich ist es eine innere Stimme, die mir vehement und laut ins Ohr brüllt, der ich es zu verdanken habe, dass ich erwache.
Scheiße!
Ich liege ja noch immer bei Jace im Hotelzimmer. Mein schlechtes Gewissen prügelt auf mich ein. Wie spät ist es? Ich drehe meine Armbanduhr ins Licht und stöhne erleichtert auf. Geht ja noch, es ist kurz nach halb zwei. Noch nicht so spät, dass Melanie den Verdacht haben könnte, ich hätte in einem fremden Bett genächtigt.
Apropos fremdes Bett. Da sich mein Gewissen wieder leidlich beruhigt, beziehungsweise ein breites Pflaster über dem Mund hat, widme ich mich dem hübschen Anblick direkt vor mir.
Jace scheint tief und fest zu schlafen. Sein Brustkorb hebt und senkt sich regelmäßig. Es fühlt sich verdammt gut an, diesen schönen Mann so nah bei mir zu haben. Hmmm, warum eigentlich? Ich seufze und lasse meine Gedanken schweifen, während ich mich vorsichtig an seinen Rücken kuschle und meine Nase in seine dunkelblonden Haare drücke.
Eigentlich … wollte ich von je her getrennte Schlafzimmer, da ich die Nähe eines Menschen die meiste Zeit als störend empfinde. Was genau mich nervt, kann ich aber nicht sagen. Ich habe mich letztlich damit arrangiert, es als Wunsch abzutun, weil Melanie es als persönlichen Affront aufgefasst hat. Ehepaare schlafen nun mal in einem Bett, Basta. Und irgendwo hat sie ja auch recht, nur weil ich anders ticke, muss man ja noch lange nicht mit irgendwelchen Traditionen brechen.
Jetzt allerdings geht mir auf, dass ich im Grunde alle meine Wünsche hinten angestellt habe. Ich gestatte meinen Gedanken, kurz auszuspinnen, und komme zu dem Ergebnis: Jace müsste immer bei mir schlafen, stets erreichbar und in meiner Nähe sein, damit ich seinen Duft und seinen warmen Leib jederzeit spüren kann.
Gut.
Eine eiskalte Dusche dürfte echt nicht schaden.

Nach einem letzten, für meine Verhältnisse sehr sanften Kuss und einem tiefen Atemzug ganz nah an seiner Haut rolle ich vorsichtig aus dem Bett und ziehe meine herum liegenden Klamotten an. Dabei vermeide ich es, ihn anzusehen. Ich will irgendwie nicht wissen, wie seine entspannte, schlafende Miene aussieht, weil ich spüre, dass …
Das ist Scheiße! Punkt!
Fluchtartig überprüfe ich meine Habseligkeiten und husche zur Tür. Aber ich kann es nicht! Ich schaffe es einfach nicht, die Klinke zu drücken, ohne diesen Mann, der meine Deckung durchbricht und mein Innerstes entstaubt, anzusehen.
Ich schlucke den Kloß im Hals hinunter und schaue zurück zu ihm.
Fehler! Das ist ein ganz großer Fehler! Aus der Pfütze in meinem Herzen wird ein Stausee.
Er ist entspannt und friedlich noch viel schöner als sonst. Er wirkt ungleich jünger und sehr verletzlich. Sein Mund steht ein Stückchen offen und lockt mich, ihn zu küssen. Seine zerzausten Haare fallen weich in seine Stirn, reizen mich, sie zurückzustreichen. Und sein wohlproportionierter Leib? Ich brauche nicht lange zu überlegen, zu was der mich reizt.
Aber, ein megagroßes Aber: Woher kommt der ungewohnte Gedanke, ihn einfach festhalten zu wollen? Warum, zur Hölle, möchte ich jetzt einfach zu ihm gehen, ihn in meine Arme ziehen und beschützen? Das ist völliger Blödsinn! Jace ist ein erwachsener, erfahrener Mann, der dieses Geschäft und das Leben im Allgemeinen kennt und hervorragend meistert. Ha, ich bin der mit den Problemen, den Lügen und der Unzufriedenheit.
Ich wende mich zwanghaft ab und presse meinen Nasenrücken an der Wurzel zusammen. Das. Ist. Scheiße!
Wir treffen uns, um Sex zu haben. Das ist sehr gut, abgesehen von der Tatsache, dass ich meine Frau betrüge. Es ist unverbindlich, heiß und hilft mir, den Rest der Zeit mein normales Leben weiterzuführen!
Ja!
Genau!
Wer's glaubt wird selig! Ich schmeiße den Urheber dieses Gedankens aus meinem Kopf.

Nachdem ich zu Hause noch schnell geduscht habe, schicke ich meinem Geliebten eine kurze SMS. Ui! Das Wort Geliebter jagt ein Megagrinsen auf meine Miene und lässt meine Mundwinkel gar nicht mehr los. Ich genieße einfach das Kribbeln, das dieses Wort in meinem Bauch auslöst.
Ich habe ein Geheimnis, etwas ganz Besonderes, das ganz allein mir gehört! Und, so verwerflich es auch sein mag, ich gedenke es zu genießen. Schließlich schadet es doch niemandem, oder? Ich ändere mein Leben deshalb nicht, mache meine Arbeit, bin für meine Familie da. Melanie wird ihren Mann behalten, Lea ihren Vater. Nur ist der vielleicht nicht mehr so unglücklich und ständig auf der Suche nach seinem Sinn des Lebens.
Ja! Ich erwische mich dabei, wie ich auf dem geschlossenen Klodeckel sitze und meine Gedanken tatkräftig abnicke.
Dann tippe ich die kurze Nachricht ein und betrachte die Worte:
‚Danke für die wundervolle Nacht. Geld konnte ich Dir keines hinterlassen, sonst hätte ich zu Fuß gehen müssen. ;-) Kuss, Dirk'
Kuss. Dirk.
Ich starre auf die Worte und versuche mich zu erinnern, wann und ob ich jemals zuvor so was geschrieben habe. Ich glaube, nie. Egal. Ich schicke die Nachricht ab und betrachte noch lange mein Handy. Vielleicht wacht er ja durch das Geräusch seines Telefons auf? Vielleicht antwortet er ja noch?
Hmmm. Ich benehme mich echt wie ein Idiot. Aus mit dem Ding, mein Daumen verweigert die Arbeit, zögert das Abschalten noch für Minuten hinaus, in denen ich die verrücktesten Dinge tue, wie Fingernägel putzen und Ohren säubern.
Was bin ich für ein Schwachkopf.
Es ist fast drei Uhr, als ich endlich ins Bett schleiche und ein letztes Mal mein stummes Telefon bettelnd anstarre. Aber es verhöhnt mich und raubt mir damit die letzte Müdigkeit.

Ich muss wohl doch irgendwann eingeschlafen sein. Melanies Wecker holt mich aus den Tiefen meiner Träume, die definitiv Wiederholungen des gestrigen Abends sind. Mürrisch drehe ich mich um und vergrabe den Kopf unter der Decke. Funktioniert,

bis mir Lea ins Kreuz springt und mit kindlicher Zielgenauigkeit jeden Schlaf zum Teufel jagt.
Meine Frau ist während des Frühstücks extrem kurz angebunden, was ich lediglich zur Kenntnis nehme und stattdessen mit meiner Tochter so hemmungslos rumblödle, dass selbst sie nicht mehr böse sein kann und mitlacht. Beim Tischabräumen mache ich ihr einen Vorschlag zur Güte. Es wird Zeit, dass ich den gestrigen Abend hinter mir lasse und in meinen Alltag zurückkehre.
„Sollen wir irgendwo hinfahren? Vielleicht in das Tierfreigehege, da hat es dir doch das letzte Mal auch so gut gefallen."
Melanie mustert mich kurz, seufzt dann und räumt die Butter in den Kühlschrank, ehe sie mich ansieht. „Wann bist du heute Morgen gekommen?"
Ich stelle mich ihrem fragenden Blick. „Circa halb drei."
Ihre braunen Augen bohren sich in meine. Sie wendet sich aber ab, als sie ihre nächste Frage stellt. „Warst du bei einer Frau?"
Ups. Ich schaffe es tatsächlich, zu lachen. Wie unfair. Wir kennen uns schon verdammt lange und ausgesprochen gut, stelle ich jetzt erschrocken fest. Aber ich muss sie, zu meiner grenzenlosen Erleichterung, ja nicht anlügen. „Nein." Meine Antwort klingt fest und überzeugend, weil sie stimmt! Und eine noch größere Ungeheuerlichkeit verbirgt.
Sie nimmt es mit einem Nicken zur Kenntnis und lässt mich stehen. Als sie wieder in die Küche kommt, ist ihre Miene geglättet. Wie mir scheint, hat sie beschlossen, die Sache auf sich beruhen zu lassen.
„Ein Ausflug wäre schön, dann hätten wir auch mal wieder Zeit für uns." Erwidert sie lächelnd und drückt mir einen Kuss auf die Wange.
Kurz halte ich sie fest und erwidere die Geste sanft. Sie hat recht, völlig. „Gut, ich geh kurz duschen und dann können wir los, okay?"
Sie nickt und ich verschwinde nach oben. Mein blinkendes Handy auf dem Nachttisch stoppt meinen Elan. Sollte etwa …?
Ich sinke auf das Bett und halte es in der Hand wie ein zerbrechliches Ei. Mein Herz gibt Vollgas, die Schmetterlinge im Bauch heben alle gleichzeitig ab und ich zittere wie Espenlaub.

Ruhig bleiben, ganz ruhig. Kann ja auch jemand anderes sein.
Ich öffne das Programm.
Mein Atem entweicht mit einem langgezogenen Stöhnen. Es ist mein Jace!
Gütiger Himmel! *Mein Jace?* Also langsam glaube ich wirklich, er ist eine außerirdische Lebensform und sein Schweiß beinhaltet irgendeine Psychodroge. Das ist der Typ, mit dem ich hin und wieder meinen verbotenen Gelüsten fröne und der sich von mir ficken lässt! Nicht mehr und nicht weniger. Basta!
Das Zittern lässt aber nicht nach, als ich seine Nachricht lese.
‚Hey, schöner Mann!' Ich kichere unwillkürlich. ‚Du wirst das nächste Mal mit allem bezahlen, was du hergibst … in meinem Mund! Bis bald. Jace ;-)'
Oh … OH! Wow! Dieser Mistkerl! Mein Kopfkino springt unvermittelt an. In seinem Mund! Oh Mann, mein Schwanz reagiert umgehend. Ich auch, denn meine Hand sinkt sofort in meinen Schoß und öffnet den Erinnerungen von gestern Nacht Tür und Tor. Ich sprinte unter die Dusche und drehe das Wasser auf. Badezimmertür ist abgeschlossen, was ich sonst nie mache, ehrlich. Ab in die Kabine und ehe ich mich versehe, hole ich mir einen runter.
Die Erinnerung an Jace ist ein hervorragendes Aphrodisiakum und kurze Zeit später zerbeiße ich meinen erlösenden Schrei auf den Lippen und spritze gegen die rot gemusterten Fliesen. Es dauert, bis ich wieder Bodenhaftung erlange. Solange rinnt das Wasser über meinen pulsierenden Körper und kühlt ein wenig mein Gemüt.
Der Gedanke, dass mich Jace das nächste Mal schluckt, mir einen Blowjob verpasst, begleitet mich den Rest des Tages mit unübersehbaren Auswirkungen.

17.
Jace

Warum zittert meine Hand so, als ich Dirks SMS öffne? Ich benehme mich kindisch, das sollte ich besser machen.
Eigentlich ist es bedauerlich, dass er heimlich verschwunden ist, aber um ehrlich zu sein ist es wohl die beste Lösung. Ich bin mir nicht sicher, ob ich nicht wenigstens versucht hätte, ihn daran zu hindern. Ich hätte zu gern meine Verführungskunst hemmungslos an ihm ausprobiert.
Schließlich muss ich meinem miesen Ruf ja gerecht werden. Hat mich immerhin viel Mühe und Kraft gekostet, ihn aufzubauen.
Ich beiße fest die Zähne zusammen. Schön blöd. Da wollte ich neu anfangen und verfalle schonungslos in alte Muster, weil sie mir passen wie ein paar bequeme Schuhe. Aber was hilft Ehrlichkeit in dem Geschäft schon? Nichts, gar nichts, außer, dass du damit jedem Idioten Tür und Tor öffnest und zum Spielball irgendwelcher sogenannten Agenten wirst, die dich verheizen. Und genau das wird mir sicher niemals passieren. Ich allein entscheide, was ich tue. Fertig!
Auch wenn das heißt, dass ich niemandem mein wahres Gesicht zeige, was ich besonders in Dirks Fall zunehmend bedauere. Aber warum? Was macht ihn anders? Woran liegt es, dass ich ihm mehr als jedem zuvor geben will? Ich sehe hinaus in die Schwärze jenseits des Fensters und seufze.
Was will ich denn? Es ist doch perfekt so, wie es ist. Ich darf alle paar Wochen hemmungslos den Mann genießen und kann den Rest der Zeit mein Leben so gestalten, wie ich es immer wollte. Diese pubertäre Gefühlsduselei jetzt muss schlicht an Übermüdung liegen.
Er hat mir eine SMS geschrieben. Ja und? Das hatten wir ausgemacht und ich finde es lustig, dass wir uns in Zukunft auf diesem Wege näherkommen. Sozusagen ein heißes Spiel mit dem Feuer, ohne sich direkt die Finger verbrennen zu können.
Mein Blick findet das Display meines Smartphones. ‚Danke für die wundervolle Nacht … Kuss, Dirk'. Ich hasse dieses wohlige Gefühl, welches diese Worte in mir auslösen. Das ist einfach nicht gut.

„Beende es!“, schreit mir mein innerer Schweinehund vehement ins Ohr. Was ist nun feige? Mich nicht mehr zu melden und Dirk als kurzweiliges Intermezzo abzutun, oder … Ich getraue mich kaum, den Gedanken weiterzuspinnen. Sei doch mal ehrlich zu dir, Jace. Ich kneife die Augen zusammen und atme tief durch. Zum Teufel aber auch, ich will ihn nicht loslassen. Nicht jetzt schon.

Wann dann? Will ich wirklich darauf warten, dass er mir das Herz bricht? Tut er das nicht schon? Himmel, ich bin echt so ein Vollidiot. Was mache ich mir hier eigentlich Gedanken? Er ist nicht frei, also kann ich mir die Hälfte der Überlegungen einfach sparen.

Wir haben Sex! So einfach ist das. Unregelmäßige Treffen, viel Spaß, hin und wieder nette, unbedeutende Wortwechsel per Handy …

Genau das, was ich immer wollte.

Nur, das wenigstens kann ich mir hier und jetzt eingestehen, habe ich es mit dem gänzlich falschen Mann. Irgendwann wird er mich wahrscheinlich dafür hassen, dass ich sein Leben völlig auf den Kopf gestellt habe, während ich ihn …

Ich drücke die Ausschaltefunktion meines Telefons und lege es auf den Nachttisch. Der leise Brummton klingt furchtbar endgültig.

Jetzt schlafe ich erst mal eine Nacht drüber. Das wird sich schon alles einrenken, tut es sonst ja auch. Und … ich sollte es mal so sehen: Ist es zur Abwechslung nicht mal schön, einen Mann im Bett zu haben, der sich um einen kümmert? Ein paar Nächte im Monat schwach sein dürfen, wird mich doch nicht umbringen, oder?

Und außerdem, wird es mir wirklich zu eng, kann ich immer noch gehen. Ich sollte mich nicht wie ein Mädchen anstellen. Wir sind beide erwachsene Männer, vernünftig und durchaus in der Lage, zu wissen, wo unsere Grenzen sind.

Eben.

Der fette Kloß in meinem Hals raubt mir den Atem.

Das ist so bescheuert.

‚Danke für die schöne Nacht … Kuss, Dirk‘.

Ich wünschte, du würdest mich festhalten …

Morgens ist meine seltsame, melancholische Stimmung zum Glück verflogen. Ich habe viel Zeit für ein ausgiebiges Frühstück. Ich liebe das. Es gibt nichts Schöneres, als den Tag mit einem ausgiebigen Mahl zu beginnen. Eier mit Speck, frisches, knuspriges Toastbrot, eine leckere, rote Marmelade, andere gehen gar nicht, heißer Kaffee und ein gutes Buch … So fängt der Tag perfekt an. Wobei ich heute früh sehr gut auf Lesestoff verzichten kann, da meine Gedanken an gestern Abend hängen. Ich versuche, Dirk aus meinem Kopf zu verbannen, aber das funktioniert nicht, also lasse ich es sein. Was schadet schon ein bisschen Kopfkino? Tut ja niemandem weh und wird schon wieder vergehen, wenn ich on Tour bin und mir den nächsten Mann anlache.
Hmmm, jetzt habe ich endlich meine lang ersehnte Freiheit und was mache ich? Grüble darüber nach, ob ich das überhaupt will, ich meine, einen weiteren Mann im Bett. Aber vielleicht wäre gerade das die beste Möglichkeit, mich auf den Boden der Tatsachen zurückzubringen? Sozusagen um Dirks Eindrücke, das Gefühl seiner kraftvollen Hände auf mir und seines besten Stücks in meinem Hintern, zu verscheuchen?
Ich muss unwillkürlich grinsen, da ich vor allem Letzteres noch mehr als deutlich spüre. Am besten ist, ich gebe die Planerei einfach auf und lasse mich überraschen. Wenn sich was ergibt, okay, wenn nicht, dann träume ich halt von meinem verheirateten Lover.
Genau.

Der Tag vergeht und mein Handy bleibt stumm. Was ja durchaus vernünftig ist, aber als ich in Paris lande, geht mir auf, dass es mich wurmt. Es wird Zeit, mich ins Getümmel zu stürzen und auf andere Gedanken zu kommen. Mir ist schon klar, was mit mir passiert, aber ich will und kann es nicht zulassen. Obwohl ich nächste Woche wieder in Deutschland gebucht bin, werde ich mich nicht bei Dirk melden. Es ist einfach besser so, für uns beide. Ich muss einen klaren Kopf behalten und zusehen, dass aus meiner bescheuerten Schwärmerei nicht mehr wird. Dazu ist Abstand bestens geeignet.

Trotzdem … ich hasse diese Dauerschleife, in der sich mein Gehirn befindet. Was er wohl heute macht? Ist er mit seiner Tochter unterwegs? Oder gar mit der ganzen Familie? Denkt er an mich? Ich schnaube abfällig über diese kindischen Gedanken, kann sie aber nicht abwürgen. Ist seine Ehe glücklich? Himmel, ich hasse dieses dumme Gefühl der Hoffnung in mir, wenn ich daran denke, dass sie es eventuell nicht sein könnte. Was ist los mit mir? Dirk ist verheiratet und wird es auch bleiben, das steht mal fest. Und selbst wenn nicht, eine Beziehung mit einem Mann passt sicher nicht in sein Umfeld. Ich habe inzwischen das Gefühl, dass das Casting tatsächlich nur ein Aushilfsjob war. Architekt passt viel besser zu ihm, etwas Solides, Handfestes …
Mist … jetzt ist das zweite Taxi weggefahren, weil ich hier auf dem Trottoire stehe und vor mich hin träume. Das muss aufhören, und zwar sofort.

Es ist jetzt circa halb zehn Uhr abends. Das heutige Shooting war nicht so gut. Ich hasse es, mit Frauen vor der Kamera zu stehen, die meinen, sie müssten ihre Reize an mir austesten. Obwohl hinreichend bekannt ist, dass ich schwul bin, gibt es immer wieder Kolleginnen, die glauben, ich würde das nur spielen, um meine Ruhe zu haben. Geht gar nicht und ich empfinde das als äußerst unprofessionell. Aber auch das geht vorbei und letztendlich war das Unterwäscheshooting ganz nach dem Geschmack des Herstellers und die Anfrage für das nächste Mal habe ich auch in der Tasche.
Danach habe ich mich noch bei drei Castings vorgestellt und war in einem Bistro etwas essen. Seltsam … normalerweise liebe ich dieses Alleinsein, das gemächliche Ausklingen des Tages nach erfolgreicher Arbeit. Ich bin dann froh, wenn ich dem hektischen Trubel entkommen kann und irgendwo in aller Stille und Abgeschiedenheit zu mir finde. Ich brauche das, um wieder auf den Boden zu kommen. Es gab eine Zeit, da schwebte ich ständig mit dem Kopf in den Wolken. Zu früher, großer Erfolg hat mir mehr geschadet als genützt. Obwohl ich nie unvernünftig war, hat es mich doch viel Zeit gekostet, die Realität nicht aus den Augen zu verlieren.

Unvermittelt packt die Trauer mein Herz und presst es erbarmungslos zusammen. Schöner Mist. Ich kämpfe mit den Tränen und starre blicklos auf die belebte Straße hinaus. Es hat zu regnen begonnen, passt hervorragend zu meiner Stimmung.
Er fehlt mir so sehr, da ändern auch die Monate dazwischen nichts. Normalerweise hätte ich ihn jetzt angerufen, mit ihm gesprochen, gelacht und er hätte mir verbal die Flausen aus dem Kopf gehauen. Mein Anker in diesem verrückten Geschäft. Nun, es gibt ihn nicht mehr und der Gedanke, jetzt ohne Heimathafen durch mein Dasein zu treiben, löst zwiespältige Gefühle in mir aus.
Ja, ich habe mir diese Freiheit immer gewünscht, aber zum Teufel, jetzt verstehe ich den Spruch – Pass auf, was du dir wünschst, es könnte in Erfüllung gehen – erst richtig. Mein Wunsch ist definitiv in Erfüllung gegangen, aber der Preis ist zu hoch und das Ergebnis hat einen schalen Geschmack.
Es ist schon dunkel, als ich das Bistro verlasse. Die Luft ist kühl und das Rauschen des Regens überdeckt die Geräusche der großen Stadt beinahe völlig. Ich beschließe, den Weg zum Hotel zu Fuß zu gehen. Die frische Luft und etwas Bewegung werden mir guttun.
Eigentlich sollte ich ins Bett, aber der Gedanke, allein in einem kahlen Hotelbett zu liegen, ist mir absolut zuwider. Dann lieber ein fremdes Bett mit Inhalt. Mal sehen, was sich hier so findet.

Dreieinhalb Wochen später in Hannover.
Ich knalle die Wohnungstür hinter mir zu und wecke sicher das halbe Haus auf. Ist mir sowas von scheißegal, echt. Die Aufzugtüren schließen sich gerade, als der Mann, dessen Namen ich mir nicht die Mühe gemacht habe zu merken, sie öffnet und mir erbost hinterher sieht.
Komm bloß nicht auf die Idee, den Fahrstuhl aufzuhalten, denke ich und sehe ihn grimmig an. Nun, es funktioniert, da ich nur noch sehe, wie er den Kopf schüttelt und mir zum Abschied den Mittelfinger zeigt.
Ich bin auf hundertachtzig und nahe daran, die Stahlwände der Kabine mit Fäusten zu malträtieren. Schreien wäre auch eine gute Option.

Himmelherrgott! Was ist nur los mit mir? Der Abend hat so vielversprechend angefangen und mal ehrlich, der Kerl war heiß! Ein richtiger Top und ein ganzer Mann, einer, bei dem man sich fallen lassen kann. Sehr höflich und zuvorkommend, hat mir Drinks spendiert und noch ein spätes Abendessen, ehe wir zu ihm nach Hause gegangen sind.
Und dann? Ich trete wutentbrannt ein Steinchen vom Gehsteig. Dann hat mein völlig bescheuertes Herz mir einen fetten Strich durch die Rechnung gemacht. Wieder mal, das geht jetzt seit Paris so. Als ich damals versucht habe, mir einen Mann für die Nacht zu suchen, bin ich kläglich gescheitert. Damals habe ich es auf Übermüdung und so was geschoben.
Heute bin ich zumindest da schon ein Stückchen weiter. Es funktioniert schlicht nicht mehr. Die Entspannung, die mir anonymer Sex bis vor ein paar Wochen bot, ist futsch. Stattdessen schiebt sich immer wieder ein bestimmtes Gesicht vor meinen Geist und lässt, sofern überhaupt vorhanden, jegliche Lust verschwinden.
Es ist zum Haare raufen. Dieser blöde, verheiratete Heteromann! Wäre ich doch nur nicht zu diesem Casting gegangen. Ich könnte schon wieder schreien.
Fuck! Ich will diese Gefühle nicht. Sie sollen verschwinden, mir mein Leben zurückgeben und den Spaß im Bett. Ein paar Schritte weiter sinke ich resigniert auf eine dunkle Parkbank und verstecke mein Gesicht hinter meinen Händen. So ein Scheiß, echt. Ich will Dirk nicht gern haben, das bringt doch nur Schmerz. Er kann mir nie geben, was ich mir wünsche. Doch alle Vernunft kann mein Herz nicht davon abbringen, täglich mehr und mehr nach ihm zu verlangen.
Deshalb bin ich auch gerade Hals über Kopf aus der Wohnung geflüchtet. Wie gesagt, der Mann war nett und sehr vorsichtig, aber er war eben nicht Dirk. Warum, zum Teufel, habe ich immer das Gefühl, ihn zu betrügen? Das stimmt doch nicht, immerhin wird er ja auch mit seiner Frau schlafen. Uuhhh … allein der Gedanke daran verursacht mir Brechreiz.
Letzte Woche war ich eine Nacht in München, habe mich aber nicht bei ihm gemeldet, in der Hoffnung, dass es dann besser wird. Das Gegenteil ist der Fall, muss ich mir eingestehen. Ich

weiß nicht, was ich tun soll. Vernünftig wäre es, mit ihm Schluss zu machen, das ist mir klar, aber wie schon vor Wochen kann ich es einfach nicht.
Meine Angst, ihn zu verlieren, obwohl ich ihn im Grunde ja gar nicht habe, ist völlig irrational. Nein, in zwei Wochen ist ein weiteres Shooting in München und da will ich ihn wiedersehen, unbedingt.
Ich will … Ein paar ebenso späte Spaziergänger queren meinen Weg und lenken meine Gedanken für Sekunden ab.
Ja, was will ich eigentlich? Ich schlucke den Kloß hinunter und lasse den Bildern freien Lauf. Ich will, dass er mich festhält, mich so intensiv liebt wie beim letzten Mal. Ich will diesen liebevollen Blick auf mir spüren, seine Hände, die meinen Körper streicheln und so aufmerksam entdecken. Ich will … dass die Gefühle, die ich in seinen Augen sehen kann, ebenso stark werden wie meine.
Und dann? *Jace, du bist ein Idiot*, schimpfe ich mich selbst. Wenn das passiert, wenn Dirk sich genauso in mich verliebt, wie ich mich in ihn – Juhu, ich habe es ausgesprochen –, dann wird er mich zum Teufel jagen. Genau das wird passieren.
Liebe ist der absolute Supergau und widerspricht allem, was wir ausgemacht, nein, was ich großspurig in meinem jugendlichen Leichtsinn versprochen habe.

18.
Dirk

Ende August teilt mir mein Bruder mit, dass sie ein weiteres Shooting in München haben, und fragt mich, ob ich diesmal nicht Lust hätte, dabei zu sein.
Trifft sich gut, denn Melanie ist mit Lea nun allein eine Woche nach Mallorca gefahren. Sie hat letztendlich eingesehen, dass sie ihren Kopf nicht durchsetzen kann.
Da ich also sozusagen frei habe, lasse ich mir die Gelegenheit nicht entgehen. Dass ich Jace wiedersehen werde, ist natürlich mit der Hauptgrund, warum ich sofort zugesagt habe.
Ich freue mich ehrlich auf ihn. In den letzten zwei Wochen hat sich das, was zwischen uns ist, irgendwie, auf mir nicht erklärbare Weise, geändert.
Nach unserem letzten Treffen war, bis auf die zwei Mails in der gleichen Nacht, Funkstille. Einerseits hat mich das furchtbar gewurmt, andererseits muss ich zugeben, dass es mich ein wenig auf den Boden der Tatsachen zurückgebracht hat. Ein Atemholen sozusagen. Wir haben uns beide zurückgezogen, was das bedeutet, weiß ich nicht, aber ich für mich musste erkennen, dass mir dieser Mann unanständig viel bedeutet. Der Abstand hat diesen Zustand letztlich eher noch verstärkt, so als ob die Entfernung meine Gefühle für ihn konzentriert hätte.
Unwillkürlich beschleunigt sich mein Herz, als die Bilder unseres letzten Treffens wie ein Film in meinem Kopf ablaufen. Himmel, wie sehr ich ihn begehre. Die Intensität ist umwerfend und totales Neuland für mich. Ich schäme mich zutiefst, weil mir in den letzten Wochen klar geworden ist, wie sehr ich mir und vor allem Melanie jahrelang etwas vorgemacht habe. Und das wiederum bestärkt mich in meinem Willen, ihr weiterhin alles nur Erdenkliche zu bieten. Meine beiden Frauen haben es schlichtweg verdient, sie können ja nichts dafür, dass ihr Mann und Vater seine Hormone nicht im Griff hat. Und Jace aufgeben? Nein, die Option bin ich oft genug durchgegangen und habe mich dagegen entschieden. Warum auch? Ich tue niemandem weh. Für Jace bin ich einer unter vielen, er investiert

sicher keine Gefühle und mir bietet das die Möglichkeit, mich auszuleben.
Und warum tut es dann trotzdem weh? Ich betrachte mein Spiegelbild und weiß längst, was es ist. Obwohl es reine Fantasterei ist, wäre ich so gern etwas Besonderes in Jace' Leben. Ich weiß, ich muss ja selbst darüber lachen. Ich und besonders, zwei Dinge, die niemals zusammen passen könnten. Ich bin nicht mehr als unterer Durchschnitt und kann froh sein, dass mich dieser Traummann überhaupt wahrnimmt. Und wozu sollte das auch gut sein? Ich brauche keinen Stress, den habe ich so schon genug. Ebenso wenig wie Jace' Mitleid, weil ich alter Sack meine Gefühle nicht im Griff habe. Nein. Diese Affäre ist okay und die perfekte Lösung. Und heute, heute wird es endlich eine Fortsetzung geben.
Wie gesagt, ich habe keinen Schimmer, was vor zwei Wochen passiert ist, aber von da an hat sich Jace urplötzlich wieder gemeldet. Ich muss jetzt noch den Kopf über mich selbst schütteln, wie kindisch ich mich über die bloße Nachfrage, wie es mir geht, gefreut habe. Warum ich nicht geschrieben habe? Hmmm, ich wollte ihm nicht das Gefühl geben, ich würde ihm nachlaufen und ihn jetzt ständig mit Nachrichten bombardieren, nur weil wir ausgemacht haben, uns hin und wieder zu schreiben. Wir sind beide erwachsen und es ist wohl unnötig, täglich Küsschen und sonstige Schwüre auszutauschen, die ohnehin nicht der Wahrheit entsprechen. Es geht um Sex! Mehr nicht, auch wenn ich mir das selbst oft genug wieder unter die Nase reiben muss.
Dennoch … der Ton in unseren kurzen Nachrichten hat sich irgendwie geändert. Anfangs war er zweifelsfrei darauf aus, mich zu provozieren, mit absolut frechen und unzweideutigen Dingen aus der Reserve zu locken. Das hat er problemlos geschafft und es macht irre Spaß, mit dem Kerl hemmungslos zu flirten und anzügliche Gedanken auszutauschen. Aber nicht nur das, nach ein paar Tagen hatte ich das Gefühl, dass ihm etwas auf der Seele brennt. Entgegen allen guten Vorsätzen rief ich ihn an. Jace hatte nicht viel Zeit, saß im Taxi von einem Shoot zum nächsten, aber er hat sich ehrlich gefreut und damit mein schlechtes Gewissen beruhigt. Wir haben uns ein paar Minuten unterhalten und ich hatte das Gefühl, dass ihm mein offenes Ohr guttat, als er mir

nach etwas Zögern sagte, dass er vor lauter Stress kaum noch schlafen kann. Mein Angebot, er solle doch anrufen, wenn er jemanden zum Reden braucht, hat er tatsächlich am gleichen Abend angenommen und seitdem telefonieren wir regelmäßig miteinander.
Ist das nun gut oder schlecht? Ich weiß es nicht, wohl eher schlecht, weil etwas zusammenwächst, was nicht sein darf und kann. Aber ich kann nicht leugnen, dass es mir gefällt und guttut. Jace tut mir gut, das Wissen, dass er mich begehrt, sein Vertrauen, das mir wie etwas unglaublich Wertvolles vorkommt, und seine Freude, als er mir verkündete, heute wieder hier zu sein.
Für mich ist Jace längst nicht mehr das knallharte, durchgestylte Model. Er ist weicher geworden, seine Stimme sanfter, als habe er einen Punkt in sich gefunden, der ihn erdet.
Okay … vielleicht spinne ich auch einfach nur und projiziere irgendwelche Wunschgedanken in ihn hinein. Nun, wir werden ja sehen, inwiefern sich unsere *Beziehung* verändert hat. Nur noch ein paar Stunden und ich sehe ihn wieder.
Meinen Geliebten.

Wir treffen uns in gut einer Stunde am Flughafen, wo ich die Models abhole und direkt aufs Land fahre. Jamie möchte den heißen Sommertag nutzen, um Außenaufnahmen zu machen.
Ich bin echt gespannt darauf, seine Ideen sind ja grenzwertig, wobei sie eigentlich immer deutlich zur freizügigen Seite tendieren.
Jace ist, wie gesagt, mit von der Partie. Er hat sich in den vergangenen Monaten in Jamies Augen mehr als bewährt und sich zu einem sehr erfolgreichen und gut gebuchten Model gemausert. Ich beobachte seine Entwicklung mit Freude und unangebrachtem Stolz.
Noch etwas, was völlig bescheuert ist. Es ist längst eine Manie geworden, täglich nach ihm zu googlen, was aber meistens im Sande verläuft, da er weder bei Facebook noch Twitter oder ähnlichen Plattformen zu finden ist. Scheinbar hat er diese Form von Werbung nicht nötig, sehr zu meinem Leidwesen. Und ich habe einst meinen Bruder ausgelacht, als er mir beichtete, dem Pornostar Silver hinterherzuhecheln. Gut, dass niemand weiß,

was ich so am PC treibe, und ich mein Büro mit niemandem teilen muss. Mein Spiegelbild grinst mich jungenhaft an. Wie alt war ich noch mal?

In dieser kindischen Laune fahre ich zum Flughafen, um Jace und Benny abzuholen. Sie reisen gemeinsam aus Hamburg an, wo sie ein Shooting bei einem jungen Modedesigner hatten. Zwei weitere junge Männer sind gestern aus Italien angekommen und bereits in ihren Hotels, von wo aus sie direkt an den Drehort fahren.
Da ich ja hier wohne und ohnehin nichts Besseres zu tun habe, hat mir Mike den Shuttleservice für die zwei letzten Jungs aufs Auge gedrückt. Wenn er wüsste … So ist also meine Aufgabe die perfekte Tarnung. Ich darf sie abholen, die Aufnahmen beobachten und sie dann wieder mit zurück nach München nehmen. Ein durch und durch perfekter Plan also. Wie gesagt, wenn mein Bruder und Schwager wüssten, wie perfekt er ist.
Eineinhalb Stunden später treffe ich endlich am Flughafen ein. Dank eines Unfalls bin ich viel zu spät dran, was meiner Laune nicht gerade auf die Beine hilft. Ich stelle mein Auto auf den Kurzzeitparkplatz direkt vor dem Ankunftsgate und haste in die Halle. Während der Fahrt habe ich Jace eine SMS geschickt und ihm mitgeteilt, dass ich ihn abhole. Er ist also vorgewarnt und ich bin gespannt, wie er darauf reagiert. Meine Vorfreude, ihn endlich wiederzusehen, ist jenseits von Gut und Böse und raubt mir sprichwörtlich den Atem.
Na klasse. Jetzt funkt mich auch noch mein Bruder an, wann ich komme. Ich rufe ihn umgehend zurück und gehe in Richtung des Ankunftsschalters.
„Hey Michael."
„Mahlzeit Dirk. Wo steckt ihr?"
Ich lache trocken und schaue mich um, Mist, keine gutaussehenden Malemodels in Sicht. „Im Flughafen, ich …"
„Was? Das dauert ja noch fast eine Stunde, bis ihr hier seid. Der Flieger ist doch längst gelandet."
Boah, ich werde langsam echt sauer. „Mann, dann holt das nächste Mal eben wirklich ein Taxi, es gab einen Unfall, ich konnte nicht eher."

„Ist ja schon gut, aber Jamie wird langsam sehr still und das ist kein gutes Zeichen. Und für heute Nachmittag sind Gewitter gemeldet.“
Ich stehe inzwischen vor dem Gate und drehe mich im Kreis. „Jetzt stell dich nicht so an, dir wird schon was einfallen, um deinen Mann zu beschäftigen. Und ich beeil mich ja auch … wenn ich die zwei endlich finde.“
Mein Blick gleitet zu einem nahen Kaffeestand und rastet wie ein Verschluss ein. Jace! Eindeutig. Er tippt etwas in sein Handy, während er sich mit dem jungen Mann neben sich unterhält. War das wirklich eine so gute Idee, hierher zu kommen? Mein Herz schmilzt bei seinem Anblick förmlich dahin.
Ich will diesen Mann so sehr! Mir fällt das Atmen schwer, jede Nervenfaser in mir reagiert wie süchtig auf ihn.
„Mike? Ich habe sie gefunden, bis später.“ Meine Stimme klingt rau, das höre ich sogar selbst. Aber jetzt habe ich wenigstens meinen Bruder abgewimmelt, weil ich auflege, ohne seine Antwort abzuwarten. Noch immer stehe ich blöd zwischen den umherhetzenden Menschen und betrachte das Objekt meiner Begierde schmachtend.
Habe ich je meine Frau so angesehen? Ihr nachgeschaut wie ein Dackel? Kann mich nicht erinnern. Das wird langsam echt dumm.
Mein Handy vibriert. Ich blicke gedankenverloren darauf. Ah, witzig, eine SMS von Jace, er hat mich noch nicht gesehen. ‚Hi, wollte nur mal fragen, wo du bleibst? Jace.‘
Er wendet sich wieder seinem Kollegen zu, behält aber den Apparat in der Hand. Was für eine gute Gelegenheit.
Ich kann einfach nicht anders und nehme ohne Umschweife unser Geplänkel der letzten Wochen auf. Geschwind tippe ich folgenden Satz ein: ‚Ergötze mich gerade an deinem scharfen Anblick und gehe in Gedanken durch, wie ich dich später aus den Klamotten schäle!‘ Weg damit.
Grinsend - meine Laune bessert sich kometenhaft - beobachte ich ihn, als er die Nachricht entgegennimmt und laut auflacht.
Mit einem hinreißenden Lächeln im Gesicht sieht er auf und lässt seinen Blick durch die Halle schweifen. Dann findet er mich

und lächelt noch breiter. Aber … sein Ausdruck verändert sich, wird irgendwie sanft und weich.
Wir strahlen uns durch die Menschen an, die unser Sichtfeld ahnungslos durchqueren. Und … es ist irgendwie anders. Zwischen heute und unserem letzten Treffen liegen gute vier Wochen, eine Zeit, die perfekt dazu geeignet gewesen wäre, unsere Gefühle abzukühlen. Es hat den Anschein, es ist genau das Gegenteil passiert. Mir schnürt es die Kehle zu und eigentlich habe ich nur einen Wunsch: zu ihm gehen, ihn an mich drücken und küssen, sodass ihm klar wird, wie viel er mir inzwischen bedeutet!
Alles völliger Quatsch, sentimentales Gesülze und absolut unangebracht.
Da drüben steht mein Toyboy! Mehr nicht. Ich frage mich ohnehin gerade, wieso mein Schwanz nicht völlig das Denken übernimmt und meinem Herz so viel Mitbestimmungsrecht überlässt. Eine absolut blöde Mischung.
Unwirsch knurrend beende ich den als verliebt durchgehenden Blick und gehe zu ihnen hinüber. Ich kann ihn heute Nacht noch anschmachten, aber jetzt sollten wir uns langsam auf den Weg machen, sonst reißt uns Jamie doch noch die Köpfe ab.
Bis ich bei ihnen bin, haben sich unsere Augen allerdings wiedergefunden, als wären wir beide nicht in der Lage, noch länger voneinander zu lassen. Das Shooting dürfte eine interessante Angelegenheit werden, denke ich schmunzelnd und bin für den offenen Umgang unter den Models recht dankbar. So fällt es nicht weiter auf, als ich Jace kurz in den Arm nehme und auf die Wange küsse.
Wobei mein Satz: „Schön dich zu sehen, Süßer“, schon deutlich macht, dass wir uns näher kennen. Aber ich flüstere es leise in sein Ohr und als Antwort darauf drückt er nur kurz meine Hüfte. Der Gerechtigkeit halber nehme ich Benny auch in den Arm. Hmmm, noch vor ein paar Monaten hätte mich die Nähe zu einem so gut gebauten Mann ordentlich in Schwitzen gebracht. Jetzt allerdings ist sie mir völlig einerlei. Bin ich geheilt? Ist mein Verlangen nach Männern tatsächlich gestillt?
Ich wende mich erneut Jace zu und es fällt mir wie Schuppen von den Augen. In just dem Moment weiß ich, dass es für mich

keine „Heilung“ gibt! Unvermittelt wünsche ich mir, es wäre vier Monate früher, ich säße in meinem Büro und würde gerade Mikes Anruf bezüglich des Castings erfolgreich abwimmeln.
Fuck!
Das kann nicht sein! Wann, zur Hölle, ist das passiert? Ich dachte eigentlich, ich hätte das im Griff und meine Schwärmerei würde sich noch in ungefährlichen Tiefen bewegen. Was bin ich doch für ein Idiot! Unbewusst schüttle ich meinen Kopf und handle mir von Jace einen scheelen Seitenblick ein, während wir zu meinem Auto hinausgehen.
„Alles okay“, beschwichtige ich ihn und schenke ihm ein schiefes Grinsen.
Alles okay? Na, mal sehen. Wahrscheinlich, nein, hoffentlich, wird sich mein verwirrtes Hormongeschwader nach einem heißen Fick heute Nacht wieder beruhigen.
Ganz bestimmt sogar!

Die Fahrt Richtung Süden ist dann allerdings doch eine recht nervenaufreibende Sache. Zu meiner Überraschung bugsiert Jace Benny auf den Beifahrersitz und lässt sich hinter mir auf die Rückbank fallen. Schade, ich hätte ihn wirklich gern neben mir gehabt.
Wir plaudern locker über Nichtigkeiten, bis wir auf der Bundesstraße Richtung Kempten sind. Ich schaue auf die Uhr und gebe Gas. Selbst mir wird langsam klar, dass wir die Aufnahmen schnell in den Kasten kriegen sollten. In den Allgäuer Alpen, klar sichtbar durch den typischen Fön, der wie ein Zoom wirkt, brauen sich dunkle, eindrucksvolle Wolken zusammen und kündigen ein ordentliches Unwetter an.
Aber ich kenne Jamie inzwischen gut und weiß, dass er dieses Naturschauspiel und die Wahnsinnskulisse geschickt einbauen wird. Und dass er wahrscheinlich erst Ruhe gibt, wenn wir schon bis zu den Knöcheln im Matsch stehen und ein Blitz in seine wertvolle Ausrüstung eingeschlagen ist.
Aber das macht mir das Leben gerade nicht schwer, zumindest noch nicht. Ich kann mir ein erschrockenes Stöhnen gerade noch verkneifen, als Jace, vertieft in ein Gespräch mit seinem Kol-

legen, nach vorne rutscht, seinen linken Arm um die Rückenlehne schiebt und unverfroren auf meine linke Körperhälfte legt. So ein Teufelskerl! Ich konzentriere mich mühsam auf den regen Verkehr und verfolge seine kräftigen Finger auf ihrer Wanderschaft über meine Seite bis hinab auf meine Oberschenkel. Mein Schwanz schwillt sofort vehement an und zeigt mir unverblümt, dass Jeans in Jace' Gesellschaft definitiv das falsche, weil zu enge, Kleidungsstück sind.
Oh Gott, oh Gott, oh Gott … jetzt wurschtelt er sich unter mein legeres T-Shirt und streichelt meine nackte Haut.
Mein Lenkrad bekommt sicher gleich Dellen, wenn ich es weiter so fest umklammere. Scheiße, ist das ein geiles Gefühl!
Die zwei quatschen ungerührt weiter, ich habe mich ausgeklinkt, weil die Chance, die Böschung zu treffen, von Meter zu Meter höher wird. Jace' Hand wandert weiter nach vorne, sehr langsam, sehr zärtlich, und landet auf meinem zitternden Bauch. Zumindest ist er so vernünftig und fasst nicht zwischen meine Beine, obwohl das dem besagten dort lauernden Körperteil ungemein gut gefallen würde. Dieser Verrückte! Jetzt deutet er auf irgendeinen Punkt rechterhand und sorgt so dafür, dass Benny aus dem Fenster blickt. Jace beugt sich derweil noch weiter vor und haucht einen Kuss auf meine Wange. Ich krepiere gleich!
„Magst du das, schöner Mann? Zitterst du aus Furcht oder ist dir kalt?“
Der will jetzt nicht wirklich eine Antwort, oder? Ich werfe ihm einen kurzen, wie ich hoffe bösen Seitenblick zu und widme mich mit zusammengebissenen Zähnen wieder der Straße.
Aber eines ist sicher: Dafür wird er heute Nacht leiden! Sehr lange und sehr hart! Na klasse! Ich habe echt Talent, mich einfach mal selbst aus der Spur zu hauen! Unwillkommene Bilder setzen mein Gehirn in Brand: Jace vor mir auf den Knien und ich bis zum Anschlag in ihm.
Einsame Spitze!
Oh nein! Benny ist noch immer auf der Suche nach dem Brocken, den Jace ihm hingeworfen hat, als dieser seine Hand höher schiebt und mich fest in die Brustwarze zwickt.
„Weißt du, wie es mich anmacht, dich so wehrlos zu sehen?“

Ich kollabiere fast und fauche ihn an. „Gut jetzt!“ Mir ist mein Leben zu wichtig, um ihm so einen Unfug zu gestatten.
Benny, etwas verunsichert von meinem kurzen Ausbruch, dreht sich zu mir um und sieht uns konsterniert an, hält aber den Mund. Jace hingegen lacht fröhlich und fällt nach hinten in das Polster. An Benny gewandt meint er lapidar: „Er verträgt es nicht, wenn man ihn darauf hinweist, dass er über eine Stunde zu spät war, um uns zu holen.“
Ja, klar! Ich könnte ihm gerade den Kopf waschen, aber er ist wenigstens so schlau, uns mit seinem Mundwerk den Arsch zu retten.

Als wir einige Zeit später am vereinbarten Ort ankommen, haben sich die Wogen wieder geglättet. Als mein Lover irgendwann wieder seine Hand auf Wanderschaft gehen lassen hat, habe ich sie einfach unter meiner Achsel festgeklemmt und ihm gezeigt, dass ich es durchaus genieße, von ihm berührt zu werden.
Mike kommt uns auf dem Parkplatz vor dem Gehöft entgegen und nimmt mich in den Arm. Mir wird bewusst, dass Jace unser Verwandtschaftsverhältnis nicht kennt, und ich bin froh darüber. Es würde einfach zu eng zwischen uns werden. Und da er ein Kollege von Mike und Jamie ist, wäre es schwierig, da Distanz zu halten.
Ach? Echt? Vielleicht bin ich auch nur deshalb froh, weil ich eifersüchtig über die Offenheit zwischen ihnen bin. Ich will mein kleines Geheimnis nicht preisgeben, kann es ja gar nicht. Ich weiß nicht, wie ich es erklären soll …
Aber mein Bruder ist zu sehr Geschäftsmann, als dass er hier einen auf Family macht. Jamie, der mit deutlich angesäuertem Gesichtsausdruck aus einem lichten Gehölz gestampft kommt, hat solche Dinge gerade ohnehin nicht im Sinn. Kurz gesagt: Er ist auf hundertachtzig.
„Auch schon da?“, erkundigt er sich mürrisch und streift mich nur kurz mit einem Blick. „Jace, in der Scheune sind die Sachen, die ich an dir sehen will. Benny, du hast noch ein wenig Zeit.“
Die beiden jungen Männer trollen sich, wobei mir Jace noch einen kurzen Seitenblick zuwirft und zwinkert.

Kleiner Mistkerl! Er kann es einfach nicht lassen. Aber gut, im Grunde genieße ich ja dieses erotische Ding zwischen uns, diese Anmache und den immerzu erhobenen Finger.
„Ging das nicht früher?" Jamies Stimme vibriert vor unterdrücktem Ärger.
„Es gab einen Unfall und ich stand eine gute halbe Stunde im Stau deswegen. Tut mir leid."
Sein Blick geht in den Himmel und er atmet tief durch. „Hoffentlich reicht die Zeit noch, und das Licht wird auch nicht besser."
Ich zucke lediglich mit den Achseln. Jamie mit irgendwelchen Sachen zu kommen führt nur dazu, dass er richtig sauer wird. So begnüge ich mich die nächste Stunde damit, ihn bei der Arbeit zu beobachten und Jace das erste Mal vor der Kamera zu erleben.
Das ist ein extrem zwiespältiges Gefühl. Jace macht seine Sache hervorragend, das kann sogar ich als Laie erkennen. Er folgt Jamies Anweisungen exakt und weiß instinktiv, was der von ihm will. Die Kleidung fällt nach und nach, während meine Hitzewallungen an Stärke zunehmen.
Mich kribbelt es in den Fingern und ich kann die kommende Nacht kaum erwarten. Wenn ich an den Rückweg denke, an die Fahrt und die Anwesenheit anderer Mitfahrer, wird mir latent übel. Was macht dieser Kerl mit mir? Was löst er aus? Und womit? Bloß, weil er ein Kerl ist, der mich ranlässt? Ist es so simpel?
Ich beobachte ihn weiter und bestätige mir meine eigene Dummheit. Das war vielleicht mal so. Bei den ersten Treffen, aber es ist schon lange anders. Auch wenn ich mich noch so dagegen wehre und mir Sex als Rettungsanker hole, kann ich es nicht länger von der Hand weisen.
Meine Gefühle für Jace befinden sich in einem Stadium, das der Affäre einen völlig anderen Touch gibt. Ich habe ihn verdammt gern, alles an ihm: seine Stimme, seine Augen, die Art, wie er mich anfasst und mir zeigt, dass er mich ebenso begehrt. Aber … kann man zwei Menschen gleichzeitig lieben? Melanie und Jace?

Großer Gott! Allein der Gedanke, dass ich das für ihn empfinden könnte, ist ein Supergau!
Ich verliere mich in meinen Gedanken, suche Haken und Auswege, Möglichkeiten, die genau das ausschließen, und finde eigentlich nur eines: meine Dummheit!

Mike reißt mich irgendwann aus meinem sinnlosen Gestarre und bittet mich, die nicht mehr benötigten Utensilien in ihrem Wagen zu verstauen. Sie werden heute Nacht ebenfalls nach München fahren, weil Jamie morgen weiter nach Düsseldorf muss, um einen lukrativen Werbeauftrag zu fotografieren. Wer hätte das vor zwei Jahren gedacht? Ein preisgekrönter Pornodarsteller auf der Erfolgsspur als Fotograf? Niemand, noch nicht mal er selbst.
Jace' Aufnahmen sind im Kasten und da auch Benny seinen Job beherrscht, schaffen wir alles, noch ehe das Unwetter einsetzt.
Wir stehen in der Scheune und warten, bis Jamie seine Kameraausrüstung in die dick gepolsterten Koffer gepackt hat. Draußen grollt der Donner, es ist schlagartig kühler geworden und von Sonne keine Spur mehr. Die Luft ist aufgeladen und ich bin froh, wenn ich bald im sicheren Auto sitze.
Ich stehe etwas abseits, die Erkenntnis von vorhin nagt an mir. Plötzlich sind meine Beweggründe, den Mann später zu treffen, irgendwie anders. Als ob ich, als ich zugab, dass es nicht allein um Sex geht, meiner Zuneigung Tür und Tor geöffnet hätte. Das macht mir Angst, ehrlich. Warum kann ich nicht einfach nur Spaß haben, wie Jace auch? Warum müssen sich bei mir gleich Gefühle einstellen? Ich schrecke auf, als Jace plötzlich lautstark flucht und auf sein Handy starrt.
Die Gespräche verstummen und jeder sieht ihn an.
„So ein Mist aber auch", nörgelt er weiter und fährt sich genervt durch die Haare.
Ich würde ihn schon gern fragen, was los ist, aber ich bemühe mich gerade irgendwie, körperlichen und seelischen Abstand zu wahren. Jeder Kontakt, der irgendwie persönlicher aussieht, könnte mich verraten, und das will ich vermeiden.
Mike ist es dankenswerterweise, der die Frage stellt. „Was ist los?"

Jace sieht auf, streift mich für eine Sekunde mit seinem Blick, ehe er sich an meinen Bruder wendet. „Meine Hotelreservierung ist untergegangen. Mann, es ist Messe, ich hab extra so früh gebucht und dann das!“
Oh! Meine Vernunft wird hemmungslos von meinem Verlangen ausgesperrt. Mir schießen mehrere Dinge durchs Gehirn: Melanie ist im Urlaub. Ich bin allein. Er könnte mit zu mir. Oh Gott, Jace bei mir, die ganze Nacht.
LASS DAS! Viel zu gefährlich. Finger weg … Die Einsprüche könnten mehrere Seiten füllen.
Und dann überholt mein Mund frech mein Gehirn und wirft Worte in die Scheune, die fast im aufkommenden Wind untergehen. Aber nur fast, jeder hat sie gehört. Nur bin ich der Einzige, der die Bedeutung wohl richtig kennt. Gut, außer Jace, aber der ist ein hervorragender Schauspieler. „Wenn dich ein schmales Bett nicht stört: Ich hätte Platz.“
Stille! Alle starren mich mit offenem Mund an.
Blödsinn! Das bilde ich mir nur ein. Eher das Gegenteil ist der Fall. Mike knufft mich an der Schulter und nimmt von seinem Mann eine Tasche entgegen. „Mensch ja, das wäre doch super. Melanie ist im Urlaub, da würde sie das nicht stören.“
Ja, genau! Urlaub. Weit weg. Sturmfreie Bude!
Jace sieht mich ungerührt und todernst an. Respekt, wie gut der sich im Griff hat. „Echt jetzt? Ich kann auch noch mal im Internet schauen, ob ich was finde.“
Ich winke ab und drehe mich um. Ihn länger anzusehen, kostet mich den Verstand. „Lass mal, es ist echt okay.“ Bloß weg hier, mein Blutdruck erklimmt gerade ungesunde Höhen. Mit stoischem Gesichtsausdruck öffne ich Mikes Auto und wuchte einen Alukoffer hinein.
Jace steht plötzlich neben mir und holt seine Reisetasche raus, die wir vorhin dort verstaut haben. Ursprünglich wollte er mit den beiden zurückfahren und wir hätten uns irgendwann später im Hotel getroffen.
Jetzt allerdings? Er steht neben mir und grinst mich frech an. Der Blutdruck klettert weiter. Für eine Millisekunde beugt er sich zu mir und tätschelt meinen Oberschenkel. Mir bricht der Schweiß aus.

„Ach … das Hotel ist gar nicht ausgebucht“, flüstert er leise in mein Ohr und schafft es, darüber zu lecken.
Ich packe ihn kurz am Arm und schüttle ihn. Wusste ich es doch! Ich kann mich vage daran erinnern, ihm von Melanies Abwesenheit erzählt zu haben, und der Verdacht, dass dieser Teufelskerl die Chance nutzt, liegt nahe. „Das habe ich auch gar nicht vermutet!“
Er lacht leise und lässt mich stehen. Die Vorstellung, ihn die ganze Nacht einschließlich Abendessen und Frühstück bei mir zu haben, nimmt langsam Gestalt an. Na ja, um ehrlich zu sein, hätte ich wohl auch so den Großteil der Nacht bei ihm im Hotel verbracht, aber bei mir zuhause? Ich kann mal wieder kaum noch atmen …
Das restliche Einpacken geht recht schnell. Die Gepäckstücke sind auf die jeweiligen Autos verteilt und die Verabschiedung besteht nur aus einem Winken und kurzen Rufen, da der Himmel in diesen Minuten die Schleusen öffnet. Ist auch besser so, denn Umarmungen und mehr vertrage ich gerade nicht. Ich bin so aufgeregt wie seit meiner Jugendzeit nicht mehr. Ob ich Jace gern habe? Das ist wohl die Untertreibung des Jahrhunderts, der Kerl ist wie ein Herzmittel, das diesem Organ neue Lebenskraft schenkt.
Die Rückfahrt verläuft wie in Trance und in selber Konstellation wie die Hinfahrt. Da Jamie heute im Hotel gleich eine Vorauswahl der Bilder treffen will, verabreden wir uns am morgigen Tag zum Brunch in Petes Hotel.
Klasse! Dann habe ich Jace ja tatsächlich bis zum Vormittag bei mir. Ich kann es eigentlich gar nicht glauben und, um ehrlich zu sein, er macht auch den Eindruck, als könnte er sich ein Dauergrinsen nicht mehr verwehren.

Gute anderthalb Stunden später verabschieden wir Benny vor seinem Hotel und Jace wechselt auf den Beifahrersitz. Ein Winken im Rückspiegel, ich fahre an und dann prasselt jedes Gefühl mit brachialer Gewalt auf mich ein.
Mein Lover sitzt neben mir! Wir fahren zu mir! Wir werden uns Zeit nehmen können! Keine Uhr im Rücken! Niemand, der auf mich wartet! Unfassbar!

Ich sehe zu ihm hinüber und erhasche einen Blick auf seine ineinander gefalteten Hände. Er knetet nervös eine Falte in seiner Hose. Süß! Beruhigt mich, dass mein cooles Model auch mit den Nerven zu kämpfen hat. Automatisch lege ich meine Hand über seine Finger.
Jace schaut mich an und lächelt breit. Unsere Finger verknoten sich ineinander. Ein schönes Gefühl, als ob es so gehören würde. Weitere zehn Minuten später biege ich in unsere Einfahrt ein und öffne per Fernsteuerung das Garagentor.
Ich weiß, was jetzt passiert!
Und richtig. Kaum stehen wir drinnen, beugen wir uns wie verabredet zueinander und küssen uns. Die Berührung geht mir durch und durch. Endlich wieder seine Lippen kosten, seinen Geschmack auf der Zunge haben und diesen Prachtkörper unter meinen Händen fühlen. Wir seufzen unisono und schwelgen in dieser liebevollen und innigen Begrüßung. Denn nichts anderes ist es. Alles bis hierhin war nur Show und Theater für die anderen. Jetzt! Genau jetzt sind wir endlich am Ziel angekommen.
Nach einer kleinen Ewigkeit weichen wir ein paar Zentimeter zurück und sehen uns an. Hmmm, irgendetwas ist heute tatsächlich anders. Ich meine, dass meine Gefühle jenseits von Gut und Böse sind, weiß ich ja, aber auch Jace erscheint mir verändert. Das wird überdeutlich, als ich sanft seine Wange streichle und er sich mit geschlossenen Augen in meine Handfläche schmiegt. Nicht, dass ich diese unbekannte, weiche Seite an ihm komisch finde, aber sie ist eben neu.
„Was hättest du gemacht, wenn ich dich nicht eingeladen hätte?“, frage ich leise und streiche eine widerspenstige Strähne aus seiner Stirn. Jace schließt kurz die Augen und drückt sich abermals an meine Hand, als lechze er nach meiner Berührung.
„Hmmm, dich im Hotelzimmer später geohrfeigt? Keine Ahnung, aber mein Gefühl sagte mir, dass du dir die Gelegenheit nicht entgehen lassen würdest.“
Kennt mich schon gefährlich gut, der Junge. Wieder küsse ich ihn kurz. „Ich muss wohl aufpassen, was ich sage, du kleines Schlitzohr.“ Ich beiße in seine Nase und bringe ihn zum Lachen.

„Solltest du, ja. Lass uns reingehen, ich möchte dich endlich ganz nah."
Wow, einfache Worte und in mir kribbelt es unanständig. „Was willst du genau?"
Er legt seinen Kopf schief und streicht mit einem Finger über meinen Mund, den Hals, Brust und tippt schließlich auf meine zum Bersten gespannte Jeans. „Alles! Deinen kräftigen, warmen Körper an meiner Haut, deine Lippen, die mich verwöhnen, und deinen dicken Schwanz ganz tief in meinem Hintern." Sein Blick schießt nach oben. „Die ganze Nacht! Sag mir, wie oft du mich heute ficken wirst."
Mir bleibt die Luft weg. „Bist du so ausgehungert?"
„Oh ja … wir haben uns schließlich lange nicht gesehen, oder?"
Kurz wirft sich der Gedanke, dass er wohl nicht nur mich hat, ins Getümmel, aber meine Lust trampelt ihn in Grund und Boden. „Kannst du dich noch so lange gedulden, bis wir drinnen sind? Meine Garage hat leider keinen Zugang zum Haus."
„Das schaffe ich gerade noch", sagt er, küsst mich ein letztes Mal und steigt aus.
Puh, na, wenn er das schafft, sollte ich das auch können. Ich zupfe an meiner Hose und steige aus. Komisches Gefühl, ihn bei mir zu wissen. Irgendwie … Ich kann es nicht einordnen, seltsam eben.
Wir nehmen unsere Sachen aus dem Kofferraum und er folgt mir stumm zur Haustür. Das Rumoren in meinen Eingeweiden wird stärker. Ich komme mir vor, als befände ich mich in einem Film. Das kann unmöglich real sein. Ich sehe in Gedanken auf uns herunter. Zwei Männer, die nebeneinander auf eine Tür zugehen. Blöde Metapher.
Aber … das Bild ist falsch. Ich schlucke und verlangsame unwillkürlich den Schritt. Was zur Hölle tue ich hier eigentlich? Ich nehme meinen Lover mit in mein Haus, in meine Welt, die ich eigentlich mit meiner Frau teile.
Zitternd schließe ich auf und lasse ihn rein. Wir sehen uns an und auch auf seiner Miene zeichnet sich diese Unsicherheit ab. Wir verharren beide für eine Sekunde unter dem Türstock, unsere Blicke finden sich und die Welt kippt ein Stückchen weiter.

Fehler!
Ganz großer Fehler sogar!
Das hier hätte ich nicht tun sollen! Geil auf den Kerl zu sein hin oder her. Aber es verschafft ihm Zutritt zu meinem Leben. Ich weiß, dort ist er schon längst, aber indem ich ihm mein Haus zeige, ihn hier schlafen lasse, mit ihm schlafe, vollende ich meinen Fehltritt und gebe ihm damit ein ungeahntes Gewicht.
Die Tür fällt hinter uns zu, unsere Taschen gleiten zu Boden und dann ist er in meinem Arm. Wir stehen im Halbdunkel des Flurs und … irgendetwas geschieht. Ich kann es nicht greifen, nicht in Worte fassen, aber unsere Reise mündet in eine neue, unbekannte Etappe.
So ein Scheiß, ehrlich. Ich will den Kerl jetzt endlich haben! Basta! Über mein Gefühlschaos kann ich später auch noch nachdenken.
Was für ein Wahnsinnskuss! Jace seufzt an meinen Lippen, schmiegt sich eng an mich, sodass ich seine Erregung und kaum verhohlene Sehnsucht mit jeder Nervenfaser erspüre. Sein Kopf gleitet zur Seite, fordert mich auf, ihn gänzlich in Besitz zu nehmen. Ich tue es stöhnend, drücke ihn an die Kommode hinter ihm, reibe meinen Unterleib an seinem. Meine Hände öffnen fahrig die Hemdknöpfe und wischen den Stoff beiseite. Ich küsse mich seinen Hals hinab, beiße sanft in seine Schulter, ich weiß, er mag diese dominante Geste, sein Keuchen und der feste Griff in meinen Haaren bestätigen das jedes Mal aufs Neue. Ich gebe ihn frei und schaue ihn an. Jace' Augen sind groß und feucht, voller Begierde, seine Hände umklammern meine Hüften. Wir sehen uns an und ich weiß, er spürt es auch, was immer es auch ist. Meine Hand umfasst seine Wange und ich hole ihn wieder zu mir. Er kuschelt seinen Kopf an meinen Hals, steht einfach nur da und umfasst mich, wie ich ihn.
Was zur Hölle geht hier vor?
Seufzend gebe ich ihn nach einer Weile frei und platziere einen Kuss auf seiner Nasenspitze. Er lacht leise auf, wie jedes Mal, wenn ich das tue. Wie: alter Mann küsst seinen Loverboy. Würg! Der Gedanke verscheucht das komische Fragezeichen, was hier vor sich geht, in meinem Herzen wieder.

„Hast du Hunger?“, frage ich und trage unsere Taschen an die Treppe ins Obergeschoss.
„Eigentlich schon.“ Jace folgt mir und schaut sich neugierig um. Da … genau das meine ich. In den drei Monaten unserer Liebschaft gab es bestimmte Regeln: Kein Gesülze über Gefühle, keine Zukunftspläne, weil nicht vorhanden. Meine Familie war kein Gesprächsthema, seine Liebschaften rund um den Globus auch nicht. Und jetzt gewähre ich Vollidiot ihm uneingeschränkten Zugang zu meinem Leben, bloß weil ich ihn mal länger als ein paar Stunden bei mir haben will.
Ich beobachte Jace, wie er ein Bild von Lea betrachtet. Sie sitzt lachend auf einer Schaukel. Ihre dunkelblonden Locken wirbeln um sie herum und ihr ganzes Kindergesicht strahlt vor Glück. Was ist das für ein Ausdruck auf seiner Miene? Macht er sich lustig? Ist es Wehmut?
Beides kapiere ich nicht. Ich wende mich ab und gehe in die Küche. Mein Kühlschrank würde ein ordentliches Abendbrot hergeben, mal sehen, ob Mr. Model das auch mag. Er folgt mir, verharrt an der Tür und beobachtet mich nachdenklich. Würde mich echt interessieren, was hinter dieser hübschen Stirn gerade vorgeht.
„Magst du ein paar belegte Brote oder soll ich irgendetwas bestellen?“
Jace kommt näher, umarmt mich von hinten und schaut seitlich in den Kühlschrank. „Das reicht mir völlig. Hast du richtiges Brot da?“
Ich schaue ihn mit gerunzelter Stirn an.
„Ordentliches, deutsches Brot.“
Ahso. Ich drücke mich an ihm vorbei und öffne einen Keramiktopf. „Genug?“
Er nickt eifrig. „Super, damit kann ich leben. Dieses Weißbrotzeug hängt mir langsam zum Hals raus.“
Ich lache und hole den Laib raus. „Gut, dann lass uns alles rübertragen, hmmm?“
Jace folgt mir mit den Tellern und Besteck. Wir essen schweigend und sehen uns oft dabei an. Ist schon witzig, wir waren noch nie gemeinsam aus, haben noch nie zusammen gegessen

oder einfach den Abend woanders als in einem Hotelzimmer verbracht.
Nur Sex! Mehr nicht! Ja …
Mein Essen schmeckt plötzlich schal und fade. Und unvermittelt geht mir auf, dass ich genau diese Dinge eigentlich möchte. Was gäbe es Schöneres als ein ganz normales Date mit ihm? Vielleicht in ein Konzert, dann lecker Essen gehen und danach in ein gemeinsames Bett!
Ja klar! Jetzt hat es mich dann voll erwischt!
Jace ist kein Mann für so was! Er will nichts weiter als Sex! Wäre ja noch schöner, zu glauben, dass dieser extrem gutaussehende Mann von mir biederem Familienvater mehr erwarten könnte. Schweigend beenden wir unser Mahl. Schon doof. Warum fällt es mir so schwer, unbefangen mit ihm umzugehen? Ist ja nicht so, als ob wir uns nicht sehr gut kennen würden. Aber wenn ich ehrlich bin: Im Grunde kenne ich seine Äußerlichkeiten. Ich weiß, wie er im Bett tickt, was er will, auf was er abfährt. Sein Inneres, seine Seele, Wünsche und Gedanken haben mich bis dato nicht interessiert.
Obwohl, nein, das stimmt so nicht. Interessiert schon seit Längerem, aber ich habe mir einfach verboten, darüber nachzudenken. Das würde aus Jace, meinem Fick, Jace, meinen Liebhaber und Freund, machen.
Ich trage stumm das Geschirr in die Küche und nehme ihm die restlichen Sachen ab.
„Magst du ein Glas Wein? Oder etwas anderes?“
Vorsichtig schaue ich ihn an und entdecke diesen ungewohnt weichen Ausdruck auf seiner Miene. Er kommt näher, nimmt mir das Stück Butter weg, legt es auf die Anrichte und führt meine Hand an seinen Mund, um sie zu küssen. „Ein Glas Wein wäre schön, und dann dich zum Nachttisch?“
Eines muss man dem Mann lassen: Er weiß, wie man die Stimmung wieder in die richtige Richtung bringt. Ich grinse ihn an. „Hmmm, wir können es auch umdrehen. Erst Nachtisch und dann den Wein?“, frage ich mit bemüht harmlosem Gesichtsausdruck.
Seine Antwort besteht darin, sein offenes Hemd einfach auszuziehen und seine Hände unter mein T-Shirt schiebt. Ich lehne an

der Arbeitsfläche, mit Jace' vollem Gewicht auf mir. Das ist heiß und unglaublich erotisch. Er schafft er es immer wieder aufs Neue, mich in Nullkommanichts in die Gänge zu bringen. Das liebe ich so an ihm. Diese direkte, ungekünstelte Art, es auf den Punkt zu bringen.

Jetzt weicht er wenige Zentimeter zurück, seine Hand knetet meinen harten Schwanz und bringt meine Hose an ihre Belastungsgrenze.

„Ich brauche dich, Dirk, lass mich nicht länger warten." Seine Stimme ein einziges Versprechen. Warm und rauchig, wie dunkler Honig. Mein Untergang!

„Gleich", flüstere ich mühsam und husche an ihm vorbei ins Wohnzimmer. So sehr ich ihn auch will, möchte ich den Nachbarn nicht wirklich einen unterhaltsamen Abend gönnen. Der Reihe nach schließe ich alle Rollläden, lösche das ungemütliche Deckenlicht und entzünde zwei kleine Lampen, die in der Schrankwand für indirektes Licht sorgen. Als ich an ihm vorbeigehe und dringend benötigte Utensilien aus meiner Tasche hole, steht er schmunzelnd im Türrahmen und schüttelt den Kopf.

„Was?"

„Ich bewundere ehrlich deine Effizienz. Keine Zeit vergeuden, an alles denken …"

Ja, außer, dass ich hier gerade im eigenen Haus Ehebruch begehe. Weg mit diesen Gedanken.

„Ziemlich unromantisch, hmmm?" Ich stehe da, Gel und Gummi in der Hand, und finde die ganze Situation eher zum Lachen.

Jace steigt unverkrampft mit ein und macht mir wieder klar, dass wir uns wirklich schon recht vertraut sind. Da ist nichts Peinliches zwischen uns. Dann kommt er zu mir und legt seine Arme auf meine Schultern.

„Dem kann ich abhelfen", schnurrt er verführerisch und küsst mein Kinn.

„Ja? Dann mal los." Mehr Aufforderung braucht er nicht, die Liebkosung seiner Lippen wird fester und er bewegt sich wie eine Schlange an meinem Leib.

Nach Minuten, in denen er meinen Oberkörper von allen störenden Stoffen befreit und die Hand um meinen harten Schwanz

gelegt hat, fragt er leise: „Sollen wir nicht in ein Bett verschwinden?“
Oh, Bett! Äh, ja … natürlich. Großer Gott, ich werde ihn in unserem Ehebett vernaschen. Der Gedanke ist jäh so ernüchternd, dass ich zurückweiche. Und er spürt es, versteift sich ebenfalls. Ich küsse seine Zweifel einfach fort. „Später … Lass uns hierbleiben fürs Erste, okay?“
Jace nickt lächelnd und kurze Zeit später liegen wir beide nackt auf der Couch. Was für ein grandioses Gefühl. Diesen ansehnlichen Körper so nah und bloß bei mir zu haben. Jace jauchzt unter meinen festen Berührungen, reckt sich mir entgegen. Er strahlt so viel Hunger aus, dass mir übel wird. Alles in mir schreit danach, diesen Mann zu besitzen, seinen Körper zu erobern und für lange, lange Stunden immer wieder zu dem meinen zu machen.
„Schau mich an“, fordere ich leise und streiche über die empfindsame Innenseite seines Schenkels. Er kommt meiner Bitte nach und legt sein Bein über meine, um mir Raum zu geben, da er zwischen mir und der Couchlehne eingeklemmt ist. Da ist keinerlei Scheu, nichts. Sein Blick ist … Ich weiß nicht, liegt es am Licht oder war er früher auch so weich? Meine Fingerspitzen zeichnen die sorgfältig geprägten Linien seines Gesichts nach, ich verliere mich in seiner Betrachtung und dem prickelnden Gefühl.
„Du bist so schön, Jace“, flüstere ich ergriffen und frage mich im selben Moment, was uns beide heute eigentlich reitet.
Hinreißende Röte überflutet seine Wangen und die trainierte Brust. Er holt mich an seine Lippen und meine Hand auf seine Hoden. Ich weiß, dass er es mag, wenn ich sie knete und seine perfekten Bälle massiere.
„Schlaf mit mir, bitte.“ Nur ganz leise Worte, darin viel Gefühl, ganz anders als sonst.
Ich kann nur nicken.
Er dreht sich mühsam auf die Seite und präsentiert mir seinen Hintern. Sanft streiche ich über die weiche Haut, gleite in seine Spalte und drücke meinen angefeuchteten Zeigefinger in ihn. Jace zischt leise und presst seinen Kopf an das Polster. Ich angle nach der Tube und nehme mir Zeit, ihn gut vorzubereiten.

Schon komisch, wie sehr ich dieses Vorspiel genieße. Mindestens ebenso sehr wie er. Sein Stöhnen wird tiefer, leidenschaftlicher. Mit einem Nicken gibt er mir das Okay. Ich verpacke meinen Schwanz und lasse ihn an seinem Hintern entlang gleiten. Was für ein gutes Gefühl.

Ich umschlinge seinen Oberkörper und presse mich in ihn. Heiße, feuchte Enge umschließt mich perfekt. Ja, der Mann ist perfekt für mich! Zwei, drei Mal stoße ich vorsichtig in ihn, aber dann geht mir auf, dass ich es heute nicht so will.

So offen Jace auch ist, sein Herz meist auf der Zunge trägt, so sehr verschließt er sich während unseres Liebesspiels. Und ich beschließe, jetzt damit aufzuhören. Ich ziehe mich aus ihm zurück und erwidere seinen ungläubigen Blick. Als ich von der Couch aufstehe, reiche ich ihm meine Hand.

„Was soll das jetzt?", fragt er, ergreift sie aber sofort.

„So will ich das heute nicht", antworte ich kopfschüttelnd und setzte mich breitbeinig wieder nieder. „Reite mich, Jace." Ich lege meine Hände auf seine Oberschenkel und ziehe ihn zu mir.

Kurz huscht so etwas wie Panik über seine Miene. Er unterdrückt es sofort, aber ich kenne ihn mittlerweile viel zu gut. Kopfschüttelnd versucht er, zurückzuweichen. „Nein, ich …"

„Jace! Ich will dich sehen, wenn ich dich nehme." Warum hat der Junge so ein Problem, mir dabei ins Gesicht zu sehen? Das ist jetzt nicht das erste Mal.

„Dirk, bitte …"

Ich packe ihn am Genick und hole ihn zu mir herunter, um ihn hart zu küssen. „Pssst. Lass dich fallen, ich fang dich auf", verspreche ich ihm, ohne zu wissen, was ich eigentlich meine.

Er überlegt, streichelt währenddessen mein Gesicht und mustert mich genau.

Um ihm seine Entscheidung zu erleichtern, küsse ich mich über seinen straffen Bauch, spiele mit der Zunge in seinem Nabel, bis ich schließlich seine Eichel küsse und immer wieder in das winzige Löchlein stupse. Das bringt ihn fast um den Verstand und als ich dann seinen hinreißenden Penis in den Mund nehme und an ihm sauge, bricht sein Widerstand in nichts zusammen. Erneut hole ich ihn an den Schenkeln zu mir und nötige ihn mit sanft dosierter Gewalt auf meinen Schoß. Was für ein Bild! Wir

sehen uns an, Jace' Miene verrät seine Lust und Erregung. Ich packe seinen Hintern und spreize ihn, während ich ihn kraftvoll auf meinen Ständer drücke.
„Nimm ihn dir", raune ich an seinen Lippen.
Und dann tut er es, eine Hand presst meinen Schwanz zusammen und dirigiert ihn an seinen Eingang. Auge in Auge sinkt er auf mich, sein Gesicht eine Mischung aus Schmerz und Hingabe. Ich kann mich kaum daran sattsehen. Dann bin ich in ihm, kann mich nicht beherrschen und rucke mit den Hüften nach oben, dehne ihn und entlocke ihm einen erstickten Schrei. Seine Finger krallen sich in meine Schultermuskulatur. Ich dringe weiter in seine Hitze vor. Seine Lippen auf meinen, ich beiße in seine Unterlippe, halte ihn fest, vereinnahme ihn mit meinem Schwanz und meinen Zähnen.
Er keucht und weicht zurück, entlockt mir ein hilfloses Geräusch. Aber nur kurz, dann holt er sich meinen Schwanz wieder, unser Takt wird schneller. Arm in Arm, dicht an dicht. Meine Hände dirigieren ihn, bis er mich völlig aufgenommen hat. Dann umfasse ich sein pralles, zwischen unseren Leibern stehendes Glied und massiere ihn fest, wobei ich meine Hand immer ein wenig drehe.
Jace wimmert, sein Kopf sinkt in den Nacken, meine Stöße werden härter. Ja … so will ich ihn! Frei und ein Sklave seiner Lust. Minutenlang gibt es nichts anderes als seine hektischen Bewegungen auf mir und meine Massage. Ich will ihn kommen sehen. Will sein Sperma auf meinem Bauch haben, seine Erfüllung in meiner Hand.
Es scheint zu gelingen. Der Mann auf mir verkrampft sich, stöhnt leidenschaftlich, als ich den eindringenden Winkel etwas ändere und zweifelsfrei seine Prostata treffe.
„Dirk … ja … weiter so."
Seine Worte feuern mich an, ich stoße härter in ihn, reize mit dem Daumen die tränende Eichel. Sein Blick sucht mich, er findet meine Augen in dem Moment, als ich ihn über die Klippe stoße und er kommt. Krampfhaft klammert er sich an mich, ergießt sich in meine Faust und über meine Brust. Lange, kontrahierende Schübe, sein Mund offen vor Erregung und Erstaunen.

Aber dann … ich sauge seinen Anblick in mich auf, die Lust, die Erlösung und … Oh mein Gott. Völlig paralysiert folge ich der Bahn einer einzelnen Träne, die sich im Moment seiner größten Schwäche einen Weg hinab über seine Wange bahnt.
Wie erstarrt erwidert er meinen Blick, sein Gesicht verliert jede Balance, wird erschreckend jung und hilflos.
Und dann weiß ich, was ich dort sehe. Und weiß auch, dass er dasselbe just in dem Moment in meinem Gesicht lesen kann: Liebe!
Wir starren uns fassungslos an. Kein Wort fällt, alles um uns herum zerbröckelt angesichts dieses blinden Verstehens und der Ungeheuerlichkeit dieses Gefühls.
Ich verliere die Fassung, spüre wie ich in einen Abgrund rutsche und will mich nur noch an ihn klammern. Sein Körper an mir ist der Halt, den ich jetzt brauche. Ohne ihn ertrinke ich einfach, gehe unter in dieser Woge, die alles überschwemmt und mit sich reißt. Jace fest umklammernd, rutsche ich nach vorne, lasse mich auf die Knie fallen und begrabe ihn unter mir.
Ich will ihn haben, so sehr! Alles von ihm spüren, wissen, schmecken. Meine Stöße werden langsam und ungleich tiefer. Ohne die Blicke voneinander zu lassen, liebe ich ihn dort auf dem Teppich, so wie noch nie zuvor. Er folgt mir atemlos. Seine Hände fest auf meinem Hintern, mich bei jedem Stoß an ihn ziehend und seine Beine auf meinen Hüften. Er lässt mich ein, hat die sinnlose Flucht und das Verstecken ebenso aufgegeben wie ich. Sein Gesicht ist ein Universum an Gefühlen und Geschichten. Da ist kein Model mehr, sondern ein junger Mann, der sich mir just in dem Moment mit Leib und Seele hingibt und mein Geschenk, ihn zu lieben, willkommen heißt.
Und dann weiß ich, dass ich in diesem Moment das gefunden habe, was ich vor Monaten bei Jamie und Mike gesehen habe: nicht Sex, sondern die völlige Verbundenheit mit einem Menschen, den man von ganzer Seele liebt! Die Erkenntnis ist wie ein Paukenschlag und lässt mein gekipptes Weltbild völlig aus dem Ruder laufen.
Ich halte inne, will dieses Beben in meinem Herzen festhalten, da ich weiß, dass der Aufschlag nachher umso härter wird. Und Jace weiß es auch, sein Körper vibriert, er hat Mühe, sich zu beherr-

schen, seine Lippen flattern. Ich küsse seine aufkommenden Tränen fort. Will doch nur diese unvergleichliche Nähe.
„Jace, mein Süßer“, flüstere ich ergriffen in sein Ohr und lausche seinem tiefen Stöhnen, als ich mich wieder in ihm bewege. „Das ist so schön mit dir!“ Er nickt, ich kann es fühlen, dreht seinen Kopf an meinen Hals, klammert sich an mir fest.
Ich will noch nicht, dass es zu Ende ist. Wieder halte ich inne, versuche die Welle in mir zu unterdrücken. Es gelingt nur mühsam, das hier ist … so vertraut und gleichzeitig absolutes Neuland. Jace’ Körper ist mir bekannt, aber jetzt ist es irgendwie weit mehr als die bloße Befriedigung einer verbotenen Lust.
Er dreht sich zur Seite, weicht mir wieder aus. Ich kann und werde das nie mehr zulassen. Fest verkralle ich mich in seinen Haaren und nehme seinen Mund in Besitz. Schmerz in seinen Augen, Blöße, die mir direkt ins Herz geht. Ich will ihm sagen, zeigen, klarmachen, dass es hier nicht zu Ende ist. Wie sollte es das auch sein? Himmel, alles bis dato war doch bloß die glitzernde Oberfläche. Jetzt aber …
„Dirk!“ Seine Stimme schwankt. Ich küsse jedes weitere Wort fort, nehme ihn wieder härter in Besitz, weil ich sonst mit ihm heule und der Kloß in meinem Hals mir die Luft abdreht.
Dicht an dicht, unsere Finger inzwischen verknotet über seinem Kopf, unsere Münder beieinander, teilen wir uns einen Atem, einen Herzschlag. Es gibt nur noch uns in diesem Moment, nur noch die Gewissheit, dass wir im anderen die berühmt-berüchtigte Nadel im Heuhaufen gefunden haben. Mein Herz gehört Jace und seines mir! Eine Tatsache, die uns beiden jetzt bewusst ist! Und die uns loslöst aus allem, was bis heute Realität war.
Ich kann nicht mehr! Stöhnend versuche ich erneut innezuhalten, aber ich kann den Orgasmus nicht länger hinauszögern. Jace befreit seine Hände und verkrallt sich in meinem Hintern, zieht mich tiefer in sich und behält mich dort.
„Ich will spüren, wie du in mir kommst!“ Seine Worte jagen ein Kribbeln durch meine Nervenbahnen. „Komm, Love! Komm in mir!“ Meine Kehle wird eng. Love! Oh Himmel … Ich schnappe nach seinen Lippen, ehe noch mehr solcher Liebkosungen mein Gehirn schmelzen lassen.

Ungestüm weiche ich zurück und schenke ihm gnadenlos meine ganze Länge. Jace keucht, japst nach Luft und hält gnadenlos dagegen. Zwei, drei Mal noch, dann explodiere ich förmlich in ihm. Hilflos starren wir einander an. Es ist … als hätte man alle Schleier zwischen uns verbrannt, nichts mehr da, was den Blick auf das Innere des Gegenübers verstellt. Ich stöhne erbarmungswürdig, lehne meine Stirn an seine und gebe mich völlig seinem Leib hin. Das hier ist so … allumfassend! Ich kann es nicht in Worte kleiden.
„Jace … Jace …“ Sein Name, immer wieder, ich kann nicht anders, als ihn zu flüstern wie ein Gebet. Wenn ich ihm jetzt sage, was ich fühle? Nein, nicht solange mich mein Orgasmus gefangen hält, es klänge wie Hohn!
Die Welle verebbt langsam, wir kommen zu uns, lassen uns aber keinen Moment los. Wir sind noch immer ineinander verkeilt, seine Beine geben mir keinen Spielraum und unsere Hände streicheln uns. Dann kann ich ihn endlich wieder ansehen. Mir kommt es so vor, als wäre er ein völlig Fremder. Schön blöd, dass ich in all den Monaten nur das gesehen habe, was ich auch wollte. Feige und oberflächlich! Ich stütze mich auf meine Ellenbogen, um ihn atmen zu lassen. Er quittiert es mit einem kurzen Lächeln.
Er weicht meinem Blick nicht aus, keinem meiner kurzen Küsse. Das tut unsagbar gut, zu wissen, zu fühlen, dass ich mit meiner bahnbrechenden Erkenntnis nicht alleine dastehe. Irgendwann seufzt er leise und wischt sich über sein Gesicht. Ich weiß, dass er noch immer mit seinen Gefühlen kämpft und so die Tränen unterdrückt.
„Lässt du mich aufstehen? Ich sollte dringend wohin.“
Ich gebe ihn nickend frei, rolle mich auf die Seite und bleibe einfach da liegen. Die Realität knallt wie ein Fallbeil zwischen uns nieder.
Fuck!
Was für eine riesengroße Scheiße!
Liebe? LIEBE? Zwischen mir und … einem Mann? Nein! Zwischen mir und Jace! Es ist nämlich völlig einerlei, ob hinter dem „Ich liebe“ Mann, Frau oder Jace steht! Alles ist Torheit! Torheit und eine absolute Katastrophe!

Was jetzt? Was soll ich jetzt tun? Oh mein Gott … er ist kaum eine halbe Minute aus meinen Armen, schon verlangt alles in mir nach ihm. Ich kann ihn nicht gehen lassen! Das hier niemals beenden!
Ein Geräusch von der Wohnzimmertür holt mich aus meinen wirbelnden Gedanken. Ich rapple mich in den Schneidersitz auf und schlagartig wird mir eiskalt. Jace steht im Eingang zum Wohnzimmer und knöpft seine Jeans zu. Sofort bin ich auf den Füßen und gehe zu ihm.
„Jace?"
Er sieht gehetzt auf, seine Finger zittern so sehr, dass er den obersten Knopf nicht zu bekommt. Leise fluchend schüttelt er seinen Kopf und gibt es auf. Erst dann, als er sich mühsam gefangen hat, erwidert er meinen Blick.
Er holt tief Luft und streicht seine Haare zurück. „Vielleicht ist es besser, wenn ich ins Hotel fahre."
Ich höre seine Unsicherheit, vom weltgewandten Model ist nichts mehr übrig. „Und dann?"
Jace zuckt mit den Schultern, macht Anstalten, in sein Hemd zu schlüpfen, lässt es aber dann bleiben. „Ich weiß doch auch nicht."
Inzwischen bin ich an der Tür. „Ändert das etwas?"
Jace betrachtet eingehend die Tapete neben meinem Kopf. Schließlich schüttelt er den Kopf. „Nein, aber …" Er sieht mich ernst an. „Es macht alles kompliziert und ich will dir nicht …"
„Wow, langsam, Jace. Du machst gar nichts! Ich …" Mir fallen die nächsten Worte unbändig schwer, weil ich weiß, dass ich damit jede Grenze nicht nur überschreite, sondern im Galopp hinter mir lasse. „Ich will nicht, dass du gehst. Ich will dich nicht verlieren!"
Überrascht sieht er mich an, sucht nach Worten. „Aber …"
Ich unterbinde seinen Einwand, weil ich jetzt keinen vernünftigen Satz hören will. Ich bin nicht in der Lage, meine Scheinwelt zu verlassen, das geht gar nicht. Ich brauche und will diesen Mann so sehr! Nichts hat dagegen Gewicht. Gar nichts.
Ich überbrücke den Abstand zwischen uns, lege meine Rechte um sein Gesicht und zwinge seinen Blick zu mir hinauf. „Bitte

bleib bei mir!“ Leise Worte, aber wir wissen beide, was sie bedeuten: Aus der Bettgeschichte wird eine handfeste Liebschaft. Noch Millimeter vor meinen Lippen zögert er kurz. Aber dann schießt auch er alle Vernunft in den Wind und fällt in meine Arme. Wir umklammern uns wieder so wie zuvor bei dem innigen Liebesspiel. Er ist jetzt viel anschmiegsamer, als wäre jede Härte aus ihm gewichen, als könne er sich erst jetzt fallen lassen. Was für ein schönes Gefühl! Ich spüre, dass er mir ein kostbares Geschenk macht: seine Hingabe!
„Jace, Liebster, mein Amber. Danke, dass du bleibst, danke …“ flüstere ich in sein Ohr, möchte ich am liebsten in sein Herz ritzen.
Er lacht sanft und drückt mich ein Stück weg. „Amber?“
Ich muss auch lachen, irgendwie geht ein Stofftier mit mir durch! „Ja, Bernstein. Wie deine Augen!“
Er kuschelt sich an meinen Hals und umkreist sanft den Hof einer Brustwarze. Oh, das macht mich echt an. „Ich mag es, wie du das aussprichst.“
Ah ja? Ich schnappe nach seinem Ohrläppchen und lecke darüber. „Amber“, hauche ich und spüre, wie eine Gänsehaut seine Oberarme überzieht. Ja, mag er tatsächlich.
Minuten vergehen, angefüllt mit liebevollen Berührungen und wortlosen Versicherungen. Als ich mich ein Stückchen von ihm löse, hat er seine Fassung wiedererlangt.
„Magst du noch Wein oder sollen wir ins Bett?“ Der Gedanke, ihn mit in mein Bett zu nehmen, erscheint mir nur gar nicht mehr ernüchternd.
Jace sieht auf und mustert mich. „Wann hast du gemerkt, dass es für dich mehr ist als bloßer Sex?“
Ich überlege, wobei ich seine Hüften streichle. Ist das so wichtig? Auch wenn er offensichtlich das gleiche empfindet, macht es doch irgendwie keinen Unterschied. Nein, ich liege komplett falsch. Es macht sehr wohl einen. Durch unsere Gefühle sind wir gleichberechtigt, beide haben wir uns verletzlich und angreifbar gemacht. „Keine Ahnung, ich kann dir kein Datum sagen. Es ist einfach passiert, wie man so schön sagt. Ich wollte dich nicht damit belasten, ehrlich, aber vorhin … als ich dein Gesicht gesehen habe …“

Er nickt und seufzt. „Deshalb wollte ich nicht, dass du mich dabei ansiehst, weil ich wusste, du würdest es dann merken."
„Ist es schlimm, dass du mich … gern hast?" Ich weigere mich, das L-Wort auszusprechen.
Jace gibt ein abfälliges Geräusch von sich. „Das muss ich dir wohl kaum erklären, oder?"
Nein, muss er nicht. Ich hole ihn zurück an meinen Körper, um die Ungeheuerlichkeit zu begreifen. Ja, es macht alles kompliziert, nein, ich bin nicht bereit, ihn aufzugeben. Ich will im Allgemeinen jetzt nicht über irgendetwas nachdenken, was morgen oder übermorgen ist. Heute zählt, und die Tatsache, dass dieser erfolgreiche junge Mann sich in mich verliebt hat. Und ich mich in ihn! Es wird funktionieren, es muss funktionieren, weil ich mir mein Dasein ohne ihn gar nicht mehr vorstellen kann. Alles eine Frage der Organisation. Genau, und darin bin ich ja sehr gut! Ein weiteres Mal drücke ich meine Lippen auf sein Ohr und flüstere die nächsten Worte wie eine Beschwörung: „Jace, ich mag dich sehr und es stimmt, dass ich dich nicht verlieren möchte. Es muss sich nichts ändern, oder?"
Wir sehen uns lange nur an, wissen beide, dass sich unsere Beziehung dennoch ändern wird. Ja, Beziehung! Denn das ist es hiermit eigentlich. Ich habe mich zu ihm bekannt, ihm gesagt und gezeigt, dass ich ihn mag und er einen festen Platz in meinem Leben hat. Er nickt abermals und küsst mich. „Nein, muss es nicht, du hast recht. Wir werden uns wie bisher treffen und Spaß haben."
Hmmm, komischer Unterton, aber ich muss ja auch ständig das Wollknäuel von meiner Zunge schieben, wenn ich mit ihm spreche. „Richtig, außer …" Ich hebe seinen Kopf am Kinn an und zwinge ihn, mich anzusehen. „Ich möchte mal ein richtiges Date mit dir, mit allem, was dazugehört."
Jace lacht und piekt mir sachte in den Bauch. „Wie spießig. Ein Treffen mit Kleidung?" Er lacht gelöst und lässt mich sein schönstes Gesicht sehen.
„Hey! Ich bin spießig! Immerhin bin ich schon ein alter Mann …"

Er lacht lauter und hält mir den Mund zu. „Na klar. Du bist genau im richtigen Alter und spießig ist vielleicht das Date, aber du ganz sicher nicht."
„Charmeur!", steige ich mit ein und bin dankbar dafür, dass es wieder offener zwischen uns zugeht. Ich erwidere seinen Kuss und umarme ihn fest. Er bleibt bei mir! Das ist jetzt eigentlich alles, was zählt.
„Sollen wir hochgehen?", flüstere ich leise in sein Ohr und lausche seinem Seufzen.
„Ja, gerne. Ich freue mich darauf, eine ganze Nacht bei dir sein zu können, Dirk."
„Ich mich auch." Nur zögernd lösen wir uns voneinander, als hätten wir beide Angst, mit der Entfernung könnte die Realität dazwischenfunken. Tut sie allerdings nicht, zumindest jetzt noch nicht. Ich gebe ihn endlich frei und trage unsere Taschen nach oben. Jace folgt mir, eine Hand auf meinem nackten Hintern. Erst da wird mir bewusst, dass meine Kleidung noch immer im Wohnzimmer verstreut rumliegt, aber das ist jetzt egal.
Oben zeige ich ihm das Bad und husche noch mal runter, um das Licht zu löschen und aus reiner Gewohnheit meine Kleidung doch einzusammeln.
Ich sehe mich um und fühle mich noch fremder als ohnehin schon. Für den Bruchteil einer Sekunde überfällt mich Panik. Vielleicht eine Art Vorahnung, irgendetwas in der Art. Ich glaube nicht an so Zeug, aber jetzt?
Mein Herz rast los, gibt Gas wie ein D-Zug. Die Realität schweigt nicht länger und mit ihr die Erkenntnis, dass diese Geschichte mit Jace nichts ist oder wird, was spurlos an uns vorübergehen wird. Nein … Wenn mich nicht alles täuscht, sind unsere Gefühle anders, tiefer.
Ich schlucke und lasse meinen Blick durch das Wohnzimmer gleiten. Mein Zuhause, alles, was ich seit Jahren kenne und mir vertraut ist. Zum Kotzen vertraut, aber trotzdem überfällt mich Angst, wenn ich daran denke, dass ich all das gerade leichtfertig aufs Spiel setze. Ich wäge ab, finde aber keine Argumente, die gegen meine Manie für Jace bestehen.

Nun gut. Dann ist es eben so. Ich bin gut im Schauspielern, schließlich tue ich das schon mein ganzes Leben lang, da wird mir diese Affäre jetzt nicht das Genick brechen.

Als ich nach oben komme, mustert mich Jace ernst, aber ich schaffe es mit einer Umarmung, seine Bedenken beiseite zu wischen. Kurze Zeit später liegen wir im Bett. Völlig komisches Gefühl! Wir drehen uns gleichzeitig zueinander und sehen uns an.
Plötzlich ist da eine seltsame Distanz. Alles ist neu, als ob die Uhren zurückgestellt wurden. Im Grunde ist es ja auch so. Dass wir Gefühle füreinander haben, war bis vorhin ein bloßer Gedanke, eine Ahnung, jetzt ist es Gewissheit!
Aber es ist wunderschön! Ich spüre dem warmen Gefühl in mir nach und lächle versonnen, was Jace mit einem fragenden Blick quittiert. Ich kann es ihm nicht beschreiben, weil ich dann zugeben müsste, dass es mir völlig fremd ist.
Das ist beschämend. Was empfinde ich dann für Melanie? Wo soll ich das einsortieren? Ich kann die Beschriftung auf der Schublade nicht entziffern. Das mit Jace ist völlig anders, viel tiefer, inniger. Ich sehe ihn mit ganz anderen Augen, will tiefer blicken, alles wissen, was ihn bewegt, antreibt, möchte an seiner Seite stehen …
Ich gleite in Wunschträume ab. Das wird nie geschehen! Auch wenn ich die Grenzen dieser Affäre gerade ins Unermessliche gedehnt habe, so weit wird es nie gehen! Und haben wir das vorhin nicht auch beide gleichermaßen beschlossen? Dass sich nichts ändert, alles beim Alten bleibt?
Ich könnte heulen!
Sein Zeigefinger, der sanft über meinen Unterarm wandert, lenkt mich ab. Schon komisch, dass man sich entweder in der Vergangenheit oder in der Zukunft aufhält. Eine dumme, menschliche Angewohnheit, dabei ist just die Gegenwart das Allerschönste.
Ich hole seine Hand an meine Lippen und küsse die einzelnen Finger, genieße jede noch so kleine Berührung. Er beobachtet mich atemlos. Von seinen Fingern wandere ich mit den Lippen über seine Hand, das Gelenk, seinen Unterarm und lasse mich

auf den Rücken fallen, ohne ihn loszulassen. Dadurch ist er gezwungen, mir zu folgen, und liegt endlich halb auf mir.
„Brauchst du eigentlich eine eigene Decke?“, will ich leise wissen und beiße vorsichtig in seinen Bizeps.
„Wenn du mich wärmst, nicht.“
„Ich glaube, das schaffe ich.“ Sachte streiche ich seine Haare aus der Stirn. Ich mag das Gefühl an meinen Fingern. „Komm zu mir“, flüstere ich mühsam, weil mir mein Empfinden die Luft abschnürt.
Jace lächelt sanft und folgt meiner Einladung, als ich die Decke lüfte und meinen Arm zur Seite lege.
Hmmm, so haben wir echt noch nie beieinander gelegen. Man bedenke das! Jede Menge Treffen mit noch mehr Sex, aber nie so eine innige Umarmung. Und ich weiß auch sofort, warum. Weil es verboten schön ist!
Jace küsst meine Brust und reibt seine Wange an mir. Meine Lippen finden sein Haupt und der Duft seiner Haare berauscht mich. Instinktiv rücken wir noch näher zusammen, sein Bein gleitet zwischen meine, unsere Arme umfassen uns fest. Eine tiefe Ruhe überkommt mich. Jace in meinem Arm entspannt sich zunehmend, sein Atem wird langsam und tief.
So wundervoll!

19.
Jace

Ich erwache und bin für eine Sekunde orientierungslos. Wo bin ich? Ah, jetzt. Ein breites Grinsen erobert mein Gesicht. Und jetzt weiß ich auch, was mich geweckt hat. Hinter mir, sehr dicht hinter mir, erklingt leichtes Schnarchen.
Dirk!
Mit einem Seufzen drücke ich mich näher in seine Arme. Wir haben uns gedreht, er liegt nun hinter mir und hält mich fest, als hätte er Angst, ich würde mich irgendwie davonstehlen.
Er hält mich fest!
Ich bin so erleichtert und happy, dass ich jubeln könnte. Anders als erwartet, hat er mich nicht zum Teufel gejagt, als er meine Gefühlsentgleisung bemerkte. Wobei es ihn allem Anschein nach ja auch erwischt hat. Eigentlich unglaublich. So viele Zufälle, Unwägbarkeiten und dann trifft man auf einer Umleitung den Mann, der die Gefühle erwidert.
Manchmal spielt das Leben einem schon komische Streiche.
Aber egal wie, Hauptsache ich brauche mich nicht mehr zu verstellen. Denn eines ist klar, der Sex, den wir vorhin im Wohnzimmer hatten, war eine ganz andere Kategorie.
Das erste Mal, soweit ich mich erinnern kann, habe ich komplett die Führung an meinen Sexpartner abgegeben. Eine grandiose Erfahrung, wie ich gestehen muss, auch wenn das wohl nur bei Dirk der Fall ist. Er hat mich aufgefangen, getragen …
Großer Gott, bin ich verknallt! Das ist doch nicht mehr normal.
Ich presse meine Lippen auf seinen Arm, die feinen Härchen kitzeln mich an der Nase und ich muss niesen. Dirk brummt und dreht sich weg. So ein Mist.
Das Licht geht an und als ich mich über die Schulter drehe und ihn ansehe, muss ich lachen. Dirk ist völlig verknautscht, kneift die Augen zu und zieht seltsame Grimassen.
„Kannst du nicht schlafen?“, murmelt er und reibt sich über das Gesicht.
„Doch, bin nur aufgewacht, weil ich dein Schnarchen nicht gewohnt bin.“
„Ich schnarche?“

Ich drehe mich zu ihm um und streiche über seine Brust. Er seufzt leise, ich vergöttere dieses Geräusch.
„Tust du, ja, aber nicht sehr."
Wir sehen uns an, Dirk ergreift meine Hand und presst seine Lippen auf die Innenseite. „Ich komm gleich wieder. Hast du Durst?", fragt er, während er das Schlafzimmer verlässt und das gegenüberliegende Bad aufsucht.
„Nein!", rufe ich ihm hinterher und kann gar nicht aufhören, ihn anzuschmachten. Was hat dieser Mann nur für einen Traumkörper. Groß, nicht zu schlank, aber zum Glück keiner dieser Bodybuildertypen. Gute Muskeln, aber weich und perfekt dafür geschaffen, sich an ihn zu kuscheln.
Ich falle ins Kissen zurück und muss über mich selbst lachen. Wie peinlich ist das denn nur? Ich, das coole, taffe, eiskalte Männermodel, bin bis über beide Ohren in einen verheirateten, bekennenden Hetero verknallt.
Das unromantische Geräusch der Toilettenspülung holt mich aus meiner Euphorie. Normalerweise ist, beziehungsweise war dieser Zustand immer der Punkt, an dem ich das Weite gesucht habe. Das Lächeln verschwindet aus meinem Gesicht, ich spüre die Schwere dieses Zustandes hinter dem gestohlenen Glück. Wie wird es nun weitergehen? Wann wird Dirk aufgehen, dass er dieses Doppelleben nicht aufrechterhalten kann?
Wird er … Der Gedanke beschleunigt mein Herz und ich schnappe nach Luft. Nein! Nein, verflucht. Weg damit.
Ich falle auf den Rücken und reibe über mein Gesicht. Fuck! *Jace,* bete ich mir selbst vor, *du bist so dumm.* Jetzt fällst du auf den ältesten Irrglauben der Menschheit rein, ausgerechnet du, wo du sonst wirklich alles mitnimmst und derjenige bist, der Herzen bricht, aber seines nie in Gefahr bringt …
Ob Dirk je seine Frau verlassen wird? Ich schnaube unwillkürlich. Nein, nie. Wozu auch? Ich bin kein Beziehungsmensch, liebe meine Freiheit über alles … Okay. Ich schüttle meinen Kopf. Das ist wohl eher das, was ich Dirk weiter vorspielen sollte, damit unser Konstrukt Bestand hat.
Kälte flutet mein Herz. So ist es immer, es gibt keinen Platz für mich, keine *Familie* in dem Sinne. Ich habe meine alte zerstört und die Reste hinter mir gelassen. Und im Grunde ist es doch so,

da wir gerade so schön bei der Wahrheit sind: Ich habe mir einen Mann angelacht, der mir nie gefährlich werden kann, sprich keine Forderungen in dieser Hinsicht stellen wird, weil ich … Ich schlucke den Kloß im Hals hinunter und sehe ihm entgegen. Ja, Jace … sprich es ruhig aus. Weil ich ein Feigling bin! So sieht es aus.
Ich trage meinen Wunsch nach Freiheit und Unabhängigkeit vor mir her wie ein Schild, verstecke mich dahinter, weil jegliche Enge und Bindung letztlich ja doch nur zu Schmerz führt. Hat sich oft genug bewiesen.
Und genau deshalb ist diese Affäre genau richtig. Ich darf ihn lieben und zulassen, dass er es ebenfalls tut, aber ich behalte die Kontrolle und kann gegensteuern, falls es mir zu eng wird.
Ja.
Genau.
In mir krümmt sich alles zusammen.
Schön blöd, wenn man sich selbst ins Gesicht lügt, das weiß, aber zu verbohrt ist, es zuzugeben.
Ich atme tief durch und erwidere Dirks forschenden Blick. Sein kräftiger Körper verheißt so viel Wärme, Geborgenheit … Kopfschüttelnd schlage ich die Decke zurück und winke ihn heran. Reden wird doch völlig überbewertet, ich will ihn jetzt nur fühlen, schmecken, riechen.
Er klettert lächelnd ins Bett, legt sich auf den Rücken und umarmt mich fest, als ich mich hemmungslos an ihn schmiege. Komischerweise geht es mir momentan gar nicht um Sex, das ist neu für mich, ehrlich. Seine Umarmung, diese innige Zärtlichkeit gibt mir viel mehr. Ich robbe etwas nach oben und lehne mich über seine Brust. Seine kräftigen Finger gleiten über meinen Rücken, ich könnte schnurren. Im Gegenzug zeichne ich die Linien in seinem Gesicht nach, manche sind hart und scharf geschnitten, als würde er oft mit sich und seinem Leben hadern. Habe ich ihn schon mal völlig gelöst lachen hören? Was für eine Frage, dazu müssten wir mehr Zeit miteinander verbringen und auch mal was unternehmen und nicht nur ficken.
Hmmm.
Ficken.

Wieso mag ich dieses passende Wort plötzlich nicht mehr im Zusammenhang mit Dirk? Mein Kopf sinkt auf seine Brust. Herr im Himmel, lass bitte Hirn regnen. Wie kann man nur so verknallt sein, dass man selbst dieses Wort in rosa Watte packen möchte?

Dirk lacht leise, sein Brustkorb bebt und er kneift mich sachte in den Po. Grrr … das mag ich. Vielleicht wäre eine Wiederholung von vorhin doch nicht so abwegig.

„Einen Cent für deine Gedanken."

Ich sehe grinsend auf und schüttle meinen Kopf. „Vergiss es, nicht für eine Million."

„Hey … ich bin schon groß …"

„Hmmm." Ich lüfte die Bettdecke und sehe an seinem Körper hinab. „Stimmt nicht."

Dirk lacht herzlich auf und ist in diesem Moment tatsächlich so offen, wie ich es mir wünsche. Mein Herz quillt über vor Zuneigung und ich weiß, dass mich das hier den Kopf kosten wird.

„Du bist so ein Spinner, Jace, echt."

„He. Ich sage nur die Wahrheit." Ehe Dirk antworten kann, schiebe ich die Decke beiseite und küsse mich über seine Brust, seinen Bauch, hinab bis zu meinem Ziel. Ich lege mich seitlich neben ihn und stütze mich zwischen seine Beine, wobei ich zu ihm hinaufsehe.

Er wirkt atemlos, sein Mund steht leicht offen, als erwarte, nein, fürchte er sich vor dem, was ich tue. Ohne ihn aus den Augen zu lassen, richte ich seinen Schwanz auf und küsse die weiche Haut direkt unter der Eichel. Dirk ächzt und zuckt zusammen, ich liebe es, wie empfindsam er ist. Und ich liebe es, dass er so heftig auf mich reagiert. Ich grinse leicht, als sich der Körperteil in meiner Hand mit Blut füllt und zu seiner stattlichen Größe anschwillt. Konzentriert reibe ich ein, zwei Mal auf und ab, lecke die ganze Länge, ehe ich wieder zu ihm aufsehe.

„So … jetzt darfst du ruhig behaupten, groß zu sein", flüstere ich leise, ehe ich mich auf ihn stürze und ihm einen Blowjob verpasse, den er so schnell nicht mehr vergisst.

20.
Dirk

Ich weiß nicht, wie spät es ist. Es ist stockdunkel, nur die blauen Leuchtziffern des Weckers werfen ein geisterhaftes Licht auf das Bett. Ich bin schon wieder aufgewacht, weil mein Bettgefährte beinahe auf mir liegt.

Er schläft tief, das spüre ich an seiner gleichmäßigen, tiefen Atmung. Wahnsinn! Was ist da heute nur passiert? Wie konnte es so weit kommen? Ich küsse sanft seine Haare, er murmelt leise, rückt noch näher.

So viel Zärtlichkeit wirft mich aus der Bahn. Das ist so ungewohnt und völlig fremd. Ich dachte, ich halte nicht viel von Kuscheln, aber offensichtlich habe ich mir auch da etwas vorgemacht. Denn im Grunde liebe ich es, das merke ich gerade wieder sehr deutlich. All die Dinge, denen ich vorher aus dem Weg gegangen bin, die ich vermieden habe, sehne ich jetzt regelrecht herbei. Ich sollte mich schämen, da ich gerade einen sehr hellen Moment habe und genau weiß, warum ich bis dato so gehandelt habe.

Um einen Menschen nicht nur körperlich, sondern auch seelisch so nahe kommen zu lassen, brauchte es im Grunde nur eines: Liebe! Ja, ich liebe diesen Mann. Himmel, ist es eine Erleichterung, es zugeben zu dürfen, auch wenn es nichts ändert. Aber das Wort Liebe zu denken, es ihm zuflüstern zu dürfen, tut so unfassbar gut. Und von der Tatsache, dass es ihm ebenso geht, will ich gar nicht erst sprechen. Obwohl ich sie hier nicht haben will und allein den Gedanken wie einen Frevel empfinde, muss ich an meine Frau denken. Ja, ich schäme mich tatsächlich, weil sie in Wahrheit nie eine Chance hatte. Meine Ehe ist eine Lüge, eine hübsch verputzte Schutzmauer vor dem Leben. Gott, was bin ich für ein Arschloch. Und es wird genau so weitergehen. Den Großteil der Zeit werde ich den Ehemann und Vater spielen und nur leben, wenn Jace bei mir ist. Ein anderes Konstrukt geht einfach nicht, obwohl ich mir irrerweise wünsche, Lea mit ihm bekannt zu machen. Sie ist mir wichtig, mein kleines Mädchen, aber ich weiß einfach nicht, wie ich sie mit dieser anderen Welt zusammenbringen kann und darf.

Dass Melanie mich eines Tages hassen wird, ist mir klar, aber dass Lea ebenfalls Abscheu für mich empfinden könnte, ängstigt mich zu Tode.
Es ist doch nur Liebe … das schönste Gefühl der Welt.
Was bin ich doch für ein Träumer!
Fakt ist: Irgendwann werde ich allein sein. Diese wunderbare Zeit mit Jace wird mich alles kosten. Ich mag ja naiv sein und mein Glück jetzt ausreizen, aber mir ist durchaus bewusst, dass es nicht von Dauer sein wird. Irgendwann wird Jace gehen, weil er mich satt hat, Melanie wird mich mit berechtigter Ignoranz strafen und Lea schließlich, wenn sie alt genug ist, verachten.
Wirklich nette Zukunftsaussichten, auch wenn ich alles davon verdiene.
Ist das nicht bescheuert? In dem Moment größten Glückes fühle ich mich, als würde ich in ein bodenloses Loch stürzen. Mühsam atme ich gegen den Druck dieser Leere an und zwinge meine Sinne dazu, den Mann neben mir wahrzunehmen. Noch ist es nicht so weit, noch darf ich es auskosten.
Tief atme ich seinen Duft ein, dieses warme, sinnliche Bukett aus Jace, irgendeinem teuren Eau de Toilette und Sex. Die dazugehörigen Bilder vertreiben das düstere Gefühl vollends. Ich will das hier genießen und ausnutzen mit allen Sinnen. Keine Gedanken mehr an die Zukunft, was kommt, wird kommen. Mit einem Seufzen drehe ich mich meinem Mann etwas entgegen und hole sein Bein am Oberschenkel zwischen die meinen. Im Dunkeln finden sich unsere Lippen, Jace erwidert meinen Kuss sanft und träge. Mmmh … was für ein Feeling, so innig und vertraut.

Als ich wieder erwache, dämmert es. Ich liege mit dem Gesicht zum Fenster und lausche im Halbschlaf dem Lied einer Amsel. Ich kann Jace fühlen, er kuschelt sich an meinen Rücken, sein rechter Arm umfasst mich fest, seine Hand liegt auf meiner Brust. Warmer Atem streicht über meinen Nacken. Normalerweise wäre das jetzt der Zeitpunkt, an dem ich mich einfach aus dem Staub mache und dieser intimen Berührung aus dem Weg gehe. Diesmal nicht. Im Gegenteil, sie ist kostbar und erdet mich

regelrecht. Jace' Nähe offenbart mir, was ich all die Jahre vermisst habe: echte Nähe, echte Zuneigung und Liebe.
Wie blöd. Das hört sich jetzt gerade so an, als liebe mich Melanie nicht. Wieder tue ich ihr Unrecht, nur weil ich nicht in der Lage bin, es von ihr zuzulassen. Scheiße!
Voller Bedauern winde ich mich aus Jace' Umarmung und verschwinde Richtung Toilette.
Leise schleiche ich mich kurz darauf zurück, stelle aber fest, dass der Junge noch tief schläft. Er wirkt viel jünger, jetzt, wo er völlig entspannt in meinem Bett liegt. Entspannt, aber nichts desto trotz wunderschön. Seine Perfektion ist durch den Schlaf viel weicher, nicht mehr so gestellt. Ich schüttle den Kopf und streiche meine wirren Haare zurück.
Zeit für einen Kaffee.
Unten öffne ich die Rollläden und lasse Licht und frische Luft herein. Und noch während ich die Kaffeemaschine anstelle, kehrt ein Lächeln auf meine Miene zurück. Ja, die Dunkelheit der Nacht weicht purer Freude und Beschwingtheit. What a perfect day!
Meine Laune steigt mit jeder Minute und als ich die Tassen hochtrage, möchte ich den ganzen Tag, einschließlich des Lebens, umarmen.
Ich stelle meine wertvolle Fracht auf das Nachtkästchen und sinke vorsichtig auf das Bett. Jace liegt auf der Seite, das Gesicht mir zugewandt. Seine langen Fransen sind ihm ins Gesicht gefallen und kitzeln ihn offensichtlich an der Nase, weil er sie bei jedem Atemzug kräuselt. Ich streiche sie vorsichtig weg und zeichne seine Augenbrauen nach.
Er erwacht langsam, brummt und streckt sich. Dann lacht er leise und zögernd heben sich seine Lider. Er schmunzelt zu mir auf und robbt näher, drückt sich an meinen Oberschenkel und windet seine Arme um meine Taille.
„Morgen!“, nuschelt er in mein T-Shirt und küsst meine Seite. „Ist es schon so spät?“
Meine Finger gleiten durch seine Haare, Mann, wieso fühlt sich das so verdammt gut an?
„Kurz nach acht. Ich hab dir Kaffee mitgebracht. Magst du?“

Jace streckt sich noch mal und erhebt sich auf die Ellbogen. Sein Kinn ruht auf meinem Oberschenkel.

„Hmmm, hab's schon gerochen. Wobei was anderes jetzt auch nicht zu verachten wäre!" Er zwinkert mir zu und seine Linke tippt gänzlich unerotisch, was meinem Schwanz aber nicht klar ist, auf meinen Unterleib.

Grinsend gleite ich mit meiner linken Hand unter die Decke bis an seinen Hintern und widme dem Gegenstück meine Aufmerksamkeit. Jace quietscht kurz, als ich fester zufasse.

„Ach ja? Ich glaube eher, du brauchst eine Auszeit."

Er lacht gelöst, richtet sich auf und legt seine Arme um meine Schultern. „Mag sein, aber es wäre mir ein Vergnügen, diesen Schmerz morgen mit in den Flieger zu nehmen."

Ach Gott. Klar, unser Stelldichein ist ja schon bald wieder zu Ende.

„Morgen schon?" Hundewelpen sind ein Scheißdreck gegen mein mitleidiges Gebettel!

Er nickt lediglich und küsst meine Wehmut einfach fort.

Mir kommt ein Gedanke. Nein, kein Gedanke, sondern ein Einfall, der mir, noch während er sich auf meiner Zunge befindet, klar macht, dass ich einen Knall habe. Aber … Geht es noch schlimmer, als mit seiner Affäre im eigenen Ehebett zu schlafen? Wohl kaum. Und draußen ist mein Anliegen.

„Sag mal, Jace … Was hältst du davon, wenn wir mal ein paar Tage zusammen wegfahren? Ich mein, nur, wenn du …"

Er weicht ruckartig zurück und starrt mich fragend an. „Ist das dein Ernst?"

„Würde ich sonst fragen?" Was gibt es da falsch zu verstehen?

Er lacht und mustert mich sehr lange. „Und wie stellst du dir das vor? Getrennte Zimmer, getrennte Anreise …"

Ich halte ihm den Mund zu und werfe mich auf ihn. Kleiner Dummkopf! Dann bräuchte ich ja so einen Zinnober gar nicht veranstalten. „Ja, und winken von der anderen Straßenseite, essen an getrennten Tischen. Oh Kerl! Ich …" Mir fehlen die Worte, ist doch nicht ganz so leicht, es auszusprechen. „Ich möchte einfach mal mit dir zusammen sein, ohne immer über die Schulter sehen zu müssen. Wenn dir das zu viel ist, sag es einfach, war ja nur eine Idee."

Er strahlt mich regelrecht an. Nein, wenn ich sein Gesicht betrachte, besteht wirklich kein Zweifel mehr, was er empfindet.
„Das wäre toll! Wo möchtest du hin?"
Ich lache und küsse seine Nasenspitze. „Darüber habe ich mir noch keine Gedanken gemacht. Wir schauen einfach, wie es zusammenpassen könnte, und dann entscheiden wir spontan, hmm?"
Jace nickt glücklich und streckt sich unter mir ein weiteres Mal. Ich liebe diese erotische Geste, auch wenn sie nicht so gemeint ist.
„Kaffee?", frage ich lächelnd und lasse ihm Platz.
Einträchtig nebeneinander genießen wir den Muntermacher, bis mich der Blick auf die Uhr auf die Beine scheucht.
„Willst du zuerst duschen? Es ist schon recht spät, bis zum Treffpunkt brauchen wir fast eine halbe Stunde."
Jace nickt, kippt den letzten Schluck hinunter und steigt umständlich über mich hinweg, bis er über mir kniet. Was für ein verführerischer Anblick. Durch die orangenen Gardinen ist die grelle Morgensonne gedämpft und sein eher blasser Teint saugt das Licht regelrecht auf. Und dieser Mann soll mich lieben? Ich schüttle ungläubig den Kopf und ernte einen fragenden Blick dafür.
„Was?", will er sanft wissen, sinkt auf seinen Hintern und holt meine Hände auf seine Oberschenkel. Hmmm, vielleicht war es doch voreilig, ihm nur Kaffee zu bringen, anstatt mit ihm zu schlafen. Zu spät!
Ich streichle seinen muskulösen Oberkörper, streife gedankenverloren seine Brustwarzen und entlocke ihm ein leises Seufzen.
„Was findest du bloß an mir? Ich begreife das nicht." Unsere Blicke verschränken sich ebenso wie unsere Finger. Er lässt mich nicht mehr los, schüttelt sachte den Kopf.
„Ich könnte dich dasselbe fragen."
„Ja sicher, schau mal in den Spiegel."
Für einen Moment wirkt er gekränkt. Klar, meine Worte sind ja auch perfekt dazu geeignet, geben ihm das Gefühl ich würde ihn auf sein Aussehen reduzieren. Ehe ich sie zurücknehmen kann, verschließt er meinen Mund mit einem Kuss.

„Dirk. Wenn ich dich ansehe, kann ich mich in deinen Augen spiegeln, spüre eine ganz enge, vertraute Verbindung. Das stimmt doch, oder?“
Eben! Ich habe ihn wirklich gekränkt. Liebevoll umarme ich ihn. „Jace, du liegst völlig richtig. Du faszinierst mich, alles an dir.“
Er nickt und richtet sich wieder auf. „Und ich mag deine Stärke, deine Souveränität. Du tust, was du sagst, und ...“
Ich lache laut auf. „Ja, sicher. Und wie stark ich bin! Hey, du hast mich in Nullkommanichts im Bett gehabt und ich betrüge meine Frau, obwohl ich mir geschworen habe, das nie zu tun.“ Schon witzig, wie leicht mir das alles über die Lippen kommt. Das zeigt die Qualität unserer Beziehung: völlige Offenheit. Es gibt keinen Grund, irgendetwas zu verschweigen oder zu beschönigen.
Jace streichelt meine Brust. „Ich weiß, aber ich hätte das nie geschafft, wenn du nicht bereit dazu gewesen wärst, verstehst du, was ich sagen will? Und …“ Er wirkt für einen Moment sehr jung. „Ich fühle mich bei dir gut aufgehoben, sicher.“ Kurz huschen seine Augen hoch, betrachten mich prüfend.
Ich warte, bis er mir seine Aufmerksamkeit wieder uneingeschränkt widmet. „Jace?“
Er grinst schief.
„Auch wenn wir uns … mögen. Du weißt, dass wir keine Partner sind, nie sein können, oder?“ Verdammt, warum tun mir meine eigenen Worte weh? Aber was hilft es, um den heißen Brei herumzureden? Das ist nun mal die Realität.
Jace lacht leise und räkelt sich unverschämt sexy auf mir. Dann legt er den Kopf schief und betrachtet mich. Mir wird heiß und meine Jogginghose beult sich aus. Er bemerkt es schmunzelnd. „Das weiß ich alles und es ist in Ordnung, glaub mir. Das ändert aber nichts an meinen Empfindungen, tut mir leid.“
„Wirklich nicht?“
„No!“ Er zieht meine dehnbare Hose weg und linst hinein. „Hmmm. Sex unter der Dusche? Passt das in unseren Zeitrahmen?“
Kleiner Blödmann! Aber ich stimme in seine gute Laune freudig ein.

Aus dem Sex wird dann doch nichts, weil unsere Dusche nur dem Standard entspricht und wir kichernd feststellen, dass sie schlicht zu eng für akrobatische Übungen zu zweit ist.
Aber ihn so nass und glitschig vor mir zu haben, hat auch was. Wir seifen uns gegenseitig ein und genießen das genauso lustvoll wie Sex. Es ist still zwischen uns, die bedeutungsschweren Worte liegen hinter uns, jetzt zählen allein der Genuss und unser Zusammensein.

Kurz vor halb 10 steigen wir ins Auto und machen uns auf den Weg ins Hotel. Ein Kuss noch in der Garage, kein Bedauern, dass wir jetzt in die Realität zurückkehren müssen. Wir haben ja noch eine Nacht für uns und die Aussicht tilgt die Sehnsucht über Tag.
Bei der zweiten Tasse Kaffee habe ich ihm klargemacht, dass ich nach dem Brunch ins Büro gehe, um Liegengebliebenes aufzuarbeiten. Jace versteht es, obwohl ich ihm sein Bedauern ansehe, aber ich kann unmöglich den ganzen Tag in seiner Nähe bleiben, ohne aufzufliegen. Das geht nicht mehr nach der gestrigen Nacht, dazu ist zu viel geschehen und zu vieles gesagt worden. Während der Fahrt versuche ich es ihm zu erklären, aber ein Kopfschütteln und ein fester Griff auf meinem Oberschenkel unterbrechen meinen Wortschwall.
„Glaubst du, mir geht es anders? Wie soll ich mich auf irgendwelche geschäftlichen Dinge konzentrieren, ohne dich ständig anzuschmachten? Ich bin froh, dass du so vernünftig bist, Dirk. Genau das meinte ich vorhin mit deiner Souveränität."
Was soll ich darauf antworten? Mir fällt nichts ein, stattdessen drücke ich seine Hand fest und lasse sie erst los, als ich den Gang wechseln muss.
Als ich den Parkplatz erreiche und den Motor abstelle, drückt er mich noch einmal fest und hält mich auf, als ich aussteigen will.
„Und es ist echt okay, wenn ich heute Abend einfach so zu dir komme?"
Wie fremd er wirkt, so offen und ohne jegliche Maske. Jace ist viel ruhiger, gelassener als der Mann, der mich vor Monaten bis aufs Blut provoziert hat. Das mag ich sehr. Ich grinse ihn an und lasse den Clown, der meist ein recht abgeschiedenes Dasein in

meinem Kopf führt, von der Leine. „Mein Plan wäre, dass du nicht nur zu mir, sondern zeitnah auch mit mir kommst."
Er reißt gespielt entrüstet die Augen auf. „Also … Wie soll ich jetzt vernünftige Bilder hinbekommen, ohne dass mich dieser Fotograf ständig auf meinen Ständer hinweist? Mann, du schaffst mich und den Spruch *‚Stille Wasser sind tief, aber dreckig'* hat man wohl extra für dich erfunden."
Ich kann nicht mehr antworten und lache laut los. Der Gedanke an Jamies Gesicht und seine scharfe Zunge gibt mir den Rest. Wirklich bedauerlich, dass ich mich für mein Büro entschieden habe, aber hierzubleiben wäre eine mittlere Katastrophe. Dann könnte ich mir ja gleich ein Herzchen auf die Stirn tätowieren lassen. Laut lachend steige ich aus dem Auto und öffne seine Tür. Mir laufen die Tränen vom Lachen noch immer über das Gesicht, als ich ihn vor mir her ins Speisezimmer schubse, wo mich mein Bruder samt Schwager erwartet.

Der Brunch verläuft sehr entspannt und ohne Pannen. Zu meiner Verwunderung schaffe ich es hervorragend, völlig ungezwungen und frei mit Jace und den anderen Anwesenden zu essen und mich zu unterhalten. Wobei es freilich auch daran liegen kann, dass ich neben meinem Lover auf der Bank sitze und seine direkte Körpernähe einerseits beruhigend und zugleich extrem anregend wirkt. Was bis gestern noch undenkbar war, ist nach dieser alles offenbarenden Nacht einfach natürlich und wunderschön. Ich spüre keine Befangenheit mehr zwischen uns, wir sind uns einig und auf seltsame Weise verbunden.
Wir lachen miteinander, quatschen ohne Scheu und machen ungezwungen die Späße mit. In jeder Sekunde fühle ich mich als ein Teil von Jace' Leben und seine Hand, die hin und wieder unter dem Tisch mein Bein streichelt, bestätigt das. Irgendwann ergreife ich sie, als Jamie die Pläne für den heutigen Tag erklärt und alle konzentriert an seinen Ausführungen hängen.
Ich komme mir vor wie ein Teenie, der das erste Mal verliebt ist und sich nicht traut, es zu zeigen. Unsere Finger knoten sich ineinander, unsere Daumen streicheln den anderen, vermitteln unglaubliches Zusammengehörigkeitsgefühl und Zuneigung.

Als ich mich verabschiede, bin ich trotzdem erleichtert, weil ich mich kaum bändigen kann, diesen fantastischen Mann ständig zu berühren. Ich begehre ihn so sehr! Mein ganzes Denken dreht sich eigentlich momentan nur um ihn. Das ist verrückt und zugleich wunderschön, es gibt mir Kraft und den Mut, mein Leben weiterzuleben.
Ja, genau! Mit Jace an meiner Seite kann es gelingen …

Die Nacht und der folgende Morgen bestätigen dieses Gefühl. Einfach schön, ihn bei mir zu haben. Wir gehen entspannt in eine Wirtschaft essen, reden über alles Mögliche und später verbringen wir sehr erotische Stunden auf der Couch. Obwohl ich spüre, dass Jace eigentlich genug hat, ist er genauso begierig darauf, mit mir zu schlafen, wie umgekehrt. Wir werden uns jetzt für beinahe einen Monat nicht mehr sehen, und das stößt uns schwer auf. Seltsam, einerseits macht es die nicht länger verheimlichte Liebe zwischen uns leichter und gleichzeitig schwerer. Ich vermisse ihn jetzt schon. Nicht nur den Sex, sondern wie er mich ansieht, berührt, seine Nähe und die Unbefangenheit unserer Gespräche.
Nur einen Punkt umgeht er nach wie vor konsequent. Als ich das merke, beende ich den Versuch, etwas über seine Vergangenheit und die zwei fehlenden Jahre zu erfahren.
Mir scheint, als versuche er irgendwie, ein neues Leben zu beginnen. Etwas muss geschehen sein, aber entweder vertraut er mir noch nicht genug oder es ist zu persönlich, um es mir zu erzählen. Ich weiß es nicht, also lasse ich es einfach bleiben.

Am nächsten Vormittag bringe ich ihn zum Flugplatz. Letzte Umarmungen in der Tiefgarage, ich kann ihn fast nicht loslassen. Aber ihm geht es genauso, spüre ich.
„Ich vermisse dich jetzt schon“, flüstere ich völlig liebestoll in sein Ohr und schwelge die letzten Minuten in seinem Duft und seiner Wärme.
„Ich dich auch.“ Seine Stimme schwankt etwas. Jace schmiegt sich an mich, seufzt hörbar und presst seine Lippen auf meinen Hals.

Wie auf ein geheimes Kommando weichen wir gleichzeitig voneinander zurück und schauen uns an. Hmmm, unser Lächeln misslingt irgendwie. Das hier ist so kitschig, dass wir beide nach Sekunden loslachen und die Köpfe schütteln.
Hand in Hand gehen wir zum Aufzug. Keine Gefahr im Verzug, wir sind allein. Ebenso in der Kabine, letzte wertvolle Sekunden, die wir aneinander kleben und uns küssen.
Die Türen gehen auf und die Welt hat uns wieder. Wehmütig streiche ich ein letztes Mal über seinen Rücken und begleite ihn zum Schalter.
Er wird den nächsten Monat in London sein. Jace hat ein paar lukrative Werbeaufnahmen und eine längere Fotostrecke für einen SM-Katalog. Bin schon sehr gespannt auf diese Bilder. Ich finde, das ist eine interessante Mischung: Jace' weiche, irgendwie helle Ausstrahlung und schwarzes Leder. Perfekt geeignet, um mir richtig einzuheizen.
Da er sein Ticket schon gebucht hat, muss er nur noch einchecken. Er ist eben Profi und überlässt nichts dem Zufall. Langsam schlendern wir zum Gate. Natürlich tut es mir leid, dass er abreist, aber ich fühle mich ihm dennoch unglaublich nah. Wir sind zusammen! Auch wenn das in Anbetracht meiner Ehe eigentlich nicht sein kann, aber Jace ist in meinem Herzen, mir so verbunden, wie es bis heute noch kein Mensch war! Es müsste mich erschrecken, tut es aber nicht. Meine Gefühle für den jungen Mann sind etwas unvorstellbar Kostbares und der Haltegriff, der mich während der restlichen Zeit am Boden hält.
Jetzt ist es soweit. Wir stehen vor den Glastüren und er dreht sich schmunzelnd zu mir um. Schon witzig. Am Auto hätten wir heulen können, jetzt ist die Kraft und Zuversicht zurück.
Jace kommt näher, flüstert in mein Ohr. „Ich melde mich, sobald ich im Hotel bin, okay? Leg schon mal Taschentücher bereit und mach es dir gemütlich."
Mein Herz rast los. Dieser unverschämte Kerl! Aber provozieren kann ich auch. „Wozu?"
Er grinst über das ganze Gesicht. „Für den heißesten Telefonsex, den du ever bekommen hast. Gewöhn dich schon mal dran!"

Ungesehen von den dicht vorbeigehenden Passanten, drückt er seine Hand in meinen Schritt und lässt mich aufkeuchen. Ich starre ihn fassungslos an. Himmel, ich möchte so gern noch einmal seine Lippen kosten.
Meine Blicke huschen durch die Halle, suchen nach bekannten Gesichtern, aber da ist niemand. Dann sehe ich ihn wieder an. Meine Hand packt sein Kinn und schüttelt ihn leicht.
„Du bist dreist und frech und gehörst eigentlich übers Knie gelegt. Warte bloß ab, bis ich dich das nächste Mal in die Finger bekomme."
Seine Antwort verschwindet hinter meinen Lippen. Ich spüre, wie er überrascht zusammenzuckt, dann aber sofort die intime Geste erwidert. Seine Zunge sucht nach meiner, ich lasse ihn ein und schließe die Welt um uns herum aus.
Gestohlene Sekunden.
Kittstoff für unsere Herzen!
Ich zwinge mich, ihn loszulassen, und streiche mit dem Daumen über seine Wange.
„Wenn das so ist, werde ich dich die nächsten Wochen ärgern und reizen, so viel ich kann", meint er grinsend und lauscht der Lautsprecheransage. „Ich muss."
„Ich weiß. Verschwinde, du Verrückter."
Ich spüre, dass er sich kaum losreißen kann, deshalb trete ich einen winzigen Schritt zurück, sozusagen aus der direkten Anziehungskraft. „Geh, Amber, ich warte auf deinen Anruf", flüstere ich sachte und lächle ihn an.
Unglaublich, was meine Worte auf seiner Miene für eine Veränderung bewirken. Ich erkenne die Erschütterung über meinen Kosenamen, jedes Gefühl und vor allem eines: Liebe! Sie lässt Jace erstrahlen, als trage er goldenes Licht in seinem Herzen, das jetzt ungehindert leuchtet. Was für Bilder muss das nur geben? Egal wie, und wenn ich das ganze Internet auf den Kopf stelle, ich werde sie mir ansehen. Jedes Einzelne!

21.
Dirk

Drei Monate später.
Vieles hat sich verändert und doch ist alles beim Alten geblieben. Es ist Ende November, unsere Liebschaft dauert jetzt schon ein halbes Jahr.
Seine Abreise nach London war der Startschuss zu einem völlig neuen Dasein. Dieser erste Monat, nachdem wir uns unsere Gefühle gestanden hatten, war einfach unglaublich. Trotz der Distanz haben wir es irgendwie geschafft, etwas aufzubauen, das einer echten Beziehung sehr nahe kommt. In kurzer Zeit hat sich, auf angenehme und gute Weise, Routine eingestellt. Wir telefonieren beinahe täglich und halten über alle erdenklichen Medien Kontakt. Zwischen uns hat sich ein regelrechter Code entwickelt, nachdem wir beide mehrfach in brenzlige Situationen gekommen sind.
Möchte er telefonieren, schickt er mir eine SMS mit einem Telefon. Umgekehrt funktioniert es ebenso und der andere kann sich dementsprechend einrichten oder eine Absage senden. Aber auch sonst wissen wir ohne Worte, wie es dem anderen geht. Wir müssen uns nicht sagen, dass wir uns lieben, dafür genügen unverfängliche Bilder mit bestimmten Farben. So kann eigentlich nichts passieren, wenn mal ein Handy verloren geht. Oder wer würde schon bei einer Karibikaufnahme mit tiefblauem Meer darauf kommen, dass es ‚Ich vermisse dich' bedeutet, oder orangefarbener Mohn, dass wir uns mögen? Unverfänglich, aber unzweideutig für uns beide.
Es ist anders als alles, was ich bis dato kannte. Manchmal halte ich in meinem Alltag inne und stelle fest, was für ein Glück ich gefunden habe. Wir sind weit mehr als zwei Menschen, die eine einfache Affäre haben, wir sind eine Einheit, leben unser eigenes Leben innerhalb unseres Alltags von Ehe und Modelbusiness.
Und morgen ist es endlich so weit: Wir fahren in den Urlaub. Es hat lange gedauert, unsere Termine so aufeinander abzustimmen, dass es klappt. Ich musste ein paar finanzstarke Objekte klarmachen und Melanie zu erklären, dass ich alleine wegfahren möchte, war auch nicht so leicht.

Das Misstrauen in unserer Ehe wächst von Tag zu Tag, der Ton wird härter und die Anschuldigungen sinken unter die Gürtellinie. Ich weiß, sie will mich aus der Reserve locken, aber das wird nicht passieren. Statt wie früher mit ihr zu streiten, bleibe ich ruhig, will irgendwie diese Fassade aufrechterhalten. Dass sie damit gänzlich unzufrieden ist, kann ich sogar verstehen, weil ich mit ihr umgehe wie mit einem WG-Partner. Es ist nur eine Frage der Zeit, bis sie mir eine Affäre vorwerfen wird, das weiß ich mit Sicherheit, aber noch beobachtet sie mich lediglich misstrauisch. Viel mehr kann sie auch nicht machen, da Jace ja so selten hier ist. Was ich einerseits bedauere, ist in dieser Hinsicht ein Segen.
Aber jetzt weg mit diesen Gedanken. Für ein paar Tage darf ich das hinter mir lassen und mich gänzlich auf Jace konzentrieren.
Er weiß lediglich, dass ich ihn morgen vom Münchner Flughafen abhole, mehr nicht. Ich habe lange überlegt, wohin ich ihn entführen könnte, und mich letztendlich für den Norden entschieden. Es ist recht unwirklich und wahrscheinlich saukalt dort um diese Jahreszeit. Der perfekte Grund, mich mit ihm in dem gemieteten Häuschen direkt in Strandnähe vor ein kuscheliges Kaminfeuer zu legen … und ihn zu lieben.
Der Sex mit ihm ist im Laufe der Zeit tatsächlich noch viel intensiver und befriedigender geworden. Längst finde ich in seinen Armen das, was Mike und seinen Mann verbindet, und meine Sehnsucht danach ist befriedigt. Wenn ich die zwei Turteltäubchen jetzt ansehe, muss ich nur lächeln und kann mich gänzlich unvoreingenommen für sie freuen – und ein paar Wochen später dieselbe Intensität in Jace' Armen spüren.
Ob er an den Drehorten oder Sets andere Lover hat? Ich will es nicht wissen, weil es mich verletzt. Aber ich habe absolut kein Recht, ihn für mich zu fordern. Das ist mir schon bewusst. Immerhin kehre ich aus seinem Bett jedes Mal in das meiner Frau zurück.
Melanie – trotz aller guten Vorsätze kehren meine Gedanken wieder zu ihr zurück. Ja, das wird langsam ein heikles Thema. Ich habe mich verändert, ich schätze, in ihren Augen nicht gerade zum Besseren. Wenn es mir zu dumm wird, mache ich mich einfach aus dem Staub. Oft nehme ich Lea mit und genieße die freie Zeit mir ihr. Meine Angst, sie zu verlieren, wird stärker und

schnürt mir die Kehle zu. Nein, das darf und wird nie passieren. Ich muss einen Weg finden, meine Familie zusammenzuhalten, so schwer es mir auch fällt.
Meine Wochenenden verbringe ich oft bei meinem Bruder. Ich besitze mittlerweile einen Schlüssel und habe das uneingeschränkte Wohnrecht, wenn sie im Ausland sind. Auch sie merken, dass es in meiner Ehe nicht rund läuft, halten aber mit Fragen hinter dem Berg.
Das ist auch gut so, denn ich kann und will keinem den Grund anvertrauen. Es ist gut so, wie es ist. Ich erfülle meine Pflicht als Ehemann und Vater weiterhin, so gut es mir möglich ist.
Vielleicht ist das auch ein Grund für diesen Urlaub. Meine Kraft lässt nach und ich will einfach nur ein paar Tage mit Jace zusammen sein! Danach wird es mir sicherlich wieder besser gehen und ich halte ein paar weitere Monate an ihrer Seite schweigend und geduldig durch.

Im Spätsommer haben wir zwei Wochen Familienurlaub auf den Kanaren gemacht. Ich glaube, das war der schlimmste Urlaub ever. Allein Lea hat verhindert, dass wir uns nicht nach zwei Tagen bereits zerfleischt haben. Habe ich vorher wirklich alles geschluckt? Diese Nörgeleien und Ansprüche klaglos hingenommen? Ich weiß es echt nicht. Aber es ist unfair, ihr allein die Schuld zu geben, obwohl es mein noch immer latent vorhandenes schlechtes Gewissen schon beruhigt.
Nein, im Grunde merke ich ja, dass ich mich von ihr wegbewege. Das ist etwas, was ich unbedingt in den Griff bekommen muss. Meine Gefühle für Jace hin oder her, er ist und bleibt eine Liebschaft, nichts Festes. Das wissen wir beide und kommen auch gut damit klar. Nach diesem Urlaub, der gemeinsam verbrachten Zeit, muss ich mich echt anstrengen, alles wieder etwas mehr in den Griff zu bekommen.
Aber erst mal genießen. Ihn! Die Zeit ohne sich verstecken zu müssen. Jede Menge Sex und Nähe!
Ein Vorrat sozusagen.
Mann, bin ich bescheuert!

13:20 Uhr. Sein Flieger hat eine halbe Stunde Verspätung. Macht nichts, die reißt es jetzt auch nicht mehr raus. Wir brauchen gute sieben Stunden bis ans Meer. Vielleicht wäre Italien doch besser gewesen, da hätten wir nur halb so lange gebraucht. Aber ich weiß nicht, ich mag das raue Klima an der Ostsee. Vielleicht liegt es auch daran, dass meine Frau es überhaupt nicht ausstehen kann. Ja, wird wohl ein Grund sein.
Wir werden das kleine Häuschen erst nach Mitternacht erreichen, aber ich weiß, wo der Schlüssel hinterlegt ist, so dürfte es kein Problem sein.
Jace kommt aus Paris, hat also keinen langen Flug hinter sich. Aber die letzten Tage waren sehr anstrengend, hat er mir gestern erzählt. Vielleicht kann er ja im Wagen etwas Schlaf nachholen.
Während der Wartezeit trinke ich einen Kaffee und beobachte die Menschen um mich herum. So viele Leben, Geschichten, Wahrheiten. Noch etwas, was sich geändert hat: Ich sehe genauer hin, verurteile Menschen nicht mehr so schnell und leichtfertig. Vielleicht, weil ich ja selbst auch einer bin, der etwas *Falsches* tut? Wer weiß. Aber … ist Liebe so verkehrt? Ich will niemanden verletzen, das liegt mir fern, obwohl ich es natürlich tue, indem ich fremdgehe. Ist es nicht besser, fremd zu lieben, aber die Aufgabe, die man sich gestellt hat, den Lebensplan, weiterzuverfolgen? Und es passt doch perfekt! Jace ist nicht ständig hier, den Großteil meines Lebens verbringe ich bei meiner Familie und im Büro.
Mein schlechtes Gewissen ist echt eine Labertasche hoch zehn. Es ist und bleibt Unrecht, egal was für hübsch verpackte Ausreden ich mir vorbete.

Ah … sein Flug wird angezeigt, ist soeben gelandet. Mein Herz beschleunigt sich umgehend und schnürt meine Kehle zu. Ich bin aufgeregt wie ein kleiner Junge. In wenigen Minuten darf ich meinen Liebsten endlich wieder in die Arme schließen.
Liebsten! Wow. Ich grinse unwillkürlich bei diesem Wort. Manchmal würde es mich schon interessieren, was Mike dazu sagen würde. Ich, sein großer, stockbiederer Bruder, offiziell auch noch stockhetero, vögele mit einem Mann.

Nein, das harte Wort muss weg, liebe einen Mann. Um ehrlich zu sein, wünsche ich mir öfters, mit ihnen reden zu können, aber das wird nie geschehen. Mike und noch mehr Jamie sind Menschen, die mit allen Konsequenzen dazu stehen, was sie sind, tun und sagen. Mein verlogenes Leben würde sie auf die Palme bringen, ganz zu schweigen von der Entscheidung, die sie unweigerlich verlangen würden.
Deshalb gilt eines: Klappe halten und durch.
Und jetzt habe ich ein paar Tage Zeit, kann ein wenig so tun, als wären wir tatsächlich ein Paar. Grinsend stiere ich auf den Boden, um mein dümmliches Grinsen nicht allen Passanten zu zeigen. Und ich werde die Gelegenheit nutzen, etwas mehr über Jace zu erfahren. Ja, ich will endlich mehr wissen, meiner Neugierde nachgeben. Ich muss mich ohnehin oft zusammenreißen, damit ich ihn nicht ständig löchere, was er tut, wo er ist, mit wem er zusammen ist und so weiter. Im Grunde sind meine Gedanken eigentlich zu 90 Prozent des Tages bei ihm! Hmmm, schon recht viel, fällt mir selbst auf.

Minuten später spuckt das Gate die ersten Fluggäste aus und meine Nervosität macht mich zappelig. Ich bleibe abseits, will mich nicht in die Reihe der ganz vorne Wartenden einreihen. Das ist mir zu persönlich. Ich erwische mich bei einem Seufzen und lache vor mich hin. Schon irre! Die Fahrt wird heute leider nicht so ablaufen wie jedes Mal, wenn ich ihn abhole. Geschäftsmäßige Begrüßung in der Flughalle, ein kurzer Kuss in der Tiefgarage, wo ich immer parke, raus auf die Straße und den nächsten Parkplatz angesteuert. Und erst dort sagen wir richtig Hallo zueinander. Nein, eigentlich ist es so, dass wir dann jede Vernunft verlieren und uns gerade noch verkneifen können, übereinander herzufallen. Den Parkplatz müssen wir heute streichen, damit wir einigermaßen in der Zeit bleiben.
Immer noch wie verknallte Teenies. Wir sind schon beide so Helden.
Ah … Jetzt kann ich ihn sehen und mein Grinsen wird beängstigend und schmerzhaft.
Ups! Ist er geschminkt? Ich lache auf. Tatsächlich, er muss direkt von seinem Auftrag zum Flughafen gefahren sein. Aber ehrlich?

Das sieht heiß aus. Jace' schönes, ebenmäßiges Gesicht wirkt dadurch kantiger und geheimnisvoll androgyn. Seine hellbraunen Augen leuchten, werden durch schwarzen Kajal hervorgehoben. Sein dunkelblondes Haar ist modisch gegelt und nach oben gestylt. Also, wer jetzt nicht weiß, dass er ein Model ist, ist entweder blind oder ein weltfremder Eremit.
Er kommt ebenso schmunzelnd auf mich zu. Anstelle seines sonst eher leichten Gepäcks hat er heute einen großen Rollkoffer und einen Rucksack dabei.
Wir fahren in den Urlaub. Juhu!
Dann ist er bei mir. Ohne darüber nachzudenken, ergreife ich seine Hand, drücke sie fest und nehme ihm den Rucksack ab. „Hey, Mister Model. Kann es sein, dass du vor dem Abflug im Stress warst, oder hast du dich extra für mich zurechtgemacht?"
Er lacht unbekümmert und drückt mir einen unverfänglichen Kuss auf die Wange. Na ja … unverfänglich im Sinne von: Ich knutsche dich hier wenigstens nicht gleich um.
„Ich hatte ja keine Ahnung, dass du auf so oberflächliche Dinge stehst. Aber um ehrlich zu sein. Obenrum ist stressbedingt, ich hatte keine Zeit mehr, weil der Shoot länger gedauert hat. Allerdings …" er streicht meinen Arm hinab und leckt sich die Lippen. „Untenrum habe ich mich extra für dich schick gemacht und war heute früh noch beim Waxing."
Na prima, das fängt ja gut an. Ich stöhne und mache mich wortlos auf den Weg Richtung Aufzug. Jace schließt zu mir auf und lacht leise.
„Verrätst du mir jetzt, wohin du mich entführst?"
Inzwischen stehen wir in der Kabine, zwischen einem älteren Ehepaar, das ihn seltsam befremdet mustert. Am liebsten würde ich ihn an mich ziehen, verteidigen, was natürlich kompletter Schwachsinn ist. Jace schert sich nicht um die Blicke.
Stattdessen beantworte ich seine Frage und zwinge meine Hände dazu, in meiner Jackentasche zu bleiben, anstatt ihn zu berühren. „Nein … du wirst es sehen."
Der Aufzug ist in der Tiefgaragenebene angekommen und ich bin dankbar, der seltsamen Stimmung darin entkommen zu können.

Ich entriegele von weitem den Kofferraum und gemeinsam bringen wir sein Gepäck darin unter. Wir sind alleine, endlich.
„Kein winziger Tipp?“
Nachdem der Deckel zu ist, drehe ich mich zu ihm um, ergreife seine kalten Hände und sehe ihn einfach nur an. Himmel, hat er mir gefehlt. Wie kann es sein, dass ich mich jetzt erst ganz fühle?
„Reicht es dir nicht, dass ich ein lauschiges Plätzchen für uns ausgesucht habe?“
„Na ja …“
„Wie wäre es, wenn du jetzt einfach die Klappe hältst und mich richtig begrüßt?“
Jace’ Augen springen auf, er lacht überrascht und hebt unsere ineinander verschlungenen Hände hoch. „Wir sind noch nicht auf dem Parkplatz …“
„Den lassen wir heute auch ausfallen, weil wir noch eine lange Fahrt vor uns haben.“
Er mustert mich genau. „Echt? Dann sollte ich dich allerdings gebührend begrüßen, schließlich haben wir ja einiges aufzuholen.“
Spricht’s und kommt näher. Ah, endlich kann ich wieder seine Wärme spüren, seinen anregenden Duft … Jace gibt meine Hände frei und schiebt stattdessen seine Arme unter meiner Jacke nach oben. Wir nähern uns langsam, bewusst. Ich streichle mit dem Handrücken seine Wange, möchte in seine Haare greifen, aber ich weiß nicht, ob ich das abstrakte Kunstwerk so leichtfertig zerstören darf.
„Erde an Dirk.“
Ich blicke in sein grinsendes Gesicht.
„Fass mich an, lass mich nicht noch länger zappeln.“
„Ich weiß nicht …“ Ich zupfe an einer brettharten Haarsträhne und sehe ihn zweifelnd an.
Ein fester Schlag auf den Hintern beendet mein Schauspiel und bringt mich zum Lachen. Und Jace näher zu mir. Unsere Lippen berühren sich. Wir seufzen beide und ich spüre, wie er sich an mich drängt, mehr Kontakt will, was ich ihm nur zu gerne gewähre.
Ich liebe diese ersten Küsse nach einer Trennung. So neu und doch vertraut, himmlisch süß und wie dazu geschaffen, mein

schwieriges Dasein voller Streit und Zweifel zu tilgen. Jace ist jetzt bei mir, alles ist gut.
Seine Zunge lockt mich, fordert mich auf, sie einzulassen, was ich mit Freuden tue. Ich schmecke ihn, einen Hauch von Süße und Pfefferminz, von den Bonbons, die er im Flieger immer nascht, um den Druck auszugleichen und … Bäh. Ich gebe ihn frei und wische mir theatralisch über den Mund.
Er lehnt sich schmunzelnd zurück und mustert mich. „Was ist?"
„Also … das mag ja gut aussehen, aber es schmeckt scheußlich. Jetzt hast du auf der Fahrt wenigstens was zu tun: dich abschminken."
Jace lacht hell auf und wischt mit dem Daumen über meinen Mund. „Du willst mich also pur?"
Klasse. Ich liebe seine Zweideutigkeit. „Jap. Und zwar in jeder Hinsicht. Jetzt komm, die Fahrt wird lang genug." Ich gebe ihn frei, aber Jace hält mich fest.
Schmunzelnd blicke ich zu ihm zurück, aber sein Blick ist ernst, ja fast verträumt.
„Du hast dir viel Mühe gegeben, oder?"
Es fällt mir leicht, seine Umarmung zu erwidern, obwohl wir hier jederzeit gestört werden könnten. Meine Sehnsucht nach ihm wiegt weit schwerer. „Amber … wir sind jetzt so lange … zusammen." Ich zögere, weil ich keine Ahnung habe, wie ich das zwischen uns bezeichnen soll. „Ich wollte einfach mal … wie soll ich sagen, ohne Gefahr Zeit mit dir verbringen. Nicht ständig über die Schulter schauen müssen und so weiter. Ich hoffe, das ist nicht zu persönlich für dich, weil …"
Seine Lippen unterbrechen meinen Wortstrom. Als er mich frei gibt, sieht er mich liebevoll an. „Dirk. Sei still, ich freue mich riesig darauf und zwischen uns kann es mir gar nicht eng genug sein."
Haha. „Du wieder." Ich drücke ihm einen kleinen Schmatzer auf die Lippen und schiebe ihn weg. Aber seine Worte rumoren in mir. Die Art von Enge, die ich mir wünsche, hat mit Sex überhaupt nichts zu tun und ist unerfüllbar.

Minuten später sind wir unterwegs. Jace sitzt neben mir und schminkt sich das Gesicht ab. Ich mag diese zufriedene Stille zwischen uns, seine Anwesenheit, die nichts verlangt. Ich weiß nicht, wie ich es sagen soll. Es ist einfach perfekt, wenn wir zusammen sind.

Als sein Gesicht sauber ist, setzt er sich seitlich auf den Beifahrersitz, zieht die Beine an und lehnt seinen Kopf an die Stütze. Ich spüre seinen Blick, er geht mir durch und durch.

Sachte lege ich meine Hand auf sein Knie und streichle ihn.

„Alles okay, Jace?"

Er nickt und unterdrückt ein Gähnen. „Jetzt schon, ja. Bin nur etwas müde."

„Dann dreh doch den Sitz runter und versuche zu schlafen, hmmm? Ist dir kalt? Ich habe hinten eine Decke."

Jace lacht leise und beugt sich zu mir. Mein Blick klebt auf der Straße, ich habe Angst, mich zu vergessen, wenn er mich anfasst. Aber er küsst lediglich meine Wange, atmet tief ein, als inhaliere er meinen Geruch.

„Das ist lieb von dir, aber lohnt es sich, zu schlafen?"

Ich lache leise und drücke meinen Kopf an seinen. „Definitiv. Laut Navi sind wir gute 7 Stunden unterwegs. Wir können ja später irgendwo was essen, was meinst du?"

Er weicht zurück und starrt mich an. „Wo um alles in der Welt willst du mit mir hin?"

Ist mir jetzt fast etwas peinlich. Ich kann ihm ja schlecht sagen, dass ich da hinwill, wohin ich mit Melanie nie komme. Nein, ich will einen Ort, der nur uns beiden gehört, mit dem ich Erinnerungen verknüpfe, die nur ihn beinhalten.

„Ostsee?", antworte ich zaghaft und hoffe, dass er nicht vor Widerwillen aus dem Auto springt.

Jace weicht zurück und versucht seine Haare zurückzustreichen, was dank des Gels misslingt. Eine Geste, die er immer dann zeigt, wenn ihn etwas beschäftigt.

„Keine gute Idee?" Mist, hätte ich ihn doch nur vorher gefragt.

Er schüttelt den Kopf und lächelt, aber er blickt seine Hände an, als er mir antwortet. „Doch … ich mag die See um diese Jahreszeit."

„Dann warst du schon mal dort?"

Jace atmet tief durch und betrachtet die vorbeifliegende Landschaft. „Wie man es nimmt. Ich bin in der Nähe von Greifswald geboren."
Oh. Schlagartig wird mir klar, wie wenig wir voneinander wissen. Diese Blase, unsere sogenannte Beziehung, ist ein winzig kleiner Kosmos, der nur sehr wenig beinhaltet. Ein vages Gefühl von Eifersucht erfasst mich. Es gibt Menschen, die alles von ihm wissen, die ihn richtig kennen. Es kotzt mich an, nur ein Puzzleteil in seinem Leben zu sein. Aber das ist fürchterlich unfair, denn ich lasse ihn ja auch nicht an meinem teilhaben.
Ich knirsche fast mit den Zähnen, als ich den Gesprächsfaden wieder aufnehme. Soviel dann zu dem Wunsch, eine Erinnerung zu haben, die nur uns gehört. „Ist das jetzt gut oder schlecht?"
Er erwacht aus seinen Gedanken und grinst mich scheel von der Seite an. „Wie gesagt, ich liebe die See und war ewig nicht mehr dort. Und du wirst ja nicht direkt was in meiner alten Heimat gebucht haben, oder?"
„Nein. In Barth, das ist, soweit ich es im Kopf habe, ein gutes Stück weg … Aber ich dachte, du kommst aus Frankfurt?"
Jace seufzt und schlingt die Arme um sich, ringt sichtlich damit, was er mir erzählen soll oder kann. Das ist Mist.
„Dort bin ich hingezogen, nachdem ich entdeckt wurde, ist einfach praktischer als am Ende der Welt. Und bevor du mich fragst: Ja, mein Vater lebt noch dort und auch viele Verwandte, und nein, ich habe und will keinen Kontakt mehr zu ihnen."
Stille senkt sich zwischen uns, aber ich kann diesmal nicht aufhören zu bohren. „Liegt es an deiner Homosexualität? Oder was ist passiert?"
Jace erwidert meinen Blick kurz, ehe er tief durchatmet. „Auch, es macht es nicht einfacher, aber …" Er schüttelt den Kopf und dreht sich weg, starrt nach draußen und stützt seinen Kopf auf den linken Arm, sodass ich sein Gesicht nicht sehen kann.
Aber ich kenne ihn schon recht gut. Er kämpft darum, Fassung zu bewahren, das ist offensichtlich. Vorsichtig lege ich eine Hand auf sein Knie und streiche über den glatten Stoff seiner Hose.
„Möchtest du darüber reden?"

Es dauert, ehe er reagiert. Jace setzt sich aufrecht in den Sitz und hebt meine Hand an seine Lippen, küsst sie und behält sie in seinem Schoß.

„Nein … Es ist Vergangenheit. Lass uns einfach diese Woche zusammen genießen, geht das?“

Wir sehen uns kurz an. Es nagt in mir, hinter sein Geheimnis zu kommen, mehr über den Mann zu erfahren, den ich liebe. Aber er lässt es nicht zu. Schließlich seufze ich und nicke.

„Klar. Aber wenn du es mir erzählen willst, weißt du …“

„Ja“, fällt er mir etwas grob ins Wort, zuckt dann aber entschuldigend mit den Achseln. „Sorry, aber … ich habe damit abgeschlossen. Das war mein altes Leben, jetzt lebe ich ein völlig anderes.“

„Aber Familie ist …“

„Bitte! Dirk!“

Wieder Stille und mir geht auf, dass es völlige Idiotie ist, wenn ausgerechnet ich von Familie rede, wie wichtig sie ist und wie viel Halt sie geben kann, angesichts der Tatsache, dass ich meine gerade zugrunde richte. Aber ich denke bei Familie eher an meine Eltern, die uns groß gemacht haben und über ihren Schatten gesprungen sind, als Mike seinen amerikanischen Lover mit dem gewöhnungsbedürftigen Ruf anbrachte. Und an Mike und Jamie, die mir mehr Familie sind als meine Frau. Von Jace ganz zu schweigen, den ich mir, wenn ich zu verzweifeln drohe, an meiner Seite vorstelle.

„Du hast recht. Es tut mir leid, Jace. Ich muss ja gerade reden.“

Ich sehe ihn an, er setzt an, etwas zu sagen, verkneift es sich dann aber. „Wir haben mal ausgemacht, dass es Grenzen zwischen uns gibt, lass unsere Familien bitte einfach draußen, okay?“

Hmmm. Das klingt kalt, herzlos, aber wenigstens ehrlich, muss ich gestehen. „Okay, wie du möchtest.“

Wieder herrscht Schweigen im Auto, sehr lange sogar, aber dass er meine Hand nicht loslässt, sie festhält und vorsichtig liebkost, beruhigt mich.

„Ich glaube, ich mach doch ein Weilchen die Augen zu“, sagt er irgendwann und hebt meine Hand ein weiteres Mal an seine Lippen. „Stört es dich wirklich nicht?“

Ich blicke Jace an und streichle seine Wange. „Nein, ich habe ausgeschlafen und bin fit. Hol dir doch die Decke. Ich wecke dich, wenn ich auf einen Rasthof fahre, ja?"
Er lacht mich an, aber da ist ein Hauch Bitterkeit in seinen Bernsteinaugen. „Das ist perfekt. Danke, Love." Jace streckt sich, ächzt und holt vom Rücksitz die Decke. Nach einem letzten Lächeln dreht er sich Richtung Beifahrertür, knüllt einen Pullover zusammen und ruckelt auf dem schräg gestellten Sitz hin und her, bis er eine einigermaßen angenehme Schlafposition findet.
Ich zupfe die Decke über seiner Schulter zurecht und streiche über seinen Rücken, was er mit einem kaum hörbaren Danke quittiert. Nachdem ich das Radio leise gedreht habe, blicke ich nach vorne auf die gut befahrene Autobahn.
Alles ist wieder gut. Ja. Oder nicht? Warum herrscht dann dieses komische Gefühl zwischen uns? Hat sich etwas verändert? Aber was? Alles ist beim Alten, hat er doch selbst gesagt, wir leben unsere Leben und genießen die Schnittpunkte, wenn wir zusammen sein können. Ist doch perfekt.

22.
Jace

Die Kälte der Autoscheibe dringt langsam durch meinen Pullover. Obwohl ich wirklich müde bin, kann ich nicht einschlafen. So langsam bin ich mir nicht mehr sicher, ob dieser Urlaub wirklich so eine gute Idee ist.
Nun ja … Dirk konnte ja nicht wissen, dass ich von der See komme und diese Reise unwillkommene Erinnerungen auslöst. Das und … Ich unterdrücke ein Seufzen. Blöd, echt. Ich will es ja im Grunde, will ihn näher kennenlernen, mal für mich haben und so tun, als wären wir mehr als nur Teilzeitlover.
Was aber nichts an der Tatsache ändert, dass ich damit zweifelsfrei unter die Masochisten gehe, da es mir etwas gibt, was ich im Alltag nicht habe.
Gut, ich sollte nicht aus den Augen verlieren, was ich mir diesbezüglich vorgenommen habe. Ich habe mir dieses Treffen als Ziel gesetzt, damit ich hinterher weiß, was ich hinsichtlich unserer Affäre tun muss oder sollte. Jetzt heißt es erst mal genießen und mitnehmen, was ich kriegen kann.
Unwillkommene Erinnerungen drängen sich in den Vordergrund und überwiegen mein Gefühlsdilemma. Ausgerechnet Ostsee, schon witzig.
Ich erinnere mich an den Geruch der See und den starken Wind, den ich immer so mochte. Die Abende am Strand, Lagerfeuer in den Dünen … Lange ist es her, genauer gesagt eineinhalb Jahre, und es sollte damals der letzte Aufenthalt sein.
Im Grunde hatte ich eine schöne Kindheit, viele Freiheiten und mal abgesehen von meinen stockkonservativen Eltern nichts, was mich aus der Bahn werfen konnte. Umso schlimmer traf sie dann die Tatsache, dass ich schwul bin.
Egal, das ist vorbei. Alles was danach geschah, ist schlimmer, viel schlimmer.
Ich kneife meine Augen zu und will diese bescheuerten Tränen nicht zulassen. Das ist ebenfalls Vergangenheit, nicht vergessen, wird es nie, aber nicht mehr zu ändern. Eigentlich habe ich das auch im Griff, aber dass wir nun ausgerechnet an die Ostsee fahren, kramt den alten Mist wieder ans Tageslicht.

Soll ich ihm davon erzählen? Der Gedanke kreist in meinem Hirn wie ein Mahlwerk. Nein, das ist zu persönlich. Beziehung hin oder her, dieses Kapitel meines Lebens muss er nicht erfahren. Unwillkürlich denke ich an die kleine Tätowierung auf meinem Allerwertesten. Ich weiß, er brennt darauf, zu erfahren, zu wem die Buchstaben gehören. Ich muss grinsen, jedes Mal, wenn wir Sex haben, berührt er die Stelle, küsst und liebkost sie. Wahrscheinlich macht er das nicht mal bewusst und er hat auch nie wieder danach gefragt, nachdem ich ihn beim ersten Mal so abgekanzelt habe.
Nein, Dirk hält sich mit Fragen ebenso zurück wie ich mit Antworten. Wir sind schon zwei Vögel. Da sprechen wir von Liebe und schaffen es aber nicht, uns vollständig zu öffnen. Mir ist das vollkommen bewusst, auch der Schmerz, den mir das beschert.
Was unterscheidet Dirk nur von den anderen Männern? Ist es echt nur die Liebe füreinander, die mich öfters dazu veranlasst, ihm alles sagen zu wollen? Wahrscheinlich. Da sieht man mal wieder, was ich im Grunde für ein Gefühlskrüppel bin.
Aber trotzdem wird das nicht passieren, da es nichts bringt. Er ist und bleibt unerreichbar für mich.
Scheiße …

23.
Dirk

Kurz nach halb ein Uhr nachts erreichen wir das winzige Ferienhäuschen direkt an einem Naturstrand. Das Essen in einer Autobahnraststätte fiel recht kurz und ungemütlich aus. Ein Tisch voller LKW-Fahrer fing an zu pöbeln und wir suchten das Weite. Das war das erste Mal in meinem Leben, dass ich in so einer Situation war, und ich bin mir nicht sicher, ob ich damit umgehen könnte. Aber so langsam wird mir vieles klarer, was Michael und das lange Verheimlichen seiner sexuellen Orientierung angeht. Es geht im Grunde nur um Liebe und trotzdem machen völlig fremde Menschen deswegen ein Fass auf. Ich bewundere Jace' Coolness, er zuckt nur grinsend mit den Schultern, trinkt in Seelenruhe seinen Espresso, ehe er noch zwei Sandwiches einpackt und demonstrativ meine Hand ergreift, bevor wir die Lokalität verlassen.
Könnte ich das auf Dauer? Dieses *Anderssein* leben? Hmmm, im Grunde diffamiere ich das Gefühl zwischen uns ja auch, wenn ich es als anders bezeichne. Schwierig. Aber … ginge das? Einfach so darüber hinwegsehen, wenn Passanten unsere ineinander verschränkten Hände betrachten oder ihr Urteil über uns fällen, wenn ich meinen Arm um seine Schultern lege? Ich weiß es nicht, aber ich befürchte, ich bin schlicht zu feige dazu. Das alles hat Jace nicht verdient, weder meine Angst noch meine Verlogenheit.
Es ist nicht zu ändern und außerdem steht es ohnehin nicht zur Debatte. Es wird nie einen Grund geben, mich in meinem gewohnten Umfeld so innig zu zeigen. Eine Tatsache, die schmerzt, sehr sogar.
Insgeheim nehme ich mir vor, diese Woche zu nutzen, um genau diese Befürchtungen hinter mir zu lassen. Ich bin hier völlig fremd, also besteht kein Grund, über die Dinge nachzudenken, die wir in der Öffentlichkeit miteinander tun.

Jace gähnt herzhaft neben mir und biegt seinen Rücken durch. Er ist tatsächlich noch mal eingeschlafen, was ihm jetzt sichtlich

leidtut. Er reibt über seine Arme und schlüpft umständlich in seinen dicken Pullover, der ihm als Kissen gedient hat.
„Warum hast du mich nicht geweckt?“, will er wissen, während er damit kämpft, seinen Kopf durch den Ausschnitt zu zwängen.
„Warum denn? Mir macht die Fahrerei nichts aus, ich bin das gewohnt. Und außerdem ist es mir viel lieber, wenn du morgen fit bist, damit wir was unternehmen können, oder siehst du das anders?“
Er seufzt und beugt sich zu mir, legt eine Hand in meinen Nacken und fordert einen Kuss. Es ist eine liebevolle, sanfte Vereinigung unserer Lippen und so ganz anders als sonst. Wir haben Zeit, sechs Tage, um uns mit allen Sinnen zu genießen.
Als wir voneinander ablassen, verharren wir Stirn an Stirn. Ich lausche seinem ruhigen Atem, sein Duft erdet mich und die Wärme unter meinen Händen beruhigt mich. Was an diesen Berührungen ist so anders als an denen meiner Frau? Ich verstehe es immer noch nicht. Blöder Gedanke, warum kann ich diese Vergleiche nicht mal sein lassen? Melanie ist nicht hier, diese Woche gehört ganz mir und meinem Liebsten. Basta.
Ich atme tief durch und weiche zurück. „Komm, lass uns reingehen. Wir können ja noch einen Tee trinken, ehe wir ins Bett gehen, oder?“
Jace nickt und verpasst mir einen kleinen Knutscher auf die Wange. „Ja, gern. Zu mehr sind wir wohl heute nicht mehr in der Lage, hmm?“
„Eher nicht.“ Ich mustere ihn genau, aber auf seiner Miene zeigt sich kein Bedauern. Jace ist so entspannt und locker, wie ich ihn selten gesehen habe.
Einige Minuten später kocht das Teewasser in der schnuckeligen, kleinen Küche, die ein Teil des Wohn-Esszimmers ist. Das Haus ist wirklich klein, aber urgemütlich. Man betritt es an der Landseite und nach einem kurzen Flur gelangt man durch einen offenen Bogengang rechts in das Wohnzimmer. Eine Balkontür führt auf die überdachte Terrasse, von der aus man direkt in die Dünen gelangt, was wir dank der Außenbeleuchtung mit Freuden feststellen.
Das Schlafzimmer erreicht man über eine steile, enge Treppe und liegt im Giebel des Häuschens. Ein kuscheliger, verstörend

romantischer Raum, der uns beide erst mal zum Lachen bringt. Weiße Spitzen zieren die winzigen Fenster und die Bettwäsche erinnert fatal an eine Honeymoonsuite. Wir lachen herzhaft und balgen uns übermütig auf der Liegewiese. Es ist schön, ihn festhalten, spüren zu dürfen, aber wir sind eindeutig zu übernächtigt, als dass daraus mehr werden könnte.

Nachdem wir unsere Sachen verräumt haben, schenken wir uns Tee ein und genießen die Stille auf der nächtlichen Terrasse. Es ist kalt, aber die Luft ein Traum. Es riecht nach Salz, Meer … Freiheit.

Tolle Gedanken.

Jace stellt seine halbvolle Tasse auf die Fensterbank und sieht mich an. „Lass uns an den Strand gehen, bevor wir ins Bett gehen."

Er streckt mir seine Hand hin, welche ich ohne Zögern ergreife. Nebeneinander betreten wir den feuchten Sand und folgen einem Pfad geradeaus zwischen die Dünen. Hier draußen weht der Wind stärker und lässt mich frösteln, aber es ist toll. Der Strahl einer Taschenlampe, die ich vorhin geistesgegenwärtig eingesteckt habe, beleuchtet die Sandhügel und Büschel zähen Grases, die wild im Wind tanzen.

Jace lacht und deutet auf eine dieser typischen Kuhlen zwischen den Dünen. „Das wäre der perfekte Platz für ein Schäferstündchen."

Ich ziehe ihn an mich und wuschele durch sein Haar. „Klar. Um die Jahreszeit. Sonst geht es dir aber gut?"

„Na ja, wer weiß … vielleicht kommen wir ja mal wieder her, wenn es warm ist?"

Ich erwidere seine feste Umarmung und drücke ihn an mich, wiege ihn hin und her. „Das wäre schön … ja." Wäre es tatsächlich, allein der Gedanke daran entzündet ein Feuer in mir. Auch wenn ich ehrlich bleiben sollte, die Chancen stehen eher schlecht.

„Komm", flüstert er in mein Ohr und löst sich von mir.

Wenige Meter später führt der Pfad um eine weitere Düne links herum auf einen breiten, flachen Strand. Der dürftige Lichtstrahl enthüllt nur Sand, soweit wir in der Dunkelheit sehen können,

und das aufgewühlte Meer, welches in kleinen Wellen an Land schwappt.
Jace macht sich frei und joggt die letzten Meter bis an den Rand der Dünung. Er streckt die Arme in die Luft und legt den Kopf in den Nacken. Was für ein Anblick! Selbst in dem unförmigen Pulli und den einfachen Jeans ist er eine Augenweide. Sein dunkelblondes Haar ist zerzaust und er versucht es mit Kopfschütteln aus dem Gesicht zu bringen.
Ich liebe ihn! Der Gedanke ist nicht wirklich neu, aber irgendwie … geht er tiefer als je zuvor. Vielleicht, weil nun mein Fokus gänzlich auf ihm liegt. Nichts und niemand ist hier, der meine Aufmerksamkeit von ihm ablenken könnte. Ganz bei ihm, bei – mir schnürt es die Kehle zu – dem Mann, dem mein Herz gehört, meine ganze Liebe, der aber niemals Teil meines Lebens sein darf.
Wie können zwei Gefühle so stark und gleichzeitig widersprüchlich sein? Liebe und Schmerz? Ich weiß, ich hätte ihn längst verlassen müssen, aber ich kann und werde es nicht. Dazu brauche ich ihn viel zu sehr.
Er wirft mir über die Schulter einen Blick zu. Ich grinse zurück und knipse die Lampe aus. Für Sekunden bin ich blind wie ein Maulwurf, aber dann gewöhnen sich meine Augen an die Finsternis und über uns erstrahlen Millionen von Sternen.
Ich trete zu ihm und umarme ihn von hinten. Meine Wange an seinem Ohr, ziehe ich ihn fest an mich, vergrabe meine Hände unter seinem Pulli. Jace erwidert die Umarmung, lehnt sich an mich, legt seinen Kopf an meine Schulter und umfasst meine Arme.
So könnte es immer sein, so friedlich, still und schlicht wunderschön. Ich weiß, es ist furchtbar kitschig und wahrscheinlich ein Fehler, aber ich kann nicht anders.
„Egal was auch sein wird, ich will, dass du eines weißt: Ich liebe dich, Jace.“ Meine Worte kommen kaum gegen das Rauschen des Windes an, aber an seiner Reaktion spüre ich, er hat sie verstanden.
Er dreht seinen Kopf zu mir und legt eine Hand an meine Wange. Seine Lippen treffen meinen linken Mundwinkel, ehe ich mich ihm zuwende. Als wir uns voneinander lösen, sehe ich ein

verräterisches Glitzern in seinen Augen. Er hält mit einem Lächeln dagegen.
Ich bin froh, dass er meine Worte nicht wiederholt, das schenkt mir die Illusion, dass es irgendwie einen Ausweg für uns gibt.
Wir bleiben noch eine Weile in der stürmischen Nacht dort stehen, halten uns, als hätten wir Angst, uns in der Dunkelheit zu verlieren.
Und vielleicht passiert ja das gerade eben …
Irgendwie.
Ich erwache und bin erst mal völlig desorientiert. Mein Blick fällt auf blütenweiße Bettwäsche und eine Blümchentapete über einem an der Wand montierten Nachttischchen.
Wo? Ah … Ein Grinsen vertreibt den letzten Rest Schlaf, als ich warme, weiche Lippen in meinem Nacken spüre.
Jace! Urlaub! Freiheit! Jap!
Ich rutsche näher an ihn heran und seufze lautstark. Jace lacht verhalten und zieht die störende Decke zwischen uns weg. Mmmh. Daran könnte ich mich echt gewöhnen. Jetzt ist er ganz bei mir, sein schlanker, drahtiger Körper schmiegt sich an meinen Rücken, mein Gesäß und an meine Beine, während er meinen Nacken und die Schulter mit kleinen Küssen beglückt.
„Hast du langsam ausgeschlafen?“, murmelt er in der Nähe meines Ohres und verursacht dadurch eine Gänschaut.
„Was passiert, wenn ich ja sage?“
„Dann schlage ich vor, wir gehen am Strand laufen und besorgen uns ein ordentliches Frühstück.“
Laufen? Mit dieser Sportskanone? Dafür bin ich echt zu alt. „Und wenn ich nein sage?“
Seine Zähne kneifen die Haut über meiner Schulter. „Dann werde ich dich weiter beschmusen müssen, damit du wach wirst.“
Wir kichern beide, das hier ist so schön.
„Bin nicht wach … rede nur im Schlaf.“
„Dacht ich’s mir doch.“
Jace seufzt und drückt sich dichter an mich. Wenn mich nicht alles täuscht, könnte Laufen in allernächster Zukunft gegen einen anderen Sport ausgetauscht werden, angesichts des harten Körperteils, das sich an meinen Hintern schmiegt. Ich grinse und

stelle mich weiter tot. Allerdings funktioniert das nicht sehr lange, weil Jace' Bewegungen drängender werden und seine Liebkosungen meinen Körper in Flammen setzen. Aber ich lasse ihn machen, weil ich es schlicht genieße, von ihm verführt zu werden. Dieses Mal ist es so ... zärtlich, langsam, weniger dringlich, weil wir jede Menge Zeit haben.
Jace' Hände wandern um meinen Leib herum, er liebkost meine Brust, neckt meine Brustwarzen, bis ich spüre, wie sie sich zusammenziehen und dieses Irrsinnskribbeln in meinen Eingeweiden auslösen. Mit einem Finger streicht er in der Mitte meines Bauches hinab, umkreist meinen Bauchnabel, während er sich aufreizend an mir reibt. Sein Atem hat sich beschleunigt, kitzelt mich im Nacken ... und diese Geräusche! Ich kann kaum noch meine Hände still halten. Jace stöhnt leise, nur ein Hauch, kaum hörbar, aber die Wirkung bei mir ist verheerend. Er begehrt mich! Mich! Großer Gott, was diese Liebe in mir verursacht, ist unbeschreiblich.
Jetzt ist seine Hand am Bund meiner Pants angelangt. Dieser durchtriebene Kerl! Er fährt mit dem Finger am Rand entlang, bringt die Haut zum Glühen und lässt meine Muskeln zittern. Sachte senkt er seine Zähne in meinen Hals, presst seinen harten Schwanz an meinen Hintern und stöhnt sehr offensiv.
Ich kann nicht mehr. Meine Beherrschung geht flöten. Wobei sein Schwanz an meinem Hintern ein gänzlich anderes Gefühl auslöst: Neugierde. Wie wäre es, wenn er mal den aktiven Part übernimmt? Ich muss ihn mal danach fra...
Oh. Mir bleibt fast das Herz stehen. Jace ist meines Schauspiels wohl überdrüssig und geht zum Angriff über. Mit der ganzen Hand umfasst er meinen Penis und presst ihn zusammen.
Ich zucke zurück, was ihm ein weiteres Stöhnen entlockt. Dicht bei ihm drehe ich mich auf den Rücken, schlinge meine Arme und Beine um ihn und nötige ihn zu einem Kuss. Er dauert ewig, während wir dabei unsere Körper entdecken und streicheln.
Dann weicht er ein Stück zurück. Ich liebe diesen Anblick, wenn seine Modelperfektion nur eine Ahnung und er so herrlich zerzaust ist. Jace mustert mich liebevoll, wir haben wohl beide keine Chance mehr, unseren Gefühlen füreinander zu entkommen.
Aber es ist völlig in Ordnung.

„Joggen?“, fragt er und grinst mich an.
„Sex?“, erwidere ich ebenso.
„Hmmm. Joggen, Frühstück, Sex?“
Ich kichere mit ihm. „Sex und nur Frühstück?“
Er fällt lachend an meine Brust. Ich küsse seine Stirn und wuschele durch seine Haare. Wir atmen beide gleichzeitig tief durch, was uns wieder lachen lässt.
Wind heult um das Häuschen, unten klappert irgendwo ein Fensterladen und, als wir gleichzeitig zu dem winzigen Fensterchen am Fußende des Bettes sehen, fängt es ordentlich zu regnen an.
Jace sieht auf, robbt ein Stück nach oben und legt sein rechtes Bein zwischen meine. Meine Hände gleiten über seinen Rücken, die andere liegt auf seiner Hüfte. So vertraut …
„Und?“ Will ich leise von ihm wissen.
Er seufzt theatralisch. „Ich glaube, du gewinnst. Seeeex und dann Frühstück.“
„Yes!“, jubiliere ich laut, was mir einen kräftigen Biss in die Brust einbringt.

Aus dem Joggen wird an diesem Tag definitiv nichts. Nach unserem sehr ausgiebigen Liebesspiel schlafen wir noch mal ein und es ist fast Mittag, als wir, dank des strömenden Regens, kurzerhand mit dem Auto in das nahe Dorf fahren, um zu brunchen.
Ich warte bei einem Kaffee in der Küche, bis Jace fertig ist, und genieße trotz des Wetters die ungezügelte Landschaft hinter der Scheibe. Leider ist das Bad in der gleichen Größenordnung wie das ganze Haus und wir können es nicht gemeinsam nutzen. In Gedanken mache ich mir eine Notiz, das nächste Mal etwas Luxuriöseres zu buchen, um diesen Mann mal in der Dusche vernaschen zu können, wobei die Aussicht auf ein gemeinsames Schaumbad bei Kerzenlicht auch nicht zu verachten ist. Schon seltsam, was Liebe aus einem macht. Mit Jace könnte ich dauernd solche Sachen machen.
Ah … er kommt. Er trägt nur eine einfache, ausgeblichene Jeans und ein weißes T-Shirt, aber dennoch ist er in meinen Augen der

attraktivste Mann auf Gottes Erdboden. Jace lächelt und nickt mit dem Kopf in meine Richtung.
„Gibt's für mich auch noch einen?"
„Ja, ich habe sogar Süßstoff gefunden."
„Prima." Nach einem Lächeln geht er in die Küchenzeile und schenkt sich ein.
Ich mag es, ihn zu beobachten, selbst so einfache Handgriffe wie das Kaffeeeinschenken oder wie er jetzt in der Tasse rührt, damit die Süßstofftabletten vergehen, bergen einen Zauber in sich. So viele Monate und trotzdem bleiben wir uns in vieler Hinsicht fremd. Sex alleine dient nicht unbedingt dazu, einen Menschen kennenzulernen, wird mir klar.
„Worüber grübelst du schon wieder nach?" Jace' gedämpfte Stimme holt mich aus den Tagträumen. Er lehnt schmunzelnd an der Anrichte und nimmt einen Schluck, während er den Kaffeepott mit beiden Händen umklammert.
Ich erwidere sein Lachen und platziere meine leere Tasse auf der Fensterbank. Langsam gehe ich zu ihm. Als ich vor ihm stehe, lege ich meine Hände auf seine schlanken Hüften und bin einfach stolz, dass ich das tun darf.
„Erstens freue ich mich, dass ich dich endlich mal … besser kennenlerne, was angesichts der Dauer unserer Bekanntschaft ohnehin kurios ist. Und zweitens … ärgere ich mich, dass die Dusche hier wieder so klein ist."
Jace lacht los und stellt seine Tasse ebenfalls zur Seite. „Erstens: Dito. Zweitens: Das fiel mir auch schon auf. Ein guter Plan, die Nasszelle fürs nächste Mal besonders im Auge zu behalten?", fragt er leise und ich sehe so viel Hoffnung in seinen Augen, dass mir warm wird.
Seine Finger haken sich in die Gürtelschlaufen meiner Jeans. Jace zieht mich an sich.
„Hmmm … Wenn Punkt eins nicht zum völligen Desaster wird, können wir Punkt zwei durchaus planen."
Wir küssen uns innig. Jace' Hände wandern meinen Rücken auf und ab. Ich mag diesen festen, kraftvollen Druck auf mir. Arm in Arm sehen wir uns an. Er schmunzelt und spielt mit einer Hand am Ausschnitt meines T-Shirts. „Also … Ich stehe auf Fischgerichte aller Art, meine Lieblingsfarbe ist Jeansblau, ich mag Sex

mit Männern, bin wahrscheinlich etwas eitel und schlafe gerne bis in den Vormittag hinein. Und außerdem liebe ich Spaziergänge am Strand, vor allem bei diesem Wetter, weil ich dann das Gefühl habe, die Welt gehört mir alleine."

Ich grinse ihn an und raube ihm einen kurzen Kuss. „Hmmm, ich glaube, das Ding mit der Dusche müssen wir definitiv im Hinterkopf behalten, denn ich liebe Fischgerichte auch, Lieblingsfarbe hab ich keine, Sex mit Männern ist klasse, solange sie Jace heißen, und meinetwegen kannst du pennen, so lange du willst, Hauptsache ich bekomme irgendwann einen Kaffee. Und …" Ich schlucke und folge mit dem Blick meiner Hand, die sein dunkelblondes Haar aus seiner Stirn streicht. „Und es wäre schön von dir, wenn du in deiner Welt für diese Woche ein Plätzchen für mich hättest, da ich ebenso gern im Regen spazieren gehe."

Jace schließt die Augen und seufzt leise, während er sich an mich kuschelt. Wann haben wir uns je so viel Zeit für Umarmungen gelassen? Ich erinnere mich nicht, aber es ist wunderschön, ihn einfach so zu halten, ohne Druck oder sexuelle Hintergedanken.

Er dreht den Kopf in meine Richtung und presst seine Lippen auf meinen Hals. „Du hast bereits einen Platz in meiner Welt, das weißt du doch. Und nicht nur in dieser Woche."

Worte wie ein Hieb. Ich weiß, wie er es meint, aber sie brennen mir fast ein Loch ins Herz. Und was ist mit seinen anderen Affären? Den unzähligen Männern, die er in aller Herren Länder ins Bett lockt?

Scheiße!

Ich presse ihn kurz an mich und verscheuche mit Gewalt die Gedanken. Jetzt nicht. Diese Woche gehört uns. Schließlich weicht er zurück und ich kann auf seiner Miene sehen, dass auch er seine Mauern nicht ganz fallen lässt. Unsere Verbindung existiert nur in einem Paralleluniversum und ich sehe ihm an, dass er jetzt gerade wohl ähnliche Gedanken hat.

Aber egal. Ich schmunzele ihn an und weiche ein Stückchen zurück. „Genug Trübsal geblasen, okay? Lass uns diese gemeinsame Zeit nutzen."

Jace nickt und schlägt mir leicht auf den Po. „Das habe ich vor."

Wir lachen miteinander und die Stimmung ist danach wieder wunderbar locker. „Hast du die richtigen Klamotten dabei oder sollen wir heute den Tag mit einem Einkaufsbummel begehen?"
„Da du mir ja konsequent verschwiegen hast, wo es hingeht, habe ich leider nicht das Richtige dabei. Einkaufen wäre klasse. Und was hältst du davon, heute Abend was zu kochen? Ich meine …"
„Das wäre schön. Kochst du? Wusste ich nicht."
Jace greift nach seiner Tasse und nimmt einen Schluck, ehe er mir antwortet. „Ich bin nicht sooo bewandert drin, aber ein paar normale Sachen bringe ich zustande, und du?"
Ich beiße mir gerade noch auf die Zunge, um nicht Mikes Faible dafür zur Sprache zu bringen und die Tatsache, dass ich von ihm einiges gelernt habe. Soviel dann zu der Sache mit der Ehrlichkeit. „Ich bin ganz gut, glaube ich. Gehst du nicht meistens essen, wenn du arbeitest?"
„Schon, aber ich mag zwischendurch einfach mal meine Ruhe haben und seile mich ab."
„Okay, versteh ich. Auf jeden Fall …" Ich beuge mich vor, halte aber kurz vor seinen Lippen inne. „… ist es eine hervorragende Idee mit dem Kochen. Lass uns Fisch kaufen gehen und dann was Leckeres daraus zaubern."
Jace reibt seine Nase an meiner. „Au ja. Und dann mit einem leckeren Weißwein auf der Couch kuscheln."
„Jap. Bis uns beiden schön warm ist …"
„… und wir es in den Klamotten nicht mehr aushalten …"
Ich kichere kindisch. „… und wir uns dann dem eiweißhaltigen Nachtisch widmen."
Jace schnurrt und leckt über meine Lippen. „… für den wir aber nicht extra einkaufen gehen müssen."
Lachend ziehe ich ihn an mich. „Nein, dafür haben wir alles mitgebracht, du unersättlicher Kerl."

Tag eins endet tatsächlich so, wie beim Kaffee versprochen: Mit Wein und vollem Bauch auf der Couch unter einer Decke. Den bloßen Versuch eines Spaziergangs nahm uns die See mehr als übel. Innerhalb von Minuten waren wir, trotz angemessener

Regenkleidung, nass bis auf die Haut und selbst Jace verging der Spaß schnell wieder.
Jetzt liegt Jace zwischen meinen Beinen und genießt unsere Nähe ebenso wie ich. Es ist seltsam. Dieses Parkett, genannt Alltag, das wir nach Monaten zum ersten Mal gemeinsam betreten, ist rutschig und voller Stolperfallen. Ich bin einfach gehemmt und kann die Blicke über meine Schulter nicht lassen. Solche Gewohnheiten legt man nicht von heute auf morgen ab.
Und Jace? Auch er erscheint mir gerade ungewohnt distanziert. Nun, wir werden sehen, wie es sich die kommenden Tage entwickelt. Auf jeden Fall war es schön, so viel Zeit mit ihm zu verbringen.
Nach dem ausgiebigen Brunch haben wir uns mit regenfester, warmer Kleidung eingedeckt und sind danach in einem Supermarkt einkaufen gewesen. Wir haben uns recht schnell auf eine Ostseepaella geeinigt. Nach der verunglückten Eisdusche am Strand sind wir lachend geflüchtet und nacheinander unter der Dusche verschwunden, um uns aufzuwärmen.
Das gemeinsame Kochen hat überraschend viel Spaß gemacht. Zu Hause … ich schüttle den Kopf. Diese Vergleiche immer … Zu Hause liebe ich es, allein zu kochen, es hat etwas Meditatives, Beruhigendes. Mit Jace war es hingegen sehr angenehm. Wir haben geredet, vor allem über unsere Vorlieben beim Essen. Als er das Gemüse und den Fisch nach meinen Anweisungen klein geschnitten hatte, lehnte er neben mir, eine Tasse Tee in der Hand, und sah mir zu.
War ich je so zufrieden? So rundum im Reinen mit mir und meinem Dasein? Gleichzeitig quält mich mein schlechtes Gewissen. Das hier ist falsch, es sollte nicht so perfekt sein.
Das Essen lockert die Stimmung auf, wir albern herum, füttern uns gegenseitig und machen Pläne für die nächsten Tage.
Egal, in welche Richtung das hier weitergeht, ich spüre, dass diese Woche eine Art Wendepunkt ist.

24.
Dirk

Eine Woche ist vorbei, der gemeinsame Urlaub geht zu Ende. Die Zeit ist dahingerast, verlaufen wie Sand zwischen den Fingern, aber dafür umso kostbarer. Wir haben viel unternommen, aber die größten Entdeckungen haben wir beieinander gemacht. Ich komme dem Mann, den ich so sehr verehre, langsam auf die Spur, konnte einen sehr sensiblen, ruhigen Menschen kennenlernen, der den Großteil seiner Modelfassade nur spielt. Und einen Mann, der mich prächtig ergänzt. Nicht nur beim Sex, sondern auch in den wenigen alltäglichen Dingen, die wir hier geteilt haben. Ist das gut? Ja und nein. Ich weigere mich seit vorgestern schlicht, über die Zukunft nachzudenken. Das will ich nicht mehr.
Der letzte Morgen. Wir haben bereits gefrühstückt. Jetzt stehe ich ein letztes Mal auf der Terrasse und lasse mir den kräftigen, würzigen Wind um die Nase wehen.
Jace packt seine letzten Sachen zusammen und zieht oben unser gemeinsames Bett ab. Die Arbeitsteilung verläuft so unproblematisch wie die ganze Woche. Während ich mich meistens um die Küche gekümmert habe, hat Jace den Rest übernommen.
Und jetzt geht es zurück in den Alltag. In das Leben ohne ihn. Wird mir dieser Urlaub Kraft geben? Oder eher das Gegenteil bewirken? So ganz sicher bin ich mir diesbezüglich noch nicht. Hat sich etwas verändert? Haben *wir* uns in dieser Woche verändert? Ist das überhaupt möglich?
Andererseits … was wäre die Konsequenz daraus? Nichts.
Die Wolkendecke reißt auf und ein gleißender Sonnenstrahl blendet mich. Mmmh. Ich strecke ihm mein Gesicht entgegen und genieße den Hauch von Wärme auf meiner Haut.
Nein. Es wird sich nichts ändern. Ich beschließe spontan, dass uns beiden die neue Nähe bekommt und sich das, was zwischen uns besteht, gefestigt hat.
„Dirk?“ Jace’ Stimme erklingt von drinnen.
„Ich bin auf der Terrasse.“
Ich lausche seinen näher kommenden Schritten, weigere mich aber, meine Position zu ändern. Eine Berührung an meiner

Hüfte lockt ein Lächeln auf mein Gesicht. Jace' Arme gleiten um meine Mitte und er schmiegt sich seufzend an meinen Rücken. Sein Kopf lehnt auf meiner Schulter und ich drücke mich seinen Lippen entgegen, als er mein Ohr küsst.
„Wow. Was für ein Schauspiel", flüstert er ergriffen.
Unwillkürlich muss ich lachen. „Was? Wie ich hier stehe und die Sonne anbete?"
Er drückt mich an sich. „Na, da ist aber jemand sehr von sich überzeugt."
Ich öffne die Augen und blinzle in die helle Sonne. „Immer."
Jace kichert gedämpft, weil sein Gesicht an meinem Hals lehnt. „Ich meinte diesen Mix aus Sonne und Wolken, das Glitzern auf dem Wasser …" Seine Stimme verhallt.
Ich seufze und betrachte das, was er beschrieben hat, für ein paar Sekunden. Er hat recht, es ist wunderschön. Wild und urwüchsig, ungebändigt, frei … Warum kommt mir immer das Wort Freiheit in den Sinn? Klasse. Warum wohl? Wenn ich den Mut finde, einmal ehrlich zu mir selbst zu sein, weiß ich genau, warum. Weil ich eben das nicht bin: Frei. Ich durfte es eine Woche lang sein, aber damit ist jetzt Schluss.
Auch Jace scheint in einer melancholischen Stimmung zu sein. Er seufzt verhalten und kuschelt sich noch dichter an mich. Ich lege meine Hände über seine und genieße das Gefühl, von ihm gehalten zu werden. Diese Ausgewogenheit zwischen uns tut gut.
„Dirk?"
„Hmmm?"
„Meinst du …"
Ich fühle, wie sein Adamsapfel auf und ab hüpft, als er sich die Worte stockend zurechtlegt.
„Was?"
„Ich wollte immer mal die Küste mit einem Camper abfahren. Halten, wo es mir gefällt, die Natur genießen, die Einsamkeit … Jetzt wünsche ich mir, dass du dabei wärst."
Scheiße!
Jetzt ist es an mir, den Kloß im Hals runterzuwürgen. Ich atme tief durch. Jace versteift sich und weicht zurück, was ich verhindere. Klar, meine Reaktion muss er falsch verstehen.
„Tut mir leid, ich wollte nicht …"

„Jace?“ Ich drehe mich zu ihm um und halte ihn weiterhin an mich gedrückt. Er sieht wieder so verdammt jung aus. Seine Miene ist offen, verletzlich. „Du hast nicht, egal was auch immer. Ich bin nur erschrocken weil … weil ich das auch immer mal machen wollte, aber …“
Tata … wie doof ist das jetzt?
„Aber deine Frau es nie wollte?“
Sagte ich schon, dass es eine klasse Situation ist? Schön blöd, wenn man eigentlich den Großteil seines Lebens mit einer Person verbringt und nur sie als Vergleich anbringen kann.
„Jace … sie gehört hier nicht her.“
Er lacht. Ein kleines, verstocktes Geräusch. „Aber sie ist immer da“, flüstert er leise und will sich losmachen.
Seine Reaktion verwirrt mich etwas. Er hat, solange wir zusammen sind, genau das nie zum Thema gemacht. Warum jetzt? Mein Griff wird fester und ich warte, bis er den sinnlosen, halbherzigen Befreiungsversuch aufgibt und mich ansieht. Er versucht, stark zu sein, setzt sein Modelgesicht auf, was ihm mit Leichtigkeit gelingt, mich aber längst nicht mehr täuscht.
„Amber.“ Sein Kosename trifft ihn, setzt den Hebel an und lässt die Maske zusammenfallen. „Ich weiß, es ist maßlos unfair dir gegenüber. Das tut mir leid. Ja, sie wollte hier nie her, sie mag die Kälte nicht, den Wind, all das, was du liebst und was ich auch genieße. Was soll ich tun? Ich kann nicht mein Leben streichen, sie ausradieren und so tun, als wären wir nicht schon seit einer Ewigkeit zusammen.“
Jace nickt, schaut an mir vorbei auf das stürmische Meer. Ich lasse ihm Zeit, genieße stattdessen seinen Anblick. Die Sonne zaubert goldene Leuchtfeuer in seine Bernsteinaugen, bringt seine dunkelblonden Haare zum Leuchten. Auf seiner Nase haben sich im Laufe der Woche ein paar hinreißende Sommersprossen gebildet, was ich einfach bezaubernd finde.
Ich weiß, es ist fies von mir, da ich ihn im Grunde genauso betrüge wie Melanie, aber ich kann nicht anders.
„Ich verehre dich so sehr, Jace, und würde mit dir die ganze Welt bereisen, wenn ich es nur könnte. Die Vorstellung, mit dir in einem Camper die Küste langzufahren, abends in den Dünen zu

sitzen, einen Tee in der Hand und dich im Arm, ist eine wunderschöne Vorstellung."
Er lächelt verhalten, nickt und wagt es wieder mich anzusehen. „Aber es wird immer ein Traum bleiben."
Keine Frage, nur eine schmerzhafte Feststellung. Ich will ihm widersprechen, aber seine Lippen auf meinen verhindern es.
„Lass, Dirk. Du bist mir weder Rechenschaft schuldig noch irgendwelche Versprechen. Wie könnte ich das auch verlangen, wo ich mehr als eine Affäre nicht bieten kann?" Er lächelt mich an, zwinkert und presst meinen Hintern an sich.
Natürlich! Er hat völlig recht.
Fuck!
Ein einfacher Satz seinerseits hat mir den Kopf, samt Weltbild, wieder zurechtgerückt. Klar, Jace ist kein Typ für Beziehungen, er hat ja überall seine Lover verstreut. Und ich Hohlkopf mache mir Gedanken, dass ihm meine Ehe irgendwie wehtun könnte.
Ich einfältiger, verliebter Trottel, ich.

Keine halbe Stunde später verlassen wir Barth und fahren Richtung Leipzig. Jace wird mich dort bereits verlassen, da er einen Direktflug nach Barcelona gebucht hat. Uns bleiben noch gute sechs Stunden.
Nach und nach lockert die Stimmung zwischen uns wieder auf, die nach dem kurzen Gespräch auf der Terrasse irgendwie ins Bodenlose gerutscht ist. Es ist Jace, der nach meiner Hand greift, mit der ich beinahe krampfhaft den Schaltknüppel umklammere. Er lächelt mich an, zieht sie auf seinen Oberschenkel und verschränkt unsere Finger miteinander.
Wir sind zusammen! Egal was auch geschieht, das kann uns niemand nehmen.

Die Zeit scheint gegen uns zu sein, denn die vierstündige Autofahrt vergeht rasend schnell. Jace' Flug geht erst am späten Nachmittag, es bleibt also genug Zeit, um gemütlich zu essen und einen Kaffee miteinander zu trinken. Wir tun es großteils schweigend, als wären uns im Laufe der Woche die Worte füreinander ausgegangen.

Oder ihn plagt das Gleiche wie mich: Angst, loslassen zu müssen.
Der letzte Kaffee ist geleert, das Stückchen Kuchen gegessen. Er wird unruhig, schaut immer wieder auf die Uhr, als könnte er es kaum noch erwarten, von mir weg zu kommen.
Ist es wirklich so? Wagemutig streiche ich sein Haar zurück und betrachte, wie sich seine Miene in Stein verwandelt. Er schluckt krampfhaft, seine Finger zerknüllen die Papierserviette.
„Willst du gehen?“, frage ich sanft, obwohl ich genau davor Panik habe.
„Nein.“ Er atmet durch und weicht meinem Blick aus. „Aber es ist besser so. Mein Flieger geht ohnehin in ein paar Minuten.“
Jace ist ein erbärmlicher Lügner, aber wozu ihm das auf die Nase binden? Ich weiß nur nicht, wo ich diese Reaktion einordnen soll. Er ist es doch, der auf seiner Unabhängigkeit besteht und … Großer Gott, was für ein Bullshit geht in meinem Kopf vor! Was wird das? Wir haben eine Affäre und ich wälze Dinge, auf die ich nur ein Anrecht hätte, wenn wir ein Paar wären.
Für Sekunden bemühe ich mich, die Wirklichkeit zurückzuholen. Als ich ihn dann ansehe, erwidert er meinen Blick ernst.
„Alles okay?“, fragt er verhalten.
„Klar. Alles gut. Soll ich dich noch ans Gate begleiten?“
Er nickt nach einem kurzen Zögern und steht seufzend auf. „Gerne.“ Seine Stimme ist sehr leise, als müsse er gegen einen Kloß im Hals ankämpfen.
Statt zu antworten, schlüpfe ich in meine Jacke, warte, bis er auch soweit ist, und nehme seinen Koffer.
Das Gate ist gleich erreicht. Ich hasse diese Stille zwischen uns, diese Sprachlosigkeit. Wie sollen wir uns verabschieden, nach dieser Woche der Nähe und Verbundenheit? Bis bald? Mach’s gut, es war schön? Das ist so platt und nichtssagend.
Scheinbar geht es Jace ebenso, aber er ist wohl geübter darin, Abschied zu nehmen. Kurzentschlossen nimmt er mir seinen Koffer aus der Hand und grinst mich verschmitzt an. „Danke für die wunderschöne Woche.“
Äh. Ja … das nenne ich dann mal kurz und knapp zusammengefasst. „Gerne doch. Ich habe zu danken, dass du mitgekommen bist. Sehen wir uns …“

Jace schüttelt sofort und heftig den Kopf. „Nicht, Dirk. Bitte. Ich muss dir nicht sagen, dass wir vernünftig bleiben müssen, oder?"

Eiseskälte kriecht meinen Rücken hinauf. Was soll das jetzt? Ich zucke mit den Schultern, weil ich keine meiner Befürchtungen in Worte fassen möchte.

Seine Hand berührt sanft meine Wange, streichelt mich, als wolle er mich im Gedächtnis behalten.

„Was wird das hier? Versuchst du mir gerade schonend beizubringen, dass es vorbei ist?" Himmel, meine Stimme ist furchtbar. Aber weit schlimmer ist die Tatsache, dass er für die Antwort Zeit braucht, so als müsste er erst darüber nachdenken. *Sag endlich was*, möchte ich ihm an den Kopf werfen, aber ich will nicht den Rest Stolz in die Tonne kloppen. Wenn es das jetzt war, dann …

Plötzlich löst sich seine Miene und er schlüpft in meine Arme. Sein Herz klopft laut und erhält von meinem sein Echo. Ganz langsam löst sich die Spannung in ihm, er kann freier atmen und ich ebenso. Dann weicht er zurück und küsst mich liebevoll, als wolle er mir ein stilles Versprechen geben.

„Nein, Dirk, es ist nicht vorbei. Tut mir leid, wenn es so rüberkam. Ich melde mich, sobald ich wieder in München bin, okay?"

Meine Erleichterung kennt keine Grenzen, dennoch nagt ein komisches Gefühl in mir. „Tu das und gib mir bitte Bescheid, wenn du gut gelandet bist, ja?"

Endlich ist das Grinsen wieder so offen wie zuvor. „Gerne. Du auch, wenn du zuhause bist?"

„Sicher. Jetzt geh, ich glaube, der letzte Aufruf galt dir."

Jace nickt, drückt mich noch einmal fest und weicht dann zögernd zurück. Unsere Hände berühren sich noch, unsere Finger sind das Letzte, was diese wunderbare Nähe der vergangenen Woche aufrechterhält.

Dann löst sich auch diese Verbindung und er dreht sich um.

Ein letzter Blick noch jenseits der Verbindungstür, ein Lächeln und ein kurzer Gruß, dann nimmt er sein Gepäck auf und verschwindet aus meinem Sichtbereich.

Kälte dringt auf mich ein. Was ist plötzlich mit mir los? Gott … ich vermisse ihn jetzt schon so sehr, dass mir jeder Atemzug schwerfällt. Wie konnte ich nur so bescheuert sein und glauben, ein gemeinsamer Urlaub würde meinen Gemütszustand verbessern?
Dirk, du bist ein Idiot.

25.
Jace

Klassischer Fall von Chance verpasst, würde ich mal sagen. Mann, ich könnte mir gerade mit Wonne den Kopf an der Plastikverschalung des Flugzeugs blutig kloppen.
Was ist nur los mit mir? Wo ist meine Souveränität geblieben? Auf der Fahrt zum Flughafen hatte ich für mich entschieden, dass es an der Zeit ist, diese Sache hier zu beenden. Was tue ich stattdessen? Falle auf Dirks Dackelblick rein und kippe den Vorsatz über Bord.
Warum ich es beenden will? Ich tue mich selbst schwer, mir einzugestehen, dass ich schlichtweg Schiss habe. Vor der Zukunft, meinen Gefühlen, die irgendwie noch gewachsen sind während der Woche.
Vielleicht schlicht vor der Liebe an sich?
Vor Dirk?
Nein, nicht vor Dirk, höchstens vor dem, was er mir gibt.
Zeit, sich mal selbst einzugestehen, dass ich meinen eigenen Lebensplan gerade kippe. Ich will keine Beziehung? Stimmte bis vor einigen Tagen sogar noch. Aber jetzt, nachdem ich das zweifelhafte Vergnügen hatte, ein Stückchen Alltag mit Dirk zu leben, sieht es komplett anders aus. Himmel, ich hasse diese plüschrosa Gedanken an unsere gemeinsamen Kochorgien, Spaziergänge und gemütliche Stunden auf der Couch.
Das wird es für mich nie geben, zumindest nicht mit diesem Mann. Es wird wirklich Zeit, dass ich bei meinem nächsten Job wieder mal in einem fremden Bett lande und mir diesen Mann aus dem Kopf vögeln lasse.
Der Flieger hebt ab und mit ihm lasse ich den Mann hinter mir. Die Woche war schön, aber nun ist sie vorbei und ich muss nach vorne sehen. Muss wieder auf den Boden der Tatsachen zurückkehren und realistisch sein, auch wenn es schwer fällt.
Affäre!
Mehr nicht!

Als ich nach der Landung in Madrid mein Handy anschalte, stürmen die Gefühle mit aller Macht auf mich ein. Dirk ist noch unterwegs, aber er hat mir irgendwann trotzdem eine SMS geschickt.

Wenn ich fies wäre, würde ich ihn dafür hassen, ihm unterstellen, dass er mich ja bloß bei der Stange halten will, aber das tut er nicht. Obwohl er seine Frau betrügt, meint er jedes Wort mir gegenüber ehrlich. Manchmal … erscheint er mir so unfassbar naiv.

Ich lese seine Worte und knirsche mit den Zähnen. Er vermisst mich jetzt schon und freut sich auf unser Wiedersehen.

Na toll. Und jetzt? Ich starre auf das Display, bis meine Augen tränen. Soll ich ihm sagen, dass ich bereits in vier Tagen wieder dort bin? Alles in mir sträubt sich dagegen, schreit nach Abstand, weil ich nicht weiß, wie ich mit meinen Gefühlen umgehen soll. Ich warte auf eine Eingebung, aber die Beklemmung bleibt.

Sorry, Dirk, aber nächstes Mal wird nichts draus.

Ich drücke die SMS weg und stecke mein Handy in die Gesäßtasche meiner Hose. Jetzt ist erst mal wieder der Job angesagt.

26.
Dirk

Er antwortet nicht! Was habe ich falsch gemacht? Ich bin jetzt einen Tag zu Hause und von Jace keine Spur. War es ein Fehler, diese fürchterlich kitschige SMS zu schicken? Wahrscheinlich. Ich weiß ja auch nicht, was mich da geritten hat. Irgendwie wollte ich ihn wissen lassen, wie sehr mir die Woche gefallen hat. Das und … ja, gib es ruhig zu. Ich wollte mich einfach versichern, dass er wirklich nicht Schluss macht. Aber so wie es gerade aussieht …
Scheiße. Das ist hart, viel härter, als ich es mir vorgestellt habe. Wahrscheinlich sehe ich nur zu schwarz und es ist ganz anders, als ich denke. Jace wird im Stress sein, viele Aufträge und Castings, Termin nach Termin …
Trotzdem könnte er sich …
Ahh! Gut jetzt. Er kann tun und lassen, wonach ihm der Kopf steht.
Werde endlich wieder vernünftig.

Zwei Tage später bekomme ich dann endlich doch eine Antwort. Die Sendepause erklärt er mir mit einem verlorenen Ladekabel. Ich würde ihm die Ausrede ja zu gerne glauben, aber ich weiß, dass er mir was vormacht. Jace ist in dieser Hinsicht Perfektionist und da er das Handy dringend für seinen Job braucht, würde er niemals so lange darauf verzichten. Aber egal was es war, warum er mich im Regen stehen ließ, ich muss es akzeptieren oder daran kaputtgehen. Und letzteres wird sicher nicht passieren.
Ob beabsichtigt oder nicht, der erzwungene Abstand hat meinen Kopf wieder etwas aus den Wolken geholt und das ist gut so.

Zwei Wochen vergehen und langsam kommen wir uns wieder näher. Wir haben ein paar Mal telefoniert, aber komischerweise lassen wir beide den Urlaub außen vor. Ich weiß, warum, das wird mir in der täglichen Routine immer klarer. Diese Zeit war schlicht perfekt, wie ein Auszug aus dem Leben, wie es sein sollte. Als wäre der Film „Total Recall“ Wirklichkeit geworden und wir zwei hätten einen virtuellen Ausflug in einen Wunschtraum gebucht.

Eine weitere Woche vergeht, bis mir Jace eröffnet, dass er über das Wochenende in München sein wird und anfragt, ob wir uns abends treffen können. Da es recht kurzfristig ist, kann ich es ihm erst nicht zusagen. Ich höre das Bedauern in seiner Stimme, kann es aber nicht ändern.

Ungeduldig warte ich, bis Melanie eine Stunde später mit Lea von einem Einkaufsbummel mit meiner Mutter heim kommt. Als die Tür aufgeht und ich die aufgeregte Stimme meiner Tochter höre, habe ich schon eine Spur in den Wohnzimmerteppich gelaufen. Himmel, ich will Jace wiedersehen, ihn unbedingt heute Abend treffen. Fahrig wische ich meine schweißnassen Hände an der Hose ab, zwinge eine nichtssagende Miene in mein Gesicht und begrüße meine beiden Frauen. Die Menge der Einkaufstüten lässt mich für einen Moment stutzen und ich spüre Unwillen in mir aufsteigen. Bis Weihnachten ist noch etwas Zeit und irgendein Geburtstag ist nicht in Sicht, warum muss man dann einfach so viel Geld ausgeben?

Melanies Augenbrauen wandern nach oben, als sie meinen Blick erwidert. Und schon hätten wir wieder einen passenden Grund zu streiten. Dementsprechend kühl fällt unsere Begrüßung aus, wobei die Temperatur schon besteht, seit ich von der Ostsee zurückgekommen bin.

„Hi Meli … Na, wie ich sehe, seid ihr fündig geworden."

Sie mustert mich misstrauisch. „Sind wir, Lea braucht neue Wintersachen, die alten sind zu klein."

Abwehrend hebe ich die Hände. „Ich hab doch gar nichts gesagt, oder?"

Melanie hängt ihre Jacke an die Garderobe und schnaubt. „Gesagt nicht, nein."

„Aber?"

„Du musst nichts sagen. Ich sehe dir an, dass es dir nicht passt."

Prima, jetzt sind wir wieder soweit. Ich kneife meine Augen zu und atme tief durch. Ich will hier weg und zwar so schnell wie möglich. „Meli, ich würde nachher gern noch …"

„Vergiss es!"

Überrascht starre ich sie an.
„Ich weiß schon, was du wieder vorhast. Dir einen netten Abend machen und mich hier alleine sitzen lassen. Das wird aber heute nichts."
„Warum?", frage ich dümmlich und spüre, dass mehr dahinter steckt, als purer Ärger.
„Weil ich mich heute Abend mit Jenny treffe und was *trinken* gehe."
Jenny, diese doofe blonde, in meinen Augen völlig unterbelichtete Schnepfe. Wegen der soll ich jetzt auf mein Date mit Jace verzichten? Galle steigt in mir hoch, aber ich kämpfe weiter um Fassung. Und da klingt noch mehr zwischen ihren Worten mit.
„Warum betonst du *etwas trinken* gehen so?"
Melanie mustert mich, während sie ihren Schal vom Hals wickelt und zu der Jacke hängt. Lea ist derweil im Wohnzimmer verschwunden und packt ihre Sachen aus, beziehungsweise verteilt den Inhalt der Tüten im ganzen Zimmer.
„Habe ich das?"
Ich hasse solche Wortklaubereien, echt. „Würde ich sonst fragen?"
„Egal … auf jeden Fall musst du heute deine Verabredung absagen."
„Wie nett. Schön, dass du mir das so früh sagst", werfe ich ihr stocksauer hin und gehe die Treppe hoch. Ich ziehe gerade im Schlafzimmer das Handy aus der Tasche, als sie in der Tür erscheint. Mein Blutdruck schnellt in die Höhe, weil ich Jace anrufen wollte. Herrschaft, ich muss echt besser aufpassen.
„Warum bist du jetzt so sauer?" Mit verschränkten Armen steht sie im Türrahmen und funkelt mich an.
„Warum? Ich muss jeden Schritt weiß Gott wie lange im Voraus ankündigen und du stellst mich vor vollendete Tatsachen. Das nervt mich."
Stille. Sie wirkt plötzlich eingeschüchtert, warum auch immer. „Wohl eher, dass du dein Date absagen musst?"
Ich starre sie sprachlos an. Wie zur Hölle, kommt sie da drauf? Was hat mich verraten? Hat mich überhaupt was verraten oder plappert sie einfach ins Blaue hinein? „Wie bitte?"
„Du hast mich sehr gut verstanden", zischt sie aufgebracht.

„Ja, ich bin mit jemandem zu einem Bier verabredet und sollte denjenigen auch wissen lassen, dass ich nicht komme, oder?"
Mein Herz klopft wie wild, als ich ihr den Satz hinwerfe. Angriff ist doch die beste Verteidigung, oder? Will ich mal hoffen, dass es auch funktioniert.
Kurz huscht ein beschämter Ausdruck über ihr Gesicht, aber sofort ist ihr Kampfgeist zurück.
„Auf ein Bier?"
„Ja, auf ein Bier? Glaubst du, ich bin mit einer Frau verabredet?"
Sie bleibt für ein paar Sekunden stumm und ich kann ihr ansehen, dass sie mindestens ebenso nervös ist wie ich. Aber da muss sie jetzt durch. Im Grunde will sie eine ehrliche Antwort auf ihre Frage, aber trotzdem nicht wissen, ob ich sie betrüge.
Ich bin echt ein mieser Scheißkerl, denn im Grunde gebe ich ihr alles und zugleich gar nichts. Die Wahrheit und doch eine Lüge.
„Bist du nicht?" Ihre Frage ist sehr leise und bestätigt meine Vermutung.
Ich schäme mich für meine innerliche Kälte. Habe ich echt schon so mit unserer Ehe abgeschlossen? Wo bleibt der gute Vorsatz, dieses Konstrukt aufrechtzuerhalten? Ehe ich antworte, atme ich tief durch und überlege für einen Augenblick, zu ihr zu gehen, sie ganz gentlemanlike in die Arme zu nehmen und zu trösten.
Ich bringe es nicht fertig.
Stattdessen hole ich mein Handy hervor und wähle demonstrativ Jace' Nummer. „Bin ich nicht." Ich halte mir das Gerät ans Ohr und hoffe, sie verschwindet. Leider tut sie mir den Gefallen nicht und steht immer noch abwartend da, als Jace das Gespräch entgegen nimmt.
„Hi, Dirk. Und? Wann treffen wir uns?"
Seine Stimme versetzt mir einen Stich, ich komme mir vor wie in einem Boxring und jedes gegensätzliche Gefühl haut mich in eine andere Ecke. Da steht meine Frau und beobachtet mich genau und hier flutet Jace' lange vermisste Stimme mein Blut mit Sexualhormonen. Himmel, ich vermisse ihn so sehr, aber des lieben Frieden willens muss ich ihm heute absagen.
„Selber hi. Du, ich muss leider für heute absagen. Meine Frau hat bereits was ausgemacht und ich muss auf Lea aufpassen. Sorry."

Stille am anderen Ende, dann ein Seufzen. „Sie steht neben dir, stimmt's?"
Wie zum Henker? … Durchschauen mich heute alle einfach so?
„Ja."
„Fuck."
„Stimmt."
Jetzt lacht er leise. „Ich könnte ja für ein Stündchen zu dir kommen, wenn sie weg ist."
Mir bleibt die Spucke weg und ich würde mich nicht wundern, wenn ich kreidebleich werde. „Äh … nein, das geht auch nicht, weil …"
„War ein Spaß, halt die Luft an. Ich bin nicht erpicht darauf, in einen Ehekrieg zu geraten, keine Angst. Dann wünsche ich dir viel Spaß heute Abend. Wir hören uns." Spricht's und legt einfach auf.
Meine Kehle wird eng vor Enttäuschung. Er klang so … kalt, wie am Anfang. Mist. Demonstrativ lege ich auf und werfe das Handy auf die Bettdecke neben mir. Melanies Blick folgt ihm, als wolle sie auf dem Display die Bestätigung lesen, dass es keine Frau war.
„Zufrieden?" Ich weiß, ich klinge wie ein eingeschnappter Teenager, aber das ist mir grad schnuppe.
Sie nickt zaghaft und dreht sich um. Kurz darauf vernehme ich ihre Schritte auf der Treppe. Mein Blick schnellt zu meinem Telefon, soll ich ihn nochmal anrufen? Wozu? Er wirkte nicht sonderlich enttäuscht und wird sicher problemlos eine andere Beschäftigung für heute Nacht finden. Ich könnte gerade vor Wut und Enttäuschung aus der Haut fahren. Also tue ich genau das Gegenteil von dem, was ich mir wünsche, und schalte den Apparat einfach komplett aus.

Eine Stunde später ist meine Wut am Siedepunkt angelangt und ich bin wirklich kurz davor, irgendetwas kaputt zu schlagen. Melanie bringt Lea ins Bett und trödelt im Bad herum. Sie wird sich wohl fertigmachen. Ich blicke ihr entgegen und spüre, wie alles Blut aus meinem Gesicht weicht. Nein, von wegen ausgehen, sie kommt im Jogginganzug ins Wohnzimmer und schenkt sich in aller Seelenruhe ein Glas Wein ein. Als sie an

ihrem Stammplatz in der Couchecke sitzt und die Beine unter sich zieht, falle ich fast vom Glauben ab.
„Musst du dich nicht umziehen?“, will ich leise wissen und achte sehr genau auf die Wortwahl und den Klang meiner Stimme.
Sie zuckt mit den Schultern und streift mich nur kurz mit dem Blick, ehe sie nach der Fernsehzeitschrift auf dem Tisch angelt. „Nein … Wir gehen doch nicht.“
Ich sehe fast rot, meine Finger zittern vor Zorn, ich muss mich zur Ruhe zwingen und ein paar Sekunden die nichtssagenden Bilder im Fernseher anschauen, bevor ich antworte. „Warum nicht?“
Ich spüre, wie sie mich taxiert, erwidere den Blick aber nicht. Sie braucht so lange mit der Antwort, dass ich sie schließlich doch ansehe. Was ist das auf ihrer Miene? Schadenfreude? Muss wohl so sein, weil sie jetzt mit den Schultern zuckt und seelenruhig in der Zeitschrift blättert. „Doch keine Lust.“
Wie bitte? Ich brauche ein paar Sekunden, um mich zu fangen. „Willst du mich verarschen?“
Sie erwidert meinen Blick und ja, ich habe mich nicht getäuscht, das ist mühsam versteckte Freude auf ihrer Miene. „Nein, wieso? Bloß, weil ich doch keine Lust mehr habe?“
„Nein, weil du gar nicht vorhattest, auszugehen, sondern mir nur den Abend vermiesen wolltest.“ Wir schrecken beide gleichzeitig zurück, weil ich ihr den Satz unangenehm laut an den Kopf werfe. Um jede Reaktion zu vermeiden, springe ich auf die Füße und renne die Treppe nach oben. Boah, bin ich sauer. Mein Handy fliegt fast an die Wand, während ich ungeduldig darauf warte, dass es hochfährt. Endlich ist es so weit und ich wähle mit bebenden Fingern Jace’ Nummer. Jetzt ist mir alles wurscht, soll sie doch toben und meckern. Mein Blick sucht die Uhr auf dem Nachttisch, kurz nach neun, noch nicht zu spät. Scheiße. Verdammt noch mal, das darf jetzt nicht wahr sein. Bei Jace springt sofort die Mailbox an. War ja klar, er wird nicht lange gefackelt und sich ins Vergnügen gestürzt haben. Ahhh … Ich muss hier raus, sonst kann ich für nichts garantieren.
Auf gut Glück wähle ich Mikes Nummer, vielleicht sind sie ja zufällig in der Stadt? Mich dünkt, ich hätte so was … Es klingelt zweimal und dann vernehme ich tatsächlich die Stimme meines

Bruders. Allerdings verschwindet sie fast hinter stampfender Musik und Stimmengewirr.

„Hey“, brüllt er in sein Telefon, aber ich erspare mir eine Antwort, er würde sie nicht verstehen. „Ich geh mal raus, bleib dran, okay?“

Mit dem Apparat am Ohr tigere ich im Schlafzimmer auf und ab. Wie kann Melanie nur so boshaft sein und mir aus reinem Frust den Abend verderben? Oh Mann, ich bin echt reif für die Klapse. Warum wohl? Gekränkter Frauenstolz ist selten gut. Ah, es wird leiser und die Geräuschkulisse weicht in den Hintergrund.

„Hey Bruderherz. Was gibt’s?“

„Schläfst du eigentlich auch mit deinem Handy?“

Mike lacht auf und steigt wohl in sein Auto, weil ich das Piepen des Türöffners höre. Und ja, es wird komplett ruhig.

„Nein, aber ich wusste, dass du anrufst.“

Hä? Hab ich schon wieder was verpasst? „Ich verstehe nicht ….“

„Spaß. Nein, ich habe vergessen, es auszumachen. Also … was gibt’s? Warum rufst du mich um diese unchristliche Zeit an?“

Ja, warum eigentlich? Meine Wut ist irgendwie verpufft.

„Ärger?“ Er kommt meiner Antwort zuvor.

„So ähnlich. Wo bist du?“

„Ähm … in München, wir feiern mit ein paar Models.“

Das hört sich schon mal vielversprechend an. „Hättest du was dagegen, wenn ich mich anschließe?“

Er lacht auf. „Im Grunde nicht, aber ich bezweifle, dass dir die Lokalität zusagt. Wir sind in einem Gayclub.“

Okay … Kurz setzt mein Herz aus, aber alles ist besser, als hier rumzusitzen. „Egal … Gib mir die Adresse.“

Stille.

„Dirk, ich … versteh mich nicht falsch, ich fände es toll, wenn du herkommst, aber bist du sicher, ich meine …“

„Hör zu. Sag mir, wenn es dir nicht passt, dann ist es auch okay. Mir fällt hier gerade die Decke auf den Kopf und ich dachte mir, es wäre nett, mit euch was zu trinken. Aber ich will mich nicht aufdrängen. Ach … lass es, ist egal …“

„Hallo? Komm wieder runter. Du bist sonst derjenige, der unseren Freunden aus dem Weg geht, oder?“
Puh … der Tag der Wahrheiten, oder was soll das? „Richtig. Das tut mir leid, echt.“
„Vergiss es, komm her und wir stoßen darauf an, ja?“
Ich nicke und notiere mir die Adresse. In der Gegend sind einige größere Clubs, ich kenne sie aber lediglich vom Durchfahren. Aus dem Alter bin ich ja eigentlich raus.
„Ich warte draußen am Eingang auf dich. Wie schnell bist du da?“
„Nur noch umziehen. Gibt's eine Kleiderordnung?“
Er kichert und ich verdrehe die Augen, jetzt kann eigentlich keine vernünftige Antwort kommen. „Kommt drauf an, ob du die Nacht in einem anderen Bett verbringen und ob du unten oder oben liegen willst.“
„Mike, du bist ein unverbesserlicher Kindskopf.“
Jetzt lacht er schallend. „Los … beeil dich. Bis gleich.“
Spricht's und legt auf.
Ich stehe gleich darauf vor der geöffneten Schranktür und suche mir die Sachen raus, die ich auch bei einem Treffen mit Jace tragen würde. Jace … Was er jetzt wohl treibt? Soll ich es noch mal bei ihm versuchen? Nein, so ärgerlich die Absage heute Abend auch war, nachlaufen werde ich ihm nicht, schon gar nicht nach dem seltsamen Tonfall vorhin.

Frisch gestylt gehe ich die Treppe hinunter, ziehe mich fertig an und verabschiede mich dann erst von Melanie. Wutentbrannt will sie mich anfahren, aber ich schneide ihr das Wort ab.
„Wenn du glaubst, ich lass mich von dir verscheißern, nur weil ich zu Hause bleiben soll, täuschst du dich. Ich weiß nicht, wann ich wiederkomme, du brauchst nicht zu warten.“ Ich werfe ihr die Worte hin und bin selbst erstaunt, wie eisig sie klingen. Nichts führt mir gerade deutlicher vor Augen, dass meine Ehe am Tiefpunkt angelangt ist.

Zwanzig Minuten später fahre ich auf den Parkplatz des Clubs und finde einen freien Platz, ganz in der Nähe des Eingangs. Mir ist recht mulmig zumute. Himmel, was habe ich mir nur dabei gedacht, in einen Gayclub zu gehen? Ich habe keinen Schimmer, was mich da erwartet. Hoffentlich verwechselt man mich nicht irgendwie mit Frischfleisch. Alleine die Vorstellung. Mir wird schlecht.

Mit wackeligen Knien steige ich aus und gehe Richtung Einlass. Vor dem Eingang stehen etliche Männer, unterhalten sich, lachen miteinander und rauchen. Als ich sie passiere, spüre ich ihre Blicke fast körperlich. Wahrscheinlich fragen die sich, was der alte Sack hier will. Ich frage mich ja das gleiche.

Wo ist Mike bloß? Wenn der mich jetzt versetzt, verschwinde ich gleich wieder. Suchend gehe ich weiter, darum bemüht, mir meine Unsicherheit nicht anmerken zu lassen. Ein schriller Pfiff lenkt meine Aufmerksamkeit direkt zum Eingang. Und tatsächlich, mir fällt ein Stein vom Herzen, steht Mike neben einem Türsteher, der noch breiter ist als er selbst. Die zwei quatschen freundschaftlich miteinander und winken mich nun heran.

Ich umrunde ein paar Jungs in schicken Klamotten und werde immer unsicherer. Ob das hier tatsächlich so eine glänzende Idee war? Ich weiß es nicht. Aber für einen Rückzieher ist es jetzt zu spät. Mike zieht mich in seine Arme und drückt mich an sich. Anerkennend mustere ich seinen schicken Aufzug. Dunkle Anzughose, schickes Hemd, Jamie achtet wirklich gut darauf, wie er wirkt.

„Hey Dirk. Willst du gleich mit rein oder sollen wir uns ein ruhiges Plätzchen suchen, falls du reden willst?“

Reden? Ich? Mit ihm? Obwohl mich seine Reaktion auf mein Dilemma schon interessieren würde, kommt das überhaupt nicht infrage. „Danke, aber lass mal. Es ist weder zu ändern noch ist mir zu helfen. Spendiere mir lieber einen Drink, das brauche ich jetzt.“

Mein Bruder betrachtet mich nachdenklich, macht aber keine Anstalten, vorzugehen. „Melanie?“

Ach was soll's. Ich zucke mit den Schultern und schaue an ihm vorbei ins Innere der lauten Hölle, als die Tür aufgeht und zwei knapp bekleidete Männer Arm in Arm ins kühle Freie stolpern. „Ja, auch …“ Ernst erwidere ich seinen Blick. „Es läuft gerade nicht gut, aber damit sage ich dir ja nichts Neues.“

Mike verzieht das Gesicht und sucht nach Worten. Ich muss ihm zugutehalten, dass er, im Gegensatz zu Jamie, Melanie sehr selten schlecht macht. Jamie und meine Frau dagegen sind wie Feuer und Wasser, das war vom ersten Moment an pure Antipathie und daran wird sich auch nichts ändern. Jamie ist in ihren Augen so ziemlich das größte Übel auf Gottes Erdboden: schwul, provokant, Pornodarsteller und so weiter. Nichts, was in ihr Weltbild passt. Mike kommt nur deshalb etwas besser davon, weil er mit mir verwandt ist, aber besondere Sympathie herrscht da auch nicht. Was die Sache natürlich noch verstärkt, ist die Tatsache, dass ich die beiden wirklich sehr gern habe und neuerdings offiziell auch viel Zeit mit ihnen verbringe.
In ihren Augen ein fataler Fehler und der denkbar schlechteste Umgang für Lea.
„Tut mir echt leid, natürlich hab ich so was geahnt. Du kannst jederzeit zu uns kommen, das weißt du hoffentlich."
„Ja, das weiß ich und das hält mich auch aufrecht."
Mike sieht mich forschend an, ich spüre, dass ihm etwas auf der Zunge liegt, aber er schluckt es ungesagt herunter. „Dann komm … Ich spendiere dir was Starkes, zur Not musst du dir später eben ein Taxi rufen."
Ich winke ab, spare mir aber eine Erwiderung, weil er mich nach einem kurzen Nicken in die Richtung des Türstehers mit nach drinnen zieht. Gleich hinter der Tür verharre ich und warte, bis sich meine Augen an die von grellen Lichtblitzen durchbrochene Dunkelheit gewöhnen. Okay … Ich weiß nicht, was ich erwartet habe, aber ich fühle mich mit meinen stockbiederen Klamotten mehr als fehl am Platz. Zweifelnd blicke ich zu Mike hinüber, der grinsend wartet, dass ich ihm folge. Kopfschüttelnd beuge ich mich zu seinem Ohr und schreie ihn an. „Ich wirke wie ein Buchhalter, der sich verlaufen hat."
Sein fröhliches Lachen brandet an meine Ohren. „Blödsinn. Du wirkst vielleicht etwas nüchtern, aber du suchst ja auch keine einschlägige Unterhaltung, oder?"
Mein schiefes Grinsen bringt ihn erneut zum Lachen und anstatt weiter auf mich einzuschreien, schnappt er mich am Arm und zieht mich eine breite Treppe hinunter.

Warum glotzen mich alle so komisch an? Okay, ich fühle mich momentan wie ein schnöder Karpfen in einem Schwarm von bunten Papageienfischen: grau, farblos und total verloren. Nach ein paar Metern geht mir auf, dass die meisten Blicke wohl eher Mike gelten. Kann ich gut verstehen. Er ist echt ein richtiger Hingucker mit seinen blonden Haaren, den Wahnsinnsmuskeln und dem attraktiven Gesicht. Ein Mann mit weniger Selbstvertrauen als Jamie würde ihn nie mit an so einen Ort nehmen, geschweige dann alleine durchs Getümmel laufen lassen. Aber mein Bruder sieht die anderen Männer gar nicht. Dafür bewundere und beneide ich ihn. Wie schön wäre es, wenn ich für Jace … Fuck! Klasse. Ich habe ja auch schon mindestens eine viertel Stunde nicht mehr an ihn gedacht. Was für ein Mist. Auf Mikes fragenden Seitenblick antworte ich lediglich mit einem Kopfschütteln. Das wäre jetzt wirklich das komplett falsche Thema.

Nach ein paar Metern lenkt er mich nach links in einen separaten Teil des Clubs. Zwei Treppenstufen trennen die VIP-Lounge vom Rest ab. Mehrere große Sitzgruppen, voneinander abgeschirmt durch Spiegelwände, bieten etwas Privatsphäre und dämpfen die hämmernde Musik. Puh … das ist schon viel besser. Auf dem runden Metalltisch stehen etliche Getränke, aber die Sitzgruppe ist bis auf drei Männer leer. Zwei davon kenne ich, es sind Nachbarn aus Mikes Heimatdorf, Chris und Roman, mit denen sie seit dem Hausumbau sehr eng befreundet sind. Ein auf den ersten Blick völlig unpassendes Pärchen. Chris ist groß, breitschultrig, trägt Lederhosen und Nietenarmbänder, nebst kahl geschorenem Kopf. Roman dagegen wirkt sehr elegant in modischen Hosen und tadellosem Hemd. Er unterhält sich unbefangen mit einem deutlich jüngeren Mann links von ihm, der wohl eines der Models sein muss, von denen Mike gesprochen hat.

Chris sieht mir lächelnd entgegen. Er wirkt gelassen und ruht völlig in sich, ganz anders als noch vor Monaten. Ich habe nur durch Jamie mitbekommen, dass er und Roman eine sehr schwere Zeit hinter sich haben, was wohl an einem Trauma in seiner Jugend liegt. Davon ist momentan wahrlich nichts zu spüren. Seine Hand ruht besitzergreifend auf Romans Oberschenkel und macht eigentlich jedem klar, zu wem dieser Mann gehört.

Als Mike mich vorstellt, erhebt sich Roman höflich und wir reichen uns die Hände. Er ist mir, genau wie Chris, sofort sympathisch. Was mich eigentlich nicht wundert, da die Freunde meines Bruders irgendwie alle auf meiner Wellenlänge liegen.

Ich lasse mich auf der hinteren Bank nieder und überlasse Mike den Getränkedienst, da ich keine Lust verspüre, durch die Männer hindurch zur Bar zu gehen. Roman nimmt das Gespräch mit dem Model wieder auf und nach einem kurzen, freundlichen Nicken widmet sich auch Chris wieder der Beobachtung der Tanzfläche. Die *Ruhe* stört mich nicht, im Gegenteil, die fremde Umgebung und die laute Musik reichen, um meine schlechte Laune weitgehend zu vertreiben.

Als Mike mit zwei Bier wiederkommt, grinst er mich an. Ich will gar nicht wissen, was in seinem Kopf gerade vorgeht. Dass ich hier bin, zugegeben habe, dass ich seinen Freunden bis dato immer aus dem Weg gegangen bin, dürfte für wilde Spekulationen ausreichen. Stattdessen stoße ich mit ihm an und lehne mich einigermaßen entspannt in den tiefen Sitz zurück.

„Wo ist dein Mann?“, frage ich schließlich, um irgendwie ein Gespräch in Gang zu bekommen.

„Auf der Tanzfläche. Er soll sich ruhig austoben, dann bekomme ich später vielleicht doch noch eine Mütze Schlaf.“

Ich muss unwillkürlich über seinen wehleidigen Gesichtsausdruck lachen. Oh Mann … ich würde gern auf Schlaf verzichten … Ahhh … Alle Wege führen in diesem, meinem Fall nicht nach Rom, sondern zu Jace. Mein Blick schweift Richtung Tanzfläche, um Jamie vielleicht zu sehen, aber dem ist nicht so. In dem Gewimmel tanzender, zuckender Leiber kann ich ihn nicht ausmachen. Ich verstehe Mike, dass er lieber hier sitzt und redet, das da drüben wäre auch nicht mein Fall. Ich verbringe meine Abende lieber in einer Bar, mit gutem Wein, als auf dieser …

Das glaube ich ja jetzt nicht.

Meine Augen bleiben am linken Rand der Tanzfläche kleben. Dort sind die Scheinwerfer nicht so grell und etliche Pärchen befinden sich eher beim Vorspiel als beim Tanzen. So wie

auch … Jace! Eng umschlungen mit einem anderen Mann! Bingo! Mein Abend ist jetzt komplett in der Tonne. Das kann nicht sein. Ich wende unter Zwang meinen Blick ab und widme mich stattdessen der Betrachtung des Bieres vor mir.
„Alles okay bei dir?“, will Mike wissen und sieht mich fragend an.
„Ja, warum?“
„Du siehst aus, als hättest du einen Geist gesehen.“
Jetzt heißt es schauspielern. „Nein, sorry, mir ist nur wieder der Streit von vorhin eingefallen.“
„Aaahhh ja“, meint er gedehnt und nimmt einen Schluck Bier.
Zu meinem Glück löst sich jetzt eine Gestalt aus der Horde der Tanzenden und lenkt Mike sehr effektiv von mir ab. Ein aufgedrehter, schweißgebadeter Jamie kommt auf uns zu und löst bei meinem Bruder wieder dieses dümmliche, liebenswerte „Ich könnte dich Fressen“-Grinsen aus.
Bei uns angekommen, nimmt er mich als erstes ins Visier und verpasst mir einen Kuss, der mir umgehend die Schamesröte ins Gesicht jagt. Herrgott … warum macht er das dauernd? Kann er nicht lieber seinen Mann abschlabbern? Was, wenn uns jetzt Jace gesehen hat? Oh Mann, und wenn schon, ich darf mir ja auch anschauen, was er gerade macht.
„Hey, großer Bruder. Ich dachte, Mike verarscht mich, als er sagte, du würdest kommen. Dir muss es ja echt beschissen gehen, wenn du hier aufschlägst.“
Statt einer Antwort schnaube ich unwirsch und weiche seinem Blick aus. Er lacht fröhlich und wuschelt mir durch die Haare, wofür ich ihm einen unüberlegten Schlag auf den Oberschenkel verpasse. Dieses kleine Lästermaul.
Noch immer lachend, zieht er sich sein durchgeschwitztes T-Shirt über den Kopf und wirft es achtlos neben Mike auf den Sitz. Dann stellt er sich breitbeinig vor Mike hin und streicht sich sein dunkles Haar zurück.
Ich glaube, Mike ist nicht der Einzige, der bei dem Anblick in Atemnot gerät. Dieser Blick! Er strotzt gerade so vor jugendgefährdenden Gedanken. Ich will wegsehen, weil die zwei mich ja bekanntermaßen immer in Schwierigkeiten bringen, und sei es auch nur, dass meine Hose an unpassenden Stellen zu eng wird.

Aber ich kann nicht, weil die andere Richtung mir dann Jace präsentieren würde. Hierher zu kommen, war wohl doch eher eine Schnapsidee.
Oh Himmel, was machen die beiden denn jetzt? Mir stellt es alle Haare auf und aus den Augenwinkeln sehe ich Chris den Kopf schütteln.
Jamie hat sich zwischen Mikes Beine gestellt, packt ihn mit einer Hand in den Haaren und beugt sich im Zeitlupentempo zu ihm hinunter. „Kommst du, Babe?“
Hmmm … wollen die zwei schon gehen? Angesichts Jamies provokanten Auftritts würde es mich nicht wundern, wenn sie ihr Hotelbett laut schreien hören würden.
„Wohin?“
Ah. Mein Bruder scheint auch auf der Leitung zu stehen, obwohl mich sein Grinsen doch etwas verunsichert. Die magische Verbindung zwischen den beiden ist fast unheimlich.
„Ich will dir da hinten, in dem abgedunkelten Raum, etwas gaaanz Dringendes zeigen.“
Mike grinst so breit wie ein Hai. „Echt? Was denn?“
Die zwei scheinen wirklich ihr Umfeld einfach mal so auszublenden. Ich bin fassungslos, kann mich aber der sehr erotischen Ausstrahlung wieder mal nicht entziehen. Neben mir kichern jetzt Chris, Roman und auch das Model steigt mit ein.
„Lass dich überraschen“, schnurrt Jamie und nähert sich unmissverständlich Mikes Lippen. Dessen Hände wandern langsam von den Oberschenkeln nach oben und, als er Jamies Hintern erreicht, holt er ihn schwungvoll auf seinen Schoß.
Nein, die zwei Verrückten haben tatsächlich keine Scheu vor der Öffentlichkeit.
Mir wird langsam echt warm. Mike bugsiert seinen Mann rittlings auf sich und erwidert dessen Blick mit gleicher liebevoller Intensität, bringt ihn aber zum Lachen, als er ihm ein gekünsteltes „Küss mich, Tiger“ entgegenhaucht.
Sie prusten bei los, was erst aufhört, als sie tatsächlich sehr offensiv zu knutschen beginnen.
Oh Gott … Ich glaube, ich muss hier raus, weil neben ihnen akuter Sauerstoffmangel herrscht.

Jamie stöhnt und richtet sich etwas auf, wobei sie aber nicht voneinander lassen. Mikes Hände streichen an Jamies Rücken auf und ab und obwohl dieser Anblick geradezu vor Sex trieft, strahlen sie unbändige Liebe aus. Beneidenswert und trotz allem wunderschön.

Jetzt gibt Mike Jamies Lippen frei und küsst sich über seinen Hals hinab, bis er sich, nach einem verschmitzten Seitenblick zu mir, knurrend über die linke Brustwarze hermacht. Jamies Kopf fällt in den Nacken, er hält Mikes Kopf fest und fordert weitere Zärtlichkeiten ein.

Ich kann kaum noch atmen und zwinge meinen Blick von ihnen fort, geradeaus Richtung Tanzfläche. Mein Blick stockt, wird wie magisch von zwei Personen angezogen, die in unsere Richtung kommen. Scheiße! Der Kloß in meinem Hals nimmt innerhalb eines Augenblickes die Größe eines Tennisballs an.

Jace und ein extrem gut gebauter Typ, dem ich im Leben nicht das Wasser reichen kann. So, jetzt geht's mir mal so richtig gut. Jace' Bernsteinaugen hängen ungläubig an mir, aber er hat sich sofort wieder im Griff. Ich hoffe nur, meine Miene ist ebenfalls wieder so nichtssagend wie zuvor.

Da ich seinen Anblick kaum ertragen kann, zwinge ich meine Augen dazu, mein Bierglas zu mustern, aber auch das ist ein fataler Fehler. Der Weg meines Blickes führt über seinen Körper und was ich sehe, macht mich gleichzeitig wütend und so tieftraurig, dass ich kaum noch meinen vorher rasenden Herzschlag spüren kann.

Liebe? Was für ein Scherz.

Selbst ich doofer, verklemmter Hetero weiß, was da abgeht. Die Hand des Fremden steckt hinten in Jace' Jeans und jetzt, als sie anhalten und der Typ ihn recht resolut zu sich herumzieht, greift er unmissverständlich in Jace' Schritt.

Kein Zweifel, mein Lover hat seinen Fick für heute Nacht gefunden.

Ich schwanke zwischen Heulen und Schreien. Was ist das für eine bescheuerte Situation! Links von mir knutschen mein Bruder und sein Mann, als gäbe es kein Morgen, und rechts lassen sich jetzt Jace und der Fremde nieder. Ich komme mir vor wie Marmelade in einem Thunfischsandwich, völlig unpassend.

Meine Hände zittern, als ich mich an meinem Glas festklammere. Jamie hat wohl irgendwie Mitleid mit mir, denn er schlüpft wieder in sein T-Shirt und klettert provokant langsam von Mike herunter. Ich hasse seinen Blick, den ich auf mir spüre, als würde er mich mit haarfeinen Nadeln piksen. Das hier ist … ich weiß nicht. Meine eigene Verlorenheit wird mir so bewusst und klar, dass ich das Gefühl habe, in meinem Leben wie in einer luftleeren Blase zu schweben.
Alles falsch, verdreht, sinnlos.
Ich hechte auf die Füße und schiebe mit einer Hand Jamies Knie zur Seite, der mich mit ausdrucksloser Miene weiterhin mustert. Durch meine grobe Berührung fällt er fast auf Mike, aber lieber das, als mich an Jace vorbei zu drängen, der auf der anderen Seite sitzt und um dessen Schultern der Arm des Mannes liegt.
Ich hasse diesen Schmerz in mir, das Gefühl, als zerhacke jemand mein Herz just in diesem Augenblick in kleine Fetzen.
Raus hier.
Mike hält mich zurück, aber ich schüttle ihn ab, schaffe es tatsächlich, zu lächeln. „Sorry, ich brauche frische Luft."
„Soll ich mit raus?"
Ich winke ab. „Nein, sei nicht kindisch. Ich komme gleich wieder." Kurz nicke ich den beiden zu und drehe mich so um, dass ich jeden Blick auf Jace vermeide.
Der Weg nach draußen ist komisch, als liefe ich auf Watte und hätte selbige in den Ohren. Warum tut er das? Bin ich ihm so gleichgültig? Ist es tatsächlich nur der Sex, der ihn immer wieder zu mir führt? Großer Gott, es sollte mich nicht so stören.
Der Türsteher nickt mir zu, wahrscheinlich ist es von Vorteil, dass ich mit Mike reingekommen bin, sonst hätte ich beim zweiten Anlauf Pech.
Oder soll ich einfach fahren? Wäre wohl besser, aber das würde die Gerüchte, egal welche, nur weiter schüren. Nein, ein paar Augenblicke durchatmen, zu mir kommen und dann werde ich Mr. Stolz zeigen, dass ich auch ein kaltes Arschloch sein kann.
„Dirk? … Warte."
Nein! Das darf jetzt nicht wahr sein. Ich gefriere mitten zwischen den Autos, als habe man mich mit Eiswasser übergossen. Jace! Was will der denn jetzt hier? Um jene eben geschworene

kalte Souveränität zu zeigen, müsste ich mich umdrehen, aber ich schaffe es nicht. Die Schritte kommen näher, ich kneife die Augen zusammen und suche verzweifelt irgendwo in mir Wut oder wenigstens so viel Ärger, um ihn anzupflaumen. Stattdessen kämpfe ich mir purer, vernichtender Verzweiflung.
Ein kräftiger Griff an meinem linken Arm. Hoppla. Scheinbar bin ich doch weitergegangen, anstatt ihm sklavisch zu folgen und auf ihn zu warten.
„Dirk, jetzt bleib doch mal stehen."
Und da ist sie, die Wut. Sein gönnerhafter Tonfall verscheucht das Weichei in mir. Ich reiße mich grob von ihm los und haste zwei Schritte aus seiner Reichweite. „Was?", blaffe ich ihn an, laufe aber sofort Gefahr, bei seinem bloßen Anblick willenlos dahinzuschmelzen. Warum muss der Kerl so schön sein? Warum muss er so verteufelt gut riechen? Ich weiß nicht, ob ich ihn oder besser mich dafür hassen sollte.
„Was, um alles in der Welt, tust du hier?" Er klingt atemlos, na gut, wahrscheinlich ist er mir nachgerannt, so schnell wie er hier war.
„Ganz sicher nicht das Gleiche wie du."
Kurz huscht ein Grinsen über seine Miene. Ganz falsch. Die Wut in mir explodiert schlagartig und egal, ob seine Oberflächlichkeit oder meine hündische Schwäche für ihn dafür ausschlaggebend ist, ich heiße sie willkommen.
„Hau einfach ab, Jace. Geh wieder rein, sonst sucht sich der Typ einen anderen Arsch für heute Nacht."
Seine Augenbrauen zucken kurz nach oben. „Und wenn schon, ich habe den Schwanz gefunden, nach dem ich gesucht habe."
Worte wie Hiebe, die Offenheit verletzend und eiskalt.
„Du bist ein …"
„Was?"
Ich kann nichts darauf sagen, weil die Beleidigung nie wieder zurückgenommen werden könnte. Stattdessen schüttle ich nur resigniert den Kopf und lasse ihn stehen. Sofort ist er bei mir und hält mich wieder fest.
„Lass mich los und verschwinde." Sein Griff ist überraschend fest und anstatt mich aufzuhalten, bugsiert er mich an mehreren Autos vorbei zu ein paar dicht stehenden Bäumen.

„Dirk, hör mir zu."
„Ich will nichts hören. Lass mich einfach zufrieden."
„Scheiße, Mann." Er packt mich an beiden Armen und drückt mich grob mit dem Rücken an ein kleines Stromhäuschen, das mitten in dem Wäldchen steht.
Seine Nähe ist elektrisierend, wie immer. Ich spüre, wie aus der Eifersucht pure Gier wird. Die Vorstellung, dass der Kerl in allernächster Zukunft diesen Luxuskörper berührt hätte, bringt mich fast um. Er kommt noch näher, zwischen uns sind nur noch ein paar Zentimeter, lange nicht genug, um klar denken zu können. Jace' Atem geht schwer, sein Blick huscht zwischen meinen Augen und Lippen hin und her. Ich sollte ihn wegschubsen, dieser völlig peinlichen Situation entkommen. Nichts funktioniert, stattdessen nimmt er mein ganzes Denken und Fühlen ein, wie ein Fixpunkt, um den sich alles dreht.
„Ich war so sauer, dass du keine Zeit hast, darum habe ich mir den Kerl angelacht."
Ich schnaube abfällig. „Dann solltest du wieder reingehen, wie gesagt."
Jace schüttelt langsam den Kopf. „Du weißt, dass ich dich will. Der Typ wäre nur eine Notlösung gewesen."
Boah … wie scheiße hört sich das denn an? Mir wird kalt ums Herz, eisig kalt. Dass Jace sich ganz zu Anfang selbst als Schlampe bezeichnet hat, fand ich furchtbar, aber dass er es jetzt nicht nur bestätigt, sondern mir erbarmungslos solche Aktionen um die Ohren haut, trifft mich.
„Wie konnte ich nur so blöd sein und glauben, dir liegt was an mir." Der Satz entwischt mir, ehe ich mein Gehirn einschalten kann. Das ist nicht gut, ich gebe zu viel preis, mache mich vor Jace angreifbar, und das will ich, angesichts seiner Oberflächlichkeit, ganz sicher nicht. Unwirsch drücke ich ihn beiseite und will gehen, aber er unterbindet die Flucht wieder.
„Dirk … sei nicht albern. Wir treffen uns, um zu vögeln, was das Zeug hält. Du bist verheiratet und ich nicht bereit, es nur alle paar Wochen mit dir zu treiben. Ich habe kein Recht, dir Vorhaltungen zu machen, wenn dich deine Frau an der kurzen Leine hält, und du nicht, wenn ich mit anderen Männern ins Bett gehe."

Himmel, tun seine Worte weh. Ich fühle mich, als tanze auf meinem Herz ein Teufel mit Spikes Stepptanz. Aber nichtsdestotrotz … er hat recht.

„Natürlich … deshalb solltest du auch wieder reingehen, damit du keine Entzugserscheinungen bekommst", werfe ich ihm giftig an den Kopf, auch wenn ich mich gerade noch ein bisschen lächerlicher mache.

Doch anstatt mich auszulachen und genau das zu tun, schüttelt er seufzend den Kopf und umarmt mich fest, als würde er nicht gerade Gefahr laufen, von mir unangespitzt in den Erdboden gerammt zu werden.

„Du bist hier, was soll ich denn mit dem Kerl anfangen?" Seine Stimmt erklingt nahe neben meinem Ohr, sein Atem streicht über meine Haut, jagt eine Gänsehaut über meinen Leib.

Verdammter Scheißkerl. „Du bist …" Weiter komme ich nicht, da er seine Hand in meinem Haar vergräbt und mir grob einen Kuss aufdrängt. Die Berührung ist ungestüm und hart, von diesem blödsinnigen Gefühl, genannt Liebe, ist hier nichts mehr zu spüren. Dennoch macht es mich an. Und wie! Aber ich will das so nicht, ich …

„Fick mich, Dirk. Jetzt!"

Mir verschlägt es kurz die Sprache, ich will ihn wegdrücken, aber ich schaffe es nicht. Stattdessen schaue ich zu, wie er sich vor mich hinhockt, ohne lange zu fackeln meine Hose aufknöpft und meinen harten Schwanz auspackt.

Fuck.

Mein Kreislauf sackt zusammen, weil sich schlagartig alles Blut in Richtung meines Unterleibes auf den Weg macht. Ich beiße die Zähne zusammen und schlucke mein Stöhnen hinunter, als dieser Kerl ohne zu zögern zur Sache kommt. Innerhalb von Sekunden hat er mich so weit gebracht, dass ich kurz davor stehe, zu kommen. Und er weiß es, kennt mich schon viel zu gut. Er kommt nach oben, massiert mich weiter, nachdem er gekonnt ein Gummi über meinen Schwanz gerollt hat.

Ich bin völlig wehrlos, die Situation ist endlos geil, verboten und pure Sünde. Mein Blick huscht durch das Geäst auf den Parkplatz, wir sind nicht alleine, aber doch abgeschirmt und unsichtbar. Jace drängt sich an mich, öffnet jetzt seine eigene

Hose und schiebt sie nach unten. Wir keuchen beide, versuchen, das Geräusch durch einen Kuss zu dämpfen, was schwer fällt, als unsere beiden Ständer feucht aneinander reiben.
„Fick mich. Komm schon … Lass deinen Ärger an mir aus und besorg's mir hart."
Meine Gier nach ihm übernimmt komplett die Führung, schaltet mein Denken kurz und klebt meinem schlechten Gefühl ein Pflaster über den Mund. Das hier ist ein Fehler! Ich will ihn so nicht. Wenn ich ihm nachgebe, mache ich ihn zu genau der Hure, die ich nicht in ihm sehen will.
Scheiße!
Jace dreht sich in meinen Armen. Ich wusste noch nicht mal, dass ich ihn festhalte, und er presst seinen Hintern an mich. Mein Schwanz macht Freudensprünge und ich verliere fast den Verstand angesichts des exquisiten Bildes, wie er in Jace' Pospalte auf und ab gleitet.
Jetzt greift er nach hinten, packt mein bestes Stück und presst die Spitze an seinen Eingang, den er vorher notdürftig mit Spucke befeuchtet hat.
Nicht gut, ich werde ihm weht…
Ohne Rücksicht auf Verluste drückt er sich nach hinten und keucht gequält auf, als meine Eichel ungestüm den Muskelring weitet und in ihn eindringt. Kurz hält er inne, atmet gegen den Schmerz an. Vernünftig wäre es, mich sofort zurückzuziehen, aber ich habe keinerlei Kontrolle über diese Situation.
Zu spät.
Jace richtet sich etwas auf, packt meine Hände und platziert sie auf seinen Hüften, dann dreht er sich mit mir um und lehnt sich an die moosbewachsene Wand des Generatorhäuschens. Oh Himmel … Das hier ist so pervers, gleichzeitig so perfekt. Einfach nur Sex und gut. Der letzte Rest Vernunft verschwindet, als ich langsam, aber stetig seinen Leib erobere, ihn besitze und uns beiden die Grobheit schenke, die wir gerade nötig haben.
Sekunden später sind die einzigen Geräusche, die ich wahrnehme, das Klatschen, wenn ich ungestüm zustoße und meine Hoden seine Haut treffen, und unser beider ersticktes Stöhnen. Grob packe ich seine Hüften, meine Faust schließt sich um sein Hemd, verhindert jede noch so kleine Flucht.

Ich beuge mich vor, schlinge meinen Arm um seinen Hals und hole ihn hoch, damit ich seine Prostata treffe. Er schreit auf, als der Plan gelingt, und ich halte ihm den Mund zu, während ich gnadenlos in ihn hämmere und mich selbst auf die Erlösung zutreibe. Nur Sekunden später überwältigt mich ein Megaorgasmus und ich beiße in Jace' Hemd an der Schulter, um nicht hemmungslos meine Erlösung hinauszuschreien. Mit letzter Kraft massiere ich sein tränendes Glied und treibe ihn einen Augenblick später ebenfalls in den kleinen Tod.
Gemeinsam schwelgen wir auf Wolke sieben, bis uns die Realität gnadenlos wieder einholt. Und mit ihr das dumme Gefühl.
Meine Stirn sinkt auf seine Schulter und ich umklammere ihn fest. Ohne ihn freizugeben, ziehe ich mich aus ihm zurück und befreie mich von dem Kondom, das ich achtlos in die Büsche werfe.
Er keucht langgezogen und wischt sich über das Gesicht. Gerade, als ich den Mund aufmachen will, um mich für die unangebrachte Grobheit zu entschuldigen, lacht er leise auf.
„Wow. Dir nachzulaufen hat sich gelohnt. Ich bezweifle, dass es mir der andere so gut besorgt hätte."
Dieser kalte, hässliche Satz verletzt mich sehr. Ich verpasse ihm einen groben Stoß und weiche gleichzeitig angewidert einen Schritt zurück. Wie betäubt knöpfe ich meine Hose zu und erwidere seinen überraschten Blick.
„Du kalter, egoistischer Bastard", zische ich erschüttert und lasse ihn schließlich einfach stehen. Mit wackligen Knien gehe ich zurück. Ich fühle mich wie betäubt und die rein körperliche Befriedigung rauscht wie ein Eisbach durch meine Adern.
Was ist hier passiert? Wo ist der Jace, den ich all die Monate zu kennen glaubte? Himmel, ich fühle mich regelrecht angeekelt. Ich hätte es niemals so weit kommen lassen dürfen. Jetzt muss ich um meinen Respekt vor ihm kämpfen. All die liebvollen Attribute, die ich sonst für ihn finde, entgleiten mir und zurück bleiben Schimpfwörter und Dinge, die mir selbst wehtun. Was mache ich jetzt nur? Schlagartig unterbreche ich meinen Weg zurück und ziehe fahrig meine Kleidung zurecht. Sieht man mir an, was ich gerade getan habe? Dass ich … irgendwo hier in den

Büschen wie ein notgeiler, alter Sack einen Kerl vernascht habe? Ich ekle mich vor mir selbst, zwei so widerstreitende Gefühle …
Der Türsteher grinst mich an und zwinkert anzüglich. Meine Lust, obwohl ich ein völlig gewaltfreier Mensch bin, ihm eine reinzuhauen, lässt mich die Fäuste ballen. Ein falsches Wort, und ich fange hier vor der Tür tatsächlich die erste Schlägerei meines Lebens an. Doch den Kleiderschrank beeindruckt mein böser Gesichtsausdruck nicht im Mindesten, ist ja irgendwie verständlich, weil er locker drei Gewichtsklassen über mir liegt. Ich bin schon fast am Eingang, als ich seine leisen Worte vernehme und erstarre.
„Zieh nicht so ein Gesicht. Bei dem hübschen Fang müsstest du eigentlich strahlen."
In Zeitlupentempo wende ich mich um und starre ihn an. Seine Augenbrauen wandern nach oben.
„Was?"
Ich überbrücke den Abstand zwischen uns und stelle mich sehr dicht vor ihn. Meine Wut ist schuld daran, dass ich selbst meinen eigenen Sicherheitsabstand unterbiete. „Ein Wort und ich vergesse mich, und wenn es das Letzte ist, was ich tue."
Das hämische Grinsen verschwindet langsam aus dem Gesicht des Gorillas, als er wohl merkt, dass es mir todernst ist. Erst als er mit zusammengekniffenen Augen langsam nickt, lasse ich ihn stehen und gehe nach drinnen.
Auf der Treppe werde ich mehrmals angerempelt, aber ich registriere das nur am Rande. Unten angelangt, fixiere ich den leicht erhöht stehenden Tisch und gehe wie in Trance darauf zu. Obwohl mir Mike nachdenklich entgegenblickt, sobald er mich entdeckt, ist es Jamies undurchschaubarer Blick, den ich nach Sekunden erwidere.
Seine Stirn ist leicht gerunzelt, was ich erkenne, als ich in unmittelbare Nähe komme. Entspannt lümmelt er in Mikes Armen, den Kopf an dessen Schulter gebettet, und ihre Finger sind miteinander verschränkt.
Dieser liebevolle Anblick bringt in mir beinahe das Fass zum Überlaufen. Es kostet mich immense Kraft, wieder in sein Gesicht zu sehen. Ich will das auch! Verdammt noch mal! Ich

will … Mein Herz wird ganz hart und schlägt dumpf in meiner Brust, verhindert, dass ich frei atmen kann.

Und dann Jamies Blick. Ohne eine Regung mustert er mich, als könne er die letzten Minuten auf meinem Gesicht betrachten wie auf einem Fernseher. Dann wandert eine Augenbraue langsam nach oben, während ich mich setze und umständlich an meiner Hose herumziehe.

Und als ob die ganze groteske Situation nicht schon schlimm genug wäre, kommt doch tatsächlich Jace nur wenige Meter hinter mir ebenfalls an den Tisch.

Sitzt der Typ noch hier? Ich bin so im Tran, dass ich darauf gar nicht geachtet habe. Aber nein, nach einem kurzen Seitenblick finde ich auf der anderen Seite nur Chris, Roman und zwei andere Models, die mir fremd sind.

Na, wenigstens habe ich ihm die Tour vermasselt. Mit einem nach wie vor unguten Gefühl sehe ich auf und direkt in seine Augen. Er ist blass, wirkt lange nicht mehr so frisch wie vorhin, als er das erste Mal an den Tisch kam.

Nicht hinsehen, befehle ich mir und drehe mich wieder in Jamies Richtung. Er lehnt nach wie vor an meinem Bruder, antwortet auf eine Frage von ihm mit einem Nicken, ohne aber seinen wissenden Blick von mir zu nehmen. Somit dürfte klar sein, dass mir der Zufluchtsort Allgäu von heute an aus Vernunftgründen gestrichen ist.

Eine Berührung an meiner rechten Schulter lässt mich zusammenzucken. Mist. Jace. Sein Gesicht ist nur wenige Zentimeter von meinem entfernt, ich kann sein After Shave riechen und die Seife, mit der er sich wohl gerade die Hände gewaschen hat. Er stützt sich schwer auf meine Schulter und drückt kurz seine Finger in mein Fleisch.

„Sorry“, murmelt er undeutlich und ich weiß nicht, worauf genau er das jetzt bezieht. Auf das gespielte Stolpern, das ihm Gelegenheit bot, mich zu berühren, ohne Aufsehen zu erregen, oder auf vorhin. Tatsache ist, mir geht die kurze Berührung durch und durch, verstärkt den Schmerz und meine eigene Hoffnungslosigkeit.

Wie Jamie darauf reagiert, will ich gar nicht wissen. Also konzentriere ich mich auf mein abgestandenes Bier und blende die Umgebung einfach aus.

27.
Jace

„Eiskalter, egoistischer Bastard."

Dirks angewiderte Worte hallen auch jetzt noch, eine gute Stunde später, in meinem Schädel nach. Ich habe jedes davon verdient. Ich bin kalt, ich bin egoistisch und ein Bastard sowieso. Aber sie tun unwahrscheinlich weh, weil sie von ihm kommen. Ich weiß, es hat ihn verletzt, als ich mit dem Top Arm in Arm zu dem Tisch gekommen bin, aber woher sollte ich denn wissen, dass er da auftaucht?

Er hat doch gesagt, er hätte keine Zeit. Will er mich nicht mehr? Hat er sich mit seiner Frau zusammengerauft? Ist er schlicht so glücklich, dass er unser kurzes Vergnügen satt hat?

Jetzt bloß nicht die Fassung verlieren, das wäre tödlich, angesichts der anderen Männer am Tisch. Immerhin habe ich einen Ruf zu verlieren.

Aber Dirk … Warum hat er so extrem reagiert? Immerhin habe ich doch nur ausgesprochen, woran wir uns halten, oder?

Und außerdem … was glaubt er, wie es sich anfühlt, ihn nach jedem Treffen zu seiner Frau zurück zu lassen? Glaubt er, ich breche in Begeisterungsstürme aus, wenn ich daran denke, dass sie jede Nacht neben ihm liegt? Dass sie Zeit miteinander verbringen, zusammenleben und einer gemeinsamen Zukunft entgegen gehen?

Unvermittelt wird mir klar, dass ich mit der Naht an meiner Hose spiele und jegliche Selbstkontrolle verliere. Wohin ist meine Coolness verschwunden? Verdammte Gefühle, ich will das nicht. Ich will meine innere Freiheit zurück.

Die Blicke des Fotografen ruhen auf mir, seit Dirk die Couch verlassen hat. Er ist verdächtig ruhig und ein guter Beobachter, das zeigen seine Arbeiten ja schon.

Gezwungenermaßen blicke ich Richtung Tanzfläche. Da steht der Typ, den ich mir vorhin angelacht habe, und blickt in meine Richtung, aber mir ist jegliche Lust vergangen. Ich hatte den Mann, den ich … brauche.

Schon wieder knibble ich an der Naht herum. Ja, brauche, aber mit diesem kurzen, heftigen Fick habe ich mich selbst betrogen.

Ihn wohl auch. Mir fehlt seine Nähe, seine Zärtlichkeit, die Geborgenheit in seinen Armen …
Fährt er nach Hause? Denkt er vielleicht an mich? Daran, wie ich mich fühlen könnte?
Ich bin ein Idiot. Dirk wird keinen Gedanken daran verschwenden, wie ich mich fühle, und das zurecht. Ich benehme mich wie ein Arschloch und zeige ihm genau das, was mich an mir selbst am meisten stört.
Jetzt ist der Platz neben mir leer und es fühlt sich an, als habe man ihn mir direkt aus dem Herz gerissen. Er ist einfach gegangen, ohne mich zu beachten. Hat sich wortlos abgewandt, bemüht, auch ja nicht in meine Richtung zu sehen, als kenne er mich überhaupt nicht. Ich bin ein Fremder für ihn, das tut so weh.
Früher, also vor ihm, fand ich solche Versteckspielchen amüsant und spannend, der Nervenkitzel war Teil einer Affäre und gab der ganzen Sache Würze. Aber jetzt? Ich nehme einen Schluck von meinem Mineralwasser, muss aber husten, weil ich durch den Kloß im Hals kaum schlucken kann. Verdammt. Meine Finger zittern, als ich das Glas abstelle. So weit ist es jetzt schon mit mir? Warum kann er nicht ein x-beliebiger Mann sein, sondern muss verheiratet und hetero sein? Warum bricht mir jetzt das Konstrukt, das mir sonst meine heißbegehrte Freiheit schenkt, den Hals?
Ich will ihn nicht lieben. Ich will, dass es aufhört. Sofort.
Mein Blick schweift nach links zu dem Fotografen und seinem Mann. Endlich hat er aufgehört, mich zu mustern.
Der Blonde, Mike, hat Dirk freundschaftlich in den Arm genommen, ebenso wie Jamie. Sie müssen sich gut kennen, was wohl daran liegt, dass sie öfters zusammenarbeiten. Scheinbar war das Casting doch nicht so die Ausnahme und er übernimmt für sie weitere Aufträge. Sie wirken zumindest vertraut und immerhin ist er, obwohl nicht geoutet, zu ihnen in einen Gayclub gekommen.
Wirre Fragen purzeln in meinem Kopf wild durcheinander. Oder was war der Grund, warum ist er ausgerechnet hierher gekommen? Wieder wird mir unvermittelt heiß. Und warum hat er mir erzählt, seine Frau ließe ihn nicht gehen? War das eine

Lüge? Wollte er mich eigentlich gar nicht sehen und hat mich so abgewimmelt? Aber, wenn das so ist, warum macht er mir dann eine Szene, wenn ich mit einem anderen Typen mitgehe? Soll ich ihn anrufen? Nein, so wütend wie er auf mich ist, wird das nichts bringen. Vielleicht morgen. Ja.
Ich sehe auf und finde langsam wieder in die Realität zurück. Morgen werde ich ihn anrufen, egal ob Sonntag ist oder nicht. Ich will das aus der Welt schaffen. Und … Beschämt sehe ich zu Boden, um meine Röte zu verbergen … Ich will ihn! Ich muss ihn einfach sehen, oder zumindest seine Stimme hören.

28.
Dirk

Was passiert mit mir? Warum nimmt mich das Erlebte so dermaßen mit? War ich wirklich so naiv, zu glauben, ich wäre etwas Besonderes für diesen Mann, der an jedem Finger fünf Liebhaber haben kann? Meine kleine, putzige Scheinwelt bricht gerade zusammen und lässt mich nackt und blutend im Dreck zurück.

Nur Sex! Darauf läuft es immer wieder hinaus. All seine Gefühle, seine Anschmiegsamkeit und Liebesgeständnisse sind nichts weiter als eine Farce und ein Mittel zum Zweck, mich zu verführen.

Was soll ich jetzt machen? Soll ich seine Nummer löschen? Mir den Kerl einfach abschminken? Das tut nicht weniger weh als ein weiteres Treffen.

Ich erreiche meine Garageneinfahrt und bin überrascht, wie ich hierher komme. Großer Gott, ich bin eine gute halbe Stunde durch München gefahren und kann mich an keinen einzigen Meter erinnern. Mir wird eiskalt. Das ist so fahrlässig. Vielleicht hätte ich doch Mikes Angebot, mich heimzufahren, annehmen sollen. Aber diese Option musste ich ausschlagen. Das hätte ich nie überstanden, ohne mit der kompletten, beschämenden Story rauszurücken.

Das geht nicht, absolut nicht. Ich muss das alleine klären und einen Weg finden, wieder zu mir zu kommen. Und dann noch Jamies orakelhafte Worte zum Abschied. „Pass auf dich auf und mach keine Dummheiten."

Angesichts seiner Jugend könnte man darüber lachen, aber das wäre ein Fehler. Er sieht mehr als die meisten Menschen, ist mit einer Empathie gesegnet, die ich momentan verfluche.

Das Licht des Bewegungsmelders an der Garage geht aus. Was mache ich eigentlich hier? Das Haus ist dunkel, selbst im Schlafzimmer sehe ich keinen Schimmer. Der Schmutz der letzten Stunden klebt wie Teer an meinen Händen. Ich habe einen Mann in einem Gebüsch gevögelt, als wäre ich ein Freier und er ein williger Stricher.

Das ist so erniedrigend, nicht nur für ihn, sondern auch für dieses Besondere zwischen uns, das sich vehement nicht verdrängen lässt.
Ein Blick auf die Uhr macht mir klar, dass ich seit gut zwanzig Minuten in dieser blöden Dauergedankenschleife hänge. Es ist kurz nach ein Uhr. Wieder sehe ich zu unserem Schlafzimmer auf und der bloße Gedanke, mich neben Melanie ins Ehebett zu legen, bereitet mir Übelkeit. Ich kann das heute nicht, selbst die Wohnzimmercouch kommt nicht in Frage. Ich will allein sein mit meinem kindischen Liebeskummer, meinem Selbstmitleid und der stupiden Hoffnung, dass dieses unwürdige Chaos heute Abend nur ein Traum war.
Resigniert lasse ich den Motor wieder an und wende. Die Couch im Büro ist recht bequem und da ich dort öfters übernachte, wenn ich zu spät vom Flughafen komme habe ich Wechselkleidung, Waschzeug und Decken vorrätig.

Stille empfängt mich in dem viktorianischen Altbau, in welchem im zweiten Stock mein Büro liegt. Im Haus befinden sich neben meinem Architekturbüro eine Anwaltskanzlei und ein Steuerberater, lediglich das Penthouse ist bewohnt. Es ist völlig ruhig und dunkel, genau das, was ich momentan brauche.
Der alte Parkettboden im Eingangsbereich knirscht, ich kenne den Klang jeder Diele. Selbst das ödet mich plötzlich an, wie der ganze langweilige Rest meines Lebens. Ich verschließe die gläserne Eingangstür hinter mir und gehe in das größere der zwei Büros. Es ist ein Eckzimmer mit großen Fenstern. Das Straßenlicht fällt herein, spendet genügend Licht, um auf die grelle Deckenlampe verzichten zu können.
Lange stehe ich am Fenster und sehe hinunter auf die andere Straßenseite, wo ein Irish Pub liegt. Es ist Samstagnacht, ein stetiger Wechsel von Menschen, die Spaß haben, lachen …
Ich hasse dieses Selbstmitleid, außerdem habe ich es mir ja selbst eingebrockt. Wäre ich brav geblieben und nicht der unglaublichen Anziehungskraft dieses Mannes erlegen, wäre alles in Ordnung.
Als mir fast die Füße einfrieren, weil ich barfuß auf dem Holzboden stehe, gehe ich zur breiten Couch und lege mich hin.

Nachdem ich die Decke und das Kissen fahrig zurechtgezogen habe, versuche ich mit geschlossenen Augen zur Ruhe zu kommen. Obwohl ich hundemüde bin und mich wie zerschlagen fühle, dauert es lange, bis ich einschlafe.
Er lässt mich einfach nicht los. Jace wirbelt in meinem Kopf umher wie ein Derwisch …

Das penetrante Klingeln meines Handys weckt mich irgendwann. Es ist stockdunkel und ich bekomme kaum Luft. Was sich aber beides ändert, sobald ich meinen Kopf unter dem Kissen hervorziehe. Orientierungslos sehe ich mich um.
Ah ja … Büro.
Missmutig setze ich mich auf und reibe mir übers Gesicht. Der Geschmack in meinem Mund ist zum Davonlaufen und das T-Shirt klebt unangenehm an meinem Rücken.
Scheißabend, Scheißnacht und wie es aussieht ein Scheißmorgen.
Mein Handy verstummt, was besser ist, da meine Laune auch unten einzuordnen ist.
Egal, wer es auch ist, er wird sich wieder melden, wenn es wichtig ist. Melanie wird es nicht gewesen sein, weil ich ihr gestern, ehe ich zu Bett gegangen bin, noch eine Nachricht hinterlassen habe, wo ich bin und dass ich schlichtweg noch einen Tag Abstand brauche.
Noch immer müde und halbnackt stehe ich auf und gehe in die winzige Küche, die sich an das andere Büro anschließt. Hmmm, Kaffee und Milch sind da. An Essbarem finde ich nur einen angeschnittenen Kuchen vom Discounter. Nein, das bekomme ich jetzt sicher nicht runter.
Dann eben nur Kaffee.
Als ich aus der kleinen Nasszelle zurückkomme, ist die erste Tasse durch und sorgt für einen winzigen Lichtblick. Ich beziehe erneut meinen Beobachtungsposten am Fenster, aber es ist extrem ruhig draußen. Hier stehe ich auch immer, wenn ich über einem schwierigen Auftrag brüte oder eine Auszeit von irgendwelchen Berechnungen brauche. Der stille Fluss des Lebens außerhalb erdet mich, holt mich zurück. Heute funktioniert es leider nicht wie gewünscht, dazu ist es zu still und die Straße zu menschenleer.

Logisch. Sonntagmorgen um halb neun, das verrät mir die Wanduhr über der Tür. Das erklärt die Ruhe draußen, aber wer ruft mich um diese Uhrzeit an? Mike? Ich glaube kaum, dass die zwei nach dem Abend und dem zweifellos darauf folgenden Schäferstündchen schon unter den Lebenden sind.
Meine Eltern kommen auch nicht infrage. Zum Glück leben sie ihr eigenes Leben und werden jetzt sicher irgendwo mit Freunden brunchen.
Nachschauen?
Nein, ich habe keinen Bock darauf. Lasst mich doch alle einfach allein und mich mein Bad in Selbstmitleid genießen! Boah … ich kann mich selbst nicht leiden. Also wenn das nicht eine ausgewachsene Midlifecrisis ist, weiß ich auch nicht.
Gerade als ich mit der zweiten Tasse ins Zimmer zurückkehre, klingelt es wieder. Seufzend hole ich den Apparat aus meiner Jackettasche und sehe auf das Display.
Schlagartig bin ich hellwach und das Koffein zündet in meinem Blut.
Jace!
Wieso ruft er an? Das tut er sonst nie, wenn jetzt meine Frau …
Ach Mist.
Es klingelt weiter.
Will ich überhaupt mit ihm reden? Nach dem, was gestern zwischen uns war?
Na und? Er hat nie behauptet, anders zu sein, mal abgesehen von dem Unfall namens Liebe.
Unvermittelt überfällt mich so starke Sehnsucht nach ihm, dass ich nach Luft schnappe. Dennoch … es wird Zeit, dass ich vernünftig werde. Und wenn es dazugehört, mit ihm zu reden, spielt der Zeitpunkt keine Rolle.
Meine Finger drücken die Annahmetaste, noch ehe ich sie unter Kontrolle habe.
Der Weg des Apparats bis an mein Ohr erscheint mir meilenweit. Ich kann nichts sagen und lausche stattdessen den Atemgeräuschen am anderen Ende.
„Dirk?“
Jace’ Stimme jagt eine Gänsehaut über meinen Rücken. Ich kneife meine Augen zusammen, weil meine Gefühle für ihn

überkochen und sämtliche Pläne in die Tonne kloppen. Ende und gut? No way! Mein Verlangen nach ihm ist längst jenseits von akzeptabel, eher Richtung krankhaft.
„Ja."
Er seufzt hörbar. „ Gott sei Dank. Hör zu … ich … können wir uns sehen?"
Also Nerven hat er schon, das muss ich ihm lassen. „Wozu?" Die Vernunft ist doch stärker und gibt mir Kraft, nicht gleich in lautes Jubelgeschrei auszubrechen. Cool bleiben, alter Mann, auch wenn ich ihm nicht unterstellen will, dass er Spielchen mit mir treibt, wird er ganz pragmatische Gründe für diese Bitte haben.
Jace bleibt lange still, das Schweigen zieht sich in die Länge, bis ich befürchte, das Gespräch beenden zu müssen. Seine Verunsicherung tut mir gut, ich hätte seine aufgesetzte Coolness jetzt sicher ganz schlecht vertragen.
Dann höre ich wieder sein deutliches Atmen. „Bitte." Ein Wort nur, ganz leise und … irgendwie hilflos.
„Jace, ich weiß nicht, ich …"
„Gib mir wenigstens die Chance, mich zu entschuldigen."
„Wofür? Für die Wahrheit?" Ich weiß, das klingt genauso kalt wie er gestern, aber das ist mir egal.
Er schnauft abfällig. „Du weißt, wofür, dafür, dass ich mich wie ein kalter, egoistischer Bastard benommen habe."
Autsch. Meine eigenen Worte klingeln in meinen Ohren. Aber ich erwidere darauf nichts, was könnte ich auch sagen?
„Bist du noch dran? Hast du heute Abend Zeit? Ich bin noch bis morgen Mittag da. Sollen wir … essen gehen oder …"
„Wieso rufst du mich eigentlich ohne Vorwarnung an?" Ich werfe ihm die Worte barsch hin, weil der Inhalt seines Satzes so verlockend klingt wie Erdbeeren mit Schlagsahne. Er hat Zeit, er will mich sehen … Ich lechze danach, wie nach einer Droge.
„Ich dachte, wenn du nicht kannst, wirst du nicht rangehen. Ich wollte nicht darauf vertrauen, dass du irgendwann zurückrufst. Ich … bitte, lass mich nicht betteln."
Jetzt ist es an mir, zu seufzen. Er weiß nur zu gut, dass ich ihn dieses Mal abgewimmelt hätte.

Ach, was soll's. Schlimmer kann mein Gefühlschaos doch ohnehin nicht mehr werden. „Ich bin im Büro."
„Oh … du arbeitest?"
„Nein." Ich starre nach draußen und schinde Zeit, indem ich einem älteren Herrn und seinem genauso alten Pudel nachschaue, wie sie gemächlich die Straße von Grün zu Grün entlanghumpeln. „Nein. Ich habe hier übernachtet." Ja, Kerl, da siehst du mal, was du mit mir anstellst.
Kein Lachen am anderen Ende, gut so.
„Hast du schon gefrühstückt?"
„Nein, nur Kaffee."
Jace druckst herum. „Dann … Ich könnte … zu dir kommen, wenn dir das recht ist, und vielleicht was mitbringen?"
Ich drehe mich um die eigene Achse und betrachte versonnen das leere Büro. Sonntag, kein Mensch im Haus und Melanie hat keinen Schlüssel.
Sagte ich schon, dass ich ein Vollidiot bin? So schnell verschwindet der gute Vorsatz, ihm zu widerstehen. Ich nenne ihm leise die Adresse. „Drück auf die Klingel vom Büro, ich lass dich dann rein. Zweiter Stock."
„Danke Dirk", murmelt er leise und es klingt so, als wäre er bereits unterwegs …

Wie kann ein Mensch nur so nervös sein? Das ist doch nicht normal. Mein Herz rast, ich spüre jeden Pulsschlag in meiner Kehle, was dazu führt, dass ich alle paar Sekunden um Luft ringe. Himmel, ich bin Mitte dreißig und habe mich nicht besser im Griff als ein siebzehnjähriges, pickeliges Bürschchen, das seinen ersten Kuss erwartet.
Es ist Jace! Der Mann, mit dem ich seit Monaten ein extrem sexlastiges Verhältnis habe. Ich kenne ihn in- und auswendig. Halt, nein, das stimmt nicht mehr seit gestern Abend. Aber der Rest passt. Trotzdem erwarte ich ihn sehnsüchtig und bin gleichzeitig total verunsichert.
Verdammt, verdammt, verdammt! Ich haste ins Bad und schütte mir Wasser ins Gesicht, meine Hände zittern und mir ist innerlich kalt.

Was soll ich ihm sagen? Was wird passieren? Mir ist längst klar, dass wir heute über Dinge reden müssen, die wir sonst außen vor lassen, denn das klappt nicht mehr. Das, was wir üblicherweise einfach ignorieren, hat sich gestern Zutritt verschafft und unseren Kosmos aus Sex und Schweigen durchbrochen.
Die Büroglocke ertönt.
Mein Herz legt noch einen Gang zu.
Atemlos wische ich mein Gesicht und meine Hände trocken und werfe mir noch einen Blick im Spiegel zu. Wer ist dieser Kerl dort? Das Gesicht gehört mir nicht mehr, es ist kantiger, härter, was sich noch durch den Bartschatten verstärkt. Und mein Blick … Ich habe aufgehört, mir was vorzumachen. Schöner Scheiß!
Nach einem tiefen Atemzug gehe ich barfuß nach draußen und drücke den Türöffner, während ich gleichzeitig die Bürotür aufschließe.
Schritte erklingen im völlig stillen Treppenhaus. Männerschritte. Jace hastet nach oben, ich wäre happy, wenn ihn die Sehnsucht so die Treppe hochjagt.
Blödmann!
Dann kann ich ihn sehen. Er sieht gleichzeitig auf, ehe er den letzten Absatz in Angriff nimmt. Kurz stockt er und schluckt, geht aber schließlich konzentriert weiter.
Er sieht gut aus, wie immer. Enge Jeans, ein enganliegender grauer Pullover und eine legere, moderne Jacke. Seine Haare sind frisch geschnitten, waren sie das gestern auch schon? Kann mich nicht erinnern. Ich komme mir auf der Stelle völlig unzulänglich vor. Vielleicht hätte ich mich doch anziehen sollen? Na, dafür ist es jetzt zu spät. Über Jace' Gesicht huscht ein Schmunzeln, als er den obersten Absatz erreicht und mich betrachtet.
Stimmt, mit schlabbriger Jogginghose und ausgeleiertem T-Shirt, barfuß und Out-of-bed-Frisur mache ich noch weniger her als sonst.
Er kommt langsam näher, auf seiner Miene finde ich die gleiche Unsicherheit, wie ich sie in mir spüre.
„Sexy", meint er leise und zupft an meinem T-Shirt.
„Brauchst du eine Brille?"

Schlagartig wird er ernst und zuckt verlegen mit den Schultern. „Nein. Ich meine es ernst, ich mag diesen entspannten Look an dir."

Ah ja. Na, das Gespräch fängt ja toll an. Mit einer Handbewegung gebe ich die Tür frei und gehe dann in mein Büro voraus.

Ich spüre seine Blicke auf mir. Unglaublich, was sich gestern abgespielt und damit verändert hat. So einfach ist es also, unsere *Beziehung* zu kippen, dieses wackelige Geflecht aus Halbwahrheiten und Ungesagtem. Das kann nicht funktionieren, weil wir kein Fundament haben … Offensichtlich ist Liebe kein sehr hilfreicher Ansatzpunkt.

Jace ist einen Meter vor dem Schreibtisch zum Stehen gekommen und sieht mich unschlüssig an.

Wahrscheinlich schaue ich nicht anders, aber ich brauche die Zeit, um irgendwelche Pläne für die nächsten Momente zu entwerfen, obwohl ich sie wahrscheinlich ohnehin nicht durchführen kann. Auch wenn er es nicht weiß, hält Jace alle Zügel in der Hand. Meine Manie für ihn raubt mir jegliche Kontrolle. Auch jetzt. Sonnenstrahlen verirren sich in das Zimmer, zaubern hinter ihm helle Flecken auf den polierten Schreibtisch und das blanke Parkett. Es wirkt wie eine perfekt inszenierte Kulisse, um seine Schönheit zu betonen.

Er durchbricht den Augenblick und weicht meinem Blick aus. Scheu hebt er die braune Papiertüte an. „Es sind belegte Brötchen, ich wusste nicht, ob du Butter und so was hier hast."

Sehr gut, das ist gewöhnlich genug, um das komische Gefühl zwischen uns zu durchbrechen. „Gute Idee. Außer Kaffee gibt's hier nicht wirklich was."

„Wo soll ich sie hintun?"

„Egal, leg sie auf den Schreibtisch. Soll ich uns Kaffee machen?"

Jace nickt, aber ich spüre, wie er sich versteift. „Ist es dir unrecht, dass ich hergekommen bin?"

Seine Stimme klingt ungewöhnlich zaghaft. Wo ist sein Selbstvertrauen hin? Der Kaffee ist vergessen, es ist vielleicht auch besser so. Es stehen Dinge zwischen uns, die, zumindest nach meinem Empfinden, nicht bei einer Tasse Kaffee beredet werden können.

Ich atme tief durch und stelle mich seinen fragenden Bernsteinaugen. „Nein … Auch wenn ich nicht ganz verstehe, warum du hier bist."
Jace schnaubt leise und schüttelt den Kopf. Auch er atmet tief durch, legt dann die Brötchentüte auf den Tisch und schlüpft aus seiner Jacke. Er faltet sie sorgfältig zusammen, was er sonst nicht tut, und hängt sie über meinen Bürostuhl. Sieh an … auch er beherrscht es hervorragend, Zeit zu schinden.
Er steht noch immer von mir abgewandt da, als er die nächste Frage stellt. „Dann … hältst du mich wirklich für einen eiskalten, egoistischen Bastard?"
Mist. Das ist jetzt übel, aber gut … Da ich keinen Bock mehr darauf habe, unser Versteckspielchen aufrechtzuerhalten, werde ich wahrheitsgemäß antworten. „Gestern warst du einer."
Er sieht mich an, beherrscht sein Mienenspiel hervorragend. Und nur, weil ich ihn so gut kenne, sehe ich, dass ihn meine Worte treffen. „Warum? Weil ich die Nacht nicht alleine verbringen wollte?"
Okay. So, Dirk, jetzt kannst du dem Kerl deine ganze Gefühlspalette präsentieren. Ich will jetzt nicht mehr drumrum reden, es reicht mir einfach. Und wenn es ohnehin vorbei ist, macht es keinen Unterschied. „Ja. Ich bin verhindert und du hüpfst keine zwei Stunden später mit einem anderen ins Bett. Fühlt sich toll an. Ich habe versucht, dich zu erreichen, aber dein Handy war aus."
Jace runzelt die Stirn und kommt ein Stück auf mich zu. „Warte. Du konntest tatsächlich nicht kommen?"
Verwirrt sehe ich ihn an. „Natürlich. Glaubst du, ich würde mir ein Treffen aus Jux entgehen lassen?"
Noch einen Schritt näher. Er schluckt, sein Blick huscht über meine Gestalt. „Dirk … ich dachte, du willst mich nicht sehen und hast mich abgewimmelt. Ich war so sauer, als ich dich in dem Club gesehen habe …"
„Wow … warte. Schau mich an." Als er meinen Blick erwidert, kann ich nicht mehr widerstehen und streiche über seine linke Schulter. „Das stimmt nicht. Meli wollte ausgehen, so wie ich es dir gesagt habe, aber dann hat sie es sich anders überlegt, bezie-

hungsweise so getan als ob, denn ich vermute, sie wollte nur verhindern, dass ich losziehe."

Jace kneift kurz die Augen zusammen. „Ich dachte, du … willst mich nicht mehr." Dann rafft er sich auf und sieht mich wieder an. „Glaubst du, sie hat etwas bemerkt?"

Ihn nicht mehr wollen … Das wäre vielleicht ein traumhafter Zustand! Und besser dazu geeignet, klar denken zu können. „Weiß ich nicht, ich denke, sie hat ein komisches Gefühl und agiert ins Blaue hinein." Meine Hand berührt abermals seinen Oberarm, ich sehe, wie er erschauert. „Jace, ich wollte dich gestern wirklich sehen", flüstere ich leise, weil ich nicht weiß, wie viel ich von meinem Verlangen preisgeben kann.

Sein Adamsapfel hüpft auf und ab. „Und … jetzt nicht mehr?"

Seufzend gebe ich ihn frei. „Doch, schon, aber … das gestern Abend … der Kerl, dann dieser gefühllose Sex … Ich will das nicht, es hat mich zu sehr getroffen."

Jace schnaubt abfällig und stemmt seine Hände in die Hüften. Als er jedoch spricht, ist seine Stimme so leise wie zuvor. „Ehrlich? Glaubst du, ich bin happy, wenn du aus meinem Bett steigst und zu deiner Frau nach Hause fährst?" Jetzt blickt er mir direkt in die Augen und ich weiß, dass wir beide unsere gesetzten Grenzen hinter uns lassen.

Ich habe Schiss vor dem, was jetzt kommt, werde mich aber stellen. „Du sagtest, es sei dir egal, es ginge dir nur um Sex …"

„Mann, Dirk! Dir waren meine Affären bis gestern auch völlig egal, oder?"

Ich starre ihn an. Soll ich ins kalte Wasser springen und mich gefühlsmäßig komplett in seine Hände begeben? Warum nicht. „Nein, waren sie nicht. Nur habe ich es nie thematisiert, genau wie du meine Frau."

Jace nickt und kommt noch näher. „Stimmt. Aber … ich kann nicht mehr so tun, als ließe mich das kalt. Und deshalb war ich gestern so sauer. Ich … ich bekomme so wenig von dir, nur ein paar gestohlene Stunden, und selbst das ging gestern nicht und … Tut mir leid, ich werde dir jetzt keine Szene machen. Ich will nur, dass du mich verstehst."

Oh ja, ich verstehe allerdings, was aber nichts daran ändert, dass er sich durch die Weltgeschichte vögelt, wenn er arbeitet. Des-

halb antworte ich auf seinen Satz nur mit einem vagen Achselzucken.
„Was?“, verlangt er von mir zu wissen und legt den Kopf schräg, um meinen Blick aufzufangen.
„Nichts … nur … ach, egal. Tatsache ist, dass du dennoch mitnimmst, was kommt. Wenigstens weißt du, wo ich hingehe. Du jedoch …“ Scheiße, das klingt wie ein eifersüchtiger Teenie. Ich will mich wegdrehen, aber er unterbindet es sofort, indem er meine Hände ergreift.
„Dirk? Warte.“
Ich sehe ihn abschätzend an. Das hier ist mir zu nah, zu intim. Aber Jace wartet geduldig und als er weiterspricht, lächelt er ein klein wenig. „Vermutlich hast du mehr Sex mit deiner Frau als ich mit irgendwelchen fremden Typen“, flüstert er zaghaft und nur noch wenige Zentimeter von mir entfernt.
Seine Wärme dringt durch mein T-Shirt. Ich rieche ihn und meine Liebe für diesen Mann schwappt über. War das ein Zugeständnis? Irgendwie ist es schon komisch, wie wir beide winzige Bruchstücke verraten und dem anderen eingestehen. Da er den ersten Schritt gemacht hat, will ich nicht kneifen. „Wenn das so wäre, wärst du schon lange an Samenstau zugrunde gegangen.“
Was lustig klingt, kommt bei ihm offensichtlich doch richtig an.
Er betrachtet mich genau. Sein Mund öffnet sich mehrmals, als suche er nach Worten oder traue sich nicht, das Gedachte auszusprechen.
„Sag es einfach, Jace. Ich glaube, das *um den heißen Brei herum reden* können wir uns heute sparen, oder?“
Er lacht leise. „Du … ihr schlaft nicht mehr miteinander?“
Ich schüttle langsam den Kopf. „Was nichts daran ändert, dass sie meine Frau ist.“
Jace holt tief Luft und nickt. „Das weiß ich doch …“ Sein Blick sinkt nach unten, auf meine Brust. „Ich war mit keinem mehr im Bett seit dem Dreh, als ich bei dir übernachtet habe.“
Okay, das ist wirklich mal ein Wort. „Bei mir ist es noch etwas länger, aber das soll jetzt kein Wettbewerb sein. Zwischen mir und Meli stimmte es schon vorher nicht mehr.“
Er mustert mich wieder. „Aber du wirst dich nicht trennen, oder?“

Jace' Miene bleibt starr und ich werde nichts tun, um ihn irgendwie zu ermuntern. „Nein. Aber das liegt eher an meiner Tochter. Tut mir leid, Jace. Das mit unseren Gefühlen … es ändert für mich nichts."

Er antwortet nichts, erwidert einfach nur stumm meinen Blick. Dann überbrückt er ganz behutsam den letzten Rest Abstand zwischen uns und legt seine Hände auf meine Hüften. Dieser blöde Schmerz in mir, die Tatsache, dass ich ihn nie werde haben dürfen, quetscht meine Kehle zusammen. Verstärkt wird das Ganze jetzt durch seine elektrisierende Nähe.

Himmel, Jace, ich liebe dich so sehr, ich verehre dich wie noch nie einen Menschen zuvor. Warum tut das nur so weh?

Seine heisere Stimme holt mich zurück. „Wie geht es jetzt weiter?", verlangt er zu wissen. Ich hasse ihn dafür, dass er mir die Entscheidung überlässt.

Seltsamerweise spüre ich seinen Leib an meinem, seinen hektischen Herzschlag direkt an meiner Brust und unter meinen Händen den Stoff seines Hemdes.

„Es … wäre vernünftig, wenn wir es hier und jetzt beenden."

Er nickt. „Ja … das wäre wohl das Beste."

Sein warmer Atem streicht über meinen Hals, eine winzige, kaum spürbare Berührung an meinem rechten Mundwinkel. Ich zucke zusammen und sehe auf ihn hinab. Wieder berühren seine Lippen ganz zaghaft meine Haut.

Alles in mir verlangt nach ihm. Ich höre mich leise aufstöhnen und ziehe ihn vollends an mich.

„Das … ist nicht gut." Mein Satz hängt in der Luft, wird aber zunichte gemacht, weil ich meine Hand in seinen dunkelblonden Haaren vergrabe und mich seinen verlockenden Lippen komplett zuwende.

„Nein. Aber ich will nicht vernünftig sein … Ich will nur dich!"

Seine Worte sind wie Benzin, das man ins Feuer schüttet. Unvermittelt umarme ich ihn fest, drücke ihn an mich und küsse ihn so sanft wie er mich. Lauter winzige, kleine, achtsame Berührungen, unbeschreibliche Nähe, die etwas Verzweifeltes birgt. Ja, wir sollten es beenden, ja, es ist unvernünftig, ihn jetzt zu küssen und damit noch weit mehr heraufzubeschwören. Aber ich kann ihn nicht loslassen, nicht jetzt und nicht später. Ich brauche ihn

so sehr, ich liebe ihn mit einer Hoffnungslosigkeit, die ihresgleichen sucht.
Er schlüpft vollends in meine Arme, schmiegt seine Wange an meine und flüstert leise Worte in mein Ohr, als fürchte er sich davor, sie laut auszusprechen.
„Ich will dich nicht verlieren, Dirk. Auch wenn es nur ein paar Stunden alle paar Wochen sind, lass sie uns. Ich … gib mir deine Nähe und nimm dir von mir, was dir fehlt, ja?“
Ich presse ihn an mich, seufze nah an seiner Haut und komme mir so schäbig dabei vor. Das ist nicht fair, nicht unsere Gefühle füreinander und schon gar nicht die damit einhergehende Abhängigkeit von ihm.
„Jace“, flüstere ich leise, will ihn irgendwie bremsen, aber es nützt nichts.
Er küsst sich über meine Wange hinab auf meinen Hals, zieht das T-Shirt zur Seite und saugt an der empfindlichen Stelle zwischen Hals und Schulter. Meine Beine werden zu Pudding.
Schwer atmend lässt er von mir ab, steht aber nach wir vor ganz dicht bei mir. Seine Stirn lehnt an meiner, unsere Lippen sind in Reichweite, aber wir küssen uns nicht. Jetzt lässt er mich los und knöpft sehr langsam sein Hemd auf, zieht es Stück für Stück aus der Hose und schenkt mir einen exquisiten Anblick.
Mein Mund wird staubtrocken, als er lasziv die Augen schließt und einen kaum spürbaren Kuss auf meine Lippen haucht.
„Ich brauche dich so sehr. Lass mich dich spüren, bitte.“ Worte wie Honig, bittersüß und unwiderstehlich.
Meine Hand gleitet in den Spalt zwischen den Hemdteilen. Als ich seine Haut berühre, wimmert er leise und öffnet einladend seine feuchten Lippen. Ich nehme die Einladung nicht an, weil ich viel zu fasziniert von seiner unglaublichen Hingabe bin.
Jace ist Verführung und Sünde pur, ohne Zweifel, aber ich will die ganze Sache nicht mit einem Schäferstündchen vom Tisch kehren.
„Ist das alles, was du willst?“, frage ich leise, kann aber nicht aufhören, meine Hand über seine definierte Brust und seinen Bauch gleiten zu lassen.
Seufzend sieht er auf und ich versinke in seinen wunderschönen, jetzt sehr sanften Augen.

„Dirk … Wenn wir miteinander schlafen, dann … Ich bin ganz bei dir und du bei mir, gibt es eine engere Verbindung als das?"
„Du weißt, dass ich das nicht meine."
Er lacht sanft auf und schmiegt sich an meine Schulter. Meine Hand gleitet auf seinen Rücken, zwischen seine Schulterblätter. „Ich weiß, was du meinst. Erwarte nicht von mir, dass ich um etwas bettle, das du mir nicht geben kannst und willst. Ich kenne meinen Platz."
Hmmm. Wie klingt das jetzt? Will er mehr? Oder begnügt er sich mit dem, was ich ihm geben kann? Geht er den Kompromiss lediglich ein, damit ich es nicht beende? Ich will ihm …
„Dirk!" Er weicht ein Stückchen zurück, damit er mich ansehen kann. Mit beiden Händen umfasst er mein Gesicht und wartet, bis ich seinen Blick erwidere.
„Analysiere nicht jeden Satz von mir. Ich habe mich gestern daneben benommen. Wir haben aneinander vorbei gedacht und gehandelt, und das haben wir jetzt hoffentlich aus dem Weg geräumt. Wenn du mich jetzt nicht wegschickst, weil du es beenden willst, nach Hause musst oder schlicht keinen Bock auf mich hast, dann musst du damit leben, dass ich dich verführen werde."
Unwillkürlich muss ich lachen, weil er es sehr prägnant auf den Punkt bringt. Aber ich will es heute irgendwie nicht so. Keine Ahnung. „Du weißt, dass ich dich nicht rausschmeiße, aber …"
„Aber?"
„So wie gestern fand ich es … schrecklich. Ich will dich langsam und sachte, will dich genießen …"
Jace seufzt und küsst die Worte von meinen Lippen. Als er meinen Mund freigibt, atmen wir beide schwer. Wieder sieht er mich an, mit diesem lustvollen Ausdruck auf seiner Miene. „Nichts anderes will ich auch."
Er weicht einen Schritt zurück und streift sein Hemd von den Schultern. Ohne mich mit den Augen freizugeben, lässt er es achtlos auf den Boden fallen und öffnet seine Hose. Mit den Händen am Bund schaut er sich um, ehe er unschlüssig zu mir zurück sieht.
„Hier?", fragt er und deutet auf den Schreibtisch.

„Egal. Hier, auf dem Boden, am Fenster … Hauptsache, du bist es.“ Großer Gott. Wenn wir uns heute noch mehr Geständnisse um die Ohren hauen, wächst uns rosa Fell. Aber es stimmt, jedes Wort. Anstatt mehr zu sagen, umrunde ich ihn, nachdem ich seine Schulter geküsst habe, und schiebe die wenigen Papiere achtlos auf einen Haufen am anderen Ende des Tisches.
Dann gehe ich zu Jace zurück, der mir atemlos entgegen sieht. „Du bist so weit weg“, flüstere ich nah bei ihm und suche wieder die gleiche intime Nähe wie er zuvor.
Und dann ist er da, der Moment, in dem alles gleichgültig wird und nur noch wir beide zählen.
Was folgt, ist ein Liebesakt, der uns beide wund und gereinigt zurück lässt. Als ich ihn erobere, langsam in ihn dringe, während er langgestreckt rücklings auf dem Schreibtisch liegt, öffnet er sich mir wie nie zuvor.
Jace’ prächtiger Leib gehört mir völlig. Während ich ihn mit sachten Bewegungen liebe, streichle ich ihn, bringe ihn dazu, sich komplett aufzugeben. Jedes Stöhnen, jede Reaktion auf meine tiefen, behutsamen Stöße raubt mir den Verstand.
Seine Beine liegen auf meinen Schultern, ich küsse seine Waden, streichle seine Oberschenkel und halte ihn daran fest, wenn ich für Sekunden den Takt erhöhe.
Als ich quälend sanft seinen wunderschönen Penis in die Hand nehme, jammert Jace leise und sein Rücken wölbt sich nach oben. Er sucht nach Reibung, aber letztendlich überlässt er mir völlig die Führung.
Ich kann mich an diesem Bild nicht sattsehen. Diese männliche Perfektion, Schönheit … Ich könnte heulen, dass er sich ausgerechnet mir hingibt.
Meine Hände gleiten an seinen Seiten nach oben, beide Daumen berühren seine Brustwarzen. Jace beißt sich auf die Unterlippe, um nicht zu schreien. Ich weiß, er ist dort extrem empfindlich. Ich quäle ihn mit kleinen, winzigen Berührungen, bis er hilflos nach meinen Händen greift und sie festhält.
Der passende Zeitpunkt, um eine kleine Pause einzulegen. Auch wenn ich es kaum erwarten kann, zu kommen und mit ihm gemeinsam die außerordentlichen Sekunden des Höhepunkts zu genießen, will ich es hinauszögern, festhalten.

Sanft schüttle ich seine Hände ab und beuge mich so tief über ihn, dass ich die Ellenbogen neben seinem Kopf auf den Tisch stützen kann. Wahnsinn, wie sich sein warmer, duftender Leib unter mir bewegt, diese Geschmeidigkeit, Anmut …
Jetzt lächelt er mit geschlossenen Augen und erwidert, unterbrochen von diesen winzigen, herzerwärmenden Geräuschen, meine sanften Küsse.
„Gefällt dir das, mein Süßer?“, flüstere ich leise in sein Ohr.
Endlich sieht er mich an, sein Blick verschleiert vor Lust. Jace seufzt langgezogen, schlingt seine Arme um meinen Nacken und verlockt mich zu einem nicht enden wollenden Zungenkuss.
Als wir ganz langsam voneinander zurückweichen, leckt er sich die Lippen und keucht, weil ich tief in ihm meinen Unterleib kreisen lasse. Es ist zum verrückt werden, da musste ich 34 Jahre alt werden, um so phänomenal, intensiven Sex zu erleben – mit einem Mann!
„Gefallen? Oh, Love … das ist so unfassbar gut.“
Na dann! Schmunzelnd küsse ich mich über seine Brust hinab, bis ich die linke Brustwarze erreiche. Mit der Zungenspitze necke ich den gekräuselten Hof und spüre, wie Jace zusammenzuckt. Es macht mich unglaublich an, ihn so zu reizen. Dann stippe ich sachte mit der Spitze die harte Warze an und grinse, als Jace sich mir ruckartig entgegendrückt.
„Gott … es macht dir Spaß, mich zu quälen, hmmm?“
„Dirk genügt völlig“, nuschle ich auf meinem Weg nach oben zu seinem Gesicht.
Jace lacht leise und presst mich an sich. „Mein Sexgott.“
Ich warte, bis er es schafft, mich anzusehen. „Jace?“
Er atmet tief durch, streicht mit beiden Händen meinen Rücken hinab, ehe er meinen Hintern packt und mich noch tiefer in sich zieht.
„So gierig?“
Jace nickt lediglich.
„Jace? Sieh mich an.“
Es dauert, ehe er es tut. Ich spüre, wie weit weg er ist, wie sehr er sich fallen lässt und komplett darauf vertraut, dass ich ihn auffange. Diese Tatsache und der heutige Tag, dieses völlige Losgelöstsein vom Alltag, bringen uns noch näher zusammen.

Seine Augen huschen über mein Gesicht, seine Umarmung ist fest und warm. Ich könnte gerade schlicht dahinschmelzen.
„Willst du kommen?“, frage ich sachte und kann erneut seinen Lippen nicht widerstehen.
Er schmunzelt und wuschelt durch meine Haare. „Nein, sonst ist es vorbei.“
„Wir könnten uns auf die Couch legen und ein wenig ausruhen.“
Sein Blick wird wacher. „Ich darf bei dir bleiben?“
„Du sollst bei mir bleiben.“
Sein Atem beschleunigt sich. „Wie … lange?“
Unfassbar, wie viel ihm das bedeutet, aber um ehrlich zu sein, kann ich mein Glück, ihn stundenlang hier zu haben, auch kaum fassen.
„Bis heute Nacht?“
Jace schluckt und zieht mich zu sich hinab. Wieder einer dieser grenzenlos sinnlichen Küsse. Dann nickt er seufzend, gibt meinen Hintern frei und zieht stattdessen seine Beine weiter an. Ich sehe nach unten, ein unglaublich heißer Anblick. Sachte gleite ich aus ihm, lausche seinem Stöhnen und spüre diesem irrsinnigen Gefühl, so eng umschlossen zu sein, nach. Dann wieder hinein in die feuchte Wärme seines Körpers. Jace keucht auf, als ich ihn dehne und nachstoße, für Sekunden die Beherrschung verliere und ihn mit kurzen, schnellen Stößen foltere.
Was für ein Spiel! Was für eine Vereinigung! Jace ist perfekt, wie für mich gemacht. Gott, ich will ihn ewig nehmen, am liebsten für alle Zeit so eng mit ihm verbunden sein, ihn besitzen …
Ein weiterer Stoß und er unterdrückt mühsam einen Schrei, indem er in seine Hand beißt.
Ich beuge mich wieder über ihn, ziehe seine Hand fort und schiebe sie über seinen Kopf. Mit einem Lächeln lecke ich eine einzelne Träne von seiner Wange und küsse seine geschlossenen Augen. Seine Wimpern kitzeln mich an den Lippen, als ich sachte darüber streiche.
Dann sieht er mich wieder an, als ich verharre und seinen drängenden Bewegungen nicht länger nachgebe. Seine Augen sind dunkel vor Lust, ungläubig und zeigen mir alles von ihm.
„Du musst dich nicht zurückhalten, Amber. Wir sind völlig allein, niemand kann uns hören.“

Er nickt, mehr nicht, sein Kopf gleitet auf die Seite und er beißt in meinen Oberarm, als ich wieder damit beginne, ihn zu penetrieren.
Und dann lasse ich jegliche Zurückhaltung fallen. Weiterhin auf Sanftheit bedacht, treibe ich ihn vor mir her, necke die Stellen, die ihm die Beherrschung rauben, und entlocke ihm kurze, abgehackte Schreie.
Ich richte mich auf, umfasse seine Fußknöchel und presse seine Beine komplett auf seine Brust.
Mein Kosmos schrumpft auf den Mann vor mir zusammen, auf seine Lust und sein Vergnügen. Noch nie in meinem Leben habe ich mich derart freudig zurückgenommen und dem Geben mehr Aufmerksamkeit gewidmet als dem Nehmen. Aber es zahlt sich zweifellos aus. Jace verliert die Fassung, als ich bei jedem Stoß über seine Prostata gleite, sein Leib zittert und bebt. Seine Hände umklammern krampfhaft die Seiten des Schreibtisches, er versucht sich festzuhalten, will verhindern, dass ich ihn wegdrücke.
Wieder und wieder flüstert er verzweifelt meinen Namen, feuert mich an, lockt mich. Aus den Worten werden abgehackte Stöhnlaute, als ich seinen Schwanz im Takt reibe und immer wieder mit dem Daumen die feuchte Spitze reize.
Und dann kommt er, sein Rücken wölbt sich nach oben, seine Hände umklammern das Holz so fest, dass die Haut über den Knöcheln weiß wird. Ich will sehen, wie sich sein Sperma über seinen Bauch verteilt, es gibt nichts Heißeres als diesen Anblick, aber ich schaffe es nicht mehr, meine Augen offen zu halten.
Der Druck um meinen Schwanz wird so groß, dass auch ich komme und tief in ihm abspritze.
Als ich wieder Bodenhaftung erlange, sinke ich auf ihn und kuschle mich an seine Brust. Jace' Herz rast ebenso wie meines. Aber seine feste Umarmung gibt mir Halt, ich habe das Gefühl, kraftlos auf den Boden zu plumpsen, wenn er mich loslässt. Also bleiben wir einfach miteinander verbunden liegen und warten, bis die Erde uns wieder aufnimmt.
Irgendwann beruhigen sich unsere Herzen, unser Atem wird langsamer und die anderen Sinne funktionieren ebenfalls wieder. Als ich es schaffe, mich auf die Ellenbogen aufzurichten, stöhnen wir beide gleichermaßen. Ich will seine Wärme nicht

verlassen, auch wenn das klebrige Gefühl zwischen uns nicht ganz so prickelnd ist.
Unsere Nasenspitzen berühren sich, so nah sind wir uns. Mit der rechten Hand streiche ich sein feuchtes Haar aus der Stirn und entlocke ihm ein Lächeln.
Die Sonne ist weiter gewandert und ihre Strahlen erreichen den Schreibtisch und ihn. Seine hellen Haare leuchten und ich bin ganz verknallt in diesen goldenen Flaum in seinem Nacken. Jace lacht leise. Als ich darüber puste, dreht er seinen Kopf auf die Seite und gibt mir Raum, genau diese Stelle zu küssen.
Wie kann eine derart winzige Situation so unbarmherzig perfekt sein?
Wie ein Holzhammer knallt der Gedanke in mein Bewusstsein, was ich vor nicht allzu langer Zeit tun wollte. Ihn verlassen?
Niemals!
Er seufzt leise und wendet mir seinen Kopf wieder zu. Wir sehen uns an, sprechen aber nicht, müssen wir auch nicht, weil unsere Gesten, Blicke und Küsse alles sagen. Nach einiger Zeit wird mir kalt und sonderlich bequem ist der Schreibtisch für Jace sicher auch nicht.
Wehmütig küsse ich ihn ein letztes Mal und richte mich auf. Seine Hände streichen von meinem Rücken nach unten auf meine Oberschenkel.
„Was hältst du von einem Nickerchen auf der Couch? Oder lieber Frühstück?"
Er streckt seinen Rücken durch und setzt sich auf. Wieder umarmen wir uns und er schmiegt sich vertraulich an mich … Es ist verrückt, solche Nähe zu spüren.
„Ich glaube, die Semmeln können wir auch als Mittagessen nehmen. Oder vielleicht was bestellen?" Er presst seine Lippen auf meine Brust. „Nein … Erst kuscheln, dann essen. Oder, was willst …"
Ich unterbreche ihn mit einem sanften Kuss. Als ich zurückweiche, sind seine Augen genussvoll geschlossen und er kuschelt sich erneut an mich. „Der letzte Vorschlag klingt perfekt. Ich hole nur einen Lappen, ja?"
Er murrt, als ich mich freimachen will. „Dazu musst du aber gehen."

„Ja … aber desto schneller bin ich wieder da."
Ich wende mich ab, aber er hält mich am Arm zurück.
„Dirk? … Wegen gestern Abend … Du hast recht, ohne das hier …" Er macht eine vage Geste, die uns beide einschließt. „… ist es nicht mal halb so schön."
Ich nicke. „Ich weiß und ein zweites Mal wirst du keine Chance bekommen, so etwas mit mir zu machen. Dazu bin ich der falsche Mann."
Jace erwidert nichts darauf und lässt mich los. An der Tür glaube ich seine Stimme zu vernehmen, aber ich bin mir nicht sicher. Und ich weiß auch nicht, was ich von „nicht nur dafür" halten soll.

Kurze Zeit später liegen wir eng aneinander gekuschelt auf der Couch und geben der Müdigkeit nach. Schon seltsam … erst jetzt, mit ihm im Arm und nach dem Bereinigen dieser unleidigen Angelegenheit, bin ich in der Lage, mich zu entspannen.

Was folgt ist ein Tag völlig losgelöst aus der Realität. Nach einer guten Stunde Schlaf wachen wir beide fast gleichzeitig auf. Die Stille, das warme Sonnenlicht, das den alten Parkettfußboden in Gold verwandelt, verzaubert den Raum. Alles ist unwirklich, weit weg und betrifft uns heute nicht. Nur wir zählen, unsere Gefühle, unser Verlangen nacheinander. Irgendwie verschwimmen die Grenzen, ich kann es nicht beschreiben, sondern lasse mich einfach in dem Fluss treiben.
Küsse reihen sich an Küsse, Umarmungen an Umarmungen, keine Sekunde ohne Berührung vergeht und ist vergeudet. Wir schlafen miteinander, ich weiß nicht wie oft, als es Jace zu viel wird, finden wir andere Wege, uns Erfüllung zu verschaffen.
Ich erfahre an diesem Tag Dinge, erlebe Intimität, die mich vor Monaten noch in Staunen und Ratlosigkeit versetzt hätte. Aber hier und heute, mit Jace, sind sie das Natürlichste auf der Welt und ein Ausdruck unserer Gefühle. Im Grunde lasse ich die letzten Grenzen hinter mir. Jace ist erfahren und hemmungslos, was es mir extrem erleichtert. Ich stelle fest, dass nach diesem Tag nichts mehr auf der „No go Liste" steht. Sogar die Vorstel-

lung von ihm genommen zu werden, weckt inzwischen meine Neugier.

Jetzt ist es schon längst dunkel. Ich mag nicht auf die Uhr sehen, aber so langsam sollte ich es. Dieser magische Tag geht leider zu Ende. Jace liegt vor mir, an meiner Brust. Ich weiß, er ist wach, schwelgt ebenso wie ich einfach in unserem Zusammensein. Als ich sachte seine Schulter küsse, seufzt er leise und drückt sich fester an mich.

„Wie spät ist es? Kommst du an dein Handy?“, frage ich flüsternd.

Er seufzt, hangelt sich an den Rand der Couch und beugt sich hinunter. Irgendwo auf dem Boden liegt sein Telefon. Während ich seinen Rücken streichle, erhellt blaues Licht sein Gesicht. Jace streckt sich, löscht es wieder und dreht sich zu mir um. Die Straßenbeleuchtung spendet genug Helligkeit, um ihn einigermaßen erkennen zu können.

Er küsst mich sanft und umarmt mich fest. „Halb zwei.“

Mist. Schon so spät. Murrend ziehe ich ihn an mich, streiche von seiner Schulter hinab über seinen Rücken bis auf seinen runden Hintern. Gott, ich möchte nie damit aufhören. Wie kann eine bloße Berührung so süchtig machen?

„Soll ich langsam gehen?“ Er lacht leise, ich spüre, wie sein Leib bebt. „Tschuldige … Das war jetzt rein rhetorisch.“

Ich lache mit ihm und drücke ihn ein Stückchen weg, damit ich ihn ansehen kann. Nein, da ist kein Bedauern auf seiner Miene. Müdigkeit, ja, ist auch logisch, aber sehr viel Zufriedenheit und der Nachhall von Lust.

„Ich fahre dich ins Hotel, okay?“

„Musst du nicht, ich kann mir ein Taxi rufen.“

Ich atme tief durch und sauge seinen Anblick regelrecht auf. „Jace … Ich möchte dich aber gern fahren.“

Er gibt mir einen Kuss. „Das wäre natürlich toll. Danke für diesen wunderbaren Tag.“

Schmunzelnd betrachte ich ihn. „Ich habe zu danken. Dann lass uns mal aufstehen, hmmm?“

„Ja“, sagt er, tut aber nichts dergleichen, sondern schmiegt sich wieder seufzend in meine Arme. „Gleich“, nuschelt er leise.

Was soll ich sagen? Mir geht es ebenso, ich möchte, dass die Zeit stehenbleibt und all die Probleme und Schwierigkeiten, die mit dem Fortgang unserer Affäre kommen werden, draußen bleiben.
Irgendwann regt er sich doch wieder und stöhnt so theatralisch, dass wir beide lachen müssen. „Will nicht hier weg!"
„Du klingst wie ein nörgelnder Teenie."
„Boah … Was sagst du da?"
Wir rangeln lachend miteinander, aber zum Glück löst sich so die Spannung und wir schaffen es, aufzustehen. Während ich meine Hose zuknöpfe, kommt Jace von der Toilette zurück. Ich liebe seine kraftvolle Anmut und Natürlichkeit. Er hat keine Scham, hier nackt rumzulaufen, warum auch, wir sind uns dazu viel zu nahe. Und genau das mag ich an ihm: Er weiß, dass ich ihn schön finde, und schenkt mir auch jetzt wieder seinen makellosen Anblick, als er langsam seine Kleidung zusammensucht, ans Fenster geht und sich streckt.
Ob Absicht oder nicht, es ist ein prächtiges Bild. Sein schlanker, dennoch muskulöser Körper, die dunkelblonden, wirren Haare, seine kräftigen Hände … Ich könnte stundenlang nur hier sitzen und dabei zusehen, wie er sich bewegt …

Minuten später schaffen wir es dann endlich, mein Büro zu verlassen. Jace hilft mir dabei, es so zu hinterlassen, dass meine Mitarbeiterin morgen früh keinen Schreck bekommt und einen Einbruch vermutet. Nach kurzer Zeit liegen die Papiere wieder da, wo sie hingehören, die Couch erinnert nicht mehr an ein Liebesnest und der intensive Geruch nach Sex hat sich dank weit geöffneter Fenster verzogen. Leider! Nur zu gerne hätte ich morgen eine winzige Erinnerung an diesen Wahnsinnstag gehabt, wenn ich hier zu arbeiten versuche.
Obwohl … so leicht dürfte es nicht werden. Vom Schreibtisch aus habe ich die Couch im direkten Blickfeld und mein Kopf summt noch immer von den diversen, echt heißen Dingen, die wir dort gemacht haben.
Jetzt aber erst mal nach Hause. Ich sollte duschen, auch wenn ich das aus den gleichen Gründen eigentlich nicht tun will, aber alles andere wäre fahrlässig.

Bevor wir mein Büro verlassen, lege ich Sarah, meiner Mitarbeiterin, trotzdem einen Zettel mit einem Hinweis auf meine Übernachtung hin. In der kleinen Küche herrscht ziemlicher Schwund an Kaffee und Getränken und der Kuchen musste im Laufe des Abends doch noch dran glauben. Bevor ich also in ein paar Stunden wieder hier aufkreuze, sollte ich einkaufen.
Schließlich ist es so weit und wir gehen die Treppe hinunter. Ich habe hinter dem Haus einen eigenen Parkplatz, deshalb ist der Weg nicht sonderlich weit. Wir sind noch nicht bei der Haustür angelangt, als sich Jace' Hand in meine schleicht. Ich sehe zu ihm hinüber und entdecke ein irgendwie schüchternes Lächeln auf seiner Miene.
Ich mag diese Geste, dieses letzte Verbundensein mit ihm nach den intensiven Stunden zusammen. Es ist richtig und wir brauchen es wohl beide.
Als wir das Freie betreten, will er mir seine Hand entziehen, aber ich verhindere es mit einem festen Griff. Die Straße ist menschenleer, klar, um diese Uhrzeit schläft jeder und morgen ist ein Arbeitstag. Also keine Gefahr im Verzug und hier wohnt niemand, den ich kenne. Die gnädige Anonymität der Großstadt.
Nachdem ich abgeschlossen habe, ziehe ich ihn ganz nah zu mir, küsse ihn kurz auf die Wange und führe ihn in den Hinterhof zu meinem Auto. Unsere Schritte klingen laut in dem Torbogen in der ansonsten stillen Nacht. Nur wir zwei …
Komisches Gefühl, als würde die Welt tatsächlich nicht mehr existieren. Großer Gott … Bin ich auf Drogen?
Ich drücke auf die Schlüsseltaste meines Autos, die Blinker erhellen für eine Sekunde den finsteren Hof und ich werde irgendwie todesmutig. Zumindest fühle ich mich so, weil die Fenster in den umliegenden Häusern wie Augen wirken und hinter jedem ein Mensch stehen und uns beobachten könnte.
Ich halte Jace auf, der weiter zielstrebig zu meinem Wagen geht, und ziehe ihn ungestüm an mich. Er stöhnt leise, schlingt aber sofort seine Arme um meinen Hals. Herrlich, diese Nähe, dieser Mann in meinen Armen.
Unser Kuss ist ungestüm und beinahe schmerzhaft. Oh Mann, wie kann es sein, dass ich schon wieder Lust auf ihn habe? Und

er auf mich, wie mir seine drängenden Bewegungen und die Ausbuchtung in seiner Jeans verrät.
Ich gebe ihn sachte frei. „Das ist total verrückt.“ Meine Worte sind ohne bestimmtes Ziel, einfach nur dahingesagt, weil ich dem Ganzen hier irgendwie Realität verschaffen will.
„Ja … Das ist es wohl, aber unglaublich gut.“
Ich nicke und presse ihn fest an mich, bis er ächzt und mit einem Lachen um Freiheit bittet. Danach schaffen wir die letzten Meter bis ans Auto ohne Unterbrechung.
Die Fahrt zu seinem Hotel ist nicht lang, jetzt weiß ich auch, warum er zu Fuß gekommen ist.
Ich lasse mein Auto direkt vor dem Eingang stehen. Wieder will sich Jace verabschieden, aber dieses Mal reicht ein Kopfschütteln, um ihn davon abzuhalten. Er grinst mich an, als ich das Auto umrunde und ihn mit einer Geste auffordere, vorauszugehen.
Ich habe keine Ahnung, was mich reitet, wahrscheinlich muss es der Cocktail aus Hormonen, Sex und Müdigkeit sein, der mich wie selbstverständlich nach seiner Hand greifen lässt. Jace sieht überrascht zu mir herüber, aber ich ignoriere es einfach.
So gehen wir Hand in Hand in die Lobby, auf direktem Weg zur Rezeption, und als er nach seinem Schlüssel verlangt und zwei Briefe entgegennimmt, wandert meine Hand auf seinem Rücken.
Auf dem Weg zum Fahrstuhl bleibt meine Hand auf seiner Hüfte, was Jace mit einem atemlosen Blick quittiert. Leichtsinnig? Kann man wohl sagen, aber ich will einfach das Gefühl auskosten, dass er jetzt, in diesem Augenblick, mein Mann ist. In der Kabine kommt er näher, lehnt sich an mich, ich spüre, wie er zittert.
„Bist du müde?“, frage ich leise und nutze die Gelegenheit, sein Ohr zu küssen.
Er lacht und sieht mich an, als hätte ich einen Knall. „Du bist witzig. Mir blieb fast das Herz stehen, als du meine Hand genommen hast.“
Sein entrüsteter Gesichtsausdruck bringt auch mich zum Lachen. „Sorry, wird nicht wieder vorkommen.“

Er setzt zu einer Antwort an, knurrt aber stattdessen, packt mich an der Hüfte und zieht mich ruckartig an sich. „So sollst du das nicht verstehen."
„Nein?" Meine rechte Hand wandert in sein Genick fixiert ihn nahe bei mir.
„Nein", flüstert er und küsst mich hart.
Das Öffnen der Fahrstuhltüren erlöst mich von einer Reaktion und wir verlassen den Aufzug. Arm in Arm schlendern wir den Korridor entlang zu seinem Zimmer. Jace schließt auf und ich begleite ihn nach drinnen, ohne zu fragen. Ich weiß, ich sollte heim, die Nacht ist ohnehin schon kurz genug, aber es fällt mir so unsagbar schwer.
Wir umarmen uns fest, wiegen uns hin und her, als würden wir zu lautloser Musik tanzen. Irgendwann sieht er auf, seine Arme ruhen auf meinen Schultern. „Es wird langsam Zeit ..."
Ich küsse ihn sanft, meine Lippen fühlen sich wund an, sind es wahrscheinlich auch, nach diesem Marathon der Zärtlichkeiten heute. „Ja ... Komm her."
Eine weitere Umarmung, die Minuten fließen dahin. Ich muss mich jetzt losreißen, sonst kann ich den Tag morgen, beziehungsweise nachher, komplett vergessen.
Sachte küsse ich seinen Hals, er seufzt. „Ich muss gehen, Liebling."
Ich spüre ihn nicken, tief durchatmen, dann weicht er zaghaft zurück. Schön zu wissen, dass es ihm genauso schwer fällt.
„Ja."
Ich versuche mit einem Lächeln die Wehmut auf seiner Miene zu vertreiben. „Wann bist du wieder hier?"
„Kann ich noch nicht genau sagen. Geplant ist in drei Wochen, aber ich warte noch auf eine andere Zusage. Wenn ich den Job bekomme, kann es etwas später werden."
Himmel, drei Wochen? Wie soll ich das nach dieser Nacht aushalten? „Okay ... Gibst du mir Bescheid?"
Jace grinst breit. „Aber klar doch. Sobald ich genaueres weiß, funk ich dich an."
„Perfekt. Dann mach ich mich jetzt besser auf den Weg, sonst lohnt es sich für uns beide nicht mehr, ins Bett zu gehen."
„Och, lohnen würde sich ..."

Ich halte ihm lachend den Mund zu, weil ich weiß, dass er meinen Satz mit allem außer Schlaf in Verbindung bringt.

Kurz darauf verlasse ich das Hotel und gehe zu meinem Auto. Wenn mich nicht alles täuscht, müsste Jace' Zimmer nach vorne raus gehen. Mein Blick gleitet nach oben, ich zähle die Stockwerke, aber das ist unnötig. Lediglich in einem Zimmer brennt gedämpftes Licht und die Silhouette am Fenster lässt keinen Zweifel daran, wer dort steht. Ich hebe den Arm und winke ihm zu. Jace erwidert die Geste sofort.
Es fällt mir so schwer, zu fahren.
Aber ich muss …

29.
Jace

Dirk ist in sein Auto gestiegen, die Scheinwerfer erstrahlen und er parkt vorsichtig aus. Mein Herz klopft unangenehm in meiner Brust.
Er fährt langsam die Straße hinab, vorne an einer Kreuzung setzt er den linken Blinker und biegt ab. Für eine Sekunde sehe ich noch den Schein der roten Rücklichter, dann ist er aus meinem Blickfeld verschwunden.
Ich schließe meine Augen und bleibe am Fenster stehen, meine Stirn ruht am kühlen Glas, ebenso wie meine Hand. Mein ganzer Körper summt und vibriert, jeder Nerv in meiner Haut ist überreizt und pulsiert regelrecht. Wann habe ich je so eine intensive Zeit mit einem Mann verbracht? Nie!
Dirk ist anders, so viel näher bei mir. Dass das nicht gut ist, weiß ich selber. Ich seufze und wende mich dem Bett zu. Eigentlich sollte ich duschen, aber ich bin viel zu erschlagen dazu und möchte seinen Duft nicht abwaschen. Immerhin ist er neben den Erinnerungen das Einzige, was ich noch ein wenig mitnehmen kann.
Jetzt, wo er gegangen ist, holt mich die Realität wieder unerbittlich ein. Was hat mich vor Stunden nur geritten, ihn regelrecht anzubetteln, mich nicht zu verlassen?
So weit ist es mit mir nun schon gekommen.
Aber … er machte nicht den Anschein, als wolle er es beenden. Gut, für ein paar Minuten schon, zu Beginn meines Besuchs, aber später war davon keine Rede mehr.
Ich ziehe mich vorsichtig aus. Wow, selbst meine Kleidung, die über meine Haut gleitet, fühlt sich unangenehm an. Was für eine irre Nacht.
Soll ich gleich meine Tasche packen? Ich blicke im Zimmer umher, es liegen nur die Sachen von gestern herum, sonst nichts. Nein, ich gehe lieber ins Bett und denke an den Mann, den ich liebe.
Endlich unter der Decke, finde ich keine Ruhe, sein letzter Satz läuft in Dauerschleife und mit ihm Überlegungen, die ich nicht

länger wegschieben kann. Nach kurzer Zeit stehe ich wieder auf und hole mein Handy. Vielleicht meldet er sich noch mal?

Ich lege den Apparat neben mir auf das Kissen und beobachte ihn unablässig, während ich das Gefühl zurückzuholen versuche, das sein Kosewort in mir ausgelöst hat.

Liebling.

So hat mich noch nie jemand genannt. Eigentlich hoffnungslos kitschig, aber aus Dirks Mund klingt es ehrlich und wie eine Auszeichnung.

Nennt er seine Frau auch so? Boah … das fühlt sich richtig fies an. Ich will sie nicht hier haben, sie ist wie ein Eindringling.

Und ich bin ein Vollidiot. Er lässt schließlich keine Zweifel daran, dass er seine Ehe nicht aufgeben wird.

Aber …

Scheiße!

Ich presse meine Augen zusammen und zwinge mich, das Handy auf den Nachttisch zu legen. Es war ein geiler Tag, aber jetzt heißt es realistisch bleiben. Ich habe drei stressige Wochen vor mir, muss mich auf die Arbeit konzentrieren und versuchen, dem drohenden Jetlag entgegen zu wirken. Da helfen mir meine Sehnsucht und kindische Träume von einer Zukunft mit Dirk nicht wirklich weiter.

Oh Mann … Jetzt habe ich es ausgesprochen.

Eine Zukunft mit Dirk.

Das Geräusch meines Lachens klingt unangenehm in der Stille des Zimmers. Zukunft! Dass ich nicht lache. Ausgerechnet ich, der genau das eigentlich nicht wollte, weil mein Beruf ein wahrer Beziehungskiller ist. Das und … Ich sollte zur Abwechslung mal ehrlich zu mir sein. Ich kann so was nicht, treu bleiben, immer zu dem einen zurückkommen, ihn in meine Lebensplanung mit einbeziehen … Lächerlich. Diese oberflächlichen Phrasen stammen definitiv aus der Zeit, bevor ich mein Herz an Dirk verlor.

Und ob ich das alles kann, steht nicht zur Debatte, weil ich es nicht beweisen kann. Dass ich es mir sehnlichst wünsche, ist seit Wochen eine Tatsache, die ich nicht länger ignorieren kann. Außerdem … Ich bin dem Mann seit Monaten treu. Ich wette, er glaubt noch immer, ich ficke durch die Weltgeschichte, aber der

Spaß daran ist mir längst vergangen. Er ist es, den ich brauche und so sehr begehre, dass ich fast verrückt werde, wenn wir so lange getrennt sind.
Auch jetzt ist der Gedanke an mindestens drei Wochen Trennung wie ein Giftpfeil in meinem Herzen. Und dann wieder nur ein paar gestohlene Stunden.
Das tut so weh!
Was mache ich bloß?
Dämliche Frage. Ich schimpfe mich selbst, weil ich eben gar nichts tun kann. Will ich ihn behalten, und das will ich ganz sicher, muss ich damit leben, lediglich sein Toyboy zu sein.
Ich wälze mich auf die andere Seite und blicke zum Fenster hinaus. Kein toller Anblick, nur die gegenüberliegende Häuserfassade. Ich würde gern den Himmel sehen, die Weite und die Sterne, die mir wenigstens einen Hauch von Freiheit vermitteln.
Ja, wenn ich frei sein will, gibt es nur einen Weg. Dann muss ich Dirk verlassen und …
Fuck! Fuck! Fuck!
Ich presse meine Hände auf die Augen. Wie kann es sein, dass er mich so liebt, wie er behauptet, und dann immer wieder zu ihr zurückkehrt? Ist dieses Gefühl nichts wert? Bin ich so viel weniger wert als seine Familie?
Er muss sich doch irgendwann entscheiden? Oder?
Wieder habe ich mich gedreht und halte mein Handy in der Hand. Himmel, er ist noch keine zwanzig Minuten weg und ich vergehe bereits vor Sehnsucht. Ich möchte jetzt neben ihm liegen, mich an ihn kuscheln und seine Stärke genießen, dieses irrsinnige Gefühl, bei ihm gut aufgehoben zu sein. Ohne das ist es kalt, mein Leben unnütz und eine Abfolge von Dingen und Ereignissen mit dem Tiefgang einer Briefmarke. Ich mag meinen Job, ich provoziere gerne, mag es, mich zu zeigen, aber es gibt mir nichts mehr, weil ich weiß, dass Dirk es nie sehen wird, da er kein Teil dieses Business ist.
Nein, er ist das, was man als solide bezeichnet.
Solide … Ja, er steht zu dem, was er sagt, und geht seinen Weg konsequent. Das bewundere ich an ihm, dazu gehört auch diese innere Stärke, mit der er seinem Eheschwur mit eisernem Willen nachgeht.

Ob ich ihm etwas wert bin? Ja, das bin ich, er hat mich vorhin nicht umsonst Liebling genannt, aber dennoch stehe ich auf seiner Prioritätenliste ganz unten.
Was soll ich tun? Was kann ich tun? Die Füße still halten und warten? Da sein, wenn er mich sehen will? Versuchen, ihn aus der Reserve zu locken? Nein, ich bin kein 17-jähriger Blödmann, der die Nerven verliert. Und alles, was das bringen würde, wäre ihn zu verjagen.
Dirk kann es sich nicht leisten, aufzufliegen. Oh Mann … Es gab eine Zeit, da habe ich diese Versteckspiele genossen, wo ist die hin? Warum ist es mir plötzlich wichtiger, Hand in Hand mit ihm gesehen zu werden, allen zu zeigen, dass ich zu ihm gehöre, als den Kick einer gestohlenen Nacht zu genießen?
Weil ich ihn liebe, gebe ich mir resigniert selbst die Antwort.
Weil er der Mann meiner Träume ist, ich mit ihm leben, lieben, lachen, streiten und alt werden will.
Ich seufze und es hört sich so furchtbar hoffnungslos an. Inzwischen umklammere ich mein Handy und drücke es an mich wie einen Teddy.
Jacc … es wird wirklich Zeit, einen klaren Kopf zu bekommen. So kann es nicht weitergehen …
Aber vielleicht hat er ja genauso Sehnsucht und meldet sich noch, ehe er ins Bett geht? Ich überprüfe die Lautstärke des Apparats, ja, ich höre es, wenn er sich meldet. Ist der Akku noch genügend geladen? Auch das ist in Ordnung.
Soll ich ihm noch mal schreiben? Ich überlege hin und her, entscheide mich aber dagegen. Vielleicht hilft es, wenn ich ihn zappeln lasse?
Himmel, das hier ist so kindisch. Bitte, bitte, gib mir die Kraft, souverän mit dieser Sache umzugehen, ein wenig von meiner früheren Coolness und Kälte …
Was machst du bloß aus mir, Dirk? Warum muss ich mich ausgerechnet so sehr in dich verlieben …

30.
Dirk

Irgendwie stehe ich komplett neben mir. Dieser innige Tag mit Jace hat mich völlig geflasht. Mein Körper ist noch bei ihm, spürt seine Küsse und Berührungen. Inzwischen bin ich zuhause und fühle mich furchtbar fremd. Mein schlechtes Gewissen dagegen ist beschämend still. Nein, in Wahrheit ist es schlicht verstummt, auch wenn ich mich damit selbst zum Arschlock degradiere.
Jetzt stehe ich vor der Dusche und warte, bis das Wasser warm ist. Ich drehe den Kopf nach links und schnuppere an meiner eigenen Haut. Da … ein Hauch meines Geliebten. Ich schließe die Augen und gebe mich den Gedanken kurz hin. Drei Wochen! Wie soll ich es so lange ohne ihn aushalten? Nur diese blöden, oberflächlichen SMS und kurzen Telefonate. Ich will ihn im Arm halten, mit ihm lachen und ihn lieben.
Hilft nichts, besser alle paar Wochen meinen Alltag bei ihm hinter mir lassen, als ohne ihn weiterzumachen. Mit Bedauern wasche ich seinen Duft ab, nicht aber die Sensibilität meiner Nerven. Schön, dass ich so noch ein paar Stunden das Gefühl habe, er wäre da und würde mich berühren. Als ich fertig bin und in den Gang hinaustrete, stehe ich unschlüssig vor der Schlafzimmertür. Letztendlich schaffe ich es nicht, hineinzugehen, und beziehe mein gewohntes Lager auf der Couch. Bevor ich mich hinlege, werfe ich noch einen letzten Blick auf mein Handy. Vielleicht hat sich Jace noch mal gemeldet?
Hmmm … nein, keine Nachrichten. Nun gut, er wird sicher schon schlafen. Und genau das sollte ich auch mal langsam tun. Ich seufze und ruckle auf der Liegefläche ungeduldig hin und her. Verdammt aber auch, was gäbe ich jetzt darum, einfach bei ihm im Bett zu liegen, seinen ruhigen Atem zu hören und die Wärme seines Körpers nah bei mir zu haben.
So weh es tut, es ist das Beste, dass er jetzt erst mal für drei Wochen weg ist. Ich brauche einfach die Luft, um mein Schauspiel weiter aufrechterhalten zu können.

Der Morgen beginnt viel zu früh und extrem unangenehm. Logischerweise habe ich verschlafen, weil ich vor lauter Jace natürlich vergessen habe, meinen Wecker zu stellen. Jetzt schrecke ich auf, weil auf dem Couchtisch vor mir etwas mit einem lauten Rumpler abgestellt wird.
Mühsam öffne ich meine Augen einen Schlitz und versuche etwas zu erkennen. Okay, der Anblick einer dampfenden Kaffeetasse samt dem passenden Geruch ist schon mal der angenehmere Teil der Sache. Der unangenehmere ist Melanie, die mit verschränkten Armen und wippendem Fuß daneben steht und mich stinksauer niederstarrt. Ich stöhne leise und reibe über mein Gesicht, ehe ich mich aus der zerwühlten Decke befreie und aufrecht hinsetze.
„Morgen", nuschle ich. Ich habe das Gefühl, einen Schwamm im Mund zu haben.
„Auch schon da?"
Juhu … der Alltag hat mich wieder. „Ich bin schon die ganze Nacht da." Ich versuche, zu ihr aufzusehen, aber das Licht der Sonne spiegelt sich auf dem Gartentisch und blendet mich zu sehr.
„Ach? Und wieso liegst du dann auf der Couch?"
Ich seufze leise. „Weil ich dich nicht wecken wollte."
Sie schnaubt abfällig. „Wer's glaubt, wird selig, wahrscheinlich willst du nur deine Knutschflecken vor mir verstecken."
Okay, endlich schaffe ich es, sie anzusehen. Der Blick in ihr Gesicht ist ernüchternd. Sie hat zweifelsfrei geweint, auch wenn ihre Miene jetzt von tiefen Zornesfalten geprägt ist. Und am schlimmsten ist die Tatsache, dass es mich im Grunde total kalt lässt.
Seufzend schüttle ich den Kopf, ein Ruck geht durch ihre Gestalt und sie ballt die Fäuste. Es ist schon traurig, dass ich sie so weit bringe, und ich weiß, ich sollte mich dafür schämen. Kann ich aber nicht, alles, was ich fühle, sind dieses kindische Selbstmitleid und die Erinnerung an gestern. Ich bin ein Arschloch, da macht es die Tatsache, dass ich hier bin, nicht besser.
„Na klasse. Unterstellst du mir jetzt wieder eine Affäre?" Tatsächlich fällt es mir verflucht leicht, ihren forschenden Blick zu

erwidern. Der *Ich-lüg-dich-an-Modus* ist längst zur Selbstverständlichkeit geworden.
„Hast du nicht?"
Meine Antwort besteht aus einem abfälligen Schnauben. Ich versuche aufzustehen, aber Melanie verstellt mir den Weg. „Was?"
„Kannst du nicht antworten?"
„Wozu? Du glaubst mir doch eh nicht."
Sie verzieht enttäuscht das Gesicht. „Was ist nur los mit dir? Ich erkenne dich kaum wieder."
„Tja … Das hättest du dir vorher überlegen sollen, als du mich mit deinem angeblichen Damenkränzchen verarscht hast." Ist doch immer wieder schön, wenn man die Schuld anderen in die Schuhe schieben kann. Arschloch … sagte ich, glaube ich, schon.
Jetzt ist es an ihr, zu schnauben. „Sehr bequem für dich, oder? Dass du aber schon seit Wochen neben der Spur bist, ist dann wohl auch meine Schuld oder?"
Ups, durchschaut, so ein Mist. Ich zucke mit den Schultern und schiebe sie am Oberschenkel beiseite. „Ich muss ins Bad und dann ins Büro …"
„Rede mit mir!"
Ich stöhne und falle in das Polster zurück. „Was willst du hören?"
„Was mit dir los ist?"
„Nichts! Himmel, lass mich doch in Frieden. Es ist doch alles in Ordnung …"
„Spinnst du? Nichts ist in Ordnung, du machst seit Wochen dein eigenes Ding, rennst deinem Bruder hinterher und treibst dich nächteweise rum."
Wider Willen muss ich lachen. „Ich treibe mich rum? Aha …"
Zu meiner Überraschung tritt sie mir tatsächlich vors Schienbein. „Aua! Sag mal …"
„Hör auf, dich über mich lustig zu machen. Ich habe langsam die Nase voll von deinem spätpubertären Getue. Was kommt als nächstes? Kaufst du dir einen Sportwagen oder so einen Mist?"
Okay, jetzt werde ich ebenfalls langsam stinkig. „Und wenn schon, immerhin bin ich es ja, der jeden Monat die Kohle heimbringt, oder nicht? Anstatt sie dir zu geben, um deine ausge-

dehnten Shoppingtouren zu finanzieren, könnte ich es auch für mich ausgeben."

Melanie erbleicht. Klasse, dieses Gespräch hier wird mit jedem Wort kindischer. Jetzt schüttelt sie den Kopf und zieht die Nase hoch.

Schon witzig, diese Gestik beinhaltet so ziemlich alles, von Beleidigtsein bis *Warte nur, bis du heim kommst* ist da echt alles enthalten. Dumm nur, dass das bei mir nicht mehr zieht.

„Was? Stimmt das etwa nicht? Alles, was sich geändert hat, ist, dass ich mich nicht mehr von dir gängeln lasse."

Ihr Blick ist gelinde gesagt dazu fähig zu töten. „Ich warne dich!"

„Ach ja? Was willst du machen?"

Meine Coolness raubt ihr fürs erste die Sprache. „Was willst du, Melanie? Ich bin hier, auch wenn du behauptest, ich treibe mich rum, komme ich immer wieder zurück, oder?"

„Also hast du eine Affäre?"

Na toll … Ich stehe wortlos auf und umrunde die Couch auf der anderen Seite. Als ich zurücksehe, steht sie verloren mitten im Wohnzimmer.

„Was hat sie, was ich nicht habe?"

Einen Schwanz? Mist … das läuft nicht gerade gut. „Nichts, weil es sie nicht gibt. Ich brauche einfach mehr Freiraum. Himmel, ich sage doch auch nichts, wenn du dich tagsüber mit deinen Freundinnen triffst und stundenlang die Innenstadt unsicher machst. Kapiere das endlich, hör auf mich zu kontrollieren, dann geht es so weiter."

„Ach so? Das ist aber nicht das, was ich mir unter einer Ehe vorstelle."

Ich bin schon an der Tür, als mich ihre Worte erreichen. Tja, wo sie recht hat, hat sie recht. Seit Wochen stelle ich mir darunter eigentlich auch was anderes vor, aber wir werden beide nicht bekommen, was wir uns wünschen, zumindest nicht voneinander. Widerwillig drehe ich mich zu ihr um. „Und was stellst du dir vor?"

Sie druckst herum. „Du … schläfst nicht mehr mit mir, hältst krampfhaft Abstand. Wir unternehmen nichts mehr zusammen, wenn, dann nimmst du nur Lea mit …"

Den Rest höre ich gar nicht mehr richtig. Mit ihr zu schlafen … Mist, vielleicht sollte ich mich doch etwas mehr zusammennehmen und das tun. Nein, ich begehre sie kein Stückchen mehr, was extrem unfair ist.
Als ich aufsehe, blickt sie mir erwartungsvoll entgegen, wartet auf eine Erwiderung. „Mag alles stimmen, aber wenn du es so nicht akzeptieren kannst, tut es mir leid."
„Das ist alles? Ich muss tatenlos zusehen, wie du unsere Ehe ruinierst, und es akzeptieren?"
Ich zucke mit den Schultern. „Meli … ich bin hier oder nicht? Gib mir einfach Zeit, ja? Ich kümmere mich um euch, darauf kannst du dich verlassen."
Sie schnaubt abfällig. „Ich kümmere mich um euch, das hört sich an, als wäre ich ein Auto."
„Nein … Ein Auto ist auf Dauer weniger kostspielig!"
Oh scheiße … Das war jetzt echt völlig daneben. Dieser Satz könnte eher von Mike stammen als von mir, da ich von jeher eher für meine Zurückhaltung bekannt bin.
Wir starren uns sekundenlang an. Ich gewinne, aber das ist kein Grund für Freudensprünge. Wenn ich so weitermache, wird meine Zukunft hier von Tag zu Tag unangenehmer, da es selten guttut, eine Frau bis aufs Blut zu reizen. Zumindest in der Theorie weiß ich es ja noch und sollte mir für die kommenden Tage was einfallen lassen. Vielleicht ein nettes Essen zu zweit … Hätte ich bloß mehr Lust dazu.
Schließlich dreht sich Melanie gekränkt weg. Tränen laufen über ihre Wangen und ich weiß absolut, dass ich über das Ziel hinausgeschossen bin. Wenigstens eine kleine Entschuldigung könnte ich ja …
Nein. Ich weiß, ich benehme mich wie ein bockiges Kind, aber im Grunde ist es nur die Wahrheit, die ich ihr etwas unschön an den Kopf geworfen habe. Auf dem Weg nach oben denke ich über all das hier nach, unser gemeinsames Leben, den gut geordneten Alltag. Ein stabiles Korsett, das alles an seinem Platz hält, wo es hingehört. Dass es mir an einigen Stellen zu eng und brüchig geworden ist, ist mein Problem, nicht ihres.
Ich muss mich zusammenreißen. Basta! Jace hin oder her, diese Gefühle sind etwas … nichts Greifbares, nichts, womit man

etwas anfangen kann. Aber das hier, meine Ehe, Lea, mein Job, hat Bestand und gibt mir Bodenhaftung. Ich schüttle den Kopf, während ich unter die Dusche steige. Bodenhaftung ist gut … Es fühlt sich eher an wie Bleigewichte …

Die Tage ziehen dahin. Mein hoch gelobter Alltag, dieses *stabile Korsett*, muss mit Watte gefüttert sein. Ich dümple durch die Stunden, ohne richtig anwesend zu sein, wenn ich es überhaupt schaffe, Jace irgendwie aus meinen Gedanken zu verbannen.
Ein neuer Auftrag lenkt mich zwar etwas ab, aber selbst diese Routine langweilt mich, was ich sehr erschreckend finde. Ich bin gern Architekt, ich mag die klaren Strukturen, das Mathematische und stets berechenbare. Was ist nur los mit mir? Jetzt ödet es mich an. Himmel. Wahrscheinlich würde ich beim Anblick einer Blume zwischen all dem Beton einen Purzelbaum vor Freude machen. Metaphorisch gesprochen natürlich. Alles ist grau, uniformiert, streng nach Vorschrift und Jace ist mein Farbklecks in all dem.
Und daheim? Tja, wieder mal so etwas wie ein Waffenstillstand, allerdings ist er dieses Mal von zähen Verhandlungen und gegenseitigem Ausspionieren geprägt. Melanies Misstrauen ist geweckt und ich bemerke mehrmals, dass sie mein Handy durchsucht. Ob ich sauer deswegen bin? Aber Hallo! Und wie, aber ich sage nichts, ich glaube, meine Blicke genügen und da sie feuerrot anläuft, ist meine deutliche Warnung wohl angekommen.
Dennoch bin ich heilfroh, dass ich Jace den Namen Amber zugeordnet habe. Das kann alles und nichts heißen und … ach, egal. Nur ich kenne die Bedeutung, und das ist auch gut so.

Ansonsten muss ich gestehen, dass ich meine guten Vorsätze recht schnell über den Haufen werfe. Am nächsten Wochenende führe ich meine Gattin schick zum Essen aus, Lea ist bei meinen Eltern und bleibt dort auch über Nacht. Eigentlich die perfekte Gelegenheit, Melanie davon zu überzeugen, dass ich ein liebender und treusorgender Ehemann bin.
Ja …
So ist zumindest der Plan und dabei bleibt es auch. Der schicke Italiener ist unser Lieblingslokal, er liegt in der Nähe und ist gut

zu Fuß zu erreichen, was perfekt ist, da ich gerne ein Glas Rotwein trinke. Nun dieses Mal sind es ein paar mehr. Ich will mich nicht betrinken, wirklich nicht, aber mir kommt blöderweise die Idee, dass dies als hervorragende Ausrede herhalten könnte, um nicht mit ihr schlafen zu müssen.
So weit ist es schon mit mir? Sieht ganz so aus. Diese sonst so selbstverständlichen Dinge gelingen mir kaum noch. Natürlich merkt sie es, aber sie quetscht mich wenigstens nicht länger aus. So verläuft das Essen eher schweigend, genauso wie der Nachhauseweg. Wir haben uns nichts mehr zu sagen, wird mir klar. Die ohnehin wenigen Gemeinsamkeiten drehen sich um unsere Tochter und die Organisation unseres Alltags. Aber gibt es solche Phasen nicht in jeder Ehe? Bedeutet das gleich, dass man alles hinschmeißen soll?
Ups! Was für ein Gedanke. Ich schiele zu Melanie hinüber, die mit gesenktem Kopf neben mir geht. Hinschmeißen? Wofür? Für … einen Mann? Ich kann mir gerade noch mein hysterisches Lachen verkneifen. Was für ein Käse. Jace würde, wenn ich so etwas Dummes tun würde, wohl schreiend davonlaufen. Nein, Liebe hin oder her, das will er nicht. Allein der Gedanke … Ich schüttle ein weiteres Mal den Kopf und handle mir einen abschätzigen Blick von meiner Frau ein. Ich tausche sie mal für eine Sekunde gegen Jace aus und stelle mir den heutigen Abend mit ihm vor. Könnte ich das? Ich meine, essen gehen ist jetzt nichts Besonderes und das hatten wir ja schon öfters, aber den Rest? Mich öffentlich zu einem Mann bekennen, zu meinen sexuellen Vorlieben, die mich, trotz unserer modernen Zeit, ein Stück weit an den Rand der Gesellschaft drängen? In meinem Kopf zieht der Gedanke Kreise, dehnt sich aus, umfasst mehr als nur den begrenzten Alltag, nämlich auch meinen Beruf, meine Familie.
Nein. Das geht einfach überhaupt nicht. Mein gewohntes Leben und Jace bekomme ich nicht zusammen, es passt einfach nicht. Also weg mit diesen komischen Einfällen.

Wir kommen zu Hause an und ich öffne Melanie, ganz Gentleman, die Tür, helfe ihr aus der Jacke und gehe in die Küche. Ich stehe am offenen Kühlschrank und nehme mir die Mineral-

wasserflasche heraus, als ich ihre Anwesenheit spüre. Schritte habe ich keine gehört, wahrscheinlich ist sie barfuß hereingekommen. Aber jetzt legt sie ihre Hände vorsichtig auf meine Hüften und kommt noch näher. Wie erstarrt wage ich es nicht, mich zu bewegen, als sie ihren Kopf an meine Schulter legt und sich zaghaft an mich lehnt.
Ich bin kein alter Mann, eigentlich in der Blüte der Jahre und es ist fast zwei Wochen her, dass ich Sex hatte, also müsste mich ihre zaghafte Aufforderung eigentlich sofort auf Touren bringen. Tut sie aber nicht. Alles, was sich in meinem falsch angeschlossenen Hirn abspielt, sind unsinnige Vergleiche zwischen ihr und Jace. Er würde fester zupacken, wenn er an mir lehnt, spüre ich seinen harten Schwanz am Gesäß und er würde mir jetzt sicher sanft seitlich in den Hals beißen …
Scheiße! Ich glaube, das drückt alles Wichtige aus …
Und wenn ich diesen Film einfach weiterlaufen lasse? Könnte es dann funktionieren? Ich kneife meine Augen zu und versuche es ansatzweise. Nein … selbst wenn ich dann mit ihr schlafen könnte, wäre es für uns beide unwürdig.
Himmel, in was für eine beschissene Situation habe ich mich da nur reinmanövriert? Ich schüttle den Kopf und spüre, wie sie erstarrt. Ganz langsam drehe ich mich zu ihr um und erwidere ihren Blick. Sie mag sein, wie sie will, diese Furcht in ihren Augen kann mich nicht kalt lassen, immerhin habe ich mal geglaubt, sie zu lieben. Ich ergreife ihre Hände, sie sind klamm, obwohl es für Dezember noch ungewöhnlich warm ist. Meli atmet langsam tief ein. Ich ziehe sie bedacht an mich und umarme sie fest. Es gleicht einem Abschied, obwohl das natürlich Blödsinn ist. Nein, ich verweigere mich diesem Gefühl konsequent und bekräftige das, indem ich es ausspreche.
„Gib mir Zeit, Meli. Es wird schon wieder.“ Warum, zum Henker, zittert meine Stimme?
Sie schluchzt leise, versucht sich aber offensichtlich zu beherrschen. Als sie zurückweicht, ist ihr Gesicht ernst, aber ich spüre, wie sie uns, beziehungsweise mir, eine Chance einräumt.
„Was mache ich falsch?“
Okay, jetzt ist sie wohl diejenige, welche Vergleiche anstellt. „Nichts, gar nichts. Es liegt nicht an dir, wirklich.“

„Aber …“ Sie sieht zu Boden und ringt um Fassung. „Aber …“
„Nichts aber.“ Ich schaffe es, ihr mit den Fingerknöcheln über die tränenfeuchte Wange zu streichen. „Da ist keine andere Frau, glaub mir.“ Der Teufel auf meiner Schulter erstickt an seinem Lachen.

31.
Dirk

Es ist Freitagnachmittag um kurz vor halb fünf. Eigentlich habe ich längst Feierabend und könnte mein totenstilles Büro verlassen. Auf meinem Schreibtisch liegen noch ein paar Pläne, die ich alibimäßig um mich herum drapiert habe, damit es wenigstens so aussieht, als würde ich etwas tun. Obwohl auch das völliger Blödsinn ist, weil niemand mehr da ist, der mich überprüfen könnte. Nein, ich sitze hier nur rum und koche so langsam in meiner eigenen Enttäuschung gar.

Jace kommt nicht! Verdammt! Es ist wie verhext. Die drei Wochen waren schon letzten Samstag vorbei. Da konnte er nicht, weil er den heiß ersehnten Auftrag ergattern konnte. Er wollte dann Mittwoch anreisen, aber er wurde überraschend woanders gebucht. Und jetzt ist eine weitere Woche vorüber und er kommt wieder nicht.

Wütend schmeiße ich den Kugelschreiber durchs Zimmer, rolle unwirsch mit dem Bürostuhl vom Schreibtisch weg und stehe auf. Nach einem sinnlosen Weg in die kleine Küche, weil die Kaffeemaschine bereits im Wochenendmodus ist und zu lange braucht, um neu aufzuheizen, kehre ich in mein Büro zurück und trete ans Fenster.

Tolles Wetter, ein Sturm fegt durch Bayern und passt sich meiner Gemütslage an. Die Sicht wird von wild umher wehenden Schneegraupeln behindert. So, wie mir Jace' Wegbleiben am Gemüt zupft. Wie kann man einen Menschen nur so schmerzlich vermissen? Ich fühle mich, als gingen meine Kraftreserven zur Neige und als könne nur er sie wieder auffüllen.

Mir fällt die Decke auf den Kopf. Was mache ich jetzt nur mit diesem verflixten Wochenende? Ins Allgäu fahren fällt flach, weil Mike wieder mal in den Staaten ist, und alleine langweilen kann ich mich genauso gut daheim. Vielleicht einen Ausflug in ein Thermalbad? Das würde meinen Frauen bei dem Wetter sicher gefallen. Ich seufze und muss selbst über das mitleidige Geräusch lachen. Entspannung, Erholung … das brauche ich nicht. Ich will Sex! Punkt! Ich will Jace! Endlich wieder seine Stimme hören, mit ihm reden, ihn lieben, spüren dürfen …

Mein Telefon klingelt zwei Mal und verstummt dann wieder. Jedes einzelne Haar auf meinem Leib stellt sich auf und mein Herz rast los. Unser vereinbartes Zeichen! Mit einem Hechtsprung bin ich am Schreibtisch und reiße den Apparat an mich. Ja, es war Jace. Fahrig drücke ich die Rückruftaste und warte hektisch darauf, dass er den Anruf entgegen nimmt.
„Hey", meldet er sich atemlos.
„Selber hey, was ist los bei dir?"
Er lacht leise. Oh Mann, ich könnte einfach dahinschmelzen bei diesem Geräusch.
„Nichts, bin nur gerade noch ins Taxi gesprungen. Bei dir alles klar?"
Ich seufze ungewollt und entlocke ihm ein weiteres Lachen. „Bis auf dass du nicht kommst, schon."
„Tut mir echt leid, Love. Mir wäre es auch langsam mal wieder recht, dich zu sehen und noch viel mehr, aber … es gibt gute Nachrichten."
Elektrisiert springe ich vom Tisch auf und gehe ans Fenster zurück. „Und welche?"
„Also, ich bin unterwegs nach Frankreich und könnte am Mittwoch einen kurzen Abstecher nach München machen, allerdings muss ich bereits gegen Mitternacht den nächsten Flieger erreichen."
Ich schüttle unwillkürlich den Kopf. „Jace, das ist viel zu stressig. Tu dir das nicht an …"
„Dirk!"
Ich halte die Luft an, als er mir barsch ins Wort fällt. „Was?"
„Ich will dich sehen, nein falsch … ich muss dich sehen."
Sein Geständnis macht mich fast irrsinnig vor Freude. Wenigstens geht es mir nicht alleine so. „Ich dich auch, glaube mir, aber ich will nicht, dass du dir so einen Stress machst. Wenn es nicht geht, dann geht es eben nicht."
„Lass das mal meine Sorge sein, ja?"
Mir wird warm ums Herz bei seinen Worten. „Amber …"
„Also? Hast du Zeit?"
Ich gehe an meinen Tisch zurück und blättere den Terminkalender auf. Mir war so, als wäre am Mittwoch was, aber ich bin mir nicht sicher. Als ich jedoch den Tag aufblättere, wird mir

eisig kalt vor Enttäuschung. „Scheiße“, murmele ich leise, aber Jace hat es gehört.
„Was ist?“
Ich kneife meine Augen zu und überlege krampfhaft, was ich tun soll. Ausgerechnet da muss ich zu einer Geschäftseröffnung. Dank Mike und den Hoteliers durfte ich ganz in der Nähe ihres ausgefallenen Hotels ein altes Geschäftshaus umbauen, worin jetzt im Erdgeschoss ein Atelier eröffnet wird. Die Veranstaltung ist zu klein, als dass ich Melanie mitnehmen …
Fuck! Was mache ich jetzt? Ich sollte mich schon wenigstens für ein Stündchen dort blicken lassen. Hin und her gerissen suche ich nach einer Lösung.
„Hallo? Redest du mit mir?“
„Sorry. Hör zu … ich muss an dem Abend für ein Weilchen auf eine Geschäftseröffnung. Ich weiß nicht …“
„Ich kann solange in deinem Büro warten, oder im Hotel.“ Jace klingt ruhig, aber ich höre ihm an, dass er genauso enttäuscht ist wie ich.
Mir kommt eine neue Idee, tollkühn und leichtsinnig, aber in meiner Sehnsucht die einzig wahre Lösung. Was soll schon groß passieren, solange wir nicht wild knutschend in der Herrentoilette verschwinden?
„Oder du könntest mich begleiten“, höre ich mich flüstern.
Stille am anderen Ende der Leitung, die irgendwo im Ausland endet. Lange Stille, dann höre ich sein Atmen wieder.
„Im Ernst?“
„Ja.“
„Äh … geht zu so was nicht normalerweise deine Frau mit?“
Ich schlucke krampfhaft. „Ja, aber … das Event ist zu klein und außerdem … Na ja, die Kunden sind nicht nach ihrem Geschmack.“
„Was?“ Er lacht fröhlich. „Sie bringen Geld, was also stört sie daran?“
Okay, jetzt wird es gleich einen weiteren Grund geben, neben der Tatsache, dass sie meine Ehefrau ist, um bei Jace Minuspunkte zu sammeln. „Na ja, erinnerst du dich an das Hotel, in dem ich dich gecastet habe? Die Besitzer sind schwul und ihnen habe ich den Auftrag zu verdanken. Die Atelierbesitzer sind auch

schwul und stellen in Zukunft einschlägige Werke aus, unter anderem auch von Silver."
„Aha. Und?"
„Na ja … sie findet, das ist nicht der richtige Umgang …" Dass sie diese Einstellung nicht erst seit dem Auftrag, sondern eigentlich schon immer hat, und ich mit Silver verwandt bin, verschweige ich wieder geflissentlich, warum auch immer …
Jace lacht auf. „Warte mal. Du erzählst mir gerade, dass deine Frau homophob ist? Na toll, das Donnerwetter, wenn deine Vorlieben rauskommen, möchte ich nicht erleben."
Mir wird schlagartig eiskalt und die Vorfreude ist futsch. „Was nie passieren wird, ist das klar?" Ich erschrecke selbst über meine heftigen Worte. Boah, ich bekomme fast Panik, wenn ich nur daran denke.
Jace stöhnt leise. „Als ob ich das nicht wüsste. Komm wieder runter. Aber du musst schon zugeben, dass es eine, vorsichtig ausgedrückt, sehr skurrile Situation ist, oder?"
Ich schnaube missmutig und lasse mich schwer in den Bürostuhl fallen. „Ist es, hast ja recht."
Zwischen uns breitet sich Schweigen aus, ich weiß, Jace wartet darauf, dass ich etwas sage, aber die Vorstellung, erwischt zu werden, blockiert mich gerade.
„Weißt du was? Lassen wir das, soll ich zu dir ins Büro …", nimmt er den Faden wieder auf.
„Nein! Nein … begleite mich, bitte. Was soll schon passieren?"
„Hmmm." Jace kichert leise. „Dann darf ich dich nicht auf die Toilette zerren und auf einen Fick hoffen?"
Ich steige in sein Lachen ein. „Hör bloß auf, so was Ähnliches habe ich vorhin auch schon gedacht. Und nein, genau das wird definitiv nicht geschehen."
„Schade! Aber okay, dann eben später. Was soll ich anziehen? Irgendeine Kleiderordnung?"
„Nein, mach dich ein wenig schick, aber du kannst dich hier umziehen, wenn du willst. Vielleicht können wir danach noch essen gehen?"
„Das vergiss mal gleich wieder. Ich will schwer hoffen, dass es dort wenigstens ein paar Kleinigkeiten gibt. Und danach will ich nur eines: Sex. Haben wir uns verstanden?"

Ich kann kaum noch vor Lachen, weil Jace das mit dieser Telefonsexstimme sagt. „Klare Ansage, ich hab's kapiert. Wann darf ich dich also erwarten?"
„Mein Flieger landet um kurz nach drei. Irgendwann gegen sechzehn Uhr, ist das okay? Äh … wo soll ich eigentlich hinkommen?"
„Komm ins Büro, meine Sekretärin hat ihren freien Nachmittag."
Er kichert wieder. „Und du glaubst, wir schaffen es dann auf die Eröffnung?"
„Werden wir, und wenn ich einen Knoten in meinen wertvollsten Körperteil mache."
„Aua! Da könnte er aber brechen."
„Nicht, wenn ich ihn gleich reinmache …"
„Oh, hör auf, das tut ja schon beim Gedanken daran weh."
Wir blödeln noch ein wenig herum, bis sein Taxi das Ziel erreicht und er schweren Herzens das Gespräch beenden muss.
Und siehe da … meine Laune ist schlagartig gerettet und ich bin innerhalb von zehn Minuten auf dem Heimweg ins Wochenende.

Die Tage bis Mittwoch vergehen tatsächlich wie im Flug. Die Idee mit dem Thermalbad wird freudig aufgenommen und rettet das Wochenende. Und während meine Mädels im Wasser planschen, kann ich ungehemmt in Vorfreude schwelgen. Auf dem Bauch, wohlgemerkt. Hätte ich, wie sonst meine Art, auf dem Rücken gelegen, hätte ich mich vor Fragen und Blicken kaum retten können. Manchmal ist es schon schwer, ein Mann zu sein, wirklich.
Inzwischen ist es zehn vor drei am Mittwoch und mein Blick pendelt ständig zwischen der Uhr und dem Plan vor mir auf dem Zeichentisch hin und her.
Bald ist er da!
Ich muss die Zeit nutzen und hier noch etwas tun, bis er kommt, auch wenn es schwer fällt. Ich betrachte die großzügigen Grundrisse auf dem Plan vor mir und verspüre seit langem endlich mal wieder das Feuer, das mich immer erfasst, wenn ich am Entwerfen bin.

Zu verdanken habe ich dieses Projekt meinem Bruder. Also nicht den Auftrag, aber den Mut, mal was Neues zu probieren. Schon komisch … Obwohl er der jüngere von uns ist, ist er irgendwie überall der Vorreiter. Ich habe ihm am Telefon von der Anfrage, eine alte Fabrikhalle in Lofts umzubauen, erzählt und er war sofort Feuer und Flamme. Manchmal bedauere ich es wirklich, dass wir nicht hier zusammen arbeiten. Sein Mut, seine erfrischenden Ideen und meine Genauigkeit gäben ein sehr produktives und außergewöhnliches Team ab.
Auf jeden Fall hat er die Maße verlangt und mir ein paar Stunden später ein paar grandiose und gewagte Ideen geliefert. Eigentlich nicht mein Fall, aber da ich nur ein Bewerber unter vielen bin und nicht wirklich glaube, den Auftrag zu erhalten, habe ich viel davon übernommen und sogar noch auf die Spitze getrieben.
Im Grunde habe ich die Lofts so gestaltet, wie ich selbst gern wohnen würde: offen, hell, barrierefrei und mit der Möglichkeit, Schränke und Einbauten zu verstecken, um sich minimalistisch einzurichten.
Zwei von vier Wohnungen habe ich bereits und nächste Woche ist der Abgabetermin. Es ist also zu schaffen. Besonders freue ich mich auf diese Penthousewohnung mit der großen Dachterrasse …
Es klingelt.
Hoppla. Ich sehe auf meine Armbanduhr und bin nun doch erstaunt, dass ich eine halbe Stunde rumgebracht habe, ohne an meinen Lover zu denken.
Aber jetzt …
Oh Mann, ich könnte glatt aus der Haut fahren, so freue ich mich. Ich lege die Zeichenstifte beiseite und bemühe mich, durch diese alltägliche Bewegung Ruhe in meine zitternden Hände zu bekommen. Als es einigermaßen gelingt und mich das nicht schon an der Tür als verknallten Softie entlarvt, sprinte ich zum Eingang und drücke den Türöffner. Die schwere Eingangstür fällt ins Schloss, eilige Schritte auf der Treppe. Wie mir scheint, nimmt Jace immer zwei Stufen auf einmal.
Mein Grinsen wird breit und erinnert sicherlich an einen Haifisch. Da. Er betritt den letzten Absatz und sieht zu mir hoch. Okay, er strahlt ebenso wie ich, was mich sehr beruhigt. Dann ist

er da, geht forschen Schrittes auf mich zu und kommt direkt in meine weit geöffneten Arme.
Himmel, fühlt es sich gut an, ihn endlich wieder an mich zu drücken. Wir stöhnen beide gleichzeitig und lachen, unterbrechen aber die feste Umarmung nicht. Erst, als wir uns stürmisch küssen, weichen wir ein winziges Stückchen voneinander ab.
Sein Geschmack, sein Geruch, die festen Berührungen … Ich packe seine Haare und ziehe seinen Kopf beiseite, um ihn noch intensiver küssen zu können. Er öffnet bereitwillig seine Lippen und lässt meine drängende Zunge ein.
Verdammt, warum müssen wir jetzt unbedingt auf diese Eröffnung? Nach gefühlten Minuten beenden wir die sinnliche Begrüßung nahezu gleichzeitig und versuchen zu Atem zu kommen. Wir lehnen Stirn an Stirn, fest umschlungen aneinander.
Wahnsinn, wie ich diesen Mann vermisst habe! Das Gefühl macht mir Angst, weil es viel zu intensiv ist.
„Eröffnung?“, fragt Jace leise und lacht dabei.
„Leider ja.“ Ich seufze laut und gebe ihn frei. „Musst du dich noch stylen?“
Jace schüttelt den Kopf und streicht lächelnd seine Haare zurück. „Nein, ich habe mein Gepäck gleich am Flughafen gelassen und mich dort umgezogen. Ich hoffe, das geht so?“
Ich schiebe ihn eine Armlänge zurück und betrachte ihn voller Genuss. Ob das geht? Er sieht fantastisch aus. Enge, anthrazitfarbene Jeans, ein schicker, dunkelgrauer Rollkragenpullover und darüber die Jacke. „Du sieht wie immer perfekt aus, Amber.“
Er strahlt mich an und streicht mit der Hand über meine Brust. „Das kann ich nur zurückgeben. Bist du auch fertig?“
Ich nicke und freue mich ehrlich über seine Meinung. Neben ihm zu bestehen, ist zwar unmöglich, aber schämen muss ich mich heute nicht. Anders als Jace trage ich keine Jeans, sondern einen dunkelgrauen Anzug. Wahrscheinlich ziemlich spießig, aber immerhin repräsentiere ich mein Geschäft. Da mein Eröffnungspräsent bereits per Bote überbracht wurde, muss ich nur mein Jackett holen und wir können gleich los.
Auf der zwanzigminütigen Fahrt erzählt er mir Anekdoten von seinen letzten Aufträgen. Auch wenn ich es nicht will, erfasst mich Wehmut. Wie gerne wäre ich ein Teil dieses Lebens oder

zumindest viel näher dran. Für diese Geschichten sind unsere Telefongespräche und Mailkontakte einfach zu kurz und unpersönlich. Ein zutiefst bedauerlicher Umstand.
Ich ergreife seine Hand und streichle seinen Handrücken, muss irgendwie in Kontakt mit ihm bleiben. Jace' Erzählung verebbt langsam. Ich spüre seinen Blick auf mir und quittiere die Erwiderung meines Streichelns mit einem Lächeln. Zum Glück finde ich einen Parkplatz in einer Seitenstraße, was uns Gelegenheit gibt, uns wenigstens noch einmal zu küssen, ehe wir unter die Menschen gehen. Jace streichelt meine Wange, sein Gesicht ist wunderschön, aber sehe ich da ebenfalls Wehmut? Keine Ahnung.
„Lass uns aussteigen", murmle ich nahe an seinen Lippen, um mich selbst zu motivieren.
Jace lacht leise und gibt mich frei.
Ich umrunde das Auto und leite ihn mit einer Geste die Straße zurück. „Es ist das Haus mit dem Baugerüst. Sie sind mit den Fenstereinbauten und dem Außenputz noch nicht ganz fertig geworden. Alles in Ordnung?", frage ich nach einem kurzen Seitenblick.
„Ja, sicher. Außer, dass ich gerne weiter deine Hand halten würde …"
Unwillkürlich erbleiche ich und schüre bei Jace einen kurzen Lachanfall. Ich schubse ihn an der Schulter an und steige mit ein.
„Keine Panik, ich weiß mich zu benehmen, zumindest außerhalb eines Bettes."
„Da habe ich ja noch mal Glück gehabt", knurre ich gespielt böse.
Nach ein paar Schritten erreichen wir den Eingang und Jace lässt mich vorausgehen. Seit der Eigentümer des Ateliers mit den Innenarbeiten begonnen hat, war ich nicht mehr hier und bin nun angenehm überrascht. Die Wände sind in Weiß gehalten und die Räume, wie von der Straße her zu erkennen, perfekt ausgeleuchtet. Was mir extrem gut gefällt, ist die Tatsache, dass dieses unvermeidliche Giftgrün diesmal nirgends zum Einsatz kommt. Ist überhaupt nicht mein Fall, aber scheinbar wird jedes neue Lokal oder Geschäft damit eingerichtet. Hier nicht, die wenigen farblichen Accessoires und Absätze an den Wänden, die

die Ausstellungsstücke begrenzen, sind in kräftigem Rot gehalten. Die verteilt umherstehenden Sitzgelegenheiten bestehen aus modernen, mit rotem Stoff überzogenen Stühlen und diversen restaurierten Antiquitäten. Es gefällt mir ausnehmend gut und auch Jace nickt anerkennend. Zweifelsfrei gibt die Farbe den erotischen Akten und Fotografien den richtigen Rahmen.

Nach einer kurzen Begrüßung mit den Inhabern machen wir uns auf den Rundgang. Es ist schön, mit Jace die Bilder anzusehen, ohne groß diskutieren zu müssen. Im vorderen Teil des Ateliers, das von der Straße einsehbar ist, hängen offensichtlich die harmloseren Sachen. Bin mal gespannt, wie es in den hinteren Räumen aussieht, weil ich von Jamie weiß, dass er vier Bilder zur Eröffnung geschickt hat. Das großzügige Untergeschoss wurde durch Trockenbau in mehrere Zimmer unterteilt, von denen jedes ein anderes Thema bedient. Wir betreten einen von zwei großen Nebenräumen und Jace pfeift leise neben mir. Ich blicke ihn zweifelnd an und er zuckt mit einem undefinierbaren Gesichtsausdruck mit den Schultern.

„Was?"

„Ehrlich? Das ist in meinen Augen weder Kunst noch erotisch."

Ich lache und wage es, ihn kurz am Arm anzufassen. „Schön, dass wir auch hier einer Meinung sind."

Wir stehen irgendwie ratlos vor drei großen, grellbunten Gemälden, die jeweils einen männlichen und weiblichen Akt und in der Mitte ein Gruppensexszene zeigen. Das nennt man dann wohl im Allgemeinen „Moderne Kunst".

„Boah … Stell dir vor, so was hängt in deinem Wohnzimmer über der Couch und wir kommen zur Sache. Du siehst auf und vor Schreck über dieses wimmelnde, grelle Chaos an der Wand geht sämtliche Erregung flöten …"

Wir kichern wie Teenies und ich muss sagen, so viel Spaß hatte ich bei einer Eröffnung, egal welcher Art, noch nie.

Im nächsten Raum steht lediglich eine Skulptur in der Mitte auf einer Empore und ist effektvoll durch Licht in Szene gesetzt. Am Rand ist das Buffet aufgebaut und Jace weist mich nach ein paar Sekunden darauf hin, dass die Skulptur ein lebender Mensch ist. Fasziniert beobachte ich den Mann in römischer Toga. Irgend-

wann bewegt er sich ganz langsam und wechselt die Stellung. Sehr sinnlich, das muss ich zugeben. Der Körper des Mannes sowie die Tücher sind in Silber gehalten und verleihen ihm eine Art Distanz zur Normalität. Besser kann ich es nicht beschreiben. Natürlich ist er auch sehr gut gebaut, aber dennoch nicht mein Fall. Zu viele Muskeln, zu breit, er gleicht meinem Bruder in Körperumfang und Größe.
Jace linst derweil nach den unterschiedlichen, sehr appetitlich angerichteten Platten und reibt sich die Hände.
„Hast du solchen Hunger?"
Er zuckt entschuldigend mit den Schultern. „Etwas, ja. Ich bin seit zwei Tagen ununterbrochen unterwegs. Da bleibt nicht so viel Zeit, um was Vernünftiges zu essen."
„Dann lass uns den letzten Raum anschauen. Bis dahin dürfte das Buffet eröffnet sein."
Jace nickt und greift nach meinem Arm, beherrscht sich aber dann mitten in der Bewegung, während ich fast zur Salzsäure erstarre. Für Sekunden starren wir uns an, bis ich es schaffe, zu grinsen, und ihn in den letzten Raum winke.
Und ja. Das hier kommt mir nur allzu bekannt vor, schließlich wird man in Mikes Haus regelrecht von so provozierenden Akten erschlagen.
„Hoppala. Na, das ist schon mehr nach meinem Geschmack."
Ich lache auf und sehe zu Jace hinüber, der anerkennend nickt und zielstrebig den Raum vollends betritt.
„Wow! Das ist ja … hammerhart." Ich folge ihm zur Wand links neben dem Eingang und nicke, auch wenn er es nicht sehen kann.
„Allerdings." Das Bild an sich ist schon mutig, es hier auszustellen gleich noch mehr. Es wundert mich, dass sich Jamie und Mike dafür entschieden haben. Immerhin zeigt es Jamie in seiner schwierigsten Zeit nach dem Überfall. „Hope" haben sie das Bild getauft und ich weiß, sie lieben es beide. Mike im Kilt zwischen den massiven Balken im Stall, vor ihm sein Mann, an ihn gelehnt, der zerschnittene Rücken und die zahllosen, frischen Narben auf den Armen und Oberschenkeln deutlich sichtbar.
Trotzdem ist es sehr sinnlich, auch wenn ich nie so weit gehen würde, es als erotisch zu bezeichnen. Vielleicht liegt es daran,

dass ich beide so gut kenne, ich weiß es nicht. Aber ich sehe da einfach mehr: Mikes unbeschreiblich tiefe Liebe, mit der er jeden in Grund und Boden stampfen würde, der diesem Mann noch einmal zu nahe kommt, und Jamies gut versteckte Angst und der Schmerz in seiner Haltung und seinen Augen.

„Sehr mutig, sich so zu zeigen und ablichten zu lassen“, greift Jace meine Gedanken auf.

„Ja, finde ich auch. War ein harter Kampf bis dahin.“

Jace setzt an, etwas zu sagen, hält aber inne. Mit gerunzelter Stirn geht er zum nächsten Bild. Völlig anders, aber unverkennbar Jamies Stil. Das Bild strotzt nur so vor Lebensfreude. Ein nackter, sehr muskulöser Mann mit kahlgeschorenem Kopf steht am Ende eines Bootsstegs. Breitbeinig, die Arme in der Höhe, den Kopf im Nacken, strahlt er Kraft und Freude aus. Vor ihm nur der See und in der Ferne das jenseitige Ufer. Der Fokus liegt ganz auf ihm, dem trainierten Körper, dem rückenfüllenden Tattoo eines mittelalterlichen Schwertkämpfers und den Wassertropfen, in denen sich die Sonne spiegelt.

„Und? Dein Geschmack?“, frage ich Jace leise.

Der grinst und rückt einen Schritt näher. „Too much. Heißer Kerl, aber das ist mir einfach ein Tick zu viel Muckis.“

Ich muss grinsen, weil ich das Model auch kenne, aber ehe ich was dazu sagen kann, packt mich Jace am Ärmel und zieht mich weiter.

Ich stöhne leise und kann mir gerade noch einen blöden Spruch verkneifen. Sollte ich aber, da Jace ja keine Ahnung hat, dass ich mit dem Mann auf dem nächsten Bild verwandt bin.

„Der allerdings ist echt eine heiße Nummer.“

Ich starre Jace mit offenem Mund an. „Das ist genauso ein Schrank wie der auf dem letzten Bild.“

Mein Lover legt den Kopf schief und betrachtet das Bild genau. „Schon, aber … die langen Haare, dieses Grinsen … irgendwie ist er süß!“

Süß! Mein Bruder?! Ich glaube, ich glotze wie eine Kuh, weil sich Jace kaum noch einkriegt.

„Äh … du weißt schon, dass der mit dem Fotografen verheiratet ist, oder? Wenn du so was in Silvers Nähe verlauten lässt, könnte es sein, dass du ein Objektiv dorthin bekommst, wo es weh tut.“

Er lacht weiter fröhlich. Na toll. Ich begutachte die Fotografie und muss ihm insgeheim zustimmen. Mike strahlt so viel Herz und Freude aus, dem kann ich mich auch nicht entziehen. Er liegt in einem metallenen Bett, weiße Satinbettwäsche und ein Haufen weißer Kissen umgeben ihn. Er hält sich über dem Kopf an den Eisenstreben fest und lacht fröhlich in die Kamera. Natürlich ist er nackt, aber ein wirklich extrem knapp bemessener Stoffzipfel verhüllt seinen Intimbereich. Zum Glück, weil ich nicht weiß, wie ich es fände, ihn komplett nackt zu sehen.
Um das Ganze hier abzukürzen, lasse ich meinen dezent sabbernden Mann stehen und gehe zur nächsten und letzten Fotografie. Hmmm … die beschert mich dann fast eine enge Hose, weil sie unglaublich sexy und erotisch ist.
Zwei Männer, die sich von hinten umarmen. Der vordere ist deutlich jünger und zierlicher als der, der ihn festhält. Eine Hand liegt mitten auf der Brust des vorderen, die andere verhüllt seinen Intimbereich. Um sie herum ist es dunkel, als ständen sie ganz alleine unter dem Scheinwerfer. Alles an dem Bild suggeriert Intimität, Sex, Stärke und zugleich völlige Hingabe. Der ältere Mann küsst seitlich den Hals des anderen, der seinen Kopf vertrauensvoll nach hinten lehnt. Und der absolute Hammer sind die Augen des älteren. Das komplette Bild ist in schwarz-weiß gehalten, lediglich die Augen sind leuchtend blau.
„Ich mag solche Bilder, diese Nähe …“ Jace flüstert leise direkt neben mir. „Genau so was will ich machen. Ich hoffe echt, ich bekomme eine Chance auf so eine Session.“
Ich beiße mir auf die Zunge und nicke langsam. Mist. Mit einem Anruf könnte ich ihm seinen Wunsch erfüllen und darf es nicht. Ich ringe mit mir, ob ich ihm nicht wenigstens eine lockere Bekanntschaft mit Silver bieten soll, immerhin weiß er ja, dass wir uns kennen. Gerade als ich den Mund aufmachen will und ihn anschaue, runzelt er die Stirn, sieht an mir vorbei Richtung Tür und legt den Kopf schief.
„Hmmm … So wie es aussieht, ist hier doch jemand, den du kennst.“
Grundgütiger! Mir wird eiskalt und unwillkürlich rücke ich einen Schritt von Jace weg, was er mit versteinerter Miene und hochgezogenen Augenbrauen quittiert. Ohne näher darauf einzu-

gehen, blicke ich zur Tür und finde seine Ahnung bestätigt. Ich frage mich, woher Jace den Mann kennt, aber dann fällt es mir ein. Der katastrophale Abend im Club, da waren Roman und Chris ebenfalls mit dabei. Toll … So viele Zufälle gibt es eigentlich nicht. Ich bin kein Clubgänger, warum, erklärt sich von selbst, und die beiden sind auch eher von der ruhigeren Sorte. Aber nein, ausgerechnet an diesem Abend müssen wir alle aufeinander treffen.

Fieberhaft überlege ich, warum er hier ist, und mir fallen zwei Gründe ein. Erstens: Der Typ auf dem Bild mit dem Steg ist sein Mann und er will es sehen oder … Klar! Fuck! Ich bin so ein Vollidiot, echt. Ich wende mich wieder der Fotografie vor mir zu, kann aber ein Stöhnen nicht unterdrücken. Seine Bank hat den Umbau finanziert. Logisch, dass er dann zur Eröffnung kommt.

„Es gibt nicht viele Männer, die ich als schön bezeichnen würde, aber der da gehört definitiv dazu."

Jace' Stimme reißt mich aus dem fieberhaften Versuch, irgendwo ein Loch im Boden zu manifestieren, in das ich verschwinden kann. „Was?" Ich starre ihn an, finde aber seinen forschenden Blick auf mir und nicht auf dem *schönen Mann.*

„Ich finde ihn …"

„Ja. Ja, das habe ich verstanden", fauche ich ihn an und ernte wieder einen skeptischen Blick. „Er ist aber nichts für dich, weil er vergeben ist."

Jace nickt und atmet tief durch. „Weiß ich, ich bin ja nicht blind. Er ist mit dem Kleiderschrank zusammen, stimmt's?"

Ich schnaube abfällig und nicke. So eine bescheuerte Situation. „Woher weißt du das?"

Ohne mich aus den Augen zu lassen, beantwortet er meine Frage. „Die Tätowierung und die Muskeln. Der Kerl hatte an dem Abend im Club ein Muskelshirt an und da konnte man genug erkennen … Oh, er kommt her."

Mir bricht der Schweiß aus. „Halt bitte Abstand, ja?", flüstere ich eindringlich und konzentriere mich wieder auf das Bild vor mir, ohne es genau zu erkennen.

„Keine Panik, ich werde deinen Ruf schon nicht gefährden."

Hmmm. Was klingt da in dem Satz mit? Ich komme nicht drauf, aber es ist mir momentan auch ehrlich gesagt egal. Wenn Roman was merkt, könnte er es Chris erzählen, der ist einer der besten Freunde von Jamie, und dann landet es bei meinem Bruder. Praktisch ein Supergau mit Voranmeldung.
„Hey." Die tiefe, wohlklingende Stimme schräg links hinter mir lässt mich zusammenzucken. Ich wende mich dem Neuankömmling zu und zaubere mein Geschäftslächeln auf mein Gesicht. Darin habe ich Übung, und das kommt mir momentan sehr zugute.
„Roman. Hallo … Schön, dich zu sehen."
Wir reichen uns sie Hände und ich sehe mich gezwungen, ihm den Mann, der neben mir steht und damit zweifelsfrei meine Begleitung ist, vorzustellen. „Das ist Jace, er hat mich begleitet, weil er gerade zufällig in der Stadt war."
Sie schütteln sich ebenfalls die Hände, wobei mich Roman mit einem Blick streift, den ich gar nicht beschreiben kann.
„Jace? Hallo, ich bin Roman. Wir kennen uns irgendwoher, kann das sein?"
Mist. Muss der Mann ein so gutes Gedächtnis haben? Ich überlege fieberhaft, ob es bei dem Clubbesuch irgendetwas gab, was ihm jetzt im Nachhinein komisch vorkommen könnte. Nein … Der Fick fand ja zum Glück draußen statt und danach haben wir kein Wort mehr miteinander gewechselt.
„Ja, wir haben uns hier in dem Gayclub getroffen."
„Ach ja. Jetzt erinnere ich mich."
Wieder sieht er mich an, seine grünen Augen bohren sich in meine und der Drang, im Boden zu versinken, wird stärker. Sieht er es mir an? Ahnt er, dass sich zwischen mir und Jace was abspielt?
Verdammt.
Just in dem Moment, als Roman den Mund aufmacht, um etwas zu sagen, rettet mich der Inhaber mit der Buffeteröffnung. Jace nutzt die Gelegenheit, um sich aus dem Staub zu machen, wofür ich ihm sehr dankbar bin. Ich sehe ihm kurz hinterher, aber das Vergnügen, das mir sein Anblick und diese geschmeidigen Bewegungen sonst bescheren, bleibt dieses Mal aus.

Als ich Roman wieder meine Aufmerksamkeit schenke, erbleiche ich. Er steht mit verschränkten Armen vor mir und mustert mich sehr genau.
„Begleitung, hmmm?"
„Ja … ich …" Ich atme tief durch, streiche meine Haare zurück, was ich meistens tue, wenn ich nicht weiter weiß, und beschließe spontan, dass Angriff in diesem Fall wohl die beste Verteidigung ist. „Hör zu … könntest du es einfach für dich behalten?"
„Was genau? Dass du mit dem gutaussehenden Mann hier warst oder dass er weit mehr als nur deine *Begleitung* ist?"
Mein Gesicht verliert noch mehr Farbe. Aber da muss ich jetzt durch. Roman ist kein einfältiger Tölpel und noch dazu schwul. Wobei ich jetzt selbst nicht weiß, warum ich seine sexuelle Neigung als ausschlaggebend bewerte. Egal. „Beides?", frage ich leise und muss mich zusammenreißen. So geht das hier nicht. Ich bin erwachsen und was ich tue, muss ich lediglich vor mir selbst verantworten, vor sonst niemandem …
Roman seufzt und schüttelt den Kopf. „Bist du nicht der verheiratete Bruder von Mike?"
Boah. Klasse, wie man in einen relativ einfachen Satz so viel reinpacken kann: Anschuldigungen, verbale Schelte und einen deutlich erhobenen Zeigefinger.
„Ich wüsste nicht, was dich das angeht", fauche ich aufgebracht, was aber daran liegt, dass ich mich in die Ecke gedrängt fühle.
„Na, immerhin bittest du mich, für dich zu lügen, und das gefällt mir nicht."
Atmen, Dirk, atmen. „Bitte, es wäre mir echt wichtig."
Roman nickt und verzieht das Gesicht. „Ist mir schon klar, aber das ist Mist, das weißt du hoffentlich."
Ich sehe mich gezwungen, mich und meine Affäre zu verteidigen. Roman ist vollkommen integer, muss er sein, bei seinem Job, und ich weiß, was er für alles für seinen Mann getan hat. Er ist kein Mensch, den man einfach so abspeist.
„Ich schade niemandem, alles ist okay. Wir sind beide erwachsen und wissen, wie weit das hier geht und …"
„Und du machst dir was vor."

Seine grobe Unterbrechung bringt mich aus dem Konzept. „Ich muss dir nichts erklären, trotzdem mache ich es, also lass mich ausreden."
Roman schnaubt, bittet mich aber mit einer Geste, fortzufahren.
„Also … ich weiß, wie das aussieht, aber … es ist so." Himmel, ich weiß nicht mal, wie ich es beschreiben soll, ohne wie das letzte Arschloch dazustehen. „Jace und ich … wir treffen uns hin und wieder, mehr ist da nicht und wird auch nie sein."
Keine Reaktion von seiner Seite, stattdessen starrt er mich an, als lese er in meinem Gesicht noch etwas anderes. Schließlich löst sich die Spannung und er schüttelt den Kopf.
„Wahrscheinlich bist du an einer ehrlichen Meinung nicht interessiert, da du gern an deiner Story festhalten möchtest, aber ich sage sie dir trotzdem. Du baust gerade richtigen Scheiß. Ihr seid viel zu vertraut miteinander, das fiel mir im Club schon auf. Eure Blicke, die winzigen Gesten, eure Körpersprache, alles. Das sind mehr als Gelegenheitsficks zwischen euch, das sieht ein Blinder."
Spontan fällt mir Jamies seltsames Gebaren ein, als ich damals wieder in den Club zurückkam, und mir wird flau im Magen.
„Und wenn schon", brause ich auf und drossle meine Stimme, als mir die Blicke anderer Besucher auffallen. „Ich bin verheiratet und bleibe es. Jace will ohnehin nicht mehr. Alles ist perfekt, ich kann mich bei ihm ausleben und er behält seine Freiheit …"
Roman schnaubt abfällig. „Wie oft betest du dir den Satz eigentlich vor? Hmmm? Das funktioniert nicht, tut es nie. Irgendwann musst du dich entscheiden …"
„Nein. Ich weiß, was ich tue. Ich …"
Er weicht einen Schritt zurück und auf seiner Miene kann ich jetzt deutliches Mitleid erkennen. „Nein, weißt du offensichtlich nicht. Du machst dir was vor. Alles, was dir das bringen wird, ist verdammt viel Schmerz, dir, dem Jungen und deiner Frau sowieso. Kläre das und lass dir nicht zu viel Zeit."
Jetzt ist es an mir, zu schnauben, aber das hilft nicht gegen das Angstgefühl, das mich gerade beschleicht. „Blödsinn. Woher willst du das wissen?"
Jap. Definitiv Mitleid auf seiner Miene, ich komme mir wie ein Milchbubi vor angesichts seiner Stärke und der Sicherheit, die er ausstrahlt.

„Weil ich ebenfalls mal in dieser Situation war und sie ist beschissen. Ich war an Jace' Stelle und weiß, was es heißt, zu warten und zu hoffen. Schaffe klare Verhältnisse. Ich behalte es für mich, aber nicht für ewig, ich mache mich nicht zu deinem Komplizen, weil du es nicht schaffst, ehrlich zu dir selbst zu sein."
Autsch! Das sitzt. Ich mache den Mund auf, um etwas zu sagen, aber Roman winkt ab. Er ist sichtlich sauer. „Du bist nicht der Typ für kalte, oberflächliche Affären, Dirk. Ich kenne deinen Bruder und du bist ihm sehr ähnlich. Das ist nichts für dich und wenn ich Jace' Blicke richtig deute, empfindet er mehr für dich, als ihm guttut. Zumindest, solange er nur dein Geheimnis bleibt."
Seine Worte ernüchtern mich wie ein Kübel kaltes Wasser. Ja, ich habe inzwischen definitiv Angst, dieses miese, beklemmende Gefühl zwischen den Rippen, das dem Herz keinen Raum zum Schlagen lässt. Wie ertappt sehe ich Richtung Tür und erhasche einen kurzen Blick auf Jace. Er erwidert meinen Blick ernst und widmet sich dann wieder den Häppchen auf seinem Teller. Gott, ich will ihn nicht verletzen, aber es gibt doch eine klare Absprache zwischen uns.
Ich wende mich Roman wieder zu und zwinge mich, ihm auf Augenhöhe zu begegnen. „Ich kann nichts ändern, ich … Das schaffe ich nicht." Mein Eingeständnis flüstere ich leise und erwidere dabei den eindringlichen Blick meines Gegenübers.
Roman lacht trocken auf. „Ich hätte dich nicht für so feige gehalten."
„Ich bin nicht …"
„Doch! Du meinst, es aussitzen zu können. Mach, was du willst, es ist dein Leben. Mir tut es nur um den Jungen leid." Mit diesen sehr harten Worten lässt er mich einfach stehen und geht Richtung Buffet.
Ich bleibe wie erstarrt, wo ich bin.
Verdammter Mist!

32.
Jace

So schnell kann es gehen. Was sich vor ein paar Stunden wie ein genialer Plan und wunderschön anhörte und fühlte, verspricht gerade in einem Desaster zu enden. Warum muss auch ausgerechnet dieser Kerl hier auftauchen?
Ich beobachte meinen Lover und diesen echt gutaussehenden Mann vom Buffet aus. Hmmm, noch vor nicht allzu langer Zeit hätte ich mich von dem mit Freuden abschleppen lassen und eine heiße Nacht mit ihm genossen. Eigentlich ganz mein Typ, vielleicht etwas zu perfekt. Er ist genauso groß wie Dirk, hat in etwa die gleiche Figur, wobei er trainierter ist und definiertere Muskeln besitzt. Was ich da so an Oberschenkeln unter der Anzughose sehe, ist nicht von schlechten Eltern.
Ja, von dem hätte ich mich durchaus gerne vernaschen lassen. Vor Dirk! Jetzt klammere ich mich nur an den Gedanken und überspiele damit meine Panik. Was wird mein Mann jetzt machen? Ich sehe, sie diskutieren, und anhand von Romans Mimik dürfte ich wohl das Thema sein. Wäscht er Dirk den Kopf und macht ihm klar, dass ich es nicht wert bin, seine Ehe zu riskieren? Ha, klar, das Model ist ja immer die Bitch. Roman ist verheiratet, gebunden und das hebt ihn irgendwie auf die selbe Stufe wie Dirk. Vielleicht ist er ja stockkonservativ, obwohl er nicht danach aussieht. Da werde ich wohl der Buhmann sein, wie immer. Na, pass nur auf, Dirk. Wenn du mich später angehst, werde ich dir mal zeigen, wer hier fremdgeht. Oh Mann! Aber genau das will ich ja nicht. Ich will bei ihm bleiben, und das geht nur, wenn ich die Klappe halte. Ich schäme mich langsam vor mir selbst. Tiefer kann man wirklich nicht mehr sinken.
Scheiße! Er lässt Dirk stehen und kommt herüber.
Aufrecht, Jace, du hast dir nichts zuschulden kommen lassen, mache ich mir selbst Mut.
Die köstlichen Häppchen schmecken plötzlich wie Pappe. Und ja, er bewegt sich zielstrebig auf mich zu und sieht mich ernst an. Was ist das für ein Gesichtsausdruck? Ich kann es nicht einordnen, der Mann hätte Pokerspieler werden sollen, obwohl Banker ja ziemlich ähnlich ist. Er verunsichert mich tatsächlich.

Mich! Das mit allen Wassern gewaschene Model. Ich glaube langsam, ich spinne. Aber er hat auch eine umwerfende Ausstrahlung, ihm würde so was wie mir sicher nicht passieren. Nein, dieser Mann geht seinen Weg …

Ich schlucke mühsam und stecke mir gespielt gelassen das nächste Stück mit Krabben belegtes Weißbrot in den Mund.

Dann ist er heran, sieht mich freundlich an. Hmmm, das verunsichert mich jetzt noch mehr als eine Strafpredigt.

„Jace?"

Ich spare mir eine Antwort und sehe ihn lediglich fragend an.

„Ich werde euch nicht verraten, aber ich habe eine Bitte an dich."

Oh. Das hätte ich jetzt gar nicht erwartet. „Und welche?"

Er atmet tief durch. „Wenn du dich nicht wiedererkennst und der Schmerz stärker ist als das Vergnügen, ist es Zeit, etwas zu ändern. Verliere dich nicht selbst aus den Augen, okay?" Wie zur Bekräftigung seiner Worte drückt er mir leicht die Schulter und lässt mich dann stehen.

Verdammt. Ist der Mann Hellseher oder so was? Woher … Ich drehe mich um, will ihn fragen, aber ich finde ihn nicht mehr. Wo ist er hin?

Plötzlich liegt wieder eine Hand auf meiner Schulter, ich zucke zusammen und kann gerade noch meinen Teller festhalten, ehe ich die Schnittchen wegwerfe. Als ich mich umdrehe, finde ich Dirk hinter mir. Sein Gesichtsausdruck dürfte meinem gleichen. Was ist hier passiert?

„Alles okay?", frage ich ihn leise und er zwingt sich zu einem Lächeln. Nur … mich täuscht er damit nicht mehr. Egal, was Roman zu ihm gesagt hat, es hat Eindruck hinterlassen und ich bin mir noch nicht sicher, ob ich das nun gut oder schlecht finden soll.

„Was hast Roman gerade zu dir gesagt?" Dirk zwingt sich, seinen Teller zu beladen, aber von großem Hunger zeugt das nicht. Vielmehr werde ich das Gefühl nicht los, dass er sich einfach nur beschäftigen will.

Als ich nicht sofort antworte, sondern ihn stattdessen beobachte, hält er inne und blickt mich an. Und nein, dieser Blick gefällt mir

ganz und gar nicht. Oh, wäre ich heute bloß weggeblieben, das blöde Gefühl in mir explodiert gerade förmlich.
„Hmmm? Und?“
„Nichts … er meinte nur, er würde uns nicht verraten.“ Keine Lüge, nur die halbe Wahrheit. Den anderen Satz werde ich ihm definitiv nicht sagen, dafür ist er viel zu persönlich.
„Ja … das hat er mir auch versprochen.“
Dirk sieht mich irgendwie verunsichert an, sagt aber kein Wort mehr. Gut so, ich will im Grunde auch gar nicht wissen, was sie gesprochen haben, und dass er nicht mehr preisgibt, lindert mein schlechtes Gewissen erheblich.
Dirk zeigt auf meinen fast leeren Teller. „Wenn du satt bist, können wir dann gehen? Mir ist die Lust leider vergangen.“
Wie jetzt? Mir wird innerlich eiskalt. Scheiße, dabei habe ich mich so darauf gefreut, bei ihm zu sein. Mit zusammengebissenem Kiefer nicke ich steif. „Ich kann mir ein Taxi zum Flughafen nehmen.“
„Oh.“ Dirk schluckt und stellt seinen halbvollen Teller achtlos auf ein Beistelltischchen. „Ich dachte, wir …“ Er seufzt leise und streicht seine Haare zurück. „Okay, wie du meinst.“
Er lässt mich einfach stehen und geht Richtung Ausgang, wo unsere Jacken hängen. Tja, und was mache ich jetzt? Mich überkommt so schmerzvolle Sehnsucht nach ihm, dass ich krampfhaft schlucke. Dieser Roman hatte recht, muss ich zu meinem Leidwesen gestehen. Der Schmerz wird stärker … Das kann nicht gut sein.
Resigniert eile ich ihm nach und schlüpfe in meine Jacke, während er sich bei den Gastgebern verabschiedet. Jetzt ist er wieder ganz der Alte, stark und souverän, so wie ich ihn kenne und liebe. An der Tür wartet er auf mich und hält sie mir galant auf. Diese Gesten mag ich so an ihm, da ist nichts gekünstelt, sondern das ist einfach er.
Stumm gehen wir zu seinem Wagen, er ist völlig in Gedanken versunken und ich ertappe mich, dass es mir ebenso geht. Aber ich will mir diese paar Stunden nicht einfach so nehmen lassen. Am Auto angelangt, öffnet er es mit der Fernsteuerung und bleibt dann unschlüssig neben der Beifahrertür stehen.
„Ich kann dich zum Flughafen fahren.“

Ich betrachte den Mann vor mir und alles in mir schreit danach, ihn in die Arme zu ziehen, uns beiden mit der Umarmung Halt zu geben, aber ich weiß, er würde es niemals zulassen.
„Ich habe noch viel Zeit."
„Aber du sagtest …" Wieder streicht er sich fahrig durch die Haare. „Herrgott …"
„Du hast gesagt, du willst gehen, und ich dachte, du willst einfach nach Hause …"
Wir sehen uns an, irgendwie hat sich der Abstand zwischen uns verringert. Dirk sieht sich um, prüft, ob wir alleine sind. Ich hatte ja keine Ahnung, wie sehr diese einfache Geste schmerzen kann. Verfluchter Roman! Warum hat er es mit nur einem Satz geschafft, diese Unruhe zu stiften?
Zärtlich legt Dirk seine rechte Hand an meine Wange und streicht mit dem Daumen über meine Haut. Ich möchte schnurren, mich an diese Hand drücken, die Augen schließen und die verdammte Realität einfach vergessen.
„Amber", flüstert er leise. „Kommst du noch ein bisschen mit? Wir können ins Büro, ich habe eingekauft und …"
„Ja." Ich unterbreche ihn atemlos und wage es, seine Hand zu ergreifen. Fest drücke ich meine Lippen in seine Handfläche, betäube den Schmerz in mir damit. „So war's doch ausgemacht, oder?"
Dirk nickt lediglich und ich sehe ihm an, dass er mit sich kämpft, mich nicht zu umarmen. Soll ich es darauf anlegen? Nach kurzem Zögern entscheide ich mich dagegen. Und muss ernüchtert feststellen, dass ich tatsächlich dabei bin, mich aufzugeben. Meine Liebe zu ihm presst mich in eine Schablone, die mir viel zu eng ist. Das tut so weh, dieses ständige Verstecken, geheim halten und verleugnen, dass ich den Mann gefunden habe, nach dem ich schon immer gesucht habe. Ich sehe ihn an und könnte nur noch heulen. Noch ein Punkt, der mich selbst ankotzt. Das bin ich nicht, ich bin kein jammernder Softie, der einem Kerl hinterher weint und auf jedes noch so winzige Zeichen seiner Zuneigung hofft. Aber ich tue es dennoch, weil ich mir ein Leben ohne ihn nicht mehr vorstellen kann. Was im Grunde Schwachsinn ist, da wir kaum Schnittpunkte haben.

Es fällt mir wie Schuppen von den Augen. Ich weiß im Grunde gar nichts über ihn. Der Urlaub erscheint mir inzwischen wie ein ferner Traum, Momente wie aus dem Bilderbuch. Liest er Zeitung beim Frühstücken? Was für Fernsehsendungen mag er? Liest er Bücher, wenn ja, welche? Geht er gerne shoppen? Gerne Sushi essen? Ich weiß nichts davon, und das fühlt sich an wie Eis in meinem Herzen. Will ich das noch? Scheiße, ja! Ist es wichtig, das alles zu wissen? Ich bekomme Dirks Schokoladenseite, keine dreckige Wäsche, schlechte Laune und so weiter. Nur das Gute, seine Lust auf mich und …
Es hilft nichts mehr … den Sätzen geht die Überzeugungskraft aus. Ich weiß, was ich will, genau diesen verfluchten Alltag mit all den Höhen und Tiefen.
Wunschträume, nichts weiter. Innerlich resigniere ich, beziehungsweise habe es schon längst. Im Grunde hangle ich mich von einem Treffen zum nächsten, die Zeit dazwischen ist angefüllt mit unbegründeter Hoffnung und Sehnsucht.
Das muss ein Ende haben.
Die Gewissheit macht mir Angst, weg damit … Jetzt bin ich bei ihm.
Mit einer Geste gebe ich ihm zu verstehen, dass wir fahren sollten. Er nickt und versucht zu lächeln, aber es missglückt.
Na, das wird ja lustig.

Uns sind die Worte ausgegangen. Die Fahrt war schrecklich still und eigenartig. Jetzt sind wir auf dem Weg in sein Büro. Die letzten Treppenstufen, Dirk geht vor und schließt die Tür auf. Wieder lässt er mir den Vortritt und schließt hinter mir ab.
Genug jetzt mit dem Affentanz. Unsere Zeit läuft ab und ich will jetzt nicht länger Trübsal blasen. Ich drehe mich um, packe ihn an der Jacke, drücke ihn nach hinten und küsse ihn grob. Die Glasscheibe der Eingangstür klirrt, aber das ist mir egal. Dirk stöhnt in meinen Mund und gibt mir willig nach, als ich meine Zunge zwischen seine Lippen zwänge.
Endlich erwidert er genauso ungestüm meine Zärtlichkeiten und dann bin ich es, der stöhnt, als er mein Hemd aus der Hose rupft und endlich den Weg auf meine Haut findet. Ja, so will ich es jetzt, genau so.

Irgendwie landen wir auf der Couch, der Weg dorthin ist gepflastert mit diversen Kleidungsstücken. Heute ist uns beiden nicht nach Zärtlichkeit, sondern nach purer Lusterfüllung. Als er in mich eindringt, glaube ich zu zergehen. Ich klammere mich an seine Unterarme und schlinge meine Beine um seinen Körper, ziehe ihn näher an mich. Unsere Küsse sind schmerzhaft und irgendwie spüre ich an ihm die gleiche Verzweiflung, die mich gerade umtreibt. Ich verliere den Fokus, als er sich tief in mich schiebt und beginnt, mich hart zu nehmen. Nur noch fühlen, spüren, bei ihm sein.
Unser Stöhnen erfüllt den Raum, wir bewegen uns hektisch, mit nur einem Ziel. Dirk richtet sich auf, fickt mich wie besessen und kommt. Viel zu schnell für meinen Geschmack und er hilft mir nicht. Als ich mich selbst wichse, sieht er mir zu, aber es herrscht eine seltsame Distanz zwischen uns.
Was passiert hier?
Dann verscheuchen die intensiven Empfindungen des Orgasmus jegliche Gedanken und ich falle. Die Mischung aus seinen Bewegungen, seines Duftes und der Arme, die mich festhalten, begrenzt mich auf angenehme Weise und verhindert, dass ich mich völlig verloren fühle.
Er sinkt schwer neben mich, zieht mich an seinen warmen Körper. Sein Herz pocht deutlich, ich spüre es an meinem Rücken, während er mich in seinen Armen birgt. Die Welt um uns herum gewinnt langsam wieder an Kontur. Was nicht sonderlich gut ist.
Obwohl mich der Mann meiner Träume festhält, friere ich erbärmlich. Mein Innerstes schreit vor Einsamkeit und Leere. Er berührt mich nicht, zumindest nicht in diesem Moment, und genau das bräuchte ich, um …
Die Erkenntnis lässt mich zusammenzucken. Dirk spürt es und zieht mich enger an sich. Wahrscheinlich ist er gerade genauso alleine mit seinen Ängsten und Sorgen wie ich, aber ich kann ihm nicht helfen, wo ich doch alle Kraft für mich brauche.
Was soll ich tun? Mit ihm darüber reden? Über was? Über meine Angst, ihn zu verlieren? Das ist lächerlich. Mit jedem Wort, das ich in diese Richtung sage, wird die Wahrscheinlichkeit, dass genau das passiert, größer.

Stark bleiben, Jace, was anderes hilft da nicht.
Seine Lippen gleiten über meine Schulter, sein Atem kitzelt mich im Nacken. Ich schließe die Augen und drücke mich an ihn, drehe mich schließlich und suche noch mehr Nähe. Das Seufzen, als ich mich an seine Brust kuschle und er durch meine Haare streicht, kann ich nicht unterdrücken. Alles ist gut, ich muss mir keine Sorgen machen. Sein Streicheln allerdings spricht eine andere Sprache. Dirk ist mit den Gedanken ebenso weit weg wie ich. Die Berührungen sind automatisch, fast lieblos.
Sein Handy klingelt und wir zucken beide zusammen. Als ich aufsehe, finde ich Bedauern in seinem Blick.
„Ich muss rangehen", flüstert er leise.
Mehr als ein Nicken bringe ich nicht zustande. Ernüchtert richte ich mich auf und reiche ihm den Apparat, der vorhin auf den Boden gefallen ist.
Ohne mich aus den Augen zu lassen, nimmt er das Gespräch an.
„Ja?"
Ganz leise kann ich eine Frauenstimme hören. Ich sehe auf den Boden, folge mit den Augen der Kleiderspur bis zur Tür.
Ja.
Meine Entscheidung steht.
Es ist Zeit zu gehen, sonst begehe ich den schlimmsten Fehler meines Lebens und erniedrige mich vor diesem Mann. Und genau das darf nicht passieren. Fahrig stehe ich auf und husche nackt in die kleine Nasszelle. Irgendwie befällt mich leichte Panik, warum auch immer. Draußen vernehme ich Dirks Stimme, er spricht in ruhigem Ton mit seiner Frau, anders kann es gar nicht sein.
Verdammte Scheiße! Warum sie? Warum darf ich nicht an seiner Seite sein? Warum? Warum? Warum?
Entsetzt halte ich inne und starre den fremden Mann im Spiegel an. Oh Gott! Tränen! Nein, das geht gar nicht. Hektisch wische ich die Spermaspuren von meinem Bauch, ich will, dass das Gefühl, gerade von ihm gevögelt worden zu sein, auch verschwindet. Das kann ich gerade überhaupt nicht gebrauchen. Ich will hier weg! Sofort!
Ich ringe um Fassung und schaffe es mit ruhigen Bewegungen, auch wenn ich innerlich zittere und meine Hände beben, meine

Klamotten anzuziehen. Pants, Socken, Jeans … ich drehe ihm den Rücken zu und weigere mich, seinen Worten zu lauschen, aber das misslingt völlig. Dieser Tonfall … ich liebe ihn! Er verwendet ihn immer, wenn ich mich an ihn kuschle und er meine Schmuseattacken mit liebevollen Worten kommentiert. Jetzt schenkt er ihn ihr! Ich hasse sie von ganzem Herzen, auch wenn das ungerecht ist, aber ich kann nicht anders.

Verdammt.

„Ja … ja, ich kümmere mich drum, versprochen. Ich bin bald zu Hause."

Ich schnaube abfällig, was er zum Glück nicht mitbekommt. Zu Hause. Soll er doch! Mir egal, ich habe es satt, so satt.

Endlich sind die Knöpfe am Hemd zu, was extrem schwierig ist. Jetzt noch die Schuhe, dann die Jacke und ich kann gehen. Mein Handy halte ich bereits in der Hand, um ein Taxi zu rufen, aber ich werde sicher nicht hier darauf warten. Das tue ich mir nicht an.

„Jace?"

Dirks zaghafte Stimme hält mich davon ab, sofort zur Tür zu stürmen. Ich atme zwanghaft tief ein und drehe mich zu ihm um. Himmel, wie gerne würde ich jetzt einfach zu ihm gehen, ihn festhalten und sagen, dass alles gut wird. Aber was soll gut werden? Seine Ehe? Soll ich ihm vielleicht noch Mut machen, dass sich alles wieder einrenkt? Soweit kommt's noch.

„Ja?"

Dirk streicht seine Haare zurück. Dann steht er langsam auf und kommt zu mir. Sein Anblick, sein gut gebauter Körper, die bloße Erinnerung an die grenzenlose Geborgenheit in seinen Armen wirft meinen Plan, zu gehen, fast wieder über den Haufen. Aber ich muss, sonst drehe ich zeitnah komplett durch.

„Tut mir leid, das war … Lea hat Fieber, ich muss noch in die Apotheke."

Ich zucke mit den Schultern. „Hab ich mitgekriegt. Passt schon, ich will eh noch was besorgen, wenn ich im Flughafen bin." Er erwidert stumm meinen Blick. Schön zu wissen, dass wir beide meilenweit aneinander vorbei reden, es wissen, jedoch nicht schaffen, ehrlich zueinander zu sein.

Dirk schluckt. Ich beobachte seinen Adamsapfel und könnte schon wieder heulen wie ein Mädchen. „Ich muss", quetsche ich hervor und wende mich ab.
Sein kräftiger Griff hält mich fest und zieht mich wieder an ihn. Warum kann er kein kaltschnäuziges Arschloch sein? Warum muss er jetzt den liebevollen, fürsorglichen Kerl raushängen lassen? Das ist doch Käse. Sein männlicher Duft raubt mir den Atem.
„Wann kommst du wieder?" Er flüstert die Worte in mein Ohr, küsst die weiche Haut darunter.
Mehr als ein Schulterzucken bringe ich gerade nicht zustande. Ich spüre, wie er sich versteift. Mit sanfter Gewalt drücke ich ihn zurück und sehe ihn an. Will mir sein Gesicht einprägen, irgendetwas haben, von dem ich die nächste Zeit träumen kann.
„Alles okay?", fragt er sanft und streichelt über meine Wange. Zum Glück habe ich die Tränen abgewischt, ich will mir gar nicht ausmalen, was passiert, wenn er das bemerkt.
„Ja, doch. Ich meld mich, wenn ich Genaueres weiß, in Ordnung?"
Dirk nickt, wirkt unschlüssig. „Soll ich dich nicht doch fahren?"
Ich schaffe es, zu lachen, und knuffe ihn auf die nackte Brust. „Lass mal, deine Pflicht ruft. Ich komme schon klar und ein paar Minuten frische Luft können nicht schaden." Ist das echt meine Stimme? Wow, so kenne ich sie gar nicht. Wie Glas, das jede Minute zerspringt.
Ich ziehe den Reißverschluss der Jacke nach oben und gebe ihm einen kurzen Kuss auf den Mund. Dirk versucht nicht mal mehr, mich zu umarmen, was ich einerseits schade finde, aber dennoch willkommen heiße. Lange kann ich meine Fassade nicht mehr aufrechterhalten. Dann bin ich an der Tür, schließe auf, gehe hinaus und blicke noch einmal zu ihm zurück.
Was ich sehe, ist ein gebrochener Mann. Sein ernstes Gesicht spiegelt meine Gefühle eins zu eins wider. Kein Wort mehr, nur ein langer Blick und die Gewissheit, dass etwas passiert ist, was man nicht mit Worten und dieser widersinnigen Liebe zwischen uns kitten kann.
Ich nicke kurz, er schluckt und schließt die Augen.

Dann schließe ich leise die Tür und hetze die Treppe hinunter auf die Straße.

Ich bestelle das Taxi zwei Straßen weiter, außerhalb der Gefahrenzone. Die Häuser sind mir fremd, wirken so abweisend wie in jeder Stadt, die ich kenne. Keine Heimat. Ich lache trocken auf. Klasse, mein selbstgewählter Abgang befördert mich geradewegs in eine abgrundtiefe Depression. Ich wollte es doch immer so. Frei, vogelfrei sein. Endlich die Enge meines konservativen Elternhauses hinter mir lassen, und nach dem Drama vor zwei Jahren fielen auch die letzten Schranken. Und was mache ich? Stürze mich in eine Affäre, die mir jetzt den Boden unter den Füßen wegzieht.
Scheiße, Dirk. Warum konntest du nicht so sein wie alle anderen? Warum musstest du mein Herz erobern und mich schwach werden lassen?
Moment.
Konntest? Musstest?
Tränen schießen in meine Augen und ich muss mich an die Wand hinter mir lehnen. Mein Kopf spricht praktisch aus, was mein Herz vehement verneint: Es ist vorbei!
Fuck!
Das Taxi hält vor mir und lenkt mich für eine kurze Zeit ab. Der Weg zum Flughafen dauert und holt die Gedanken zurück. Was soll ich jetzt tun? Einfach so wegbleiben? Nein, das hat er nicht verdient und ich bin kein solcher Feigling, dass ich nicht von Angesicht zu Angesicht Schluss mache. Ich selbst hasse es, mit einer SMS oder so einem Scheiß abgespeist zu werden.
Was dann? Ich blicke aus dem Fenster, sehe alles durch einen Tränenschleier. Ohne ihn sein? Schaffe ich das? Ja. Mann, Jace! Stell dich nicht so an, das ist doch lächerlich. Da wartet eine Karriere auf dich.
Genau.
Ich muss jetzt ein paar Dinge planen, sozusagen meinen Abgang dingfest machen. Blöd, aber nur so komme ich von ihm los.
Warum tut es nur so weh?

33.
Dirk

Jace ist weg und ich stehe immer noch wie der letzte Vollidiot nackt mitten im Büro. Täusche ich mich, oder ist er regelrecht geflüchtet?
Was hat Roman nur zu ihm gesagt? Mein Gott … Etwa, dass er mich in Ruhe lassen soll, um meine Ehe nicht zu gefährden? Das fehlt mir grad noch, aber ich habe doch klar gesagt, dass ich alles im Griff habe.
Im Griff? Dass ich nicht lache.
Anziehen wäre hilfreich und dann muss ich los. Der Nachmittag war so schon komisch genug, da brauche ich jetzt nicht noch Ärger mit Melanie, weil ich zu spät komme. Ich hoffe nur, dass es Lea bald wieder besser geht. Sie hat gestern schon mit einer Erkältung angefangen, aber es war nicht weiter tragisch. Dass sie jetzt Fieber bekommen hat, beunruhigt mich doch sehr. Und für einen Arztbesuch ist es einfach schon zu spät. Na ja, sollte es nicht besser werden, fahren wir eben ins Krankenhaus. Mal sehen.
So weit, so gut. Ich bin ehrlich gesagt dankbar für die Ablenkung, weil mir Jace' seltsames Verhalten doch zu denken gibt. Aber das wird sich sicher klären, wenn wir die nächsten Tage mal Zeit für ein Telefongespräch haben.

Als es dann kurz vor Mitternacht ist, Lea endlich schläft und wir uns ebenfalls fürs Bett fertig machen, erwischt mich Melanie kalt. Ich komme aus dem Bad und habe dort meine getragene Wäsche in den Korb zum Waschen geworfen. Nichtsahnend gehe ich zum Bett, krabble echt geschafft hinein, als sie in der Badtür auftaucht, mein T-Shirt in der Hand hält und mich mit verkniffenem Gesichtsausdruck anstarrt. Sie schnüffelt an dem Kleidungsstück, was ich im ersten Moment total eigenartig finde. Was soll das jetzt werden?
Ich mustere sie mit gerunzelter Stirn. „Was wird das?"
„Hast du ein neues After Shave?" Ihre Stimme ist völlig ruhig.
Scheiße! „Ja, warum?"

Meli verdreht die Augen und ich kann ihr Misstrauen förmlich sehen. „Warum wohl. Das T-Shirt riecht nicht nach dir."
Himmel, jetzt bloß Ruhe bewahren. „Ach so … Sind wir jetzt wieder so weit?"
Sie funkelt mich aufgebracht an und wirft das Kleidungsstück zurück ins Bad.
„Du willst eine Erklärung? Bitte. Ich habe mich im Büro frisch gemacht, ehe ich auf die Ausstellung bin, reicht das?"
Meli legt sich neben mich und zieht ihre Decke bis zum Kinn hoch. „Wie praktisch, dass du ein Büro in der Stadt hast."
„Allerdings." Ich betrachte sie kurz, aber sie dreht sich um und zeigt mir demonstrativ die kalte Schulter. Gut so, mir ist jetzt echt nicht danach, mit ihr zu kuscheln, nur damit sie sich nicht länger aufregt. „Gute Nacht", murmle ich, drehe mich Richtung Fenster und lösche das Licht.
Obwohl ich furchtbar müde bin, finde ich keinen Schlaf. Meine Gedanken sind bei dem heutigen Tag und kreisen unermüdlich wie ein Mühlstein um mein Treffen mit Jace. Er war definitiv komisch und sein Abgang total untypisch. Und noch etwas fällt mir gerade auf. Sein Lachen ist verschwunden und diese typische provokante Art, die mich gleich zu Anfang sehr an Jamie erinnert hat. Diese Erkenntnis lässt mein Herz losrasen, aber ich kann mir nicht erklären, warum es so ist. Geht es ihm nicht gut? Hat er berufliche Probleme und spricht nicht darüber?
Ich öffne meine Augen und sehe Richtung Fenster, die Nacht ist klar und diffuser Lichtschimmer zeichnet sich zwischen den Gardinen ab. Der Wunsch, jetzt bei ihm zu sein, ist unvorstellbar mächtig. Habe ich je solche Sehnsucht nach meiner Frau verspürt? Nein, nicht mal zu Anfang unserer Beziehung. Aber ändert das etwas? Nein. Ich kann diesen Weg nicht verlassen. Hier weiß ich, wo er hinführt, aber ein anderer.
Wirre Gedanken. Seit wann stelle ich mir eine Beziehung mit ihm eigentlich vor? Wie kommt dieses Konstrukt in meinen Kopf? Wir haben und auf Sex geeinigt. Auch wenn wir uns … lieben, es macht keinen Unterschied. Nur Liebe, ein nicht greifbares, flüchtiges Hormongeschwader.
Trotzdem … Ich wäre jetzt lieber bei ihm.

Die Tage vergehen im Alltagseinerlei. Lea muss das Bett hüten und ich wechsle mich mit Melanie ab, bei ihr zu wachen. Es besteht keine Lebensgefahr, dennoch kommt der Kinderarzt zwei Mal, um nach ihr zu sehen. Ich genieße es wirklich, einfach mal nur für sie da zu sein. Geschichten vorlesen, sie festhalten, wenn sie vor lauter Husten quengelt und weint. Mein Herz geht auf und mir wird ganz deutlich bewusst, warum ich den ganzen Mist auf mich nehme. Lea ist meine kleine Prinzessin und sie zu verlieren wäre unvorstellbar. Ich kann Jace nicht sehen. Das tut weh, weil es mir die Unmöglichkeit irgendeiner Lösung klar vor Augen führt.
Aber soll ich ihn deswegen aufgeben? Nein. Es gibt Raum für ihn und da will und brauche ich ihn. Das hier fordert seinen Tribut und wenn meine ganze Kraft für meine Familie draufgeht, darf ich dann nicht auch etwas für mich haben? Ein paar gestohlene Stunden im Monat, nur ein paar.

Nach einer guten Woche ist meine Auszeit zu Ende. Neue Aufträge stapeln sich im Büro und ich bin viel unterwegs, um Dinge zu besprechen und zu planen. Sprich, ich bin sehr beschäftigt und das, gemeinsam mit der Sorge um mein Mädchen, lenkt mich von der Tatsache ab, dass sich Jace bis jetzt nicht gemeldet hat. Gut, wir hören nicht täglich voneinander, das ist zeitlich und berufstechnisch kaum machbar, aber über eine Woche?
Auf dem Rückweg von einem potentiellen Kunden ins Büro mache ich in einem Café halt und esse einen Snack zu Mittag. Die perfekte Gelegenheit, ihm eine Nachricht zu schreiben.
Während mir die Bedienung einen Cappuccino und ein Sandwich bringt, tippe ich die kurze Message ein.
‚Hey du. Wollte mal hören, wie es dir geht? Gruß, D.‘
Ich lege das Handy neben den Teller und warte ungeduldig auf irgendeine Reaktion. Hmmm … mein Sandwich ist bereits halb gegessen und es tut sich nichts. Wahrscheinlich ist er schlicht beschäftigt. Ja, das wird es wohl sein.
Als die nächsten zehn Minuten immer noch keine Antwort erfolgt, zahle ich enttäuscht und fahre ins Büro. In einer halben Stunde habe ich einen Kundentermin, das kommt mir sehr gelegen, um mich abzulenken.

Das Gespräch verläuft positiv und hebt meine Laune wieder etwas. Gerade, als sie gehen wollen, vibriert mein Handy auf der polierten Schreibtischoberfläche und bringt mein Herz zum Rasen. Als ich sie verabschiedet habe, haste ich zu meinem Tisch und öffne ungeduldig meine Nachrichten. Tatsächlich. Ein Lebenszeichen von Jace. Wie viel mir das bedeutet, wird mir gerade klar, ich grinse dümmlich und könnte ein Tänzchen aufs Parkett legen.

Allerdings halte ich abrupt inne, als ich die wenigen Worte lese. ‚Mir geht's gut, danke.'

Was? War das jetzt alles?

Während ich tippe, setze ich mich auf das breite Fensterbrett. ‚Hört sich nicht so an. Was ist los?'

Diesmal kommt die Antwort prompt. ‚Es hat dich über eine Woche nicht interessiert, wie es mir geht …'

Mist. Seit wann klingt er wie ein eingeschnappter Teenie? ‚Sorry, war beschäftigt. Lea war krank.'

Die längere Pause macht mich kribbelig. Ich bin endlos erleichtert, als mein Handy wieder piept.

‚Tut mir leid, ich hoffe, es geht ihr wieder gut. Hatte auch Stress.'

Hmmm, wer ist der Mann, mit dem ich hier gerade schreibe? So unpersönlich kenne ich ihn überhaupt nicht.

‚Okay. Weißt du schon, wann du wieder hier bist?'

‚Ende des Monats.'

Sag mal … noch kürzer geht wohl nicht, oder? ‚Sollen wir telefonieren?'

Erneut lässt er mich fast eine Minute auf die Antwort warten. Und als sie endlich kommt, verstärkt sich mein mulmiges Gefühl.

‚Nein, hab keine Zeit. Ich geb dir Bescheid, wenn ich den Termin habe. Bye.'

Äh … Wie? War's das jetzt? Er würgt mich einfach so ab? In mir macht sich ein ganz und gar blödes Gefühl breit. Habe ich was falsch gemacht? Ist etwas passiert? Hat er … Oh Mist, mir wird fast schlecht, allein bei der Vorstellung. Hat er jemanden gefunden? Meine gute Laune verabschiedet sich. Kurz spiele ich mit dem Gedanken, ihn einfach anzurufen, aber ich kann mich zum Glück beherrschen. Wir sind erwachsen. Beide. Ich muss

ihm genauso wenig nachlaufen wie er mir. Wahrscheinlich war schlicht mein Timing schlecht. Ach … bis in zwei Wochen wird sich das Ganze schon gelegt haben.
Genau.

Die zwei Wochen gehen vorbei ohne ein weiteres Lebenszeichen von Jace. Ich weiß nicht, ob ich wütend, enttäuscht, oder sonst was sein soll. Von meiner Seite aus lasse ich ihn in Ruhe, weil ich wirklich das Gefühl habe, es kam ihm ungelegen, dass ich mich bei ihm gemeldet habe.
Und genau aus dem Grund wird aus meiner Sehnsucht nach dem Mann langsam aber sicher nagender Ärger. Ärger, den leider auch meine Umwelt zu spüren bekommt. Es ist wie … ein kalter Entzug, ja. Das alles hier fällt mir schwer zu ertragen, ich brauche ein Ventil oder einen Ruhepunkt, an dem ich für ein paar Stunden wieder ich sein kann und darf.
Versteht Jace das nicht? Hmmm, ist es sehr egoistisch, wenn ich so von unserer Affäre denke? Aber zieht er nicht auch seine Vorteile aus unseren Treffen? Oh Mann, so langsam drehe ich echt durch.
Immer öfter ertappe ich mich dabei, wie ich mein Handy in die Hand nehme, seine Nummer suche und kurz davor bin, ihm eine Nachricht zu hinterlassen. Irgendwie witzig, Mike hatte es damals definitiv einfacher, seinem Schwarm zu folgen. Noch immer unterhält Jace weder eine Facebook- noch Twitterseite. Wirklich untypisch, aber er meinte auf meine Nachfrage, sein Ruf spräche für sich, diese Form von Marketing sei nicht seins und ihm fehle auch die Zeit, diese Seiten zu bedienen. Wäre ich sein Manager, würde ich das auf der Stelle ändern, aber ich habe da ja nichts zu sagen. Ich kann ja nicht mal was dagegen tun, wenn er sich mit anderen Kerlen trifft.
Scheiße!

Es ist jetzt Freitagabend, genau vierzehn Tage nach den oberflächlichen Nachrichten. Wie mir scheint, wird wieder ein Wochenende vergehen, ohne dass er hier aufkreuzt. Mist. Und ich kann im Grunde nichts anderes tun, als zu Hause zu sitzen

und gegen meine Langeweile und den Frust angrinsen wie ein Buddha.
Es stinkt mir einfach. Punkt. Seine ständige Abwesenheit, seine momentane Unerreichbarkeit und dieser Egoismus, mit dem er sein Leben einfach so weiterlebt. Ich lümmle auf der Couch und starre in den Fernseher, ohne etwas zu sehen. Ob ich frustriert bin? Aber hallo! Neben der Tatsache, dass sich mein Leben zunehmend anfühlt wie ein Gefängnis, fehlt mich auch Sex. Ja, ein Umstand, der mir eigentlich noch nie viel ausgemacht hat, aber seit Jace …
Himmel, ich sitze hier und jammere rum, suhle mich in meinem Tümpel aus Selbstmitleid und kindischem Beleidigtsein. Soll ich nicht besser irgendwo ein Bier trinken gehen? Mir einen anderen Kerl für heute Nacht suchen?
Ich muss gewaltsam ein Lachen unterdrücken. Was für ein Einfall! Jap, so mache ich das, ich fahre in den Club, stelle mich an den Tresen und warte, bis sich einer von meiner biederen Fassade angesprochen fühlt und sich gnädig von mir ficken lässt. Gut, dass Melanie gerade auf die Toilette gegangen ist, weil ich lospruste und mir gerade noch die Serviette vor den Mund halten kann, ehe ich die Limonade quer über den Wohnzimmertisch spucke.
Oh Mann! Was für ein Gedanke. Ein anderer Kerl in meinem Bett? Irgendwie witzig, bevor ich Jace nahe kam, war allein der Einfall ein Grund, umgehend eine eiskalte Dusche zu nehmen. Und jetzt? Hmmm … ernüchternd, aber nicht mehr so dramatisch. Mein schmutziges Geheimnis macht mir Spaß.

Ich schrecke aus dem Schlaf auf und sehe mich irritiert um. Ein Blick auf die Nachttischuhr verrät mir, dass es halb vier Uhr morgens ist. Was hat mich geweckt? Schräg hinter der Uhr ist leichter Lichtschein erkennbar, das muss mein Handy sein. Vorsichtig, um Melanie nicht zu wecken, die mir zugewandt viel zu dicht neben mir liegt, hangle ich nach dem Gerät.
Gerade, als ich es in die Hand nehme, geht der Bildschirm aus und lässt mich im Dunkeln zurück. Soll ich? Wahrscheinlich ist es wieder irgendeine total unwichtige Nachricht von meinem Bruder oder ein schräges, weil viel zu sexy Bild von den beiden.

Ich weiß echt nicht, warum sie mich immer damit beglücken müssen.
Gähnend drehe ich mich auf die Seite und verberge das Handy vor meiner Brust. Das helle Display blendet mich und es dauert, bis sich meine Augen daran gewöhnen.
Hoppla. Echt jetzt? Eine Nachricht von Jace hätte ich jetzt wirklich nicht erwartet. Geschwind öffne ich sie und lese den wieder mal sehr kurzen Text.
‚Heute Nachmittag. 15 Uhr in der Cafeteria am Gate A. Bitte sei pünktlich.'
Mein blödes Herz stolpert los und ich grinse wie ein Clown. Er ist da! Juhu! Morgen, nein, in ein paar Stunden darf ich ihn endlich wieder in die Arme schließen.
Das Café kenne ich, da habe ich ihn schon ein paar Mal abgeholt, wenn er aus dem Ausland ankam. Also dürfte es keine Probleme geben, rechtzeitig dort zu sein. Obwohl es ja schon seltsam klingt, wie er sich ausdrückt. Egal. Es ist spät und wahrscheinlich liegt er irgendwo in einem Hotelzimmer und kann es genauso wenig erwarten wie ich, dass wir uns endlich wiedersehen.
Wobei … eigentlich hat er bis dato immer wesentlich mehr Begeisterung gezeigt, wenn er mir geschrieben hat, dass er nach München kommt. Ach, egal … wie gesagt, es ist sauspät und wer weiß, wo er gerade herkommt. Mir schwirrt der Kopf, das hier bringt nichts. Wahrscheinlich ist er noch in der Luft und landet erst morgen, deshalb der Treffpunkt.
Auch wenn es kaum möglich ist, sollte ich noch ein wenig schlafen, die morgige Nacht dürfte hoffentlich sehr kurz werden.

Um halb drei betrete ich den Flughafen und gehe zielstrebig zum Treffpunkt. Es ist noch genügend Zeit, aber vor lauter Vorfreude habe ich mich viel früher abgeseilt. Meli war sehr still, zu still, aber ich habe keinen Bock mehr, mir darüber Gedanken zu machen. Alles, was zählt, wartet in ein paar hundert Metern auf mich.
Ah, ich kann das kleine Café sehen. Ein recht überschaubarer Raum, abgeteilt vom Rest der vollen und lauten Halle. Ein Hauch von Privatsphäre mit kleinen Nischen und winzigen

Zweiertischen. Wie geschaffen für ein heimliches Treffen mit meinem Geliebten.
Ich unterdrücke mein Grinsen und atme gegen den Druck meines Herzens an. Ich bin wieder mal völlig von der Rolle, weil ich es kaum erwarten kann, meinen Herzensmann wiederzusehen.
Ich drücke die Glastür auf und gehe hinein. Es gibt ein paar freie Tische und ich wähle einen, der ganz am anderen Ende steht und von außen schlecht einsehbar ist. Ich glaube zwar kaum, dass uns hier jemand sieht, aber der Teufel steckt im Detail, also sorge ich besser vor.
Ein Blick auf die Uhr verrät mir, dass es zwanzig Minuten vor drei ist. Ich schicke die Bedienung mit dem Hinweis, dass ich auf jemanden warte, wieder weg und zücke mein Handy.
‚Bin da', tippe ich und schicke es an Jace.
Nach wenigen Sekunden kommt ein erhobener Daumen zurück. Ich schnaube und schüttle den Kopf. Er entwickelt sich gerade zum Meister der Mininachrichten. Klasse, es gab mal eine Zeit, und die liegt nur wenige Wochen zurück, da trieften unsere Nachrichten nur so vor Erotik und Lust. Und jetzt? Ein erhobener Daumen, kurze, nichtssagende Sätze. Toll.
Ehe ich mich aber wieder in nichtsnutziges Grübeln stürze, geht die Eingangstür auf und Jace betritt das Café.
Hach … und er will zu mir. Was für eine Augenweide. Er trägt eine lässige Jeans mit stylishen Löchern, einen dunkelblauen Troyer, in dessen offenem Ausschnitt man seine Brust sehen kann, und einen schwarzen Langmantel. Nichts Verrücktes heute, was ihn deutlich älter erscheinen lässt, aber dennoch seine Schönheit unterstreicht. All den modischen Schnickschnack, den er manchmal trägt, braucht er gar nicht.
Nun ja …eigentlich bräuchte er überhaupt keine Klamotten … Hoppla, meine Gedanken sind ihrer Zeit mal wieder ordentlich voraus.
Unsere Blicke finden sich, ich nicke ihm zu und lächle, aber er bleibt seltsam ernst. Sofort ist das komische Gefühl wieder zur Stelle.

Geschickt umfährt er mit seinem Koffertrolley die Stühle und kommt heran. Täusche ich mich oder weicht er meinem Blick aus? Langsam werde ich echt paranoid.
Dann ist er heran und sieht mich an. Konzentriert stellt er den Koffer neben sich, zieht den Stuhl heraus und lässt sich umständlich nieder.
Mein seltsames Gefühl mutiert gerade zu einer schrillenden Alarmglocke.
Was ist das denn für eine komische Begrüßung? Ich weiß, wir müssen aufpassen, ich weiß, ich bin es sonst immer, der sich umschaut, aber das hier?
Wenn wir uns schon nicht knutschend in die Arme fallen, so geben wir uns sonst wenigstens die Hand oder berühren uns anderweitig. Aber hinsetzen und die Hände unter dem Tisch verstecken ist echt neu und völlig unpassend zu dem sonst so provokanten, aufreizenden Mann.
Und dieser Blick erst! Irgendwie … Ist er krank? Seine Augen sind gerötet und er wirkt blass und übermüdet.
„Hey … Geht's dir nicht gut?", frage ich und strecke meine Hand über den Tisch in seine Richtung. Jace betrachtet sie, ohne eine Miene zu verziehen, und schluckt. Dann kneift er kurz die Augen zusammen und strafft sich, richtet sich auf dem zierlichen Metallstuhl auf und blickt mir direkt ins Gesicht.
Oh oh. Irgendwas ist da im Busch.
Noch immer liegt meine Hand mit der Handfläche nach oben auf dem Tisch, aber er macht keine Anstalten, danach zu greifen. Deutlicher kann er mir gar nicht zeigen, dass die sprichwörtliche Kacke am Dampfen ist. Sonst nutzt Jace jede noch so winzige Gelegenheit für Körperkontakt und treibt mir Schweißperlen auf die Stirn.
Mir wird kalt ums Herz. Ganz langsam ziehe ich meine Hand zurück, er folgt der Bewegung mit den Augen und verzieht für eine Sekunde das Gesicht, als bereite ihm mein Rückzug Schmerzen. Als die Tischplatte leer ist, atmet er tief durch und erwidert meinen forschenden Blick. Ich möchte ihn so viel fragen. Was los ist, ob es ihm nicht gut geht, aber ich tue es nicht. Seine ganze Haltung ist kühl und distanziert. Also lasse ich

es einfach und warte stumm darauf, dass er endlich den Mund aufmacht.
Gerade, als er es tun will, kommt die Bedienung an den Tisch. Ich könnte sie dafür schlagen, bestelle stattdessen einen Cappuccino und Jace ein kleines Wasser.
Das Warten auf die Getränke gibt ihm erneut die Gelegenheit, einfach zu schweigen und sich mit den Menschen zu beschäftigen, die an der Glasscheibe entlang flanieren und ihren Geschäften nachgehen.
Ich beobachte ihn. Kenne ich diesen Mann inzwischen? Nein. Im Grunde weiß ich noch immer nicht, was ihn bewegt, ausmacht, berührt. Das ist so traurig.
Die Getränke kommen und wir nehmen beide einen Schluck. Da Jace immer noch schweigt, mache ich doch den Anfang.
„Sollen wir nicht … Ich meine, möchtest du nicht in dein Hotel? Wir könnten uns dort unterhal…"
Er unterbricht mich mit einer unwirschen Handbewegung. Wieder sucht er nach Worten. Schließlich stellt er sein halbvolles Glas so unsanft auf den Tisch, dass es überschwappt und sich eine Lache bildet. Fluchend nimmt er eine Serviette und wischt sie auf.
Toll. Wenn das so weitergeht, sitzen wir in drei Stunden immer noch hier und nichts ist passiert.
Oder doch?
Jace sieht mich kurz an, schüttelt dann den Kopf und betrachtet das weiße, nasse und zerknüllte Papiergebilde in seiner Hand.
„Nein. Kein Hotel. Ich …" Er schluckt nervös. „Ich bin nicht angekommen, sondern fliege in einer guten Stunde ab."
Mit den letzten Worten starrt er mich an. Und ich mit offenem Mund zurück.
„Aber ich dachte …"
Wieder würgt er mich ab und wie mir scheint, gewinnt er mit jedem Wort, das er ausspricht, an Kraft und Energie.
„Ich weiß, was du dachtest." Er schnaubt abfällig.
„Ach ja? Warum bin ich dann hier?"
Kurz flackert so etwas wie Ärger in seinem hübschen Gesicht auf. Ärger, den ich nicht verstehe, was geht hier ab? Habe ich

irgendetwas falsch gemacht? Ehe ich ihn fragen kann, nimmt er die Sache wieder in die Hand.

„Du bist hier, weil ich dir etwas sagen muss, was ich dir nicht per SMS oder am Telefon mitteilen wollte." Jace zögert abermals, wirft das undefinierbare Papierknäuel in den Aschenbecher auf dem Tisch und beißt sich auf die Lippen. „Es ist vorbei, Dirk. Ich habe mit der Agentur einen Vertrag für die Staaten abgeschlossen und fliege nach LA. Ich bin 29 Jahre alt und so viel Zeit bleibt mir nicht mehr. Das, was ich will, muss ich jetzt machen und das ständige Pendeln kostet zu viel Zeit." Er verstummt und erwidert meinen blöden Blick.

Aha. Die Agentur also. Mich überkommt große Lust, Jamie und meinen Bruder in der Luft zu zerpflücken. Stattdessen labert mein Gehirn von etwas ganz anderem. „Und was ist mit uns?"

Jace lacht trocken auf. „Es gab nie ein *uns*. Wir hatten eine Affäre, mehr nicht. Du lebst dein Leben, ich das meine. Und meins führt mich woanders hin."

Kalte, harte Worte, die Wahrheit zwar, aber sie tun weh. Ich greife nach meiner Tasse, setze sie aber unverrichteter Dinge wieder ab, weil ein dicker Kloß meinen Hals blockiert.

Ohne ihn anzusehen, flüstere ich leise: „Und mit unseren Gefühlen füreinander? Gibt es die auch nicht mehr?"

Stille am Tisch. Als ich es wage, ihn anzusehen, weiß ich nicht, was mir sein starres Gesicht sagen soll. Dann schüttelt er den Kopf, trinkt sein Glas leer und steht auf. Erst als er seine Jacke angezogen hat, beugt er sich über den Tisch, legt Geld neben das Glas und sieht mich forschend an.

„Was spielen Gefühle schon für eine Rolle? Haben sie dir je was bedeutet? Hat sich für dich etwas geändert, weil wir uns mögen? Nein. Also?"

Jace wendet sich ruckartig ab.

„Jace … warte. Was … was soll das heißen?"

Er blickt mich an, als habe ich den Verstand verloren. Sein Mund öffnet sich zu einer Antwort, aber statt Worten kommt nur wieder dieses abfällige Lachen. „Du verstehst es wirklich nicht, oder?"

Ich zucke hilflos mit den Schultern. „Nein. Wir … es war doch alles geklärt. Du sagst mir diese Dinge, als ob ich etwas falsch

gemacht habe. Ich … Erklär's mir, bitte." Ich weiß, ich schinde Zeit, um ihn irgendwie noch hier zu behalten, aber ich verstehe es wirklich nicht.
Jace geht jedoch nicht darauf ein. Fahrig wischt er über seine Augen, schließt die Knöpfe an seinem Mantel. Seine Finger zittern, ich möchte nach ihm greifen, ihn festhalten, aber das geht hier nicht.
„Das macht keinen Sinn. Es ist vorbei, diese nette, kleine Episode. Du dürftest kein Problem haben, Ersatz für mich zu finden. Bye." Spricht's und wendet sich einfach ab.
Was ist das für eine Scheiße? Als ich völlig verdattert wieder einen klaren Gedanken fassen kann, ist er bereits bei der Tür und verlässt, ohne zurückzuschauen, das Café.
Und ich? Ich sitze völlig verdattert auf meinem Platz und beobachte seinen Abgang, verfolge, wie er sich strafft, seine dunkelblonden Haare zurückstreicht und im Menschengetümmel verschwindet. Für einige Sekunden kann ich hin und wieder einen Blick auf ihn erhaschen, aber dann sind zu viele Fremde zwischen uns.
Die Geräusche um mich herum dringen wieder bis zu mir vor. Stimmengewirr, die Lautsprecheransage, Geschirrgeklapper …
Aus!
Jace hat Schluss gemacht und ist gegangen.
Mein Ausflug ans andere Ufer ist zu Ende.
Ich lache auf und weiß selbst, dass ich total durchgeknallt klinge. Unvermittelt durchströmt mich so grenzenlose Erleichterung, dass ich nach Luft schnappe. Ich muss nicht mehr lügen! Nie mehr. Stöhnend falle ich an das Rückenpolster zurück und verstecke mein Gesicht hinter meinen Händen. Meine Ehe hat eine Chance, ich kann zur Normalität zurückkehren und …
Durchdringender Schmerz rast auf mich zu, walzt die dankbare Ruhe schreiend platt, zerquetscht mein Herz, presst meine Lunge zu einem unbrauchbaren Gebilde zusammen und jagt Tränen in meine Augen.
Aus!
Vorbei!
Grundgütiger, tut das weh!

Zwei Wochen später.

Meine anfängliche, ehrliche Erleichterung über das Ende dieser Affäre hielt gerade mal drei Minuten an. Richtig bewusst wurde mir dann alles, als ich nach Hause kam und die Tür hinter mir ins Schloss fiel.

Gehe ohne Umwege direkt ins Gefängnis. Genau, und wenn du schon mal dort bist, wirf den Schlüssel weg und hänge dich auf.

So geht es mir seitdem.

Wie kann man sich nur so beschissen fühlen? Er ist weg, Geschichte, und anstatt jetzt den Kopf frei zu haben für die wichtigen Dinge des Lebens, sitzt er in meinen Gehirnwindungen wie ein Parasit. Meine Gedanken sind wie eine Spirale und drehen sich jeden Tag ein Stück enger um ihn.

Was soll ich jetzt tun? Wie soll ich die Zeit hinter mich bringen, die diese Trennung für sich fordert, um endlich wieder normal agieren zu können? Kann Liebe so wehtun? Na ja, Liebe wohl nicht, aber das Fehlen derselben.

Immer und immer wieder grüble ich darüber nach, warum er gegangen ist. Liegt es tatsächlich nur an seiner Karriere? Gut, mit 29 muss er schon sehen, wo er bleibt, obwohl ich aus Mikes Erzählungen weiß, dass viele seiner Kollegen älter sind. Aber die drehen ja auch Pornos, im Modelbereich dürfte es anders aussehen. Oder nicht? Mist, ich weiß einfach zu wenig über das Geschäft, um mir einen Grund bieten zu können.

Oder hat er einfach aufgehört mich zu lieben? Hmmm, komisch, als wir zusammen waren, habe ich es oft vermieden, von Liebe zu reden. Jetzt brauche ich den Klang dieses Wortes regelrecht, um nicht völlig den Verstand zu verlieren. Vielleicht kommt er ja zurück? Eventuell sagt ihm LA so gar nicht zu und er besinnt sich auf seine Wurzeln?

Blöde Gedanken. Am einfachsten wäre es, Mike nach ihm zu fragen, aber dazu müsste ich mich outen, und das geht nun mal nicht. Außerdem wäre es wirklich zu auffällig, wenn ich ihn jetzt plötzlich drüben anrufe und mich nach einem Model erkundige. Sonst halte ich mich auch zurück und lasse die beiden ihr Leben leben, melde mich meist nur, wenn sie in Deutschland sind.

Ich lege den Kugelschreiber vor mir auf die Arbeitsplatte des Schreibtisches und verstecke mein Gesicht hinter den Händen.
Ich weiß genau warum, habe es mir inzwischen ja längst eingestanden. Sie zu ignorieren, den Kontakt auf ein Minimum zu beschränken, ist jetzt wieder Teil meiner Strategie: *Immer schön mit dem Strom schwimmen.* Ja, genau.
Alles, was bei Melanie zu Stirnrunzeln, Ärger oder Gesprächen führen könnte, vermeide ich nach Möglichkeit. Nur keine Angriffsfläche bieten, immer hübsch durchschlüpfen und Hindernisse umrunden.
So langsam frage ich mich echt, wie ich diese Affäre fast zehn Monate aufrechterhalten konnte, ohne aufzufliegen. Aber klar … zwischendurch habe ich es geschafft, für mich einzustehen, habe mit hoch erhobenem Kopf um meine Freiheit gekämpft.
Hat aber nichts gebracht, wie sich jetzt zeigt. Kaum ist Jace weg, ziehe ich wieder den Kopf ein und husche durch mein Leben wie ein geprügelter Hund. Ich bin der Prototyp eines Losers. Klasse. Die Feststellung ist hervorragend dazu geeignet, meine Midlifecrisis weiter zu verstärken.
Was soll ich tun? Was kann ich tun? Jace ist Geschichte, es gibt kein Zurück mehr, egal wie weh es tut. Macht eine Veränderung, egal in welcher Hinsicht, dann überhaupt noch Sinn?
Ich schüttle unwirsch den Kopf, stehe auf und beziehe wieder meinen Beobachtungsposten am Bürofenster. So langsam hat der Parkettboden hier schon eine Senke.
Mich ärgern meine eigenen Gedanken, weil mir aufgeht, dass ich es wieder von einem anderen Menschen abhängig mache, ob ich etwas an meinem Leben verändere oder nicht. Sind wir alle so fremdbestimmt oder bilde ich mir das nur ein? Aber andererseits, wenn ich tue, wonach mir der Sinn steht, leidet meine Familie darunter.
Ein Kompromiss? Dass ich nicht lache. Wie soll das möglich sein? Woraus sollte der bestehen? Einer neuen Wohnung? Nur weil ich dieses Reihenhaus zum Sterben langweilig finde? Gut, das wäre vielleicht noch irgendwie durchsetzbar, aber dann hört es auch schon auf. Kein Kompromiss der Welt entzündet plötzlich meine Gefühle für Melanie, macht meinen Job wieder interessant oder …

Scheiße.
Oder bringt meinen Herzensmann wieder zurück.
Ich beiße die Zähne zusammen und dränge die bescheuerten Tränen zurück. Egal wie oft ich dieses Szenario durchspiele, ich kehre immer wieder an den Anfang zurück.
Es gibt keinen Ausweg, alles, was bleibt, ist die Hoffnung darauf, dass der Schmerz vergehen wird und die Agonie meines Lebens mit der Zeit abnimmt. Ja, genau. Einfach weiter um Normalität kämpfen und mein Bestes geben.

Es funktioniert mehr schlecht als recht, aber zumindest kann ich im Alltag meinen Plan einigermaßen gut durchziehen. Ich versuche, nein, ich lege extrem viel Energie in alles, was mit meinem Töchterchen zu tun hat. Fahre sie in den Kindergarten, hole sie ab, gehe mit ihr zum Einkaufen, auf den Spielplatz, zu meinen Eltern und so weiter. Wir kommen uns so viel näher und Melanie erhält dadurch mehr Freiraum für sich.
Schon seltsam, ich schenke ihr das, was ich mir selbst wünsche, aber … da kein Jace mehr da ist, wüsste ich nicht, mit was ich ihn füllen sollte.
Was Meli und mich angeht, da tut sich leider überhaupt nichts mehr. Ich ertrage ihre Nähe kaum noch. Nachdem sie zwei Mal versucht hat nachts, als ich schlief, näher zu kommen, und mich sehr unmissverständlich berührt hat, bin ich kommentarlos ins Gästezimmer gezogen. Es geht einfach nicht mehr, sie ist mir so fremd geworden. Ich weiß, ich benehme mich wie ein egoistisches Arschloch, aber ich kann nicht über meinen Schatten springen.
Und wenn ich dann alleine in dem schmalen Bett liege, träume ich von Jace. Ich lasse ihn vor meinem inneren Auge entstehen, entsinne mich seines traumhaften Bodys, versuche das Gefühl, diese Muskeln unter seiner zarten Haut zu berühren, Revue passieren zu lassen.
Ich könnte heulen vor Frustration, weil all diese Eindrücke so flüchtig sind. Seine Küsse, wie fühlte es sich an, wenn wir gemeinsam versanken, während wir den anderen kosteten? Wie schmeckte seine Haut, feucht vor Lust und Erregung? Oder sein wunderschöner Schwanz? Wie war es, die würzigen Tropfen von

der Eichel zu lecken, an ihm zu saugen und ihm damit diese kehligen Schreie zu entlocken?
So weit weg, so unvorstellbar weit weg …

Nach weiteren zwei Wochen, es ist jetzt Mitte März, habe ich nur noch das Gefühl, in einer Art Dauernarkose rumzulaufen. Einzige Lichtblicke in allem sind Lea und die Erinnerungen an Jace.
Ich bin nicht mehr richtig anwesend, und das nervt mich selbst. Wieso dauert es so lange, bis diese Hormone, genannt Liebe, endlich aus meinem Blutkreislauf verschwinden?
Missmutig stochere ich in meinem Wurstsalat herum und ignoriere jede Gesprächsaufforderung von Melanie. Ich weiß überhaupt nicht, was sie erzählt. Wahrscheinlich versucht sie mir ihren heutigen Shoppingausflug schmackhaft zu machen, aber das interessiert mich genauso wenig wie das trübe Wetter draußen. Dann plötzlich ist Stille und das fällt mir dann doch auf. Als ich aufsehe, finde ich mich alleine mit ihr am Tisch. Mit verschränkten Armen sieht sie mich an und wartet einfach ab. Hmmm, neue Strategie.
Ich schaue mich um, aber Lea ist nirgends zu sehen. Auch sonst wird mir klar, dass die Lage wohl ernst ist. Der Fernseher ist aus, kein Radio läuft und auf dem Tisch herrscht gähnende Leere. Oha … ich habe nicht mal mitbekommen, dass sie abgeräumt hat. Wenn das jetzt mal kein Donnerwetter gibt.
Ich wappne mich, schiebe den Teller ein Stückchen von mir weg und lehne mich zurück. Meli verfolgt jede Bewegung mit Argusaugen, schweigt aber noch. So bleibt mir nach Minuten des gegenseitigen Anstarrens nichts weiter übrig, als dieses *Was auch immer* zu beginnen.
„Habe ich was verpasst?“, frage ich leise und versuche irgendwie aus ihrem ungewohnten Verhalten schlau zu werden.
„Nicht mehr als in den letzten Wochen.“
Oh je. „Das heißt?“
Sie schüttelt den Kopf und streicht ihre Haare hinter die Ohren. Früher mochte ich ihre langen, dunkelbraunen Haare sehr. Früher … Himmel, wie sich das anhört.
„Was ist los mit dir, Dirk?“

Ich zucke hilflos mit den Schultern. „Was soll los sein?“ Obwohl ich die Worte halbwegs sicher auf den Weg bringe, wird mir innerlich eiskalt.
Meli seufzt. „Hör auf damit, bitte. Ich bin weder blind noch blöd. Du … du hast dich so verändert, bist ein völlig anderer Mensch geworden. Und jetzt tu nicht wieder so, als bilde ich mir was ein. Wir müssen reden, so wie jetzt geht es nicht weiter.“
Ich seufze, entschließe mich aber dieses Mal nicht zu flüchten. Sie hat ja recht. Aber dieser Satz „Wir müssen reden“ ist wohl der Supergau schlechthin.
„Es tut mir leid.“
„Was genau?“
„Ich … Alles. Ich weiß doch auch nicht, was mit mir los ist.“
Für eine Sekunde verzieht sie gekränkt das Gesicht. „Das nehme ich dir nicht ab.“ Meli rückt näher an den Tisch heran und verschränkt ihre Hände auf dem Holz. „Bitte geh jetzt nicht wieder hoch, aber … Schau, wir sind doch schon fast am Ende, schlimmer als jetzt kann es kaum noch werden. Hast du eine Affäre? Ist das der Grund, warum du so mies drauf bist?“
Toll, hätte ich die noch immer, würde das hier nicht so eskalieren. Aber zumindest muss ich nicht mehr lügen. „Nein, echt nicht. Es ist …“ Ich suche nach Worten, irgendwas, womit ich ihr das Drama plausibel machen kann, ohne sie zu sehr zu verletzen. „Es liegt nicht an dir, ich bin einfach … gestresst, genervt von diesem täglichen Einerlei.“
Sie schluckt es nicht ganz, merke ich gleich, aber wie mir scheint, ist sie dennoch dankbar, dass ich ihr nichts Schlimmeres präsentiere.
„Du bist seit Wochen nicht mehr ausgegangen, warum tust du das nicht wieder?“ Ihre Stimme ist leise und konzentriert.
Weil kein Fick auf mich wartet? „Ich weiß auch nicht.“
Meli nickt und mir wird klar, dass sie versucht, das Ding namens Ehe, zu retten, und mir entgegenkommen will. Für so stark hätte ich sie nicht gehalten.
„Warum fährst du nicht ein paar Tage zu deinem Bruder? Vielleicht kommst du dort auf andere Gedanken?“
Ich starre sie mit großen Augen an. Wenn mir eines klarmacht, wie tief der Karren im Dreck steckt, dann dieser Vorschlag. Nie,

aber auch gar nie, solange wir zusammen sind, hat sie mich aufgefordert, irgendetwas mit meinem Bruder zu unternehmen. „Ist es echt so schlimm?“, frage ich leise nach.
Ohne Vorwarnung fängt sie an zu weinen, leise und ohne Schluchzen oder Getue. Es laufen nur Tränen über ihr Gesicht. Sie versucht sie zu unterdrücken, aber das misslingt. Völlig ruhig zieht sie ein Taschentuch aus ihrer Jeans und wischt sich das Gesicht trocken.
Ich warte, bis sie sich gefasst hat. Was kann ich ihr auch zum Trost bieten? Nichts, kein gutes Wort und schon gar keine Umarmung.
Schließlich schnäuzt sie sich und atmet tief durch. „Fass das jetzt nicht als Vorwurf auf, okay?“
Ich nicke und mir graust vor den nächsten Worten.
„Du bist stundenlang im Büro, übernachtest auch dort. Du gehst aus, okay, jetzt nicht mehr. Du fährst weg und ich weiß nicht, wohin. Du hast vor Monaten aufgehört, mit mir zu schlafen, und bist ins Gästezimmer gezogen. Du bist mir gegenüber kalt, distanziert, uninteressiert und behandelst mich wie eine Fremde. Was ist das hier, was wir führen? Eine Zweckgemeinschaft oder eine Ehe?“
Ich starre sie lange an. Obwohl sie mich gebeten hat, ihre Worte nicht als Vorwurf zu betrachten, komme ich nicht umhin, es dennoch zu tun. Im Grunde sind sie nichts anderes und geben mir das Gefühl, alleine an allem Schuld zu sein.
„Es mag alles stimmen, aber glaubst du nicht, dass dazu zwei gehören?“
Meli funkelt mich an, ich sehe ihr den Ärger an.
„Ach? Dann bin ich jetzt dran schuld?“
Ich seufze. „Das habe ich nicht gesagt, oder? Nur … ich habe immer zurückgesteckt, immer alles getan, was du dir gewünscht hast. Sei es nun dieses konservative Haus, das Auto oder die Urlaube auf Mallorca. Hat dich je interessiert, was ich will? Wie ich vielleicht leben möchte, wohin ich fahren würde? Nein. Und du musst es gar nicht abstreiten, ich habe recht.“
„Was passt dir an unserem Haus nicht?“, schnappt sie nach dem Erstbesten.

„Es ist … eng, dunkel … Ich wollte immer ein Loft, Weite und Licht …“
„Das ist unpraktisch und eine Sauarbeit zum Putzen. Außerdem sind Lofts in der Regel oben und du weißt, dass ich Höhenangst habe.“
Ich starre sie an und bin ernüchtert. „Siehst du? Genau das meine ich.“
„Was denn jetzt?“
„Es ist egal, ob ich mich hier wohlfühle, Hauptsache für dich ist es praktisch und passt in deinen Kram. Lassen wir das, Meli. Ich finde die Idee, ein paar Tage zu Mike zu fahren, wirklich gut. Ich brauche Zeit, um nachzudenken. Es wäre echt lieb von dir, wenn du damit einverstanden bist.“
Sie sieht mich lange stumm an. Schließlich lenkt sie ein und nickt. „Deshalb habe ich es dir ja vorgeschlagen. Vielleicht … schaffen wir es ja gemeinsam, einen Mittelweg zu finden?“
Ich betrachte ihr hübsches Gesicht und finde Angst in ihren Augen. Wir haben uns mal geschworen, füreinander da zu sein, in guten wie in schlechten Tagen. Jetzt sind es wohl gerade die schlechten Tage und es ist nur fair, zu kämpfen.
Langsam stehe ich auf, umrunde den Tisch und ziehe sie an der Hand in die Höhe. Sie schluchzt leise auf, kämpft um Fassung, als ich sie behutsam an mich ziehe und umarme. Meli fühlt sich so furchtbar fremd in meinen Armen an und mich überfällt die pure Sehnsucht nach Jace. Das ist ungerecht ihr gegenüber.
Vielleicht ist es wirklich das Beste, einfach mal ein paar Tage über die Zukunft nachzudenken. Na ja, über die Zukunft wohl nicht wirklich, weil ich meinen Weg kenne, aber eventuell kann ich abschalten, meinen verlorenen Lover ein weiteres Stückchen hinter mir lassen.

34.
Dirk

Leider vergehen noch ein paar Tage, bis ich zu Mike fahren kann. Es schneit, was das Zeug hält, als ich mich auf den Weg in den Süden mache. Wir hatten die letzte Woche lockeren Mailkontakt, nicht zu viel, um ihn nicht auf komische Gedanken zu bringen, aber mehr als sonst. Es tut mir gut, mit ihm zu quatschen. Seine Lebensfreude gibt mir irgendwie Mut.

Nach unserer Aussprache haben ich und meine Frau zum Glück einen Weg gefunden, wieder einigermaßen normal miteinander umzugehen. Zwar fühlt sich jeder Austausch an, als ob wir auf rohen Eiern tanzen, aber zumindest streiten wir nicht mehr. Unsere Ehe steht zweifelsfrei auf der Kippe und, obwohl ich sie aufrechterhalten will, hat Melanie Angst. Das verstehe ich, schließlich kann sie mir nicht hinter die Stirn schauen.

Die Idee mit der Auszeit im Allgäu findet sie immer noch gut und so habe ich vorgestern meinem Bruder die Idee für einen Kurztrip erläutert. Das ist insofern neu, weil ich zugegebenermaßen die letzten Monate kaum noch bei ihnen war.

Ich schnaube und kneife die Augen für einen Moment zusammen. Der entgegenwehende Schnee raubt mir die Sicht und es ist extrem anstrengend.

Ja, die letzten Besuche liegen lange zurück, weil ich sonst immer darauf gehofft habe, Jace würde da sein. Mir geht auf, wie oft ich auf ihn gewartet habe. Eigentlich ständig, immer war ich für ihn abrufbar. Ärger brodelt in mir hoch, das ist unfair. Mein Leben läuft nun mal komplett in München ab, wie sollte es dann auch anders sein.

Weg damit. Ich bin hier, um einen klaren Kopf zu bekommen und nicht über verpasste Chancen und Gelegenheiten nachzudenken.

Mike freut sich ehrlich, dass ich komme. Wir wollen uns den Garten anschauen, weil er neue Pflanzen einplant und etliches kaputt ist, sowie ein paar Reparaturen an der Scheune durchführen. Für die Sträucher ist es jetzt zwar wohl zu spät, aber vielleicht kann man noch was retten, ehe sie der Schnee komplett zu Boden drückt.

Das wird allerdings noch zwei Tage warten müssen. Die beiden kommen aus Spanien und müssen zuerst nach Frankfurt. Frankfurt … Toll, sofort wieder unerwünschte Assoziationen mit Jace. Nun, auf jeden Fall haben wir entschieden, dass ich heute schon, am Donnerstag, fahre, mich ein wenig um das Heizen kümmere und Conan von Chris nach Hause hole. Um das Schneeräumen dürfte sich Chris schon gekümmert haben, er hat sich einen Schneepflug für seinen Pickup gebastelt und damit geht es ruck zuck.
Ich werde in circa einer halben Stunde bei ihm sein, wenn es nicht noch schlimmer mit dem weißen Zeug wird, und den Hund einpacken. Ehe ich losgefahren bin, habe ich noch Lebensmittel eingekauft, so steht also zwei ruhigen Tagen nichts im Wege.
Ehrlich, ich freue mich darauf. Mike hat damals, als er aus München wegzog, die absolut richtige Entscheidung getroffen. Die Gegend ist schön, das Dorf sowieso und erst sein Haus! Ein Schmuckstück, auch wenn es mir zu abgelegen wäre. Aber ich liebe es, dort zu sein, die Weite, der Blick auf die fernen Alpen, die Ruhe und ungestörte Natur ringsherum. Morgen werde ich mit Conan einen ausgiebigen Spaziergang machen, das wird mir guttun.

Aus der halben Stunde wird fast eine ganze. Trotz des miesen Wetters konnte es ein Vollidiot nicht erwarten und musste auf einer gefährlichen Bundestraße überholen. Es kam natürlich wie es kommen musste. Er wich einem entgegenkommenden Auto aus und landete im Graben. Es gab wohl nur Blechschaden, aber es dauerte ewig, an der Unfallstelle vorbei zu kommen.
Doch jetzt habe ich es geschafft. Der Schneefall hat aufgehört, die gewundene Landstraße ist super geräumt und ich kann Chris und Romans Hof schon durch die Obstbäume spitzen sehen.
Der circa hundert Meter lange Fahrweg bis an ihr Anwesen ist rechts und links gespickt mit Eisenskulpturen. Teils sehr abstrakte Gestalten, dann wieder stilisierte Blumen und Tiergestalten. Eine extrem interessante und Aufsehen erregende Allee. Das Metalltor, das in den eisernen Zaun, der den kompletten Hof umgibt, eingelassen ist, ist geschlossen. Chris dürfte dann

wohl irgendwo auf dem Areal unterwegs sein. Er schließt es immer, damit er die Hunde frei laufen lassen kann.
Ich halte davor an und warte einfach ab, bis genau die mich bemerken. Und ja, das klappt. Krümel, obwohl die Kleinste in der Truppe, hat zweifelsfrei den Chefposten inne und meldet mich sofort mit lautem Gebell. Nach wenigen Sekunden stieben vier Fellnasen auf mich zu.
Neben der kleinen Jack-Russel-Dame hat Chris mit seinem großen Herzen noch zwei Hunde aus einer Tötungsanlage adoptiert, die nicht viele Chancen hatten. Ich kenne mich nicht so gut aus, aber ihre Behinderung ist klar zu erkennen. Der halbhohe Wuschel mit einem Fell, das an einen Wischmopp erinnert, ist blind und dem anderen, es könnte eine dieser Kampfhundrassen sein, fehlt ein Vorderbein. Nichtsdestotrotz freuen sich alle wie wild hinter dem Zaun, allen voran natürlich Conan, der mich längst erkannt hat.
Da keine Gefahr droht, quetsche ich mich nach drinnen und lasse mein Auto einfach in der Einfahrt stehen. Nachdem jeder Hund sein Leckerchen bekommen hat, trollen sie sich wieder und ich kann mich auf die Suche nach Chris machen. Was nicht sonderlich schwer ist, weil aus der offenen Schmiede, sprich dem umgebauten Stall, lautes Hämmern dringt.
Ehe ich jedoch den Stall betrete, öffnet sich die Haustür und Roman schaut nach dem Rechten. Ich hoffe jetzt nur, dass er mir nicht mit irgendwelchen blöden Fragen kommt. Das könnte ich momentan überhaupt nicht ertragen. Ich winke ihm zu und überquere den geräumten Hof.
„Hey“, grüßt er mich lässig. Er trägt lediglich ein T-Shirt und eine legere Jogginghose, was eindeutig zu kalt ist für draußen.
„Grüß dich.“
Wir geben uns die Hände und ich kann sehen, wie er mich mustert. Ehe er mich irgendetwas fragen kann, komme ich ihm zuvor. „Du, ich habe mit meinem Bruder ausgemacht, dass ich ein paar Tage hier Urlaub mache. Ich würde Conan gern mitnehmen.“
Roman nickt und öffnet die Tür ein Stück weiter. „Klar. Willst du einen Kaffee? Chris hat einen fantastischen Birnenkuchen gemacht, aber ich habe keine Lust, alleine zu essen.“

Ich muss unwillkürlich schmunzeln und folge Romans beleidigtem Blick zur Werkstatt. „Oh … Alles okay bei euch?“
Roman lacht auf. „Klar. Nur frage ich mich manchmal, ob die Idee, einen Hof mit dazugehöriger Werkstatt zu kaufen, so eine gute Idee war.“
„Warum?“
„Ich habe eigentlich Urlaub und gehofft, etwas Zeit mit meinem Mann zu verbringen. Und was macht er? Springt von der Couch auf wie von der Tarantel gestochen und rennt in den Stall, weil ihm wieder irgendeine Idee gekommen ist, die nicht warten kann.“
Ich muss unwillkürlich lachen. „Solange er nicht aus dem Bett hüpft, geht es doch noch, oder?“
Roman grinst breit. „Soweit kommt’s noch, es gibt ja zum Glück Hilfsmittel, um das zu verhindern.“
Oh. Sein Blick wird lauernd und schlagartig missfällt mir die Richtung, in die unser Gespräch gerade abdriftet. Time to go, würde ich mal sagen, obwohl mich der Gedanke an den Birnenkuchen fast weich werden lässt. Chris’ Kuchen sind der absolute Hammer, auch wenn man dem Kerl so was nie zutrauen würde.
„Na, dann schnapp ich mir mal den Hund und störe ihn nicht …“
„Bloß nicht. Ich komme in Teufels Küche, wenn du einfach so abhaust, ohne ihm Bescheid zu sagen. Die Hunde sind sein Heiligtum und wenn Conan nicht da ist, wenn er fertig ist … Ne, das lass mal bitte sein.“
Ich muss lachen. Das passt wirklich zu Chris. „Okay, dann mach ich das mal.“ Ich wende mich ab, aber Roman hält mich zurück.
„Dirk?“
Ich atme tief durch und drehe mich wieder um. Mist. Seine Miene ist jetzt ernst. „Was?“
„Ist bei dir auch wirklich alles in Ordnung?“
Wäre ich doch bloß gleich in den Stall gegangen. „Ja, ist es. Ich brauche nur eine Auszeit von zuhause.“
Wir sehen uns an, zum Glück hat er so viel Anstand, nicht weiter zu bohren, sondern zieht lediglich die Augenbrauen hoch und nickt.
„Ich sage dann mal Chris Bescheid.“

„Tu das, ich hole Conans Sachen und stelle sie hierher."
„Ja, danke." Ich spüre, dass er noch was sagen will, aber schließlich lässt er es sein und verschwindet nach drinnen. Gut so, ich habe wirklich keinen Bock, vor diesem Mann einen Seelenstriptease zu vollführen.
Zu meinem Glück muss ich Chris nicht schreiend, hüpfend oder sonstwie auf mich aufmerksam machen, als ich die Schmiede betrete. Er grinst mir entgegen, die Schweißermaske in die Stirn geschoben und offensichtlich in den komplett falschen Klamotten. Das einst weiße T-Shirt ist mit Ruß verschmiert und in der grauen Jogginghose prangen ein paar Brandlöcher. Ich kann mir ein Grinsen nicht verkneifen, weil er trotz des derangierten Anblickes so viel Enthusiasmus ausstrahlt. Künstler eben! Ich glaube, das muss ich nicht näher beschreiben.
„Hi", grüße ich ihn und erwidere seinen festen Händedruck, nachdem er diese an einem Handtuch abgewischt hat.
„Hey, Dirk. Alles klar?"
„Ja, ich wollte Conan abholen. Ich bleibe ein paar Tage bei Mike, er meinte, ich solle einfach bei dir vorbeischauen."
„Ja, klar. Ich hole seine Sachen."
„Lass mal, das hat Roman schon erledigt."
Chris verzieht das Gesicht, als ob er Schmerzen hätte. „Auweia. Ich hoffe, er war nicht allzu sauer auf mich. Ich kann froh sein, wenn er später nicht hinter mir abschließt und den Schlüssel verschwinden lässt."
Unwillkürlich muss ich lachen. Die Vorstellung, diesen Kleiderschrank einzusperren, entbehrt nicht einer gewissen Komik.
„Nein, den Eindruck hatte ich nicht, etwas angefressen, aber eher im positiven Sinn. Was hast du angestellt, außer fluchtartig die Couch zu verlassen?"
Chris winkt ab und greift nach einem Gegenstand auf der Werkbank. „Viel mehr war es nicht. Ich hatte eine Idee, aber sie war so flüchtig, da musste ich gleich reagieren …"
Fassungslos starre ich auf den filigranen Gegenstand in seiner Hand. Ich bin immer wieder erstaunt, was für Dinge dieser Klotz von einem Mann zustande bringt. Wenn der Spruch „Harte Schale, weicher Kern" bei irgendwem zutrifft, dann bei Chris. Er zeigt mir einen Vogel mit gespreizten Flügeln, die Gestalt noch

roh und ohne Feinschliff, aber sie ist dennoch zauberhaft. Anstelle von Füßen befindet sich unten eine runde Halterung, damit man ihn irgendwo draufstecken kann. Etwas ratlos sehe ich den Erschaffer an.
„Na ja … ich mag diese Christbaumengel nicht wirklich, da kam mir die Idee mit dem Vogel. Ich meine, es sieht doch auch irgendwie ähnlich aus …“ Unsicher wartet er auf meine Reaktion.
Nun bin ich weder Kunstkenner noch sonderlich versiert in Dekosachen, ich gehe rein nach dem Gefühl. „Es gefällt mir, die Idee ist sehr schön und der Vogel toll. Ehrlich.“
Er lächelt zufrieden, nickt und legt es beiseite. „Danke. Mal sehen, was draus wird.“
„Ich würde ihn gern sehen, wenn er fertig ist.“
Chris nickt und streift sich die Brille vom Kopf. Nachdem er sie weggelegt hat, dreht er das Gas aus und deutet Richtung Ausgang. „Gerne, das lässt sich machen. Komm, ich begleite dich noch raus.“
„Und dann umziehen?“
Er lacht und zuckt mit den Schultern. „Nicht nur das, Roman mag den Geruch nicht so gern, also gleich duschen. Aber er hat ja recht.“
Schweigend überqueren wir den Hof, holen die Tasche mit Conans Sachen und gehen zum Tor. Chris’ Rudel folgt uns auf dem Fuße, aber dennoch ist es kein Thema für Conan, mich hinaus zu begleiten. Mit einem kurzen Gruß verabschiede ich mich und bugsiere den Hund auf den Rücksitz, auf dem eine vorbereitete Decke liegt.

Ein paar Stunden später, es ist bereits kurz vor Mitternacht, wird mir klar, dass die Idee, vor den beiden hier zu sein, zu den dümmsten in letzter Zeit gehört. Muße zum Nachdenken ist ja gut und schön, aber mich holen die Gefühle ungebremst ein und mit ihnen Liebeskummer vom Feinsten. Scheiße, was vermisse ich diesen Mann! Warum wird mein Verlangen nach ihm stärker statt schwächer? Um mich abzulenken, mache ich lange Spaziergänge mit Conan und kaufe ein, damit wenigstens der Kühlschrank voll ist, wenn sie ankommen. Dennoch bin ich ehrlich

erleichtert, als mir Conan kurz nach Mittag des zweiten Tages durch aufgeregtes Bellen ein Auto ankündigt. Grinsend lege ich das Buch zur Seite, von dem ich ohnehin kein Wort behalten kann, dank Jace.
Ich gehe an die Tür, nachdem ich durch das Fenster gesehen habe, dass es Mikes Geländewagen ist. Conan sprintet bellend hinaus und meinem Bruder fast in die Arme, als der sich ihm zuwendet, kaum dass er aus dem Auto gestiegen ist. Ich winke Jamie zu, der ebenfalls das Auto verlässt.
Sie sehen beide müde und ziemlich geschafft aus. Wahrscheinlich werden sie erst Mal eine Runde schlafen. Ich gehe wieder nach drinnen, um die Kaffeemaschine in Gang zu setzen.
Und ja, kaum betritt Mike das Wohnzimmer, seufzt er laut. „Ah … sehr gute Idee. Genau das, was ich jetzt brauche."
Er umrundet die Theke und zieht mich an sich. Während er mir auf den Rücken klopft, dass ich befürchte, meine Lunge kollabiert, betritt auch Jamie den Raum und streicht sich sein Haar zurück. Nein, frisch ist wirklich anders. Ich beneide die zwei gerade wirklich nicht um die ständige Reiserei durch die Weltgeschichte.
„Schön, dass du da bist, Bruderherz. So ein geheiztes Haus, ein voller Kühlschrank und Kaffee zur Begrüßung haben definitiv was."
„Gern geschehen." Ich reiche ihm die erste Tasse und mache gleich die zweite für Jamie.
Wir umarmen uns ebenfalls und ich bin froh, dass er heute von einer Knutschattacke Abstand nimmt.
„Willkommen zu Hause, Jamie."
Er grinst mich an und nickt. „Danke dir, echt schön, dass du da bist."
„Ihr seht aus, als müsstet ihr erst mal ein paar Stunden Schlaf nachholen."
Jamie nickt und wuchtet sich schwerfällig auf einen Barhocker. Mit einem Lächeln greift er nach seiner Tasse, schüttet Milch hinein und trinkt einen großen Schluck. Mike nimmt neben ihm Platz und streichelt Conan, der anbetungswürdig zu ihm aufsieht.

„Oh ja“, geht Jamie auf meinen Vorschlag ein. „Das wäre echt eine Maßnahme. Ich glaube, ich werde langsam alt. Früher hat mich das Reisen nicht so angestrengt.“
Mike lacht, wendet sich seinem Mann zu, streicht ihm über den Kopf und drückt einen Kuss auf dessen Wange. „Klar, schieb es ruhig auf dein Alter. Hättest du vorletzte Nacht mit schlafen verbracht, ginge es dir heute besser.“
Jamie zieht eine Schnute und grinst mich über die Theke hinweg an. Will ich jetzt wirklich wissen, was sie getrieben haben?
„Keine Angst, Dirk. Es war etwas Jugendfreies.“ Er zwinkert mir zu.
„Wenn du das sagst.“
„Doch, er hat ausnahmsweise mal recht. Es gab eine kleine Willkommensparty für unsere Neuzugänge, also sie haben uns eingeladen und es war echt nett.“
Super. Ich spüre, wie meine Gesichtszüge entgleisen. Neuzugänge? Zu denen gehört Jace zweifelsfrei auch. Mist, warum müssen sie mich an ihn erinnern? Mit stoischer Miene nicke ich und nippe an meinem Kaffee, der plötzlich schal schmeckt. Währenddessen erzählt Mike weiter, Jamie hingegen mustert mich wieder mit diesem *„Ich-sehe-alles-Blick“*.
„Ja, und nach dem Essen sind wir alle noch an den Strand gegangen. Haben einfach rumgesessen und geredet. Es war wirklich ein schöner Abend, hätte dir sicher auch gefallen.
Ich starre ihn stumm an und wehre mich gegen die Bilder in meinem Kopf. Ja, sicher, mit Jace im Arm, vor uns der Atlantik, der in sanften Wellen auf den Strand rollt, über uns der Vollmond … Soll ich mich jetzt für würgen oder heulen entscheiden? Das ist doof.
Ich entscheide mit für keines von beidem und schubse das Gespräch in eine andere Richtung. „Okay, wie wäre es, wenn ihr euch hinhaut, ich später mit Conan Gassi gehe und was koche?“
Mike und Jamie werfen sich einen Blick zu und nicken unisono. Wir lachen alle drei über ihre Übereinstimmung.
Bereits wenige Minuten später sind sie nach oben verschwunden und es kehrt wieder Ruhe ein. Während ich die Tassen in die Spülmaschine räume, geht mir Jamies Blick durch den Kopf. Ich

muss mich wirklich mehr zusammenreißen, sonst kommt er auf dumme Gedanken, was ich überhaupt nicht gebrauchen kann.

Beim Essen nur zwei Stunden später wird mir allerdings klar, dass die Situation weitaus schlimmer ist, als ich es mir ausgemalt habe. Wir sitzen am Esstisch und genießen Lasagne, als das Gespräch unweigerlich wieder zu mir und meiner Auszeit kommt. Ich kann ihnen nicht länger irgendwelche Märchen auftischen, ohne völlig ihren Respekt und meine Glaubwürdigkeit zu verlieren. Allein der Versuch scheitert an ihren skeptischen Blicken. Aber die ganze Wahrheit? Das ist mir doch zu intim. Ich überlege hin und her, drehe und wende mein Leben in München und versuche meine Midlifecrisis in unverfängliche und abschwächende Worte zu packen, ohne meinem Liebhaber dabei einen Platz zu bieten.
Mike ist es dann, der mich direkt fragt, was denn nun los wäre.
„Also … wo brennt's bei dir wirklich? Erst kommst du monatelang so gut wie gar nicht mehr her und jetzt gleich für eine Woche. Und ganz ehrlich? Du siehst scheiße aus, nicht besser als wir vorhin."
Ich starre ihn lange stumm an, suche noch immer nach einer plausiblen Erklärung, als Jamie seinen Kopf schüttelt und das Besteck auf den Teller legt. Die Geste hat etwas Endgültiges, als hätte er einfach die Nase voll von meinem Schweigen.
„Glaubst du wirklich, du bekommst eine ehrliche Antwort von deinem Bruder? Das wäre ja eine Weltpremiere."
Mir fällt die Kinnlade runter, als ich seine Worte vernehme. Auch Mike starrt ihn fragend und leicht verwirrt an. „Warum denn nicht? Ich meine, es ist kein Geheimnis, dass es, sorry Dirk, nicht soooo prickelnd in seiner Ehe läuft, warum also soll er nicht mit uns drüber reden?"
Jamie mustert zuerst Mike und dann mich. Mir wird eiskalt unter diesem wissenden Blick und ich verfluche meine Idee, hierher zu kommen. Als er weiterspricht, bestätigt sich mein ungutes Gefühl.
„Hmmm, wenn es um seine Ehe ginge, hättest du natürlich recht. Aber das ist es nicht, stimmt's Dirk?"
S C H E I S S E!

Ich schlucke den Lasagnebrocken mühsam hinunter und greife nach meinem Weinglas. Was, zur Hölle, soll ich jetzt machen?
„Dirk? Was meint Jamie damit? Ist mir irgendwas entgangen?"
Ja! Zum Glück, es reicht ja völlig, wenn sein Göttergatte Augen wie ein Adler hat. „Nein", nuschle ich in meinen nicht vorhandenen Bart und fixiere die Nudelreste auf meinem Teller.
Jamie schnaubt abfällig, steht ohne ein weiteres Wort auf und verlässt schnurstracks das Zimmer. Eine prima Gelegenheit, diesem Gespräch zu entkommen. Ich erhebe mich ebenfalls und beginne abzuräumen, weil mir der Hunger vergangen ist.
Wir sitzen bereits wieder am leeren Tisch, als Jamie zurückkommt und kommentarlos ein Din A 4 Blatt auf den Tisch wirft. Ich sehe auf und das Blut gefriert in meinen Adern. Die Lasagne begibt sich postwendend auf den Rückweg aus meinem Magen und ich kneife die Augen zu. Kein Blatt! Ein großes Bild liegt direkt vor meiner Nase und entlockt nun Mike ein Lachen.
„Was willst du denn damit?", wendet er sich an Jamie, der jedoch nicht antwortet, sondern mich mit schräg gelegtem Kopf ansieht und darauf wartet, dass ich reagiere.
Kann ich aber nicht. Zumindest nicht sofort, weil ich keine Spucke übrig habe, um Worte zu bilden.
Ich dachte wirklich, es könnte besser werden? Der Schmerz auf der Skala von eins bis zehn Richtung fünf wandern? Ha, von wegen. Erst jetzt wird mir klar, wie gut es ist, dass Jace im Internet nicht so präsent ist. Warum? So konnte ich der Versuchung, ihn zu suchen und am Bildschirm anzuschmachten, hervorragend entgehen. Aber jetzt liegt so ein verfluchtes Bild vor mir und bringt die Erinnerungen alle zurück. Jede Berührung, jeden Kuss, seinen männlich markanten Duft, sein Lachen und dieses hinreißende Stöhnen … Eine von Jamies perfekt inszenierten Portraitaufnahmen. Ein sinnlich dreinblickender, wunderschöner Mann, die Augen halb geschlossen, das Kinn in perfekter Pose auf die leicht gekrümmten Finger gestützt, blickt direkt in die Kamera.
Er trägt ein offenes, schmuckloses, weißes Hemd, das den Blick auf seine wohldefinierte Brust und eine silberne Kette mit einem Indianischen Anhänger, einem Wolf, freigibt. Wie passend, ein Tier, das für seine Freiheitsliebe bekannt ist. Ungekünstelte,

männliche Schönheit, begehrenswert durch und durch … und so unerreichbar wie die Sonne. Wobei der Vergleich nicht nur wegen der Entfernung passt. Schließlich habe ich mir an ihm schon genug die Finger verbrannt …
„Das ist dein Problem, hab ich recht?“, knallt mir Jamie jetzt mit leiser, aber sehr fester Stimme schonungslos an den Kopf.
Ich höre es zwar, reagiere aber nicht, weil ich nicht weiß, wie. Stattdessen nimmt mein Bruder den Faden auf.
„Wie jetzt? Wieso sollte Jace ein Problem für Dirk sein?“
Ich linse kurz nach links zu ihm hinüber, aber er scheint tatsächlich völlig ahnungslos zu sein. Himmel, warum kann Jamie nicht auch so sein? Warum muss er seine Umgebung immer analysieren und seinen Mitmenschen auf den Zahn fühlen? Dieser verfluchte Clubbesuch, wäre ich doch besser daheim geblieben, dann könnte ich jetzt … Was? Wenigstens stumm für mich leiden? Das macht es nicht wirklich besser. Und, wie Mike vorhin sagte, mir sieht man ohnehin an, dass was nicht stimmt. Dass nun Jamie den Auslöser meines Dramas kennt, macht keinen Unterschied.
Oder doch? Scheiße!
„Frag doch deinen Bruder selbst! Vielleicht ist er jetzt soweit, mal drüber zu reden, was zwischen ihm und Jace läuft.“
Jamie erwidert meinen Blick stur und mit dem gleichen Pokergesicht, welches ich auch bemühe.
„Jamie, spinn dich mal aus, du willst doch nicht behaupten, dass Dirk was mit einem Kerl …“
Schlagartig wird es still am Tisch. Ich höre Mike deutlich atmen, als würde der Sauerstoff die Erkenntnis in sein Gehirn spülen.
„Dirk?“, fragt er zaghaft, als ich nicht reagiere, sondern einfach nur das Bild meines ehemaligen Lovers ansehe. Wie schön er ist. Jamie hat wirklich einen traumhaften Blick für seine Models …
„Keine Antwort ist auch eine Antwort. Zumindest weiß ich jetzt, warum Jace fluchtartig Deutschland verlassen hat und unbedingt in die Staaten wollte. Er leidet zweifelsfrei ebenso unter Liebeskummer wie du.“
Meine Augen schnellen wieder zu Jamie, als er das sagt. Was? Aber wenn er unter unserer Trennung leidet, warum ist er dann überhaupt erst gegangen? „Es geht ihm schlecht?“, flüstere ich

zaghaft und könnte mich eine Sekunde später in den Arsch beißen. So ein Käse. Jamies Augen blitzen kurz auf und ein siegessicheres Grinsen überzieht sein Gesicht. Was bin ich doch für ein bescheuerter Hornochse! Nicht darüber reden wollen, aber mit einem Satz sämtliche Antworten präsentieren. Tolle Darbietung.

Ich erschrecke zu Tode, weil ich einen Schlag auf den linken Oberarm bekomme. Als ich zu meinem Bruder sehe, wird mir kalt ums Herz. Er grinst. Nein, er kämpft darum, nicht laut loszulachen. Na toll.

„Dirk? … Echt jetzt? Du … du …“ Vorbei ist es mit seiner Beherrschung und er prustet los.

Mein Wohlfühlpegel rutscht in den arktischen Bereich und ich spüre Wut in mir aufwallen. Was um alles in der Welt ist an meiner Lage so lustig? Ich starre ihn bitterböse an, aber er merkt es nicht mal, sondern lacht lauthals, schüttelt den Kopf und tippt auf Jace' Bild.

Mir platzt der Kragen. „Du bist so ein unsensibles Arschloch, echt!“ Ich springe auf und verlasse das Wohnzimmer. Nur weg hier. Das ist doch … Verdammt, warum tut mir das so weh? Nicht nur, dass ich Jace verloren habe, sondern auch Mikes Lachen. Ich habe das Gefühl, meine Seele zerspringt in Fetzen und jeder davon blutet und schmerzt wie Hölle.

Zwei Minuten später stehe ich zitternd vor Kälte auf der Straße ins Dorf und komme wieder zu mir. Flucht ist ja schön und gut, aber in Hausschuhen und Pullover ist das ein reichlich blöder Einfall im tiefsten Allgäuer Winter. Aber zurückgehen, mich Mikes Spott und Jamies Genugtuung stellen? Das will und kann ich nicht. Verdammt, kann ich nicht mal von ihnen etwas Mitleid erwarten? Na gut, vielleicht kein Mitleid, aber wenigstens Verständnis? Er ist mein Bruder! Ich war für ihn da, als es wegen Jamie mit unseren Eltern eskalierte, habe ihn zu Hause verteidigt und auch immer vor Meli in Schutz genommen. Und was macht er? Lacht mich aus, vielen Dank für das Gespräch.

Ich könnte heulen. Irgendwie … Ich sehe auf und betrachte die friedliche Natur um mich herum. Es ist vollkommen still, nur in mir tobt es. Der Schnee dämpft die Umweltgeräusche, überdeckt alles und lässt die Konturen weich zurück. Warum habe ich das

Gefühl, mein Leben wäre zu Ende? Warum sehe ich keine Zukunft, kein Glück, kein Lachen … Warum ist alles mit Jace verschwunden?

Verdammt, aber … es gibt kein Zurück mehr. Ich muss funktionieren, ihn vergessen. Liebeskummer hin oder her, er hat sich für Amerika entschieden und es beendet. Ich …

Eine Berührung auf meiner Schulter schreckt mich auf.

„Dirk?"

Na klasse. Mike.

Ich schüttle seine Hand ab und weiche einen Schritt zur Seite. Mag das auch kindisch sein, aber seine Reaktion hat mich furchtbar verletzt.

„Es tut mir leid, echt." Er umrundet mich, stellt sich direkt vor mich hin und hält mir meinen Anorak hin.

Mürrisch und ohne ein Wort des Dankes nehme ich die Jacke und schlüpfe hinein. Okay, das Bedauern auf seiner Miene ist nicht gespielt, so gut kenne ich ihn. Dennoch schüttle ich den Kopf, weil ich … was weiß ich, was ich will. Eigentlich nur schreien, toben, heulen, die Zeit um ein Jahr zurückdrehen, an Jace' Hotelzimmertür umdrehen und zu meiner Frau zurückfahren.

„Komm mit ins Haus. Es ist schweinekalt, du holst dir den Tod."

Das wäre natürlich auch eine Lösung. Ich schüttle stur den Kopf. „Und dann? Damit ihr eine Flasche Sekt köpfen könnt und darauf trinkt, dass es dein Mann schon immer wusste?"

Mike verzieht das Gesicht. „Lass diesen Zynismus, der steht dir nicht."

Betreten starre ich auf die Reifenspuren zu meinen Füßen und quetsche die bescheuerten Tränen zurück.

„Dirk … Ich bin dein Bruder und für dich da. Ich wollte dich nicht auslachen, wirklich. Aber eine Affäre mit Jace war wirklich das Allerletzte, womit ich gerechnet habe. Warum hast du nicht früher was gesagt? Wir …"

„Ach ja? Damit du dich noch mehr auf meine Kosten amüsierst?"

Mike schnalzt mit der Zunge und funkelt mich ärgerlich an. „Ja, ich bin manchmal ein unsensibles Arschloch, du hast recht, aber

noch mal … Der Gedanke, dass ausgerechnet du eine Affäre mit einem Malemodel anfängst, wo du doch schon Reißaus nimmst, wenn sich einer unserer Kollegen ankündigt, gehört einfach in die Kategorie Witz des Tages. Du bist die letzte Zeit so distanziert. Glaubst du, ich bin so blöd und merke das nicht? Ich dachte … es liegt daran, dass dir es peinlich ist, wenn ich und Jamie uns näherkommen."
Ich schnaube abfällig. „Dafür ist es wohl etwas zu spät, oder?"
Mike grinst schief. „Na ja … ein wenig. Aber du hast dich in den letzten Monaten echt komisch benommen."
Ich nicke und schüttle mich vor Kälte. „Ich weiß."
„Jetzt komm. Lass uns reden. Ich habe dir schon unzählige Male gesagt, dass ich für dich da bin, egal was ist."
Er packt mich am Arm und will mich zurückziehen, aber ich bleibe an Ort und Stelle stehen, bis er mich wieder ansieht. „Mike?"
„Hmmm?"
„Ich habe einen dummen Fehler gemacht und …"
Er schnaubt. „Ehrlich? Es wundert mich, dass du den Fehler, wenn du die Affäre meinst, nicht schon früher gemacht hast."
Ich starre ihn entsetzt an. „Wieso?"
Er seufzt leise und sieht mich an. „Sorry, aber … Ich weiß, dass du Lea abgöttisch liebst und diese ganze Scharade wegen ihr auf dich nimmst, aber deine Frau … Seit du mit ihr zusammen bist, führst du ihr Leben und kein eigenes. Sie hat dich verdammt gut im Griff und du bist viel zu gutmütig, um ihr Wünsche abzuschlagen. Ich habe mich oft gefragt, wo du dabei bleibst? Ich weiß noch, was wir uns als Kinder gewünscht haben, aber du hast all deine Träume aufgegeben. Ich habe dich immer für deine Geradlinigkeit bewundert und tue es auch jetzt noch, aber seit ich Jamie habe, weiß ich, dass es Wichtigeres im Leben gibt als Sicherheit und die Meinung anderer Leute."
Er wendet sich ab. Das selbst ihm meine sorgsam gehüteten Probleme und unterdrückten Sehnsüchte derart aufgefallen sind, schockt mich ein wenig. War ich all die Jahre so blind? Nein, nicht blind, feige und schlicht bequem. Ich gebe ihm insgeheim ja recht, aber … Nein, kein Aber, ein entschiedener Widerspruch.

„Für dich passt das vielleicht …"
Mike hält an und kommt die zwei Schritte zu mir zurück. „Das heißt?"
Ich zucke mit den Schultern. „Ich habe meinen Weg gewählt."
Wir starren uns an, bis mich ein weiterer Kälteschauer schüttelt.
Mike schüttelt resigniert seinen Kopf. „Lass uns drinnen reden. Komm."
Seine leise Stimme besänftigt mich und als er sich dieses Mal abwendet, folge ich ihm.
Im Flur wirft er mir handgestrickte Socken, die auf dem Sideboard liegen, zu. Stumm folge ich ihm an den Esstisch, auf dem inzwischen dampfende Kaffeebecher stehen. Jamie sitzt mit verschränkten Armen auf seinem Platz und wippt mit dem Stuhl, was Mike unterbindet, indem er ihn schwungvoll nach vorne auf den Boden drückt.
„Lass das, du weißt, dass ich das hasse." Er streicht Jamie liebevoll über die Schulter, was die Maßregelung mildert.
Die Stimmung ist mehr als seltsam, als wir schließlich wieder sitzen und ich mich an meiner Kaffeetasse festklammere. Was jetzt? Was wollen sie hören? Ein Geständnis? Eine Beichte?
„Dirk? Kannst du uns jetzt mal aufklären?", fragt Mike vorsichtig und drückt meine Schulter, um mich zu beruhigen.
Das tut gut, beides, seine ruhige, besonnene Stimme, die er sonst immer bei Jamie einsetzt, wenn der wieder mal übers Ziel hinausschießt, und die starke Berührung. Wie ein Anker, unerschütterlich und verlässlich. Ich wünschte, ich hätte auch so jemanden, stattdessen bin ich es, der sich um Meli und Lea kümmern muss. Schwäche ist da nicht gern gesehen. Mir wird bewusst, dass ich mir auch deshalb diesen Panzer angelegt habe. Noch eine unwillkommene Erkenntnis, die mich unsicher und deshalb reizbar macht, was Mike sofort zu spüren bekommt.
„Warum fragst du nicht deinen Mann? Der weiß doch ohnehin alles." Ich weiß, das ist unfair, aber ich fühle ich mich in die Ecke gedrängt.
Jamie lacht trocken und stellt seine Tasse unsanft auf den Tisch. „Blödmann. Nichts weiß ich, aber euer Benehmen ist schon mehr als auffällig, und dass es dir genauso mies geht wie ihm gerade, kann kaum ein Zufall sein."

Ich sehe ihn an und versuche innerlich runter zu fahren, es bringt ja nichts, mit ihnen zu streiten. „Welches Benehmen?"
Auch Jamie entspannt sich sichtlich. „Ich fand es damals schon seltsam, als du ihn nach dem Shoot mit zu dir genommen hast, das war wirklich eine Weltpremiere und passte überhaupt nicht zu dir. Von dem Clubbesuch in München will ich erst gar nicht anfangen. Sorry, du bist ein mieser Schauspieler. Dir ist alles aus dem Gesicht gefallen, als er mit dem Fremden an den Tisch kam. So was passiert in der Regel nur, wenn man jemanden kennt und … mag."
„Oh." Mehr fällt mir dazu nicht ein.
„Echt? Ich habe nichts bemerkt", wirft mein Bruder ein und mustert mich nachdenklich.
„Warum wundert mich das jetzt nicht? Wenn ich nicht gewusst hätte, dass ihr verwandt seid, spätestens da wäre es mir klar geworden."
„Warum?", fragt Mike.
Jamie seufzt, zwinkert ihm aber liebevoll zu. „Weil ihr beide auf dem Auge komplett blind seid. Erinnerst du dich mal an meinen Urlaub hier? Die Brocken, die ich dir hingeworfen habe, waren so groß wie Felsen, aber du hast sie dennoch übersehen."
Mein Bruder nickt und wirft seinem Mann einen Luftkuss zu. „Okay, stimmt. Das werde ich mir wohl ewig anhören müssen."
„Yes, Babe."
Unwillkürlich muss ich über ihre liebevolle Stichelei grinsen. Aber dann kehrt erneut Ruhe ein und ich stehe wieder im Fokus.
„Und wie lange geht das schon?"
Diesmal stellt Mike die Frage. Als ich drüber nachdenke, wird mir klar, wie viel Zeit inzwischen vergangen ist. „Seit dem verfluchten Casting, das du mir aufs Auge gedrückt hast."
Er lacht, aber diesmal fühle ich mich nicht angegriffen. „Oha … das war vor fast einem Jahr."
Ich betrachte geflissentlich den Inhalt meiner Tasse und erspare mir jede Antwort. Ja, ein verfluchtes Jahr, viel zu lang, um einfach so unter den Tisch gekehrt zu werden, und zu kurz, um genug von diesem Mann zu haben.
„Und was hast du jetzt vor?"
Ich erwidere Jamies fragenden Blick. „Was meinst du?"

„Na ja, du bist hier, um nachzudenken, hast du gesagt."
„Ach so. Na ja … Ich … ich brauche einfach nur ein paar Tage, um Luft zu holen, um Kraft zu tanken."
Stille am Tisch. Als ich Jamie wieder ansehe, ist sein Gesicht ein einziges Fragezeichen.
„Wofür? Für deine Trennung?"
Rums. Ein Nudelholz über den Kopf könnte nicht effektiver sein. „Was? Nein. Ich musste nur mal aus München raus, aus dem Alltag und …"
„Und was ist mit Jace?"
Es dauert, bis ich ihn ansehen kann. Vorher richte ich mich langsam auf, strecke meinen Rücken durch und schüttle sehr bedacht meinen Kopf. „Was soll mit ihm sein?"
Jamie klappt der Unterkiefer runter und seine Augen verdunkeln sich, aber Mike ergreift das Wort.
„Was mit ihm sein soll? Ihr habt euch offensichtlich sehr gern, willst du ihn nicht wiedersehen?"
„*Sehr gern*? Das war jetzt aber eine nette Untertreibung, Babe."
Ich schnaube abfällig. „Nein, will ich sicher nicht. Er ist gegangen und damit ist gut. Wir hatten nichts weiter als eine Affäre und …"
„Blödsinn! Wegen einer kleinen Affäre läuft so ein abgeklärter Typ wie Jace nicht wochenlang mit verheulten Augen rum und du auch nicht. Ihr seid verliebt, und das nicht gerade wenig."
Ich mag seinen Tonfall nicht. „Na und? Was spielt das für eine Rolle? Es zählt weder für mich noch für ihn. Ich wollte mal probieren, wie ein Mann ist, und Jace war da. Jetzt weiß ich es und gut ist."
„Spinnst du?"
„Nein, ganz und gar nicht. Ich bin verheiratet und Vater und so wird es auch bleiben."
Jamie springt auf und trägt seine Tasse in die Küche. Die Muskeln seiner Unterarme sind angespannt und ich weiß, er ist stinksauer.
„Dirk, echt … ist das dein Ernst?" Mikes Stimme bringt mich dazu, auf die andere Seite zu sehen.
„Was? Dass ich einen Mann ausprobieren wollte?"

Mike schüttelt den Kopf. „Du weißt schon, dass sich das ausgesprochen scheiße anhört, oder?"
„Ist aber so."
„Pfft. Das nehme ich dir nicht ab. Wir haben seit damals vermutet, dass du zumindest bi sein musst, sonst hättest du unserem Schauspiel nicht zugeschaut. Du bist nicht der Typ für Affären, eher bodenständig und treu, sonst hättest du es nie so lange bei deiner Frau ausgehalten", faucht mich Jamie an.
„Dann hast du dich eben geirrt. Und, egal, ob wir uns gemocht haben, es tut nichts zur Sache."
„Es tut nichts zur Sache? Seit wann bist du so ein oberflächlicher Mistkerl? Was willst du uns hier weißmachen? Dass Jace dein Toyboy war? Dass du ihn benutzt hast, um mal einen Kerl zu ficken? Scheiße, Mann! Was sind wir für dich eigentlich?"
„Benutzt? Dass ich nicht lache, er hat doch angefangen. Er hat mich angemacht, sodass …" Noch während ich es ausspreche, wird mir klar, wie bescheuert das klingt.
„Oh … also kannst du ja deine Hände in Unschuld waschen, weil er so eine Bitch ist?" Jamies Worte klingen wie pures Gift.
„Er ist keine Bitch. Hör auf, ihn so abfällig zu betiteln." Wir funkeln uns zornig an.
„Ist er nicht? Warum behandelst du ihn dann so?"
„Jamie … lass es", wirft Mike leise ein und ich spüre, wie die Spannung am Tisch wächst.
„Tu ich sicher nicht. Es war seine Entscheidung, zu gehen, also hör auf, mir den schwarzen Peter zuzuschieben."
„Und warum ist er gegangen?"
Mir platzt der Kragen und ich werde laut. „Was weiß ich? Vielleicht weil die Aussicht auf eine Pornokarriere seinem Verlangen nach Sex näher kommt als ein verheirateter Mittdreißiger, der nicht immer Gewehr bei Fuß steht? Aber in dem Metier kennst du dich besser aus." Wir funkeln uns an.
Etwas zupft an meinem linken Ärmel.
„Äh … Dirk, das ist jetzt …"
„Das tue ich, allerdings. Aber ich weiß zufällig, dass Jace schon vor Monaten aufgehört hat, durch die Weltgeschichte zu ficken, und daran bist du wohl ebenso Schuld, wie an der Tatsache, dass er lieber in die Staaten geht, als bei seinem Lover zu bleiben, weil

der es ja wohl nicht auf die Reihe kriegt, eine Entscheidung zu treffen."

„Was für eine Entscheidung?"

Die Lautstärke am Tisch wird höher. Inzwischen liegt Mikes Hand auf meinem Unterarm und hält mich somit auf dem Stuhl.

„Welche Entscheidung? Großer Gott … Du bist wirklich genauso begriffsstutzig wie dein Bruder, ich fass es nicht. Ihr seid verliebt ineinander, habt seit einem Jahr eine Affäre und wie mir scheint, passt ihr hervorragend zusammen. Wie wäre es, wenn du mal darüber nachdenkst, ob du dich für ihn entscheidest?"

Meine andere Hand knallt auf den Tisch. „Bist du irre? Affäre! Kapierst du das nicht? Es stand nie zur Debatte, dass mehr daraus wird. Jace kannte seinen Platz und …"

Jamies Gesicht verzieht sich vor Abscheu. „Hörst du dich eigentlich reden? Das ist widerwärtig! Du degradierst Jace zu deiner Hure."

Ich möchte ihm eine knallen.

Mike mischt sich ein. „Hört ihr jetzt mal auf? Das ist keine Diskussion, sondern Bullshit."

„Nein, es ist die Wahrheit. Dein feiner Bruder lässt sich zwar dazu herab, einen Mann zu ficken, aber wehe, sein ordentliches Heteroweltbild wird angekratzt oder er muss über die Konsequenz nachdenken, vielleicht mal sein Leben zu ändern, da es schlicht scheiße läuft. Das ist so feige."

Ich will das nicht hören! „Ach … und du hast dich wohl zur guten Fee der Schwulenwelt aufgeschwungen, oder wie? Du hast keine Ahnung, was eine Ehe bedeutet …" In dem Moment, in dem ich es ausspreche, wird mir klar, dass es ein Fehler ist.

Jamie springt so schwungvoll auf, dass sein Stuhl nach hinten umkippt. „WAS?" Er knallt die Hand, an der sein Ehering prangt, auf den Tisch. Neben mir stöhnt Mike vernehmlich. „Was glaubst du eigentlich, wer du bist? Ich bin nicht weniger verheiratet als du, nur bin ich nicht zu feige, um den Menschen zu kämpfen, der mir wichtig ist. Und nur nebenbei … Unser Sex ist nicht so übel, dass ich mir einen Lover suchen muss."

„Jamie, setz dich, bitte." Mikes verdächtig sanfte Stimme bleibt ohne Wirkung.

„Nein! Dirk, ich sag dir jetzt was! Jace ist ein guter Mann, der sich wirklich verändert hat. Weiß der Teufel, warum er sich in dich verliebt hat. Tu was! Ein Blinder sieht, dass deine Ehe nicht funktioniert, also mach endlich das Richtige.“
Ich lache abfällig. „Und du willst Ahnung von der Ehe haben? Dass ich nicht lache. Wahrscheinlich würdest du Mike in Rekordzeit verlassen, wenn sich was Passendes ergeben würde. Ich nehme dieses Versprechen ernst und außerdem habe ich eine Tochter …“
Inzwischen ist Jamie schneeweiß und seine Hände sind zu Fäusten geballt. Ich weiß, ich bin unfair und verletzend, aber ich kann gerade nicht anders, als ihn zu beleidigen.
„Mir fällt gerade kein Schimpfwort ein, das dir gerecht wird. Aber natürlich, du nimmst dein Gelübde sehr ernst, deshalb gehst du ja auch seit fast einem Jahr fremd, mit einem Mann, so ganz nebenbei. Du und deine Scheinheiligkeit. Tust so, als wärst du ein stinknormaler Hetero, und lebst dein schmutziges Geheimnis in Hotelzimmern aus. Und jetzt pack dein Zeug und verschwinde, ich will dich nicht hier haben“, flüstert er gepresst.
„Jamie, krieg dich wieder ein, er …“
„NEIN! Und wenn du ihn weiter verteidigst, kannst du gleich mit verschwinden. Ich lasse mich nicht in meinem Haus von jemandem beleidigen, der nicht mal so viel Arsch in der Hose hat, es vor uns zuzugeben, dass er einen Mann liebt. Und immer noch versucht, uns für dumm zu verkaufen, und seine ach so wunderbare Ehe verteidigt.“
Mann, tun seine Worte weh, er trifft auch wirklich jeden wunden Nerv in mir. „Du und deine Liebe! Werd erwachsen, du Träumer.“
Jamie weicht einen Schritt zurück und ballt erneut die Fäuste. „Raus! Sofort! Denk meinetwegen darüber nach, wie du bei deiner ach so netten, homophoben Tussi zu Kreuze kriechst, aber nicht hier!“
„Hey … jetzt beruhige dich, bitte. Dirk wird …“ Mike stellt sich zwischen uns und versucht seinen Mann zu beruhigen, aber es misslingt.
„Bring ihn raus, Mike. Auf der Stelle!“

„Lass gut sein. Ich gehe freiwillig." Als ich an ihm vorbeigehe, kann ich nicht anders, als nochmal nachzutreten. „Sei froh, dass dir Mike ständig den Rücken freihält, sonst wärst du längst ganz schön hart in der Realität angekommen."
Ich kann froh sein, dass mein Bruder ihn schnappt und die Arme um seine Taille schlingt, weil er mir sonst echt an den Hals springen würde.
„Ich lebe mehr im Hier und Jetzt, als du es je getan hast, immerhin verleugne ich nicht meine Persönlichkeit und halte an einer Ehe fest, die schon lange keinen Wert mehr hat."
Meine Schritte stocken, als er das sagt.
„Du bist ein Feigling, Dirk. Nicht nur, dass du deine Homosexualität verschweigst wie eine ansteckende Krankheit, nein, du verschanzt dich hinter deinem Ehering und bemitleidest dich wie ein Kleinkind. Jace hat dich nicht verdient und ich wünsche ihm von ganzem Herzen, dass er dich bald vergisst."
Wow. Mehr brauche ich echt nicht. Zornentbrannt stürme ich aus dem Zimmer, renne nach oben und packe meine Sachen zusammen.
Als ich mit gepackter Reisetasche die Treppe wieder runterkomme, höre ich sie noch immer streiten. Ich schäme mich für meine Genugtuung. Nur weil ich mir die unverblümte Wahrheit nicht anhören und schon gar nicht eingestehen kann, finde ich Gefallen an dem Gedanken, dass sich unser Traumpaar jetzt in den Haaren liegt. Ich sollte mich erschießen, das wäre wirklich die beste Lösung für alle. Ich habe bereits die Klinke der Haustür in der Hand, als Mike aus dem Wohnzimmer stürmt und nach mir ruft.
„Hör auf zu brüllen, ich bin hier."
Er bläst die Backen auf und streicht seine langen Haare zurück. „Oh Mann … das war wirklich ein toller Auftritt von euch beiden."
„Dein Mann sollte mal darüber nachdenken, dass er sehr verletzend sein kann."
Mikes Kinn sinkt herab. „Ach? Und was bist du? Das Einzige, was mich vorhin beruhigt hat, war, dass keine Messer mehr auf dem Tisch lagen. Ihr spinnt doch beide, echt."

„Keine Sorge, du musst dich nicht länger mit mir rumschlagen“, sage ich und ziehe die Tür auf.
Mikes Arm blockiert meine Flucht. Er drückt sie wieder zu und funkelt mich wütend an.
„Ich würde dir jetzt wirklich gerne eine reinhauen oder eine ordentliche Abreibung im Schnee verpassen. Wir sind nicht dein Problem, aber wenn du nicht langsam dein Hirn wieder in Betrieb nimmst, könnten wir es werden. Du weißt, Jamie hat mit jedem verdammten Wort recht, nur ist er nicht so höflich, es dir durch die Blume zu sagen. Dennoch ist es deine Entscheidung, wie es weitergeht. Das habe ich gerade versucht, ihm zu erklären. Und jetzt komm, ich hole noch ein paar Sachen und bringe dich an einen Ort, an dem du wirklich in Ruhe nachdenken kannst.“ Spricht's und lässt mich einfach an der Tür stehen.
Minuten später taucht er mit einer Tüte voller Lebensmittel aus dem Wohnzimmer auf und stürmt nach oben, von wo er kurz darauf mit einer weiteren riesigen blauen Ikeatüte wiederkommt. Während er in seine dicke Jacke schlüpft, mustere ich verwirrt den Inhalt. Sieht nach einem Schlafsack aus. „Willst du mich aussetzen?“
Mike grinst, als er seine Autoschlüssel schnappt und mich hinauswinkt. „Nicht ganz, obwohl du es echt verdient hättest. Los, fahr mir hinterher.“
Was soll ich anderes tun? Wir verstauen die Dinge in meinem Auto und verlassen den Hof. So langsam komme ich wieder runter. Zu meiner Überraschung lenkt Mike seinen Jeep in die Einfahrt zu Chris' Hof und steigt vor dem Zaun aus.
Ich folge ihm still, weil ich jetzt so langsam gar nichts mehr kapiere. „Willst du mich hier abliefern?“
„Nein. Jetzt wart doch mal.“ Ohne ein weiteres Wort öffnet er das Tor und winkt mir. Als wir auf der Höhe der Werkstatt sind, öffnet sich die Eingangstür und die unvermeidlichen Hunde stürmen auf uns zu. Chris winkt uns und gleich darauf bittet er uns herein, was Mike aber ablehnt.
„Ne, lass mal. Ich muss schleunigst zurück, sonst hängt der Haussegen nicht schief, sondern liegt im Keller.“
Chris lacht. „Echt? Was ist passiert?“

„Ich bin wohl passiert", mische ich mich kleinlaut ein und zucke mit den Schultern.
„Wie das?", will jetzt auch Roman wissen, der sich zu uns gesellt. Inzwischen stehen wir im Vorraum, wo es wenigstens etwas wärmer ist.
„Na ja, mein Bruder und Jamie sind sich wegen einer Sache in die Haare geraten und es wurde etwas hässlich."
„Hmmm … die Sache ist nicht zufällig dunkelblond?"
Ich starre Roman an, aber er lacht nicht, im Gegenteil, er betrachtet mich nachdenklich und voller Sorge.
„Wie? Du weißt davon?", fragt Mike überrascht.
„Nicht direkt, ich habe sie gesehen, ist aber schon eine Weile her."
Ich seufze und frage mich, was mit diesem Tag nur los ist. Monatelang konnte ich alles verbergen und heute kommt wirklich alles ans Tageslicht, mit sämtlichen negativen Begleiterscheinungen.
„Na gut … da ich ja eh nur Scheiße baue, dürft ihr mir gern auch noch eure Meinung um die Ohren hauen. Ja, ich bin fremdgegangen, ja, mit einem Mann, und nein, wir sind nicht mehr zusammen. Er ist in Amerika und hat es beendet. Okay? Ich will jetzt nur noch irgendwie weitermachen und ihn vergessen. Ich brauche keine Ratschläge, keinen Trost und keine dummen Sprüche. Ich werde jetzt nach Hause fahren und …"
„Und die Klappe halten. Mensch, Dirk … niemand will dir hier was Böses."
Ich schaue Mike an und zeige ihm den Vogel. „Ja, das habe ich vorhin gemerkt."
„Jamie zu reizen ist nie eine gute Idee, das müsstest du eigentlich längst wissen."
„Ach? Aber mir darf er alles um die Ohren hauen oder wie?"
Ich sehe am Rande, wie Roman den Kopf schüttelt und auch Chris einen leicht hilflosen Eindruck macht.
„Sorry, aber … er hat nichts weiter als die Wahrheit gesagt."
Scheiße! Ich sehe zu Boden. Ein Loch! Ja, das wäre jetzt angebracht, ein schönes, tiefes Loch, das mich woanders hinteleportiert. Vorzugsweise nach China, in den Urwald …

Wieder holt mich sein fester Griff an der Schulter ins Hier und Jetzt zurück. „Dirk. Tut mir leid, aber … es ist nun mal so. Ich habe mich damals genauso angestellt, als man mir mein Leben um die Ohren gehauen hat. Wir sind uns einfach zu ähnlich. Nur … mach jetzt was draus, das ist deine Chance."
Ich schüttle den Kopf und könnte gleichzeitig heulen. Was soll ich denn machen? „Nein. Meine Entscheidung steht."
Mike seufzt, nickt jedoch. „Okay. Wie du meinst, aber … solltest du deine Meinung ändern, weißt du, wo du mich findest. Der erste Schritt ist immer der schwerste und glaub mir … du musst ihn nicht alleine machen."
Großer Gott! Was ist mit meinem Bruder passiert? Seit wann wirft er mit philosophischen Metaphern um sich? Und, was es noch viel schlimmer macht, er trifft irgendeinen Nerv in mir und dieser wiederum bringt mich jetzt allen Ernstes zum Heulen.
Nichts wie weg hier. „Muss weg …", nuschle ich, ohne die Männer eines Blickes zu würdigen, und mache mich vom Acker. Fairerweise warte ich im Auto, bis Mike zurückkommt, und haue nicht einfach ab, das hat er jetzt nicht wirklich verdient.
Bereits wenige Minuten später trabt er über den Hof. Er klopft an meine Scheibe, damit ich sie runterlasse.
„Hey … Geht's wieder?"
Ich schüttle nur den Kopf.
„Okay … Fahr mir nach. Wir haben Glück, Chris hat den Weg zur Hütte geräumt, weil er das Dach abgeschaufelt hat, du kannst deinen Wagen mitnehmen."
Ich starre ihn an und verstehe nur Bahnhof. Mike lacht und winkt mir einfach zu, als er zu seinem Wagen sprintet, einsteigt und gleich darauf die Einfahrt verlässt.

Die Fahrt dauert nur ein paar Minuten. Die Winterlandschaft ist grandios, von prächtiger Erhabenheit und besänftigt mich irgendwie. Sind meine Probleme echt so wichtig? Im Grunde nicht, meine Unzufriedenheit ist kindisch und dumm. Ich sollte einfach etwas Kraft tanken und dann weitermachen. Die Zeit wird die Wunde, ergo Liebe, schon heilen.
Hoffe ich zumindest.

Ich folge Mike überrascht und im Schritttempo auf einen Waldweg, der linkerhand mitten in den Forst abbiegt. Okay, ich glaube, meine Idee mit dem Aussetzen war gar nicht so verkehrt. Wo um alles in der Welt bringt er mich hin? Keine zwei Minuten später habe ich die Antwort und bin völlig verblüfft.

Was ist das hier für ein schnuckeliges Örtchen? Der Weg endet vor einer kleinen Hütte an einem See. Der Parkplatz und ein Weg vom Häuschen bis auf einen Steg im Wasser sind geräumt und super befahrbar. Völlig verblüfft steige ich aus und sehe mich um. Ist das schön hier! Völlige Stille umgibt uns, als sich Mike zu mir gesellt und, wie ich, die frische, kalte Schneeluft einatmet.

Warum wohne ich nochmal in der Stadt? Mir fällt gerade kein plausibler Grund dafür ein. Hach … es wäre schön, hier …

Uah … Weg mit diesen Gedanken. Nicht nur eine Ehekrise, sondern auch Auswandergedanken? Das wird ja immer lustiger.

„Also … das ist Chris' Hütte. Du kannst hier bleiben, solange du willst. Ich zeig dir alles, okay?"

Mikes Worte reißen mich aus meiner Betrachtung der Umgebung. Ich nicke nur, weil ich mich einfach nicht von dem friedlichen Bild lösen will. Enten und zwei Schwäne schwimmen auf dem See, in dem Bereich, der noch nicht zugefroren ist. Die freie Schneedecke vor der Hütte ist durchzogen von Tierspuren. Es knistert leise, weil es taut, und ich höre das Geräusch von Schnee, der von den Bäumen fällt. Sonst nichts, keine Autos, keine Alltagsgeräusche.

Wunderschön.

Mir fällt erst auf, dass ich alleine bin, als Mike mich von der kleinen Veranda aus ruft. Ich hole eine der Tüten aus dem Auto und schließe mich ihm an.

Drinnen ist er bereits dabei, den Ofen anzufeuern. Wieder bin ich total überrascht, was alles in der winzigen Hütte Platz findet. Ein Tisch, eine kleine Couch, ein Gasherd und eine Spüle.

„Die Toilette ist dort hinten." Mike deutet auf einen abgetrennten Bereich. „Und oben ist der Schlafbereich. Chris meinte, das Gas müsste für ein paar Tage reichen. Wenn nicht, im Schuppen nebenan steht noch eine volle Galone."

Ich nicke nur und beobachte ihn, wie er kleine Scheite auf das erwachende Feuer legt. „Danke“, flüstere ich zusammenhangslos, weil ich echt von seiner Fürsorge gerührt bin.
Als das Holz anbrennt, richtet er sich auf und mustert mich lange. „Nicht dafür. Ich wünschte …“ Er sieht sich um, als suche er nach den richtigen Worten. „Jamie und ich, wir sind so glücklich, auch wenn wir viel um die Ohren haben und oft getrennt sind.“ Jetzt sieht er mich wieder direkt an. „Ich weiß nicht, warum mir das erst jetzt auffällt, aber ich bedaure es sehr, dass wir so weit voneinander entfernt wohnen. Als Kinder waren wir die dicksten Kumpel, und das vermisse ich oft. Es ist schade, dass wir so verschiedene Leben leben, aber ich befürchte … Tut mir Leid, wenn ich dir jetzt zu nahe trete … Du lebst überhaupt nicht. Ich weiß, Vater hat dich gedrängt, das Büro zu übernehmen, und ich bin einfach abgehauen, aber … Wenn du die Chance bekommst, etwas zu ändern, sei es nun deine Ehe oder auch dein Job, dann tue es. Wir werden dir helfen, glaub mir.“
Okay, Zeit, das Versteckspiel zu beenden, Mike erfasst instinktiv, dass meine Affäre nur die Spitze des Eisberges ist. „Ich habe mich in eine Sackgasse manövriert und finde nicht raus, oder besser, bin zu feige, um einen anderen Weg zu wählen.“
„Noch! Auch wenn du dich als feige titulierst und Jamie das ebenfalls gesagt hat, glaube ich das nicht. Ich hätte an deiner Stelle auch Angst, ehrlich. Lass dir Zeit, denk drüber nach, über alles. Wir brauchen immer noch einen Manager und die Agentur sucht eine Vertretung für Deutschland. Du wärst perfekt dafür, das weiß ich, und Jamie ebenfalls.“
Ich starre ihn mit offenem Mund an.
„Nein. Kommentiere das jetzt nicht, ich will nur, dass du es weißt. Es gibt sehr wohl einen Weg, der dir Sicherheit bietet, wenn es das ist, was dir Sorgen macht. Und jetzt fahre ich zu meinem Mann nach Hause. Du hast hier Handyempfang, also falls was sein sollte, melde dich einfach, ja?“
Ich nicke wie paralysiert, weil Mikes vorletzter Satz in meinem Hirn rumort. So viele Möglichkeiten, Chancen und ich sehe sie nicht. Wie auch? Gut, ihre Bitte, sie zu managen, ist jetzt nicht neu und ich weiß, dass sie mit diversen Veränderungen eigentlich warten, ob oder bis ich darauf anspringe. Ein warmes, wohliges

Gefühl durchflutet mich plötzlich, als ich daran denke. Ja, diese Arbeit, das Planen, Aufträge an Land ziehen, Verhandeln, liegt mir schon immer. Auch jetzt macht mir das fast mehr Spaß als die eigentlichen Aufgaben als Architekt. Und ihre Agentur sucht eine Vertretung für Deutschland? Hmmm, kann ich das wirklich? Ich weiß, die Agentur ist absolut seriös und hoch angesehen, einen Vertrag bei diesem Label zu bekommen gleicht einer Auszeichnung und ist für viele Erotikstars ein Sprungbrett …

Ich trete auf die Terrasse hinaus und winke Mike zu, dessen Wagen gerade im Wald verschwindet. Er hat es geschafft, mich mit wenigen Sätzen von Jace abzulenken, auch wenn meine Gedanken jetzt unweigerlich wieder bei ihm sind.

Ich muss ehrlich zu mir sein. Gefällt mir der Gedanke, für sie zu arbeiten, aus rein praktischen Gründen oder ist Jace einer davon? Immerhin sind wir ja dann sozusagen weiterhin um tausend Ecken in Kontakt.

Nein … ich mache mir wirklich was vor. Jace ist Geschichte, mein Jammertal hingegen nicht.

Ich sollte tatsächlich einfach mal über alles nachdenken. Die Vor- und Nachteile abwägen, wälzen …

35.
Jace

Das warme Wasser tut gut. Ich strecke mein Gesicht unter den Strahl und genieße die Wärme, die meine ausgepowerten Muskeln entspannt. Es gibt doch nichts Schöneres, als nach dem Aufstehen am Strand zu joggen. Allerdings habe ich mich heute wieder etwas übernommen, das rächt sich jetzt. Ich spüre, wie meine Beine zittern. Hoffentlich bekomme ich keinen Krampf, das hasse ich.
Ich muss besser aufpassen, das ist mir in den letzten Wochen schon ein paar Mal passiert. Die Glückshormone, wenn man sich richtig auspowert, machen mich süchtig und sind das Einzige, was mich von meinem Herzschmerz ablenkt.
Dirk! Immer wieder dieser Mann.
Ich seufze und drehe die Temperatur noch etwas höher.
Endlich bin ich am Ziel meiner Träume, da, wo ich immer hin wollte. Bei der angesehensten Agentur unter Vertrag, die Aufträge laufen langsam ein und nächste Woche habe ich einen Probedreh. Und was mache ich? Anstatt mich wie wild zu freuen, schaffe ich es nicht, aus dem Tal der Tränen emporzuklettern.
Verfluchte Liebe! So was braucht doch kein Mensch.
Ständig ist Dirk präsent, egal was ich tue, denke, rede … Immer blitzt sein Gesicht auf, glaube ich ihn riechen zu können, meine ich seine Stimme zu hören. Das ist paranoid.
Ich will ihn endlich hinter mir lassen und das hier genießen! Aber das gestaltet sich viel schwieriger als vermutet. Trennung und gut? Von wegen. Mir scheint, als habe diese Liebschaft mehr Nebenwirkungen als jede Bekanntschaft, die ich zuvor gemacht habe.
Letzte Woche haben wir Neulinge eine kleine Einstandsparty gefeiert, da war es unvermittelt so schlimm, dass ich die Fassung verloren habe. Warum? Ganz einfach, Silver und Northman waren mit von der Partie und sie sind irgendwie meine Verbindung zu Dirk, auch wenn sie wohl nicht viel miteinander zu schaffen haben. Alleine die Tatsache, mich mit ihnen beziehungsweise Mike auf Deutsch zu unterhalten, brachte die Eindrücke zurück. Verrückt. Ich habe später, als wir am Strand

saßen und ich mich etwas abseits verkrümelt hatte, geheult wie ein Schlosshund. Wie kann das Ende einer Affäre genauso furchtbar sein wie der tragische Verlust vor zwei Jahren?
Mein Entschluss, Dirk zu verlassen, reißt mein Herz förmlich in Stücke. Warum? Er hat mir doch im Grunde nichts weiter als Sex gegeben. Ich schnaube und massiere das Shampoo in meine Haare. Nichts weiter als Sex, dass ich nicht lache. Es war so unsagbar viel mehr. Ja, mehr schon, aber nicht minder hoffnungslos. Was mir wirklich zu schaffen macht, sind die Kleinigkeiten, die Dirk ausmachten. Seine Fürsorge und Achtsamkeit, die mir das Gefühl gaben, etwas ganz Besonderes zu sein.
Ich drehe das Wasser ab und unterdrücke ein Schluchzen. Ja, etwas Besonderes, aber nicht gut genug, um gegen seine Ehefrau und Tochter zu bestehen. Habe ich mir das alles nur eingebildet, zu viel oder das Falsche in all die liebevollen Gesten hineininterpretiert? Die Tür aufhalten, mir in die Jacke helfen, seine Hand auf meinem Rücken, wenn wir irgendwo hingingen … Nichtigkeiten, unbedeutend im Grunde, aber jede einzelne davon lässt mein Herz schneller schlagen.
Scheiße.
Schon wieder Tränen! Ich hasse es so. Ich drücke mir das Badetuch aufs Gesicht und schreie meinen Frust hinein. Ich will das nicht mehr! Ich will endlich wieder leben, frei sein, die Chancen und Männer genießen, die sich mir hier an jeder Ecke bieten.
Das Geräusch meines Handys reißt mich aus dem Frust. Ich starre mich im Spiegel an und verabscheue die roten Augen. Da hilft auch die kalifornische Bräune nichts, das Strahlen ist fort.
Mist.
Mein Magen knurrt vernehmlich und erinnert mich vehement an die frühe Uhrzeit. Ja, ich sollte mal was essen und den Tag nutzen. Mein Telefon klingelt erneut und dieses Mal husche ich nackt hinaus. Mit dem Apparat in der Hand trete ich an das Fenster des Hotelzimmers und sehe hinaus. Ein anonymes Häusermeer unter mir, genauso namenlos wie dieses Zimmer hier. Wurzellos, heimatlos. Frei? In meiner trübsinnigen Laune hat das alles irgendwie einen unangenehmen Beigeschmack. Es wird Zeit, dass ich sesshaft werde und da Deutschland nichts weiter zu bieten hat als schmerzvolle Erinnerungen, werde ich mich

heute Nachmittag auf die Suche nach einer Wohnung machen. Die Agentur hat bereits Makler beauftragt und mit dem ersten treffe ich mich um 13 Uhr Ortszeit.
Aber dazu später. Ich blicke auf das Display meines Handys und schnappe unwillkürlich nach Luft. Eine deutsche Nummer? Mein Herz rast los, obwohl das unbegründet ist. Es ist keiner von Dirks Anschlüssen.
Verdammt … und wieder bin ich bei ihm. Ich stöhne über meine eigene Blödheit. Warum sollte er sich jetzt, nach fast einem Monat, plötzlich bei mir melden? Er hat mich damals kommentarlos gehen lassen und nicht ein einziges Mal versucht, mich zu erreichen. Deutlicher konnte er mir gar nicht zeigen, dass ich ihm gleichgültig bin.
Es klingelt erneut.
Ich tippe auf das Display und nehme das Gespräch dieses Mal an. Hmmm, mein Blick gleitet zu einer schmucklosen Uhr an der Wand, gegenüber vom Bett. Es ist halb acht Ortszeit, in Deutschland ist es mitten in der Nacht. Muss wohl wichtig sein.
„Ja?“
„Hi. Hier ist Jamie.“
Jamie? Ich bin überrascht. Meiner Info nach müsste er eigentlich Urlaub machen. Aber gut, Mike besitzt ja im Allgäu einen Hof, wahrscheinlich sind sie dort. „Hi. Was verschafft mir die Ehre? Bei euch ist es doch mitten in der Nacht, oder?“
Jamie lacht. „Allerdings. Wir hatten hier heute diverse Diskussionen, deshalb sind wir noch wach. Sag mal … wie geht es dir?“
Was ist hier los? Scheiße, und ich dachte, ich hätte mich professionell genug benommen. „Gut, warum?“
„Na ja … bei der kleinen Feier letztens hatte ich den Eindruck, du hast Kummer.“
Kummer? Warum habe ich den Eindruck, er schluckt das Wort *Liebes* gerade noch hinunter? Ich weiß, wie gut der Mann beobachtet, und es macht keinen Sinn, es sich mit ihm zu verscherzen, indem ich ihm etwas vormache. „Na ja. Ich habe einiges in Deutschland zurückgelassen. Private Dinge, aber es wird schon.“
„Ich verstehe. Du, hör mal, warum ich anrufe. Ich habe einen Vorschlag für dich.“

Ich werde hellhörig. Warum klingt er irgendwie persönlich und nicht so geschäftsmäßig wie sonst? Ist mir irgendwas entgangen?
„Okay, lass mal hören."
„Also, ich weiß, du suchst eine Wohnung, richtig? Ich könnte dir in der Richtung was anbieten."
„Okay, und was?"
Er holt tief Luft am anderen Ende und ich höre, wie er die Telefonmuschel abdeckt und mit einer weiteren Person kurz diskutiert. Zweifelsfrei ist das sein Mann und sie scheinen sich etwas zu zoffen. Ärger im Paradies? Die zwei sind doch sonst ein Herz und eine Seele. Aber egal, nicht meine Baustelle.
„Also … sorry, ich sagte ja, wir haben hier heute einiges zu bereden."
„Das habe ich gerade gemerkt. Gibt's Ärger?"
„Nein. Keine Sorge, hat nichts mit dir zu tun. Hör zu … ich habe noch mein altes Apartment in West Hollywood, nichts Bombastisches, aber voll möbliert und in guter Lage. Es ist alles drin, was du brauchst. Du könntest es für unbegrenzte Zeit haben, wenn du willst."
Wow. Das ist mal ein Angebot. „Warum?"
„Was, warum?"
Ich setze mich auf das Bett und schüttle den Kopf. „Warum bietest du mir das an? Ich meine, nicht dass ich es nicht zu schätzen weiß, aber …"
„Keine Bange, es sind keine Bedingungen daran geknüpft, falls du das befürchtest. Es ist einfach … Du bist gut und ich würde mich freuen, wenn du Fuß fasst. Wenn dir eine Wohnung ein Stück Sicherheit gibt, hilft das doch allen, oder?"
Ich glaube ihm kein Wort. Da steckt weit mehr dahinter, aber ich habe keinen Schimmer, was. Das hier ist ein hart umkämpftes Business. Auch wenn wir einer Agentur angehören, bin ich dennoch eine Konkurrenz für das Model Silver. Wir sind in etwa auf Augenhöhe, fast gleich alt und ähnlich erfolgreich. Das überwiegt, auch wenn er natürlich als Fotograf gleichzeitig mein Auftraggeber ist. Nein, da ist etwas im Spiel, von dem ich nichts weiß.
„Jace?" Diesmal ist es Mike am Apparat und lässt mich aufhorchen.

„Ja?“
„Du musst nicht sofort entscheiden. Die Wohnung wird hin und wieder an Models vermietet oder dient uns als Gästequartier, falls unsere Familien hier aufkreuzen. Sieh es einfach als Starthilfe an.“
„Warum bietet ihr sie mir? Ich bin kein Frischling …“
Er lacht auf. „Nein, das bist du wirklich nicht. Kannst du einen Freundschaftsdienst nicht einfach annehmen?“
Ich atme tief durch und kämpfe unvermittelt mit Tränen. Wieso das jetzt? Er hat recht, warum kann ich schlichte Freundlichkeit nicht einfach annehmen? „Das ist in diesem Metier nicht selbstverständlich, vielleicht deshalb?“
„Ich weiß, glaube mir, ich bin heilfroh, von Anfang an Jamie an meiner Seite gehabt zu haben. Aber auch hier gibt es so etwas wie Freundschaften, glaub mir.“
Mike klingt durch und durch ehrlich. Ich bin nicht blöd und habe mich längst umgehört und weiß, was man über ihn sagt. Er ist extrem beliebt in der Branche, weil er grundanständig ist, vor allem zu Neulingen. Hinter vorgehaltener Hand nennt man ihn den goldenen Ritter und so langsam verstehe ich diesen Titel auch. Es dürfte nicht das Schlechteste sein, wenn man Silver und Northman zu seinen *Freunden* zählt. Wobei dem Wort natürlich eine gänzlich andere Bedeutung als in Deutschland zugewiesen wird. Hier bedeutet Freunde eher gute Connections, sprich bessere Rollen, mehr Angebote und vielleicht in naher Zukunft angenehme Drehpartner. Eigentlich hat ihr Vorschlag in jeder Hinsicht nur Vorteile. „Okay. Dann würde ich euer Angebot gerne annehmen.“
„Super, ich freue mich. Hör zu, ich gebe Aidan Bescheid, dass er den Zweitschlüssel aus unserem Haus holt und ihn dir gibt. Vielleicht könnt ihr gemeinsam hinfahren?“
„Du hast ja bereits an alles gedacht. Klar, wäre eine gute Idee. Dann sage ich dem Makler für später ab, oder?“
„Ja, mach das. Ich gebe ihm deine Nummer, dann könnt ihr das miteinander ausmachen.“
„Okay.“
„Gut … dann sage ich mal gute Nacht.“
„Und ich vielen Dank, richtest du das Jamie bitte aus?“

„Er hat es mitgehört. Bis die Tage und lebe dich gut ein.“
Dann legt er auf. Ich starre geplättet auf das dunkle Display. Wo ist der verfluchte Haken an der Sache? Ich glaube einfach nicht an pure Nächstenliebe, dazu klang bei beiden zu viel im Hintergrund mit, was ich nicht zuordnen kann.
Aber letztendlich ändert es nichts. Die Aussicht auf eine eigene Bleibe, Privatsphäre macht mir Mut. Es wäre doch gelacht, wenn ich mein Leben nicht wieder auf die Reihe bekomme. Eben. Dirk ist Geschichte und auch wenn ich ihn sehr vermisse, die Erinnerungen werden verblassen und mit ihnen der Schmerz.
Kaum bin ich angezogen, klingelt erneut mein Handy und Aidan ist dran. Wir machen für eine Stunde später einen Termin aus. Geht doch. So langsam habe ich das Gefühl, die Watte, die mich die letzten Wochen ausgebremst hat, wird weniger.

36.
Dirk

Ich kann nicht beschreiben, wie ich mich fühle. Zum ersten Mal habe ich tatsächlich nichts weiter zu tun, als nachzudenken. Keine Arbeiten, die mich ablenken, keine anderen Menschen, mit denen ich mich unterhalten könnte.
Nur die winterliche Stille, die Natur und ich. Ich bin wie gelähmt, innerlich und äußerlich. Meine Kaffeetasse ist längst leer und eigentlich ist mir saukalt, aber ich schaffe es nicht, nach drinnen zu gehen. Wahrscheinlich ist der Ofen auch wieder aus und die Hütte kalt, aber auch das genügt nicht als Grund, mein Sit-in zu beenden.
Die Wahrheiten, die in den letzten Stunden ans Tageslicht kamen, tun weh. Ich habe mich selbst wohl mein Leben lang völlig falsch wahrgenommen. Jamie hat recht, ich bin ein Feigling, war es immer. Mein ganzes Bestreben galt immer anderen gerecht zu werden. Sei es nun meinem Vater, der weder mir noch Mike irgendwie eine andere Wahl gelassen hat, als Architekt zu werden, oder meiner Frau. Von Lea ganz zu schweigen, aber das ist eine andere Geschichte.
Wo hätte ich abbiegen müssen? Wo in meinem Leben habe ich die Kurve zur Selbstentfaltung übersehen und mich stattdessen aufgegeben? Ich weiß es nicht, wahrscheinlich bereits in der Pubertät, als mir mit Entsetzen klar wurde, dass ich Jungs mindestens ebenso attraktiv finde wie Mädchen. Kaum war die Erkenntnis da, habe ich sie weit von mir geschoben und mich nur auf „normale“ Beziehungen eingelassen.
Und jetzt sitze ich hier und verharre feige in dieser Sackgasse. All das – diese Erkenntnisse und meine Gefühle für einen Mann – hat zwar die Wahrheit ans Tageslicht gebracht, ändert aber nichts.
Ich kann einfach nicht. Und Jace ist fort, wozu also? Wäre er noch hier, hätte ich wenigstens einen winzigen Anreiz … Nein. Das ist Bullshit. Im Grunde benutze ich ihn dann ebenfalls als Ausrede. Wieder zeige ich auf einen anderen Menschen und nehme ihn als Grund. Damit muss jetzt Schluss sein! Endgültig. Es geht um mich, um mein Dasein, mein Leben.

Ja … wenn es so einfach wäre. Die Tränen auf meinem Gesicht schmerzen, ich habe das Gefühl, sie gefrieren auf meiner Haut. Feige hin oder her … ich habe eine Verantwortung meiner Familie gegenüber und die muss ich wahren. Ich darf mich nicht so wichtig nehmen, nicht so egoistisch sein, meine tollkühnen Wünsche umzusetzen. Lea und Meli hängen von mir ab, sie können nichts dafür, dass ich unglücklich bin.
Scheiße! Selbst wenn ich todesmutig in die Richtung blicke, die mich interessiert, die ein Leben verspricht, das mich zufrieden macht und Spaß bringt, ist da eine unüberwindbare Mauer.
Es geht schlicht nicht!
Aber so weitermachen wie bisher? Das kann ich auch nicht mehr. Durch meine Gefühle für diesen Mann hat meine Ehe jede Basis verloren. Ich habe meine Frau aus völlig dummen und falschen Motiven geheiratet und kann das nicht ungeschehen machen. Auch wenn da ganz sicher mal Liebe war, ist sie vergangen.
Jace gehört mein Herz. Himmel, ich vermisse ihn so sehr. Ich wünschte, ich könnte jetzt einfach seine Stimme hören, irgendetwas, das mir dieses innige Gefühl zurückgibt, als wir zusammen waren. Aber ich verbiete mir das, weil es nicht fair ihm gegenüber ist. Seine Entscheidung, zu gehen, war die einzig richtige. Er wollte seine Freiheit …
Müßig, erneut darüber nachzudenken. Diese Entscheidung war nicht die Meine und ich muss sie akzeptieren.
Jetzt und hier geht es um mich, um meine Familie und deren Zukunft. Ich fasse für mich zusammen, während mein Blick über die Zauberlandschaft vor mir gleitet. Es dämmert, beziehungsweise wird schnell dunkel. Alles erstarrt zu Eis, die Vögel sind längst vom Wasser verschwunden …
Ich werde mir Mikes Vorschlag, sie zu managen, durch den Kopf gehen lassen und versuchen, diese Tätigkeit irgendwie langsam in meinen beruflichen Alltag zu integrieren. Vielleicht bekomme ich Hilfe von der amerikanischen Seite, mal sehen. Falls, oder besser wenn ich es mache, da ich merke, dass es für mich im Grunde schon beschlossene Sache ist, hängt der Haussegen zu Hause ohnehin komplett schief. Alles was mit der *Schmuddelecke,* in der sich Mike und Jamie bewegen, zu tun hat, stößt bei Melanie auf

völlige Ablehnung. Aber damit wird sie leben müssen, wenn sie will, dass wir zusammen bleiben.
Mein Architekturbüro? Tja … es läuft gut, ich bin bekannt und verdiene sehr gut. Vielleicht eine Umstrukturierung? Ich könnte einen Architekten einstellen und mich auf die Organisation und Kundenaquirierung konzentrieren. Hmmm … das wäre eine Möglichkeit. Ich spüre, dass mir das mehr liegt.
Okay … diese zwei Punkte sind schon mal bearbeitet und können umgesetzt werden, ohne allzu viele Probleme. Kommen wir mal zu des Pudels Kern. Ich scheue mich nach wie vor, mich näher mit meiner Ehe zu beschäftigen, weil es mich unweigerlich zu Jace bringt. Fakt ist, ich liebe meine Frau nicht mehr, ich begehre sie nicht und eigentlich ist sie nicht der Mensch, mit dem ich alt werden möchte. All das sind Punkte, die auf Jace zutreffen, aber nicht realisierbar sind.
Was also soll ich tun? Sie tatsächlich verlassen? Die Vorstellung wäre irgendwann in den letzten Stunden tatsächlich denkbar geworden, wäre da nicht Lea. Ich wünsche mir für meine Kleine ein intaktes Umfeld, wie man so schön sagt, und dafür gehört für mich einfach das Gebilde Ehe. Wenn ich nun dafür das Zusammenleben mit Meli in Kauf nehmen muss, ist es eben so. Allerdings kann ich nicht länger so tun, als wäre meine Enthaltsamkeit und ständige Miesepetrigkeit eine Laune. Sie hat zumindest die volle Wahrheit verdient.
Na ja … volle Wahrheit ist wohl übertrieben. Die Vorstellung, ihr die Affäre mit einem Mann zu beichten, lässt mir graue Haare wachsen. Ich will einfach nicht, dass sie Jace in den Dreck zieht, was unweigerlich passieren würde.
Nein, mein letzter Liebesdienst an diesem wunderbaren Mann wird sein, dass ich ihn im Herzen behalte und hüte wie einen unbezahlbaren Schatz.
Diese blöde Wehmut! Der Gedanke, ihn nie wiederzusehen, schnürt mein Herz zusammen. Im Nachhinein beneide ich meinen Bruder jetzt doch wieder. Er konnte damals mit aller Kraft um Jamies Liebe und eine gemeinsame Zukunft kämpfen. Mir bleibt das verwehrt, auch wenn es die beiden wohl anders sehen.

Zeit, ihn endlich vollkommen loszulassen. Ich muss die Träume, oder besser die Erinnerungen an die wenigen, gestohlenen Stunden voller Liebe, Lust und Hingabe hinter mir lassen, damit ich in Zukunft wenigstens ein halbwegs gutes Leben führen kann. Mein eigenes Schluchzen weckt mich aus meiner Versunkenheit.
Goodbye, Amber. Ich hoffe so sehr, du findest da drüben dein Glück und, wie Jamie sagte, jemanden, der dich auch verdient.

Die Nacht war sehr kurz und nicht gerade erholsam. Dennoch spüre ich jetzt, am Morgen nach diesen beschlossenen Änderungen, neue Kraft in mir.
Klar könnte ich noch länger hier bleiben und mich verkriechen, das unweigerliche Gespräch mit meiner Frau weiter hinauszögern, aber was bringt das? Nichts! Gar nichts. Es macht die Sache nicht besser. Je schneller ich mit ihr rede, ihre Vermutungen bestätige, desto eher können wir versuchen, in ein einigermaßen ruhiges Leben zurückzukehren. Das Donnerwetter wird so oder so folgen.
Ich schütte den Rest lauwarmen Kaffees in den Tiefschnee neben der Terrasse und packe die wenigen Sachen ins Auto. Etwas wehmütig stelle ich fest, dass ich diesen Ort gerne mal wieder besuchen möchte. Vielleicht kann ich ja mal mit Lea hier herkommen, ihr dürfte es sehr gut gefallen. Ja, ihr müssen meine Gedanken gelten, ihr gehören meine Kraft und das Durchhaltevermögen.
Nach ein paar Minuten sitze ich im Auto und hoffe inständig, dass ich nicht mitten auf dem Zufahrtsweg stecken bleibe. Zwar hat es in der Nacht nicht mehr geschneit, aber der harsche Schnee kratzt am Unterboden meines Autos. Ich habe Glück und gleich darauf kann ich die Schranke schließen und zu meinem Bruder zurückfahren. Die Fahrt vergeht schnell und ich spüre in mir willkommenen Mut und leichten Optimismus, was meine Zukunft angeht. Na ja, zumindest überdeckt sie zum größten Teil den Liebeskummer, der mich zweifelsfrei noch länger begleiten wird.

Auf Mikes Hof empfängt mich Stille, die beiden sind ausgeflogen. Kurz überlege ich, hier zu warten, aber ich habe keine Lust auf ein weiteres Streitgespräch mit Jamie, was zweifellos folgt, wenn er von meinem Entschluss erfährt. Also rufe ich meinen Bruder auf dem Handy an, um mich zu verabschieden.
„Hey, großer Bruder."
Sein lockerer Ton beruhigt mich etwas, er war noch nie nachtragend, wofür ich ihm jetzt echt dankbar bin. „Selber hey. Wo treibt ihr euch rum?"
„Ach … ein wenig die Müdigkeit aus den Knochen trainieren. Jamie muss sich nach gestern abreagieren. Und? Wie geht es dir? Alles okay soweit?"
Ich straffe mich und betrachte die fernen Allgäuer Alpen. Der Himmel reißt auf und die weißen Bergspitzen erstrahlen im Sonnenlicht. „Ja, es geht einigermaßen. Die Idee mit der Hütte war klasse. Ich …" Jace' Verlust ist unvermittelt wieder schmerzhaft präsent. „Ich werde heimfahren, Meli ein paar Dinge erklären und hoffen, dass wir irgendwie einen Weg finden. Richtest du Jamie bitte einen Gruß aus und dass es mir leidtut?"
Mike schnaubt. „Das mach mal schön selber. Und was willst du ihr erklären?"
„Was mit mir los ist und dass sich ein paar Dinge ändern werden."
Ich höre ihn am anderen Ende atmen. „Du bleibst wirklich bei ihr?"
Jetzt ist es an mir, zu seufzen. „Lea zuliebe möchte ich es versuchen und außerdem … Jace ist Vergangenheit und selbst wenn nicht … Bitte akzeptiere das."
„Ich habe dir gestern schon gesagt, dass ich dich bei jeder Entscheidung unterstützen werde, auch wenn ich es bedauere, dass du nicht mal versuchst, das mit ihm ins Reine zu bringen."
„Das kann ich nicht. Aber danke, dass du es akzeptierst, denn eine Änderung betrifft auch euch. Ich muss erst sehen, wie ich den Rest auf die Reihe bringe, und dann erfahrt ihr alles, ja?"
„Okay, ich bin gespannt. Du weißt ja, wie du mich erreichst. Und jetzt gebe ich dir meinen Mann. Mach's gut und fahr vorsichtig, ja?"
„Ja, versprochen, ich geb Bescheid, sobald ich daheim bin."

„Ja, tu das."
Es raschelt in der Leitung und ich höre Jamies Stimme wie aus weiter Ferne. Wahrscheinlich muss Mike ihn erst von einem Trainingsgerät pflücken. Doch dann ist er dran und ich atme tief durch.
„Hey", grüßt er mich wortkarg, was ich gut verstehen kann. Ich fühle mich selbst nicht ganz wohl im meiner Haut mit ihm am Telefon.
„Guten Morgen, Jamie. Hör zu … ich wollte mich für gestern bei dir entschuldigen, du hast mich in die Enge getrieben und … na ja …"
„Vergiss es, Dirk. Ich war nicht wirklich diplomatisch und hätte dir meine Vermutung wohl etwas sanfter beibringen können, vom Rest ganz zu schweigen."
„Allerdings, aber Diplomatie ist ohnehin nicht deine Stärke."
Wir lachen beide und es tut gut, zu wissen, dass wir unseren Zoff so schnell bereinigen können.
„Was wirst du jetzt tun?", fragt er vorsichtig.
Ich zucke mit den Schultern, auch wenn er das nicht sehen kann. „Weitermachen, irgendwie …"
„Dirk …"
„Nein, hör mir zu. Ich weiß, du kannst es nicht verstehen, musst du auch nicht, aber bitte respektiere es. Ich kann Meli nicht verlassen, auch wenn ich nicht das für sie empfinde, was ich sollte. Ich muss an Lea denken."
Jamie atmet schwer. „Und trotzdem meine Frage: Was wird mit Jace?"
Die Frage tut mehr weh, als ich gedacht hätte, deshalb dauert es etwas, bis ich reagieren kann. „Jamie … er ist gegangen und … wie du schon sagtest, er hat was Besseres verdient …"
„Schwachsinn. Ich war sauer, darum habe ich dir das um die Ohren gehauen. Ihr passt gut zusammen, du … Er braucht einen Halt in dem Geschäft, jemanden, der so bodenständig und normal ist wie du. Warum gibst du euch keine Chance? Warum … fuck! Ihr zwei Holzköpfe von Brüdern seid euch so ähnlich! Das ist doch Bullshit! Gib ihn nicht einfach so auf."

Ich muss darüber lachen, wie leidenschaftlich er um diese Affäre kämpft. „Warum setzt du dich nicht genauso für meine Ehe ein?"
Er schnaubt abfällig. „Du weißt, warum. Deine Frau hasst mich und Mike, alles was wir tun und sind. Und außerdem verleugnest du dich nach wie vor. Sorry aber … erwarte da keine Unterstützung von mir."
„Wie gesagt, es geht mir in erster Linie um mein Mädchen."
„Ja, ich weiß, aber bist du sicher, dass sie dieses homophobe Getue nicht irgendwann übernimmt? Willst du das?"
Hmmm, darüber habe ich noch gar nicht nachgedacht, aber jetzt, wo er es sagt, werde ich sehr genau darauf achten, dass es nie so weit kommt. „Wird sie nicht, ich bin ja auch noch da."
„Ich verlasse mich auf dich, wäre schade um die Prinzessin … Und wie geht es nun weiter?"
Ich zögere kurz, weil über meine Entscheidung nachzudenken was ganz anderes ist, als sie laut auszusprechen. „Na ja … ich werde Meli sagen, dass ich eine Affäre hatte, Jace aber komplett raushalten. Sie muss wissen, warum es seit Monaten schiefläuft."
„Oh Mann! Du drückst dich wieder um eine Entscheidung, das ist dir schon klar, oder?"
„Äh, nein. Das ist mein Entschluss. Ich bleibe bei ihr. Ich werde einiges ändern, unter anderem meine berufliche Situation, aber ich möchte Lea ein geordnetes Zuhause bieten."
„Ein geordnetes Zuhause? Putzig. Eine Ehe ohne Liebe, ohne Zärtlichkeit … Ja, das nenne ich ein nettes Konstrukt. Sei mir nicht böse aber … du redest dir das schön. Im Grunde schiebst du Meli jetzt den schwarzen Peter zu. Sie muss oder kann entscheiden, ob ihr euch trennt oder zusammenbleibt."
Ich verabscheue seine Offenheit. Ein Konstrukt ohne Liebe und Zärtlichkeit … Ich könnte ihm schon wieder verbal eine Ohrfeige verpassen für seine schonungslose Diagnose. „Man kann nun mal nicht alles haben."
Er seufzt vernehmlich. „Aber man kann darum kämpfen. Du hingegen gehst den einfachsten Weg, indem du schlicht gar nichts tust und dich weiter selbst bemitleidest."
„Das mag für dich so aussehen, aber so ist es nicht. Es besteht kein Grund zur Trennung, die Affäre ist beendet."

„Und du glaubst, sie schluckt das so einfach?"
Ich zögere mit der Antwort, weil ich mir darum wirklich überhaupt keine Gedanken gemacht habe. „Ich hoffe es. Ich habe keine Ahnung, Jamie. Ich will nur nicht länger schweigen, sondern uns eine Chance geben."
„Und Jace einfach vergessen."
Es tut weh, wie er diesen Satz in den Raum stellt, höllisch weh. „Mir wird nichts anderes übrig bleiben. Bitte akzeptiere das. Ich will nicht ständig mit dir streiten, weil es dir nicht passt, wie ich lebe. Ihr seid mir sehr wichtig und mein Rückhalt, bitte glaube mir das."
Er seufzt leise, es klingt schrecklich resigniert. „Du machst einen Fehler."
„Das wird sich zeigen. Im Moment ist es alles, was ich vor mir selbst verantworten kann, okay?"
„Was soll ich dazu sagen?"
„Es ist mein verdammtes Leben! Ich muss es führen und mit meinen Entscheidungen klarkommen. Also brauchst du gar nichts zu sagen." Ich merke, ich werde bereits wieder laut, weil es mich nervt, dass er mir ständig weiter auf die Zehen tritt.
Stimmen im Hintergrund, wahrscheinlich redet Mike wieder mit Engelszungen auf ihn ein. Jamie schnalzt mit der Zunge und flucht. Irgendwas Amerikanisches, was ich zum Glück nicht verstehe. „Wie du meinst, aber du kannst nicht erwarten, dass ich still bin, wenn du uns nach unserer Meinung fragst. Ich verstehe dich wirklich nicht, weil du, anstatt die Chance auf einen Neuanfang zu ergreifen, wieder in deinem Mauseloch verschwindest. Aber gut, schon alleine deinem Bruder zuliebe werde ich jetzt die Klappe halten und nichts mehr sagen."
„Danke", nuschle ich leidlich beruhigt in den Hörer. Bis zum nächsten Mal dann, weil ich haargenau weiß, er wird auf keinen Fall Ruhe geben. „Ich fahre dann", setze ich noch hinzu und lege einfach auf, ohne auf Jamies Gruß zu warten.
Im Auto gehen mir seine Worte wieder im Kopf herum. Ist es tatsächlich so falsch, was ich tue? Nur weil ich nicht gleich alles hinschmeiße und mit einem Mann, der mich verlassen hat und wahrscheinlich keine feste Bindung will, in den imaginären Sonnenuntergang reite? Jace sagte doch selbst, Liebe sei nicht so

wichtig, also? Warum sollte sie dann zwischen mir und Meli wichtig sein?
Liebe sind Hormone, flüchtig und nicht fassbar und so schnell verflogen. Sie schafft nur unnötige Probleme und verleitet einen zu vorschnellen Entscheidungen.
Liebe ist … Jace!
Scheiß Tränen.

Gegen Mittag bin ich zu Hause und finde meine beiden Frauen beim Essen. Recht wortkarg hole ich mir ebenfalls ein Gedeck und setze mich dazu. Meli beobachtet mich misstrauisch, was ich sehr gut nachvollziehen kann.
Als Lea mich fragt, wo war, erzähle ich ihr von der Hütte und dem See. Ihre Augen glänzen und sie hüpft aufgeregt auf ihrem Stuhl herum, als ich ihr verspreche, im Sommer mit ihr dorthin zu fahren. Mit Erschrecken stelle ich fest, dass ich Meli gar nicht mehr einbeziehe. Innerlich habe ich tatsächlich von ihr Abstand genommen und mein Vorsatz, bei ihr zu bleiben, bezieht eine Neuauflage einer Liebesbeziehung definitiv nicht mit ein.
Als wir fertig sind, der Tisch abgeräumt ist, schicke ich Lea in ihr Zimmer zum Spielen. Egal, was in den nächsten Minuten auch geschieht, sie muss das nicht unbedingt live miterleben.
Meli beobachtet mich stumm von der Küchentür aus. Als meine Kleine die Tür hinter sich schließt, atme ich tief durch und wappne mich für das wohl schwerste Gespräch seit Jahren. Aber da muss ich jetzt durch. Nein, da will ich jetzt durch. Wenn ich mein Leben so weiterlebe wie bisher, drehe ich völlig durch.
„Setzt du dich bitte wieder her? Ich muss mit dir reden."
Meli erwidert meinen Blick lange. Ich sehe Angst in ihren Augen, aber auch Wut und Ohnmacht. Schließlich nickt sie, schenkt sich ein Glas Wasser ein und kommt an den Tisch zurück. Stocksteif, mit geradem Rücken und so fest ineinander verschränkten Händen, dass die Knöchel weiß erscheinen, sitzt sie da und wartet.
„Und?" Ihre Stimme klingt wie Glas, dünn und zerbrechlich.
Mein schlechtes Gewissen kehrt mit aller Macht zurück. Ist es fair, sie meine Unzufriedenheit ausbaden zu lassen? Ich schäme mich und starre ein Loch in die Tischplatte, als ich ihr ohne

Schnörkel gestehe, was ich getan habe. „Ich habe nachgedacht und bin zu dem Schluss gekommen, dass ich dich nicht länger belügen will. Du hattest recht mit deiner Vermutung, dass ich fremdgehe. Aber das ist vorbei und ich habe mich für meine Familie entschieden."
Stille.
So lange, bis ich es nicht länger aushalte und sie ansehe. Tränen laufen über ihre Wangen und sie zittert.
„Wer?", flüstert sie.
Ich schüttle abwehrend den Kopf. „Das ist gleichgültig. Es ist vorbei."
Sie wischt sich über das Gesicht und atmet mit geschlossenen Augen tief durch. „Was habe ich falsch gemacht?"
„Nichts. Es liegt nicht an dir. Es ist …" Ich lehne mich zurück und weiß nicht, warum ich eigentlich noch mit irgendwas hinter dem Berg halte. Natürlich werde ich Jace nicht offenbaren, das bin ich ihm schuldig, aber warum verschweigen, wie scheiße ich mein Leben finde? „Hör zu … ich bin einfach mit der Situation unzufrieden, mein Job füllt mich nicht mehr aus, dieser Trott nervt mich nur noch …"
„Und ich? Nerve ich dich auch nur noch?"
Wir sehen uns an. Soviel dann zur Wahrheit. Langsam schüttle ich den Kopf und mir zerreißt es wieder fast das Herz, als ich Jace' Gesicht vor mir sehe. „Nein, aber …"
„Du liebst mich nicht mehr."
Ich zucke mit den Schultern. Dass es genau so ist, kann ich ihr schlecht sagen. Tue ich ihr nicht schon genug weh? Muss ich ihr auch die allerletzte Hoffnung nehmen?
Meli schüttelt den Kopf und trinkt einen Schluck. „Und wie stellst du dir das jetzt vor?"
„Ich weiß es nicht genau, aber ich werde dich nicht verlassen, wenn es das ist, was du befürchtest. Ich … brauche einfach Zeit, bitte. Beruflich werde ich ein paar Veränderungen vornehmen und enger mit meinem Bruder zusammenarbeiten."
Sie schnaubt. Gut, das war die erwartete Reaktion. „Wir haben ein gutes Leben und du bist dabei, es kaputtzumachen."
„Falsch. Du hast ein gutes Leben, weil es deinen Vorstellungen entspricht. Mir reicht es aber nicht mehr."

„Ach? Dann heißt das also auch, du wirst dir beizeiten wieder eine Liebschaft suchen?“
Okay … jetzt wird es hässlich, das war vorauszusehen. „Nein, das habe ich nicht vor. Warum … warum können wir es nicht erst mal auf freundschaftlicher Basis versuchen?“
„Weil das keine Ehe ist“, fährt sie mich wütend an.
„Dann ist es dir lieber, ich gehe?“ So langsam macht Jamies Einwand, ich würde ihr den Schwarzen Peter zuschieben, echt Sinn.
Meli schluckt und versteckt ihr Gesicht hinter den Händen. „Warum bist du so unfair?“, schreit sie mich plötzlich an.
„Wäre es dir lieber gewesen, ich hätte dir weiter was vorgemacht? Ja, ich bin fremdgegangen, ja ich habe mich dummerweise in die Person verliebt, aber ich bin immerhin hier. Ich versuche uns eine zweite Chance zu geben, aber ich kann nicht aus meiner Haut.“
„Ich will wissen, wer es war!“
„Nein.“ Seltsam … Je lauter sie wird, desto ruhiger werde ich innerlich. Und kälter, stelle ich voller Bedauern fest. Ob es tatsächlich Sinn macht, diese Ehe aufrechtzuerhalten?
„Du musst mir sagen, wer …“
„Nein. Akzeptiere das. Diese Person geht dich nichts an, alles, was du wissen musst, weißt du jetzt.“
„Ich erkenne dich kaum wieder. Seit wann bist du so egoistisch?“
Ach? In mir schwelt Wut, mir Egoismus vorzuwerfen ist Mist. Ich bin doch bei meiner Familie. „Seit ich nicht mehr kann und ich gemerkt habe, dass mich mein Leben kaputtmacht, wenn sich nichts ändert. Ich fühle mich ja jetzt schon wie eine lebende Mumie.“
„Und wir sollen jetzt einfach so deine Pläne schlucken, oder wie stellst du dir das vor?“
„Ja, darum bitte ich dich.“
Meli sieht mich lange an. Was ist das für ein Blick? Bevor ich abgefahren bin, war da noch Liebe oder zumindest Zuneigung zu erkennen, aber das finde ich nicht mehr. Liegt es an meinem Geständnis? Nein, nicht nur, wird mir klar. Sie kann mein Tun nicht länger einschätzen.

„Du ziehst ins Gästezimmer, ich ertrage es gerade nicht, wenn du neben mir liegst."
Ich nicke lediglich und kann meine Erleichterung kaum verbergen. Mir geht es nicht anders als ihr und die Lösung ist perfekt. „Ja, sicher."
„Und komm ja nicht auf die Idee, jetzt ständig bei deinem Bruder rumzuhängen, ich erwarte, dass du dich wieder mehr um dein Büro kümmerst und ich nicht ständig deinen Vater vertrösten muss."
War sie eigentlich immer schon so kalt und berechnend? Oder bin ich jetzt unfair und suche in jedem Wort die Schattenseite des Ganzen? Fakt ist: Sie merkt gar nicht, dass sie in die völlig falsche Richtung läuft und den Abstand zwischen uns mit jedem Wort weiter vergrößert. „Ich sagte, auch da wird sich einiges ändern und du solltest es akzeptieren. Unsere privaten Probleme sind eine Sache, aber mein Job geht dich nichts an, solange ihr gut versorgt seid und unsere Rechnungen bezahlt sind."
„Ich will nicht, dass meine Tochter mit einem Vater aufwächst, der sein Geld mit dem Schweinkram seines Bruders verdient."
Bingo! Ich wusste es. Wider Willen entschlüpft mir ein Grinsen, keine gute Idee. „Also erstens ist sie auch meine Tochter und zweitens habe ich mit dem *Schweinkram* nicht direkt zu tun, sondern werde die zwei in Zukunft managen. Und mit meinem Dad werde ich die Tage ohnehin ein Gespräch führen müssen, da sich auch was im Büro ändern wird."
„Reiß dich zusammen, Dirk."
Ich starre sie ungläubig an. „Wie bitte?"
„Ich erwarte, dass es weiterläuft, dass du dich wieder einkriegst …"
Mir fehlt echt die Spucke. Und ich dachte, ich hätte Angst vor Veränderungen? Was hat dann Melanie erst? „Vorsichtig Meli. Ich habe einen Fehler gemacht und mich dafür entschuldigt. Ich verstehe deinen berechtigten Ärger. Aber das heißt noch lange nicht, dass ich hier vor dir zu Kreuze krieche und weiterhin nach deiner Pfeife tanze."
„Du hast Mist gebaut und solltest dich sehr anstrengen, damit es sich wieder einrenkt, das ist dir hoffentlich klar."

Wut steigt in mir auf. Der Drang, wegzulaufen, ganz weit weg, eventuell nach Los Angeles, wird von Sekunde zu Sekunde stärker. „Mag sein, aber ich verkaufe nicht meine Seele. Ich bin fremdgegangen, stimmt, aber, wenn vorher alles eitel Sonnenschein gewesen wäre, wäre das nie passiert.“ Mit diesen Worten beende ich das Gespräch und stapfe nach oben, um das Gästezimmer einigermaßen häuslich einzurichten.

37.
Dirk

Die Zeit vergeht, ohne dass sich unser Verhältnis wieder normalisiert. Vor unseren Familien spielen wir heile Welt, aber ich denke, meine Eltern ahnen, dass etwas im Busch ist.
Da mein Dad Teilhaber und Seniorpartner des Architekturbüros ist, hat er sich bestimmt die letzten Wochen gewundert, weil ich ihm diverse Fragen gestellt habe, was die Arbeitsaufteilung angeht. Er ist nicht dumm und kann sich ausmalen, auf was das im Endeffekt hinausläuft.
Aber mein Gefühl bestätigt mir, dass ich auf dem richtigen Weg bin. Die letzten Wochen habe ich damit verbracht, für den zukünftigen Architekten und meinen Bruder Pläne auszuarbeiten, wie ich die beiden völlig unterschiedlichen Arbeiten unter einen Hut bringe. Noch fehlen mir die nötigen Verbindungen und Anlaufstellen, damit ich Mike und auch Jamie mit Arbeit versorgen kann, aber sobald die ganze Planung erledigt ist, werde ich versuchen, mit ihrer Agentur in den Staaten Kontakt aufzunehmen. Ich hoffe, man greift mir tatsächlich von dort unter die Arme, aber soweit ich mich erinnere, haben die zwei mich dort bereits vorgeschlagen und grünes Licht für eine Zusammenarbeit bekommen. Es lag ja nur an meiner strikten Weigerung einzusteigen, dass bis dato nichts passiert ist. Jetzt weiß ich ja, es ist Zeit für einen Umbruch und Neuanfang in dieser Richtung. Diese Entscheidung erfüllt mich mit lange vermisster Energie und leichtem Enthusiasmus. Es geht vorwärts, mein Leben bekommt einen neuen Sinn.
Zu Hause jedoch … Es findet ein Grabenkampf statt, den ich so niemals erwartet hätte. Melanie lässt keine Chance aus, mich zu reizen. Sei es nun, dass sie nicht mehr für mich kocht, wäscht und mir ihre Termine nicht mehr sagt oder ständig fiese Spitzen, wenn wir doch mal abends auf der Couch sitzen, auf mich abfeuert. Ich weiß, sie versucht damit immerzu an mein schlechtes Gewissen zu appellieren, aber immer mehr verkehrt sich die Situation ins Gegenteil. Sie tut sich keinen Gefallen damit, aber ich habe aufgehört, ihr das klar zu machen, weil es verschwendete Liebesmüh ist. Auf jeden Fall gehen die Chancen,

dass wir jemals wieder ein normales und halbwegs glückliches Eheleben führen werden, gegen Null.
Was mir etwas Bauchweh macht, ist meine Tochter. Lea bekommt wohl doch mehr mit, als wir denken, auch wenn wir uns vor ihr redlich Mühe geben. Sie weint mehr, ist quengelig und schläft kaum noch durch. Beinahe jede Nacht kriecht sie entweder zu mir oder ins Bett meiner Frau. Wir lassen es ihr durchgehen und versuchen ihr auf diese Weise die Nähe und Sicherheit zu bieten, die sie braucht. Wenigstens sind wir uns in dieser Hinsicht einig.
Ob das alles Spaß macht? Hmmm … nicht wirklich, aber zumindest kann ich mir vorstellen, so zu leben, bis … ja, bis was?

In der zweiten Aprilwoche habe ich beide Exposés vorbereitet und ausgedruckt, um die Veränderungen meinem Bruder und meinem Dad zukommen zu lassen. So ist zumindest der Plan.
Aber wie heißt es so schön? Das Leben geschieht, während man Pläne schmiedet.
Meiner droht zu scheitern, ohne dass ich es zu dem Zeitpunkt auch nur ahnen kann.
Und wieder läutet ein Anruf von Mike das Chaos ein.
Prima!

38.
Dirk

Es ist Mittwoch, kurz vor 17 Uhr. Meine Vorzimmerdame hat bereits Schluss und ich sitze an letzten Berechnungen, damit ich ein neues Angebot einreichen kann.
Ich liebe die Stille im Büro, lediglich der alte Boden knarzt und arbeitet. Draußen herrscht Schmuddelwetter und ich schiebe meinen Feierabend vor mir her. Wobei das nicht nur am Regen liegt. Zu Hause erwartet mich wieder nur das übliche Elend und ich verspüre keine Lust auf den Funkenregen beim ersten falschen Wort.
Vor ein paar Tagen habe ich damit begonnen, abends auf dem Nachhauseweg irgendwo etwas zu essen, weil Meli nach wie vor lediglich für sich und Lea kocht und mir abends nur der Kühlschrank bleibt. Ich weiß nicht, was sie mit diesen Aktionen beabsichtigt, aber sie ist echt sauer, als sie merkt, dass sie mich damit nicht mehr ärgern kann. Also behalte ich es einfach bei.
Heute hält mich noch ein weiterer Grund im Büro fest. Ich warte auf Mikes Anruf. Er hat mir irgendwann heute Vormittag eine Nachricht geschickt, dass er dringend mit mir reden müsse. Passt mir gut, da ich jetzt alles soweit in trockenen Tüchern habe, um ihm meine Hilfe anzubieten.
Ja, endlich stehen die Pläne komplett und mein Bruder ist der letzte, der noch nicht eingeweiht ist. Mein Dad war nicht wirklich begeistert, als ich ihm meinen Vorschlag unterbreitet habe, aber er muss gespürt haben, dass ich keinen Millimeter davon abrücken würde. Er hat mich lange stumm gemustert. Wir, sprich mein Bruder und ich, haben diesen wissenden, prüfenden Blick immer gehasst. Letztendlich hat er meinen Plänen zugestimmt und mir Unterstützung angeboten. Mein Vorschlag war zu gut ausgearbeitet und ich habe an alles gedacht, so konnte ich ihn überzeugen. Ich bin froh, dass er mir bei der Auswahl passender Kandidaten behilflich ist. Er hat noch viele Kontakte zu Kollegen, was uns in dieser Hinsicht sehr zugute kommt.
Auf die Frage, wie es mit meiner Frau läuft, konnte und wollte ich ihm keine näheren Auskünfte geben. Die Sache kann ich langsam gar nicht mehr einschätzen, weil von Melis Seite aus

nichts kommt, um ein normales Leben zu führen. Ich fühle mich wie auf einem Pulverfass und bin mir nicht sicher, ob es mir demnächst um die Ohren fliegt oder die Lunte ausgeht.
Da mein Bruderherz inzwischen wieder in LA ist und arbeitet, gestaltet sich die Kommunikation etwas schwierig. Der Zeitunterschied ist wirklich hinderlich, wenn man etwas am Telefon besprechen möchte. Also heißt es warten, bis er vom heutigen Shooting zurückkommt und Zeit für mich findet.
So … ich wäre dann mit allem fertig. Ich mag diese luftleeren Minuten überhaupt nicht, weil mein blödes Gehirn nur einen Pausenfüller kennt: Jace. Vieles hat sich in den letzten Wochen geändert, aber diese Konstante bleibt. Ich leide unter Liebeskummer und vermisse ihn noch genauso wie am ersten Tag. Nichts könnte mir mehr zeigen, dass unsere, beziehungsweise meine Gefühle weit mehr sind als bloße Schwärmerei. Nein, meine Liebe für ihn übersteigt alles, was ich bis dato für einen anderen Menschen empfunden habe. Was an Tragik und einer gewissen Komik kaum zu überbieten ist. Ausgerechnet in den Mann, der mich nicht will und total unerreichbar ist, verliebe ich mich, als gäbe es kein Morgen.
Wehmütig stütze ich meinen Kopf in die Hände und betrachte die alte Couch. Bilder drängen sich mir auf, wie jedes Mal, wenn ich es zulasse. Zwar ziert inzwischen ein weißer Überzug das Möbelstück in der Hoffnung, mir nicht jedes Mal Schamesröte und eine enge Hose zu bescheren, aber das hilft nur bedingt.
Jetzt jedoch, da ich Muße habe, lasse ich die Erinnerungen zu. Es ist purer Wahnsinn, wie genau ich mich an jede Situation mit ihm erinnere. Wie wir uns da geliebt haben, nach der katastrophalen Nacht im Club, seine Hingabe, sein leises Stöhnen und Betteln um mehr. Ich entsinne mich an seinen Geruch, zu meiner Schande muss ich gestehen, ich habe längst sein Eau de Toilette gekauft und hole mir an getränkten Taschentüchern meine Droge mit seinem Namen. Ich schließe die Augen, die Erinnerung an seine weiche, duftende Haut unter meinen Händen und Lippen lässt mich seufzen. Diese Nähe! Wann war ein Liebesakt so herzzerreißend intim? Nie. Nur mit ihm!
Ich hoffe, ihm geht es gut. Dass er Erfolg hat, weiß ich, und das macht mich unbändig stolz. Wie habe ich um den heißen Brei

herumgeredet, als ich Mike und seinen Mann am Flughafen verabschiedet und durch einen ganzen Wald hindurch gebeten habe, ein Auge auf ihn zu haben.
Mein Bruder hat mich nur in den Arm genommen. Ich wusste in dem Moment echt nicht, wohin mit meinen Gefühlen, und hätte fast losgeheult. Jamie hat den Kopf geschüttelt, aber nichts gesagt. Ich beneide sie um ihre Nähe zu ihm, auch wenn ich ihnen das Versprechen abgenommen habe, ihm nicht zu sagen, in welchem Verhältnis wir zueinander stehen. Ich will einfach nicht, dass Jace das Gefühl hat, anders behandelt zu werden, weil Mike mein Bruder und Jamie mein Schwager ist.
Das Telefon läutet und ich schrecke zusammen.
Ich setze mich aufrecht hin und greife nach dem Hörer. Ja, es ist Mike. Unwillkürlich muss ich grinsen, weil ich auf seine Reaktion auf meine Offenbarung gespannt bin. Wahrscheinlich wird nur etwas in der Richtung kommen wie „Ich habe es gewusst".
Ich nehme das Gespräch an. „Hi Mike. Schön, dass du dich meldest."
„Grüß dich. Sorry, hat etwas länger gedauert."
„Kein Thema. Ich bin erst vor ein paar Minuten mit meiner Arbeit fertig geworden und im Büro ist es momentan allemal besser als daheim."
Er seufzt hörbar. „Tut mir echt leid."
„Lass den Blödsinn. Das muss dir nicht leidtun. Also? Du wolltest mit mir reden? Trifft sich übrigens gut, weil ich euch auch etwas sagen muss."
Er zögert mit der Antwort und irgendwie beschleicht mich ein ungutes Gefühl. „Ist etwas passiert? Geht es dir und Jamie gut?"
Ich höre seine Schritte und das Öffnen einer Schiebetür. Wahrscheinlich geht er auf die Terrasse hinaus. Beneidenswert, dort sind es momentan fast 20 Grad. „Nein, alles gut. Uns fehlt nichts. Es ist nur … Fuck!"
„Es ist nur … fuck?" Ich lache auf. „Was soll mir der Satz jetzt sagen?"
Er lacht verhalten, es klingt seltsam gekünstelt.
„Mike? Raus mit der Sprache, was ist los?"

Ich höre ihn tief durchatmen, aber diesmal lasse ich ihm Zeit, bis er soweit ist, mir zu antworten. „Ich weiß nicht, wie ich anfangen soll."
„Echt? Du bist doch sonst nicht um Worte verlegen."
„Ja, aber … Oh Mann, Dirk … Es ist eine saublöde Situation."
„Wenn du mir sagst, welche, kann ich dir eventuell zustimmen."
„Dir wird dein Lachen gleich vergehen."
„Hmmm." Tatsächlich schafft es sein Satz schon, dass das blöde Gefühl zurück ist.
„Also, ich habe gestern Abend die Drehvorschläge für die nächsten Filme bekommen. Es ist … Du solltest mit Jace reden und die Sache klären."
Mir fällt alles aus dem Gesicht, weil ich keinen Zusammenhang zwischen seinem ersten und zweiten Satz erkenne. „Spinnst du? Es gibt nichts zu klären, da …"
„Verdammt! Dirk! Deine bescheuerte Vogelstraußtaktik bringt mich in Teufels Küche. Während du in Deutschland wie vernagelt an deiner Ehe festhältst, obwohl sie zu Ende ist, darf ich hier das Kindermädchen für Jace spielen. Das ist Scheiße."
Was ist dem denn über die Leber gelaufen? „Wie bitte? Ich glaube kaum, dass er das braucht."
„Aber es geht so nicht weiter. Rede mit ihm!"
„Warum, zum Teufel?" Inzwischen bin ich aufgestanden und fauche zurück, weil ich mich angegriffen fühle. „Du hast versprochen, meine Entscheidungen nicht infrage zu stellen."
„Ja, weil ich ein Vollidiot bin. Der Junge hängt in der Luft und … ach Mist."
Ich seufze und setze mich auf den Rand meines Schreibtisches. „Jetzt spuck's endlich aus, was ist los?"
„Jace … Du musst was unternehmen, sonst hasst du mich bald genauso wie dich selbst."
Hä? Das wird immer kryptischer. „Warum sollte ich?"
„Weil dein Liebster demnächst den ersten Dreh hat, und zwar mit mir! Wenn du nicht mit ihm redest und ihm sagst, wer ich bin und was du für ihn empfindest, werde ich ihn dezent vor der Kamera ficken! War das jetzt verständlich genug?"
Mir bleibt die Spucke weg und die Stimme gleich mit dazu.

„Hast du mich verstanden?", bohrt Mike nach, als ich nicht antworte.
„Ja, ich … Warum?"
„Wie warum?"
Mein Kopf raucht und die Bilder, wie mein Bruder mit Jace … Mir wird kotzübel und ich muss mich setzen. „Warum macht er das? Warum will er plötzlich P… drehen?"
Mike lacht abfällig. „Du Schafskopf. Weil das in seinem Vertrag steht? Was glaubst du eigentlich, macht er hier? Hübsche Bildchen für den Ottokatalog? Wach auf, Dirk. Er ist hier, um Sexfilme zu drehen und seinen hübschen Hintern nackt in die Kamera zu halten."
Mich überfällt Panik, weil mich mein Bruder so schonungslos mit Dingen konfrontiert, die ich zwar irgendwo im Hinterstübchen geahnt, aber niemals bis in mein bewusstes Denken vorgelassen habe. „Du … Lehne ihn ab."
„Wie bitte? Mit welcher Begründung? Sorry, aber ich kann dich nicht vögeln, weil mein Bruder gerne das Alleinrecht auf deinen Arsch hätte?"
Seine Worte und der bissige Tonfall machen mich wütend. „Hör auf, so davon zu sprechen."
„Warum? Ich habe es satt, deine Heile-Welt-Getue länger zu unterstützen, echt. Wach endlich auf. Wenn du weiterhin in deinem Reihenhäuschen sitzt und darauf wartest, dass dein Leben wieder so hübsch und unkompliziert wird wie vor deiner Affäre, musst du damit leben, dass Jace bald auf der Leinwand zu sehen ist. Tu was, verflucht nochmal."
„Aber … ich mach doch schon. Ich bin bereit, euch zu managen, habe alles dafür vorbereitet."
Mike schnaubt. „Na klasse."
„Wie bitte? Ich dachte, das wolltet ihr immer."
Er schreit! Tatsächlich, er brüllt unartikuliert in den Hörer, den ich mir vom Ohr wegreiße, damit ich nicht taub werde. „Spinnst du jetzt total?"
„Gott, Dirk! Du schaffst es echt jedes Mal, das Pferd von hinten aufzuzäumen. Klar freut mich das, aber bring erst die Sache mit Jace in Ordnung."

Schlagartig fällt jeglicher Zorn von mir ab. Was ist das in mir drin? Dieser widerliche Knoten, der auf mein Herz drückt. Ich reibe über mein Gesicht. „Das kann ich nicht. Ich muss doch meiner Ehe eine Chance …“

„Ich kann es nicht mehr hören, echt.“

Beschämt blicke ich zu Boden.

„Seit Wochen jammerst du mir vor, wie scheiße es daheim läuft, wie dich Meli jeden verdammten Tag spüren lässt, dass du Mist gebaut hast. Entweder du kriechst jetzt zu Kreuze und küsst ihr die Füße, oder du gehst. Hör auf, dich mit allem zu beschäftigen außer dem Kern der Sache.“

„Du verstehst es nicht …“, widerspreche ich lahm.

„Stimmt. Tue ich nicht. Herrgott, Dirk … Es hat mir fast das Herz gebrochen, als du am Flughafen Tränen in den Augen hattest. So kenne ich dich nicht und ich erinnere mich nicht, dass dir jemals ein Mensch so viel bedeutet hat. Bitte … ruf ihn an, rede mit ihm.“

Ich erhebe mich und gehe ans Fenster. Tatsächlich laufen mir Tränen über das Gesicht, aber was soll's, hier sieht sie niemand.

„Mike … Ich … ich schaffe das nicht.“

„Was? Ihn anzurufen?“

„Nein, ja … Scheiße. Es ist zu viel. Alles …“ Ich straffe mich und sehe auf. Plötzlich fühle ich mich furchtbar alleine mit meinen kleinlichen Sorgen. „Lassen wir das, ich jammere dir nichts mehr vor.“

Mike stöhnt. „Himmel! Ich würde dich jetzt gern schütteln. Ich bin dein Bruder und für dich da, hörst du? Jetzt rede schon, was ist es? Was hält dich davon ab, endlich einen Schritt nach vorne zu tun?“

Mit den Schultern zucken bringt zwar nichts, aber die Geste dient mir als Pausenfüller. „Okay … aber lach mich nicht aus.“

„Werde ich nicht.“

„Jace … Ja, ich … liebe ihn nach wie vor, aber … Er ist gegangen, er will keine Beziehung, also habe ich das akzeptiert. Wenn ich jetzt … wenn ich meine Ehe beende, wofür? Ich … scheiße, ich habe einfach Angst, vollkommen in der Luft zu hängen.“

Es dauert, ehe er mir antwortet. Seltsamerweise tut es gut, meine größten Ängste einmal auszusprechen.
„Dirk. Ich kenne Jace nicht gut genug, um zu wissen, was er will und was nicht. Aber … sei mal ehrlich. Es geht um dich! Dein Leben! Ich verstehe schon, was dich plagt, aber du bist nicht alleine. Uns zu managen ist schon ein super Schritt und ich freue mich darauf, aber solange du nicht glücklich bist, bringt das doch nichts."
Glücklich. Ich könnte fast darüber lachen.
„Schau … für mich sieht es so aus: Du bleibst lieber beim Altbekannten, auch wenn es Mist ist, als was Neues zu wagen, weil du nicht weißt, wo es dich hinführt."
Urplötzlich ist mein Ärger zurück. „Du hast leicht reden. Wenn ich hinschmeiße, habe ich gar nichts, kapierst du das nicht? Keine Wohnung, kein Auto, Lea bleibt bei ihrer Mutter, kein Geld, weil ich ihr Unterhalt zahlen muss …"
„Na und?"
Ich glaube meinen Ohren nicht zu trauen. „Na und? Spinnst du?"
„Nein, nur bin ich realistisch. Wohnung? Wir haben genug Connections, um dir in München was zu suchen, oder du kommst zu uns, nach Wangen. Auto? Hallo? Du verdienst genug, um dir eines leisten zu können. Lea ist zwar bei ihrer Mutter, aber du hast das Recht, sie zu sehen. Und Geld verdienst du mit unserem Management auch ordentlich, glaube mir."
„Du machst es dir zu einfach."
Mike seufzt wieder. „Nein, umgekehrt, du machst es dir zu schwer. Sicher wird es nicht leicht, aber es geht. Und wie gesagt, du hast Freunde, die dir beistehen."
Aber keinen Jace. Zum Glück kann ich mir gerade noch auf die Zunge beißen, ehe mir der Satz entwischt. Ich weiß, mein Bruder hat recht, es ist Humbug, meine Zukunft an einem Mann festzumachen, der einem Luftschloss gleicht. Da ist sie wieder, meine Feigheit, ein guter Bekannter und so nützlich, wenn es um Ausreden geht.
„Ich brauche einfach mehr Zeit", flüstere ich zaghaft.
„Oh Mann."
„Ich weiß, tut mir leid."

„Muss es nicht, ehrlich … Was ist jetzt mit dem Dreh?"
Scheiße! Stimmt, da war ja noch was. „Kannst du ihn nicht dazu bringen, abzulehnen?"
Mike lacht laut auf. „Ne … ganz sicher nicht. Erstens ist das dein Part, da wirst du nicht drumrum kommen, und außerdem wäre es schön blöd, wenn er gleich den ersten Partner verweigert."
Mir raucht langsam der Kopf. „Was sagt Jamie dazu?"
„Nichts."
„Stört es ihn nicht, dass du …"
„Wow. Linst du jetzt das erste Mal hinter deinem Mond vor? Glaubst du, es macht einen Unterschied, ob ich Jace oder einen anderen Kerl vernasche? Jamie ist Profi und ich auch. Das ist unser Job, geht das jetzt mal in deinen Kopf?"
„Es ist … war bis jetzt irgendwie so weit weg."
„Willkommen in der Realität. Du wirst dich schon näher damit befassen müssen, wenn du uns managst, das ist doch klar, oder?"
Ein Seufzen muss dieses Mal als Antwort reichen. „Bis wann müsst ihr euch entscheiden?"
„Heute ist Donnerstag, ich denke am Montag sollten wir die Verträge unterschreiben."
Drei Tage! Drei verflucht kurze Tage, in denen ich irgendwie mit Jace reden muss. Oder soll ich es einfach sein lassen? Wenn ich allerdings daran denke, dass mein Bruder demnächst den Mann, den ich vergöttere, vor unzähligen Augen vögelt und dieser Film unweigerlich von tausenden gierigen Männern verschlungen wird, bekomme ich Panik. Wie kommt Mike mit Jamies Pornokarriere klar und Jamie mit Mikes? Bin ich so verklemmt?
Das Gespräch ist längst beendet, als ich immer noch die Gedanken von einem Eck ins andere schiebe. Aber egal, von welchem Blickwinkel ich es betrachte, es wird mir nichts anders übrig bleiben, als Jace anzurufen.

39.
Dirk

Die nächsten zwei Tage verlaufen wie in Trance. Ich bin irgendwie nicht ganz bei mir, beziehungsweise meine Gedanken drehen sich ständig um Mikes Anruf. Ich habe Schiss. Vor irgendwie allem. Das Gefühl, in einer Falle zu sitzen und die Schlinge zieht sich langsam, aber unweigerlich um meinen Hals zu, ist der blanke Horror. Und egal, in welche Richtung ich schaue, überall das gleiche Szenario. Wie soll ich Jace einfach so anrufen? Er wird sich denken, ich hätte den Verstand verloren. Und dann noch die nette Offenbarung, dass ich mit Northman verwandt bin. Das bedeutet Ärger, verdammt viel Ärger. Rufe ich ihn nicht an … Großer Gott, mir dreht es regelmäßig den Magen um, wenn ich mir ausmale, was dann nächste Woche geschieht. Ob mein Bruder den Vertrag unterzeichnet? Er wäre schön blöd, wenn er es nicht täte. Ja, er ist Profi, eine Tatsache, die ich trotz allem bewundere.
Mir bleibt keine andere Wahl als dieses Telefongespräch, tue ich es nicht, gebe ich ihn, in Mikes Augen zumindest, zum Abschuss frei.
Mist … wieder so eine völlig unpassende Metapher. Aber es stimmt. Egal, was ich tue, irgendjemandem lege ich damit ein Ei, mir selbstverständlich das größte.
Und was mich noch viel mehr wurmt, ist Mikes verletzend ehrliche Einschätzung meiner Ehe. Liege ich wirklich so komplett falsch mit dem Versuch, zu retten, was noch zu retten ist? Mache ich mir was vor? Aber wenn sich Melanie wieder einkriegt und einen Schritt auf mich zu macht, könnte es doch funktionieren. Wirklich? Und dann? Ich habe Angst, dass ich irgendwann jemandem begegne, der wieder diese Sehnsucht in mir weckt.
Ich weiß nicht mehr, was ich tun soll.

Mit derart kruden Überlegungen bringe ich die Tage rum, bis es schließlich Sonntagabend ist und ich mich entscheiden muss. Ich bin vor Stunden ins Büro gefahren, weil ich es zu Hause wieder mal kaum ausgehalten habe. Meine Eltern waren zum Kaffee da und dieses bemühte Schauspiel, ihnen eine intakte Familie vor-

zuspielen, ist nicht nur extrem nervend, sondern auch eine Schande für uns.
Zumindest empfinde ich es so. Und ich fühle mich von Melanie verarscht. Wie kann man so kaltschnäuzig sein? Während der Woche bin ich praktisch Alleinversorger und heute bedient sie mich mit einer Selbstverständlichkeit, als täte sie nie etwas anderes. Die Krönung war dann ihr liebevolles Streicheln meiner Schulter, als sie mich fragte, ob ich nicht ein zweites Stück Kuchen wolle.
Es hätte wirklich nicht mehr viel gefehlt und ich hätte ihr eine Ohrfeige verpasst. Und sie weiß es, das hat mir ihr Blick verdeutlicht. Warum liebt sie diese Machtspielchen so? Was bringt ihr das? Und … mal ehrlich, warum fühlt sie sich derart sicher damit? Bin ich all die Jahre so eine Lusche gewesen? Wahrscheinlich.
Mein Selbstbild bekommt weitere Risse. Nicht nur, dass ich mich, meine Wünsche all die Jahre verleugnet habe, nein, ich habe aus lauter Bequemlichkeit einfach das Zepter abgegeben und stillschweigend funktioniert, wie sie es wollte. Also wenn ich fair bin, ist ihre Reaktion nur logisch. Mit mir kann man es ja machen.
Konnte. Weil ich nämlich langsam spüre, wie in mir massiver Widerstand wächst. Wie heißt es so schön: Der Krug geht zum Brunnen, bis er bricht. Jetzt muss ich nur noch aufpassen, dass ich mir nicht selbst die Füße zerschneide, wenn ich in die Scherben trete.

Es ist kurz nach 16 Uhr. Was Jace an einem Sonntag in LA wohl macht? Ich schnaube missmutig. Ich wusste schon nicht, wie er seine Freizeit in Deutschland verbringt, und jetzt mache ich mir Gedanken, da er in den USA ist?
Oh Mann! Was bin ich für ein Idiot. Der Telefonhörer liegt schwer wie Blei in meiner Hand. Meine Finger zittern wie Espenlaub. Ich kann kaum atmen, meine Brust ist eng und mein Herz poltert wie verrückt.
Es ginge so leicht, einfach nur die Taste drücken und warten, bis er abnimmt. Seine Nummern habe ich nie gelöscht, weder im Handy noch hier im Büro. Dumme, kleine Erinnerungen.

Ich atme tief durch, mehrmals, so lange, bis mir von der Sauerstoffüberdosis schwindelig wird. Mit letzter Willenskraft drücke ich auf den grünen Hörer auf dem Display und halte mir dann das Gerät ans Ohr.
Es läutet.
Einmal.
Zweimal.
Knacksen in der Leitung.
Ich stoße den angehaltenen Atem aus.
Erneutes Läuten, das war wohl nur eine statische Störung.
Läu…
„Hallo?"
Mein Herzschlag kommt zum Erliegen und mir wird eiskalt. Mir fehlen schlicht die Worte und das Wissen, wie ich reagieren soll, weil seine Stimme sofort in meinem Herzen zündet.
„Was willst du, Dirk?"
Oh. Ich atme krampfhaft aus. Da hat wohl noch jemand die Nummern nicht gelöscht. „Hi, Jace."
„So weit waren wir schon."
Prima. Noch jemand mit fabelhafter Laune. „Störe ich?"
„Wenn ja, hätte ich den Anruf kaum angenommen."
Ich seufze, langsam habe ich das Gefühl, der meistgehasste Mann der Welt zu sein. „Entschuldige, ich …" Was soll ich denn jetzt sagen? Mir gehen die Ideen aus.
„Was? Hast du dich verwählt?"
„Nein. Oh Mann, jetzt mach es mir doch nicht so schwer."
Jace lacht trocken. „Was erwartest du eigentlich? Du rufst hier nach Wochen totaler Funkstille an. Soll ich etwa in Jubelstürme ausbrechen?"
Scheiße. Scheiße. Scheiße. „Hätte ich mich denn melden sollen? Du hast mir sehr genau erklärt, dass es vorbei ist."
Er schnaubt ungehalten, erwidert aber nichts auf meine Worte. „Mag sein, trotzdem … Was willst du jetzt?"
Gut, dann auf zum schweren Teil. „Ich habe gehört, du willst ins Filmgeschäft einsteigen?"
Jace lacht. Es klingt alles andere als fröhlich. „Deine Spione haben recht. Nächste Woche geht's los."

Na klasse. „Und deswegen rufe ich dich an." Ich atme tief durch und beiße die Zähne zusammen. „Du sollst mit Northman drehen, stimmt's?"
„Jap. Auch das stimmt."
Oh Gott, jetzt der schwerste Teil. „Bitte lehne ihn ab."
Stille.
„Wie bitte? Warum sollte ich?"
„Weil ich dich darum bitte?" Selbst in meinen Ohren klingt der Satz wie Cabaret.
„Du hast echt Humor. Rufst hier an und verlangst, dass ich einen Dreh mit dem begehrtesten Darsteller, den die Agentur grad zu bieten hat, ablehne. Bist du von allen guten Geistern verlassen?"
Ich sinke auf meinen Bürostuhl zurück, den ich vor ein paar Minuten zugunsten des Fensterplatzes verlassen habe. „Bitte, Jace. Es gibt doch noch andere …" Bäh. Bin ich blöd, die Vorstellung von ihm und einem anderen Drehpartner ist nicht minder erschreckend.
„Aber er ist der beste! Und ich werde nicht …"
„Scheiße! Mann! Warum musst du das tun? Warum reichen dir keine Werbedrehs oder Fotos? Müssen es unbedingt Pornos sein?"
Als er antwortet, ist seine Stimme eiskalt. „Ja, weil ich es nun mal will und dir ganz sicher keine Rechenschaft schuldig bin."
„Ich weiß, aber … bitte, mach das nicht, nicht mit Mike."
„Warum?"
„Weil …" Ich komme um die Wahrheit nicht drumrum. „Weil er mein Bruder ist und ich es nicht packe, wenn du mit ihm in die Kiste springst, und sei es auch nur aus arbeitstechnischen Gründen."
Ich lausche sekundenlang seinem Atmen.
„Du verarschst mich."
„Nein."
„Northman ist dein BRUDER?"
„Ja. Northman, alias Mike, alias Michael Dohlinger."
„Fuck! Dohlinger und Sohn, so heißt dein Architekturbüro."
„Genau." Ich kritzle nervös mit einem Kuli auf der Schreibunterlage herum.

„Ich hätte echt nicht gedacht, dass du so ein Arschloch bist, Dirk."
„Wie bitte?"
„Wie lange waren wir zusammen? Hmmm? Fast ein Jahr. Und wie oft haben wir mit Mike und Jamie zu tun gehabt? Ich kann es nicht zählen. So viel dann zu Vertrauen und Liebe. Du mieser Schwätzer, echt …"
„Jace, bitte … Ich weiß, ich hätte es dir sagen müssen, aber es gab keinen Grund dafür."
„Natürlich nicht. Oh Mann … jetzt wird mir so einiges klar. Sie wissen es, stimmt's?"
Ich druckse herum. „Ja, Jamie hat wohl schon lange was geahnt."
„Und ich wäre weiter wie ein Vollidiot auf ihre Freundlichkeit reingefallen. Schön blöd für dich, dass ich ausgerechnet sein Bottom sein soll, hmmm? Das ist wohl das erste Mal, dass du deinen Arsch in Bewegung setzt und was tust."
„Was soll dieser Ton, Jace?"
„Was das soll? Wo lebst du eigentlich? Du hast mich eiskalt fallen gelassen, als ich nach Amerika ging, kein Anruf, nicht der Hauch von Interesse, warum und weshalb, nichts. Und jetzt rufst du an und glaubst, ich springe, weil du mich *bittest*, den Vertrag nicht zu unterschreiben? Wie naiv bist du eigentlich?"
Ich bin von seinen Unterstellungen regelrecht geschockt und kapiere momentan gar nichts mehr. „Wie bitte? Du bist gegangen, du hast mir sehr deutlich klar gemacht, dass es vorbei ist. Warum hätte ich dir nachtelefonieren sollen? Wir hatten eine Affäre und es war uns beiden doch klar, dass sie irgendwann vorbei ist."
Sein Lachen tut mir weh. „Ach ja? Ist das so? Also mir war es erst klar, als du mich abgehakt hast."
„Das habe ich nicht getan."
„Doch. Sei einmal ehrlich zu dir. Es war so herrlich praktisch, dass ich aus deinem Leben verschwunden bin, weil du einfach weitermachen konntest wie davor. Du hast dir all die Monate genommen, was du gebraucht hast, und mehr nicht."
„Das ist nicht fair, Jace. Du hast es doch nicht anders gemacht. Ich verstehe deinen Ärger nicht. Ich habe dich nie um etwas

gebeten, nie danach gefragt, mit wem du dich rumtreibst, wenn du nicht in Deutschland warst, also mach mir jetzt keine Szene."
„Du verstehst es immer noch nicht."
„Was denn? Zur Hölle, rede mit mir."
„Du glaubst tatsächlich, ich habe Schluss gemacht, weil ich Karriere machen wollte?"
Ich kapiere langsam gar nichts mehr. „Natürlich. Was denn sonst?"
„Du tust mich echt leid."
„Jace, hör auf mit dem Scheiß. Eigentlich ist das hier sinnlos, ich habe dich nur gestört, weil ich dich um einen Gefallen bitte wollte …"
„Siehst du? Genau das meine ich. Ist das jetzt Naivität oder Arroganz? Du rufst mich nach Wochen an und verlangst, dass ich etwas für dich tue. Einfach so."
Ich stöhne und reibe mir übers. Gesicht. „Verstehst du denn nicht, dass ich es nicht ertrage, wenn du mit meinem Bruder Sex hast?"
„Ich verstehe vor allem eines: Du hockst in deiner Komfortzone und bewegst dich keinen Millimeter auf mich zu, verlangst aber, dass ich mich gleich zu Beginn meines Vertrages ins Aus schieße."
„Jace, ich … Was willst du?"
Er atmet angestrengt. „Was ich will, beziehungsweise wollte? Wir haben uns geliebt, stimmt's? Es war was Besonderes zwischen uns, aber du … Hast du dir auch nur ein einziges Mal überlegt, ob wir es miteinander versuchen? Als Paar? Hast du nur einmal in Betracht gezogen, deine Frau zu verlassen? Nein, wohl kaum. Was ich mir wünsche? Dass du endlich zu dem stehst, was du bist, nämlich schwul. Und dass du zu mir stehst … Ich kann dir nicht sagen, wie sehr ich es am Schluss gehasst habe, dass du jedes Mal mit einer Selbstverständlichkeit zu ihr zurückgegangen bist. Ich wollte an ihrer Stelle sein, neben dir schlafen, mit dir leben und jederzeit von dir in den Arm genommen werden. Ich habe es nicht mehr ertragen, dein kleines, schmutziges Geheimnis zu sein, deshalb bin ich gegangen."

Mir dreht sich der Kopf, als er mir das unverblümt um die Ohren haut. „Das … das habe ich nicht gewusst. Du sagtest immer, du willst nichts Ernstes …“
„Ja, weil es zu Anfang auch so war. Hast du noch nie deine Meinung geändert? Oh nein … warte, du bist ja mit einem Stock im Arsch geboren und kannst gar nicht in eine andere Richtung gehen.“
„Du kennst mich nicht, ich …“
„Doch, das, was ich kenne, reicht, um das zu wissen.“ Er schweigt lange und mir fällt ohnehin nichts ein, was ich darauf erwidern könnte. „Es ist besser, du hältst dich in Zukunft von mir fern, Dirk. Bleibe in deiner kleinen heilen Welt und genieße den Rest deines Lebens mit deiner Frau.“
„Jace, bitte.“
„Was?“
„Ich … werde dich nicht wieder belästigen, aber … wegen Mike …“
Wieder lacht er auf. „Ich fasse es nicht! Hauptsache du kannst ruhig schlafen, hmmm? Weißt du was? Leck mich! Ich werde morgen die Agentur bitten, doch bitte Jamie ebenfalls mit ins Boot zu nehmen. Und wenn sie beide mit mir fertig sind, schicke ich dir einen Premiumabzug von dem Film. Halte dich in Zukunft aus meinem Leben raus.“
Spricht’s und legt auf.

40. Jace

Ich möchte irgendwas kaputtmachen und meiner Wut nachgeben. Gut, die Kaffeetasse ist bereits an der Wand gelandet, zum Glück war sie leer.
Ich fasse es einfach nicht. Wie kann dieser Dreckskerl einfach hier anrufen und von mir verlangen, dass ich mein Leben ändere? Das gibt's doch nicht! Wie kann man so maßlos dreist und arrogant sein? Und verlogen. Das hatte ich vergessen. Ich stürme auf die winzige Terrasse hinaus und halte mein Gesicht in die Sonne. Der Wind trocknet meine völlig unnötigen Tränen. All die Monate, Treffen mit den beiden und er hat es nicht für nötig gehalten, mich aufzuklären, dass Mike sein Bruder ist. Das tut weh, höllisch weh. Ich empfinde es als nicht wieder gut zu machenden Vertrauensbruch an mir und an dem, was zwischen uns war. Als ich das erste Mal den Namen auf der Büroklingel las, hat er mich zwar an irgendwas erinnert, aber ich wäre im Leben nicht drauf gekommen, dass es Northmans echter Name ist.
Und sie wissen es! Sie wissen von mir und Dirk! Peinlicher geht's kaum noch, oder? Darum die Wohnung, die Anrufe, Treffen zum Sport und gemeinsames Laufen am Strand. Von wegen Eingliederung und Freundschaftsdienst. Wahrscheinlich wollten sie nur … was weiß ich … sehen, ob ich vor Liebeskummer durchdrehe? Sich in Mitleid suhlen?
Hmmm, nein, den Eindruck hatte ich eigentlich nicht. Trotzdem, ich möchte in einem Erdloch versinken, wenn ich an all die Gespräche der letzten Wochen denke. War das wirklich alles nur geheuchelt? Jamie ist bekannt und gefürchtet, weil er immer, wirklich immer, geradeheraus ist, aber wir haben uns gut verstanden, den gleichen Humor und viele Themen, über die wir reden konnten.
Konnten.
Scheiße!
Ich kann den beiden nie mehr unter die Augen treten, so peinlich ist mir die Sache. Ich weiß, ich kann im Grunde nichts dafür, aber … wie soll ich es erklären? Ich hasse diese Verbindung zu

Dirk, er ist und bleibt mein innigstes Geheimnis. Dass sie ihn weitaus besser kennen, als ich es je tun werde, bereitet mir fast körperliche Schmerzen.
Schon wieder Tränen. Nein! Gerade als ich glaubte, die Kurve zu kriegen, muss dieser Blödmann hier anrufen … Wie kann man in seinem Alter so naiv sein? Hat er wirklich nicht daran gedacht, dass ich vielleicht mehr wollte als eine Affäre? Spätestens, als wir uns ineinander verliebt haben, hätte ihm das doch klar werden müssen. Offensichtlich habe ich mich getäuscht.
Oh Mann, warum nur musste ich mir den Kerl anlachen? Einerseits bewundere ich nach wie vor seine striktes Festhalten an seinen Werten, aber wie hoch muss der Leidensdruck bei so einem Mann eigentlich sein, damit er etwas ändert? Moment. Woher will ich wissen, dass er überhaupt leidet? Vielleicht gehört er zu denen, die sehr gut zwei Leben leben können.
Nein. Das passt nicht zu ihm. Er ist …
Scheiße!
Es ist völlig egal, was oder wie er ist. Er darf in meinem Leben keine Rolle mehr spielen. Ich … ich bin jetzt dran! Ernüchtert sinke ich auf einen Plastikstuhl auf der Terrasse und schüttle den Kopf. Der Drehvertrag. Was mache ich jetzt damit? Wenn ich mit den beiden unterwegs war, haben wir spaßeshalber über diese Konstellation geredet. Wir haben rumgeblödelt und Mike hat mir viel über andere Darsteller erzählt. Seinen Namen im ersten Kontrakt zu finden, war zwar ein komisches Gefühl, aber auch eine Erleichterung.
Mike ist ein durch und durch netter Kerl und achtet immer auf seinen Bottom. Nicht immer selbstverständlich in dem Business, das weiß ich. Er gehört zu denen, bei dem du dich fallenlassen kannst. Schön und gut, aber, ein dickes, fettes Aber, wie soll ich das jetzt durchziehen, nachdem ich weiß, dass er der Bruder meines Lovers ist?
So kalt oder professionell bin ich nicht, muss ich gestehen. Ich kann meine Gefühle für den Mann in Deutschland nicht einfach vom Tisch wischen, obwohl ich mir genau das wünsche.
Nein. Weder das noch …
Ich schnaube und reibe mir über das Gesicht, bis die bescheuerten Tränen weg sind. Freiheit. Pah, dass ich nicht lache. Ich bin

hier so was von falsch. Amerika, das Land der unbegrenzten Möglichkeiten, und ich unterzeichne bei einer Agentur, in der der Schwager und Bruder meines Exlovers arbeiten.
Bingo, würde ich mal sagen.
Das ist definitiv der falsche Arbeitgeber für mich …

41.
Dirk

Ich bin von dem Gespräch mit Jace wie paralysiert, geschockt, entsetzt und was weiß ich noch. Die Erkenntnis, dass ich wohl der größte Vollidiot auf Gottes Erdboden bin, tut ein Übriges dazu. Ich habe nichts von Jace' Vorstellungen und Wünschen gewusst, nicht den Hauch davon. Er hat recht, ich bin viel zu feige und bequem, um aus irgendetwas die Konsequenzen zu ziehen oder über die Auswirkungen nachzudenken.
‚*Wir haben uns geliebt, es war etwas Besonderes zwischen uns.*' Was für Worte, was für ein Satz und Eingeständnis von ihm. Ich habe ihm so Unrecht getan, Himmel, was bin ich für ein Esel. Kein Wunder, dass er nur Verachtung für mich übrig hat.
Er wollte mit mir zusammen sein! Mit mir!? Dieses Geständnis entfacht erneut das Feuer in meinem Herzen für diesen wunderbaren Mann. Ich weiß, es ändert nichts, unsere Liebschaft ist Geschichte und, dank meiner Blödheit, auch nicht wieder zu kitten. Dennoch kann ich ihn nun leichter loslassen. Bescheuert, aber wahr.
Ich sitze noch gute zwei Stunden auf der Bürocouch und schwelge in meinem Selbstmitleid. Nicht nur, dass ich meine Ehe gründlich verbockt habe, nein, auch meine Affäre ist dank meiner Ignoranz und Oberflächlichkeit den Bach runter gegangen. Jace soll froh sein, dass er wenigstens genug Mumm hatte, zu gehen. Alles ist besser, als so einen Hornochsen wie mich an der Backe zu haben.

Weit nach Mitternacht fahre ich nach Hause und gehe ohne Umwege ins Bett. Ich finde keinen Schlaf, wälze mich von einer Seite auf die andere. Gedanken jagen sich in meinem Kopf, Ideen, verlorene Möglichkeiten, abwechselnd mit blanker Panik und Zukunftsängsten. Dabei spielen rein materielle Dinge seit Tagen keine Rolle mehr. Alles, was mich gruselt, ist die Vorstellung, in zehn Jahren noch an genau dem gleichen Ort zu sein, wie jetzt.
Es ist zu Ende!

Ich weiß es und ich spüre es. Was ist der Auslöser für den plötzlichen Entschluss? Das Telefongespräch? Warum? Was hat es ausgelöst? Woher diese Endgültigkeit? Ich habe keine Ahnung, wahrscheinlich war die Gewissheit schon länger da, aber drang nicht bis an die Oberfläche. Als hätte er mit seinen Worten meine Fesseln durchschnitten. Aber jetzt ist sie präsent, nicht zu leugnen und unwiderruflich.
Ich denke an die Menschen, denen ich mit meiner Entscheidung fürchterlich wehtue. An meine Frau, die es nicht verdient hat, verlassen zu werden, weil ich zu feige war, von Anfang an zu mir zu stehen.
An Lea. Oh Gott, es bricht mir das Herz. Ich habe Angst, dass sie mir entgleitet, dass ich kein Teil ihrer Kindheit bin, sie nicht aufwachsen sehe. Ich will doch für sie da sein, erleben, wie zu einem Teenie heranwächst, ihr bei Problemen mit Rat und Tat zur Seite stehen. Schulabschluss, der erste Freund, Führerschein, Urlaube … wird es das noch geben? Wird sie mich hassen, für das, was ich bin, dafür, dass ich nicht genug Kraft hatte, zu bleiben? Wie soll ich ihr das alles erklären? Das ist meine größte Furcht.
Ich zwinge meine Gedanken weiter zu Jace. Ja, es war etwas Besonderes zwischen uns und ich habe es mit Füßen getreten, ohne zu bemerken, dass ich es damit zerstört habe. Ich würde ihn gerne um Verzeihung bitten, aber ich befürchte, das kommt nicht gut an. Irgendwann vielleicht einmal, wenn … Ja, wenn was?
Wo wird er in meinem Leben sein? Nirgends, dafür habe ich gesorgt. Aber da er ja in Kontakt mit Mike steht, kann ich ihm vielleicht mal eine Nachricht zukommen lassen.
Meine Gedanken hüpfen wie wildgewordene Kaninchen weiter. Wie wird unser Dad reagieren, wenn ich nicht nur einen Teil der Kanzlei abgebe, sondern auch meine Ehe beende? Und Mum? Sie liebt Lea abgöttisch, klar, als einziges Enkelkind ist das verständlich.
Moment … Ich bemerke, dass ich im Grunde davon ausgehe, mich zu outen. Eine fette Gänsehaut rast über meinen Rücken. Nein. Das ist zu viel des Guten. Und dafür gibt es keinen Grund,

solange kein Mann in meinem Leben ist. Und das wird nicht passieren. Dafür hat Jace einen zu tiefen Eindruck hinterlassen.
Blödsinn … Um ehrlich zu sein, bin ich noch lange nicht über ihn hinweg und will es auch gar nicht sein. Ich weiß, er hat nichts davon, aber ein Stück weit tue ich es für ihn. Vielleicht wird er irgendwann erfahren, dass ich endlich meinen Arsch in Bewegung gesetzt habe, und sagen können: *‚Okay, so mies war der Typ dann doch nicht.‘*

Irgendwann falle ich in einen unruhigen, traumschweren Schlaf. Das Kissen ist feucht von meinen Tränen, die Bettwäsche hoffnungslos zerwühlt.
Morgen … Ja, morgen werde ich irgendwie versuchen, die Zukunft in Angriff zu nehmen.
Morgen …

42.
Dirk

Der Morgen ist grau in jeder Hinsicht. Es regnet in Strömen und ich fühle mich, als ob man mich durch einen Fleischwolf gedreht hätte. Von bleierner Müdigkeit ganz zu schweigen. Sie steckt nicht nur in meinem völlig betäubten Gehirn, sondern in jedem einzelnen verdammten Knochen.

Ich fühle mich steinalt und kaum dazu in der Lage, den Tag halbwegs normal zu beginnen. Es schnürt mir die Kehle zu, als ich Lea am Frühstückstisch beobachte und mir ihr rede. Das wird es bald nicht mehr geben. Wirklich? Die Erkenntnis raubt mir den Atem, aber es ist tatsächlich so. Jetzt heißt es planen, da ich nicht einfach so verschwinden und auf der Straße stehen will. Für mich persönlich ist es ein Sieg, überhaupt darüber nachzudenken, wie ich weiter vorgehen soll.

Ich nehme Lea mit und bringe sie in den Kindergarten, will jede kostbare Sekunde mit meinem Mädchen ausnutzen. Im Büro ist es noch ruhig, weil ich eine halbe Stunde zu früh dran bin.

In LA ist es mitten in der Nacht. Heute ist der Tag der Vertragsunterzeichnung. Wie wird sich Jace entscheiden? Was, wenn er aus purem Trotz tatsächlich unterschreibt? Die Vorstellung ist furchtbar und jagt nie gekannte Eifersucht durch mein Herz. Ich will nicht, dass mein Bruder spürt, was ich gespürt habe, ich will nicht, dass er diesen Körper berührt, ihn küsst …

Boah … wie hält Jamie das nur aus?

Ahh … weg mit diesen Gedanken. Mike hat recht, es wird Zeit, dass ich an mich denke. Ich kann an Jace' Entscheidung nichts ändern, nur damit leben. Das werde ich ganz oben auf die Prioritätenliste setzen.

Jetzt heißt es methodisch vorgehen und zulassen, dass mein Wunsch nach Freiheit und Unabhängigkeit Konturen gewinnt. Denn dass ich gehe, steht zwar unwiderruflich fest, aber was ich genau will, davon habe ich nur eine vage Vorstellung.

Da ich bis um neun Uhr Leerlauf und gestern vorgearbeitet habe, nehme ich mir zuerst die Immobilienseite der Tageszeitung vor. Leider ist am Montag nichts wirklich Brauchbares zu finden, weshalb ich wahllos einen Makler über das Internet suche.

Ziemlich ernüchternd das Ganze, stelle ich bald fest. Klar gibt es Angebote und sogar ein paar Penthousewohnungen, die mir zusagen würden. Zumindest vom Wohnraum her, vom Preis will ich gar nicht anfangen. Soviel dann dazu, dass ich in der Luft hänge. Ich habe nicht den geringsten Schimmer, was mir Mike und Jamie letztendlich bezahlen, ob ich ein Festgehalt bekomme oder Provision für die vermittelten Jobs …
Das ist doch Mist.
Schlecht gelaunt hole ich mir den zweiten Kaffee des Tages und unterhalte mich kurz mit meiner Sekretärin, wie ihr Wochenende war. Das lenkt mich etwas ab und ich bin wieder besser drauf, als ich an meinen Schreibtisch zurückkehre.
Planlos starre ich auf die Luftblasen meines Screensavers und sinniere, was ich tun soll. Was, außer Lea, hält mich eigentlich hier in der Stadt? Wenn erst mal der neue Architekt eingestellt ist, kann ich die Aufträge und Planung auch per Mail machen. Sicher ist es praktisch, weil der Flughafen in der Nähe ist und München ja doch als Großstadt viele Vorteile bietet. Die Frage ist … Will ich das? Ist es mir das wert, weiterhin hier zu leben, obwohl ich doch jedes Mal, wenn ich bei Mike zu Besuch bin, spüre, wie sehr es mir dort gefällt? Mir ist klar, dass ich als Manager der beiden viel unterwegs sein werde und flexibel sein muss. Da wäre zweifellos die gute Verkehrsanbindung von Vorteil, aber die beiden schaffen es ja auch ohne. Was also spricht dagegen, hier wegzugehen? Alles hinter mir zu lassen und tatsächlich einen neuen Anfang zu wagen?
Nichts.
Mein Herzschlag nimmt Fahrt auf und ich spüre neuen Mut. Jawohl! Das ist die richtige Richtung.
Mit zitternden Fingern suche ich nach einem Makler in Wangen und werde gleich fündig. Sein Angebot ist nicht sonderlich groß, aber es ist ohnehin zu früh für konkrete Pläne. Ich muss schmunzeln, als ich durch sein Angebot scrolle. Er ist wohl nicht der Richtige für mich, denn er hat einige alte Höfe im Programm, die wirklich weit ab vom Schuss liegen und, um es harmlos auszudrücken, viel handwerkliches Können verlangen. Nein, wenn dann sollte mein neues Domizil schon in der Stadt sein, oder im direkten Umland. Zufrieden mit meiner Entschei-

dung und mit neuem Mut beseelt, nehme ich mein Tagwerk in Angriff.
Ich habe das Gefühl, die lästige Kreuzung in meinem Leben überschritten und einen Weg gewählt zu haben. Das ist schon mal mehr, als ich mir vor zwei Tagen zugetraut hätte. So darf es gerne weiter gehen.

Nun … tut es auch, für lächerliche drei weitere Tage, dann nimmt die Talfahrt meines Lebens seinen Gang … über eine schwarze Piste!

Zu meiner Überraschung hat sich Mike nicht mehr zu den anstehenden Vertragsunterzeichnungen geäußert. Keine Ahnung, weshalb, aber ich habe auch nicht nachgefragt, weil ich mit meinen Dingen beschäftigt bin. Wahrscheinlich ist er sauer oder denkt, ich hätte Jace nicht angerufen, da dieser unterschrieben hat. Was weiß ich …
Am Mittwoch jedoch ist die Funkstille mit einem Paukenschlag zu Ende. Ich bin bereits zu Hause und ziehe mich um, als mein Handy klingelt. Ich schlüpfe schnell in meine Jogginghose und ein T-Shirt, ehe ich das Gespräch annehme. Während ich versuche, den Anzug auf einen Bügel zu bugsieren, und ihn an den Schrank meines kleinen Refugiums hänge, begrüße ich meinen Bruder. Ich freue mich wirklich, von ihm zu hören und ihm die Neuigkeiten zu erzählen. „Hey, Großer, schön dich …"
„Was hast du getan?"
Ich verharre mitten in der Bewegung und klappe meinen Unterkiefer wieder nach oben. „Nette Begrüßung. Soweit ich weiß, nichts."
Mike schnaubt. „Himmel. Wie kann ein einzelner Mensch nur so viel Chaos anrichten."
Ich bin bass erstaunt und sinke auf die Bettkante, die Tür im Rücken und den Blick auf einen Kastanienbaum in Nachbars Garten. „Meinst du mich? Was habe ich verbrochen?"
„Das frage ich dich. Was hast du zu Jace gesagt? Und erzähle mir jetzt keine Märchen, hörst du?"

Ich verstehe nur Bahnhof. „Nichts, ich … habe nur die Wahrheit gesagt, dass du mein Bruder bist. Ich habe ihn gebeten, auf den Dreh zu verzichten, mehr nicht, ehrlich."
„Das nehme ich dir nicht ab, da muss noch mehr gewesen sein."
Ich atme tief durch und stehe auf. Vielleicht beruhigt mich der Anblick des Gartens vor meinem Fenster. Mein Herz klopft wie wild und meine Zuversicht bröckelt dahin. „Was soll's … Er war sauer, dass ich nach all der Zeit angerufen habe und meinte, es hätte mich vorher auch nicht interessiert, wie es ihm geht."
„Und weiter?"
Sagte ich schon, dass mein Bruder eine Nervensäge sein kann? „Nichts weiter."
„Mann! Rede schon, hat er irgendwelche Andeutungen gemacht, irgendwas?"
Ich denke kurz nach, aber ich komme nicht drauf, was er von mir will. „Nein. In welche Richtung denn? Alles was er gesagt hat, war …" Jace' Worte sind schlagartig wieder präsent und die Trauer über seinen Verlust zurück. Ich schließe kurz die Augen. „Du hattest übrigens recht."
„Womit?" Mikes Stimme klingt unvermittelt viel weicher.
„Er meinte, unsere Liebe wäre etwas Besonderes gewesen und … er wollte mehr als eine bloße Affäre …"
Hinter mir knallt es und ich fahre erschrocken herum.
S C H E I S S E!
Melanie steht im Türrahmen und starrt mich entsetzt an. Das, was sie in der Hand gehalten hat, es sieht nach einem Wäschekorb aus, liegt auf dem Boden und hat seinen Inhalt über den Gang verstreut. Jetzt keucht sie auf, ihre Miene verwandelt sich von entsetzt zu … keine Ahnung, angewidert?
„Mike? Ich muss auflegen."
„Wage es nicht, ich …"
„Doch … Meli hat mitgehört."
„Fuck! Echt jetzt?"
„Ja."
„Okay, mel…"
Den Rest höre ich nicht mehr, weil ich ihn einfach wegdrücke. Meli steht immer noch wie erstarrt an Ort und Stelle und schüttelt den Kopf.

Ihre Stimme trieft vor Abscheu, als sie spricht. „Du hattest was mit einem Mann?“
Okay, was soll’s, jetzt ist es ohnehin wurscht. „Ja.“
Statt einer Antwort rennt sie davon und die Treppe hinunter. Ich höre die Küchentür knallen und dann herrscht gespenstische Stille.
Ich würde es mal optimistisch den Supergau nennen. Gut, dass ich die Adresse von diesem speziellen Hotel habe, dort wird man mir sicher Zuflucht gewähren, denn ich bezweifle, dass meine Frau mich noch länger hier duldet. Was mache ich jetzt? Ich drehe und wende dieses Szenario und komme zu dem Ergebnis, dass ich mit ihr reden muss. Es kann kaum schlimmer werden und so weiß ich wenigstens gleich, wo ich stehe. Seufzend gehe ich die Treppe hinunter, durch das Wohnzimmer und klopfe sachte an die geschlossene Tür.
„Meli?“
Sofort wird die Tür aufgerissen und ich sehe mich einer verweinten, entsetzten Frau gegenüber. „Wie konntest du mir das antun?“
Ich zucke mit den Schultern. „Tut mir leid. Es ist einfach passiert …“
Ein kräftiger Schlag auf die Brust lässt mich zwei Schritte zurücktaumeln. „Ich habe immer gewusst, dass dein Bruder und dieser … dieser Ami einen schlechten Einfluss auf dich haben!“
Ach, daher weht der Wind. „Sorry, aber ich bin der Ältere von uns und außerdem haben sie damit nicht das Geringste zu tun.“
„Ach ja? Und warum machst du dann erst jetzt mit einem Mann rum?“
Ich sehe, wie sie sich schüttelt. Toll.
„Es ist widerwärtig. Wenn ich nur daran denke, wird mir schlecht.“ Ihre Stimme trieft vor Herablassung.
„Du bist widerwärtig, Melanie. Dein homophobes Gehabe geht mich schon lange auf die Nerven. Ich dulde es nicht, dass du in dem Ton über meinen Bruder und seinen Mann sprichst, haben wir uns verstanden?“ Ihre Augen springen fast aus den Höhlen, als ich ihr das in eisigem Ton und sehr leise sage.
„Du stellst Ansprüche? Das ist ja wohl die Höhe! Du glaubst doch nicht im Ernst, dass ich mir das von dir bieten lasse.“

Ich schüttle den Kopf und zwinge mich, ruhig zu bleiben. „Was willst du eigentlich? Seit meinem Geständnis piesackst du mich ununterbrochen. Du kochst nur für dich und Lea, machst meine Wäsche nicht mit, ignorierst mich, wenn ich dich was frage, und so weiter. Ich denke, du hattest genug Zeit, deine Wut an mir auszulassen …“
„Ja, schön blöd, wenn man es sich mit seiner Putzfrau verscherzt.“ Ihr Gesicht gleicht mehr und mehr einer hasserfüllten Fratze. Das hier ist so ein Klischee.
So langsam sehe ich nicht mehr ein, warum ich einen auf Frieden machen soll. „Für eine Putzfrau wirst du viel zu gut bezahlt. Glaubst du, ich merke nicht, dass du mein Geld gerade mit vollen Händen ausgibst? Für wie blöd hältst du mich eigentlich?“
„Das habe ich verdient, für alles, was du mir angetan hast! Und mit einem Mann rumzuhuren ist unbeschreiblich!“, schreit sie mich unvermittelt an und holt ein weiteres Mal aus. „Wenn du hierbleiben willst, dann solltest du die Füße ganz still halten, Dirk.“
In mir zerbricht in dieser Sekunde der allerletzte, sehr fragile Widerstand, der mich eventuell noch daran gehindert hätte, zu gehen. „Du drohst mir? Glaubst du wirklich, das ist eine gute Idee?“
Siegessicher verschränkt sie die Arme und mustert mich herablassend. „Oh ja! Du hast versprochen, bei mir zu bleiben, und jetzt musst du damit leben, dass ich nicht alles mit mir machen lasse.“
In mir wird es eisig kalt. „So? Hab ich das?“
„Ja. Du willst deine Ehe retten? Dann wird ab jetzt nach meinen Regeln gespielt.“
Ich schnaube abfällig. „Mache ich das nicht schon von Anfang an? Dein Problem ist, dass ich genau das nicht mehr tun werde.“
Meli tritt ganz nah an mich heran und sieht zu mir auf. Ist das reine Wut oder doch ein Hauch von Verzweiflung auf ihrem Gesicht? „Wie ich schon sagte, wir hatten ein gutes Leben, bis du es kaputtgemacht hast.“
„Für dich mag das so aussehen, aber jetzt bin ich endlich der, der ich eigentlich bin.“

Sie weicht zurück, schluckt hektisch. „Und was ist das? Ein Mann, der mit einem anderen in die Kiste steigt? Du glaubst doch nicht im Ernst, dass du mich je wieder anfasst nach der Story, oder?“

Merkt sie eigentlich nicht, dass sie sich um Kopf und Kragen redet? „Warum willst du dann diese Ehe aufrechterhalten?“

„Weil ich seit zehn Jahren für dich putze, wasche und deine Tochter aufziehe, deshalb. Ich habe alles für dich getan und verdiene es einfach.“

Mir erschließt sich der Sinn des Satzes nicht gänzlich. „Ach … plötzlich ist es wieder meine Tochter?“

„Hör auf damit!“, schreit sie mich erneut an und ich spüre, wie ihr die Argumente ausgehen. „Du weißt genau, was ich meine. Meine Regeln, wenn du hier bleiben willst.“

Ich sehe sie lange an und frage mich, wo diese Seite all die Jahre verborgen war. Zu ihren Gunsten muss ich sagen, dass es wohl purer Überlebensangst entspringt, dass sie so krass reagiert. Meli hat nie gearbeitet, sondern ist von Beginn an zu Hause geblieben. War das Bequemlichkeit? Ich weiß es nicht, Fakt ist aber, ich habe immer schon sehr gut verdient und ihr dieses Leben nie missgönnt. Bis jetzt eben. Wobei missgönnen der falsche Ausdruck ist. Ich sehe nur nicht länger ein, für ihren Stil herzuhalten.

„Ich glaube, du irrst dich“, flüstere ich leise, ehe ich sie einfach stehen lasse.

„Womit?“, ruft sie mir hinterher.

Ich verharre auf der dritten Treppenstufe und sehe zurück. „Dass du weiterhin mein Leben bestimmst und ich, wie früher, einfach mitspiele.“

43.
Dirk

Tja, wenn ich geglaubt habe, es geht so einfach, werde ich recht schnell eines Besseren belehrt. Drei Tage lang machen wir uns jede verdammte Minute, die wir zusammen verbringen, zur Hölle. Wir streiten über alles, zicken uns an, bis die Fetzen fliegen.

Ich spiele mit dem Gedanken, im Büro zu schlafen, aber irgendwie sehe ich es nicht ein, so einfach das Feld zu räumen. Meine Recherche bezüglich Wohnungen verläuft im Sande, weil ich andere Arbeit vorziehen muss. Außerdem … So sauer, wie Mike auf mich war oder ist, weiß ich nicht, ob er meine Dienste tatsächlich noch will. Was dann leider auch den Umzug nach Wangen erschwert, beziehungsweise unnötig macht.

Allerdings frage ich ihn auch nicht danach, weil ich schlicht alle Anrufe aus Amerika verweigere. Es ist mir alles zu viel, ich muss in unzählige Richtungen agieren, weiß kaum, wo mir der Kopf steht. Vor Lea heile Welt spielen, mit potenziellen Architekten Kontakt aufnehmen, da mein Dad schon ein paar an Land gezogen hat, meine Nerven schonen, wenn Meli mir wieder irgendein Ei legt, und so weiter.

Es ist zermürbend und kräfteraubend. Mein Wunsch, einfach abzuhauen, wird von Tag zu Tag stärker. Wenigstens weiß ich jetzt genau, dass ich auf keinen Fall in München bleibe. Nein, auch wenn ich dafür in Kauf nehmen muss, mein Mädchen nur noch an den Wochenenden zu sehen, ich halte es kaum noch aus.

Es ist jetzt Donnerstagabend gegen halb sechs. Meli hat mir eine sehr kurze Nachricht geschrieben, dass ich zu Hause erwartet werde und es nicht wagen soll, bis tief in die Nacht zu arbeiten. Ich bin wirklich geneigt, das einfach zu ignorieren, aber ich bin nur müde und der Elan, ständig zu kämpfen, lässt nach. Also setze ich mich einigermaßen pünktlich ins Auto und fahre nach Hause.

Nach Hause. Das hat einen widerwärtig schalen Beigeschmack. Nichts dort ist länger mein Zuhause. Das Haus, Meli, die Enge … alles hat den Effekt wie ein juckender Ausschlag.

Mürrisch betrete ich den Flur und ziehe meine Jacke und die Schuhe aus. Ich habe mich noch nicht wieder aufgerichtet, da erscheint meine Ehefrau auf der Bildfläche und funkelt mich zornig mit verschränkten Armen an.
„Was habe ich jetzt wieder ausgefressen?“ Meine Stimme klingt selbst in meinen Ohren müde. Nun ja, sie wird es kaum merken.
„Ich habe es so satt, für dich hier die Telefonzentrale zu spielen. Dein Bruder nervt schon den ganzen Nachmittag und hat mir aufgetragen, dafür zu sorgen, dass du ihn heute Abend anrufst.“
Ich seufze laut.
„Ja, stöhne ruhig, es nervt einfach. So … Hiermit weißt du es und ich will damit nichts mehr zu tun haben.“
„Vielen Dank für das nette Überbringen der Nachricht.“ Sie schnaubt und lässt mich stehen, hier ist Ironie echt vergeudet.
Ich gehe nach oben und ziehe mich langsam um. Mike anrufen. Ist was passiert? Oder, nein, ich muss mir keine Gedanken machen, ob er sauer ist, das ist er definitiv. Immerhin wimmele ich ihn jetzt seit drei Tagen ab. Aber ich habe einfach keine Lust, mir von ihm noch eine Gardinenpredigt wegen Jace anzuhören. Ich weiß ja selbst, dass ich Mist gebaut und ihn falsch eingeschätzt habe. Es ist einfach nicht fair, dass er jetzt auch noch auf mir rumtrampelt, er, Jamie, meine Frau, mein Dad …
Scheiße!
Ich bin echt ein Loser!
In Jogginghose und T-Shirt gehe ich wieder hinunter. Ich brauche erst mal einen Kaffee, um dieses Gespräch zu überstehen. Auf dem Weg in die Küche schnappe ich mir das Telefon von der Station. Die Kaffeemaschine läuft, als ich Mikes Nummer wähle, ich hoffe jetzt mal, dass er auch tatsächlich zuhause ist.
Obwohl, wenn nicht …
Zu früh gefreut. Er nimmt das Gespräch bereits beim zweiten Läuten ab.
Ich atme tief durch, stelle die Tasse auf die Anrichte und hole Milch aus dem Kühlschrank. Währenddessen kommt Melanie ebenfalls in die Küche und wirft mir einen missmutigen Blick zu.
„Ach? Na, wenn das nicht mein sich totstellender Bruder ist. Sie hat es dir tatsächlich ausgerichtet? Wundert mich jetzt.“

Unwillkürlich muss ich lachen. „Echt? Das ist nicht überraschend. Da sie mit dir nichts zu tun haben will, hat sie es mir liebend gern in netten Worten unterbreitet, damit sie es aus den Füßen hat."
Meli knallt den Topf, den sie in der Hand hält, auf die Anrichte und starrt mich böse an. Ich erwidere ihren Blick, ohne die Miene zu verziehen.
„Was?", richte ich das Wort an sie. „Stimmt doch. Warum länger so tun, als herrsche hier heile Welt. Er weiß ohnehin Bescheid."
„Du bist so ein Arsch, Dirk", knallt sie mir barsch an den Kopf und hastet hinaus.
Mir wäre nach schadenfrohem Grinsen, wenn die Situation nicht so todernst wäre. Aber mal ehrlich, warum soll ich immer nur einstecken? Und außerdem ist es mir wirklich zuwider, dass sie nach außen hin nach wie vor so tut, als gäbe es keinen Grabenkrieg zwischen uns.
„Autsch!"
Mikes Kommentar holt mich aus meiner Selbstgefälligkeit zurück.
„Das ist ja ein netter Umgangston zwischen euch beiden. Scheint ja echt die Kacke am Dampfen zu sein."
Ich trinke einen Schluck, ehe ich ihm antworte. „Nein, sie ist bereits übergelaufen. Frag nicht, was hier abging, nachdem sie das von mir und Jace erfahren hat. Es war vorher schon ein Spießrutenlauf, aber jetzt?"
„Tja. Und jetzt komm ich und setze dem Ganzen noch die Krone auf." Mike spricht leise, ich kann nichts daraus ableiten. Allerdings alarmiert mich dieser Ton und ich richte mich auf.
„Inwiefern?"
Ich höre ihn seufzen. „Bedeutet dir der Junge immer noch was?"
Mist. Ich spüre, wie mir diese kurze, noch völlig aus dem Zusammenhang gerissene Frage fast die Beine weghaut. Wo treiben sich eigentlich diese verfluchten Schmetterlinge in meinem Bauch während der übrigen Zeit rum? Ich weiß es nicht, aber kaum fällt sein Name, ist der komplette Schwarm bereit und hebt ab. Ich schaffe es nach einigen Sekunden, in denen Mike geduldig wartet, ein Wort zu hauchen: „Ja." Mehr nicht und es scheint ihm zu genügen.

„Okay, dann … wie soll ich anfangen? Er hat Mist gebaut und wir brauchen deine Hilfe. Er reagiert auf keinen Anruf und keine Mail. Wir kommen nicht mehr an ihn ran, wissen nicht mal, wo er sich verkrochen hat. Allerdings … Na ja, heute Morgen haben wir herausgefunden, mit wem er sich filmtechnisch eingelassen hat. Und … du musst versuchen, ihn zur Vernunft zu bringen …"

Wow, wow, wow. Ich versuche den verschwurbelten Satz irgendwie zu übersetzen, verstehe aber nur Bahnhof. „Wie? Langsam, ich kapiere grad gar nichts. Kannst du mir das bitte aufdröseln?"

Er seufzt wieder. Ja, ja … schon doof, wenn man einen Bruder hat, der manchmal etwas schwer von Begriff ist, aber wenn Jace eine Rolle spielt, funktioniert mein Gehirn nur partiell.

„Also. Nach deinem Geständnis, dass du was mit ihm hattest, kurz vor unserer Abreise, hat ihm Jamie seine alte Wohnung überlassen und wir haben uns ein wenig mit ihm angefreundet. Er ist echt nett. Und, na ja, ich habe keine Ahnung, was du ihm am Telefon um die Ohren gehauen hast, aber seitdem meldet er sich nicht mehr. Er kam am Montag nicht zu dem Termin wegen den Vertragsunterschriften. Wir haben versucht, ihn zu erreichen, und sind schließlich in die Wohnung gefahren, aber sie war leer. Keinen Schimmer, wo er jetzt wohnt. Und … gestern kam dann die schriftliche Kündigung ins Büro. Das an sich wäre zwar nicht so dramatisch, außer, dass er gar nicht so schnell aus dem Vertrag rauskommt, aber …" Er atmet tief durch und mein ungutes Gefühl verstärkt sich.

„Weiter?"

„Jace ist gut und er ist sehr bekannt, jeder würde ihn unter Vertrag nehmen, weil ein Porno mit ihm viel Geld einbringt und … na ja …"

Ich stelle die Kaffeetasse unsanft ins Becken, weil mir der Appetit gründlich vergangen ist. Mir schwant Schlimmes. Auch wenn ich längst nicht so involviert bin, wie ich es in naher Zukunft sein werde, und es bis dato abgelehnt habe, tiefer in die Materie einzudringen, weiß ich doch, dass dieses Business mehr Schatten- als Sonnenseiten hat. „Was ist passiert? Jetzt red schon."

„Er hat sich auf einen Typen eingelassen, der dafür bekannt ist, recht billige Streifen zu produzieren, und dessen Jungs auch gerne mal als Escort enden …“

„WAS?“ Ich brülle das Wort in den Hörer, weil ich es nicht fassen kann, dass Jace so leichtsinnig ist. „Du verarschst mich.“

„Leider nein.“

„Das glaube ich nicht. Jace ist doch kein Greenhorn, der …“

„Dirk. Sei realistisch. Natürlich ist er kein Anfänger, in dem Geschäft jedoch sehr wohl. Ich bezweifle, dass er die schwarzen Schafe alle kennt. Der Typ ist bekannt dafür, dass er anfangs echt sehr verlockende Angebote macht. Ich weiß nicht, was Jace geritten hat, vielleicht wollte er einfach nur weg, keine Ahnung.“

Ich bemühe mich, ruhig und sachlich zu reagieren. „Trotzdem. Es sieht ihm nicht ähnlich.“

Mike schnaubt. „Ich hätte auch nie gedacht, dass du mit einem Mann ins Bett gehst, das sieht dir auch nicht ähnlich.“

Unwillkürlich muss ich grinsen. „Blödmann.“

„Hab dich auch lieb. Aber im Ernst, er ist verliebt, da tut man manchmal schon komische Sachen.“

Dieser Satz scheucht die Schmetterlinge wieder auf. „Du sprichst wohl aus Erfahrung.“

„Hmmm, ich sag dazu lieber nichts. Aber zurück zum Thema. Wir müssen ihn da irgendwie rausholen und …“

„Mike. Langsam, wie stellst du dir das vor? Wenn er euch schon abwimmelt, was meinst du, tut er dann mit mir?“

Es bleibt für Sekunden still und ich werde das Gefühl nicht los, dass Mike gar keinen konkreten Plan hat. „Ich weiß es nicht, Fakt ist aber, wenn er das durchzieht, kann er eine vernünftige Karriere begraben. War irgendwas in eurem Gespräch, weswegen er so reagiert?“

Ich überlege, lasse den kurzen Anruf Revue passieren und irgendwann klingelt es. „Hmmm, ich weiß nicht, aber ich hatte das Gefühl, dass er sich von euch grenzenlos verarscht fühlt, weil ihr von uns gewusst habt. Die Wohnung und die Treffen sind ihm wohl aufgestoßen. Er hielt es lediglich für Mitleid.“

„Oh Mann, das darf doch nicht wahr sein. Sicher, war es anfangs, vor allem dir zuliebe, weil du mich gebeten hast, ein Auge auf ihn zu haben, aber wir haben ihn echt ins Herz

geschlossen. Jace ist völlig anders als früher, meint auch Jamie. Was für eine blöde Situation."
„Das kannst du laut sagen." Ich überlege krampfhaft, was ich für Möglichkeiten habe. Im Hintergrund höre ich Jamies Stimme, er scheint nach Mike zu rufen. „Dirk? Kann ich dich gleich wieder anrufen? Mein Mann ist gerade gekommen und es scheint wichtig zu sein."
„Ja, klar, mach ruhig. Ich lauf auch nicht wieder weg."
„Okay, dann bis gleich."
Hmmm, kein blöder Spruch? Keine flapsige Antwort? So langsam mache ich mir echt Sorgen. Mit dem Telefon in der Hand gehe ich ins Wohnzimmer und werfe einen Blick auf den Fernseher. Irgendeine niveaulose Abendsendung, die mich noch nie interessiert hat. Meli sitzt mit untergeschlagenen Beinen auf der Couch und beglückt mich mit einem scheelen Seitenblick.
Das Telefon läutet wieder und da es Mike ist, nehme ich das Gespräch an.
„Und? Alles klar?"
„Nein. Im Gegenteil. Jace wird ab morgen vor der Kamera stehen. Wenn du nicht willst, dass er die nächste Zeit durch sämtliche Betten gereicht wird, beweg deinen Arsch hierher und rücke ihm den Kopf zurecht."
Mir bleibt für Sekunden die Spucke weg. Unwillkürlich driftet mein Blick zu Melanie, die sehr interessiert lauscht. „Ich soll was?"
Mike flucht. „Jetzt stell dich doch nicht dumm. Komm her und biege es wieder gerade."
„Äh, tschuldige, aber es kann unmöglich dein Ernst sein, dass ich in die Staaten fliege … Und wieso sollte er in irgendeiner Weise auf mich hören?
Der Fluch wiederholt sich etwas lauter. „Bist du echt so deppert? Er ist in dich verliebt, wer, wenn nicht du, hätte überhaupt eine Chance, an ihn ran zu kommen?"
Mir wird leicht übel und irgendwie tragen mich meine Beine nicht mehr. „Mike, ich …" Ich sehe Meli in die Augen, als ich den nächsten Satz sage. Mir ist bewusst, dass ich mich gerade an dieser Front noch tiefer in die Scheiße reite. „Egal, was wir für-

einander empfinden, oder empfunden haben, es ist vorbei, wie soll …"
„Mann! Dirk! Er geht vor die Hunde. Was soll ich noch sagen, damit du was unternimmst?"
Beschämt sehe ich zu Boden. Er hat ja völlig recht, es wird Zeit, dass ich was für ihn tue und nicht nur an mich denke. Jace braucht einen Tritt in die richtige Richtung. Aber was soll ich tun? Hingehen und ihm ins Gewissen reden wird genauso enden wie beim letzten Mal: in einem handfesten Streit. Warum auch nicht? Wieder komme ich mit Bitten oder Vorstellungen daher, wie sein Leben auszusehen hat.
Moment! Mir kommt spontan eine Idee, aber sie ist noch nicht greifbar genug, um sie Mike in allen Einzelheiten darzulegen.
„Mike, ich habe eventuell einen Vorschlag."
Er atmet hörbar auf. „Super. Lass hören."
„Nein. Ich muss mir das erst mal durch den Kopf gehen lassen."
„Oh Mann, und wie lange?"
Ich schlucke und atme gegen den Druck in meinem Herzen an. Veränderungen? Ja, gerne, aber das hier geht gerade verdammt schnell. Wenn ich das durchziehe, was mir spontan ins Gehirn geschossen ist, dann …
Was dann?
Dann bin ich meinem Traum vom Wunschleben ein ziemliches Stück näher.
Soll ich es machen? Wann, wenn nicht jetzt? Eine perfektere Gelegenheit wird nicht kommen, zumindest nicht, ohne dass Jace' Karriere und wahrscheinlich auch Psyche Schaden genommen haben.
„Mike … gib mir ein paar Stunden. Ich muss erst mal …" Super. Meli knallt ihre Zeitschrift auf den Wohnzimmertisch und verschränkt die Arme vor der Brust. Sie ist unverkennbar stinksauer. Irgendwie witzig ist ihre Reaktion schon, da sie wohl meinem Gesicht mehr ansieht, als ich es mir wünsche.
„Okay. Dann mach das, Dirk, ich lass das Handy an. Melde dich, sobald du was zu tun gedenkst, ja?"
„Versprochen."
Es klickt in der Leitung, dann erklingt nur noch das statische Rauschen. Ganz langsam lasse ich den Hörer sinken, mein Blick

gleitet von Meli zu den bewegten Bildern des Fernsehers. Nicht, dass ich wahrnehme, um was es da geht, ich brauche einfach nur einen Punkt, an dem sich meine Augen verhaken können, während mein Gehirn Schwerstarbeit leistet.
Ich komme nicht umhin, mir dumme Hoffnungen auf eine Versöhnung mit Jace zu machen, schiebe das aber gleich wieder weit weg. Darum geht es nicht, darf es jetzt nicht. Es geht einzig darum, die Dummheit, die er im Begriff ist zu machen, wieder auszumerzen. Und da ich der unmittelbare Auslöser dafür bin, ist es meine Aufgabe, das zu klären. Mike hat schon recht. Ich kann nicht länger die Hände in den Schoß legen.
Okay … Puh, das heißt dann, dass ich mich so schnell wie möglich auf den Weg nach LA machen muss. Mir wird heiß, schlagartig habe ich Hitzewallungen und fühle, wie mir Röte ins Gesicht steigt. Ja, mein Entschluss steht fest.
No way back.
Es gibt keinen Weg mehr zurück!
Ich widme Meli wieder meine Aufmerksamkeit. Sie hat mich die ganze Zeit über beobachtet und kneift nun kurz die Augen zusammen. Noch einmal tief Luft holen und dann raus mit meinem Entschluss. „Es gibt Probleme und Mike hat mich gebeten …"
„Ich fass es nicht", faucht sie sofort zurück, ohne mich ausreden zu lassen. „Es geht um dein Flittchen, stimmt's?"
Wow! Mir bleiben tatsächlich für Sekunden die Worte im Hals stecken. Stattdessen starre ich sie ungläubig an. „Wie bitte?"
„Du hast mich sehr gut verstanden."
Ja, habe ich allerdings, und das macht mich wütend. „Wozu versuche ich überhaupt, dir was zu erklären?" Ich wuchte mich von der Couchlehne hoch und will den Raum verlassen. Himmel, ich wusste gar nicht, dass meine Knie so weich sind. Keine Ahnung, wann der nächste Flug in die Staaten geht, aber alles ist besser, als hier zu sitzen und mich beziehungsweise Jace beleidigen zu lassen.
„Wage es nicht."
Ich fahre in der Bewegung herum. „Was?"
„Zu gehen."

Zu meiner grenzenlosen Überraschung laufen Tränen über ihr Gesicht. Für einen Moment tut sie mir wirklich leid, weil ich ihr keine Chance mehr geben will und kann. „Tut mir leid, aber …"
Sie springt auf die Füße und kommt drohend näher. „Setz das hier nicht aufs Spiel, Dirk."
Ich muss lachen und schüttle den Kopf. „Was denn? Dieses nette Ding, das du als Ehe bezeichnest, aber eher einem Guerillakrieg ähnelt? Ich bitte dich, ich habe keine Ahnung, was du eigentlich von mir willst, denn mit Respekt oder einem halbwegs normalen Zusammenleben hat es nicht das Geringste zu tun."
„Ja, weil du dich nicht bemühst und …"
Ich winke müde ab. „Du hast recht, genau das tue ich nicht mehr. Ich habe es lange genug getan und es hat absolut nichts gebracht. Du bist diejenige, die jeden weiteren Versuch im Keim erstickt. Es macht keinen Sinn mehr, Melanie."
Sprachlos starrt sie mich an und mir wird in dem Moment bewusst, dass sie wohl bis vor Sekunden noch nicht damit gerechnet hat, ich könnte mich gegen sie entscheiden. Doch jetzt weiß sie es, ahnt, dass sie ihr Spielchen zu weit getrieben hat. Ihr Gesicht wird aschfahl.
„Wenn du jetzt gehst, brauchst du nicht wiederzukommen."
Wir messen uns stumm mit Blicken. Die Stimmen der Schauspieler in der Fernsehsendung sind das einzige Geräusch im Raum. Es tut körperlich wie seelisch weh! Egal, was die letzten Wochen war, wir hatten auch gute Zeiten. Es gab mal so etwas wie Zuneigung zwischen uns, sonst läge da nicht dieses wundervolle Kind oben in seinem Bett, schlafend und noch nicht wissend, dass sein Leben gerade eine dramatische Wendung nimmt.
Aber der Bruch ist unwiderruflich, weder rückgängig zu machen noch zu flicken. Wie in Trance strecke ich meine rechte Hand aus und streiche behutsam über ihre Wange. Dummerweise erinnern sich meine Nervenzellen an das Gefühl von Jace' Haut. Leichte Stoppeln, das Gesicht kantiger, die Lippen voller.
„Ich …"
Melanie schluchzt leise, versucht es zu unterdrücken. „Dirk! Bitte!"

Bewusst trete ich einen Schritt zurück, hinter die imaginäre Schlusslinie sozusagen. „Es ist zu spät." Ich bin schon fast an der Tür, als sie mir nachruft.
„Dirk! Hast du nicht gehört? Wenn du das tust, ist es endgültig aus. Ich lasse mich scheiden!"
Doof. Insgeheim flutet Erleichterung mein bescheuertes Herz und jetzt weiß ich, dass Jamie recht hatte. Meli hatte die ganze Zeit über den schwarzen Peter und die Entscheidung in der Hand.
Wieder mal bestätigt sich meine Meinung von mir. Ich bin und bleibe ein Feigling. Dennoch bekommt sie eine Antwort von mir. Auch wenn es wohl nicht die ist, die sie aus Erfahrung erwartet. „Dann such dir schon mal einen Anwalt. Ich hole dann meine Sachen, sobald ich zurück bin."
Aufrecht verlasse ich das Zimmer und steige die Treppe hinauf. Hinter mir nichts außer Stille und wahrscheinlich Fassungslosigkeit.
Egal.

Mein erster Weg führt mich in Leas Zimmer. Das kleine Nachtlicht neben der Tür spendet genügend Licht, um die kleine Gestalt im Bett sehen zu können.
Trauer zerreißt mein Herz. Ich weiß, es wird nicht leicht werden, meine Vaterrolle in Zukunft auszufüllen, aber deshalb bleiben? Was für ein Leben soll das sein? Nicht nur für mich und Melanie, sondern auch für sie? Lea wird bald merken, dass nur noch Hass zwischen uns herrscht, und das ist nicht das, was ich ihr für die Zukunft mitgeben will.
Auf Zehenspitzen nähere ich mich ihrem Bett und sinke auf die Kante. Tief atme ich ihren Geruch ein, sanft, unschuldig, wie eine Knospe …
„Ich liebe dich, Lea", flüstere ich leise und drücke meine Lippen auf ihre Stirn. Kurz überkommt mich der Gedanke, sie zu wecken um mich zu verabschieden. Aber ich weiß nicht wirklich, was ich ihr sagen, wie ich ihr erklären soll, dass ich wegfliege und nicht weiß, wann ich wiederkomme. Das und … es zieht mich weg. Als ob hier alle Fesseln gefallen wären, habe ich nur noch einen Wunsch und der ist stärker als alles andere. Mich drängt es,

den ersten, ungewissen und wahrscheinlich wackeligen Schritt in ein neues Leben zu machen. Und … ich will zu Jace! Will ihn da rausholen und wieder an den Platz bringen, an den er gehört, nämlich in Jamies und Mikes Agentur. Der Flug dürfte von der Zeit her ausreichen, mir einen Plan zurechtzulegen, wie ich das bewerkstelligen kann.
Ein letzter Blick noch. Lea lächelt im Schlaf und dreht sich auf die Seite. Ich komme wieder! Ich werde um sie kämpfen, mit allem, was mir zur Verfügung steht. Ich stehe leise auf und husche zur Tür hinaus.
Innerhalb von Minuten habe ich ein paar Sachen in eine Reisetasche gepackt und rufe mir auf dem Weg nach unten ein Taxi. Ich will nicht mal das Auto mitnehmen, weil es für mich zu viele Erinnerungen birgt, und außerdem bietet Melis Kleinwagen auf Dauer nicht genug Platz für sie und Lea.
Schon irre, wohin meine Gedanken wandern. Vor gut zwei Stunden war es nur eine vage Vorstellung, zu gehen, und jetzt bin ich in Grunde vogelfrei.
Uff!
Frei!
Wahnsinn.
Die Schmetterlinge in meinem Bauch haben neuen Treibstoff. Nennt sich Euphorie, auch wenn ich weiß, dass mir das Lachen wohl bald gründlich vergehen wird. So sauer wie Meli ist, würde es mich nicht wundern, wenn sie mich bis auf die Unterhosen auszieht.
Aber das ist jetzt auch nicht mehr zu ändern. Wie gesagt, es gibt kein Zurück mehr. Wenn alle Stricke reißen, muss mich eben mein Bruder eine Weile durchfüttern, immerhin ist er ja nicht ganz unschuldig an …
Nein! Niemand ist schuld. Ich ganz alleine habe entschieden, gelebt und geliebt.
Meinen Jace.
Mit einem wehmütigen Lächeln rufe ich sein Gesicht in mein Gedächtnis zurück.
Für dich, Amber, für dich …

Der Gerechtigkeit halber stelle ich meine Tasche an der Eingangstür ab und gehe ins Wohnzimmer, um mich zu verabschieden. Tja, was soll ich sagen. Meine Noch-Ehefrau sitzt heulend auf dem Sofa und telefoniert. Sie bemerkt mein Eintreten nicht und ich komme in den zweifelhaften Genuss, wie sie mich verbal schon mal vorsorglich in Grund und Boden stampft. Wie ich schon sagte, ich glaube, es kommen ein paar unterhaltsame Monate auf mich zu.
Draußen hupt ein Wagen, wahrscheinlich mein Taxi. Das Zeichen für meinen Aufbruch. Ich räuspere mich laut und sehe mit Genugtuung, wie sie schuldbewusst herumfährt.
„Du kannst gleich weiterlästern. Ich wollte nur sagen, dass ich dann weg bin."
Wie paralysiert starrt sie mich an. Als gar nichts kommt, was ich verstehen kann, nehme ich ihr die Verabschiedung ab.
„Bye. Ich melde mich, sobald ich weiß, wann ich wiederkomme."
Ihr Gesicht zerfällt, die Wut ist wieder da. „Das kannst du dir sparen."
„Okay, dann nicht. Tschau." Mit diesen Worten drehe ich mich um und verlasse das Wohnzimmer. Im Gang schlüpfe ich in meine Schuhe und werfe ein zweites Paar oben in die Tasche. Als ich meine Jacke anhabe und dem Taxifahrer per Handzeichen zu verstehen gebe, dass ich ihn gehört habe, schaue ich mich ein letztes Mal um.
Es kommt mir wie eine Ewigkeit vor, dass wir dieses Haus bezogen haben. So viele Träume gab es damals. Für immer, haben wir uns geschworen, und nun ist dieses *für immer* nach nur zwölf Jahren zu Ende.
Ruckartig löse ich mich davon und gehe zielstrebig hinaus in die kalte Nachtluft.

44.
Jace

Eigentlich bin ich jemand, der auf sein Bauchgefühl hört. Jetzt aber prügle ich es gnadenlos zusammen. Es ist zu spät, ich habe zugesagt und unterschrieben. Der Mann mir gegenüber ist das Abbild eines biederen Geschäftsmannes, samt teurer Uhr und Anzug. Dennoch strahlt er etwas Fieses aus. Ich kann es nicht benennen. Bauchgefühl eben.

Nach einem dünnen Kaffee und Lobeshymnen auf unsere zukünftige Zusammenarbeit mache ich mich auf den Rückweg und verlasse das Diner. Mit dem Durchschlag des neuen Vertrages kehre ich in das kleine Motel zurück. Ich trauere Jamies Wohnung wirklich nach, ihr und eigentlich allem, was ich in den letzten Wochen erleben durfte. Es war fast wie in einer kleinen Familie …

Ich schnaube und werfe die Papiere achtlos auf das Doppelbett. Dirk, Mike und Jamie, das ist Familie, ich bin nur ein Außenseiter, der abgelegte Toyboy des großen Bruders. Oh Mann, ich könnte noch immer im Erdboden versinke, wenn ich daran denke, dass die beiden es in all der Zeit wussten.

Aber egal jetzt. Ich habe bei der Agentur gekündigt und hoffe, dass sie auch zeitnah darauf eingeht. Ich weiß, ich habe keine Fristen eingehalten, aber dann sollen sie mich eben verklagen. Mir egal. Mir ist eigentlich gerade alles egal. Meine Karriere, meine Gesundheit, mein Leben im Allgemeinen.

Nur dieser Mann bleibt hartnäckig in meinem Kopf.

Und er ist auch Schuld daran, dass ich das erste Mal in meinem Leben kopflos davongelaufen bin. Ich will mich weder ihm noch seinem Bruder stellen. Ich will einfach … dass er keinen Schnittpunkt mehr mit mir hat, sonst drehe ich komplett durch.

Ich strecke mich auf dem Bett aus und schließe die Augen. Unser letztes Gespräch. Es hat mich fast umgehauen, als ich seine Nummer auf dem Display las. Und dann seine Stimme. Wie schaffen es ein paar belanglose Worte, mein Herz zum Rasen zu bringen? Das ist weit mehr als Liebe, das ist Irrsinn. Sinnloser Irrsinn, wohlgemerkt.

Ich frage mich immer noch, wie man so naiv sein kann. Hat er wirklich geglaubt, dass es ewig so weitergehen wird? Hat er denn nicht gespürt, wie sich die Dynamik zwischen uns längst verändert hat? Nein, hat er nicht, oder wollte er nicht. Zu seinem Schutz muss ich aber gestehen, dass ich auch nicht viel besser bin. Wir haben beide geschwiegen, so getan, als ob alles in Ordnung sei.

Ich für meinen Teil weiß, warum ich so gehandelt habe: weil ich ihn nicht verlieren, das kleine, feine Schauspiel aufrechterhalten wollte, so lange es ging. Nun, warum er es tat, wird mir nicht klar. Sicher wollte er mich auch nicht verlieren, oder das, was ihm unsere Treffen gaben. Sex. Seine Gefühle haben da wohl nicht wirklich einen Unterschied gemacht.

Ich drehe mich auf die Seite und rolle mich zusammen. Scheiß Einsamkeit. Ist ja nicht so, dass ich sie nicht kenne, aber sie ist mir jetzt viel stärker bewusst als je zuvor.

Und nun das. Morgen beginnt der erste Dreh. Ich fühle mich unwohl, wenn ich daran denke. Mein Bauch besteht erneut darauf, dass ich eine Riesenscheiße gebaut habe, indem ich dem erstbesten Agenten zugesagt habe. Hätte ich mich lieber mal vorher umgehört und Erkundigungen eingezogen, wie er so ist. Aber Hauptsache ich bin aus Dirks Dunstkreis verschwunden, alles weitere wird sich dann schon zeigen.

Und wegen morgen … Es geht um geschäftsmäßigen Sex. Eigentlich ganz einfach: ein wenig Vorbereitung und dann ficken. Im Grunde das, was ich all die Jahre umsonst betrieben habe.

Also was liege ich jetzt hier und zermartere mir das Hirn? Jetzt bekomme ich ja sogar noch Geld dafür. Ist doch ein guter Tausch, Geld gegen Befriedigung, oder so was Ähnliches zumindest.

Hilft alles nichts. Mein Herz gibt keine Ruhe und mein Bauch genauso wenig.

Ich will einfach nur …

Scheiße, Dirk!

Ich liebe dich so sehr …

45.
Dirk

Die Fahrt zum Flughafen vergeht viel zu schnell und genauso schnell verlässt mich die zuvor verspürte Euphorie. Was tue ich hier? Habe ich allen Ernstes vor, nach LA zu fliegen und einem Mann zu sagen, was er zu tun und zu lassen hat? Einem Mann, der das Business besser kennt, als ich es je werde?
Tja, sieht so aus. Aber wie Mike sagte, der Pornozirkus ist eine andere Hausnummer, und auch wenn ich es kaum ertrage, dass er sich derart öffentlich zur Schau stellt, soll er es besser in einer seriösen Agentur tun, also woanders. Himmel, Escort! Mein Amber auf dem Strich! Geht's noch? Wie kann er nur so naiv sein? Er muss doch wissen, dass es in dem Geschäft nur einen hauchdünnen Grat zwischen billig und angesehen gibt.
Ich würde ihn am liebsten schütteln, bis diese blödsinnige Idee aus seinem Kopf verschwunden ist. Wie ich das allerdings konkret anstelle, muss ich mir erst noch genau überlegen.

Es ist fast zwei Uhr nachts, als ich endlich an Bord bin. Inzwischen bin ich fix und fertig. Die Rennerei wegen Ticket und Visa hat mich geschafft. Der Kaffee hilft nicht mehr, im Gegenteil, ich fühle mich zwar wie gedopt, aber mein Körper hält nicht mehr mit. Kurz nach dem Start gebe ich den Kampf auf und falle in einen unruhigen, oberflächlichen Schlaf.
Bis zuletzt habe ich mich irgendwie darum gedrückt, Mike Bescheid zu geben, dass ich unterwegs bin. Ich kann nicht mal sagen, warum, es ist irgendwie unwirklich, völlig verrückt und passt so gar nicht zu mir. Na ja, das meiste, was ich seit Monaten tue, passt nicht zu mir und jetzt bin ich auf dem besten Weg, es in meinen Alltag zu integrieren.
Wie wird sich alles regeln? Werde ich es schaffen, Jace von meinem noch vagen Plan zu überzeugen? Und den Rest der Mitwirkenden auch? Ich weiß es nicht, aber es muss gelingen, weil ich keine Alternative bereit habe. Und auch keine anbieten werde. Nein. Jace muss an seinen alten Platz zurück, er hat diese Chance verdient. Es kann einfach nicht sein, dass er aus Liebes-

kummer oder schlichter Wut auf mich die Karriereleiter hinunterfällt.
Das lasse ich nicht zu und ich gedenke sämtliche Widerstände mit Nachdruck und Argumenten zu vernichten.
Diese Gedanken habe ich in den lichten Momenten, das sind so circa zwei Sekunden in jeder Minute, den Rest der Zeit könnte ich mich einfach in einem tiefen Loch verkriechen und hoffen, dass mich keiner mehr findet.
Schaffe ich das wirklich? Kann ich innerhalb von wenigen Tagen mein Leben komplett umkrempeln? Bin ich in der Lage, die fremden und völlig neuen Anforderungen zu aller Zufriedenheit zu bewältigen?
Und … was mache ich, sobald ich nach Hause fliege? Zu Hause wartet Arbeit auf mich, die ich nicht einfach schleifen lassen kann, bis mein Nachfolger seinen Platz einnimmt. Mein Herzschlag beruhigt sich langsam wieder. Was wird Mike zu all dem sagen? Ich bete nur, dass er mir weiter seine Unterstützung gibt. Noch nie in meinem Leben musste ich von ihm Hilfe erbitten, aber jetzt weiß ich, dass ich es ohne sie nicht schaffen werde.
Mein Magen knurrt und erinnert mich an das fehlende Abendessen. Am Flughafen habe ich es versäumt, etwas zu essen, dafür war ich viel zu abgelenkt. Ich erbitte von der Stewardess einen Tomatensaft, um wenigstens irgendetwas im Magen zu haben. Ein Schnaps wäre mir zwar lieber, aber für das Kommende sollte ich einen klaren Kopf behalten.

So vergeht der Flug mit Phasen von durchgrübelten Minuten und Schlaf. Als wir in LA landen, bin ich genauso kaputt und ratlos wie beim Start. So hatte ich mir meinen ersten Besuch bei Mike nicht vorgestellt. Um ehrlich zu sein, wäre Jace nicht in mein Leben gepoltert und hätte es komplett aufgemischt, hätte ich nie den Mut gefunden, überhaupt hierher zu fliegen.
Nein, ich hätte Melis Drängen, meinen Bruder samt missratenem Mann zum Großteil aus meinem Leben zu verbannen, nachgegeben und stattdessen in wenigen, aufrührerischen Minuten getrauert, was für ein Schwächling ich doch bin.
Nun … das mit dem Schwächling kann ich noch nicht ablegen, immerhin bin ich nicht aus freien Stücken hier. Jetzt gilt es, den

Arsch zusammenzukneifen und allen, einschließlich mir selbst, zu beweisen, dass ich das Zeug dazu habe, endlich mein Ding zu machen.

Nach der Landung stolpere ich planlos mit meiner Reisetasche in die Ankunftshalle und bin im ersten Moment von den Menschen, der Sprache und den vielen fremden Eindrücken erschlagen. Es ist verdammt früh, kurz nach sieben Uhr. Mike dürfte noch im Bett liegen, aber das ist mir momentan egal. Ich suche mir ein ruhiges Plätzchen, abseits des Trubels, und wähle seine Nummer.

Wie erwartet dauert es, bis er rangeht, aber dann höre ich endlich seine verschlafene Stimme. Witzigerweise vermittelt mir das ein Stück Heimat und verscheucht damit das kindische Gefühl der Einsamkeit.

„Ja?“

„Guten Morgen, Mike.“

Er stöhnt. „Nix guten Morgen, es ist kurz nach sieben, geht's noch?“

„Das ist mir durchaus bewusst.“

„Toll. Was ist los?“

„Du sagtest, ich soll mich melden, sobald ich einen Plan habe.“

Mike spricht leise mit Jamie und verlässt wohl ihr Schlafzimmer. „Stimmt, aber um diese Uhrzeit?“

Eine Gruppe laut diskutierender Männer in Anzügen passiert mich, ich warte, bis es wieder leiser um mich herum ist, ehe ich weiterspreche. „Ich bin hier, darum ist es so früh.“

„Ähm … wo ist hier?“

Oh Mann, manchmal kann er wirklich schwer von Begriff sein. „Na, hier. Am Flughafen von LA.“

Mike lacht laut auf und schimpft gleich darauf los. „Fuck … Jetzt habe ich mir die Zehen angehauen. Was fällt dir ein, mich so zu verarschen?“

Na toll. Statt einer Antwort mache ich von mir und der Anzeigetafel im Hintergrund ein Selfie und schicke es ihm. Ich höre, wie er an seinem Handy werkelt, und warte mehr oder weniger geduldig auf eine Erkenntnis seinerseits.

„Oh! Wow! Du bist ja tatsächlich hier.“ Fröhliches Lachen brandet an meine Ohren.

Prima, wenigstens einer, der seinen Humor noch besitzt, ich finde an der ganzen Scheißsituation nicht den geringsten Grund zur Erheiterung. „Wenn du dich dann wieder eingekriegt hast, kannst du mich holen oder soll ich ein Taxi nehmen?"
Mike raschelt im Hintergrund herum, hört sich nach einem Kaffeeautomaten an. „Taxi wäre die einfachste Lösung. Adresse hast du?"
Mehr als ein Schnauben verdient diese Frage nicht als Antwort. „Halt mir einen Kaffee warm, und ein Frühstück wäre auch nicht ganz schlecht."
„Bekommst du beides. Dann bis später. Ich wecke mal Jamie und unterbreite ihm die Überraschung."
Ich lege auf und mache mich auf den Weg zum Taxistand, der logischerweise völlig andere Dimensionen hat als in Deutschland. Aber zu meiner Ehrenrettung muss ich zugeben, dass das kurze Gespräch meinen Mut zurückgebracht hat. Mikes Stimme, die Aussicht auf seinen brüderlichen Beistand und die Tatsache, dass er so gar keinen Groll gegen mich hegt, beruhigen mich ungemein.
Was Jamie angeht, bin ich allerdings noch unschlüssig. Er wird es mir nicht so einfach machen, da bin ich mir ziemlich sicher. Aber egal, jetzt bin ich so weit gekommen, da lasse ich mich von seinem divenhaften Getue nicht mehr abschrecken.

Zu meinem Leidwesen ist es kein sonniger Tag, über dem Meer hängen dunkle Regenwolken. Dennoch genieße ich die Fahrt. Mein Kopf scheint auch wieder halbwegs zu funktionieren, weil ich es schaffe, die einzelnen Punkte meines Planes nochmal durchzugehen und mir passende Argumente und Vorschläge für eventuell gewünschte Änderungen zurechtzulegen. Fakt ist aber, Jace muss zurückkommen. Egal wie, und wenn ich ihn an den Haaren aus dem Bett zerre, in dem er irgendwann heute liegen wird.
Jetzt muss nur noch das Timing passen, aber den Punkt kann ich nur mit Hilfe der Agentur klären.
Als der Taxifahrer anhält und mich auf das Ende der Fahrt hindeutet, kann ich wieder durchatmen und verspüre leichten Optimismus. Ich steige aus, bezahle und stehe dann etwas ratlos

mit meinem Minigepäck auf der Straße. Auf der am Meer gelegenen Seite befindet sich eine lange Mauer, hinter der einzelne Häuser liegen. Toll. Und wie komme ich jetzt da rein?
Ist mal wieder typisch für mich, dass ich zwar das große Ganze plane, aber bei der einfachsten Sache ins Straucheln komme. Leicht genervt und mit jetzt deutlich knurrendem Magen gehe ich zum nächstgelegenen Tor und suche eine Klingel oder einen Namen.
Unwillkürlich muss ich grinsen. Okay. Das war jetzt doch leichter als gedacht. Auf dem kleinen, unscheinbaren Messingfeld steht unser Familienname. Das macht Sinn, da Northmans Realname weitgehend unbekannt ist.
Blöder Gedanke, aber ich finde es amüsant, dass Jamie so einfach Mikes Namen angenommen hat, immerhin steht es außer Frage, wer den Großteil der Zeit bei den beiden die Hosen anhat.
Ich betätige die Klingel und warte ab, bis sich etwas tut. Die perfekte Gelegenheit, mich drinnen etwas umzuschauen, zumindest so weit, wie es das Gitter des Eingangstores zulässt. Ich muss sagen, mein kleiner Bruder hat sein Geld wirklich gut angelegt. Vor mir erstreckt sich ein weitläufiger Garten mit hohen Büschen und Bäumen, die das Wohngebäude perfekt zur Straße hin abschirmen. Der breite Fahrweg ist gepflastert und endet an einer riesigen Doppelgarage. Dank der exklusiven Lage ist es sehr ruhig und ich kann neben Vögeln und Wind in den Palmen das Meer hören. Völlig unwirklich eigentlich. Mein bodenständiger Bruder lebt in LA mit einem Pornostar und Starfotografen zusammen in einem teuren Haus am Meer.
Wo wird es mich wohl in den nächsten Monaten hin verschlagen? Das hier ist mir zu abgefahren und wahrscheinlich weder finanziell noch arbeitstechnisch sinnvoll oder machbar.
Der kleine Lautsprecher in dem mannshohen Türpfeiler knackt.
„Dirk?“
„Nein, Pizzaservice.“
Es kichert noch immer blechern, als sich das Tor langsam zur Seite bewegt und den Weg ins Innere freigibt. Dann mal auf.
Der eindringliche Duft von den Blüten eines großen Busches hüllt mich ein. Die Wolkendecke reißt auf und schlagartig wird

es sommerlich warm. Die Sonne taucht den parkähnlichen Garten in strahlendes Licht und verstärkt die Unwirklichkeit weiter. Dann erscheint eine sehr vertraute Gestalt rechts neben der Garage in einem schmalen Durchgang und ich erwidere automatisch das strahlende Lächeln. Mit ausgebreiteten Armen kommt Michael auf mich zu. Ja, es ist tatsächlich noch sehr früh, denn er wirkt, als käme er geradewegs aus dem Bett.

„Du hättest dir ruhig was anziehen können", werfe ich ihm an den Kopf, als ich fast bei ihm angekommen bin. Tatsächlich trägt er lediglich eine weite, knallbunte Shorts und sonst nichts. Sein Haar ist zu einem festen Zopf zusammengebunden und wirkt durch die reichliche Sonne fast weiß im Gegensatz zur tiefen Bräune seines restlichen Körpers.

„Du kannst später meckern, jetzt komm erst mal her."

Ich kann darauf gar nichts mehr erwidern, weil mir meine gespielte Flapsigkeit einfach im Hals stecken bleibt. Schließlich zieht er mich an sich und quetscht mir die restliche Luft aus den Lungen, weil er mich erbarmungslos drückt. Ich ächze gespielt, bis er seinen Griff etwas lockert. Aber er lässt mich nicht los und, um ehrlich zu sein, ist das genau das, was ich jetzt brauche. Mike ist der einzige Halt, den ich momentan habe, und irgendwie scheint er es zu spüren.

So katastrophal mein ganzes Leben auch gerade verläuft … er ist eine Konstante und ich habe mich ihm noch nie so nahe gefühlt wie jetzt. Egal, was auch kommen wird, egal, wie scheiße und desaströs es laufen wird, er wird für mich da sein. Ich atme tief durch und versuche mich zu sammeln. So langsam sollte ich ihn mal loslassen. Als ich es tue, packt er meinen Kopf mit beiden Händen und mustert mich sehr genau.

„Dass du scheiße aussiehst, weißt du wahrscheinlich schon."

Ich versuche mich ihm zu entziehen, aber das lässt er nicht zu.

„Wie geht es dir wirklich?"

Ich mag seine Direktheit und die kleine Verschnaufpause, die er mir gönnt, ehe er mich Jamie zum Fraß vorwirft. Denn dass der so geduldig fragt und Verständnis für mich aufbringt, bezweifle ich sehr.

Ich zucke mit den Schultern und suche nach Worten, die das ganze Drama in handliche Größe verpacken. „Sagen wir mal

so … ich kenne jetzt so ziemlich alle Makler in Wangen und wenn ich wieder zurückfliege wohl auch den Scheidungsanwalt meiner Noch-Ehefrau."
„Wow!" Er lässt mich los und weicht einen Schritt zurück. „Im Ernst?"
Mein Schulterzucken wiederholt sich. „Sieht so aus. Es ist vorbei."
Mike legt den Kopf schräg und mustert mich genau. „Ich sollte wohl sagen, dass es mir leidtut, aber ehrlich? Ich würde dir viel lieber gratulieren."
Auch wenn er den Nagel auf den Kopf trifft, kränkt mich das ein wenig. Aber für falsche Beteuerungen ist jetzt weder die richtige Zeit noch besteht vor diesem Teil der Familie dafür die Notwendigkeit. „Ich weiß. Du hast sie noch nie gemocht und …"
„Hör auf. Ich mochte vor allem nicht, wie sie dich verändert hat. Aber ich hätte sie weiterhin akzeptiert."
Ich nicke und klopfe ihm brüderlich auf die Schulter. „Weiß ich doch. Jetzt ist es so, und auch wenn ich keine Ahnung habe, wie es weitergeht, ist es gut so."
Er zieht mich ein weiteres Mal an sich und drückt mich. „Das ist mein großer Bruder. Wir schaffen das schon."
„Ja?", frage ich, während er meine Tasche schnappt und mich mit einem Winken auffordert, ihm zu folgen. „Dann zaubere mal eine Wohnung für mich aus dem Hut. Melanie hat mich nämlich rausgeschmissen, da ich mich nicht erpressen ließ und hergeflogen bin."
Mike schnaubt abfällig. „Sorry, aber wie bescheuert ist das denn? Hat sie echt geglaubt, durch eine Erpressung hält sie dich?"
Ich erwidere seinen fragenden Blick, während wir die Garage passieren und sich vor mir das Paradies offenbart. Ehe ich ihm antworten kann, bleibe ich stehen und starre auf das sich mir bietende Bild. „Das ist ja der Hammer!" Die Worte sind draußen, ehe ich darüber nachdenken kann. Aber es stimmt völlig.
Vor mir liegt eine sanft abfallende Wiese mit Palmen und weiteren Büschen. Eine Mauer begrenzt das Grundstück, aber ich kann dahinter den Strand und das Meer erkennen. Kein Bild, das

er mir bis jetzt geschickt hat, konnte mich auf diesen Anblick vorbereiten. Es ist einfach traumhaft.
Mike wartet grinsend, bis ich meinen Mund wieder zuklappe, und haut mir dann auf den Rücken. „Tja … wenn du fleißig bist, kann ich dir so was auch vermitteln, die Connections habe ich inzwischen."
„Du wieder. Ich habe ja noch nicht mal einen Anhaltspunkt, wie viel du und deine bessere Hälfte für euer Management springen lassen. Aber du kannst dich gern am Wert dieses Hauses orientieren."
Mike lacht und führt mich weiter um die Garagen herum. Direkt vor der weitläufigen Terrasse, die die ganze Breite des Hauses einnimmt, glitzert ein Swimmingpool verführerisch in der Sonne. Nasse Fußspuren führen Richtung Haus.
„Jamie wird nicht sonderlich begeistert von meinem Besuch sein, nehme ich an."
„Im Gegenteil, du hättest den Freudenschrei vorhin hören sollen, als ich ihm von deiner Ankunft erzählt habe."
„Oh, nur dank meiner Blödheit werden die Baustellen immer größer …"
Mike hält mich am Arm zurück und dreht mich zu sich herum. Er schüttelt ernst den Kopf. „Hör auf damit. Ich weiß, wie ernst dir deine Ehe ist … oder war. So was kann man nicht erzwingen. Die Zeit zu gehen war eben noch nicht reif, also hör auf, dir Vorwürfe zu machen."
Ich weiche seinem Blick aus und sehe stattdessen auf die ruhige Oberfläche des nahen Meeres hinüber. Sand zwischen meinen Zehen … Das letzte Mal, als ich das gespürt habe, war Jace an meiner Seite. Letztes Jahr, an der Ostsee. Ich atme gegen den Druck in meiner Brust an, ehe ich auf Mikes Worte reagiere. Ich will irgendwas Lustiges sagen, aber mir fällt nichts ein. „Aber … ich … ich habe so viele Menschen verletzt."
Mike zieht mich abermals in seine Arme. „Es gibt bei so was keinen leichten Weg. Jace wusste, auf was er sich einlässt, genauso wie du. Aber … na ja, Liebe hat ihre eigenen Gesetze, dafür sind ich und Jamie das beste Beispiel. Du hast um deine Ehe gekämpft und das ist mehr, als viele andere überhaupt machen. Und es sind immer zwei daran schuld, wenn es keine

Versöhnung gibt. Also hör auf, dich zu zerfleischen, und versuche ein wenig nach vorne zu sehen."

Hmmm, wie mir scheint, ist nicht nur Jamie in dieser Beziehung erwachsen geworden, sondern mein Bruder gleich mit dazu. Solche intelligenten Weisheiten hätte ich ihm früher nie zugetraut. Leidlich beruhigt nicke ich und schlendere neben ihm auf die Terrasse, in deren Mitte ein gedeckter Frühstückstisch steht. Mein Magen freut sich hörbar über den Anblick und bringt uns beide zum Lachen. Ehe ich mich allerdings niederlasse, ergreife ich noch mal das Wort. „Jetzt muss ich es nur noch schaffen, dass Jace da mit einigermaßen unbeschadetem Ruf wieder rauskommt."

Michael nickt ernst. „Richtig. Das kriegen wir irgendwie hin. Hast du dir was überlegt?", fragt er mich, während er mir duftenden Kaffee in eine Riesentasse einschenkt. Gut, den werde ich heute definitiv brauchen, bevor ich alles in die richtigen Wege leite und dann ins Koma falle.

„Ja, hab ich."

Er setzt sich und blickt Richtung Terrassentür. „Und? Lass hören."

Jetzt höre ich Schritte und stehe wieder auf, um Jamie richtig zu begrüßen. „Nein … dazu müssen wir in die Agentur, ich werde es nicht zweimal durchkauen."

Etwas überrascht sieht er mich an, kommt allerdings nicht mehr zum Fragen, da Jamie in dem Moment die Terrasse betritt und mir strahlend entgegen kommt. Mir fällt wohl hörbar ein Stein vom Herzen, da Mike auflacht. Dann ist Jamie heran und wir umarmen uns herzlich.

„Hey. Ich freue mich echt, dich zu sehen. Wahnsinn. Ich hätte nicht gedacht, dass du dich loseisen kannst."

Tja, nix mit langsamem Vortasten, das hätte mich echt gewundert. Aber es ist gut so. Wir dürfen keine Zeit mit Streitereien verlieren. Jace hat sie schlichtweg nicht. Jede Minute, die wir vergeuden, bringt seine Karriere dem Abgrund ein Stückchen näher.

„Na ja, loseisen ist relativ. Sie hat mich vor die Wahl gestellt, entweder sie oder Amerika, beziehungsweise mein *Flittchen*, wie sie sich liebenswürdig ausgedrückt hat. Wie ich mich entschieden habe, siehst du ja."

Er schafft es tatsächlich für den Bruchteil einer Sekunde Mitgefühl zu zeigen, allerdings vernichten seine Worte den Eindruck auf der Stelle. „Homophobe Kuh, sorry. Aber ehrlich? Gut so. Es ist besser, jetzt einen Schlussstrich zu ziehen, als dieses Drama noch Wochen hinauszögern. Und außerdem … wenn du jetzt nachgegeben hättest, hätte sie immer weitere Forderungen gestellt, bis du dich ganz aufgegeben hättest."

„Na, du bist ja ein Optimist", stelle ich trocken fest, während Jamie zwei dunkle Scheiben Toast aus dem Brotkorb angelt und ebenfalls Platz nimmt.

„Bin ich immer!" Er zwinkert mir zu und nimmt mit einem hinreißenden Lächeln eine Schüssel Obstsalat von Mike entgegen. „Nein, im Ernst. Es ist besser so."

„Hat dein Mann auch schon behauptet."

Jamie zwinkert mir zu. „Er ist ja auch ein guter, intelligenter und toller Mann."

Mike grinst vor sich hin. Ich schaue von einem zum anderen und muss unwillkürlich mitlachen. „Was hast du angestellt, Jamie?"

„Gar nich…"

„Sag's ruhig, Schatz."

„Pffft."

Mike greift nach Jamies Hand und presst seine Lippen darauf. „Mein holder Ehemann hat sich gar nicht mehr eingekriegt, als ich ihm deine Neuigkeiten erzählt habe. Er hat über Melanie derart hergezogen, dass ihr wahrscheinlich noch immer die Ohren klingeln. Und auf seine leise Drohung, dir die Leviten zu lesen, sobald du hier bist, dachte ich mir, ich lenke seine Energie mal in geordnete Bahnen."

Jamie stellt seine Kaffeetasse lautstark auf den Tisch. „Mir tut immer noch der Hintern weh."

Ohje, ich bin mir gerade nicht sicher, ob ich wirklich wissen will, was die zwei wieder getrieben haben.

„Ich weiß", erwidert Mike gelassen und beißt genüsslich in seinen Toast.

„Ich habe vorhin Sand aus meinen Zähnen gepult."

Mikes Grinsen wird breiter. „Hat dich niemand gezwungen, mit dem Gesicht voran im Dreck zu landen."
Jamie streckt ihm die Zunge raus. „Du hast mir ein Bein gestellt."
„Stimmt, und dann habe ich dir die Hände mit dem T-Shirt zusammengebunden, weil du nicht aufgehört hast, wie ein Rohrspatz zu schimpfen. Und da mir ein Stöhnen allemal lieber ist als diverse Mordpläne, musste ich dich dringend auf andere Gedanken bringen."
Die zwei grinsen sich amüsiert an und ich bemerke, dass ich zum ersten Mal nicht mit hochrotem Kopf das Weite suchen will.
„Das waren gute Gedanken."
„Ich weiß."
Ich schüttle meinen Kopf und beobachte die zwei, wie sie sich anhimmeln.
„Was aber nichts daran ändert, dass ich jetzt kaum sitzen kann."
„Tja … den ordentlich Klaps hast du dir verdient, nachdem du keine Ruhe gegeben hast."
Jamie wirft mir einen verschwörerischen Blick zu. „Dein Bruder schlägt mich."
Ich zucke mit den Schultern. „Ehrlich? Du kannst mir viel erzählen."
Schwungvoll steht er auf, dreht mir den Rücken zu und will sich tatsächlich die Hose runterziehen.
Ich und Mike reagieren gleichzeitig, indem ich seine Hose am Bund oben halte und Mike ihn in den Stuhl zurück schubst. Letztendlich lachen wir uns alle drei fast schlapp und nach ein paar Minuten, in denen wir endlich in Ruhe frühstücken, wird mir klar, dass genau das ihr Plan war.

Nach der zweiten Tasse Kaffee fühle ich mich langsam wieder wohler. Mein Blutzuckerspiegel ist im grünen Bereich und sorgt dafür, dass mein Gehirn wieder einigermaßen normal arbeitet. Nach einem letzten Blick auf den idyllischen Ausblick teile ich ihnen mit, was ich vorhabe. Zumindest den Teil, für den ich sie momentan brauche.
„Also … Ich habe Mike vorhin gesagt, dass ich einen Plan habe, aber um den umzusetzen, muss ich mit den Agenturchefs reden.

Alleine können wir das nicht entscheiden. Meinst du, Jamie, wir könnten heute noch einen Termin bekommen?"
Er mustert mich eindringlich. „Hmmm. Kann schon sein, aber ich würde schon gern vorab wissen, was du planst."
Das überrascht mich nicht. Jamie ist schon längst weit mehr als nur Model und ehemaliger Darsteller. Durch seine Erfahrung als Akteur und Fotograf ist er längst zum Entscheidungsträger aufgestiegen. Dennoch werde ich es nicht mit ihm alleine diskutieren. „Nein. Sorry, aber ich brauche die Unterstützung der Agentur."
Wir messen uns mit Blicken und ich weiß, dass das vorige Rumgealber jetzt vorbei ist. Jamie ist ein knallharter Geschäftsmann, da täuschen sich viele. Für ihn, und auch für Mike, ist der Pornozirkus kein oberflächliches Geschäft, das man für ein paar Monate mitnimmt, um leichtes Geld zu verdienen. Im Gegenteil, sie sorgen mit der Agentur dafür, dass es den Models gut geht, sie fair behandelt werden, gesund bleiben und trotz der Sexarbeit nicht in die Schmuddelecke abrutschen. Das ist extrem schwierig und harte Arbeit, ein ständiges Abwägen, wie weit man gehen darf, ohne billig zu wirken. Gerade deshalb liegt die Planung für ihr eigenes Label noch immer auf Eis. Es hängt zu viel dran, aber wenn ich sie manage, was ich inzwischen wirklich schwer hoffe, wird sich auch das hoffentlich bald ändern.
Nach Sekunden unterbricht Jamie unseren Augenkontakt und wendet sich stattdessen an Mike. Keine Ahnung ob und wie sie kommunizieren, aber schließlich gibt Jamie seufzend nach und steht wortlos auf. Auf dem Weg nach drinnen klopft er mir auf die Schulter.
„Ich hoffe, es lohnt sich, was du vorhast. Ich rufe dann mal Karl an."
„Das hoffe ich auch", murmle ich gedankenverloren.
„Kannst du mir nicht wenigstens einen winzigen Tipp geben? Ich verrate Jamie auch nichts."
Grinsend erwidere ich Mikes fragenden Blick. „Weit her ist es mit deiner Geduld auch nicht, oder?"
„Nicht wirklich … Und?"
Ich seufze und schiebe meinen Teller ein Stückchen von mir weg. Ohne aufzusehen, offenbare ich das Kernziel meines

Planes. „Jace muss in die Agentur zurück. Ich verlange, dass er seinen Vertrag abermals unterschreibt. Der andere muss für nichtig erklärt werden.“

„Oh.“

Ich sehe zu meinem Bruder hinüber, der das Gesicht voller Bedauern verzieht. „Jetzt ist mir klar, warum du die Agentur im Boot haben willst. Das wird schwierig. Normalerweise gibt es keine Umkehr und Jace …“

Genau so etwas habe ich erwartet. „Dachte ich mir, aber wir werden sehen.“

Mike kommt nicht zum Antworten, weil in dem Moment Jamie wieder herauskommt. „Okay. Den Termin haben wir. Was hältst du davon, wenn du dich erst mal für zwei Stunden aufs Ohr haust und wir dann in die Stadt fahren?“

„Das wäre toll.“ Wie auf Kommando fange ich an zu gähnen. Und tatsächlich überfällt mich die Müdigkeit jetzt mit voller Wucht.

Bereits eine Minute später stehe ich alleine in ihrem Gästezimmer und starre fasziniert auf den Atlantik hinunter.

Ich sollte wirklich etwas schlafen, auch wenn ich völlig aufgekratzt bin. Für das Gespräch nachher brauche ich alle Sinne, weil ich, wie Mike schon sagte, im Grunde etwas will, das sonst nicht gemacht wird. Ich kenne das Credo der Agentur: Einmal raus, gibt es kein Zurück mehr. Aber genau das verlange ich. Jetzt muss sich noch zeigen, ob meine Gegenleistung dafür genug Wertigkeit besitzt, um alle Beteiligten zu überzeugen.

46.
Dirk

Als mich Mike nach einer ganzen Weile wecken will, habe ich das Bett bereits wieder verlassen. Wie vermutet bin ich über den Schlaf hinaus und konnte mich nicht entspannen.
Stattdessen sitze ich auf dem Balkon und lasse einfach das Meer auf mich wirken. Das Gefühl der Freiheit ist die ganze Zeit anwesend und beschert mir Endorphinschübe, die mich wach halten. Immer wieder wird mir bewusst, dass ich jetzt jederzeit hierher fliegen kann, ohne jemandem Rechenschaft ablegen zu müssen. Kindisch wahrscheinlich, aber ich fühle mich um Jahre jünger und, obwohl mir klar ist, wie hart es in nächster Zeit wird, als stünde mir die ganze Welt offen. Seltsam … so viele verschüttete Träume und Wünsche und jetzt kommen sie zögernd ans Tageslicht.
Frei!
Ja, das, was ich mir schon so lange gewünscht habe, kann ich nun spüren und ich bin froh, dass das gute Gefühl überwiegt und der Bruch meiner Ehe keine Schmerzen, sondern lediglich Resignation hinterlässt.
Und jetzt müssen meine Gedanken Jace gelten. Heute geht es einzig und allein darum, seinen hübschen Hintern wieder ins richtige Fahrtwasser zu lenken. Im Grunde ist mit meinem geplanten Angebot allen geholfen. Nur mitspielen muss die Agentur noch.

Die Fahrt ins Büro verläuft schweigend. Mike wirkt nachdenklich, Jamie hingegen etwas angefressen. Vielleicht ahnt er etwas, oder mein Bruder hat ihm doch einen Hinweis gegeben. Letztendlich ist es egal, in ein paar Minuten lasse ich die Katze ohnehin aus dem Sack. Der Weg vom Parkplatz hoch in die Büroräume verläuft genauso ruhig. Jeder hängt seinen eigenen Gedanken nach. Überrascht bin ich von der regelrecht biederen Ausstrahlung der Zentrale. Zwar hängen hier und da Filmplakate und erotische Fotografien, aber durch das gesetzte restliche Ambiente wird ihre provozierende Wirkung abgeschwächt.

Jamie führt uns in einen kleinen Konferenzraum, der am Ende eines kurzen Ganges liegt. Wir werden bereits erwartet. Zwei Männer mittleren Alters begrüßen Mike und Jamie freundlich und man spürt, dass zwischen ihnen eine sehr vertrauensvolle Atmosphäre herrscht. Dann stellt mein Bruder mich vor. Ich schüttle beiden die Hände und man bittet uns, Platz zu nehmen.
Einer der beiden, Karl, bestellt Kaffee und ehe wir zum Geschäftlichen kommen, unterhalten sich die vier über Belanglosigkeiten. Das gibt mir Zeit, mich in der fremden Umgebung und Sprache zurecht zu finden.
Dann ist der Kaffee getrunken, die Gespräche verstummen langsam und wieder ist es Karl, der mich nach einer gründlichen Musterung auffordert, zu sprechen.
„Dein Bruder hat uns schon einiges über dich erzählt, du seist ein wahres Organisationsgenie, also kannst du deine Vorstellung gern überspringen. Jamie meinte, du wolltest einen Termin mit uns? Worum geht es?"
Okay. Ich nicke Mike dankend zu und bin heilfroh, dass ich den Teil wirklich übergehen kann. „Schön, ich hoffe, er hat nicht allzu dick aufgetragen."
Karl und sein Partner schütteln unisono den Kopf. „ Nein. Er preist dein Planungstalent hoch an. Du seist ein Perfektionist, wenn es darum geht Arbeitsabläufe zu koordinieren … So jemand könnten wir auf dem deutschen Markt wirklich gut gebrauchen. Eine Vertrauensperson, die uns nahe steht. Wenn du denn mal in die Gänge kommst …"
Das anschließende Lachen lockert die Atmosphäre schlagartig und ich spüre, wie die Anspannung langsam aus mir weicht. Ja, ich weiß, was ich kann, wo meine Talente liegen, und genau das sollte ich jetzt auch ausspielen.
„Na dann." Ich lächle Karl zu und beginne umgehend, meinen Plan darzulegen. Dabei vermeide ich es geflissentlich, Jamie anzusehen, weil er nach den ersten Sätzen ein lautes Schnauben von sich gibt. „Okay … es geht um Jace, Jacob Stolz. Wie ich erfahren habe, hat er die Agentur verlassen und eine unrechtmäßige Kündigung geschickt. Ich bin hier, weil ich möchte, dass er wieder aufgenommen wird, beziehungsweise seine ohnehin ungültige Kündigung nicht angenommen wird."

Schweigen schließt sich nach dem Satz an. Karl und sein Nachbar verständigen sich mit Blicken und er ist es dann auch, der antwortet.
„Das dachten wir uns schon beinahe. Dein Engagement in Ehren, aber … wieso sollten wir das tun? Jace hat sich äußerst unprofessionell verhalten."
Gut, dann geht's ans Eingemachte. „Das ist mir klar, aber das war eine Kurzschlussreaktion. Ich weiß, wie viel es ihm bedeutet, hier unter Vertrag genommen worden zu sein. Es wäre jammerschade, wenn ihr euch die Gelegenheit entgehen lasst."
Karl seufzt und faltet die Hände vor sich auf dem Tisch. „Nicht wir waren es, die gekündigt haben, sondern er."
Ich nicke. „Sicher. Dennoch …"
„Echt, Dirk. Ist ja toll, dass du dich jetzt so für ihn ins Zeug legst, aber er hat seine Chance vertan."
Jamie wieder, das war ja klar. Ich funkle ihn verärgert an. „Du hast noch nie Fehler gemacht? Hmmm? Mr. Perfekt und Eiskalt in einem."
Er stößt sich von dem Sideboard ab und kommt einen Schritt näher. „Nein! So einen Mist …"
„Dann erinnere dich mal deinen Abgang von Zuhause. War das etwa besser?" Ich weiß, das ist kilometerweit unter der Gürtellinie, aber ich muss ihn irgendwie zur Räson bringen und hoffe einfach, dass die Agenturchefs über meinen unprofessionellen Ausbruch hinwegsehen. Ich muss mich zügeln, spüre ich. Jace` Tun geht mir zu nahe und lässt mich emotional reagieren, was hier völlig unangebracht ist.
Tatsächlich kommt zumindest in meinen Bruder Bewegung, denn er stellt sich unauffällig neben seinen Mann und greift nach dessen Hand.
„Wie bitte? Ich war 21 Jahre alt. Jace ist fast dreißig, da sollte man sich zu solchen Aktionen nicht mehr hinreißen lassen."
Ich ziehe die Augenbrauen hoch und widme meinem Bruder einen langen, eindringlichen Blick. Er verdreht die Augen, weiß aber sofort, worauf ich anspiele, immerhin hat er sich nach Jamies Weggang die seltsamsten Dinge geleistet und war bereits über dreißig. Auch Jamie weiß offensichtlich, worauf ich anspiele, denn er sieht meinen Bruder entschuldigend an.

Ehe ich allerdings auf Jamies Worte eingehen kann, unterbricht Karl den Disput. „Sorry, aber … könnte uns mal wer aufklären? Ich verstehe gerade den Zusammenhang zwischen all dem nicht."

Wieder will mein Schwager antworten, aber ich unterbinde das mit einer Handbewegung. „Nein, Jamie. Das ist meine Sache."

Als ich sicher bin, dass er genau das tut, erwidere ich den fragenden Blick Karls. „Ich hatte eine Affäre mit Jace. Er wollte wohl mehr und hat es beendet, als er gemerkt hat, dass ich dazu nicht bereit bin. Als er den ersten Vertrag unterzeichnen und Mike sein Drehpartner werden sollte, habe ich ihn angerufen und gebeten, das sein zu lassen, weil Mike mein Bruder ist, was er nicht wusste. Er war stocksauer und hat daraufhin die Kündigung verfasst und sich auf diese dubiose, andere Agentur eingelassen. Ich fühle mich dafür verantwortlich und möchte meinen Fehler wiedergutmachen, indem ich dafür sorge, dass er wieder hier arbeiten kann. Und weil ich gerade dabei bin … Mein Gegenangebot, damit ihr ihn erneut aufnehmt lautet: Ich manage Mike und Jamie, sowie Jace. Da er eine zweite Chance bekommt, würde ich euch die Arbeit, ihn zu vermitteln, komplett abnehmen und versuchen seinen angekratzten Ruf wieder aufzupolieren. Es wird ein hartes Stück Arbeit, aber ich bin mir sicher es lohnt sich längerfristig. Außerdem würde ich in Deutschland unter eurer Schirmherrschaft eine Zweigstelle eröffnen und die ersten Monate auf Provisionsbasis agieren, sowie die komplette Anwerbung neuer Models übernehmen. Ich weiß, ich bin neu und einigermaßen unerfahren, aber was mein Organisationstalent angeht hat mein Bruder nicht übertrieben. Die Agentur hätte im Grunde nur Vorteile. Mit Jace käme ein hervorragendes Model zurück, ihr habt eine Vertrauensperson in Deutschland, Mike und Jamie hätten mehr Zeit für ihre Aufträge und ihr könntet expandieren."

Als meine Worte verklingen, herrscht zuerst Stille im Raum, dann stöhnt Karl laut und lässt theatralisch seinen Kopf auf die Tischplatte fallen. Alle kichern, nur ich weiß nicht, warum.

Er richtet sich wieder auf und reibt sich über das Gesicht. „Oh Mann … Bitte sagt mir, dass ihr nicht noch mehr Brüder habt."

„Warum?", frage ich verwirrt.

Mike lacht und antwortet. „Keine Angst, keine weiteren Geschwister, auch keine Schwester, die jemanden umdrehen könnte. Reicht ja schon, dass mein bis dato straight orientierter Bruder Jace' Reizen zum Opfer gefallen ist."
Ich laufe rot an, als mir klar wird, worum es geht. „Es … tut mir leid. Glauben Sie mir, nichts davon war geplant oder absehbar."
„Das will ich schwer hoffen. Aber mal ernsthaft. Wie willst du es anstellen, dass er zurückkommt? Er dürfte nicht begeistert sein, wenn du ihn plötzlich managen willst. Soweit ich weiß, war er immer alleine unterwegs. Und eure Geschichte, naja …"
„Ich werde an seinen Dickschädel appellieren. Ich weiß, er will hier arbeiten, und ich werde ihm die Vorteile dieses Arrangements deutlich machen. Seine Karriere ist ihm wichtig, das ist alles, was zählt. Er muss nicht direkt mit mir kommunizieren, es reicht Mailkontakt … Ich weiß auch nicht. Es wird sich zeigen, wenn ich ihn zu fassen kriege."
Karl seufzt und lehnt sich zurück. „Es ist nicht zu überhören, dass es dir wichtig ist. Und dein Angebot, die europäische Außenstation zu übernehmen, ist extrem verlockend. Ich weiß, dass dein Bruder und Jamie dort gute Kunden haben und mit ihnen viele unserer Jungs. Aber Jace … wenn wir ihn zurücknehmen, wird es beim Nächsten die gleiche Diskussion geben."
„Nicht unbedingt. Bis jetzt ist es nur eine mündliche Absprache, ein Grundsatz, niemanden wieder aufzunehmen. Setzt das in die Verträge, dann kann euch nichts passieren."
„Das wäre eine Möglichkeit. Aber … ich sehe für Jace gerade keine Möglichkeit für einen Dreh. Sein Marktwert fällt ins Bodenlose, wenn der Billigstreifen rauskommt."
„Das weiß ich. Deshalb müssen wir auch sofort was unternehmen, ehe der Streifen fertig ist. Ich wäre bereit, ihn auszulösen, und …"
„Sag mal … spinnst du jetzt?", faucht mich Jamie von der Seite an.
„Nein. Ganz und gar nicht. Mir ist klar, dass er nicht einfach vom Set spazieren kann, immerhin hat er dort ja auch unterzeichnet. Wir können nur versuchen, irgendein gesetzliches Schlupfloch zu finden, das den zweiten Vertrag nichtig macht,

weil der erste noch nicht aufgelöst wurde. Das oder eine Abfindung."
„Es wird wohl auf beides hinauslaufen, befürchte ich", mischt sich Karls Partner ein.
Dieser nickt. „Ja, ich müsste mal den Anwalt von der Ostküste kontaktieren, der ist recht gewieft, was solche Dinge angeht."
„Oh bitte … diesen Lackaffen?" Jamie schüttelt vehement den Kopf.
„Genau den. Ich weiß, du kannst ihn nicht leiden, aber er ist gut, und das ist in dem Fall das Einzige, was zählt", kontert Karl leise.
„Okay. Und was die Ablösesumme angeht, die übernehme ich."
Jeder starrt Mike an, nachdem seine Worte verklungen sind.
Ich muss fast lachen, als Jamie beinahe explodiert. „Geht's noch? Du wirfst unser Geld raus, weil Jace kopflos davonrennt?"
Ich bewundere meinen Bruder für seine stoische Ruhe. Auch jetzt wird er nicht laut, sondern streicht Jamie liebevoll über die Wange und küsst ihn auf die Stirn. „Erstens ist es mein Geld, zweitens darf er es mir hinterher gern zurückzahlen und drittens … Ja, ich tue es, weil ich mir vorstellen kann, wie er sich fühlt. Wärst du an seiner Stelle, würde Dirk mir genauso helfen, ohne lange zu fragen, warum und wieso, stimmt's?"
Ich nicke lediglich, was offensichtlich auch Jamie beruhigt. Er schüttelt nur noch einmal den Kopf, ist aber ansonsten still.
„Dirk?" Karl fordert meine Aufmerksamkeit. „Falls wir uns dafür entscheiden … Wie stellst du dir die Arbeit für uns vor? Ich meine, du hast Familie und …"
Ich winke ab und muss mich für Sekunden sammeln. Bis jetzt sind Mike und Jamie die Einzigen, die wissen, wie es um meine Ehe steht. Es zum ersten Mal laut auszusprechen ist seltsam. „Ich … Wir haben uns getrennt, beziehungsweise meine Frau hat es beendet, als ich hierher geflogen bin, um Jace zu helfen."
Ehrliches Bedauern zeigt sich auf Karls Gesicht. „Ohje … Das tut mir ehrlich leid."
Ich winke ein weiteres Mal ab. „Muss es nicht, es ist besser so."
Er nickt. „Und von wo aus willst du in Deutschland arbeiten? Du betreibst ein Architekturbüro, hat mir Mike erzählt."

„Jein. Ich suche gerade einen Nachfolger. Mein Plan war eigentlich, in Mikes Richtung zu ziehen und …“
„Echt jetzt? Ich dachte, du machst Spaß“, unterbricht mich Mike. Er strahlt mich ungläubig an.
„Nein. Ich …“
„Dann hat er ein Büro. Meinen alten Laden in Wangen. Ich habe ihn nicht gekündigt, er steht also frei.“
Oh. Wie schön, dass er mich mal gleich verplant. Aber ehrlich … außer, dass ich seine ständigen Unterbrechungen hasse, finde ich die Idee klasse.
„Super. Das ist ja schon mal ein Anfang“, mischt sich Karl wieder ein. „Aber, Dirk … die Sache mit Jace …“
Ha. Dachte ich mir doch, dass sie nicht gleich zustimmen. „Meine Arbeit für euch und das Management kommen nur zustande, wenn die Sache mit Jace klappt. Ansonsten …“ Ich muss den Satz nicht vollenden, weil auch so klar ist, wie er ausgeht.
„Das ist Erpressung.“ Jamie sieht mich mit gerunzelter Stirn an, aber seine Wut ist verflogen.
„Mag sein, aber das ist meine Bedingung. Er hat eine zweite Chance verdient. Himmel, ich weiß, ihr habt euch mit ihm angefreundet, warum ist es so schwer? Er ist ein Megatalent, kann sich hervorragend vor der Kamera bewegen, ist bekannt und ich weiß, du arbeitest gern mit ihm zusammen. Lasst ihn nicht fallen, nur weil … weil er verletzt ist und sich falsch entschieden hat. Sei auf mich sauer, das bist du ja ohnehin, aber nicht auf ihn. Nochmal: Mir ist bewusst, dass ich in dem Geschäft ein Neuling bin und viel lernen muss, aber … ich kann in ein paar Wochen, wenn ich zu Hause alles geklärt habe, wiederkommen und lernen und …“
„Dirk?“ Karl ist es diesmal, der mich unterbricht und meinen enthusiastischen Wortschwall zum Erliegen bringt. War das zu emotional? Zu dick aufgetragen? Eher gebettelt als gefordert? Ich weiß es nicht.
„Sorry für die intime Frage, aber … Erhoffst du dir auch, dass er zu dir zurückkommt?“
Wow. Das gefragt zu werden, ist starker Tabak. Ich sehe auf die Tischplatte vor mir. Mist, meine Hände zittern wie Espenlaub.

In mir schwelt das Flämmchen Hoffnung, aber ich weiß, es wäre unrealistisch und nicht fair Jace gegenüber, etwas Derartiges zu erhoffen oder gar zu erwarten. Ich habe ihm zu wehgetan, habe keine Sekunde zu ihm gestanden und jetzt drücke ich ihm mein Management aufs Auge. Etwas, das er nie wollte. Es dürfte nicht allzu lange dauern, bis er mich hasst.
„Nein. Ich will nur in Ordnung bringen, was ich angerichtet habe. Es ist vorbei, daran wird sich nichts ändern." Aus dem Augenwinkel sehe ich, wie sich Mike und Jamie ansehen und beide den Kopf schütteln. Egal. Ich will nicht wissen, was sie darüber denken.
„Gut, denn … ich befürchte, dass ihr es nicht schafft, eure privaten Probleme außen vor zu lassen, was aber enorm wichtig ist."
Ich erwidere Karls abschätzenden Blick. „Stimmt. Es wird diesbezüglich keine Schwierigkeiten geben. Ich denke, wir sind beide professionell genug, um das zu schaffen. Ich … mir ist durchaus klar, dass Jace keinerlei Kontakt mit mir will. Zumindest jetzt im Moment, aber ich will das in einem Gespräch klären und mit dem Management einfach ein Stück meiner Fehler wieder gut machen. Wenn er mich denn lässt. Sollte es wider Erwarten nicht klappen, gebe ich die Verantwortung natürlich ab. Ich bitte nur um eine Chance. Die geschäftlichen Dinge laufen per Mail, oder, falls auch das schwierig sein sollte, über die Agentur. Wir müssen nicht zwingend persönlich, sprich von Angesicht zu Angesicht in Kontakt sein."
Karl nickt langsam und seufzt, wieder verständigt er sich per Augenkontakt mit seinem Partner. Schließlich legt er seine Hände auf den Tisch und holt tief Luft. „Also … zum einen möchte ich sagen, dass dein Angebot, unsere Jungs zu managen und den deutschen Markt zu erschließen, fantastisch ist. Im Grunde warten wir eigentlich nur darauf, dass du auf Mikes Angebot eingehst. Die Sache mit Jace, dass du ihn zur Bedingung machst … Ich hoffe, du verstehst, dass wir das erst beraten müssen."
Na klasse. Ich lehne mich leicht genervt zurück. „Und wie lange? Jeder weitere Tag bringt ihn dem fertigen Streifen näher, oder

irre ich mich? Je länger ihr zögert, desto schwieriger wird die Wiedereingliederung und die Vermittlung an seriöse Kunden."
„Das wissen wir alles, glaube mir. Mike? Warum nimmst du deinen Bruder nicht mit raus und ihr geht einen Kaffee trinken? Gib uns eine halbe Stunde Zeit, wäre das okay?"
Statt einer Antwort stehe ich wortlos auf und verlasse den Raum. Ich hoffe, ich wirke nicht allzu unhöflich, aber ich bin angespannt wie eine Bogensehne. Mein Bruder begleitet mich stumm und ich bin froh, dass er sich jegliche Fragen verkneift. Als wir das Gebäude verlassen, lenkt er mich nach links zu einem kleinen Diner. Ich setze mich an einen Fensterplatz und betrachte die fremde Umgebung. Meine Gedanken sind jedoch bei Jace, wie sollte es auch anders sein. Es tut weh, an die verpassten Chancen zu denken. Aber ich bleibe dabei, es ist besser, ihn freizugeben. Und außerdem dürfte es in meinem Leben die nächste Zeit recht turbulent zugehen. Ich weiß, es sind Ausreden für meine Unzulänglichkeit und schlichte Angst, diesen Mann zu lieben. Nein, nicht zu lieben, anzubeten.
„Willst du reden?" Mikes Worte reißen mich aus meinem Selbstmitleid.
Ich starre ihn kurz an, dann die Riesentasse vor mir. „Der Kaffee ist Körperverletzung", murmle ich leise und entlocke ihm ein Lachen.
„Das stimmt allerdings. Was meinst du, warum ich hier kaum welchen trinke?"
Dazu nicke ich nur.
„Und?"
Ich schüttle den Kopf und verziehe angesichts des Geschmacks das Gesicht. „Danke, aber nein. Es gibt nichts zu reden."
Er mustert mich eine ganze Weile und mir ist klar, dass er sich nicht so einfach abspeisen lassen wird.
„Warum gibst du ihn auf?"
Schlagartig muss ich mit völlig kindischen Tränen kämpfen. Ich kann ihn nicht mehr ansehen, weil ich weiß, dass er in mir liest wie in einem offenen Buch. „Ich … kann ihm nicht geben, was er will oder braucht."
„Du konntest es fast ein Jahr lang."

Mein Blick gleitet hinaus auf die belebte Straße. „Nein. Offensichtlich nicht. Ich weiß nicht, was er sich wünscht, von was er träumt, wie er tickt, was er gerne isst, was nicht, worüber er lacht, weint …" Ich sehe Mike an und finde Erschütterung in seinem Blick. „Wir haben gevögelt, das war alles. Wir haben beide versäumt, uns zu vertrauen und uns zu öffnen. Dass wir uns ineinander verliebt haben, war ein Unfall. Wir haben das nicht genutzt und jetzt ist es einfach zu spät."
„Du willst, dass es zu spät ist, um dich nicht mit ihm abgeben zu müssen."
„Nein." Ich schüttle vehement den Kopf. „Das stimmt nicht. Ich … würde lügen, wenn ich mir nicht insgeheim eine dumme Hoffnung machen würde, aber es ist blöd. Wie soll ich einen Mann glücklich machen? Ihn? Ich bin ja offiziell nicht mal schwul und er ist so offen und geradlinig. Verstehst du das nicht? Es geht nicht um mich, ich bin nicht wichtig. Ich habe in den letzten Wochen so viele Menschen verletzt, da darf ich nicht egoistisch sein. Alles, was ich will, ist, dass er erfolgreich ist, dass er das tut, was er sich wünscht. Ich weiß nicht, wie ich es dir erklären soll."
Mike seufzt tief und drückt meine Hand, die zitternd die Kaffeetasse umklammert. „Dann vernagele aber bitte nicht die Tür, durch die er zu dir kommen könnte."
Ich muss lachen, als ich mir das bildlich vorstelle. „Muss ich nicht, so wie ich ihn einschätze."
„Oh Mann … jetzt versinke doch bitte nicht komplett in Selbstmitleid."
Autsch. „Du hast recht, werde ich nicht. Ich hoffe nur, dass …"
Sein Handy unterbricht meinen Satz und ich bin extrem dankbar dafür. Ich hasse diesen Seelenstriptease, auch wenn Mike ohnehin weiß, wie schlecht es um mich steht.
„Ja? … Okay, wir kommen gleich." Er legt auf und mustert mich ernst. „Bereit für den Showdown?"
„Sie haben sich entschieden?"
„Jap. Sieht so aus." Er krabbelt hinter dem Tisch vor.
„Mike?"
Neben mir hält er inne und schenkt mir ein Lächeln. „Lass den Kopf nicht hängen. Glaub mir, sie wissen ganz genau, was Jace

für eine Hausnummer ist. Vielleicht wirst du nicht alle Punkte durchkriegen, immerhin bist du neu, aber Jace hat gute Chancen auf einen neuen Vertrag."

„Meinst du wirklich?"

Mein Bruder schnappt mich am Arm und zieht mich hoch. „Ja, meine ich. Jetzt komm."

Mein Herz rast, als ich mit ihm zurück in den Konferenzraum gehe. Mann, ich bin aufgeregt wie schon lange nicht mehr. Alles kommt in die Gänge, fließt, verändert sich mit einer Geschwindigkeit, die mich schlicht mit fortreißt. Vielleicht besser so, zu viel nachdenken wäre tödlich.

Minuten später sinke ich zum zweiten Mal auf den Stuhl und sehe in entspannt lächelnde Gesichter. Sogar Jamies Laune scheint sich gebessert zu haben. Zufrieden erwidert er Mikes Kuss und schmiegt sich an dessen breite Brust.

Und ja … es ist tatsächlich Eifersucht, die mich bei diesem Anblick überfällt. Zu präsent ist die Erinnerung an Jace in meinen Armen, als ob die kilometerabhängige Nähe die Bilder zurückbringt.

„Also", beginnt Karl das Gespräch und grinst mich an. „Wir sind übereingekommen, dass wir dein Angebot gerne annehmen würden. Allerdings gibt es ein paar Punkte, über die wir reden müssen."

Ich nicke und merke, wie mich Aufregung überfällt. „Gut. Und was ist mit Jace?"

Der andere Mann mischt sich ein und reicht mir über den Tisch hinweg ein Blatt Papier. Ich überfliege es kurz, scheint ein vorläufiger Vertrag zu sein. „Ihn betreffen diese Punkte. Wenn ich sie dir im Einzelnen kurz nennen darf?"

Ich nicke und bin echt gespannt.

„Er bekommt einen neuen, abgewandelten Vertrag. Für das nächste halbe Jahr gibt es definitiv keine Drehangebote. Des Weiteren wäre es mir recht, wenn du ihn vor allem in Europa unterbringen würdest, weil der Film, oder der Teil, der fertig wird, eher hier seine Kreise ziehen wird. Er muss unterschreiben, dass er keine Alleingänge unternimmt, egal ob es Fotoshoots, Laufstegjobs oder Werbung sind. Alles geht über deinen und unseren Tisch. Und … darauf hat Jamie bestanden, Aktshootings, Werbung für Erotika und Ähnliches werden ausschließlich von Jamie oder seinem Partner Kent geschossen. Wir wollen, dass er komplett unter Kontrolle steht."

Ich gehe in Gedanken die Punkte durch und stelle fest, dass er mich recht bald umbringen wird, aber egal. „Okay, einverstanden, nur mit dem alleinigen Bildrecht von Silverart bin ich …"

„Oh doch! Das wirst du mir zugestehen. Es geht da auch ausschließlich um Aktaufnahmen."

Ich schmunzle und sehe zu ihm hinüber. „Wir werden sehen."

„Nein. Es steht im Vertrag und damit basta. Er wird die besten Bilder bekommen, dafür sorge ich schon."

„Okay." Ich gestehe Jamie seinen Sieg zu und wir grinsen uns an.

„Dann sind wir uns einig?", fragt mich Karl.

Ich überfliege kurz die Zeilen, finde aber nichts, was sich als unmachbar herausstellen könnte. Wenn Jace blöd tut, dann wegen meinem Plan im Allgemeinen und nicht wegen einzelner Punkte. „Ja, das hört sich fair an."

„Gut, und jetzt zur Umsetzung. Hast du dir etwas vorgestellt?"

Mein Herz stolpert los, als ich ihm sage, wie ich mir das Ganze denke. „Ja, ich würde ihn gern sofort holen. Gebt mir jemanden mit, der sich auskennt, dann fahren wir hin, beenden den Dreh und kommen zurück, damit er den neuen Vertrag unterzeichnet."

Karls Partner steht auf. „Ich telefoniere mal rum, wo sie drehen, das kann aber ein wenig dauern."

Karl nickt und zieht den Vertrag zu sich. „Wir müssen erst die Papiere fertig machen, das würde also morgen auch noch genügen und …"

Panik überfällt mich, noch ein Tag, an dem Jace … Boah, ich will gar nicht dran denken. „Meinetwegen, aber ich will ihn heute da raus haben."

„Ich begleite dich."

Mikes Worte scheuchen mich auf die Füße. „Nein. Bist du wahnsinnig? Ich will niemanden dabei haben, der irgendwie in der Öffentlichkeit steht. Selbst meine Fantasie reicht aus, um zu wissen, dass mein Vorhaben einen kleinen Skandal auslösen

wird. Es reicht schon, wenn ich die Agentur mit reinziehe, dich aber auf gar keinen Fall."
Mike schnalzt mit der Zunge. Jamie mischt sich ein. „Er hat recht, Babe."
„Ich rufe Big Mike an, er hat heute frei, aber für die Aktion wird er sicher kommen."
Verwirrt suche ich Karls Blick. Der grinst nur lässig. „Einer unserer Bodyguards, eine beeindruckende Person, er macht dir garantiert jeden Weg frei."
„Wenn du meinst …" Alle im Raum lachen. Mir ist gar nicht aufgefallen, dass ich den letzten Satz laut ausgesprochen habe.
„Ohja … Der kann sich zur Not auch Jace unter den Arm klemmen, wenn er sich stur stellt."
„Jetzt bin ich wirklich gespannt."
„Du wirst ihn mögen, ist echt ein feiner Kerl", wirft Jamie ein.
Inzwischen hat sich auch Karl erhoben und zieht sein Handy aus der Tasche. Die Tür geht auf und sein Partner tritt ein. „Also … sie drehen wieder in dem einen Haus in den Hills. Lloyd ist nicht dabei, er ist wohl im Büro. Ich werde von hier aus die Ablösezahlung managen, euch bleibt dann nur der Job, Jace rauszuholen. Es ist besser, wenn ich das mache, ich hoffe, du verstehst das, Dirk."
Ich hebe abwehrend die Hände. „Sicher. Wahrscheinlich lacht er sich über mich nur schlapp. Und wann soll es losgehen?"
Karl winkt mit seinem Handy. „Sobald ich ihn erreicht habe. Warte einfach hier." Mit diesen Worten verlassen die Agenturchefs den Raum und wir bleiben zurück.
Plötzlich wird mir mulmig zumute und meine Beine zittern. Oh Gott … in absehbarer Zeit werde ich Jace wiedersehen! Wahrscheinlich werden wir uns anschreien, beschimpfen und unschöne Dinge an den Kopf werfen, aber ich werde ihn sehen. Mann, ich bin bescheuert und definitiv masochistisch veranlagt. Aber egal. Was zählt ist, dass er zurückkommt.
„Geht es dir gut?", will Jamie leise wissen und setzt sich mir genau gegenüber auf einen Stuhl.
„Wie? Keine Beschimpfungen mehr?"

Er verzieht das Gesicht zu einer Grimasse. „Ich war nur sauer, dass es so weit gekommen ist. Ihr hättet euch so viel ersparen können."
„Das bezweifle ich, Schatz", mischt sich Mike ein und lässt sich auf der Tischkante neben seinem Mann nieder. „Der Leidensdruck war bis jetzt einfach nicht hoch genug. Ich verstehe, dass Dirk nicht früher handeln konnte."
„Trotzdem …"
„Bitte, Jamie. Mike hat recht. Es ging nicht früher, ich musste versuchen, daheim zu retten, was zu retten ging. Das war ich ihr schuldig."
Er sieht mich lange an. „Und was wird mit Jace?"
Ich seufze und weiche seinem Blick aus. „Nichts. Bitte … lass mich ihm helfen, mehr kann und will ich nicht versprechen, weil ich dazu nicht in der Lage bin. Mein Leben steht Kopf, da würde jeder an meiner Seite nur verlieren, und das hat er nicht verdient."
„Das ist Bullshit."
Ich verziehe das Gesicht, weil ich keinen weiteren Streit will. „Ich muss damit leben, bitte nimm es einfach so hin."
Wir messen uns mit Blicken und ich sehe ihm an, dass er noch mehr auf Lager hat. Mike legt seine Hand sanft in Jamies Genick und knetet vorsichtig die Muskeln. Jamie seufzt leise und gibt schließlich nach. „Okay. Wie du meinst."
„Danke." Ich drücke kurz sein Knie und stehe auf, weil mir diese liebevolle Geste wieder mal ins Herz schneidet. Doch dann fällt mir etwas ein. „Hast du eigentlich die Schlüssel zu deiner alten Wohnung dabei?"
„Ja, warum?"
„Ich möchte, dass er dort wieder einzieht. Dieser Mike soll ihn später ins Hotel fahren, damit er packen kann, und ihn danach dort hinbringen."
Jamie lacht auf. „Jace wird dir die Eier abreißen, wenn du ihn so rumkommandierst."
Ich stimme in ihr Lachen ein. „Andere Verwendung wird er dafür ohnehin nicht mehr haben, also …"

47.
Jace

Mir tun alle Knochen weh. Ich hasse dieses beschissene Hotelbett, es ist durchgelegen und fühlt sich an wie das Nagelbett eines Fakirs. So langsam sollte ich mir wirklich eine Bleibe suchen …

Ich quäle mich auf die Beine, gehe ans Fenster und ziehe die Vorhänge zurück. Die Sonne scheint, es verspricht ein toller Tag zu werden. Noch eine Stunde, dann muss ich am Drehort sein. Es ist erst der zweite Tag, aber ich weiß, ich hätte mal besser auf mein schlechtes Gefühl gleich zu Anfang gehört. Ich fühle mich nicht wohl bei der Sache. Die Jungs sind nett, die Crew ebenso … Ich weiß nicht, was nicht stimmt. Vielleicht das etwas billige Ambiente, die ganze Aufmachung …

Meine blöde Eitelkeit, echt. Die alte Agentur hat immer sehr exklusive Drehorte, das ist schon was anderes. Selbst schuld, wäre ich nicht wie ein geköpftes Huhn blind davon gerannt, könnte ich mich jetzt in Seidenlaken räkeln und nicht auf kratziger Baumwolle.

Es ist jetzt fast halb drei Uhr nachmittags und ich warte noch immer, dass ich drankomme. Das Rumsitzen ist das Schlimmste an allem. Da kann man so schön nachdenken … Genau das, was ich gerade brauche.

Ich höre die Geräusche aus dem Wohnzimmer des Hauses. Lautes, gekünsteltes Stöhnen, das Klatschen von Haut auf Haut, die Anweisungen des Regisseurs.

Es lässt mich kalt, völlig, und ich frage mich, wie ich jemals auf den Gedanken gekommen bin, hierbei irgendeine Art von Befriedigung zu erfahren. Wie machen das andere? Ich weiß aus Jamies Erzählungen, er ging wohl immer richtig ab am Set. Warum schaffe ich das nicht?

Wenn ich ehrlich zu mir bin, weiß ich warum. Weil das hier, die Umgebung, die Männer ganz und gar nicht meiner Vorstellung entsprechen. Wie gesagt, hätte ich mal auf meinen Bauch gehört. Aber jetzt ist es nicht mehr zu ändern und ich bin gut in dem was ich tue, sprich, ich werde liefern, komme was da wolle.

Als ich endlich an der Reihe bin, schaffe ich es, abzutauchen, mich insofern fallenzulassen, dass ich die oberflächliche Erregung spüre und mitnehme. Zwei Männer, erfahrene Tops, der eine etwas zu grob, aber das kann ich wegstecken. Um mir den restlichen Kick zu geben, bräuchte ich hin und wieder eine Berührung, aber das ist nicht drin. Warum auch. Ein Porno, zumindest einer dieser Klasse, handelt von zwei Dingen: Einem Arsch und einem Schwanz und gut ist. Obwohl es in diesem Fall zwei Schwänze sind.

Eigentlich mag ich Dreier, weil man als Bottom richtig gut bedient wird. Na ja, das werde ich hier auch, aber wie gesagt … nichts davon dringt unter die Oberfläche …

Diese Szene findet im Schlafzimmer im ersten Stock statt. Ich liege auf dem Rücken auf einem französischen Bett, das schon bessere Zeiten gesehen hat. Mein Kopf ist so weit nach hinten übersteckt, das mich der eine Kerl in den Rachen ficken kann und der andere meinen Arsch.

Die Luft ist erfüllt von Schweißgeruch und dem stickigen Dunst der Scheinwerfer. Das blöde Bett knirscht im Rhythmus und verhindert, dass ich mich komplett auf die zwei konzentrieren kann. Der Takt ist gut, langsam genug, dass der Zuschauer später wirklich jeden Zentimeter, den ich wegstecke, sieht. Allerdings muss ich den Typ, der meinen Nacken festhält, als ob ich in einem Schraubstock stecke, öfters mal bremsen, weil ich glaube zu ersticken. Egal. In ein paar Minuten dürfte es zu Ende sein, dann wird die Stellung gewechselt.

Schon komisch, wie viel man denken kann, während man vernascht wird. Vor allem an …

Fuck, fuck, fuck … Das gibt's doch nicht. Wie kann mein verblödetes Gehirn jetzt bitte Vergleiche zwischen dem hier und Dirk anstellen? Das ist sowas von weit hergeholt.

Ich beiße dem Kerl hinter mir fast den Schwanz ab, weil ich mich über mich selbst ärgere. Der Griff um meine Kehle wird härter und für Sekunden wird mir schwarz vor Augen, weil er die Sauerstoffzufuhr zu meinem Gehirn kappt. Ich zwicke ihn in den Oberschenkel, bis er mich freigibt. Ein böser Blick trifft mich von oben, den ich mit gleicher Münze erwidere

Im Gang vor dem Zimmer wird es unruhig. Männer sprechen laut miteinander, nein, streiten, das passt besser.
Ich verliere den Fokus, aber da bin ich wohl nicht der Einzige. Der Kameramann flucht, was das Zeug hält, und nach ein paar Sekunden gibt er das Zeichen zum Aufhören, nachdem die Zimmertür drei Mal aufgegangen und polternd wieder zugeknallt ist.
Mein Kopf wird freigegeben und der Schwanz gleitet aus meinem Mund. Für Sekunden schließe ich die Augen und wische mir dann Speichel vom Gesicht.
Wieder geht die Tür auf.
Meine Nackenhaare stellen sich auf.
Der Top zwischen meinen Beinen lässt sich auf die Knie nieder, gibt mich aber nicht frei.
Da … Schon wieder!
Verdammt! Waren da Drogen in meinem Mineralwasser? Ich höre Stimmen.
Nein, nicht Stimmen. Eine Stimme, nämlich die von Dirk.
Mir entwischt ein quieekendes Lachen.
Das hier ist echt zu dämlich.
Die Tür geht ein weiteres Mal auf, diesmal recht schwungvoll, denn sie knallt ungebremst an die Wand dahinter.
Ich hebe wie in Trance meinen Kopf und blicke zwischen dem Beleuchtertypen und dem Kameramann in die Richtung.
Wieder laute Worte, barsch und bestimmt. Man streitet mit dem Regisseur, gibt auf Englisch Anweisungen.
Ich verstehe sie nicht, weil mich gerade wortwörtlich der Schlag trifft.
Das kann nicht sein! Wie ist das möglich? Spinne ich jetzt komplett?
Aber nein.
Die Stimme passt zu dem aufgebrachten Mann: Dirk!
Mir klappt der Unterkiefer herunter und ich habe Mühe, mich zu sammeln. What the fuck?
Was geht hier vor?
Jetzt sieht er das erste Mal zu mir herüber, direkt in meine Augen, und ich weiß nicht, ob ich vor Wut in die Luft gehen

oder vor Scham im Erdboden versinken soll. Ich wähle die Wut, weil es eine solche Unverfrorenheit ist, hier reinzuplatzen.
Nur am Rande spüre ich, wie der Darsteller zwischen meinen Beinen zurückweicht und sich genauso aus dem Staub macht wie der andere. Für eine Millisekunde spiele ich mit dem Gedanken, es ihnen gleichzutun, aber ich rühre mich nicht. Doch. Irgendwie finde ich mich im Schneidersitz auf dem riesigen Bett wieder und lausche dem Disput.
Aha … Dirk und ein Ungetüm von Mann machen dem Regisseur gerade klar, dass sie mich abholen und mein Auftritt hier für heute und im Allgemeinen beendet ist.
Mein Unterkiefer rutscht ein zweites Mal gen Boden. Was fällt denen eigentlich ein?
Nach mehreren Minuten Geschrei rauscht der Regisseur hinaus und lässt uns, sprich mich, Dirk, den Gorilla und den Kameramann alleine.
Dirk vermeidet es seit dem Eintreten geflissentlich, in meine Richtung zu sehen, aber jetzt kommt Leben in ihn. Erst scheucht er den Kameramann hinaus, der ganz fasziniert dem Spektakel zugesehen hat, und bittet dann in leisem Ton den Riesen, ebenfalls zu gehen.
Und dann sind wir alleine.
Mein Herz rast, was mich tierisch ärgert. Aber, hey … das erste Mal seit Wochen bin ich mit meinem Traummann alleine in einem Zimmer. Auch wenn die Situation eigentlich jeder Beschreibung spottet. Schlagartig wird mir meine Nacktheit bewusst. Dirk wohl auch, weil seine Augen über meinen Körper huschen.
Was ist das für ein Blick? Abscheu? Ekel?
Das trifft mich ungemein und … provoziert mich. Ehe ich mich aufrappeln kann, kommt Bewegung in ihn und er sieht sich suchend im Raum um. Als sein Blick wieder in meine Richtung gleitet, bin ich aus meiner Starre erwacht und stehe vor dem Bett. Genauer gesagt, ziemlich dicht vor ihm, was ihm einen Schrecken einjagt.
Er schluckt, sein Kehlkopf bewegt sich langsam auf und ab, lässt mich dahinschmelzen. Verdammt, wie schafft es dieser Mann immer noch, mich so anzumachen? Das gibt's doch nicht.

„Zieh dir was an“, faucht er mich barsch an, bewegt sich aber keinen Millimeter von mir weg.
Gut so. Da ich ihn ja offensichtlich kalt lasse, ärgert mich meine Faszination umso mehr.
„Warum? Gefällt dir etwa nicht mehr, was du siehst?“ Ich breite die Arme aus und trete so nah zu ihm, dass wir uns fast berühren.
Dirk verzieht angewidert das Gesicht. Wie nett.
„Danke, ich verzichte.“
Ich sehe fast rot vor Wut. „Wie wäre es, wenn du einfach wieder verschwindest? Klamotten sind nämlich recht unpraktisch bei dem, was ich gerade tue.“
Er kneift für einen Augenblick die Augen zusammen und beugt sich vor. Unsere Nasen trennen nur wenige Zentimeter. Ihn jetzt küssen … Wie er wohl reagieren würde, wenn ich ihn jetzt einfach packen und an mich ziehen würde? Nein, er ist jetzt mindestens ebenso auf hundertachzig wie ich, das lasse ich lieber.
„DU tust hier gar nichts mehr, mein Freund. Wie kann man eigentlich so dämlich sein und einen guten Vertrag gegen diesen … Was weiß ich, eintauschen? Du ziehst dich jetzt auf der Stelle an und kommst mit.“
Ich schnaube abfällig. „Ich lass mich doch von dir nicht rumkommandieren …“
Dirk schnappt sich das Erstbeste, was ihm in die Hände kommt, in dem Fall ein winzig kleines Tuch, und wirft es mir zu. Wider Willen muss ich grinsen, das Ding könnte im besten Fall als Lendenschurz herhalten. „Das ist ein Witz, oder?“
Sein Gesichtsausdruck macht mir klar, dass er nicht zu Späßen aufgelegt ist. „Nein. Entweder du holst jetzt deine Klamotten oder du kommst nackt mit. Da du ja jegliche Scham über Bord geworfen hast, dürfte dir das kaum was ausmachen.“
„Andere wissen meinen Anblick wenigstens zu schätzen, ganz im Gegensatz zu dir“, fauche ich zurück. „Und … ich werde ganz sicher nirgends hingehen.“
Dirk schubst mich grob in Richtung der anderen Tür, hinter der meine Kollegen verschwunden sind. „Oh doch. Dein Gastspiel auf dieser billigen Liegewiese ist zu Ende, sowie jegliche Verpflichtungen hier. Und wenn du jetzt nicht auf der Stelle deinen

Arsch bewegst, sorge ich dafür, dass du von beiden Agenturen verklagt wirst, bis du tatsächlich keine andere Wahl hast, als anschaffen zu gehen. Kapiert? War das für den Herrn jetzt deutlich genug?"
„Das wagst du nicht", zische ich leise, befürchte aber insgeheim, dass es genau so ist. Es würde zu Dirks Geradlinigkeit, zu seinem Starrsinn bezüglich gefassten Plänen, passen.
„Ich habe es bereits gewagt. In diesem Moment telefoniert der Regisseur mit seinem Boss, der ihm bestätigt, dass dein Engagement hier zu Ende ist und ihm eine entsprechende Ablösesumme ausbezahlt wird. Wenn du darauf bestehst, hierzubleiben, wird dich das alles kosten."
„Warum?"
„Weil dein alter Vertrag ..."
„Nein, zur Hölle. Warum du das tust?"
Dirk weicht einen Schritt zurück und fasst sich sichtlich. „Weil ich mich für deinen Mist verantwortlich fühle und du gerade eine unglaubliche Dummheit begangen hast."
Es ärgert mich, dass er mich so selbstverständlich bevormundet. „Ich bin kein kleines Kind."
„Nicht?"
Er mustert mich, was mir gerade peinlich ist, stehe ich doch noch immer splitterfasernackt vor ihm.
„Warum benimmst du dich dann wie eins?"
Mir liegt eine recht giftige Erwiderung auf der Zunge, aber ehrlich? Alles, was ich sage, reitet mich noch tiefer in die Scheiße und verstärkt seine Abneigung gegen mich. Und zu allem Überfluss hat er ja auch noch recht. Es stinkt mir gewaltig, das zuzugeben, aber mein überstürzter Abgang war kindisch und das hier auch. Ich schaffe es einfach nicht normal zu agieren, wenn er bei mir ist. Zu viel Ungesagtes steht da noch zwischen uns, von meinen Gefühlen, die gerade munter aufflackern, ganz zu schweigen. Meine Liebe zu ihm macht mich kopflos und Ich überlege fieberhaft, was ich tun soll. „Und was passiert, wenn ich mitgehe?"
„Du bekommst einen neuen, abgewandelten Vertrag, aber ich habe keine Lust, jetzt und hier mit dir darüber zu reden. Jetzt mach endlich und zieh dich an."

Er dreht sich weg und die Geste zeigt deutlich, dass von ihm wirklich nichts mehr kommen wird. Ich warte noch ein paar Sekunden, aber letztendlich bleibt mir kaum eine andere Wahl.

Wenige Minuten später fühle ich mich, als würde ich verhaftet. Der Riesenkerl packt mich am Arm und führt mich hinaus auf die Straße zu einem etwas abseits geparkten Auto. Er öffnet die Beifahrertür und nötigt mich hinein, während Dirk im Fond einsteigt.
„Kannst du mich zu meinem Bruder fahren?“, fragt er leise, als der Wagen anfährt und die etwas in die Jahre gekommene Villa hinter sich lässt.
Zu seinem Bruder, Mike, Northman … Ich kann es immer noch nicht fassen. Mit zusammengebissenen Zähnen starre ich aus dem Fenster und versuche die elektrisierende Nähe Dirks zu ignorieren.
Was wird nun weiter passieren? Es mangelt mir deutlich an Fantasie. Mir ist jegliches Zeitgefühl abhandengekommen. Irgendwann halten wir vor einer Mauer, hinter der man unschwer teure Häuser und in der Ferne das Meer sehen kann. Ich bin sprachlos, in so einer Gegend hausen Mike und Jamie? Haben wohl alles richtig gemacht. Obwohl … wenn ich an meinen Kontostand denke, könnte ich mir so etwas wohl auch leisten. Völlig in Gedanken entgeht mir, dass Dirk aussteigt. Ich werfe ihm einen Blick zu, aber er ignoriert mich komplett.
„Bringst du Jace ins Hotel und danach bitte in Jamies Wohnung?“, fragt er den Hünen.
Dieser lächelt ihn freundlich an. „Klar, wie ausgemacht. Ich sorge schon dafür, dass er nicht nochmal verschwindet.“
„Wie bitte?“ Ich kann kaum glauben, was ich da höre, werde aber ein weiteres Mal wie Luft behandelt. Ohne ein Wort des Grußes dreht sich Dirk einfach weg, der Fahrer fährt die Scheibe noch oben und startet.
Ich drehe mich im Sitz um und versuche noch einen letzten Blick auf Dirk zu erhaschen. Es gelingt, aber … ich verstehe es nicht. Er steht wie versteinert vor dem Tor und sieht uns nach. Unsere Blicke finden sich für Sekunden und da ist so viel Schmerz, dass es mich fast umhaut.

Warum Schmerz? Warum? Ich kapiere es nicht.

Ich drehe mich im Sitz zurück. Mein Ärger kommt zurück, zum Glück.

Der wird morgen schon sehen, was er davon hat, mich so zu bevormunden …

48.
Dirk

Mein Körper hat irgendwie die Kontrolle übernommen und mich über Umwege an den Strand geführt. Meine Jacke fehlt, ebenso die Schuhe, ich muss sie oben auf der Terrasse gelassen haben. Oder auch nicht, ist auch nicht wichtig.
Jetzt sitze ich hier im Sand und starre auf die Weite des Atlantiks hinaus, der Wind macht die Sonne erträglich. Ein beruhigender Anblick, er zeigt mir, wie winzig ich und meine kleinlichen Probleme sind. Unwichtig …
Jace!
Großer Gott, wie ist es möglich, dass ich ihn immer noch so begehrenswert und anziehend finde? Wie er vorher auf dem Bett gesessen hat, nachdem …
Nein, das Bild will ich nicht sehen. Scheiße! Ich will, dass es aus meinem Hirn verschwindet.
Geht aber nicht, je mehr ich versuche, es zu verdrängen, desto schärfer wird es. Der Kerl zwischen seinen Beinen, sein Schwanz in Jace' Hintern … Was mich am meisten fuchst, ist die Tatsache, dass es Monate gedauert hat, bis er sich von mir so hat nehmen lassen.
Aber gut … ich habe ihn auch nicht dafür bezahlt.
Ich greife eine Handvoll Sand und schleudere ihn von mir. Es klingt abscheulich. Dafür bezahlt … wie eine Hure.
Verflucht, das ist er nicht. Er hat lediglich einen Porno gedreht, oder einige Sequenzen davon. Macht es nicht besser, zumindest nicht für die Schmetterlinge in mir. Ich ertrage das Bild nicht, wie der Fremde ihn gefickt hat, als ich zur Tür rein kam. Und allein der Gedanke, was der zweite Mann gemacht hat … Ich schnaube abfällig. Was wohl. Man muss nicht sonderlich begabt sein, um zu wissen, was da vor sich ging. Und außerdem … ich habe den Typ an Jace gerochen, als er so nahe vor mir stand.
Dabei … hätte ich ihn am liebsten geküsst, aber der Gedanke, dass da unlängst ein fremder Schwanz in seinem Mund war, hat jedes Verlangen danach im Keim erstickt.
Bäh … was für eine Vorstellung!
Großer Gott … ich mache mich grad so zum Affen.

Eine Hand auf meiner Schulter lässt mich zusammenfahren. Ich drehe mich nach rechts. Mike. Okay, das ist in Ordnung. Mein Blick gleitet wieder auf den Ozean. Sein Trost macht mir komischerweise mehr zu schaffen als die Einsamkeit noch Sekunden davor.

Ich schlucke die Tränen hinunter, die die ganze Zeit, seit ich Jace in eindeutiger Position auf dem Bett gesehen habe, knapp unter der Oberfläche auf ihre Gelegenheit gewartet haben.

Mein Bruder setzt sich neben mich in den Sand, legt seinen Arm um mich und drückt mich kurz an sich.

„Wie ist es gelaufen?", fragt er nach einer Weile.

Ich nicke langsam und versuche mich zu sammeln. „Ganz okay … er ist zumindest mitgegangen, aber …" Meine Worte versickern. Ich kann es nicht aussprechen, weil es so wehtut.

„Was, aber?"

Ich schüttle ablehnend den Kopf.

„Jetzt komm schon, rede."

Es dauert eine ganze Weile, bis ich den Satz auf den Weg bringe. „Er hasst mich."

Zu seinem Glück lacht Mike nicht. Angebracht wäre es allemal, weil die drei Worte klingen, als säße ein beleidigter Junge neben ihm, dem man sein Sandkastenförmchen gestohlen hat.

„Wie kommst du darauf?"

Wieder zucke ich mit den Schultern. „Sein Blick, seine Worte, die Art, wie er mir entgegen tritt."

„Na ja, mal ehrlich … Das, was du gerade machst, dürfte ihm schon aufstoßen."

Ich sehe zu meinem Bruder hinüber und suche Anzeichen von Spott, aber da ist immer noch nichts. „Danke für deinen Trost."

„Du weißt genau, wie ich das meine. Hab doch ein wenig Geduld mit ihm."

„Wozu? Es hat doch eh keinen Sinn …" Ich will aufstehen, aber er zieht mich zurück. Ich plumpse wie ein nasser Sack in den Sand zurück und schüttle seine Hand ab. „Tut mir leid … im Grunde ist es ja für uns beide besser, wenn wir uns nicht mehr leiden können." Ich sehe zu ihm hinüber und jetzt ist er wirklich amüsiert, auch wenn er versucht, es zu verbergen.

„Du willst ihn, sagst aber, du willst ihn nicht. Du liebst ihn und hoffst, dass es schnell vergeht. Mann, Bruderherz … lass es doch einfach zu."

Ich vergrabe meine Zehen im warmen Sand. Ein schönes Gefühl. „Ich kann das nicht. Wie …" Ich sehe ihn direkt an. „Wie gehst du damit um, wenn ein Fremder Jamie … du weißt schon."

Für eine Sekunde grinst er. „Fickt? Sprich es ruhig aus, denn was anderes ist es nicht. Aber ich weiß, was du meinst. Als Jamie aktiv war, waren wir ja noch kein Paar. Jetzt habe ich das Glück, dass er nur noch für Fotos vor der Kamera steht. Du musst ihn fragen, wie er damit umgeht, allerdings ist Jamie durch und durch Profi. Dirk … du musst aufhören, einen Dreh mit Sex zu vergleichen. Es ist … ein mechanischer Akt ohne Tiefe und Gefühl, deshalb bedeutet er nichts."

Ich starre ihn lange an. „Aber es ist das Intimste, das zwei Menschen teilen können, wie kann man das so, so … klein machen. Ich weiß nicht mal, wie ich es beschreiben soll."

„Ich weiß schon, was du meinst, aber du legst zu viel Bedeutung in diese körperliche Sache. Es dient nicht den Darstellern, sondern dem Zuschauer. Die Akteure führen etwas aus, das andere aufgeilt, mehr nicht. Schau … wenn man einen Porno guckt, ist es erregend, aber nicht erotisch. Das, was wirklich zählt, Zärtlichkeit, Streicheln, das langsame Erregen des Partners, kommt so gut wie nirgends vor. Das ist Erotik, Sinnlichkeit und verlockt einen Zuschauer dazu, hinzusehen. Bei einem Porno geht es nur um schnelle, harte Befriedigung. Es ist im Grunde das gleiche wie ein One Night Stand oder eine schnelle Nummer zwischendurch."

Ich höre und verstehe Mikes Worte, aber ist es wirklich so einfach? „Ich kann das nicht, ich bin nicht wie du. Und … als er vorhin vor mir stand, habe ich den anderen Mann an ihm gerochen. Mir hat es schier den Magen umgedreht."

„Wohl eher das Herz gebrochen …"

Mein Blick huscht zu ihm hinüber, aber er lacht wieder nicht.

„Oh Dirk … Hör auf, dir und mir was vorzumachen. Du liebst Jace, egal, was du auch behauptest. Und es ist gut, dass du nicht so bist wie ich. Noch einen Sohn im Pornogeschäft würde unser Vater wohl nicht vertragen."

Unwillkürlich muss ich lachen, verfalle aber gleich wieder in Schweigen. „Weißt du, ich habe euch, dich und Jamie, immer um diese Wahnsinnsgefühle beneidet. Als ich Jace kennenlernte und wir uns verliebt haben, bekam ich eine Ahnung davon, wie es sein könnte. Jetzt macht es mir Angst, weil ich weiß, dass ich niemals den Mut für ihn finden werde."

„Dirk, dein Problem ist dein verfluchter Perfektionismus. Lass es doch einfach auf dich zukommen. Es erfordert Mut, sicher, aber es lohnt sich. Als ich damals zu Jamie flog und eigentlich nur hoffte, mich entschuldigen zu können, wusste ich auch nicht, wohin der Weg führt. Es war eine schlimme Zeit und es tut mir heute noch leid, was ich ihm alles an den Kopf geworfen habe, aber wir haben es geschafft."

Ich schüttle vehement den Kopf. „Nein. Für uns gibt es keine Zukunft, dazu ist einfach zu viel passiert."

„Dirk …"

„Nein", unterbreche ich ihn, ehe er weitere anspornende Sätze von sich gibt. Ich will nicht hoffen oder träumen, ich will lediglich mein Leben wieder in einigermaßen ruhiges Fahrwasser bringen. Das und Jace seine Karriere zurückgeben. „Bitte. Es ist mir einfach … zu groß, zu viel. Ich habe mit meinem Herflug mein Leben gekappt, verstehst du das nicht? Ich muss mir eine Wohnung suchen, meine Nachfolge regeln, einen völlig neuen Job erlernen und die Scheidung hinter mich bringen. Das sind genügend Baustellen, da brauche ich nicht auch noch ein Outing und …" Scheiße! Ich kann es nicht aussprechen, weil mir die Schmetterlinge den Atem rauben.

„Einen Mann an deiner Seite, der dich liebt? Mit dem du glücklich sein könntest?"

Ich schnaube und betrachte wieder meine sandbedeckten Zehen. „Liebe wird total überschätzt …"

„Aber sicher doch. Das können auch nur Menschen sagen, die sich ihr Leben lang versteckt haben."

Wo er recht hat, hat er recht. Beschämt sehe ich zu Boden. „Ich war nie so mutig wie du."

Er lacht ungläubig. „Mutig? Ich? Ein verdammt guter Freund hat mal zu mir gesagt, dass ich perfekt darin wäre, vor allen Schwierigkeiten wegzulaufen, und das stimmte. Ich habe meine Homosexualität nicht offen ausgelebt, das hat erst Jamie in Gang gebracht. Und anstatt Dad zu sagen, dass ich nicht in das Büro einsteigen will, habe ich mich aus dem Staub gemacht. Nein, Dirk, von Mut brauchst du nicht zu sprechen. Das passt zu dir weitaus mehr."
Ich sehe zu ihm hinüber und schüttle den Kopf. „Nein, ich habe mich wirklich immer versteckt, eine Maske getragen. Meine Neigung zu Männern, wie ich leben möchte, Hobbys, Reisen …"
„Sei nicht so hart zu dir. Du hast Tolles geleistet, bist erfolgreich und hast eine zuckersüße Tochter. Alles andere kannst du jetzt machen … Darf ich dich was fragen?"
Ich nicke, ohne ihn anzusehen.
„Stehst du schon immer auf Männer? Oder hat Jace irgendwas in dir ausgelöst?"
Ich seufze schwer. „Sie haben mich schon in der Pubertät mehr angemacht als Frauen, aber ich wollte … normal sein. Deshalb habe ich es einfach nie ausprobiert und immer Freundinnen gehabt. Bis Jace kam. Er ist, oder besser war … ein Traum. Genau der Typ Mann, der alles vereint, was ich begehrenswert finde." Ich sehe nach links, damit Mike nicht mal mein Profil sehen kann. Die Worte, dieses Eingeständnis brechen den Damm und mir laufen Tränen über das Gesicht. Ja, es stimmt immer noch. Jace ist und bleibt meine große Liebe, auch wenn es mich Überwindung kostet, das zuzugeben.
„Oh Mann … dann kämpfe um ihn", flüstert er leise, legt seine Hand in mein Genick und drückt leicht zu. Wie bei Jamie … da macht er das auch immer, wenn er ihn beruhigen oder trösten will.
Ich atme mehrmals tief durch und schüttle verneinend den Kopf. „Es mag dumm sein, aber ich bin einfach nicht bereit dazu. Vielleicht, irgendwann später, wenn ich wieder weiß, wo mein Platz im Leben ist …"
Mike erwidert nichts, wofür ich wirklich dankbar bin. Irgendwann nimmt er seine Hand weg und sitzt einfach stumm neben mir. „Was hast du jetzt konkret vor?"

Gut, andere Gedanken, nicht wirklich erfreulicher, aber wenigstens was, das ich planen kann. „Zuerst mal zurück und dann mit Dad die Übergabe besprechen. Ich werde wohl erst mal bei ihnen unterkommen und mich dann auf die Wohnungssuche konzentrieren. Es kommt auch darauf an, ob ich wieder herkommen soll oder wie wir das Ganze regeln."

Mike klatscht sich vor die Stirn. „Oh Mann … ich bin manchmal so doof. Ich habe zwei ehemalige Kollegen in Wangen angerufen, da du ja angedeutet hast, du würdest gern zu mir ziehen. Also, einer von ihnen hat drei interessante Objekte, die könntest du dir anschauen, wenn du heimfliegst."

Ich kann mir ein Grinsen nicht verkneifen. „Du weißt doch gar nicht, was ich suche."

Mein Bruder grinst zurück. „Doch … hin und wieder höre ich auch zu. Du wolltest was offenes, großzügiges, vornehmlich eine Penthousewohnung, oder?"

„Stimmt."

„Eben. Von den drei Objekten ist eines dabei, was ich echt toll finde, die anderen sind einmal zu klein, nur 50 Quadratmeter, und das andere hat eine hässliche Lage, finde ich. Das dritte könnte passen, ist allerdings noch nicht ganz fertig und … wäre ein Kaufobjekt."

Ich winke ab. „Das geht nicht. Dafür habe ich kein Geld."

„Dachte ich mir, deshalb würde ich es erwerben und du kannst zur Miete wohnen. So fällt es aus der Scheidungsmasse raus, da du, wie ich dich kenne, Melanie ohnehin alles überlässt, stimmt's?"

Ich starre ihn sprachlos an. So dusselig mein Brüderchen auch manchmal sein kann, er kennt mich gut. „Äh … was sagt Jamie dazu? Erst streckst du die Ablösesumme für Jace vor und dann die Wohnung?"

Mike zuckt mit den Schultern. „Es ist ein gutes Anlageobjekt."

Ich lache auf, als mir die Zweideutigkeit klar wird. „Was? Jace, oder die Wohnung?"

Er steigt in mein Lachen ein und knufft mich mit der Schulter an. „Olala … Beides, würde ich sagen. Jace wird sich bald wieder aufrappeln und wie ich dich kenne, wirst du ihm gute Jobs besorgen. Mit Jamies Bildern dürfte er auch sehr viel Erfolg verbuchen. Und die Wohnung? Darüber muss ich erst gar nicht reden."

Meine Trübsinnigkeit verfliegt etwas. Es tut wirklich gut, den ganzen Mist nicht alleine bewältigen zu müssen. „Okay. Dann gib mir doch später die Adresse, ich kümmere mich drum, sobald ich Zeit habe."

Mike schüttelt den Kopf. „Nein. Das mache ich. Du hast in München genug um die Ohren. Komm einfach mit nach Wangen, schau sie dir an und wenn sie dir zusagt, übernehme ich den Rest. Dann hast du das schon mal aus den Füßen. Und bis sie fertig ist, wohnst du einfach bei uns."

Scheiße. Ich könnte glatt schon wieder heulen, weil die beiden mir so selbstverständlich helfen, obwohl ich so viel Bockmist veranstaltet habe.

„Wow. Danke, ich …"

Wieder schubst er mich, aber dieses Mal so stark, dass ich darum kämpfen muss, nicht im Sand zu landen. „Hey … du bist mein Bruder! Das ist selbstverständlich."

„Auch für Jamie?"

„Oh ja. Er mag dich, darum ist er so stinkig. Für ihn gibt es nichts Wichtigeres, als um den Menschen, den man liebt, zu kämpfen. Dass du es nicht tust, fuchst ihn einfach."

„Dann werden wir uns wohl noch eine ganze Weile in den Haaren liegen."

Seltsamerweise schweigt Mike und blickt mit einem leichten Lächeln im Gesicht auf den Atlantik hinaus. „Werden wir dann ja sehen."

Eine Gänsehaut rast über meinen Rücken. Dieser Satz … Warum werde ich das Gefühl nicht los, dass er weit mehr für mich zu tun gedenkt als diesen Wohnungskauf?

49.
Dirk

Einen Tag später ist das entscheidende Gespräch mit Jace. Ich bin eine halbe Stunde früher dran, weil ich mich seelisch und moralisch darauf vorbereiten will, ein weiteres Mal mit ihm zusammenzutreffen. Es geht mir nicht wirklich gut dabei, weil es einfacher war, als dieser Abstand zwischen uns herrschte. Jetzt ist logischerweise alles wieder omnipräsent. Ich habe sogar von ihm geträumt in der letzten Nacht und hätte am liebsten geflennt wie ein Mädchen, als ich aufgewacht bin. Diese verdammte Sehnsucht. Ich muss sie in den Hintergrund drängen, wenn ich ihn professionell managen will, sonst klappt das nicht.
Karl kommt herein und legt mir den vorbereiteten Vertrag hin. Ich weiß, was drinsteht, wir haben ihn ja im Grunde gemeinsam entworfen, aber ich gehe ihn sicherheitshalber noch mal durch. Hilft auch hervorragend, um Zeit zu schinden.
Dann ist es soweit. Stimmen und Schritte erklingen auf dem Gang vor dem Konferenzraum.
Ich schlucke, mein Herz rast los und zu allem Überfluss kribbelt es unangenehm in meiner Magengrube.
Karl öffnet die Tür und winkt Jace mit einer Handbewegung herein. Für einen kurzen Moment stocken dessen Schritte, als er mich sieht. Dann verwandelt sich sein Gesicht in Stein und er lehnt sich neben dem Eingang an die Wand.
Karl ist der einzige, der sich nach einer kurzen Begrüßung setzt, während wir beide uns wie Kontrahenten am jeweiligen Zimmerende gegenüberstehen. Im Grunde völlig kindisch und bescheuert.
Ich lasse den Agenturchef den Vertrag erläutern und begnüge mich damit, Jace' faszinierendes Gesicht zu betrachten … und den Rest.
Er sieht verdammt gut aus, auch wenn ich das Gefühl habe, er hat ein paar Kilos zugenommen. Jace trägt eine legere Jeans und ein schlichtes rotes Hemd, um den Hals ein paar Ketten, deren Anhänger im Ausschnitt verschwinden. Seine anbetungswürdigen Füße stecken in Sneakers. Auch an den Handgelenken trägt er Bänder, was ihn etwas wie einen Hippie wirken lässt.

Als ich wieder nach oben sehe, finde ich seinen verärgerten Blick auf mir. Hmmm, meine Musterung ist ihm wohl nicht entgangen. Für Sekunden starren wir uns in die Augen, aber er schafft es, die Mauer oben zu lassen, sodass wir keine Verbindung bekommen. Seine bernsteinfarbenen Augen sind nach wie vor faszinierend schön, jetzt aber dunkel vor Ärger.
Das tut wirklich weh. Wo ist die Nähe zwischen uns hin? Ich könnte mich wirklich in den Arsch beißen, dass ich ihn einfach so gehen ließ.
Karls Räuspern reißt uns beide in die Wirklichkeit zurück. Ertappt sehe ich zu ihm hinüber und finde ein amüsiertes Lächeln auf seiner Miene. Toll … wir machen uns hier wohl gerade beide zum Affen.
„Also, Jace … hast du dir den Vertrag durchgelesen?"
Geschmeidig stößt Jace sich von der Wand ab und geht an den Tisch. Aus der hinteren Tasche seiner Jeans holt er den zusammengerollten Vertrag und legt ihn hin. Die Blätter rollen sich nach oben und wippen hin und her.
„Ich habe ihn gelesen, bin aber mit einigen Dingen nicht einverstanden."
Wundert mich nicht wirklich, aber ich überlasse Karl das Reden.
„Was genau gefällt dir nicht?"
Jace funkelt mich an. Schon witzig, obwohl er mit Karl redet, kommuniziert er ganz klar mit mir. Na ja, er beschimpft mich, dass passt eher.
„Ich brauche definitiv keinen Manager." Seine Stimme wird leise, aber umso giftiger.
Ich lache stumm in mich hinein und schüttle den Kopf. Welche Überraschung.
„Er ist deine Eintrittskarte in die Agentur."
Jace sieht nun doch zu Karl hinüber. „Wie bitte? Er hat von der Materie absolut keine Ahnung."
„Mag sein, aber er kann lernen und bekommt Hilfe. Und außerdem … Du bist ohnehin erst mal für vier bis sechs Wochen weg von der Bildfläche. In dieser Zeit wird Dirk all die Infos und nötigen Kontakte bekommen."
„Ich will nicht mit ihm zusammenarbeiten."

Karl zuckt gelangweilt mit den Schultern. „Dir scheint deine Karriere nicht halb so wichtig zu sein, wie du anfangs betont hast."

Jace beißt die Zähne zusammen und beherrscht sich mühsam, er weiß sehr wohl, was alles auf dem Spiel steht. „Doch, ist sie, aber wie gesagt … Ich brauche und will keinen Manager, das hat bis heute hervorragend geklappt und …"

Karl fällt ihm ungeduldig ins Wort. Ich kann ihn verstehen, so einen Kindergarten muss er sonst sicher nicht ertragen. „Und genau deshalb bist du beim schlimmsten Viehtreiber der Branche gelandet. Bravo. Lass uns mal Tacheles reden. Du kannst gerne gehen, Jace, und dir eine andere Agentur suchen. Jedoch kann ich dir jetzt schon versprechen, dass du bei einer anderen, die ähnlich gut aufgestellt ist wie wir, nicht unterkommen wirst. Dein Ausflug in den Billigporno hat sich rumgesprochen. Also … willst du hier eine Chance, wirst du den Vertrag so unterschreiben müssen … oder gehen."

Sie starren sich lange an, bis Jace mir wieder einen wütenden Blick schenkt. „Das ist Erpressung."

„Nein", erwidert Karl ruhig und lehnt sich zurück. „Das ist Business. Sieh es mal so … Du bekommst einen festen Vertrag bei uns, deiner Wunschagentur, du wirst exklusiv mit dem besten Fotografen zusammenarbeiten. Du hat einen Manager, dem dein Wohl sehr wichtig ist und der alles daran setzen wird, dich gut zu verkaufen …"

Jace funkelt mich an. „Warum wohl? Willst du dein Gewissen beruhigen, weil du mich abserviert hast?"

Ich starre ungläubig zurück. „Wie bitte? Du bist doch gegangen. Du hast ohne eine Erklärung Schluss …"

„RUHE!" Karl haut mit der Faust auf den Tisch und wartet, bis wir ihn beide anschauen.

Gott, ist das peinlich.

„Räumt eure persönlichen Animositäten aus dem Weg, die haben hier wirklich nichts zu suchen."

Jace schüttelt den Kopf und fährt sich genervt durch die Haare. „Sie sind aber da! Ich will und kann nicht mit ihm zusammenarbeiten, das funktioniert nicht. Das mag meinetwegen unprofessionell sein, aber ich schaffe es nicht."

Als Karl antworten will, unterbreche ich ihn mit einer Geste. „Jace …“, fordere ich leise seine Aufmerksamkeit. Sein Blick schnellt zu mir und er schluckt. Plötzlich ist alle Härte aus seinem Gesicht gewichen und nur noch Schmerz und Enttäuschung übrig. Es verletzt mich ungemein, dass aus Liebe so etwas werden kann. „Bitte. Ich verstehe dich, gib mir doch wenigstens die Chance, einen Teil meiner Fehler wiedergutzumachen. Du wolltest immer hierher, jetzt hast du die Gelegenheit. Wir müssen nicht direkt miteinander kommunizieren, alles kann über Mail oder sonstige Wege laufen. Bitte unterschreibe den Vertrag!“
„Warum kapierst du nicht, dass ich mit all dem hier nichts mehr zu tun haben will?“
Seine Stimme ist plötzlich leise, ja regelrecht kraftlos und offenbart seinen Schmerz. Da ist nur noch Verzweiflung und keine Wut.
„Weil es dumm ist, tut mir leid. Du bist auf meinen Bruder und Jamie sauer, aber das haben sie nicht verdient. Sie sind deine Freunde und Kollegen. Ich bin es, der Mist gebaut hat. Karl hat recht, lass das, was zwischen uns steht, doch bitte mal außer Acht. Denk an dich! Mach meinetwegen sechs Wochen Urlaub, fahr durchs Land und dann fang hier neu an.“
„Mit dir als Manager, na super.“
„Ja, genau so. Nutze die Chance, ein weiteres Mal wirst du sie nicht bekommen.“
Er erwidert meinen Blick lange, nach Sekunden glaube ich so etwas wie Akzeptanz darin zu erkennen. Mein Zeichen, zu verschwinden. Ich entferne mich von der Wand und gehe Richtung Ausgang. Neben Jace angelangt, halte ich an und betrachte ihn aus der Nähe. Sein männlicher Duft steigt mir in die Nase und für einen Moment überfällt mich der Drang, ihn zu berühren. Einfach so, vielleicht nur über seinen Handrücken streichen, aber ich weiß, das wäre dreist.
„Im Vertrag stehen meine Kontaktdaten. Wenn du so weit bist, melde dich einfach. Ich will dich nicht fremdbestimmen, sondern mit dir zusammen an deiner Karriere arbeiten, glaube mir.“
„An meiner Karriere …“ Jace’ Kopf sinkt nach unten und er lacht humorlos.

Ich werde aus dem Satz nicht schlau, aber Jace unterbindet jede weitere Überlegung, als er die Papiere, die ihm Karl hinschiebt, schwungvoll unterschreibt. Dann macht er kehrt, windet sich an mir vorbei und verlässt den Raum ohne ein weiteres Wort.

50.
Dirk

Mein Flieger landet gegen drei Uhr nachmittags in München. Ich fühle mich wie Alice im Wunderland, nachdem sie wieder normal ist, völlig deplatziert und seltsam.
Vorgestern waren das Gespräch mit Jace und die Vertragsunterschrift. Seitdem ist er wieder abgetaucht. Nun, nicht ganz, sondern er hat sich offiziell abgemeldet. Macht es für mich nicht besser.
Jamie fuhr abends in seine alte Wohnung, um nachzuprüfen, ob er wirklich dort sei. Sie haben kurz miteinander geredet und Jace hat durchblicken lassen, dass er tatsächlich die nächsten sechs Wochen Urlaub machen würde. Auch mich hat er das gleiche per Mail wissen lassen, aber ich denke eher, das ist auf Jamies Drängen hin geschehen.
Es entbehrt nicht einer gewissen Ironie, dass wir zwei nun ausgerechnet vertraglich aneinander gebunden sind. Man könnte diese Ironie auch hervorragend als pervers bezeichnen. So empfinde ich es mehr und mehr.
Himmel, ich will nicht, dass dieser Mann mich hasst. Ich will … was weiß ich, was ich will, aber nicht seinen Unmut. Es ist, als zerstöre die Wut sein Strahlen. Ich kann es nicht beschreiben. Der lustige, provokante, sinnliche Jace drängt sich in den Vordergrund, den will ich zurückhaben. Und wenn schon nicht bei mir, dann wenigstens auf Bildern oder einem Laufsteg. Auch wenn das bedeutet, dass er einen anderen Mann finden wird.
Scheiße!
Ich habe wirklich Talent, mir selbst wehzutun. Echt.
Weg mit dem Mist. Jetzt haben wir beide mehr als einen Monat Zeit, die neue Situation zu verinnerlichen, dann sehen wir weiter. Irgendwann müssen diese Gefühle doch mal weniger werden.
Das ist doch immer so.

Eine Stunde später erwartet mich eine Überraschung. Bereits in Los Angeles habe ich meinen Dad davon unterrichtet, dass ich morgen zu ihnen kommen werde, um zu reden. Es wird einfach Zeit, dass meine Eltern wissen, was sich alles ändern wird. Er hat überraschend cool reagiert, was mich vermuten lässt, dass sie längst ahnen, was im Busch ist. Na ja, dass ich einen Nachfolger suche, ist ja schon bekannt, nun will ich ihnen auch noch den Rest offenbaren. Ich meine den Umzug und die enge Zusammenarbeit mit Mike und der Agentur, den anderen Rest müssen sie nicht wissen.

Wirklich platt bin ich, als ich das erste Mal auf meine Noch-Ehefrau treffe. Da sie ja bei meiner Abreise großzügig darauf verzichtet hat, benachrichtigt zu werden, wenn ich wiederkomme, habe ich auch genau das nicht getan.

Als ich die Haustür aufschließe und hineingehe, überfällt mich ein komisches, unbekanntes Gefühl. Ich gehöre hier nicht mehr her! Es ist, als wäre ich bereits ein Fremder, dabei liegt mein Abgang nicht mal eine Woche zurück. Dieses gerade abgestreifte Leben ähnelt einem Anzug, der zwickt und nicht mehr passt, die falsche Farbe hat und die Taschen voller Blei. Beängstigend, wie schnell ich meinem alten Dasein Ade sage. Und als ich hier im Flur stehe, freue ich mich auf all das Neue. So ganz langsam und schüchtern lugen mein Enthusiasmus und die Aufregung wieder um die Ecke und reiben sich die Hände.

Mit einem Seufzen stelle ich die Reisetasche neben die Garderobe. Ja, es wird sich viel tun, aber erst muss ich die alten Sachen zu Ende bringen.

Schritte erklingen aus dem Wohnzimmer, leise und zaghaft. Ich hatte erwartet, dass mein Töchterlein auf mich zustürmt, aber sie ist wohl nicht hier. Schade, ich hoffe nicht, dass Melanie jetzt schon damit anfängt, die Kleine vor mir zu verstecken.

Als ich mich aufrichte, steht Melanie in der Durchgangstür und sieht mir entgegen. Ohje … sie hat wohl viel geweint die letzten Tage.

Wir sehen uns an, ohne Gruß oder Ähnliches, weil ich gar nicht weiß, wie ich ihr begegnen soll. Ein schlichtes Hallo klingt mir viel zu vertraulich und plump. Gar nichts sagen ist unhöflich, aber meine einzige Möglichkeit.

„Ich will nur kurz meine Wäsche …“

„Deine Mum hat mich angerufen und gesagt, dass du zurück bist.“

Ahja. Ich zucke mit den Schultern, mir fehlen weiterhin die Worte.
„Ich … ich mache Kaffee. Dann können wir reden, wenn du fertig bist."
Überrascht schaue ich sie an. Was ist das für ein Ton? So ruhig und gefasst kenne ich sie gar nicht mehr. „Worüber?"
Melanie beißt sich auf die Lippen und wischt über ihre Augen. „Über uns?", fragt sie schüchtern.
Kälte breitet sich in mir aus. Mir wird klar, dass ich innerlich längst weg bin. Zeit für klare Verhältnisse. „Meli … es gibt kein Uns mehr."
„Och Mensch … Bitte. Dirk … gib uns doch wenigstens eine Chance."
Was wird das hier eigentlich? Ich verstehe die Welt nicht mehr. Ich seufze und schüttle meinen Kopf. „Das habe ich getan, wochenlang, und nichts als deine Wut und Schikane abbekommen. Es ist zu spät."
Sie schluchzt leise. „Und wenn ich mich entschuldige?"
„Dann nehme ich das gerne an und hoffe, dass wir unsere Trennung fair und wie Erwachsene regeln können."
Sie sieht mich stumm an, so lange, bis ich mich in Bewegung setze und auf die Treppe zugehe.
„Dirk? Bitte!"
Ich verharre auf der ersten Stufe und sehne mich weg, weit weg. „Was?"
„Auf eine Tasse."
Ich zucke mit den Schultern und gehe weiter. Oben stehe ich etwas ratlos im Gästezimmer, weil ich ihre Reaktion nicht einordnen kann. Will sie tatsächlich eine Chance? Könnte ich ihr die geben? Nein! Ganz entschieden nein. Wenn ich jetzt zurückgehe, kann ich mir gleich eine Kugel in den Kopf jagen. So fühlt es sich zumindest für mich an. Es gibt keine Umkehr mehr. Mit neuem Mut beseelt, packe ich meine Kleidung in die mitgebrachten Tüten und Taschen. Die Anzüge verstaue ich in Kleidersäcken und schließlich räume ich meine Schuhe aus dem Schrank im Flur. Mit jedem Stück fühle ich mich freier und mutiger.

Als endlich auch meine Kosmetika eingeräumt sind, halte ich inne. Unser gemeinsames Bad ist jetzt nur noch zur Hälfte voll.
Auf dem Bord unter dem Spiegelschrank stehen jetzt nur noch Melanies und Leas Zahnbürsten, ein Bild mit unglaublichem Symbolcharakter für mich. Ich bin kein Teil dieser Familie mehr. Aber genau so soll es sein, kann es nur sein, wenn wir alle eine Chance auf eine glückliche Zukunft haben wollen.
Nach einem letzten Blick in Leas leeres Zimmer gehe ich hinunter und verstaue die Taschen im Kofferraum meines Leihwagens. Melanie steht in der Küchentür und beobachtet mich stumm, als hätte sie Angst, ich würde wieder einfach so verschwinden. Wobei diese Angst nicht mal so unbegründet ist. Ich weiß nicht, worüber wir reden sollen, alles ist gesagt worden, ehe ich ging.
Als das Gepäck verstaut ist, gehe ich zurück und schließe die Haustür hinter mir. Hmmm, auch das ist anders als zuvor. Dieses Haus ist nicht länger ein Gefängnis für mich, im Grunde ist es gar nichts mehr. Mein Blick gleitet durchs Wohnzimmer und ich finde nicht viel, was ich mitnehmen möchte und momentan auch nicht kann, weil ich keine Bleibe habe. Das regle ich später. Bilder und Andenken habe ich auf meinem PC und die anderen Dinge sind rein materiell und leicht zu ersetzen.
„Kommst du?“, fragt Melanie leise und geht an den Esstisch voraus. Sie hat tatsächlich eingedeckt, wie früher einmal. In einem Körbchen sind süße Stücke angerichtet, Erdbeerplunder, mein Lieblingsgebäck.
Ich lasse mich seufzend nieder und zeige auf die Tafel. „Danke, das ist nett, aber du hättest dir nicht solche Mühe geben müssen.“
Melanie wird rot und schenkt mir Kaffee ein. „Ich weiß, aber … vielleicht möchte ich ein paar Dinge wieder gut machen. Ich war so verletzt, als du mir deine Affäre gestanden hast und …“
„Melanie!“ Ich unterbreche sie, weil ich es eigentlich nicht hören will.
Sie hält mitten in der Bewegung inne und sieht mich an. Ja, sie hat Angst, das ist unübersehbar. „Was?“

„Das hatten wir schon alles. Ich verstehe nicht ganz, was du von mir willst. Du hast mir ein Ultimatum gesetzt und ich habe es angenommen. Das hier macht keinen Sinn mehr."
Sie schluckt, ihre Hände zittern, als sie sich langsam auf ihrem Stuhl niederlässt. Ich erkenne, wie sie mit sich hadert, dann aber abrupt das Thema wechselt. „Bist du … zu ihm zurückgegangen?"
Sie sieht mich hilflos an. Ich muss mir gar nicht erst vorstellen, wie ich mich in ihrer Lage fühlen würde, und wieder weiß ich, dass sie niemals eine Chance gegen einen Mann, geschweige denn gegen Jace, hatte.
„Nein. Das war auch nicht mein Plan. Er hat eine Dummheit begangen, weil ich ihn verletzt habe, genau wie dich. Ich wollte ihm helfen, das rückgängig zu machen. Das ist alles."
„Aber du hast ihn gesehen?"
Was soll das eigentlich werden? „Ja, hab ich."
Melanie spielt mit der Ecke der bunten Serviette auf ihrem Teller. „Empfindest du noch etwas für ihn?"
Die Richtung dieses Gespräches gefällt mir überhaupt nicht. „Das geht dich nichts an." Mein Ton ist schärfer als beabsichtigt und ärgert sie unübersehbar.
„Ach ja? Immerhin ist es unsere Ehe, die du beendest."
„Hör auf, mir die alleinige Schuld zu geben. So wie du dich die letzten Wochen aufgeführt hast, wäre wohl jeder gegangen."
Sie will widersprechen, fasst sich jedoch und nickt zu meiner Überraschung. „Du hast wohl recht. Aber … kannst du nicht begreifen, dass ich es irgendwie verstehen will? Ein Mann? Hast du eine Ahnung, wie ich mich fühle? Was es für mich als Frau bedeutet, wenn der Ehemann eine gleichgeschlechtliche Affäre hat?" Sie sieht mich völlig wertfrei an, keine Wut, kein Hass, nur Ohnmacht.
„Nein. Aber so, wie du auf Mike und Jamie reagierst, müsstest du mich hassen."
Sie schnappt nach Luft. „Wie bitte?"
„Meli, mal ehrlich. Du bist extrem homophob und …"
„NEIN!" Sie blafft mich an und bringt mich zum Schweigen. „Nein … es ist nur … ihr ständiges Rumgefummel nervt und … dass sie etwas hatten, was ich von dir nie bekommen habe."

Oh … So langsam kapiere ich gar nichts mehr. „Was meinst du?“

Melanie richtet sich auf und sieht mich direkt an. „Nähe, Zuneigung, Zärtlichkeit. Sei ehrlich, im Grunde herrschte immer eine gewisse Distanz zwischen uns. Aber jetzt weiß ich wenigstens, warum.“

Ich kann sie nur anstarren. „Ich wusste nicht …“

„Was? Dass ich auch gerne mal gekuschelt hätte? Dass ich auch gerne mal Arm in Arm spazieren gegangen wäre? Was willst du noch?“

Ernüchtert betrachte ich das Gebäckstück auf meinem Teller. Schön blöd, uns hat beiden in unserer Beziehung genau das gleiche gefehlt. Im Grunde ist es grauenvoll, das Leben mit einem Menschen zu verbringen, der einem nichts geben kann. „Ich hätte nie gedacht, dass es dir so viel bedeutet.“

„Tja, falsch gedacht. Solche Dinge tun Menschen nun mal, wenn sie sich lieben.“

Als ich sie wieder ansehe, schwimmen ihre Augen in Tränen und ich weiß, dass sie mich all die Jahre mehr geliebt hat als ich sie. Wann ist ihre Hoffnung, mehr von mir zu bekommen, gestorben? Ich weiß es nicht, wahrscheinlich war es ein schleichender Prozess. Im Nachhinein macht ihre Kälte nun Sinn. Wenn man bedenkt, wie oft sie gegen Wände angerannt ist, weil ich ihre Zärtlichkeiten nicht gewollt habe … Mit Jace war es anders, da liebte ich diese winzigen Berührungen und Zeichen der Zuneigung.

„Es tut mir ehrlich leid. Ich … weiß nicht, was ich sagen soll.“

Sie lacht trocken. „Und dann kommst du mir mit der Offenbarung, dass du mit einem Mann im Bett warst. Hat er dir wenigstens gegeben, was ich nicht konnte?“

Ich bleibe ihr die Antwort schuldig, weil ich weiß, wie sehr es sie verletzt.

„Dirk? Ich will es wissen.“

„Warum?“

„Weil ich ein Recht darauf habe, immerhin bin ich deine Frau.“

Ihr Ton treibt mich in die Ecke und mir fehlt jegliche Lust, ihr meine intimen Gedanken zu offenbaren. „Nein, hast du nicht. Ich habe einen Fehler gemacht und du hast mich büßen lassen.

So weit, so gut, aber jetzt geht jeder seines Weges und das, was du zu wissen verlangst, geht dich nichts an."
„Wie bitte?"
„Hey. Ich frage dich auch nicht, mit wem du dich triffst oder ob du dir nicht schon längst Ersatz gesucht hast, weil ich dich vernachlässigt habe. Herrgott … ich will nicht mit dir streiten, bitte, und ich will dich auch nicht noch mehr verletzen."
Sie kneift ihre Lippen zusammen. „Danke, damit habe ich meine Antwort."
Ich seufze und sinke an die Stuhllehne zurück. „Warum quälst du dich so?"
„Vielleicht, weil ich irgendwo doch noch hoffe, dass du zurückkommst? Ist das so schwer zu begreifen? Wir haben eine Tochter."
Obwohl es mich Überwindung kostet, greife ich nach ihrer Hand und drücke sie leicht. „Ja, das haben wir und wir werden immer ihre Eltern bleiben. Deshalb hoffe ich ja auch, dass wir diese Trennung sauber und fair über die Bühne bekommen. Ich werde jetzt nicht mit dem abgegriffenen Satz ‚*Lass uns Freunde bleiben*' kommen, weil das wohl nicht funktionieren wird. Aber … ich werde mich immer um Lea kümmern, immer, hörst du? Und du wirst gut versorgt sein, wenn wir geschieden sind. Du kannst das Haus behalten und damit tun, was du willst, verkaufe es, such dir und Lea was Kleineres, ich helfe dir auch dabei …"
„Es gibt keinen Weg mehr zurück für dich?", flüstert sie leise und ich spüre, wie ihre Finger in meiner Hand beben.
„Nein."
„Was kann ich tun, damit du uns doch noch eine Chance gibst?"
Wir sehen uns lange an. Mein Versuch, sie nicht zu verletzen, führt offensichtlich nur dazu, dass sie sich völlig unsinnige Hoffnungen macht. „Meli … Es ist vorbei! Es gibt keinen Rückweg, bitte … akzeptiere es doch. Jedes weitere Wort wird dich verletzen, und das will ich nicht."
„Aber habe ich die Wahrheit denn nicht verdient?"
„Du kennst sie doch schon."
„Hast du mich überhaupt geliebt?"

Scheiße. Scheiße. Scheiße. Ich starre sie hilflos an, weil meine längst erkalteten Gefühle für sie nie und nimmer an die für Jace hinreichen.
Sie lacht humorlos und wischt sich frische Tränen von der Wange. „Alles klar."
„Doch", flüstere ich leise, zu leise, um ihren Schmerz zu dämpfen. „Doch, habe ich."
„Aber?"
„Meli … mach es dir nicht so schwer."
„Sag es mir." Ihre Stimme ist nur noch ein Hauch. Braucht sie das tatsächlich, um mit mir abschließen zu können?
Nach Sekunden höre ich mich ebenso leise die Antwort murmeln. „Er hat mir den Boden unter den Füßen weggezogen, so sehr habe ich ihn geliebt. Trotzdem wäre ich bei dir geblieben. Dich für ihn zu verlassen war nie eine Option, glaube mir das."
Ich kneife die Augen zu, weil mich jäh die Erinnerungen an unsere gemeinsamen Stunden überfallen. „Ich wäre weiter hiergeblieben und hätte mir bei ihm geholt, was mir gefehlt hat. Egoistisch vielleicht, aber … Egal."
„Und warum gehst du jetzt doch?"
Ich zucke mit den Schultern. „Ich kann so nicht mehr leben. Meine Kraft, hier heile Welt zu spielen, ist aufgebraucht und ich finde es nur fair, wenn wir alle einen neuen Weg gehen, um vielleicht wieder glücklich zu werden."
Stille.
Wir sehen uns an, jeglicher Groll ist plötzlich verflogen, als hätte die bittere Wahrheit ihn endgültig vertrieben. Es wäre schön, wenn es auch in Zukunft so bleiben würde, aber ich weiß, das ist ein Trugschluss. Ich breche das Schweigen schließlich. „Warst du bei einem Anwalt?"
Meli zuckt zusammen und sieht wie ertappt zu Boden. Sie nickt schließlich. „Ja, ich war so wütend, weil du gegangen bist."
„Gut. Nein, wirklich, es ist gut, dass du dir einen gesucht hast."
Sie mustert mich ungläubig. „Ich habe nächste Woche einen Termin."
„Okay. Ich werde mir dann auch einen suchen, obwohl ich hoffe, wir werden uns gütlich einigen. Gibst du ihm bitte Mikes Adresse, damit er die Papiere dorthin schickt?"

Ihre Augen werden groß. „Warum? Wo willst du hin?"
Ich weiß, meine nächsten Worte werden ihr wieder wehtun. „Ich gehe weg, nach Wangen. Ich möchte komplett neu anfangen. Neuer Job, neue Wohnung, neue Umgebung."
„Und Lea?"
„Mach dir keine Gedanken, ich werde sie so oft wie möglich holen oder übers Wochenende herkommen. Wenn du damit einverstanden bist, kann Mike sie auch hin und wieder mitbringen, wenn sie anreisen."
Sie nickt ergeben. „Es ist also wirklich endgültig."
„Ja. Und ich sollte auch langsam gehen." Das stimmt zwar nicht, außer meinem alten Kinderzimmer in meinem Elternhaus wartet nichts und niemand auf mich, aber ich habe langsam das Gefühl, hier keine Luft mehr zu bekommen.
„Kommst du noch mal, um dich zu verabschieden?"
„Ja, sicher. Ich hätte Lea jetzt auch gern gesehen."
Meli schafft ein schiefes Lächeln. „Kannst du, sie ist bei deinen Eltern."
„Oh! Klasse. Weißt du was? Ich bringe sie später her, dann musst du nicht fahren, ist das okay?"
„Ja … ja, das wäre mir recht."
„Dann machen wir das so."
Nach diesen Worten trinke ich meinen Kaffee leer und verschlinge den Rest des Plunders. Plötzlich habe ich es eilig, weil die Aussicht auf ein paar Stunden mit meiner Tochter wie Aufputschmittel wirkt.

51.
Dirk

Das entscheidende Gespräch mit meinen Eltern findet erst am nächsten Tag während des Frühstücks statt. Obwohl ich weiß, wie neugierig sie sind, zu erfahren, was passiert ist, geben sie mir die Chance, ein paar Stunden mit Lea zu verbringen, wofür ich ihnen sehr dankbar bin.
Letztendlich habe ich meiner Tochter so gut es geht erklärt, dass ich nicht mehr bei ihnen wohne und zukünftig bei Onkel Mike sein werde.
Sie hat geweint und daher war es schon spät, als ich sie nach Hause gebracht habe. Es bricht mir das Herz, ihr so wehzutun, aber genauso bestärkt es mich darin, ihr auch in Zukunft ein guter Dad zu sein.
Die Nacht ist kurz, da ich das dringende Bedürfnis nach einem alkoholischen Absacker verspüre. Für mich noch ungewohnt ist das seltsame Gefühl, nicht ständig zurückzuschauen und mit meinem Dasein zu hadern, sondern mit den Gedanken in der Zukunft zu weilen.
Einziger Wermutstropfen ist und bleibt Jace. Wie gerne würde ich ihm sagen, was sich alles tut durch ihn. Ja, im Grunde ist er die Triebfeder hinter den Veränderungen, auch wenn sie ihm nichts mehr nützen. Obwohl … Sein Management wäre vorher auch nicht möglich gewesen, also hat er doch etwas davon.
Nur unsere Liebe … dieses unerwartete Geschenk wird niemals erblühen.
Okay … ich sollte aufhören zu trinken, wenn ich nach der zweiten Halben schon so poetische Gedanken spinne.

Am Frühstückstisch herrscht gespannte Stille. Es ist seltsam, hier zu sitzen wie früher. Unwillkürlich muss ich grinsen, als mir diverse Streiche einfallen, die ich und Mike im großen Garten des Hauses ausgeheckt haben. Oh Mann … wie hat meine Mum getobt, als wir ein Blumenbeet kurzerhand zu einer Schlammgrube umfunktioniert haben, weil wir catchen wollten. Oder das Baumhaus in dem alten Walnussbaum. Leider musste der mit seinem Leben bezahlen, als Mike zweimal in kurzer Zeit vor

lauter Übermut abgestürzt ist und sich dabei einen Arm gebrochen hat.
Wir waren als Kinder immer unzertrennlich, ein fester, starker Brüderbund, und es tut weh, dass es irgendwann vorbei war. Wann vollzog sich der Bruch? Was ist passiert? Ich weiß es, aber es schmerzt, sich das einzugestehen. Ich habe ihn ziehen lassen, mich mehr und mehr von ihm distanziert, vielleicht weil ich gespürt habe, dass er das Leben lebt, welches ich mir auch gewünscht habe, aber zu dem mir immer der Mut gefehlt hat. Und dann kam Melanie schon recht bald nach dem Studium. Während mein Bruder lebte, feierte und seiner geheimen Liebe zu Männern frönte, habe ich einen auf biederen Ehemann und Vater gemacht, das Architekturbüro übernommen und bin stagniert.
Bis heute.
Da wartet so viel auf mich, links und rechts des Weges, und ich nehme mir fest vor, jede Abzweigung zu begutachten. Und Mike? Es ist ein Glück, dass er weder nachtragend noch eingeschnappt ist. Vielleicht werden wir irgendwann darüber reden, was in den letzten Jahren passiert ist, aber ich weiß, all das wird ohne Vorwürfe geschehen. So ist er einfach. Ein Bruder, auf den man sich allzeit blind verlassen kann und der für sich und die Seinen alles gibt.
„Dirk?"
Mums Stimme reißt mich aus den Gedanken und ich sehe sie fragend an. Sie steht neben mir, die volle Kaffeekanne in der Hand, und wartet auf eine Reaktion von mir.
„Sorry. Schenk ruhig ein."
Sie lächelt leicht. Auch sie hat sich in den letzten Jahren verändert, woran Mike und Jamie Schuld sind, im positiven Sinne. Als Jamie mit dem Leben kämpfte, hat meine Mum ihn und Mike vor meinem Vater verteidigt wie eine Löwenmutter. Hier flogen echt die Fetzen und zu aller Überraschung hat mein Dad klein beigegeben. Ihr ist es zu verdanken, dass er letztendlich nicht nur Mikes Homosexualität akzeptiert hat, sondern auch den Mann an seiner Seite und die anrüchige Berufswahl. Mum ist gewachsen, stärker geworden und geht unter anderem begeistert auf Ausstellungen, in denen Jamies Bilder gezeigt werden. Sie ist stolz und

zeigt das auch. Unser Vater hingegen ist längst nicht mehr so steif und verknöchert wie früher. Er lässt andere Einsichten zu und hinterfragt eher, bevor er urteilt.
Und ehrlich … vor zwei Jahren hätte ich diese abrupte Wendung in meinem Leben niemals vor ihnen durchgebracht.
„Okay, Junge … dann lass mal hören, was du zu sagen hast." Diesmal ist es mein Dad, der mich aus den Überlegungen reißt.
Er lächelt ebenso wie meine Mum, alleine dafür könnte ich sie jetzt umarmen und drücken. „Ihr ahnt ja ohnehin schon etwas."
Mein Vater nickt. „Na ja, ist auch nicht sonderlich schwer. Und außerdem … Melanie war hier und hat uns ihr Herz ausgeschüttet."
Für eine Sekunde wird mir kalt. Ich sehe meine Eltern an, finde einen erwartungsvollen Blick auf mir. Schön zu wissen, dass sie mich nicht gleich verurteilen, sondern die Sache aus meiner Sicht hören wollen. „Darf ich wissen, was sie alles erzählt hat?"
Dad seufzt, wirft meiner Mutter einen Blick zu, woraufhin sie mit den Schultern zuckt. „Wie du willst. Sie hat uns von euren Differenzen berichtet, dass ihr laufend streitet und du dich von ihr distanzierst, ständig im Büro übernachten würdest. Und …"
Der folgende Blick meines Vaters zeigt seine Unsicherheit. „Du hattest eine Affäre und wolltest dich nun von ihr trennen."
Ich schweige, weil ich das Gefühl habe, da ist noch mehr.
„Mit einem Mann?" Die Worte aus Mums Mund jagen mein Puls in die Höhe. Für eine Sekunde hasse ich Melanie zutiefst. War ja klar, dass sie das auch ausplaudern musste. Ich mustere die volle Kaffeetasse vor meiner Nase. Kann ich es wagen, einen Schluck zu trinken, oder zittern meine Hände zu stark?
Ich lasse es lieber, seufze stattdessen ein weiteres Mal und raffe mich zu einer Antwort auf. „Ehrlich … ich hatte gehofft, ich könnte euch die Details ersparen, weil sie im Grunde nur mich und meine Frau etwas angehen, aber so?"
Ein Blick in die Runde zeigt mir die ernsten Gesichter meiner Eltern. Vater nickt kurz und lehnt sich zurück. „Da hast du nicht Unrecht, aber da wir es ja jetzt wissen, würden wir beide schon gern erfahren, ob und was da Wahres dran ist."
Ich nicke langsam. „Verstehe ich. Also … ja, wir trennen uns. Es geht einfach nicht mehr. Und ich habe beschlossen, dir die Lei-

tung des Architekturbüros zurückzugeben, und übernehme stattdessen unter anderem Mikes und Jamies Management. Ich möchte einfach was Neues machen und …“ Ich unterbreche mich selbst, weil sie meine nächsten Worte falsch auffassen könnten. Ich möchte nicht, dass sie *Ich will weg von hier* auf sich beziehen.

Meine Mum hilft mir unwissentlich aus der Patsche. „Und wo wirst du wohnen? Hast du dich schon umgeschaut?“

Ich ergreife über den Tisch hinweg ihre Hand. „Tut mir leid, aber ich … möchte nach Wangen zu meinem Bruder. Hier erdrückt mich alles und steckt voller Erinnerungen, ich brauche einen Neuanfang.“

Sie schnieft leise, lächelt aber tapfer. „Das ist manchmal keine so schlechte Entscheidung.“

Wow! Ich ziehe meinen Hut vor ihrer selbstlosen Courage. „Meli bleibt hier und Lea auch, ihr werdet sie so oft wie möglich sehen. Ich habe mit ihr ausgemacht, dass ich öfters übers Wochenende herkomme, und es wäre schön, wenn wir dann hier übernachten könnten.“

Sofort blüht ihr Gesicht wieder auf. Ich weiß, sie liebt ihre Enkelin, und da Lea die einzige bleiben wird, wäre es grausam, sie ihr vorzuenthalten.

„Natürlich hast du hier Platz, das ist doch selbstverständlich. Danke, mein Junge.“

„Überlässt du ihr das Haus?“, fragt mein Vater und bestreicht sorgsam seine Frühstückssemmel mit Butter.

„Ja. Immerhin bin ich derjenige, der geht, und …“

„Ah, ah, ah … Auch wenn Melanie ganz wild darauf war, dir die alleinige Schuld am Scheitern eurer Ehe zu geben, und du sie jetzt heroisch auf dich nimmst, gehören da immer zwei dazu. Obwohl du und Michael immer glauben, wir sind blind und taub, sind wir nicht dumm. Ihr seid unsere Kinder und wir nehmen an euren Leben teil.“ Er legt das Besteck beiseite und sieht mich direkt an. „Glaubst du, wir haben nicht schon lange bemerkt, dass du unzufrieden wirkst? Wahrscheinlich ist dir gar nicht bewusst, wie oft du während eines Essens oder bei anderen Gelegenheiten vor dich hingeträumt hast und bestimmt in einer anderen Welt warst. Du hast funktioniert, Dirk, mehr nicht.

Auch wenn es natürlich traurig ist, dass du wegziehst und so einen krassen Schnitt machst, bin ich, nein, sind wir froh, dass du endlich deinen Weg gefunden hast. Du warst schon lange nicht mehr glücklich mit deiner Frau, alles, was dich bei ihr gehalten hat, war deine Tochter."
Großer Gott! Ich stehe ohne ein Wort auf und flüchte auf die Terrasse. Keine Ahnung, mit was ich heute Morgen gerechnet habe, aber keinesfalls mit den Worten meines Vaters. Bin ich wirklich so leicht zu durchschauen gewesen? Wenn ich das so höre, muss mir das Wort *Midlifecrisis* förmlich bunt leuchtend auf der Stirn gestanden haben.
So ein Mist.
Ein Räuspern erklingt von der Terrassentür her. „Komm wieder rein. Dein Kaffee wird kalt."
Ich muss lachen, als ich mich umdrehe und meinen Vater ansehe. „Dad?"
„Ja?"
„Entschuldige aber … du reagierst so cool, das hätte ich nicht erwartet."
„Wegen was genau?"
„Na ja, der Firma, die Trennung … meiner Affäre."
Er holt tief Luft und zieht mich mit sich. Erst als wieder alle beisammen sitzen, spricht er weiter. Auch neu, früher hat er meine Mum immer außen vor gelassen, heute sind sie völlig auf Augenhöhe.
„Also … das Büro ist eine Sache. Es stehen gute Kandidaten zur Auswahl, da wird sich also nicht viel ändern. Deine Trennung … Junge, das Leben ist ein Fluss, die wenigsten Dinge bleiben bestehen, alles ändert, verändert sich. Jede Stagnation bringt nur Schmerz und Unglück mit sich, das muss ich dir wohl gerade jetzt kaum erklären." Er stockt und wechselt einen kurzen Blick mit Mum. „Deine Affäre. Ich weiß nicht, was ich dazu sagen soll, ob ich es überhaupt glauben kann, was sie erzählt hat."
„Tut mir leid, aber … sie hat leider recht damit." Als ich abwechselnd in die Gesichter meiner Eltern sehe, finde ich statt Überraschung und Ekel sichtbaren Unmut.
„Was tut dir leid? Dass du fremdgegangen bist im Allgemeinen oder mit wem?"

Während ich überlege, sehe ich meinen Dad unschlüssig an. So ganz schlau werde ich aus seinen Worten jetzt nicht. Aber nach wenigen Sekunden siegt der Trotz in mir. Es mag für meine Eltern ein Schock sein, dass auch ihr zweiter Sohn Männer bevorzugt, aber ich will es nicht länger ganz verleugnen. Was weiß ich denn, ob, wann und mit welchem Geschlecht ich wieder eine Beziehung führen werde? Ich muss mich in dieser Hinsicht selbst erst neu kennenlernen. Vielleicht bin ich ja wirklich bi, wie Jamie vermutet, keine Ahnung.
„Leid tut mir, dass ihr es a: von Melanie erfahren musstet und b: dass es wohl ein Schock war und ist, dass ich was mit einem Mann hatte, ganz abgesehen davon, dass eigentlich die Details nur mich und Meli etwas angehen. Außerdem bedauere ich es, weil ich viele Menschen verletzt habe." Ich unterbreche den Blickkontakt, weil meine nächsten Worte nicht nur für meine Eltern, sondern auch für mich selbst aufzeigen, wie anders ich heute bin. „Auf der anderen Seite bereue ich nichts, keine Sekunde mit diesem Mann, weil er mir gezeigt hat, was es heißt, zu leben. Er hat mich aufgeweckt, wachgerüttelt und mir insgeheim den Mut geschenkt, endlich meinen eigenen Weg zu gehen. Das ist mehr, als ich für ihn getan habe."
Ich sehe wieder auf und finde Tränen in den Augen meiner Mutter. Auf mein Lächeln hin wischt sie sich über das Gesicht.
„Hast du noch Kontakt zu ihm?", verlangt sie zu wissen.
„Ja, aber nur rein geschäftlich. Er ist ein Kollege von Mike, Model und ich kümmere mich um seine Aufträge. Quasi als Wiedergutmachung für meine Art, ihn hinzuhalten."
„Inwiefern hast du ihn hingehalten?", mischt sich mein Dad wieder ein.
Ich sehe ihn an. Zu meiner Überraschung ist immer noch kein Abscheu in seinem Blick. „Er wollte mehr und ich habe es einfach nicht begriffen. Irgendwann ist er gegangen. Es kam mir nie in den Sinn, ihn zu fragen, ob alles in Ordnung sei."
„Das konntest du schon immer gut", wirft mein Dad ein und schafft es tatsächlich, zu grinsen.
„Wie bitte? Was meinst du?"
Er beißt ungerührt in das Marmeladenbrötchen und kaut genüsslich zu Ende. Erst dann antwortet er mir. „Dich an etwas fest-

beißen, das deiner Meinung nach richtig ist. Du verfolgst stur einen gefassten Plan, ohne nach links und rechts zu sehen. Das ist gut, wenn man es mit Mathematik zu tun hat, unpraktisch dagegen, wenn es um das eigene Leben geht. Ich bin froh, dass du zu Mike ziehst, vielleicht wirst du dann wieder etwas lockerer, entspannter und nicht mehr so steif."

Mein Unterkiefer sinkt nach unten. „Habe ich mich grad verhört?"

„Nein, Dirk. Wenn dieser Mann dir einen Schubs in die richtige Richtung verpasst hat, dann gibt es keinen Grund, sich für die Affäre zu schämen. Was nicht heißt, dass ich sowas gutheiße, aber in deinem Fall bin ich einfach froh, wenn du die Kurve kriegst."

Ich kann nicht fassen, was ich hier höre. „Aber … Dad, ich hatte was mit einem Mann! Wie kannst du das so einfach hinnehmen?"

Er schnauft und legt die Brötchenhälfte zurück auf den Teller. „Weil ich längst eingesehen habe, wie falsch meine Meinung über Schwule war. Michael und Jamie führen eine bessere Beziehung als viele *normale* Paare. Sie sind völlig … konventionell, ich weiß nicht, wie ich es sagen soll. Unauffällig, rücksichtsvoll und so liebevoll miteinander. Ja, ich weiß, ich habe ihnen das Leben anfangs schwer gemacht, aber auch ich kann noch was dazulernen. Sicher war es für uns ein kleiner Schock, als Melanie das erzählt hat, aber du bist unser Sohn und es ist dein Leben." Er atmet tief durch. „Wir haben Michael schon fast verloren, weil er sich nicht getraut hat, er selbst zu sein. Das möchte ich nicht noch mal durchleben. Wenn deine Zukunft darin besteht, als Manager zu arbeiten, in Wangen zu leben und mit einem Mann glücklich zu sein, dann müssen wir das akzeptieren, wenn wir wollen, dass du unser Sohn bleibst."

Zu behaupten, ich wäre sprachlos, ist eine komplette Untertreibung. Ich kann ihn nur anstarren und dann meine Mum. „Das ist … danke", schaffe ich irgendwann zu flüstern.

Beide winken ab und widmen sich ihrem Frühstück. Nach einigen Augenblicken, in denen ich die traute Stille und die Einigkeit zwischen uns genieße, tue ich es ihnen gleich.

„Und du willst Melanie tatsächlich das Haus überlassen?“, fragt mein Vater erneut, als wir schließlich fertig sind.
„Ja. Momentan ist sie zwar ganz friedlich, aber ich bezweifle, dass dieser Zustand von Dauer sein wird. So habe ich etwas, was ich dem Anwalt geben kann.“
Er nickt. „Auto? Einrichtung?“
„Will ich nicht. Vielleicht die Anlage und diverse technische Geräte, die sie nicht nutzt, aber ich kann sie ohnehin nirgends hin mitnehmen, weil ich noch keine Bleibe habe. Und ich habe keine Lust, sie zu Mike zu transportieren, um sie später noch mal woandershin zu bringen.“
Meine Mum schenkt noch mal Kaffee nach und lässt sich wieder nieder. „Hast du schon eine Wohnung in Aussicht?“
„Nicht direkt. Mike will früher zurückkommen, damit wir das klären können. Er hat ein Objekt an der Hand, allerdings ist es eine Eigentumswohnung. Wenn sie passt, würde er den Kauf übernehmen und ich bei ihm zur Miete wohnen.“
„Klingt gut, ihr habt euch schon Gedanken gemacht“, wirft mein Vater lächelnd ein.
„Ja. Es ist ein gutes Gefühl, nicht alleine zu sein.“
„Ist die Wohnung groß genug, dass du dort arbeiten kannst?“, will er weiter wissen.
„Nein. Ich kann Mikes Büro in der Stadt übernehmen, das ist zu Fuß zu erreichen, deshalb ist ein Auto erst mal auch Nebensache. Überhaupt kann es sein, dass ich die nächsten Wochen noch mal in die Staaten muss, da sie mich einweisen wollen.“
„Sehr schön. Dann sollten wir die nächsten Tage die potentiellen Kandidaten für deine Nachfolge einladen, damit das auch geregelt ist. Ich denke, es wäre für dich gut, wenn du diese Baustelle los bist.“
„Oh ja.“ Spontan kommt mir ein Gedanke. „Meinst du, wir könnten dem Auserwählten nahelegen, mit der Umgestaltung des Büros zu warten, bis ich umgezogen bin? Ich würde gerne einige Teile mitnehmen, aber wie ich vorher schon sagte, habe ich keinen Platz dafür.“
Wieder nickt mein Vater. „Das übernehme ich. Lass das mal meine Sorge sein. Du sagst mir, was du mitnehmen willst, und ich regle das.“

Mir fehlen die Worte. Vor zwei Stunden bin ich mit bebenden Knien an den Tisch getreten, weil ich vor dem Gespräch Bammel hatte, und jetzt?
Meine Mum geht hinter mir vorbei, streicht über meinen Kopf und küsst mich auf die Wange.
„Ich bin stolz auf dich, mein Junge. Was habe ich doch für tolle Söhne!"
Und wir erst für tolle Eltern!
Mein Leben kann beginnen.

Als ob dieses überraschend gut verlaufene Gespräch der Startschuss war, geht es eine Stunde später los. Ich bin mit meinem Dad unterwegs ins Büro, um die Möbelstücke zu kennzeichnen, die ich mitnehmen will, als mein Handy vibriert. Da ich fahre, kann ich natürlich nicht rangehen. Kaum angekommen, hole ich das nach. Es ist Mikes Nummer.
„Paps? Mike hat sich gemeldet, ich rufe ihn kurz an."
Mein Vater nickt und widmet sich den mitgebrachten Bewerbungsunterlagen.
Mike nimmt nach dem zweiten Ton ab. „Hey, Bruderherz, das ging ja mal richtig flott. Sonst hältst du mich immer ewig hin."
Ich verziehe gequält das Gesicht, weil er mich ertappt hat. „Die Dinge ändern sich eben."
Lautes, ansteckendes Lachen am anderen Ende. „Schön zu wissen. Du, warum ich anrufe … Ich habe dir das Exposé der Wohnung per Mail geschickt. Schau es dir doch mal an, dann können wir für nächste Woche gleich einen Termin ausmachen. Ich war mal so wagemutig und habe sie reservieren lassen, da ich glaube, sie könnte dir gefallen."
Oha. Ich sinke in den Ledersessel vor meinem Schreibtisch und fahre den PC hoch. „Okay. Du bist ja von der ganz schnellen Truppe."
„Jap. Ich will vermeiden, dass du es dir wieder anders überlegst."
Wir lachen alle beide. „Keine Bange, das wird nicht geschehen."
„Super. Also … schau es dir in Ruhe an. Ich fliege in ein paar Stunden zu euch, dann kannst du mich morgen Vormittag abholen und wir können nach Wangen."
„Äh. Wie? Du kommst morgen schon?"

„Äh. Jaaa. Wir, oder besser du, haben einiges vor. Die Wohnung wird nach Wünschen des Käufers fertiggestellt und ich muss dir nicht erklären, dass es besser ist, wenn einer den Handwerkern ab und zu mal auf die Finger schaut."
„Dann hoffe ich mal, du suchst was Vernünftiges raus."
Mike schnauft laut. „Du Blödmann! Das ist deine Wohnung, und jetzt komm mir nicht wieder mit irgendwelchem Quatsch."
„Bin ja schon still."
„Brav. Und dann müssen wir das Büro entrümpeln und sehen, was wir noch machen müssen. Ach ja … und du darfst in rund 10 Tagen hierher fliegen und kriegst einen Crashkurs bei Karl."
Gut, dass ich sitze. Ich schnappe wie ein Fisch auf dem Trockenen nach Luft und finde keine Worte. Ein Blick in das amüsierte Gesicht meines Vaters macht es keinen Deut besser.
„Ich fühle mich dezent verplant", murmle ich verhalten in das Telefon.
„So soll es auch sein. Aber ehrlich? Ich freue mich wie irre darauf, endlich mit dir zusammenarbeiten zu können. Und Jamie geht es genauso. Das wird toll, verlass dich drauf."
„Ich lass mich mal … Wahnsinn!" Auf dem Bildschirm entfaltet sich das Exposé und mit ihm ein Ausblick von dem Balkon des Penthouses auf die mittelalterliche Kleinstadt.
„Was?"
„Ich habe die Mail geöffnet und … das ist ein Fake, oder? So ein unglaublicher Ausblick kann doch nicht sein."
Mike lacht fröhlich. „Doch, das Gebäude liegt an einem Hang, wo früher Villen in großen Gärten standen. Ich fände es zwar toll, wenn sie diese erhalten würden, aber das geht nicht bei allen. Die Aussicht ist echt, glaube mir. Jetzt lass ich dich mal alleine schwelgen, das ist echt ein Traumobjekt. Ich schick dir ne SMS mit der Ankunftszeit, ja?"

Eine halbe Stunde später hat mich mein Bruder mit seiner Euphorie gänzlich angesteckt. Zusammen mit meinem Vater bin ich die Bilder und Beschreibungen des Penthouses durchgegangen und wir waren beide gleichermaßen beeindruckt. Ich stelle wieder mal fest, dass mein Bruder ein echter Teufelskerl ist. Keine Ahnung, wie und in welchen Gesprächen er rausgehört

hat, was ich mir erträume, aber die Wohnung trifft es komplett auf den Punkt.
Großzügige 98 Quadratmeter, verteilt auf zwei Stockwerke. In der unteren Ebene befinden sich Küche, Flur, Wohnzimmer und eine Toilette. Oben ein Schlafzimmer und ein Kinderzimmer samt Luxusbad. Zumindest ist der Luxus geplant, da, wie Mike ja schon sagte, die Innenausbauten dem Käufer überlassen werden. Abgerundet wird dieser Traum von einer Terrasse vor dem Wohnzimmer, einem französischen Balkon oben, riesigen Glasflächen, einem Aufzug, der direkt in die Etage führt, und bis jetzt völlig offenen Räumen.
Ich bin hin und weg und beginne schon in Gedanken Möbel zu platzieren. Das wird richtig toll und auch Lea wird sich dort wohlfühlen. Jace hätte sie bestimmt auch gefallen …
Der Gedanke wirkt wie ein Eimer voller Eiswasser.

52.
Dirk

Sechs Wochen später.

Die große Matratze fällt mit einem dumpfen Geräusch auf den Parkettboden in grauer Steinoptik und ich und Mike gleich hinterher.
„Das war eine Schnapsidee, dieses Ungetüm mitzunehmen, anstatt es liefern zu lassen“, grummelt er und streckt sich neben mir aus.
„Jammer nicht rum, du weißt genau, dass ich keine Lust habe, auf dem nackten Boden zu schlafen.“
Er winkt träge ab. „Auf ein paar Tage mehr bei uns wäre es echt nicht angekommen.“
Ich lache und knuffe ihn in die Seite. „Nein danke. Dein Herzbube kommt heute zurück und ich habe keine Lust, Zeuge eurer Wiedervereinigung zu werden.“
Mike lacht schallend und setzt sich auf. „Neidisch?“, fragt er und zwinkert mir neckend zu.
Ich strecke ihm die Zunge raus und richte mich ebenfalls auf. „Er ist nicht mein Typ.“
Umgehend finde ich mich im Schwitzkasten wieder. „Ich weiß … du stehst mehr auf dunkelblond.“
Wir rangeln brüderlich miteinander, aber ich erspare mir eine Antwort. Mike hat sich in den letzten Wochen zum Spezialisten in Bezug auf Jace entwickelt. Immer im passenden Moment, nämlich dann, wenn ich ihn endlich mal vergesse, setzt er Gedenkspitzen.
So wie gerade eben. Der Tag war bis jetzt recht umtriebig, wenn auch erfolglos. Da Jamie noch unterwegs ist, haben wir beschlossen, heute mal nach Friedrichshafen in ein Möbelhaus zu fahren. Die Wohnung ist bautechnisch fertig, aber eben noch jungfräulich, was Möbel angeht. Tja … nur hat mir nichts gefallen. Ich weiß nicht, woran es liegt, vielleicht bin ich auch noch nicht ganz bei der Sache, weil die letzten Wochen einfach zu aufregend gewesen sind.

Mikes Stimme reißt mich aus meinen Überlegungen. „Auf, komm. Lass uns noch was essen gehen, bevor ich dich deinem Schicksal überlasse."
Er springt auf und reicht mir die Hand, um mir hoch zu helfen.
„Ne, lass mal. Ich will heute noch die Küche putzen und die paar Sachen einräumen. Fahr du ruhig heim und bereite dich auf Jamie vor."
Mein Bruder grinst verzückt und es ist nicht schwer zu deuten, woran er gerade denkt. Und ja, ich bin etwas neidisch.
„Wirklich? Soll ich dir nicht noch helfen?"
„Mach dich nicht lächerlich. Verschwinde. Du hast mir die letzten Wochen genug geholfen."
„Kommst du morgen zum Essen?"
Ich muss lachen, weil er so besorgt um mich ist. „Nein, ich will den ansässigen Elektromarkt plündern und im Internet nach diversen Dingen suchen."
Er zuckt mit den Schultern, aber ich weiß, er ist nicht beleidigt. Unser Brüderband ist wieder stark und so innig wie früher. Eine weitere, sehr positive Entwicklung der letzten Wochen.
„Aber du rufst an, wenn du was brauchst, okay?"
Ich packe ihn an den Schultern und schiebe ihn aus dem riesigen, leeren Schlafzimmer hinaus Richtung Treppe. „Jaaa, versprochen. Wenn ich ein Telefon gekauft und den Router angebracht habe und sich herausgestellt hat, dass ich tatsächlich eine Leitung habe, wirst du der erste sein, den ich anfunke."
Er lacht leise, während wir gemeinsam die helle Marmortreppe hinuntersteigen. Ich atme tief durch, alles riecht noch frisch und nach dem typischen, etwas feuchten Aroma neu erbauter Häuser. Als erstes werde ich gleich alle Fenster aufreißen und auf Durchzug stellen. Draußen scheint die Sonne und die Juniluft ist schon richtig warm.
Wir erreichen das untere Stockwerk und Mike sieht sich anerkennend um. „Ist richtig toll geworden."
„Allerdings. Ich stehe echt tief in deiner Schul…"
„Klappe!"
Ein scheeler Seitenblick trifft mich, wie immer, wenn ich das Thema Wohnung anschneide.

„Du wirst schön Miete bezahlen, welche auf ein separates Konto geht. Wenn du geschieden bist, kaufst du mir die Immobilie ab und das Geld ist gleich eine gute Anzahlung.“
Meine Antwort besteht lediglich aus einem Schnaufen, weil ich weiß, dass es keinen Sinn hat, irgendwie zu widersprechen. Und außerdem, wenn ich ehrlich bin, ist es eine klasse Idee.
„Keine Widerworte?“, fragt er mich mit schräg gelegtem Kopf und grinst wie ein Honigkuchenpferd.
„Nö. Ich weiß, wann ich den Krieg verloren habe, kleiner Bruder.“
Mit einem warmen Lächeln nimmt er mich in den Arm und quetscht mich zusammen wie eine Fliege.
„Mann, bin ich froh, dass du endlich vernünftig geworden und hier bei uns bist. Ich freue mich so auf unsere gemeinsame Zeit.“
Ohne Jace!
Himmelherrgottverdammtegüllegrube!
Wenn ich wüsste, dass es funktioniert, würde ich mir am liebsten ein Stromkabel in die Nase stecken, damit dieses eine, verfluchte Areal, das sich um Jace dreht, in meinem Hirn lahmgelegt wird.
Ich weichc von Mike zurück und grinse ebenfalls. Ein einstudierter Gesichtsausdruck, den ich in den letzten Wochen perfektioniert habe. Musste ich, da ich ja bald Jamie wieder begegne und seinem Röntgenblick standhalten will und muss.
„Okay, dann verschwinde ich mal.“ Er deutet auf das Tütenchaos vor der Theke, die die offene Küche zum Wohnraum hin abgrenzt. „Echt keine Hilfe?“
„Nein. Ich wasche jetzt mal die Schränke aus und räume die Lebensmittel ein, das sollte mich beschäftigen bis heute Abend. Und dann …“ Ich rede weiter, weil er ansetzt, etwas zu sagen. „… werde ich gemütlich in die Stadt runter laufen und mir irgendwo ein Abendessen samt leckerem Bier gönnen, während du dein Nachtmahl in Form von Jamie verspeist.“
„Klingt beides nach einer guten Wahl.“
„Eben. Und jetzt verschwinde, Conan wartet auch schon lange genug auf dich.“
„Überredet. Dann sehen wir uns spätestens übermorgen bei dem Shoot?“

Ich nicke. „Aber klar, das lasse ich mir nicht entgehen. Das ist der erste Auftrag, den ich für euch hier an Land gezogen habe. Da will ich schon sehen, was ihr draus macht."

Mike grinst wieder sein unwiderstehliches Lächeln. „Oh ja ... das wird toll, die Location ist spitze und mit Jamie vor und hinter der Kamera wird es ein Erfolg."

„Das sowieso. Ich bin auf die anderen Models gespannt, dein Mann meinte ja, er bringt noch zwei mit."

„Jap. Tut er. Die sind gut, verlass dich drauf."

Ein letztes Mal nehmen wir uns in den Arm, dann schnappt er sich seine Lederjacke und verlässt meine Wohnung.

Die Aufzugtüren schließen sich mit einem leisen Geräusch und zurück bleibt völlige Stille.

Allein!

Endlich!

Dieses winzige, kleine Flämmchen bestehend aus Glück, Freiheit und der Gewissheit, das Richtige zu tun, lodert und lockt ein Lächeln auf mein Gesicht. Das kann auch die anhaltende Melancholie wegen Jace nicht ändern.

Nach ein paar Sekunden raffe ich mich auf und öffne die Glasschiebetür, die die komplette Breite des Wohnzimmers einnimmt. Ein leichter Wind weht und lindert die ungewohnte Wärme. Ich trete hinaus und nehme das weite Panorama auf. Die perfekte Mischung aus Land und Stadt. Unter mir breitet sich Wangen aus, der Kern bestehend aus dicht zusammen gebauten, alten Fachwerkhäusern, die sich in die alte, intakte Stadtmauer drängen. Rundherum die neuen Wohngebiete, links ein paar Hochhäuser, leicht rechts das Einkaufszentrum und direkt am Horizont die Schweizer Berge hinter dem Bodensee. Ich kann mich kaum sattsehen und werde hier auch nicht allzu viel anpflanzen, damit die Sicht nicht verloren geht.

Jetzt aber auf, ans Werk. Als nächstes renne ich die Treppe hoch und öffne auch dort die Fenster. Der Anblick der nackten Matratze bringt mich zum Lächeln. Sieht wirklich extrem spartanisch aus, aber für den Anfang reicht es. Ich habe ohnehin festgestellt, dass ich viele Dinge, von denen ich dachte, ich würde sie vermissen, gar nicht wirklich brauche. Gut, jetzt bin ich alleine,

da mag ein Fernseher oder meine geschätzte Stereoanlage schon ihren Wert haben, aber bis heute war es okay.
Ich überziehe gedankenverloren die mitgebrachte Bettwäsche und versuche mir klar zu werden, wie ich die Wohnung eigentlich überhaupt gestalten will. Es bleibt seltsam blass und unklar und ich weiß auch, warum.
Jace schleicht sich immer wieder in meine Gedanken und egal, über was ich nachdenke, sei es die Wandfarbe, Schränke oder der Bezug des Sofas, frage ich mich, was ihm gefallen würde. Und dann vergeht mir einfach die Lust daran. Wie auch immer. Im Moment gibt es genug andere Dinge, die ich zu tun habe, somit kann das Einrichten warten.
Überhaupt waren die letzten Wochen im Grunde der pure Wahnsinn. Bereits einen Tag nach dem Gespräch mit meinem Vater haben wir die Kandidaten für die Nachfolge eingeladen und uns für einen entschieden. Er hat vor zwei Wochen angefangen, sich einzuarbeiten, und bis jetzt macht er einen ganz guten Eindruck. Dad hat es übernommen, ihn bei den alten Kunden einzuführen, und wir stehen beide für Fragen jederzeit zur Verfügung.
Dann die Reise nach LA. Eigentlich hatte ich gedacht, ich werde dort lediglich Kunden und Firmen vorgestellt, die Foto- und Werbeaufträge vergeben. Na ja, das gehörte auch dazu, aber der weitaus größere Teil bestand darin, dass mir Karl Männer empfohlen hat, die auf den europäischen Markt passen würden. In Nullkommanichts hatte ich eine Kundendatei, sowohl mit Firmen und Werbeträgern als auch mit Models und diversen Pornostars.
Eigentlich genau die Klientel, vor der ich vor gut einem Jahr noch angstbebend davongerannt wäre und mich im nächsten Mauseloch versteckt hätte. Tja, so ändert sich alles, und das ist gut so.
Mit Melanie hatte ich über die Zeit hinweg nur telefonischen Kontakt. Zum Glück hat sie von weiteren Versuchen, mich zur Rückkehr zu bewegen, abgesehen. Die Scheidungspapiere liegen uns beiden vor, ich habe nur noch nicht unterzeichnet, weil ich bis heute nicht dazu gekommen bin.

Lea hat sich auch wieder etwas gefangen. Ich rufe sie jeden Abend an, ehe sie ins Bett geht, ein Ritual, das ich nicht mehr missen möchte. Dreimal habe ich sie in den vergangenen Wochen gesehen und jedes Treffen war sehr emotional und innig. Ich habe ihr versprochen, sie bald mit her zu nehmen, aber da ihr Zimmer noch genauso im Rohzustand ist wie der Rest der Wohnung, wird das wohl noch dauern.

Nach gut anderthalb Stunden ist die Küche auf Hochglanz poliert und die Lebensmittel sind verräumt. Der nagelneue Kühlschrank schnurrt leise und ist das einzige Geräusch in der Wohnung. Aber ich bin zufrieden, das hier ist mein Zuhause. Das Gefühl ist schlicht perfekt.

Ganz im Reinen mit mir, dusche ich und schlüpfe in frische Kleidung. Zu Fuß brauche ich etwa zehn Minuten bis in die malerische Altstadt, in der sich zahlreiche Restaurants befinden. Der passende Abschluss für einen durchaus gelungenen Tag.

Nach einem leichten Essen genehmige ich mir noch ein Eis und genieße den Trubel in der schnuckeligen Fußgängerzone. Was wird der Sommer bringen? Wird der Liebeskummer in den nächsten Monaten endlich verschwinden? Das bezweifle ich, da Jace' Urlaub vorbei ist und wir demnächst in Kontakt treten müssen, um zusammen zu arbeiten. Es wird Kraft kosten, zweifelsfrei, aber ich freue mich auch darauf.

Was er jetzt gerade wohl tut? Hat er mich inzwischen vergessen? Spielt ein anderer Mann in seinem Leben eine Rolle? Unbeschreiblich, wie weh dieser Gedanke tut. Aber ich muss ihn zulassen, da ich kein Recht an ihm habe, beziehungsweise es leichtfertig verspielt habe.

Ich konnte nicht anders handeln. Es ist ein fataler Witz des Schicksals, dass ich jetzt zwar frei für ihn wäre, aber es einfach zu spät ist.

Mit diesen melancholischen Gedanken schlendere ich gemächlich über das Kopfsteinpflaster zurück durch die Stadtmauer und weiter den Hügel hinauf bis an mein neues Domizil.

Mit einem letzten Glas Rotwein – dem ersten auf meinem Balkon – lasse ich den Tag ausklingen und bin gespannt, wie ich die erste Nacht hier verbringen werde.

53.
Jace

Zwei Tage vorher.

Es ist ein tolles Gefühl, barfuß am Strand zu laufen. Der Sand an der Wassergrenze ist fest und gut begehbar. Seit zwei Tagen bin ich wieder in LA und mit meiner Rückkehr sind auch die Gefühle zurück, die ich auf der Reise durch die USA teilweise gut verdrängen konnte.
Sechs Wochen und ich habe es nicht geschafft, diesen Mann aus meinem Kopf zu bekommen. Ständig drehen sich die Gedanken um ihn, was er tut, ob er bei seiner Frau und Tochter ist, sich einen neuen Lover gesucht hat. Wobei das eher unwahrscheinlich ist, das muss ich zugeben. So ist Dirk nicht. Ich war ein Ausrutscher, das weiß ich. Eine einmalige Sache ohne nennenswerte Bedeutung.
Fuck! Das tut immer noch so weh. Ich wünschte, es gäbe Tabletten dagegen. Alkohol habe ich bereits getestet, aber der Tag danach ist viel zu anstrengend, um das öfters zu machen. Und außerdem schadet es der Figur. Da muss ich ohnehin aufpassen. Andere nehmen ab, weil sie vor lauter Kummer kaum einen Bissen runterbringen, bei mir ist leider das Gegenteil der Fall und, was noch erschwerend hinzukommt, mir geht inzwischen jeglicher Elan, Sport zu machen, flöten. Ich habe es drei Wochen lang echt schleifen lassen, nur rumgegammelt und mich großteils eingeigelt. Dafür war die Auszeit perfekt, aber jetzt ist wieder arbeiten angesagt.
Das und Kontakt zu Dirk. Ich schnaube und trete nach einer ankommenden Welle. Ich halte das Management noch immer für eine Schnapsidee, aber wenn ich nicht untergehen will, muss ich da mitmachen. Und andererseits, so sehr mich sein Plan auch ärgert, irgendwo spiegelt es den Mann wieder, in den ich mich verliebt habe. Auf seine unvergleichliche Weise entschuldigt er sich bei mir, indem er sich um mich kümmert.
Ich bleibe stehen und blicke auf das Meer hinaus. Der sanfte Wind verstrubbelt meine Haare und treibt mir die Tränen in die Augen.

Ja, er kümmert sich um mich, meine Karriere, mein Ansehen … warum nicht um mein Herz? Mein Blick sinkt zu Boden. Warum kann ich nicht aufhören, ihn zu lieben?
Nach Sekunden schaffe ich es, mich zu fassen. Ein Blick auf die Armbanduhr zeigt mir, dass ich langsam weitergehen sollte.
Vorgestern habe ich von Jamie eine SMS bekommen, in der er mich um ein Treffen bat. Ich wollte wirklich spontan ablehnen, da ich noch immer daran nage, dass sie von uns wussten. Aber das wäre kindisch und reichlich dumm. Silver will mich als Exklusivmodel, und das habe ich nicht nur Dirk zu verdanken, sondern auch meinem Können. Nein, dieser Fotograf hat es nicht nötig, einem hinterherzulaufen, da ist es eher umgekehrt. Ich weiß, welche Ehre das bedeutet, und im Grunde ist es genau das, was ich immer wollte. Jamies Aufnahmen sind perfekt, besonders, voller prickelnder Erotik und bestens geeignet, um weiter zu kommen. Also habe ich dem Treffen natürlich zugestimmt.
Ich gehe weiter, bewege mich dabei langsam nach oben, in Richtung der Häuser. Irgendwo da haben sie ihr Grundstück. Beeindruckend, das muss ich schon sagen. Hmmm, da es keine Hinweise gibt, wo genau er wohnt, habe ich echt ein Problem. Ich zücke mein Handy und wähle seine Nummer.
„Hi, Jace. Wo bleibst du?“ Jamies Stimme klingt völlig neutral.
„Bin am Strand. Sorry, aber ich weiß nicht, welches euer Haus ist. Kannst du mir weiterhelfen?“
Jamie lacht verhalten. „Klar. Ich komm runter“, meint er und legt auf.
Jetzt bin ich echt mal gespannt. Zum Glück ist ein Wochentag und der Strand somit relativ leer. Eine überschaubare Anzahl von Joggern und Hundeführern ist unterwegs, aber der Trubel hält sich in Grenzen.
Mein Blick gleitet über die Abgrenzungen oben am Hang, die die Grundstücke vom Strand trennen. Schon ein Traum, so zu wohnen, das muss ich gestehen. Aber was nützt so ein Haus, ohne den Traummann an der Seite …
Aaaahhhrrggg …

Ein Stück weiter rechts tut sich etwas. In eine massive Steinmauer ist ein Holzgatter eingelassen, das sich jetzt öffnet. Jamie! Unverkennbar. Er sieht sich um und erwidert mein Winken, als er mich entdeckt. Im Laufschritt bringe ich die rund 150 Meter hinter mich und steige die Stufen zu ihm hinauf. Gut sieht er aus, wie immer. Braungebrannt, perfekt trainierter Body und er strahlt so viel Glück und Zufriedenheit aus …

Mühsam schalte ich meine Professionalität an und erwidere seinen festen Händedruck. Mit einer Handbewegung und einem offenen, sehr sympathischen Lächeln bittet er mich herein und schließt hinter uns das Tor. Vor uns erstreckt sich ein gepflegter Garten mit blühenden Büschen. Ein kleines Paradies.

„Und? Konntest du dich ein wenig erholen?", will er wissen, als wir nebeneinander nach oben gehen.

„Ja, doch. Hat gutgetan und sonderlich vermisst hat mich ohnehin niemand."

„Na, wenn du dich da mal nicht irrst."

Mein Blick zu ihm bleibt unbeantwortet. Ich sehe ihn nur lächeln und werde daraus nicht schlau.

„Hast du Lust auf ein Frühstück? Ich kann zwar nicht im Ansatz so leckere Dinge zaubern wie mein Göttergatte, aber für Brot, Kaffee und ein paar Früchte reicht es."

Ich muss unwillkürlich grinsen. „Klar, gerne, ich bin da auch nicht so der Held drin."

Jamie lacht ebenfalls und sieht mich jetzt direkt an. Wir stehen inzwischen auf der ausladenden Terrasse vor dem Haus. Die Markise ist rausgefahren und hüllt uns in dankbaren Schatten.

„Tja … wir sind uns in manchen Dingen recht ähnlich, Jace. Also … mach es dir bequem, bin gleich wieder da."

Mit diesen Worten verschwindet er nach drinnen. Muss ich das jetzt verstehen? Nein, entschließe ich mich. Diese kryptischen Andeutungen sind mir zu hoch. Ich sehe mich um und gehe ein Stückchen zurück an den Pool. Einladend liegt die spiegelglatte Wasserfläche vor mir, die Sonne zaubert glitzernde Effekte darauf. Ich kann nicht widerstehen und gehe zwei Stufen in das warme Wasser. Dank kurzer Hosen besteht keine Gefahr für die Kleidung.

„Hey … spring rein, wenn du magst. Ich kann dir Sachen von mir leihen.“
Jamies Stimme hinter mir lässt mich zusammenzucken. Toll, wie unprofessionell ich mich gerade benehme, echt klasse. „Nein, lass mal. Du willst sicher etwas Geschäftliches mit mir besprechen und das wäre unpassend.“ Ich kehre zu ihm zurück und sehe, wie er den Kopf schüttelt.
„Mann, Jace … Mach dich locker. Ich bin weder dein Chef noch sonst was. Kannst du nicht akzeptieren, dass wir dich einfach mögen? Dass vielleicht Sympathie der Grund sein könnte, warum ich wissen will, wie es dir geht?“
Oh … Glatteisgefahr! Ich weiß nicht, ob mir die Gesprächsrichtung behagt. „Warum solltest du?“
Jamie lässt sich nieder, schenkt mir vorher Kaffee ein und nickt auf einen Stuhl ihm gegenüber. Erst als ich sitze, bekomme ich eine Antwort.
„Man sucht sich nicht aus, wen man liebt oder mit wem man befreundet ist. Es ist ein Gefühl und ich kann nur sagen, dass ich dich mag und gerne zu meinen Freunden zählen würde.“
Sein gelassener Tonfall, der offene Blick, wie er sich jetzt ein Brötchen aufschneidet … alles zusammen wirkt total ungekünstelt und ehrlich. Freunde! Mein natürlicher Widerstand bricht in Sekundenschnelle in sich zusammen und zeigt mir, wie einsam ich im Grunde bin. „Liegt es nicht eher an deinem Schwager?“
Er schmunzelt süffisant. „Dirk? Na ja … zumindest ist er der Grund, dass ich mich überhaupt näher mit dir beschäftigt habe. Dein früherer Ruf hat mich sicher nicht dazu verleitet.“
Ich mag seine Ehrlichkeit. „Okay. Dann danke ich für die Chance.“
Jamie kaut und mustert mich lange. „Du hast dich sehr verändert und ich glaube, Dirk ist zum Großteil schuld daran.“
Schlagartig vergeht mir der Appetit und ich lege die Scheibe Vollkornbrot zurück auf den Teller, obwohl alleine die Tatsache, dass er so etwas auf den Tisch bringt, mir das Wasser im Munde zusammenlaufen lässt. „Ich dachte, das hier ist ein geschäftliches Treffen?“, versuche ich das Gespräch doch in die andere Richtung zu lotsen.
„Sagte ich das?“ Der Mann mir gegenüber grinst immer noch.

„Ich will nicht über …"
„Liebst du ihn noch?"
WAS? Ich starre ihn fassungslos an. Jamie ist bekannt und gefürchtet für seine Direktheit, aber das geht mir echt zu weit. „Wie bitte?"
„Ich fragte, ob du ihn noch liebst."
Wir starren uns an, Jamie strahlt nach wie vor nur Freundlichkeit aus, bei mir hingegen kippt die Laune gehörig. „Nein! Und ich bin nicht bereit, mit dir darüber zu reden, kapiert?" Ich lege das Messer auf den Tisch zurück. Es scheppert laut, weil ich den Tellerrand treffe, ich stehe auf und trete vom Tisch zurück. „Wenn du was Wichtiges zu sagen hast oder einen Termin mit mir machen willst, melde dich wieder, für alles andere stehe ich nicht zur Verfügung." Mit diesen Worten wende ich mich ab und hoffe inständig, dass das Tor zum Strand nicht abgeschlossen ist. Allerdings komme ich nicht weit. Jamies Worte folgen mir und wirken wie Schlingen, die meine Beine fesseln.
„Weißt du … ist schon interessant, dass du Dirk Feigheit vorwirfst, jetzt aber genauso handelst. Ihr versucht beide, euch vor der Wahrheit zu verstecken, und rennt weg, sobald man euch auf den Zahn fühlt."
Meine Schultern sacken nach unten, ich fühle mich ertappt. „Und wenn schon", murmle ich vor mich hin.
Eine Kaffeetasse erscheint in meinem Gesichtsfeld und eine Hand drückt freundschaftlich meine Schulter. „Komm mit." Jamie wendet sich ab und geht voraus, ohne sich zu vergewissern, ob ich folge. Aber ich tue es, er kennt mich wohl besser als ich mich selbst.
Er geht zurück durch das Tor, biegt aber dahinter gleich nach rechts ab. Zu meiner Überraschung ist in die massiven Felsen eine Bank eingelassen, die ich vorhin übersehen habe. Schweigend lässt er sich nieder, drückt mir die Tasse in die Hand und nimmt aus seiner eigenen einen tiefen Schluck.
Ruhe überkommt mich. Der sagenhafte Ausblick auf die unvorstellbare Weite des Meeres und der sanft streichelnde Wind, der im Garten kaum zur Geltung kam, schaffen es, mich runter zu holen.

„Okay, Jace. Ich habe dich gefragt, ob du ihn noch liebst. Du hast nein gesagt, gut. Ich will dir jetzt mal was erzählen und frage dich später noch mal. Dann hoffe ich, dass du mir eine ehrliche Antwort geben wirst."
Mir wird angst und bange. Ich schaue zu ihm hinüber, aber Jamie blickt weiterhin auf das Meer hinunter.
„Ich bringe dich jetzt mal auf den neuesten Stand, was deinen Lover angeht."
„Er ist nicht …"
„Pssst. Hör einfach zu."
Ich starre ihn an, mein Herz poltert los, weil das Letzte, was ich will, ein Gespräch über Dirk ist. Noch dazu mit einem Mann, der ihn weitaus besser kennt, als ich es je tun werde. „Ich will nicht …"
„Aber du wirst." Sein Blick ist ernst. „Wenn ihr beide es alleine nicht auf die Reihe bringt, bleibt uns nichts anderes übrig, als uns einzumischen. Also hör einfach zu und dann entscheide, was du tun wirst. Das ist wohl nicht zu viel verlangt, oder?"
Zerknirscht senke ich meinen Blick auf die Tasse und erspare mir jede Reaktion. Ich bin hin und her gerissen zwischen Neugierde und Angst. Will ich mehr über Dirk wissen? Will ich tiefer in sein Leben eindringen als bisher? Wozu? Was bezweckt Jamie damit? Und … was soll das bedeuten: *Wenn ihr es nicht auf die Reihe bringt, müssen wir uns einmischen.* Will er, dass ich zu ihm zurückgehe, damit die sexuellen Gelüste des Herrn befriedigt sind? Nein, so ein unmoralisches Angebot passt nicht zu Jamie.
Seine leisen Worte reißen mich aus den sinnlosen Überlegungen. „Dirk ging es richtig mies, als du Schluss gemacht hast. Ein paar Wochen danach hat er uns besucht und ich habe ihm eure Affäre auf den Kopf zugesagt. Du glaubst nicht, wie entsetzt er war, als ihm klar wurde, dass wir, beziehungsweise ich, was geahnt haben. Mike war bis dato völlig unwissend, was die Tomaten auf den Augen angeht, ist er seinem Bruder ähnlich." Jamie lächelt mich an.
Plötzlich verfliegt meine Angst und zurück bleibt Neugierde.
„Ich bin nicht blind und kann Menschen recht schnell und sehr gründlich durchschauen. Es war kein großes Kunststück, in dem Club in München zu erkennen, was da läuft. Wie tief eure

Gefühle füreinander gehen, wurde später klar. Ihr habt euch beide verändert und gelitten, daran konnte nur Liebeskummer schuld sein. Aber egal. Ich habe ihm auf den Zahn gefühlt, wollte wissen, wie er zu dir steht, aber er hat gemauert. Das Endergebnis war, dass er uns mitgeteilt hat, es nochmal mit seiner Frau versuchen zu wollen, weil du, selbst wenn du zurückkämst, ohnehin nichts Festes wolltest." Wieder ein Blick von ihm, also wolle er prüfen, wie ich seine Worte aufnehme.

Ich zucke mit den Schultern, weil es dazu nichts zu sagen gibt und mich die Tatsache, dass er seiner Ehe eine Chance geben will, nicht wirklich überrascht.

„Dann hast du den Drehvertrag unterschrieben, in dem Mike dein Partner sein sollte. Wir waren etwas überrascht, weil du offensichtlich nicht wusstest, dass er Dirks Bruder ist. Na ja, Mike lehnt sonst niemanden ab, aber das war ein totales No Go für ihn. Also hat er Dirk angerufen und ihn gebeten, das zu klären. Was dabei rauskam, muss ich dir jetzt nicht erklären …"

„Jamie … mal ehrlich, was soll das hier werden? Ich war dabei, schon vergessen?"

Zu meiner Überraschung verzieht er amüsiert das Gesicht. „Das weiß ich, ich bin ja auch noch nicht fertig."

Kopfschüttelnd widme ich mich wieder dem Ausblick vor mir und lasse ihn machen.

„Also … Dein Abgang hat ihn geschockt, er hat sich Wahnsinnssorgen gemacht."

Ich kann ein abfälliges Schnauben nicht unterdrücken, was mir einen Rempler von ihm einbringt.

„Ich weiß … das ist ein Witz angesichts der Story, aber warte ab. In der Zwischenzeit hatte er seiner Frau die Affäre gestanden, dich aber komplett außen vor gelassen. Sie wusste nicht, dass er was mit einem Kerl hatte, und so sollte es auch bleiben, weil er dich schützen wollte. Dann haben wir dich bei der anderen Agentur aufgetrieben. Da unsere Versuche erfolglos blieben, dich zurückzuholen, musste Dirk mit ins Boot." Jamie macht eine Pause und trinkt einen großen Schluck. Er schüttelt den Kopf, als wäre die Erinnerung daran schwierig.

„Und dann?", wage ich zu fragen.

„Dein Name fiel logischerweise, als er mit Mike diskutiert hat, was, ob und wenn, wie er da helfen könnte … Seine Frau hat mitgehört und so die ganze Wahrheit erfahren. Er hat nicht groß erzählt, was danach los war. Aber die Tatsache, dass er mit einem Mann fremdgegangen war, dürfte wieder mal der Auslöser für einen handfesten Streit gewesen sein."
„Scheiße!"
„Ja, allerdings."
„Das tut mir echt leid."
Jamie sieht mich amüsiert an. „Echt? Immerhin hat er dich hängen lassen."
Ich schüttle energisch den Kopf. „Nein. Da wir schon bei der Wahrheit sind: Er hat nie mehr versprochen, als er halten konnte. Das war mir von Anfang an klar."
Jamie nickt und lehnt sich an die sonnenwarmen Steine zurück. „So ist er, das glaube ich dir."
„Wie ging's weiter?"
„Sie hat ihm ein Ultimatum gestellt. Sie oder du. Sollte er nach LA fliegen, um dir zu helfen, bräuchte er nicht wiederkommen."
Er verstummt, nimmt einen weiteren Schluck Kaffee und sitzt meinen ungläubigen Blick einfach aus. Das ist auch gut so, denn in meinem Hirn wirbeln sämtliche Gedanken kreuz und quer umher.
Unvermittelt spricht er doch weiter. „Nur als Gedankenstütze …" Jetzt sieht er mich direkt an. „Du weißt, wo Dirk war, oder?"
Ich nicke mechanisch, steif wie eine Gliederpuppe. „Ja", nur ein Hauch, so kraftlos ist meine Stimme.
„Gut."
Ich habe Schiss vor den folgenden Worten, oder ist es völlig unbegründete Freude und Hoffnung? Egal, was es auch ist, es ist Bullshit.
„Dein Management war nur ein Teil des Arrangements mit der Agentur. Er kümmert sich inzwischen auch um meine und Mikes Belange, vertritt ein gutes Dutzend Kollegen in Europa und ist dabei, die Zweigstelle der Agentur zu eröffnen. Sein Architekturbüro hat er an einen Nachfolger übergeben, er ist zu Hause ausgezogen und wohnt inzwischen in Wangen, in der Nähe von

uns. Die Scheidung läuft. Dirk ist ein freier Mann." Bei den letzten Worten dreht er sich wieder in meine Richtung und sieht mich ernst an.
Mein Gesicht hat irgendwie keine Form, ich spüre nichts, weder ob ich dümmlich grinse noch ob ich entsetzt aus der Wäsche schaue. Doch … halt. Ein Tropfen landet auf meiner Hand, ich sehe ihm nach, wie er über die Hautoberfläche rollt und nach unten auf die Holzbank fällt. Fahrig wische ich über mein Gesicht. Tränen, tatsächlich.
„Und jetzt frage ich dich noch mal, ob du Dirk immer noch liebst."
Ich wage es nicht, seinen wissenden Blick zu erwidern. „Und wenn schon, was nützt das."
„Hallo? Muss ich dir das jetzt erklären? Dirk hat seine Frau für dich verlassen. Es mag spät sein, aber immerhin …"
„Nein, Jamie …" Ich sehe ihn entschlossen an. „Er hat es nicht für mich getan, sondern weil er seinen Prinzipen gefolgt ist. Eine Trennung hätte ich nie von ihm verlangt, weil ich wusste, dass er das nicht tun würde. Was glaubst du, warum ich gegangen bin? Weil ich es nicht mehr ausgehalten habe. Fuck …" Ich springe auf und trete nach vorne an die Begrenzung. „Letztendlich hat mir genau das das Genick gebrochen, weswegen ich mich in ihn verliebt habe."
„Und doch hat er es jetzt getan."
Ich zucke hilflos mit den Schultern. Jamie hat recht, ich kann es Dirks Vernunft oder weiß Gott was zuordnen, aber im Grunde bleibt ein Nenner: Seine Frau hat verlangt, zwischen mir und ihr zu wählen, und er hat sich für mich entschieden. Ich schlage meine Hände vors Gesicht, weil ich es kaum aushalten kann. Soll ich schreien? Heulen? Keine Ahnung. Aber warum, zum Teufel, ist er dann so distanziert? Warum kein Wort davon? Er hat nur über dieses geschäftliche Arrangement geredet, nicht über uns …
„Kannst du mir jetzt meine Frage bitte ehrlich beantworten?"
Ich drehe mich um und sehe zu Jamie zurück. „Wozu?"
„Weil ich noch nicht fertig bin. Aber ich will wissen, ob es einen Sinn macht, was wir uns ausgedacht haben."
Ungläubig starre ich ihn an. „Willst du uns verkuppeln?"

„Erraten. Da ihr es, wie anfangs gesagt, wohl kaum alleine auf die Reihe bringt, ist das vonnöten … Jace … Ich und Mike hatten es auch nicht leicht am Anfang und ohne Freunde wären wir kein Paar. Manchmal ist es gar nicht so schlecht, wenn man Hilfe von außen annimmt."

„Ihr hattet Probleme? Echt? Kaum zu glauben."

Jamie grinst und schlägt die Beine übereinander. „Wenn du wüsstest. Ich war vier Wochen bei Mike im Urlaub und habe ihm ganze Berge von Hinweisen vor die Füße geschmissen. Glaubst du, er hätte es kapiert? No way. Stattdessen ist er auf eine ganz billige Lüge reingefallen und hat mich abserviert. Und zwar vom Feinsten, das kannst du mir glauben. Ich wollte ihm keine Chance geben, als er hier aufgetaucht ist, um mich um Verzeihung zu bitten, aber ein sehr guter Freund hat mich überzeugt, dass es sich lohnen würde. Ich bin heilfroh, auf ihn gehört zu haben."

„Okay, das wusste ich wirklich nicht."

„Also?"

Ich muss über Jamies Hartnäckigkeit lachen, werde aber sofort wieder ernst. „Ob ich Dirk noch liebe? … Hmmm. Eigentlich ja, aber … es ist weit mehr. Weißt du, wie es ist, wenn man den Mann trifft, den man für den Rest des Lebens an seiner Seite haben möchte? Mit dem man lieben, lachen, weinen und alt werden will?" Ich sehe ihn an und winke entschuldigend ab, da er mich amüsiert mit hochgezogenen Augenbrauen betrachtet. „Sorry, bei dir und Mike erübrigt sich diese Frage."

„Ja, tut sie. Frage mal, wie es mir ging, als ich Northman das erste Mal gegenüberstand. Ich wusste nicht, wie der Mann, mit dem ich seit Wochen Kontakt hatte und in dessen SMS und Tweets ich mich verliebt hatte, aussieht. Und dann steht da ein blonder, blauäugiger Prachtmann vor meinem Tisch und bringt vor lauter Nervosität keinen vernünftigen Satz zustande. Michael! Genau so, wie ich ihn mir in meinen Träumen vorgestellt habe. Er wollte nur ein Autogramm, mich hat es innerhalb von Sekunden total erwischt und als dann auf dem Zettel sein Nickname stand, war ich verloren. Letztendlich habe ich ihm dann statt meinem Künstlernamen meine Handynummer gegeben. Der Beginn von allem."

Ich lächle ihn verstehend an. „Ja, ging mir ähnlich. Auf dem Casting in München. Dirk war … anders, präsenter, strahlte so eine warme, starke Souveränität aus. Ich …“ Mein Blick wird unstet. „Mir war klar, dass er verheiratet war, aber ich konnte nicht widerstehen. Und als wir dann zusammen waren, wusste ich, dass er der Eine ist. Nie zuvor habe ich mich bei einem Mann so geborgen und geschätzt gefühlt, auch wenn ich nur sein Geheimnis war.“

„Dann hole dir das zurück, jetzt ist deine Chance“, flüstert er beschwörend, aber ich höre es und seine Worte bringen mein Herz zum Rasen.

„Es ist unglaublich schwer. Ich hatte gehofft, in den sechs vergangenen Wochen endlich Abstand zu finden, damit ich auf normale und professionelle Art und Weise mit ihm zusammenarbeiten kann, was ich wirklich will, glaube mir, aber … Es geht nicht. Ich bekomme diesen Mann nicht aus meinem Kopf. Dabei …“ Ich sehe Jamie an und bin mir plötzlich sicher, dass ich ihm vollständig vertrauen kann. „Ich habe mir bewusst einen verheirateten Mann ausgesucht, damit ich sicher sein kann, dass der nicht mehr von mir will. Tja, der Schuss ging nach hinten los. Und dann hat es uns beide erwischt … Ich wollte seine Ehe nicht zerstören und habe Schiss, dass er mich deswegen irgendwann hasst.“

Jamie winkt lax ab. „Du warst mehr der Tropfen, der das Fass zum Überlaufen gebracht hat. Er war schon lange nicht mehr glücklich … Und wenn ich es mir recht überlege, wird er mich töten, da ich hier gerade aus dem Nähkästchen plaudere.“

Wir lachen miteinander und ich sinke auf die Bank zurück. Nach ein paar Minuten einträchtiger Stille frage ich ihn: „Was willst du mir noch sagen?“

Jamie nickt und stellt die Tasse rechts neben sich auf einen abgeflachten Stein. „Dirk glaubt, du verachtest ihn, weil er nicht gemerkt hat, dass du mehr als eine Affäre willst. Er glaubt, du hättest nur noch Ablehnung für ihn übrig.“

„Oh … kann ich verstehen, ich war die letzten Male nicht sonderlich nett, wenn wir uns begegnet sind. Aber Hass … Nein, es wäre schön, ich könnte den empfinden, da wäre mein Leben einfacher.“

„Oh ja, das kenne ich nur zu gut. Als mich Mike abserviert hat, hätte ich ihn am liebsten ermordet. Ständig war er in meinen Gedanken, ob ich schlief, aß, träumte, drehte … immer hatte ich meinen blonden Wikinger vor Augen."
Ich nicke lediglich, mehr Bestätigung braucht er nicht.
„Jace … Die Dohlinger-Brüder sind gute Männer. Ehrlich, geradlinig, integer und wahre Löwen, wenn es um ihre Liebsten geht. Aber leider brauchen sie gerne mal einen Tritt in die richtige Richtung. Dirk noch viel mehr als Mike. Er geht seinen gewählten Weg, wenn er von ihm überzeugt ist, und legt alle Kraft hinein. Das hat er in den letzten Wochen bewiesen, als er sich mit Feuereifer auf den neuen Job gestürzt hat. Genauso mit der Trennung. Er hat erzählt, Melanie hat nach seiner Rückkehr zu seiner Überraschung tatsächlich versucht, das Ruder nochmal rumzureißen. Aber für ihn war es eine klare Abmachung: Er ist geflogen und damit ist Schluss. Weißt du, was ich meine? Er hat es sich zur Aufgabe gemacht, dich zu fördern, weil er ein schlechtes Gewissen hat. Seine eigenen Gefühle wird er immer hinten anstellen. Du musst dir deinen Platz zurückerobern, wenn du ihn willst." Er macht eine Pause und sieht mich forschend an. „Willst du ihn immer noch?"
Unwillkürlich schnappe ich nach Luft. Allein die Vorstellung raubt mir den Atem und ich schaffe es, kaum sichtbar zu nicken.
„Okay. Dann wirst du den ersten Schritt machen müssen."
Mein Blick schnellt wieder zu ihm hinüber. „Was? Aber …" Ich schlucke mühsam. „Woher willst du wissen, dass er ebenfalls noch etwas für mich empfindet und nicht mit mir genauso abgeschlossen hat wie mit seiner Ehe?"
„Hallo? Mein Mann ist seit sechs Wochen bei ihm, sie haben gemeinsam seine neue Wohnung fertig gemacht, er hat bei uns gewohnt … Was meinst du, worüber die Brüder unter anderem gesprochen haben? Über uns, über die Liebe und all die Dinge. Zwischen den beiden existiert ein festes Band, völliges Vertrauen und Dirk hat längst eingesehen, dass er seinem Bruder alles anvertrauen kann. Glaube mir, er liebt dich nach wie vor, was aber nicht heißt, dass er es dir leicht machen wird. Aber Jace … du hast es einmal geschafft, ihn rumzukriegen, du wirst es wieder schaffen."

„Das war was anderes, es ging echt nur um Sex."
„Mag sein. Aber ihr hattet fast ein Jahr eine Affäre. Ihr seid beide nicht die Typen, die einfach so zur Tagesordnung übergehen. Das warst du vielleicht früher, aber das ist vorbei."
Wieder nicke ich langsam. Zweifel nagen in mir. „Und … wenn er mich dennoch nicht mehr will?"
Jamies Hand sinkt schwer auf meine Schulter. „Dann weißt du wenigstens, wo du dran bist und fragst dich nicht die nächsten Jahre, was geschehen wäre, hättest du um ihn gekämpft. Rede mit ihm, sag ihm, wie du dich fühlst, was du empfindest und dann warte ab, was geschieht. Vielleicht wird es dauern, bis er zu dir kommt, vielleicht gibt es auch keinen Rückweg, aber nur so bekommst du Sicherheit."
Ich seufze und richte mich auf. Er hat völlig recht. „Und wie ist dein Plan?" Ein breites Grinsen verwandelt Jamies vorher ernste Miene.
„In vier Tagen haben wir einen Unterwäscheshoot in Wangen. Dirk hat den Hersteller an Land gezogen, der Sitz ist im Allgäu und sie lassen uns freie Hand. Ich, Mike und du sind als Models gebucht. Ken wird sich mit mir abwechseln beim Fotografieren. Es wäre die perfekte Gelegenheit, mit Dirk zu reden."
Ich muss lachen. „Aha … weiß mein Manager von meiner Buchung?"
„Ups … ich muss wohl vergessen haben, ihn zu benachrichtigen."
„Ihr seid unglaublich."
Jamie grinst und sieht mich an. „Ich würde mich freuen, wenn du zur Familie gehörst, echt. Du tust Dirk gut und er dir. Ich muss dir nicht erzählen, wie viel Wert ein guter Partner in diesem Business ist."
Wieder nicke ich und atme tief durch. „Stimmt. Dennoch weiß ich nicht, ob es nicht noch mehr Schmerz bringt."
Jamie steht auf, nimmt unsere leeren Tassen an sich und geht an mir vorbei. „Es erfordert Mut, da gebe ich dir recht. Aber er ist jetzt frei und wenn ich du wäre, würde ich mir lieber eine Abfuhr holen, als dabei zuzusehen, wie er sich irgendwann in einen anderen verliebt. Dirk ist ein Familienmensch, er wird nicht ewig alleine bleiben, das sollte dir klar sein. Denk über meinen Vor-

schlag nach. Der Flug morgen ist reserviert, ein Anruf genügt. Hotel und alles weitere können wir noch planen. Gib mir einfach Bescheid, ja?" Mit diesen Worten lässt er mich sitzen. Die Holztür fällt zu, aber wird nicht verriegelt. Seine Selbstsicherheit, was meine Entscheidung angeht, ist unglaublich.
Das Meer nimmt meinen Blick wieder gefangen, schafft es, meine wild hin und her huschenden Gedanken zu fokussieren. Dirk ist frei! Er hat seine Frau verlassen … wegen mir! Schlagartig sind die Tränen zurück. Ich lasse sie zu, weil ich weiß, sollte ich nach Deutschland fliegen und versuchen, ihn zurückzuerobern, werde ich alle Kraft brauchen. Jetzt darf ich noch schwach sein, meiner dummen Furcht nachgeben, aber auch der schier kindischen Hoffnung.
Können wir es schaffen? Können wir aus einer Affäre eine Beziehung stricken? Auf unseren kaum eingestandenen Gefühlen aufbauen? Liebt er mich wirklich noch, so sehr wie ich ihn? Die bloße Vorstellung raubt mir den Atem und ich ringe nach Luft.
Kann sich Dirk überhaupt zu einem Mann bekennen? All diese Fragen nagen an mir, aber es ändert nichts am Ergebnis. Jamie hat recht. Ich bekomme nur Antworten, wenn ich ihn direkt frage.
‚Wenn du ihn willst, musst du den ersten Schritt machen' Der Satz mausert sich zu einem Mantra. Und nach ein paar Minuten weiß ich, dass ich es tun werde.
Dirk ist meine große Liebe, die berühmte Nadel im Heuhaufen, und ich werde den Teufel tun, ihn mir einfach zu durch die Lappen gehen zu lassen.
Er ist gegangen, wegen mir. Er hat mich gewählt, auch wenn er das mit Sicherheit anders sieht. Aber mein Herz sagt mir, dass es genau so ist. Ich spüre das zaghafte Lächeln auf meinem Gesicht, als ich aufstehe und die warme Seeluft tief in meine Lungen sauge. Die Sonne brennt inzwischen unangenehm. Ich werde später schwimmen gehen, das Meer genießen, ehe ich morgen in das kühlere Deutschland aufbreche.
Ja.
Mit festem Schritt klettere ich Richtung Tor und durchquere ein weiteres Mal den Garten. Jamie lümmelt am Esstisch, die Füße

entspannt auf einem anderen Stuhl. Er grinst verwegen, als ich näher komme, und springt geschmeidig auf.
Als ich bei ihm bin, umrundet er den Tisch und nimmt mich in den Arm.
„Buche mir ein Hotel in der Nähe seiner Wohnung, wenn das geht", flüstere ich leise, selbst überrascht, wie fest meine Stimme klingt.
„Mach ich, ich rufe gleich meinen Mann an ... Und jetzt komm. Lass uns frühstücken und noch ein wenig Pläne schmieden, wie wir die beiden Dohlinger-Brüder um die Finger wickeln."
Ich lache befreit auf, als er mir verschwörerisch zuzwinkert, und mir wird klar, dass ich liebend gern ein Teil dieser Familie wäre, wenn schon meine eigene keine Verwendung mehr für mich hat.

54.
Dirk

Wir haben unfassbares Glück mit dem Wetter. Bis um Mitternacht hat es gestürmt und gegossen wie aus Eimern. Jetzt herrscht strahlender Sonnenschein und taucht die versteckte Location in helles Licht. Die Luft ist klar wie ein Diamant, der Wind warm und der See fast spiegelglatt.

Es ist wunderschön hier, ähnlich bezaubernd wie im Winter, auch wenn es im Moment recht turbulent zugeht. Chris hat uns selbstlos seine Hütte zur Verfügung gestellt, um das erste von mir an Land gezogene Shooting veranstalten zu können. Ich war total überrascht, als der Hersteller aus dem Allgäu tatsächlich einen Werbeauftrag an mich übergeben hat. Vielleicht hat es doch sein Gutes, dass wir recht regional liegen. Der Weg nach Österreich und in die Schweiz ist nicht weit, einige kleinere Firmen haben Interesse bekundet und aus dem angrenzenden Ausland liegen ebenfalls schon einige Anfragen vor. Ich kann sehr zufrieden sein für die kurze Zeit.

Ich stehe auf der winzigen Terrasse des Häuschens und betrachte das umtriebige Geschehen von hier aus. Mehr kann ich nicht tun, alle Aufgaben sind verteilt und irgendwie wurde ich nicht mit eingerechnet.

Es geht aufwärts, das ist unübersehbar. Finanziell kann ich nicht klagen, alleine, was Mike und Jamie springen lassen, würde reichen, um ein angenehmes Leben zu führen. An allem anderen bin ich per Erfolgsprämie beteiligt und das muss sich erst noch einspielen. Die Bauarbeiten an meiner Wohnung sind auch fertig, ich bin mein eigener Herr und das Büro nehmen wir nächste Woche in Angriff. Alles ist im Fluss und fühlt sich gut an. Aber es gibt noch immer den Wermutstropfen … Na ja … muss ich nicht weiter thematisieren.

Jamie ist vorgestern angekommen und anders als erwartet habe ich von den beiden keinen Ton gehört. Es braucht nicht viel Fantasie, um sich auszumalen, dass sie den ersten Tag wohl bis auf wenige Ausnahmen komplett im Bett verbracht haben. Immerhin waren sie über einen Monat getrennt, was normaler-

weise eine totale Ausnahme ist. Ich stehe nicht nur deshalb tief in ihrer Schuld, aber sie wollen beide nichts davon wissen.
Ein Schwarm Eichelhäher überfliegt laut schimpfend die kleine Lichtung, ich sehe ihnen nach und genieße den verirrten Sonnenstrahl, der zwischen den Tannenwipfeln den Weg auf mein Gesicht findet. Jamie und Kent bauen ihre Ausrüstung auf, ein junger Mann aus Mikes Schottenclub assistiert ihnen heute. Er hat Interesse an einer Fotografenausbildung, so kann er gleich mal in das Metier reinschnuppern. Hinter mir wurschtelt Chris in der Hütte rum und bereitet gemeinsam mit Mike das Catering vor.
Ich weiß, eigentlich völlig untypisch, dass ein Model bei der Verpflegung hilft, aber irgendwie erinnert das Ganze hier mehr an einen gemütlichen Grilltag am See als an eine professionelle Werbeveranstaltung.
Die beiden Fotografen stehen am Ende des Stegs und diskutieren. Wir haben noch gut eine halbe Stunde Zeit, ehe wir loslegen können. So lange dauert es, bis die Sonne die Bäume überquert hat und die Lichtung, den Steg und die Badeplattform in das passende Licht taucht.
Jetzt kommt Jamie auf mich zu und bittet mich zu ihm hinunter zu kommen. „Dirk? Du hast die Ware noch im Auto, oder?“
„Ja. Brauchst du sie jetzt?“
Jamie nickt und deutet auf einen bereitgestellten Biertisch etwas abseits von der Garnitur, an der wir später essen werden.
„Ja, ich würde sie gern nach Models sortieren, dann haben wir später Luft.“
Gemeinsam gehen wir zu meinem Auto und tragen zwei Koffer zurück. Fasziniert beobachte ich ihn, Kent und Mike dabei, wie sie die umfangreiche Wäschesammlung sortieren. Sie legen für jedes Model einen Platz an, diskutieren über Haarfarbe, Schnitt, Körperbau und Ähnliches.
Es geht hauptsächlich um Bademode für Männer und einen kleinen Teil Unterwäsche. Die Firma hat ein paar schwere Jahre hinter sich und will jetzt in den ausländischen Markt investieren, indem sie neue, unkonventionelle Wege geht. Vielleicht war es deshalb so leicht, den Job zu bekommen. Egal. Letztendlich zählt das Ergebnis und ich weiß, alle Anwesenden werden was

Tolles draus machen. Minuten später ist die Wäsche sortiert und Kent prüft immer wieder den Sonnenstand. Schließlich bittet er Mike, sich umzuziehen, damit sie beginnen können.
Auf einen Sichtschutz, hinter dem die Models sich ungestört umziehen können, haben wir in Absprache miteinander verzichtet. Wir sind unter uns, kennen uns und Passanten haben wir sicher nicht zu befürchten. Ich verlasse meinen Beobachtungsposten auf der Terrasse und will mit an den See gehen, weil ich genau wissen will, was jetzt folgt, aber Jamie hält mich zurück.
„Dirk? Warte mal."
Als er bei mir ist, schnappt er mich am Arm und zieht mich zurück. „Uns fehlt ja noch ein Model. Kannst du hier auf ihn warten, bitte?"
Ich mache eine ausholende Handbewegung. „Äh … er wird sich wohl kaum verlaufen, oder?"
Jamie grinst andeutungsweise. „Das nicht, aber eine persönliche Begrüßung wäre doch nett, oder? Keine Bange, wir knipsen lange genug, du wirst alles zu sehen kriegen, was du möchtest."
Ich kneife die Augen zusammen, weil er urplötzlich anfängt zu prusten. Was ist so lustig?
„Tschuldige … ich … Bleib einfach hier", meint er und lässt mich dumm stehen, während er zurückgeht und noch immer leise vor sich hin kichert.
Ich sehe ihm mit verschränkten Armen nach und erkenne, dass er Mike mit dem Lachen ansteckt, als er zu ihm tritt und an dessen knapper Badehose rumzuppelt. Irgendetwas geht hier vor, die zwei haben was ausgeheckt und ich tappe wie ein Schaf im Dunkeln. Na warte … ihr werdet …
Ein Motorengeräusch erklingt links von mir, dort wo der Fahrweg durch den dichten Wald führt. Ein Blick auf die Uhr. Die Aufnahmen waren für zehn angesetzt, es kann eigentlich nur das verspätete Model sein. Ich seufze und lehne mich an das hölzerne Treppengeländer. Dass Kindermädchen zu meinem neuen Berufsbild gehört, wusste ich bis dato nicht.
Jamie scheucht derweil seinen Mann auf den Steg und testet gemeinsam mit Kent das Licht. Nach wie vor liegt das Stegende im Schatten, aber ich kann mir gut vorstellen, dass der Gegensatz mit der sonnenhellen Wasseroberfläche nicht schlecht ist. So wie

es aussieht, wollen sie noch ein paar Bilder im morgendlichen Halbdunkel knipsen. Die beiden dürften wissen, was sie tun.
Aus den Augenwinkeln sehe ich einen unscheinbaren, dunklen Wagen aus dem Wald kommen. Der Motor schnurrt leise, während der Fahrer sich auf einen freigelassenen Platz am Anfang der Lichtung stellt. Ich kann nichts erkennen, weil die Person hinter dem Sitz verborgen bleibt. Der Motor verstummt, die Tür öffnet sich und ein Bein erscheint in der Öffnung.
Irgendwie … ein Schauer läuft über meinen Rücken, ich weiß nicht warum.
Der Mann beugt sich nach rechts, Richtung Beifahrersitz, und für eine Sekunde glaube ich, blonde Haare aufblitzen zu sehen.
Blond!?
Himmel, Dirk! Reiß dich mal zusammen. Es gibt auf Gottes Erdboden im Grunde nur drei Haarfarben, wie groß dürfte also die Chance sein, dass Jamie ein weiteres blondes Model verpflichtet hat?
Also …
Hilft nichts, die Gänsehaut bleibt und …
Ach … du … Scheiße!
Zumindest weiß ich jetzt, warum sich Jamie kaum noch eingekriegt hat, als er mich bat, hier zu warten. Dieser Mistkerl!
Der Mann steigt aus, dreht sich in meine Richtung und wirft, ohne mich aus den Augen zu lassen, lässig den Autoschlüssel und die Sonnenbrille auf den Fahrersitz. Jetzt atmet er tief durch, streicht seine Haare zurück und legt den Kopf schief.
Jace!
Irgendwie rutscht die Umgebung weg, ist nicht mehr vorhanden und nimmt sämtliche Geräusche gleich mit. Alles, was bleibt, ist dieser umwerfend attraktive und sexy Mann, der ganz offensichtlich zu seiner früheren Kraft zurückgefunden hat.
Mir hingegen geht diese genau in dem Moment verlustig. Ich kann kaum atmen, der Schweiß bricht mir aus und mein Körper verweigert jede Reaktion. Ich kann ihn nur anstarren, nein, anhimmeln, weil es nur diesen einen winzigen Anblick braucht, um meine Liebe zu ihm freudig jubelnd wieder hervorzulocken.
Er nickt mir andeutungsweise zu und ich erwidere die kleine Geste instinktiv. Himmel, ist er schön. Ich weiß, Männer gebrau-

chen dieses Attribut für ihresgleichen nicht gern, aber es ist das einzige, was halbwegs passt.
Schön, begehrenswert, anziehend wie die Sünde in Person.
Und ich habe es zu spät gesehen!
Gratulation, Herr Dohlinger. Zumindest kann mir keiner vorwerfen, ich hätte das mit uns aus Fahrlässigkeit verbockt, sondern mein Geisteszustand ist definitiv pathologisch, was ihn angeht.
Oh … Er kommt zu mir. Na, was auch sonst, immerhin stehe ich hier wie der Pförtner persönlich.
Schon komisch, im Grunde könnte ich heulen, weil die Gefühle für ihn genau in diesem Moment ihre extrem schmerzhafte Seite zeigen, stattdessen verliere ich mich in Galgenhumor.
Nur noch wenige Schritte trennen uns, wir sehen uns an. Jace' Blick ist fest und unbeirrbar, er strahlt neben purem Sexappeal Stärke und Unbeugsamkeit aus. Was ist passiert? Hat er sich neu verliebt? Es geschafft, mich endlich hinter sich zu lassen? Ich sollte mich für ihn freuen, schaffe es aber nicht.
Dann ist er heran. Meine Augen gleiten hungrig über ihn, ich kann es nicht verhindern. Jace ist wie eine verbotene Frucht, man weiß, wie sie schmeckt, aber man darf nie mehr von ihr kosten.
Schick sieht er aus, schlanker, als ich ihn das letzte Mal in LA gesehen habe. Sein Gang ist geschmeidig und aufrecht. Doch, Jace hat sich aufgerappelt.
Er trägt eine leichte, weiße Stoffhose und ein lindgrünes, legeres Hemd. Der Ton des Stoffes findet sich in einer Nuance in seinen Augen wieder. Er weiß eben, wie er sich in Szene setzen kann. Seine Haare sind anders, als ich sie in Erinnerung habe, heller, fast strohblond, was hervorragend zu seiner Bräune passt. Strähnchen wahrscheinlich und die Seiten modisch ausrasiert.
Gegen ihn wirke ich wieder wie ein biederer, unscheinbarer Mittdreißiger, der seine besten Zeiten hinter sich hat. Ich will zu Boden sehen, aber sein hypnotischer Anblick verhindert es.
Jace bleibt etwa eine Armlänge vor mir stehen, unsere Blicke versinken ineinander, ich spüre, wie sich die alte, bekannte Verbindung zwischen uns aufbaut, und bin darüber erstaunt und erschrocken zugleich. Warum tut er mir das an, wenn es ihm

selbst besser geht? Weiß er denn nicht, wie schwer es ist, ihm zu widerstehen?
„Hi, Dirk". Seine Nougatstimme lässt erneut eine Gänsehaut auf meinen Armen entstehen.
Ich erinnere mich an sein Stöhnen, wenn ich ihn geliebt habe, die geflüsterten Worte, wenn es nur uns gab … Großer Gott, weg mit diesen Gedanken.
„Jace", holpert ungeschickt sein Name über meine Lippen, während ich ihm automatisch die Hand entgegenstrecke.
Jace überrascht mich und erwischt mich völlig unvorbereitet auf dem falschen Fuß. Statt sie zu ergreifen, kommt er ganz zu mir, beugt sich vor und küsst mich vertraulich auf die Wange. Ich ächze, was ihm unmöglich entgeht. Sein männlicher Duft flutet meine Sinne und lässt mich schwanken, paralysiert mich und die Stelle, an der seine Lippen meine Haut berührt haben, prickelt. Großer Gott … was soll ich denn jetzt nur tun?
„Schön, dass wir uns sehen. Hör zu …" Er schluckt, sein Adamsapfel gleitet auf erregende Weise auf und ab. Plötzlich ist seine Selbstsicherheit wie weggeblasen, was mich etwas beruhigt.
„Wir müssen reden." Seine Stimme zittert leicht, ich bin fast gewillt, ihn in den Arm zu nehmen. Froh bin ich, dass offensichtlich kein Hass mehr zwischen uns steht. Zumindest deutet nichts mehr darauf hin. So stehen die Chancen auf eine fruchtbare Zusammenarbeit viel besser.
„Klar … können wir. Wenn du zwischendurch mal Pause …"
„Nein." Jace schüttelt energisch den Kopf. „Unter vier Augen. Ich würde sagen, heute Abend nach dem Shoot bei dir."
Äh … mir bleibt der Mund offen stehen. Bei mir? Woher … Mein Kopf schnellt nach rechts, ich suche meinen vermaledeiten Schwager, aber der ist beschäftigt."
„Was ist? Musst du erst deinen Bruder oder Jamie um Erlaubnis fragen?"
Mein Blick huscht zu Jace zurück, der mich ernst betrachtet. Ich will aufbegehren, lasse es aber gleich wieder. Hmmm, da ist noch etwas anderes in seinem Blick, Unsicherheit und ein Hauch von Angst, wenn ich nur wüsste, warum.
„Wie? … Nein … Wie kommst du darauf?"
„Na, du siehst sofort in ihre Richtung."

Ich schüttle energisch den Kopf. „Nein, ich war nur überrascht, dass du weißt, wo ich wohne."
Jace nickt und legt den Kopf schief. Ich vergöttere diese Geste, der Schwung seines Halses, der laszive, musternde Blick … Na, das verspricht ein lustiger Tag zu werden.
„Ich weiß noch viel mehr, Dirk. Dann heute Abend, ja?"
Äh … soll ich ablehnen, zusagen, weglaufen, im Erdboden versinken? Ich habe absolut keinen Plan und fühle mich total überrumpelt.
„Sag einfach ja. Du wirst nicht drumrum kommen."
Danke für die Ansage. Ich schüttle den Kopf und sehe wieder Richtung Steg. Prima. Mike und Jamie spannen, stehen lässig am Geländer und stecken die Köpfe zusammen.
„Dir scheint es wieder gut zu gehen?" Ich könnte mich selbst ohrfeigen, als ich den Satz unbedacht entwischen lasse. Das ist kindisch.
Jace schmunzelt und gibt mir das Gefühl, als tätschle er mir somit den Kopf. „Ja, es geht mir besser, danke der Nachfrage."
„Wozu dann …"
„Mann! Es steht so viel zwischen uns, wir müssen das klären, oder siehst du das anders?"
Nach einigen Sekunden des Zögerns schüttle ich den Kopf. „Nein, du hast natürlich recht."
„Eben. Dann steht unser Date heute Abend?"
„Jace!" Ich versuche ihn anzufauchen, aber es misslingt kläglich. Hatte ich mir nicht unlängst den alten Jace zurückgewünscht? Tja, voila … da ist er. Steht selbstsicher vor mir und entlockt mir wieder unsouveräne Reaktionen. Ich atme tief durch. „Ja, wir können das heute Abend gern machen."
„Super und … danke."
Wir sehen uns an, für einen Moment gleitet sein Blick auf meine Lippen und mein ganzer Leib reagiert mit wildem Verlangen darauf.
„Okay. Und jetzt solltest du wohl was tun. Du weißt ja, wie Jamie sein kann."
Er nickt, streckt seine Hand aus und berührt mit der Zeigefingerspitze ganz kurz und kaum spürbar die Stelle über meinem

Herzen. Ich habe keinen Schimmer, was diese Geste bedeutet, aber sie geht mir durch und durch.
„Allerdings, und der Tag ist zu schön, um gleich zu Beginn rund gemacht zu werden.“ Mit diesen Worten lässt er mich stehen und geht zu den Fotografen.
Hmmm, mit ausgebreiteten Armen geht er auf Jamie zu und wird genauso empfangen. Mike drückt ihn ebenfalls an sich und wuschelt vertraulich durch seine Haare. Ich platze fast vor Eifersucht. Sie sind sich nahe, können einfach so Freunde sein, ohne das etwas zwischen ihnen steht. Und ich? Ich bin der Außenseiter, der uncoole …
Scheiße.
Und dabei hat der Tag so schön begonnen.

Dieses eigenartige Gefühl begleitet mich das ganze Shooting über. Eigentlich stehe ich in der Zeit völlig neben mir. Alles, was mir von den langen Stunden in Erinnerung bleibt, sind Bilder und Eindrücke von Jace. Sein Anblick in diversen knappen und aufreizenden Badeutensilien beschert mir so manches Problem. Er sieht einfach klasse aus. Sein Körper ist wieder schlank und trainiert wie zuvor, seine Muskeln nicht mehr ganz so definiert, aber für mich perfekt. Und dieses Miteinander zwischen ihm, Mike und Jamie offenbart mir ein Universum von Möglichkeiten und Sehnsüchten. Er ist ebenso gut wie die zwei, aber dennoch anders. Obwohl … wahrscheinlich bin ich schlicht voreingenommen. Trotzdem … Jamie ist aufreizend erotisch, dann wieder der brave Junge von nebenan, Mike der kraftstrotzende Sunnyboy und Jace besitzt in meinen Augen die meiste Sensibilität. Er ist auf manchen Bildern Sex pur, dann wieder lasziv wie eine männliche Diva und in manchen Situationen schafft er es, entrückt und betörend wie ein Faun rüberzukommen. Seine ganze Ausstrahlung ist irgendwie ätherisch, von bezaubernder Leichtigkeit …
Ich werde nie aufhören, ihn anzubeten. Diese Erkenntnis offenbart sich mir bereits mittags, als wir gemeinsam die Köstlichkeiten verspeisen, die Chris zubereitet hat. Ich schmecke sie kaum, weil sämtliche Sinne nur auf diesen traumhaften Mann ausgerichtet sind.

Er sitzt mir schräg gegenüber, unterhält sich unbefangen mit den Anwesenden und wirft mir hin und wieder einen Blick und ein vernichtend liebevolles Lächeln zu.
Warum? Was ist passiert, von dem ich nichts weiß?
Egal, es macht zu diesem Zeitpunkt keinen Sinn, sich den Kopf zu zerbrechen. Wenn ich Glück habe, wird er mir heute Abend sagen, was er auf dem Herzen hat.
Gott … Heute Abend.
Zum fünften Mal in drei Minuten sehe ich auf meine Armbanduhr. Es ist schon kurz vor vier Uhr. Die Sonne verschwindet hinter den Bäumen, die den See von unserem Standpunkt aus auf der rechten Seite umgeben. Soweit ich weiß und die deutlich geschrumpften Kleiderhaufen auf dem Tisch anzeigen, dürften sie so gut wie fertig sein.
Um mich abzulenken, helfe ich Chris, die übrig gebliebenen Speisen in Plastikbehälter und Kühltaschen zu füllen. Es ist ein angenehmes Arbeiten mit ihm, da er genauso schweigsam ist wie ich. Als wir alles in seinem Auto untergebracht haben, die Tische in einem angrenzenden Kämmerchen verräumt sind und wir uns zum Abschluss ein Bier genehmigen, hören wir, wie auf dem Steg geklatscht wird.
Alle beteiligten Männer stehen im Kreis beieinander und klatschen sich gegenseitig ab. Sie sind wohl fertig. Wie auf Kommando fangen sie an, ihre Utensilien zusammenzuräumen, und kommen zur Hütte zurück. Wieder findet mich Jace' Blick, fängt mich regelrecht ein. Was will er nur von mir? Jamie erreicht als erster die Hütte und legt seine Kamera auf den Tisch. Auch er mustert mich fragend. „Alles okay bei dir?“
Noch scheinheiliger geht's kaum. „Du hättest mir ruhig sagen können, dass Jace kommt.“ Den Satz wollte ich schon seit heute Morgen loswerden, aber er hat sich mir immer sehr geschickt entzogen.
Er zuckt mit den Schultern und räumt seelenruhig seine Sachen ein. „Hätte ich, aber es wäre eine gute Gelegenheit für dich gewesen, irgendeine Ausrede zu erfinden, um heute nicht dabei zu sein.“ Er klappt den Deckel der Tasche zu, leider fehlt das passende Geräusch, um die Dramatik der Szene zu unterstrei-

chen. „Es wird Zeit, dass ihr miteinander redet. Fahrt nach Hause, den Rest erledigen wir.“
So langsam geht mir ein ganzer Christbaum auf. „Das war deine Idee, stimmt’s?“
Jamie seufzt und sieht mich an. „Was erwartest du? Ihr müsst zusammenarbeiten, kommunizieren, ein Team sein … Das funktioniert auf Dauer nicht, wenn ihr die Sache zwischen euch nicht aus der Welt schafft.“
Ich nicke steif, weil dem im Grunde nichts hinzuzufügen ist. Jamie hat recht, es kann nur gelingen, wenn wir zu einem normalen Umgang zurückfinden. „Okay … ihr kommt echt alleine klar?“
„Sicher. Und vergiss nicht, dass du morgen um halb elf bei Chris zum Brunch eingeladen bist, ja?“
Ich nicke lediglich, weil sich in dem Moment Jace nähert. Er unterhält sich locker mit meinem Bruder und beschert mir den zigtausendsten Schub Eifersucht dieses Tages. Ich will, dass es zwischen uns auch wieder so wird.
„Mach was draus“, flüstert mir Jamie zu, geht an mir vorbei und lässt mich stehen.
Ich liebe diese geheimnisvollen Andeutungen.

Nur wenige Minuten später sind wir unterwegs. Die Verabschiedung ging recht flott, weil wir uns ja morgen ohnehin wiedersehen werden. Nur Kent fährt direkt weiter nach München, um zurück in die Staaten zu fliegen. Ehe wir losfuhren, habe ich Jace noch erklärt, wo er vor dem Haus seinen Wagen parken kann, da ich einen Stellplatz in der Tiefgarage habe. Es ist ein komisches Gefühl, im Rückspiegel sein Gesicht zu sehen. Befremdlich und aufregend zugleich. Wieder und wieder zerbreche ich mir den Kopf, was er nur mit mir bereden will, aber ich zwinge mich während der Fahrt, die Gedanken wegzuschieben. Nur noch ein paar Minuten und dann wird er mir schon sagen, was er will.
Ich fahre mit dem Aufzug von der Tiefgarage in das Erdgeschoss und lasse ihn rein. Schweigend folgt er mir in den Lift. Seine Nähe in der engen Kabine macht mich unruhig, sodass ich kaum das Schlüsselloch finde, damit ich die Fahrt zum Penthouse freigeben kann. Oben angelangt bitte ich ihn, vorauszu-

gehen, und folge ihm langsam durch den Gang hinein in das offene Wohn- und Esszimmer.
Mitten im Raum bleibt er stehen und sieht sich um.
Und ich sehe ihn an. Wie er so da steht, die völlig kahlen Wände und die Leere begutachtet.
„Sehr minimalistische Einrichtung, das muss ich dir lassen."
Ich lächle ihn an. „Ich bin erst vor drei Tagen eingezogen und hatte noch keine Zeit, was zu suchen, und außerdem …" Nein, ich verschlucke den Rest des Satzes, weil er zu viel preisgeben würde. Aber ich weiß ja, warum ich keine Möbel finde.
Jace´ Anwesenheit macht mir klar, dass alles, was ich hier haben möchte, er ist. Wie blöd. Ein dummer, kindischer Wunschtraum.
Ich lasse ihn aus meinem Blick frei und gehe in die Küche. „Willst du was trinken?"
„Nein."
Meine Hand verharrt am Kühlschrankgriff, weil ich nicht aufhören kann, ihn anzusehen, und mich seine Ablehnung aus dem Konzept bringt. Es ist faszinierend, wie er durch den Raum schreitet, die Bewegungen grazil und zugleich kraftvoll. Ein Mann, der weiß, was er tut und will. Jetzt steckt er die Hände leger in die Hosentaschen und sieht hinaus. Ob es ihm genauso gefällt wie mir?
Jace dreht mir den Kopf zu und findet auf Anhieb meinen Blick. Ertappt reiße ich den Kühlschrank so schwungvoll auf, dass die Flaschen in der Tür klappern.
„Bier? Wein? Cola? Milch?"
„Dirk? Lass es, ich will nur reden."
Scheiße. Die Stimme erklingt ganz in meiner Nähe, ich habe nicht gehört, wie er den Raum durchquert hat.
Langsam drücke ich die Tür wieder zu, behalte aber den Griff in der Hand, weil ich befürchte, meine Finger könnten zu sehr zittern.
Auf jetzt! Sei ein Mann und stelle dich ihm, versuche ich mir Mut zu machen und schaffe es endlich, mich zu ihm umzudrehen.
Jace steht abwartend vor der Küchentheke und mustert mich ernst.
„Okay, dann reden wir. Wenn es um dein Management geht, dann …"

„Nein. Es geht um uns.“
Ein Schlag in den Magen könnte nicht effektiver sein. Ich fühle, wie mir mein Kinn entgleitet. „Wie … was … ich verstehe nicht.“
Jace nickt und kommt zu mir in die Küche. Der Abstand zwischen uns beträgt nur noch gute eineinhalb Meter. Sein Aroma erfüllt die Luft und macht es mir schwer, zu atmen.
„Uns, Dirk. Dieses Ding zwischen uns, auch genannt Liebe.“
„Ich … wir … Jace, sei vernünftig, du hast es beendet und …“
Er nickt und verzieht das Gesicht. „Ja, ich weiß. Zwischen uns gibt es ein paar Missverständnisse, die ich gerne aus der Welt schaffen würde.“
Ich gebe ihm per Handzeichen zu verstehen, dass er fortfahren soll. Was soll ich auch schon sagen? Er hat ja völlig recht, nur weiß ich nicht, was es bringen soll.
Er sieht mich an, wieder legt er den Kopf leicht schräg und dann verschränkt er die Arme vor der Brust. „Ich bin gegangen, weil ich es musste. Erinnerst du dich an den Besuch in der Galerie, als uns dieser Roman über den Weg lief? Er sagte einen Satz zu mir, der mir nicht mehr aus dem Kopf ging, und irgendwann wusste ich, dass ich handeln musste. Er meinte, ich solle aufpassen, dass ich mich nicht verliere, und wenn der Schmerz größer wird, als das Vergnügen, wäre es Zeit, zu gehen. Und genau so war es zu dem Zeitpunkt.“
Ich sehe zu Boden, weil es genau das ist, was ich insgeheim befürchtet habe. „Ich habe es damals nicht verstanden, inzwischen aber schon. Es tut mir leid.“
„Es muss dir nicht leidtun. Ich habe nichts gesagt und selbst wenn, hätte es nichts geändert.“ Jace dreht sich um und geht an das Fenster zurück. Vielleicht braucht er den Abstand auch, um frei reden zu können. „Als ich dich bei dem Casting angemacht habe, wusste ich, dass du verheiratet bist. Eine passende Gelegenheit, ein Mann, der zwar willig ist, aber nie Ansprüche stellen würde. Die perfekte Kombination. Ich bekomme meinen Spaß, wenn ich hier bin, und ansonsten führen wir getrennte Leben. Hat funktioniert, für ein paar Monate, aber dann habe ich bemerkt, dass da keine anderen Männer mehr waren, sondern nur noch du.“

Ich sehe, wie er durchatmet und sich sammelt, wage es aber nicht, seinen Redefluss zu unterbrechen.
„Jedes Mal, wenn ich nach Deutschland kam und wir uns sahen, war es wie heimkommen. Ich habe nie zuvor so viel Geborgenheit und Wärme bei einem Mann gespürt wie bei dir. Wenn wir uns trafen, war ich dein Mittelpunkt, dein Fokus, das war … wunderschön. Ich wollte mich nicht verlieben, nicht wieder emotional von jemandem abhängig sein, weil ich wusste, dass es wehtun würde, aber da war es bereits zu spät." Er wendet sich mir zu und lehnt mit der rechten Schulter an der Mittelstrebe der zwei Schiebetüren. „Dann hast du mir gesagt, dir würde es ebenso gehen. Ein Schock, ehrlich. Ich dachte, jetzt wäre der Moment, in dem du mich in die Wüste schickst, weil es zu kompliziert wurde. Aber nein … es ging weiter. Ich fing insgeheim blöderweise an zu hoffen, dass du dich für mich entscheidest." Jace sieht wieder hinaus und verzieht sein Gesicht zu einem traurigen Lächeln. „Bescheuert und dumm, ich weiß. In all den Monaten ist mir eines klar geworden: Du bist ein Mann, der Prinzipen hat und sie lebt. Ich war ein Ausrutscher, etwas, das du, trotz offensichtlicher Gefühle, nie ausleben würdest."
Er sieht mich wieder an und ich spüre, wie ich blass werde. Es so aus seinem Mund zu hören, ist grauenvoll. Ich frage mich wieder, warum er nicht nur Abscheu für mich übrig hat. „Jace, ich …"
„Pssst. Ich bin noch nicht fertig."
„Du musst mir keine Erklärungen geben. Ich habe dich nicht genug beachtet und …"
„Dirk!" Jace schnalzt mit der Zunge und kommt an die Theke zurück. „Ich wusste immer, dass ich nie mehr bekommen würde. Ich habe mich in dich verliebt, eben weil du so geradlinig bist und zu dem stehst, was du sagst."
„Toll … trotzdem hatte ich eine Affäre."
Er lächelt sachte. „Zum Glück für mich. Im Ernst, ich war wohl nur zur richtigen Zeit am richtigen Ort und …"
„Schwachsinn!" Ich funkle ihn an und warte, bis er mich ansieht. „Du warst aufsässig und provokant, hast nicht locker gelassen und … mir gehörig den Kopf verdreht."
Jace nickt langsam. „Bereust du es? Das mit uns?"

Tue ich das? Ich überlege kurz. „Nein, keine Sekunde. Es tut mir nur leid, wie es zu Ende ging. Ich wollte dir nicht wehtun, wirklich."

Abermals nickt er und atmet tief durch. „Das weiß ich, aber verletzt war ich trotzdem. Und dann die Offenbarung, dass Mike dein Bruder ist. Ich war so sauer, so maßlos wütend auf dich. Dass ich daraufhin weggerannt bin wie ein Teenager, war bescheuert. Ich wusste, dass ich einen Fehler mache, aber ich konnte nicht zurück und ihnen unter die Augen treten. Ich hatte das Gefühl … alle wissen Bescheid, nur ich nicht. Und … mir graute vor ihren Anschuldigungen, dass ich einen braven, straight lebenden Ehemann verführt hatte. Ich weiß, ich bin eine Bitch, aber …"

Mir stellt es alle Haare auf, als er sich so bezeichnet. „Hör auf!"

Er sieht mich erschrocken an und zu meinem Entsetzen sind seine Augen feucht.

„Jace. Ich war der Mann mit der Frau und dem Ring am Finger. Es war meine Entscheidung, fremdzugehen und eine Affäre mit dir zu beginnen. Dich trifft keine Schuld, sondern allein mich. Und ich habe die Konsequenzen meines Tuns jetzt auch zu tragen. Ich will nicht, dass du dich so mies machst, bitte."

Jace sieht mich für lange Sekunden an. Ich habe keinen Schimmer, was hinter seiner Stirn vorgeht, aber schließlich wischt er sich über die Augen und versucht ein kleines Lächeln.

„Siehst du … das meine ich. Du nimmst die Schuld auf dich, obwohl ich gleich zu Anfang die Finger von dir hätte lassen sollen."

„Hast du aber nicht und ehrlich … ich bin dir dankbar dafür. Es war …" Ich sehe zu Boden, weil ich nahe dran bin, Dialoge aus irgendwelchen Pilcherbüchern zu bringen.

„Was? Schön? Sexy? Heiß?", flüstert er leise.

„Ja … und noch mehr."

Wir sehen uns an, ich möchte ihn gern in den Arm nehmen, aber gleichzeitig fürchte ich mich davor.

Er rafft sich schließlich wieder auf und umrundet die Theke, verkleinert wieder den Abstand zwischen uns, was mich verunsichert. Ich habe keinen Schimmer, wie ich auf eine erneute Berührung reagieren soll oder kann.

„Dann bist du plötzlich in diesem schäbigen Schlafzimmer aufgetaucht." Er schüttelt den Kopf und zuckt zugleich mit den Schultern. „Gott, war mir das peinlich. Ich liebe es, mich auszuziehen, aber so eine Situation … vor dir? Und zugleich diese wilde, völlig unbegründete Freude, weil du da warst. Weißt du, was ich meine?"

Ich nicke nur, weil ich sehr genau weiß, wie es ihm ging.

„Aber dann folgte postwendend die Ernüchterung. Du warst nur da, weil du mich managen wolltest. Ich fühlte mich so verarscht und habe es nicht begriffen … bis Jamie mir alles erzählt hat." Bei dem letzten Satz mustert er mich genau, checkt meine Reaktion ab. Aber ich habe es aufgegeben, jedes Mal, wenn Jamie seine Finger im Spiel hat, erschrocken, überrascht oder sonst was zu sein.

Spätestens seit heute früh ist mir klar, dass mein Bruder und sein Mann sehr aktiv daran gearbeitet haben, oder es noch tun, mich und mein Leben in neue Bahnen zu lenken. Bin ich ihnen böse? Nein, sie sind genau das, was ich brauche. „Was hat er dir erzählt?"

Jace leckt sich über die Lippen, verrät damit, wie nervös er im Grunde ist. Logisch, er legt mir seit Minuten förmlich seine Seele auf den Tisch und gibt mir mit jedem Satz ein Werkzeug in die Hand, ihn noch viel mehr zu verletzen, als ich es ohnehin schon getan habe. Womit habe ich dieses Vertrauen nur verdient? Ich habe keine Ahnung …

„Er hat mir erzählt, dass dir deine Frau vor der Abreise ein Ultimatum gestellt hat und du dich dennoch dazu entschieden hast, mir zu helfen." Jetzt erst schafft er es, mich wieder direkt anzusehen. „Und …" Seine Stimme wird leiser. „Du würdest nun hier leben, alleine. Hättest dich von deiner Frau getrennt." Die Worte versiegen, hinterlassen ein Schachbrett, auf dem sämtliche Figuren umgestellt worden sind.

Nichts hat mehr Gültigkeit, keine getroffenen Absprachen, keine ungeschriebenen Regeln. Alles, was uns betrifft, ist offen und bereit, neu gemischt zu werden.

Als mir das klar wird, überfällt mich Panik. Wie ein Eisregen raubt mir die Erkenntnis die Möglichkeit, zu reagieren, zu antworten, Jace irgendein Zeichen zu geben …

„Dirk?“ Jace’ Stimme klingt plötzlich sehr jung, unsicher. „Ich habe bei Gott in den letzten Wochen alles getan und versucht, um dich aus dem Kopf zu kriegen. Ich wollte dich mit aller Macht vergessen, aber ich kann es einfach nicht. Du … bist das, was man so lapidar die große Liebe nennt. Ich …“ Er sieht erneut zu Boden, ringt mich sich. „Wenn du …“ Jace gestikuliert hilflos und sieht mich wieder an. „Jamie sagte auch, du hättest noch Gefühle für mich und … Kannst du uns nicht wenigstens eine Chance geben? Schau … wir arbeiten doch ohnehin zusammen und …“

Mir wird eiskalt bei seinem letzten Satz. Mein Herz setzt aus und ich habe das Gefühl, mein Körper gehört mir nicht mehr. „Jace“, flüstere ich leise und hoffe inständig, er sagt nicht noch mehr. „Bitte.“

Er wird aschfahl, seine Miene gefriert, jede Emotion verschwindet daraus. „Was?“

Himmel. Was sage ich jetzt? Wie soll ich dieses wirre Chaos in Worte kleiden, die ihm gerecht werden? „Schau, ich weiß nicht, was ich sagen soll. Sieh dich doch mal um, ich sitze in einer völlig leeren Wohnung, habe kein Auto und lebe in Scheidung, weiß noch nicht, was sie mich kosten wird. Ich habe eine Tochter, um die ich mich kümmern muss, und einen Job, der völlig neu und unsicher ist. Ich bin ja noch nicht mal offiziell schwul. Wie um alles in der Welt soll ich da eine vernünftige Beziehung führen? Mein Leben ist ein einziges Chaos, ich weiß nicht, ob ich die Kraft habe …“

Er kneift kurz die Augen zusammen. Ich weiß, wie sehr ihn meine Worte verletzen müssen.

„Das heißt nein?“

Ich schlucke, überlege, aber zu mehr kann ich mich nicht entscheiden. „Ich kann nicht. Ich brauche … einfach mehr Zeit.

Er dreht sich weg und will gehen, aber ich halte ihn zurück. Sein Arm fühlt sich herrlich warm unter meinen Fingern an. „Bitte … Du bist ein wunderbarer Mann, Jace. Ein Mann, der nur das Beste verdient und nicht einen kaputten Mittdreißiger, der noch nicht mal geschieden ist und Angst vor einer schwulen Beziehung hat. Ich habe dir genug wehgetan. Du wirst jemanden finden, der dich auf Händen trägt, der dir alles gibt und dich mit

jeder Faser seines Herzens liebt." Fuck! Jetzt fange ich auch gleich an zu flennen, weil ich ja genau dieser Mann sein möchte, es aber nicht schaffe. Scheiße!
Jace lacht trocken und entwindet sich langsam meines Griffes, ohne allerdings weiterzugehen. „Ein Mann, der mich auf Händen trägt? Der mir alles gibt?" Er schüttelt ungläubig den Kopf. „Ich bin kein Engel und ganz sicher niemand, der wie ein Prinz behandelt werden will. Ich brauche den ganzen materiellen Mist nicht. Deine Wohnung ist leer? Na und? Du hast kein Auto? Und? Du musst dich um deine Kleine kümmern? Natürlich, was denn sonst? Glaubst du, nur weil du mit einem Mann zusammen bist, musst du von Stunde an rosa Sachen tragen oder dich wie eine Tunte benehmen? Das sind Klischees. Niemanden geht es etwas an, mit wem du zusammen bist, du musst es weder in der Zeitung veröffentlichen noch jedem bei erster Gelegenheit auf die Nase binden. Du … Ach, was red ich eigentlich."
Mir wird kalt ums Herz, weil er resigniert einen Schritt Richtung Tür geht.
„Kapierst du es denn nicht? Alles, was ich will, bist du! Der Mensch Dirk! Der Mann, bei dem ich mich geborgen und geliebt fühle. Mehr nicht. Das, was du aufzählst, sind Äußerlichkeiten, Dinge die … ich weiß nicht …" Er sieht mich traurig an. „All das, was zwischen uns war, ist es wirklich vorbei? Sind deine Gefühle wirklich weg? Meine nicht, und das werden sie wohl auch nicht so schnell sein. Ich weiß, ich habe Fehler gemacht, war unfreundlich zu dir, liegt es daran?" Jace geht noch einen Schritt weg.
Ich kann nicht reagieren, stehe wie festgewachsen da und sehe, wie der Mann, den ich liebe, all die zurückgewonnene Stärke verliert. Und daran bin ich schuld, ich allein.
„War das dein letztes Wort?"
Wir sehen uns lange an. Ich will nein schreien, dann wieder ja. Furcht und die Unsicherheit, ihm niemals gerecht zu werden, wechseln sich ab mit kreischender Hoffnung.
„Dirk?" Seine Stimme wird immer leise.
„Ich … ich kann nicht."

Er lacht traurig, sieht zu Boden und beißt sich auf die Unterlippe. Dann holt er tief Luft und sieht mich lange an. Schließlich murmelt er kaum hörbar: „Okay", dreht sich um und geht.

55.
Dirk

Seit wann ist er weg? Sind es erst Sekunden oder schon Stunden? Ich weiß es nicht. Ich weiß nur eines: Es ist kalt hier, nicht nur in der Wohnung, sondern auch in mir drinnen. Was habe ich getan? Da steht dieser Traummann vor mir, offenbart mir seine Liebe, streckt die Hand nach mir aus, und ich?

Ich Volltrottel jage ihn zum Teufel, weil ich … Oh Gott. Ich schlage meine Hände vors Gesicht und fahre nach oben in meine Haare. Der Schmerz, als ich sie packe und kraftvoll daran ziehe, treibt mir die Tränen in die Augen.

Jace!

Mein Amber!

Ich zwinge mich, meine Augen zu öffnen, und sehe mich um. Dachte ich wirklich, ich könnte hier glücklich werden? Mein neues, spannendes und erfülltes Leben leben? Was für ein Scheiß. Gar nichts kann ich. Alles, was ich bis dato fertiggebracht habe, ist sinnlos, bedeutungslos und, wie Jace so schön sagte, oberflächlich. Das, was wirklich zählt, habe ich immer noch nicht auf die Reihe gekriegt.

Ja, ich habe furchtbar Schiss, das muss ich zugeben, weil ich wirklich keinen Schimmer habe, wie es funktionieren soll, eine Beziehung mit einem Mann, mit Jace im Speziellen,zu führen. Himmel … schon es zu denken, beschert mir eine fette Gänsehaut. Eine Beziehung! Mit Jace! Sie ist so greifbar nah.

Was soll ich tun?

Ich zwinge mich abermals, die leere, triste Wohnung zu betrachten. Es dämmert, die Zeit in der die Farben an Kraft verlieren und alles grau wird.

So wie mein Dasein.

Ohne Amber, wird es sehr, sehr lange dauern, bis Farbe in mein Leben zurückkehrt. Wie konnte ich ihn nur gerade einfach so gehen lassen? Wie? Er will mich! MICH! Jace fühlte sich bei mir behütet und geborgen … geliebt! Was für ein Geständnis, allein dafür müsste ich ihn küssen, stattdessen …

Ich liebe ihn. So sehr.

Das darf so nicht enden, nicht nach seinen Worten. Ich eile an die Küchentheke zurück und suche fahrig nach meinem Handy, das ich in der Jackentasche habe. Zweimal fällt mir das Ding runter, ehe ich mit zitternden Fingern den Sperrbildschirm beiseite wischen kann.
Bitte, bitte, lass es noch nicht zu spät sein. BITTE!
Ich finde seine Nummer blind im Speicher und wähle sie. Meine Hände beben, als ich mir den Apparat ans Ohr halte und atemlos warte, ob er den Anruf überhaupt entgegen nimmt.
Ich keuche, als er abhebt.
„Ja?“
Ich schnappe nach Luft, weiß gar nicht, was ich sagen soll, mir war nur wichtig, dass die Verbindung zwischen uns nicht verloren geht.
„Dirk?“
„Ja, ich …“ Oh Gott. Ich stelle mich an wie ein Vollidiot.
„Du musst schon mit mir reden.“
„Ja, weiß ich … ich …“ Ich sinke nach hinten an die Anrichte und streiche meine Haare zurück. Jetzt oder nie. Ich habe es zweimal verbockt, so langsam sollte ich es echt auf die Reihe kriegen.
„Ich bin hier, Dirk, aber du musst mir schon sagen, was du willst. Du bist am Zug.“
Ich nicke, was ja bekanntlich nicht wirklich nützlich ist. Allen Mut zusammenraffend, mache ich einen erneuten Anlauf. „Komm zurück. Komm zu mir zurück, Amber“, flüstere ich heiser.
Es klickt in der Leitung. Kein Wort, keine Antwort, nur das monotone Piepen.
Was bedeutet das?
Nach etlichen Minuten, die ich damit zubringe, einfach auf mein Handy zu starren, reißt mich die Türglocke aus der Agonie. Ich zucke zusammen und schlagartig fällt jegliche Anspannung von mir ab. Mit weichen Knien gehe ich zum Lift, drücke den Türöffner und die Freigabe zur Hochfahrt.
Die Sekunden ziehen sich wie Stunden, ich lausche den Geräuschen aus dem Fahrstuhlschacht, das leise Gleiten der Spulen. Dann hält er an, die Tür geht auf.

Ich weiche zurück, als erwarte ich einen Schlag oder Ähnliches, aber da ist nur Jace.
Keine Ahnung, was passiert ist, aber seine Kraft ist unübersehbar zurück, oder ist es Ärger über meine …
Oh!
Er kommt auf mich zu, hält nicht an, sondern packt mich mit beiden Händen am Hemd und zerrt mich zu sich. Schmerzhaft grob küsst er mich, unsere Zähne krachen aufeinander und ich schmecke Blut.
Egal. Alles ist egal, Hauptsache er ist da!
Wir atmen beide scharf ein, lassen einander aber nicht los. Längst umklammern wir uns wie Besessene. Seine Hände krallen sich in sein Hemd, ich spüre seinen festen, muskulösen Körper an mir, rieche ihn, atme ihn, schmecke ihn und verliere den Boden nun endgültig unter den Füßen.
Es ist zu viel, zu intensiv … zu überwältigend.
Als wir beide keine Luft mehr bekommen, gibt er meinen Mund frei, weicht aber keinen Millimeter zurück. Unsere Gesichter berühren sich, wie der Rest unserer Körper. Sein Atem geht schnell, so wie meiner, streichelt meine Haut.
Dann lässt er mich zaghaft los, seine Hände gleiten an meinen Armen nach oben, über meine Schultern, schließlich umfasst er mein Gesicht und drückt mich so weit nach hinten, bis wir uns ansehen können.
Diese Augen! Diese wunderschönen Bernsteinaugen. So nah.
„Dirk? Liebst du mich noch?“
Meine Beine werden zu Pudding, so viel Hoffnung klingt in diesem kurzen Satz mit. Ich schüttle den Kopf und spüre, wie Jace ruckartig zurückweichen will, aber ich lasse ihn nicht gehen. Nie mehr! Das steht für mich fest.
Ich sehe ihn an, erkenne den Schmerz, weil ich mit dieser unbedachten Geste seine Frage ja praktisch verneint habe. „Warte …“, versuche ich Zeit zu schinden und tatsächlich entspannt er sich in meinen Armen. Ich muss die Worte mühsam zusammensuchen, weil sie so bedeutend sind und ich es einfach richtig machen will. „Jace … es ist so viel mehr, als dieses Wort beschreibt. Ich habe noch nie zuvor so für einen Menschen

empfunden, das macht mir Angst. Liebe ist … zu wenig, um das zu benennen, was du für mich bist. Ich weiß nicht …"
Er lacht auf, ein kurzes, erleichtert klingendes Geräusch. Ich sehe ihn an, eine einzelne Träne rinnt über seine linke Wange, aber es muss wohl vor Freude sein, weil seine Augen strahlen.
„Das nehme ich jetzt mal als ein Ja."
Ich nicke nur, ziehe ihn näher an mich. „Ja."
„Du bist ein Dummkopf, Dirk, weißt du das?"
Da sagt er mir nicht wirklich was Neues. Ich zucke mit den Schultern.
„Warum lässt du mich gehen, wenn du mich liebst?"
Ich beuge mich nach vorne und suche seine Nähe, aber Jace' Hände halten mich an Ort und Stelle. Er zwingt mich, ihm in die Augen zu sehen.
„Weil ich befürchte, es wieder in den Sand zu setzen. Jace … du bedeutest mir so viel, was soll ich machen, wenn ich dich verliere? Lieber verzichte ich ganz auf dich, als mir später vorwerfen zu müssen, ich hätte dich nicht glücklich gemacht."
„Oh Gott, Mann!" Er presst seine Lippen auf meine Stirn. „Du bist so ein … liebenswürdiger Dickschädel, echt."
Seine Worte bringen mich zum Lächeln, aber die Panik bleibt.
„Ich bin nicht geoutet, was ist, wenn ich dich aus Versehen wegstoße, weil ich falsch reagiere. Es wird dich verletzen und …"
„Und dann reden wir darüber. Das soll ja manchmal helfen. Dirk, sieh mich an."
Seine Daumen streichen über meine Wangen, woher nimmt er nur die Geduld mit mir, während ich immer mehr den Halt verliere?
„Ich will doch nichts weiter als eine Chance. Hör auf, dir so einen Kopf zu machen, das bringt doch nichts. Wir haben Zeit, uns neu kennenzulernen, von Anfang an zu beginnen. Das ist alles, was ich mir von dir wünsche. Ich werde dich nicht täglich belagern und verlangen, dass du ab sofort Händchenhaltend mit mir durchs Leben gehst. Ich will dich mit nichts drängen, einfach nur … bei dir sein dürfen und vielleicht auch mal mehr."
Warum möchte ich sofort widersprechen? Was stört mich an dem Satz? Ich komme nicht drauf, weil Jace ganz sachte meine Lippen küsst und mich endgültig über den Rand der Klippe

schubst. Ich weiß nicht, was passiert, vielleicht bin ich schlicht ein Schwächling oder die letzten Wochen mit all den Neuerungen haben mir mehr abverlangt, als ich bemerkt habe. Fakt ist jedoch, ich klappe an Jace' Schulter zusammen und falle emotional in ein abgrundtiefes Loch.
„Jace, Jace …", wispere ich gepresst und klammere mich an ihn.
Er umarmt mich fest, streicht über meinen Rücken und durch meine Haare, spendet mir Trost, obwohl er ihn viel nötiger hätte.
„Ich bin da, Love. Ich bin bei dir und lasse dich nicht los."
Süße Worte, wie schwerer, süffiger Wein, betäubend und einlullend. Es tut so unsagbar gut, von ihm gehalten zu werden. Minuten vergehen, es kann aber auch weniger sein. Mühsam hebe ich meinen Kopf von seiner Schulter, küsse schüchtern seinen Hals hinauf, bis ich sein Ohr erreicht habe. Meine Lippen prickeln von der Berührung mit seiner Haut. Ich will noch nicht zurück, weg von ihm, sondern mehr, viel mehr …
„Schlaf mit mir", hauche ich in sein Ohr, so leise, dass ich befürchte, er könne es nicht verstehen.
Doch, er hat es gehört. Überrascht schiebt er mich ein Stückchen weg und mustert mich forschend. „Was?"
„Ich will … keine Ahnung, dass du … ich weiß doch auch nicht." Ich schaffe es nicht länger, seinen Blick zu erwidern, sondern dränge mich zurück in seine Arme.
„Ich soll wirklich mit dir schlafen?"
Ein Nicken muss jetzt einfach reichen.
„Wo ist dein Schlafzimmer?"
„Oben."
Jace gibt mich frei und tritt einen Schritt zurück, lässt mich schwankend stehen. Was ist mit mir los? Wieso will ich mich gerade einfach nur in ein Eck verkriechen und sonst was tun? Wieder nimmt er mein Gesicht in die Hände und zwingt mich, ihn anzusehen. Sein Blick ist stark, voller Freude und nimmt mir die Furcht, die mich seit unserer Begegnung heute früh gefangen hält.
„Dann komm", haucht er sanft, küsst mich liebevoll und zieht mich schließlich an der Hand die Treppe hinauf.
Oben angekommen schmunzelt er, als er das Chaos sieht. Ich würde am liebsten vor Scham im Erdboden versinken. Die

Matratze liegt achtlos im Raum, das Bettzeug ist nur aufgeschüttelt und an der Wand reihen sich Tüten mit Schuhen und Kleiderstapeln.

Ich will etwas dazu sagen, aber er kommt mir mit einem Kopfschütteln zuvor. „Pssst. Nicht mehr reden. Sag mir nur noch, wo du Gel und ein Gummi hast.“

Ich brauche mehrere Anläufe, um ihm zu antworten, währenddessen steht er einfach vor mir, hält meine Hände und streichelt liebevoll meine Handrücken.

„Im Bad, geradeaus. Irgendwo im Spiegelschrank.“

Wortlos lässt er mich stehen und geht hinaus. Kaum ist er durch die Tür, überfällt mich die Sehnsucht nach ihm, nach seiner Wärme und der Kraft seiner Arme. Das gibt's doch nicht. Ich höre Geräusche, die Schranktür fällt zu, er müsste gleich wieder bei mir sein. Und ja … er kommt zurück, lächelt mich an. Ohne mich aus den Augen zu lassen, wirft er die Sachen auf die Matratze. Ganz langsam gleiten seine Hände von meinen Hüften aufwärts auf meine Brust, knöpfen dabei mein Hemd auf und schieben es beiseite. Als er meine nackte Haut berührt, entwischt mir ein Seufzen. Langsam streicht er es von meinen Schultern, sieht mich unverwandt an, macht mich mit diesem Blick schwach und furchtbar verlegen.

Warum? Es ist nichts Neues, was er da sieht.

„Was findest du nur an mir? Ich verstehe es nicht.“

Jace lacht, beugt sich vor und küsst meine linke Schulter. „Psst. Nicht. Akzeptiere es einfach. Du bist so begehrenswert, warm, groß … alles, was ich mir wünsche.“ Seine Worte jagen eine Gänsehaut über mich und schaffen es, mich zu besänftigen.

Jace' Wärme und Geruch hüllen mich ein, isolieren mich vom Rest der Welt, meinen Befürchtungen und Überlegungen. Nur noch er ist es, was zählt, kein Schmerz, nichts mehr sonst, nur die Liebe, die er mit jedem Kuss, jeder achtsamen Berührung und seiner Nähe ausstrahlt.

Mein Oberkörper ist nackt, jetzt macht er sich an meinem Hosengürtel zu schaffen, sieht mich dabei an. Die Schnalle gibt nach, ebenso der Knopf und der Reißverschluss. Jace streift beides über meine Hüften, seine Hände gleiten nach vorne. Mit

dem Zeigefinger streicht er an meinem Schwanz entlang, der längst hart ist.
Ich ächze und schwanke, falle ihm entgegen, als er mich viel zu sanft küsst. Meine Augen bleiben zu, als er beginnt, eine feuchte Spur über meine Brust, meinen Bauch bis an meine Leisten zu küssen. Mein Schwanz sehnt sich nach Aufmerksamkeit, aber er schenkt ihm keine. Die winzigen, flatterhaften Berührungen neben meinem Nabel machen mich kirre.
Jace schiebt meine Hose samt Socken über meinen rechten Fuß, ich halte mich an seiner Schulter fest und blicke hinunter. Was für ein Bild! Jace kniet vollständig angezogen vor mir und sieht zu mir hoch. Seine Augen strahlen voller Glück. Einfach nur, weil wir hier sind.
Ich streiche durch seine Haare, genieße das feine Gefühl zwischen meinen Fingern. Jace beugt sich vor und küsst meine Eichel, leckt mit der Zungenspitze die Feuchtigkeit auf.
Ich stöhne leise und weiß nicht, was ich tun soll. Offensichtlich sieht er mir das an, weil er mich nötigt, das andere Bein zu heben, und erst wieder aufsteht, als ich komplett entkleidet bin.
„Lass mich dich heute verwöhnen."
„Aber …" Weiter komme ich nicht, weil er mir die Worte von den Lippen küsst.
Das ist so unsagbar schön. Unsere Zungen finden sich, berühren sich zärtlich und fast scheu. Nichts, was wir bis heute geteilt haben, kein Sex zuvor, war so intensiv, und das, obwohl ich dachte, ich hätte mit Jace schon alles erlebt.
Nein, heute ist es wieder anders. Es ist rechtens, keine gestohlene, kurze Gelegenheit, sondern unsere Wahl, die niemanden verletzt. Ich sehe ihn an, unterbreche diesen neuen, ersten Kuss und weiß instinktiv, dass er das Gleiche denkt. Wir sind frei füreinander. Keine Geheimnisse stehen mehr zwischen uns und auch kein anderer Mensch.
Ganz nah vor mir, sodass ich seine Wärme an meiner nackten Haut spüre, zieht er sich aus, lässt alleine damit meine Lust auf ihn ins Unermessliche steigen. Er ist perfekt, makellos. Die trainierten Muskeln seiner Brust und seines definierten Bauches, seine Brustwarzen sind zu kleinen Knoten zusammengezogen und sein wunderschöner Penis steht stramm zwischen uns. Ich

will ihn berühren, bin aber vor lauter Ehrfurcht, dass dieser Prachtmann mich will, wie erstarrt. Meine Blicke müssen genügen und an Jace' Lächeln erkenne ich, dass er zufrieden ist. Die verwegenen Sternenreihen in seinen Leisten … ich werde sie erforschen, küssen dürfen. Ich erinnere mich an die samtige Haut dort, wie empfindlich er da ist …

„Dirk?"

Ich sehe auf und direkt in seine Augen, seufze, als er sich an mich schmiegt und vorsichtig umarmt, als wäre ich aus Glas. Innerlich bin ich es auch und ich weiß nicht, ob es den restlichen Abend hält. Was ist nur los mit mir?

„Sieh mich an", fordert er sanft, weil mein Blick hinab auf seine Lippen gewandert ist.

Ich nicke langsam und küsse ihn vorsichtig.

„Lass mich dich lieben, ja? Gib dich mir hin und vertraue mir, das ist alles, was ich mir wünsche."

Mir ist klar, dass seine Bitte in zweierlei Hinsicht gilt, für die nächsten Minuten und für das restliche Leben. Wie sollte ich ihm das abschlagen? Ich nicke leicht und erwidere sein Lächeln.

„Dann leg dich hin." Er unterstreicht seine Worte mit einem Wink auf die Matratze.

Ich klettere hinauf und blicke zurück, weil Jace stehen bleibt und mich betrachtet, als wäre ich eine Praline oder Ähnliches. Da ist so viel Verlangen in seinem Blick, Bewunderung … Ich kann es nicht fassen.

Dann kniet er sich hin und kommt zu mir. Jace küsst mein Schienbein, streichelt den anderen Fuß und arbeitet sich Zentimeter für Zentimeter nach oben vor.

Irgendwann lasse ich tatsächlich alles los und gebe mich ihm hin ohne nachzudenken. Er schafft es, sämtliche Gedanken aus meinem Gehirn zu vertreiben, jeden Zweifel, jedes Aber wegzuscheuchen, und nur noch meine Liebe für ihn bleibt beständig. Meine Augen sind geschlossen, ich reagiere nur mit Lauten des Wohlbefindens, weil er meine Hände jedes Mal, wenn ich ihn berühren will, wegschiebt.

Dann berühren seine Lippen kaum spürbar die meinen. Meine Augenlider flattern, erwidern seinen Blick.

„Du willst wirklich, dass ich mit dir schlafe?"

„Ja … ich will es schon lange. Außer du möchtest nicht, dann …“
„Und wie ich will. Genieße, Love …“
Und ich tue es vorbehaltlos und voll grenzenlosem Vertrauen. Ich krümme mich zusammen, als er nach einer weiteren intimen Entdeckungstour über meinen Leib unvermittelt seine Lippen über meine Eichel stülpt. Mein Stöhnen ist laut und gibt preis, wie erregt ich inzwischen bereits bin. Jace schluckt mich, Zentimeter für Zentimeter nimmt er mich in seinen heißen, feuchten Mund und beschert mir ein unvergleichliches Gefühl. Dann zucke ich unwillkürlich zusammen, da er mit einem Finger meinen Eingang berührt. Nur berührt, aber dennoch jagt es meinen Puls noch weiter in die Höhe.
Seit Monaten frage ich mich schon, wie es wohl wäre, wenn er den aktiven Part übernehmen würde. Ein nie ausgesprochener Wunsch, der jetzt Realität wird. Ich verkrampfe mich. Kann ich das wirklich?
„Love … entspann dich, ich bin vorsichtig.“
Ich muss lächeln und sehe zu ihm hinunter. Wow! Was für ein Bild. Jace liegt zwischen meinen Beinen, eine Hand ruht entspannt auf meinem Bauch, die andere streichelt den empfindlichen Damm. Jetzt leckt er über meinen Penis, der feucht glänzt von seinem Speichel.
„Mach weiter“, flüstere ich heiser und schließe erneut die Augen. Um ihm zu zeigen, dass ich es will, spreize ich meine Beine, entblöße mich vor ihm wie noch nie zuvor vor einem anderen Menschen. Ich stoße krampfhaft die Luft aus, als er sachte und äußerst vorsichtig mit einem Finger in mich eindringt. Der Versuch, das Gefühl zu analysieren, misslingt, weil er gleichzeitig wieder anfängt, mich zu blasen. Es ist Irrsinn! So intensiv und intim wie nie etwas zuvor. Der Druck in mir wird stärker, es brennt leicht, aber der Schmerz ist ein besonderer Lustkick. Ich falle immer weiter. Gebe mich hin, bis ich nur noch einen Wunsch habe: etwas anderes als seinen Finger in mir zu spüren.
„Jace …“, entwischt mir, als mich ein Schauer packt und ein Stromstoß durch meinen Leib jagt. „Was? … Ahhh.“
Ich fasse nach unten und greife nach seiner folternden Hand, aber er wehrt mich ab, was kein Problem ist, da er meine Pros-

tata berührt und mich damit außer Gefecht setzt. Wieder und wieder massiert er den magischen Punkt, dehnt mich dabei, bis ich nur noch aus vibrierenden Nerven bestehe.
Plötzlich ist der Druck weg und mit ihm Jace' Wärme. Blind taste ich nach ihm, aber sofort spüre ich ihn neben mir.
„Dreh dich zur Seite." Seine Lippen küssen die Worte sanft in mein Ohr und ich komme der Forderung atemlos nach. Fest und stark schmiegt er sich an meinen Rücken, umarmt mich und drückt schließlich mein oben liegendes Bein nach vorne.
„Bereit?", fragt er sachte und massiert bereits wieder meinen Hintern.
Ich kann nur nicken und suche wieder den Punkt, an dem meine Gefühle die Herrschaft übernehmen. Jace hilft mir dabei, hat ein besonderes Gespür für mich. Sein rechter Arm gleitet unter meinen Kopf, während seine Linke jetzt meinen Schenkel nach oben hebt. Ich helfe ihm, will ihm Raum geben.
Für einen Moment befürchte ich, den Druck nicht auszuhalten, aber dann geht es plötzlich doch. Jace keucht, als er in mich eindringt. Er ist unfassbar behutsam, gibt mir Zeit und hält mich zugleich fest. Es ist schön, unbeschreiblich vertraulich, besonders …
Das Glas in mir zerspringt, als er beginnt sich zu bewegen. Achtsame, behäbige Stöße, jeder ein wenig tiefer und erregender. Ich wende mein Haupt, um ihn zu küssen, er tut es, dreht mich ein Stückchen zu sich und raubt mir jegliche Körperkontrolle.
Ich gehöre ihm, nicht nur mein Herz und meine Seele, sondern ab jetzt auch mein Körper. Das, was in mir zerbricht, ist der Rest meines alten Lebens, die Vorbehalte, Zweifel, Befürchtungen … alles nimmt er mit weg, spült durch die aufsteigende Lust alles fort.
Ich ziehe mein Bein weiter nach oben, will ihn noch tiefer fühlen und Jace geht mit. Bald spüre ich bei jedem Stoß seinen ganzen Leib an mir, höre das Geräusch von Haut auf Haut, rieche unsere Erregung. Immer mehr, immer höher, wir stöhnen beide, küssen uns wild, die Zärtlichkeit ist vergangen.
Als er meinen Schwanz umfasst, mit dem Daumen meine Eichel reizt, verliere ich den letzten Rest Beherrschung und drücke mich bei jedem Stoß nach hinten. Seine Bewegungen werden

fahrig, ungezielt, er keucht, presst mich an sich, reibt mich hart und jagt uns beide über die Schwelle. Ich spüre, wie er in mir anschwillt und kommt, kehlige Laute begleiten seinen Orgasmus und geben mir den Rest. Dieses irrsinnige Gefühl schweißt uns zusammen, verleiht diesem Akt einen würdigen Abschluss und bringt damit die verloren gegangene Verbindung restlos zurück.
Die Welle ebbt ab, wir fallen weich, ineinander verschlungen, noch immer aufs intimste verbunden. Jace stöhnt leise, lockert seinen Griff um meine Brust und gibt mein Bein frei.
Ich bewege mich nicht, will weiter in diesem schwerelosen Daseinszustand dahintreiben, nur ihn spüren, an und in mir. Wie konnte ich nur je auf den Gedanken kommen, ein Leben ohne ihn führen zu wollen? Es ist schlicht undenkbar. Meine Liebe für diesen Mann ist genau der Treibstoff, den ich brauche, um weiter existieren zu können.
So langsam kann ich die Umgebung wieder aufnehmen. Jace' Herzschlag an meinem Rücken ist ein gutes Gefühl. Ich drehe meinen Kopf und suche seine Lippen. Er kuschelt sich an meinen Nacken und seufzt leise. Damit ich ihn küssen kann, muss ich mich drehen, wodurch er aus mir rutscht. Jetzt lacht er sanft und greift zwischen uns.
„Ich geh schnell …“
„Nein“, falle ich ihm ins Wort. „Bleib liegen, ich geh ins Bad.“
Wir sehen uns an, lange, und ich erkenne in seinen Augen tatsächlich die alte Vertrautheit wieder, die ich auch in mir spüre. Scheinbar hat ein Liebesakt genügt, um all den Streit und die Qualen der Trennung zunichte zu machen. So groß ist also unsere Liebe? Unfassbar.
Widerwillig gibt er mich schließlich frei und dreht sich auf den Rücken. Meine Beine tragen mich kaum, als ich mich von der niedrigen Matratze aufrapple, aber ich fühle mich frei. Frei und befriedigt, innerlich wie äußerlich. Ein schwer zu benennender Zustand, aber eines weiß ich jetzt … Jace zurückzuholen war das einzig Richtige.
Ruckzuck sind die Spuren auf meinem Bauch beseitigt und ich kann zu ihm zurückgehen.
Jace liegt mit einladend ausgebreiteten Armen da und sieht mir entgegen. Auch aus seinem Gesicht ist jegliche Spannung gewi-

chen. Wir sind beieinander angekommen, das steht mal fest. Mit einem Lächeln hole ich die Bettdecke vom Fußboden und ziehe sie über ihn, als ich mich neben ihn lege.
„Hey …" Jace stupst mich mit dem Zeigefinger in den Bauch und grinst.
„Was?"
„Ich sehe dich grübeln, hör auf damit und komm her zu mir."
Er breitet einladend seinen rechten Arm aus und klopft mit der anderen Hand auf seine Schulter. Absolut verlockend. Jace weiß, was ich mir wünsche, er muss es mir ansehen.
Ich nicke nur, weil er recht hat, jetzt in seinem Arm zu liegen ist das, was ich brauche, um wieder ganz zu werden. Innerlich fühle ich mich wund und zerschlagen. So abstrus es auch klingen mag, ich bin am Tiefpunkt angelangt und der Sex mit Jace hat mir den sprichwörtlichen Rest gegeben. Im guten Sinne.
Ich seufze, als ich mich zu ihm lege, den Kopf auf seine Schulter bette, ihn fest umarme und mein rechtes Bein zwischen seine dränge. So viel Geborgenheit! Jace küsst meinen Kopf, wühlt mit einer Hand in meinem Haar und die andere streichelt den Arm, mit dem ich ihn umklammere.
Ich fühle mich wie in einem Traum. Vor wenigen Stunden war Jace nichts weiter als ein Wunschgebilde und jetzt liege ich neben ihm in meinem Bett und blicke in eine gemeinsame Zukunft. Wovor genau hatte ich noch mal Angst? Ich kann mich kaum noch daran erinnern, jetzt, da er hier ist.
„Geht es dir wieder besser? War ich auch nicht zu grob?" Wie weich seine Stimme klingt, wie Buttertoffee.
„Ja und nein. Ich müsste dich halten, nach allem was ich dir … Hey!"
Jace verpasst mir doch tatsächlich einen Klaps auf den Hinterkopf und grinst mich an, als ich zu ihm hochsehe. „Was soll das?"
„Hör auf, vor mir den starken Mann zu markieren. Mal ganz abgesehen davon, dass du mich hoffentlich furchtbar vermisst hast, ist bei dir ganz schön viel los gewesen. Du hast jedes Recht, die Nerven zu verlieren, und ich freue mich, dass ich für dich da sein darf."
„Schon, aber du …"

„Ich durfte mich bereits aufrappeln, und zwar nach dem langen Gespräch mit Jamie. Das hat mir den Mut zurückgegeben, dich um eine Chance zu bitten. Es geht mir gut, jetzt erst recht."
Ich erspare mir jede Antwort und kuschle mich stattdessen noch dichter an ihn. Die Stille ist angenehm, ohne Druck oder die Notwendigkeit für Worte, nur angefüllt mit sanftem Streicheln und inniger Nähe.
„Das war schön", flüstere ich irgendwann.
„Ja … war es."
„Meinst du, wir könnten … öfters tauschen? Ich meine …"
„Ja, liebend gern."
Ich richte mich auf meinen Ellenbogen auf und schaue in sein Gesicht. Hmmm, langsam wird es zu dunkel, um ihn richtig sehen zu können. Blind taste ich über dem Kopf nach der kleinen Campinglampe und schalte sie ein. Ja, deutlich besser. Jace schmunzelt, als ich mich wieder an ihn dränge und in sein Gesicht hinabsehe. Die Wärme unter meiner Handfläche, die auf seiner Brust ruht, hat etwas Beruhigendes an sich.
„Es macht dir nichts aus?"
„Warum sollte es? Die meisten Paare tauschen, es ist völlig normal. Ich mache gerne beides, vor allem mit dir. Es war vorhin schön, dich fallen zu sehen." Er zieht mich an seine Lippen und küsst mich. Ein Schauer überläuft mich, als er seine Zunge sanft zwischen meine Lippen drängt und mich auffordert, ihn einzulassen. Ich tue es, erwidere die Berührung und stöhne leise, weil sich zwischen uns wieder etwas regt. Mein Unterleib drückt an seine Hüfte und ich spüre, dass mein Schwanz begeistert auf diesen Kuss reagiert.
Jace' Hand gleitet über meinen Rücken nach unten, umfasst meinen Hintern und drückt mich an sich. Er stöhnt leise, wölbt sich mir entgegen.
Unten fällt eine Tür laut ins Schloss.
Ich unterbreche den Kuss und sehe ihn mit gerunzelter Stirn an. Habe ich ein Fenster offen gelassen? Nicht, dass ich wüsste …
„Halloooo?"
Verdammt.
Ich falle mit dem Gesicht auf Jace' Brust, was ihn zum Lachen bringt.

„Mein Bruder … ich fass es nicht“, murmle ich und rolle von meinem Liebsten herunter.
Allerdings veranlassen mich seine nächsten Worte, ihn ungläubig anzustarren.
„Soll ich verschwinden?“
Jace’ Gesicht wirkt angespannt, unschlüssig. Klar, er weiß noch nicht, wie er mich einschätzen soll.
„Auf keinen Fall. Wo willst du denn hin? Es gibt ja nicht mal einen Kleiderschrank, in den du hüpfen könntest.“ Ich zwinkere ihm zu, damit er auch ja richtig versteht, wie ich es meine.
Und ja, er lacht leise und küsst meine Nasenspitze. „Na dann.“
„Kannst du mir mal antworten?“ Mikes Stimme schallt vom Untergeschoss herauf.
„Ich hasse ihn.“
Jace pikst mich in die Rippen. „Nein, tust du nicht. Du hast einen fantastischen Bruder.“
Murrend lehne ich mich an ihn und drapiere die Decke über uns. Es dürfte zwar dem Dümmsten klar sein, was wir unlängst getrieben haben, aber sehen muss er es ja nicht.
„Hier oben“, rufe ich und lausche seinem Lachen am Fuße der Treppe. War ja klar, er hat längst vermutet, wo ich oder wir sind, und war nur zu höflich, gleich heraufzupoltern.
Sekunden später erscheint Mikes Kopf in der Türöffnung und er linst zu uns herein. Mit einem breiten Grinsen betritt er schließlich ganz das Zimmer und schüttelt theatralisch den Kopf.
„Na klasse. Jetzt schulde ich meinem Kerl 100 Euro.“
Jace lacht gelöst auf und presst sein Gesicht an meinen Oberarm. Ich sehe hinab und könnte dahinschmelzen bei diesem Anblick. Ohne zu zögern drücke ich ihm einen Kuss auf den Kopf, ehe ich zu Mike hinübersehe. Auch er grinst, jetzt nickt er mir zu und ich sehe pure Freude in seinem Gesicht.
„Warum das?“, will ich dann aber doch wissen.
„Ich habe euch was vom Chinesen gebracht. Jamie meinte, ich solle gleich zwei Portionen mitnehmen, weil Jace sicher noch bei dir ist. Dem habe ich widersprochen, weil ich nicht gedacht hätte, dass ihr gleich so ein Tempo vorlegt. Tja, Wette verloren, aber gerne verloren.“

Wir lachen alle drei. „Gib ihm 50 Euro, es war der zweite Anlauf, den ersten habe ich gleich wieder verbockt."
Jace schubst mich. „Nein, 100! Er hat es verdient, ohne seine sehr überzeugende Vorarbeit wäre ich gar nicht hergekommen."
„Wisst ihr was? Warum gebt ihr es ihm nicht?"
Ich funkle meinen Bruder spaßeshalber an. „Weil du gewettet hast und nicht wir. Wir hatten Besseres zu tun."
„Olala." Mike pfeift anerkennend und wedelt mit der Hand, als habe er sich verbrannt. Leider liegt kein Kissen oder Ähnliches herum, das ich nach ihm werfen könnte, und aufstehen will ich auch nicht.
Dann wird er schlagartig ernst und sieht uns abwechselnd an. „Nein, ehrlich. Ich freue mich für euch zwei. Abgesehen davon, dass ich Jace mag und du mein Bruder bist, seid ihr ein schönes Paar, ihr passt hervorragend zusammen."
Großer Gott. Ich spüre, wie mir Röte ins Gesicht steigt, und schüttle automatisch den Kopf. Ein Blick zu Jace vertreibt allerdings jede Scham. Er strahlt einfach, sieht mich an und nickt, um Mikes Aussage zu bestätigen. Ich kann ihm seine Liebe ansehen, wie glücklich er ist, hier zu sein, bei mir.
„Danke, kleiner Bruder. Und mit diesem treffenden Satz kannst du jetzt gern verschwinden."
Er lacht fröhlich. „Aber gerne doch. Das Essen steht unten in der Küche, lasst es euch schmecken, ich habe verschiedene Sachen gebracht, weil ich nicht genau wusste, was Jace mag." Er wendet sich ab und will gehen, hält aber nochmals an.
„Ach … Morgen um halb elf ist doch Brunch bei Chris." Sein Blick gleitet zu Jace. „Es wäre schön, wenn du auch kommst. Du gehörst ja jetzt praktisch zur Familie."
Jace beißt sich auf die Unterlippe und sieht zu mir herüber. Plötzlich ist sie wieder da, die Unsicherheit. Das rührt mich ungemein. Jace ist unverkennbar stark und weiß, was er will, aber er hält jetzt schon sein Wort und überlässt mir die Entscheidung.
„Natürlich kommt er mit, was denn sonst", sage ich, ohne ihn aus den Augen zu lassen. „Und jetzt raus, Mike."
Er geht wohl, weil ich sein Lachen nur noch schwach höre, als er in den Aufzug steigt. Ich hingegen kann nicht aufhören, den Mann neben mir zu betrachten. Irgendwann ziehe ich ihn an

mich und wir verlieren uns wieder in einer ewig dauernden Umarmung.
„Soll ich das Essen hoch holen? Was meinst du?“
Jace nickt an meiner Schulter und seufzt. „Wenn es dich nicht stört? Und dann etwas schlafen? Oder …“ Er weicht ruckartig zurück. „Tschuldige. Ich sagte, ich dränge mich nicht auf, und jetzt gehe ich einfach davon aus, hier zu bleiben.“
Ich lache überrascht auf. „Was denn sonst? Glaubst du wirklich, ich lasse dich heute Nacht gehen?“
Voller Liebe sieht er mich an und streicht über mein Gesicht. „Echt nicht?“
„Echt nicht. Jace … schlaf bei mir, bitte. Wir können morgen in Ruhe aufstehen, einen Kaffee trinken und duschen, ehe wir zu Chris hochfahren, okay?“
„Das klingt perfekt und ich habe diese Dusche gesehen!“ Er schmunzelt und streicht mit der flachen Hand über meine Brust.
„Oh ja. Du wirst lachen, als ich die Badeinrichtung ausgesucht habe, dachte ich an dich, an uns. Weißt du noch, der Urlaub an der Ostsee? Dass wir gesagt haben, wenn wir wieder verreisen, dann muss die Dusche groß genug für uns beide sein?“
Jace nickt. „Ja, wie könnte ich das vergessen.“
„Eben, ich auch nicht. Deshalb habe ich dieses Luxusteil einbauen lassen und eine XXL Badewanne. Vielleicht finden wir jetzt mal die Zeit, sie gemeinsam zu nutzen.“
„Vielleicht?“ Jace mustert mich kritisch. „Aber ganz bestimmt sogar.“
„Okay, das wäre dann geklärt. Ich geh mal das Essen holen, ehe es kalt wird. Magst du ein Wasser dazu? Oder was anderes?“
„Wasser ist völlig okay.“
Aus Gewohnheit schlüpfe ich in meine Pants und bin schon an der Tür, als mich Jace’ sanfte Stimme aufhält. „Dirk?“
„Hmmm?“ Ich sehe zu ihm zurück.
„Danke.“
„Wofür?“
„Für die Chance.“
Ich schüttle den Kopf, will eigentlich zurückgehen, aber dann kommen wir definitiv nicht zum Essen. „Nicht dafür. Ich bin derjenige, der zu danken hat.“

Beschwingt laufe ich hinab und gehe in die offene Küche. Tatsächlich türmen sich auf der Anrichte zwei Tüten mit den charakteristischen Plastikschalen darin. Ich linse hinein und finde, neben zwei Hauptgängen, eine Suppenschale, Frühlingsrollen samt Sauce und eine Schale Sushi. Lecker, Mike hat wohl Angst wir sterben heute Nacht an überraschendem Hungertod. Und er hat noch etwas hinterlassen: seinen Hausschlüssel. Guter Mann.
Ich nehme Gabeln und Löffel von meinem neuen und noch so gut wie unbenutzten Besteck, zwei Flaschen Wasser und schnappe mir die Tüten, als mir etwas anderes einfällt.
Nachdenklich betrachte ich den braunen, offenen Din A 4 Umschlag in einer Ecke der Küche, in der ich achtlos meine Post deponiert habe.
Die Scheidungsunterlagen! Bis heute habe ich sie irgendwie ignoriert, nicht, weil ich die Trennung nicht durchziehen will, sondern einfach aus Stress und zu vielen anderen Dingen. Aber jetzt? Dort oben liegt meine Zukunft in meinem Schlafzimmer. Es wäre mehr als unfair, wenn ich auch nur eine Sekunde länger damit warte. Also klemme ich mir den Umschlag samt einem Kugelschreiber ebenfalls unter den Arm und kehre nach oben zurück.
Jace hat inzwischen ebenfalls Unterwäsche an und unsere wild herumfliegenden Klamotten ordentlich auf einen Stapel gelegt.
Ich muss schmunzeln. Auch das Bett hat er notdürftig gemacht und die Decke samt Kissen an der Wand drapiert, damit wir uns anlehnen können, ohne blaue Flecken vom Putz zu bekommen.
Lächelnd kommt er mir entgegen und nimmt mir die Tüten ab. Er schaut hinein und nickt anerkennend. „Das sieht lecker aus und riechen tut es auch gut."
„Ja, dann lass uns mal anfangen."
Wir klettern auf die Matratze und machen es uns nebeneinander gemütlich. Als ich ihm die Flasche Wasser reiche, zeigt er auf den Umschlag. „Was ist das?"
Ich nehme ihn in die Hand und öffne die Lasche. Mir ist durchaus bewusst, wie symbolisch und wichtig das hier für ihn ist. Falsch, für uns beide. Sagen, dass ich mit ihm zusammen sein will, ist eine Sache. Worte sind geduldig und leicht in die Welt

gesetzt, das hier ist real, greifbar und hat unübersehbare Konsequenzen.
Jace sieht mich an, bemerkt mein Zögern und wartet gespannt auf meine Antwort.
„Das sind meine Scheidungsunterlagen. Ich bin vor lauter Arbeit nicht dazu gekommen, sie zu unterzeichnen.“ Ich ziehe die Dokumente aus dem Umschlag und sehe ihn erst dann wieder an.
Auf Jace' Miene sehe ich Rührung. Er versteht diese Geste richtig.
„Weißt du. Als ich dich bei dem Casting sah, wusste ich, oder besser mein Unterbewusstsein irgendwie, dass du ein Wink des Schicksals bist. Jahrelang, ach was sag ich, jahrzehntelang habe ich mich gegen mein Verlangen nach Männern gewehrt, habe es niedergeprügelt und verleugnet, bis es kaum noch existierte. Als Mike dann Jamie anschleppte, wurde es echt schwierig.“
Jace lacht und streicht mir vertraulich über den Oberschenkel. „Oh ja, das kann ich mir lebhaft vorstellen. Das war wohl eine harte Prüfung.“
Ich nicke und fahre fort. „Du warst die weitaus härtere, glaube mir.“ Ich sehe ihn an und erkenne Bedauern auf seinem Gesicht.
Jace streicht seine Haare zurück und drückt kurz mein Bein. „Ich wollte keine Ehe zerstören, glaube mir. Alles, was ich anfangs wollte, war Sex und kurzweiliger Spaß. Keine Verpflichtung, keine Tränen, kein Nachtelefonieren und schon gar kein schlechtes Gewissen. Weder bei mir noch bei dir.“
„Das weiß ich, Jace. Und du musst nie befürchten, dass ich dir das Scheitern meiner Ehe vorwerfen werde. Daran trägst du nämlich keine Schuld. Du warst lediglich der Auslöser, dass ich endlich über mein Leben nachgedacht habe.“
Er zeigt auf den Umschlag. „Und dennoch trennst du dich für mich.“
Beschämt sehe ich auf das unscheinbare Papier. „Ich wäre stolz, wenn es so wäre, aber im Grunde war es Melanie, die es beendet hat. Trotzdem will ich jetzt …“
„Dirk! Nein. Mach dich nicht schwächer, als du bist. Ich weiß doch von dem Ultimatum. Du hättest nicht gehen müssen, es

bestand kein Grund dafür. Ich habe Mist gebaut und es war nicht deine Aufgabe, den zu beseitigen."
Wir sehen uns lange an, ich will erneut widersprechen, aber er lässt mich nicht.
„Du bist für mich gegangen. Wenn auch auf Umwegen hast du eine Entscheidung gefällt. Der Zeitpunkt ist doch im Nachhinein unwichtig. Es ging eben nicht früher und wie du schon selbst sagst, das Fass hat erst voll sein müssen, bevor es überläuft."
Ich sehe ihn lange an, er wirkt entschlossen und sehr reif. Tatsächlich kann ich den Jace, den ich vor langer Zeit kennengelernt habe, nur noch ansatzweise erkennen. Aber es ist kein Nachteil, nein, der Mann neben mir steht mit beiden Beinen im Leben.
„Warum hast du so viel Geduld mit mir?", frage ich zaghaft.
Er zuckt etwas verlegen mit den Schultern. „Man liest immer über die eine, große Liebe und lächelt darüber. Bis man sie findet." Jace sieht mich wieder an. „Du bist der Eine für mich, ich weiß, das klingt jetzt furchtbar pathetisch und kitschig, aber ich weiß nicht, wie ich es besser ausdrücken soll."
„Musst du auch nicht, ich weiß nur zu gut, was du meinst."
„Ja?"
„Ja, Amber. Weil du das gleiche für mich bist und deshalb unterschreibe ich jetzt auch sofort die Papiere. Ich möchte, dass du siehst, wie ernst es mir ist."
Jace nickt und schiebt die Essenstüten ein Stück beiseite, damit ich genügend Platz habe. Der Kuli kratzt über das Papier, das einzige Geräusch im ansonsten stillen Zimmer. Ich höre nicht mal unseren Atem. Dann ist es getan. Mein Name steht nun offiziell unter dem Ende meiner Ehe.
Eine Ära geht zu Ende, so empfinde ich es zumindest. Jetzt beginnt ein völlig neuer, spannender Lebensabschnitt und Jace wird ein Teil davon sein.
Ich sehe ihn an, er lächelt sanft und kommt mir entgegen, als ich nach ihm greife, um ihn zu küssen.
Nach einer Weile gebe ich ihn frei und frage, was ich auf dem Herzen habe. „Wolltest du eigentlich je Kinder?"
Jace lacht, lehnt sich zurück und streckt seine langen Beine aus. „Darüber habe ich mir nie den Kopf zerbrochen, weil es mit meinem Job und dem ganzen Drum und Dran eigentlich nicht

zur Debatte stand. Und außerdem gehört da eine feste Bindung dazu, etwas, was ich genauso wenig in Betracht gezogen habe." Er sieht mich an und lächelt verschmitzt. „Aber keine Sorge, ich freue mich auf deine Kleine, wirklich. Es wird für deine Frau nicht leicht sein, sie dir, beziehungsweise uns, zu überlassen. Was ich irgendwie verstehen kann, aber wir werden das schaffen."
„Es tut mir leid, dass du dich jetzt damit befassen …"
„Spinnst du?" Jace richtet sich auf und funkelt mich verärgert an. „Hör auf damit. Ich will dich, also werde ich das akzeptieren. Lea ist deine Tochter, sie ist ein Teil von dir und gehört somit zu deinem Leben. Ich werde zwar sicher nicht ihr Ersatzpapi werden, aber versuchen, ihr Freund zu sein. Was dir wahrscheinlich gehörige Probleme bringen wird, aber damit musst du dann leben."
„Ach so. Ich muss die Erziehung übernehmen und du machst einen auf großen Bruder?"
Jace grinst, aber ich weiß, er will einfach nicht, dass ich mir jetzt schon Gedanken darüber mache. „So in etwa dachte ich mir das."
„Na, das kann ja heiter werden."
„Sag ich ja … und jetzt lass uns essen."
Ich stecke die Unterlagen sorgfältig in das Kuvert zurück, während Jace vorsichtig das Essen auf die Matratze stellt. Jetzt erst merke ich, wie hungrig ich bin.
In trauter Eintracht verspeisen wir die Sachen und genießen einfach die Nähe des anderen. Mir geht auf, dass es jetzt immer so sein wird. Gut, nicht immer, Jace wird wieder arbeiten und das heißt, er wird viel unterwegs sein, aber dennoch. Wir werden uns nicht nur für einen kurzen Besuch sehen und jede Minute davon stehlen, sondern er wird zu mir heimkommen.
Als ich ihn ansehe, glaube ich, ihm gehen ähnliche Gedanken durch den Kopf.

Nachdem wir fertig sind, hilft er mir, die Sachen wieder hinunterzutragen. In Pants bekleidet geht er auf die Terrasse. Ein Schwall kühler Frühlingsluft weht herein. Es duftet nach Blüten und frischem Grün. Ich trete zu ihm hinaus und stelle mich neben ihn ans Geländer. Unter uns liegt die beleuchtete Stadt. Es ist ruhig, kaum Verkehr, in der Ferne erklingt eine Sirene und die Glocken von St. Martin läuten.

„Ist dir das nicht zu ländlich? Ich meine … du bist ja eigentlich Großstädte gewohnt."

Jace schmunzelt, ich kann es nur undeutlich sehen. „Ich komme ja im Grunde auch vom Land, nur war da mehr Wasser. Nein. Es ist wunderschön hier, ruhiger. Ein guter Ort, um zur Ruhe zu kommen." Jetzt sieht er mich direkt an. „Und du bist hier."

„Ja, das werde ich sein." Ich beuge mich zu ihm und streiche sanft über seinen Rücken, genieße das Gefühl seiner warmen Haut unter meiner Hand.

„Ich hätte nie geglaubt, dass ich noch so viel Schmerz und Tränen übrig habe. Es hat so wehgetan, dich zu verlassen, und es wurde einfach nicht besser", flüstert er leise, als koste es ihn immer noch Mühe, so offen zu mir zu sein.

„Schmerz und Tränen übrig? Beziehst du dich auf den Grund, weshalb du zwei Jahre untergetaucht bist?"

„Ja." Jace beugt sich nach vorne und lehnt sich mit dem Oberkörper auf das Geländer.

„Wirst du mir irgendwann erzählen was passiert ist?"

Jace richtet sich auf und sieht mich an. „Ja, werde ich, aber nicht heute. Heute möchte ich einfach nur glücklich sein."

Vielleicht liegt es am Licht oder ich bilde es mir ein, aber ich kann einen Nachhall dieses Schmerzes in seinen Augen finden und gleichzeitig den Entschluss, neu zu beginnen, all das hinter sich zu lassen.

Ich greife nach seinen Hüften und ziehe ihn an mich. „Das reicht mir, Amber. Und ich wäre froh, wenn ich dich nicht nur heute glücklich machen kann."

„Das wirst du, Love, das weiß ich."

Jace gleitet in meine Arme, seufzt zufrieden, als ich ihn festhalte. Seine Hände liegen auf meinem Rücken und sein Kopf ruht an meiner Schulter. Es ist so schön, ich traue mich kaum, mich zu bewegen, weil ich befürchte, aus einem Traum zu erwachen.

„Ich konnte dich auch einfach nicht aus dem Kopf kriegen, das war wie verhext", murmle ich leise und streiche über seinen Rücken. Er erschauert, ich kann die feine Gänsehaut fühlen.

„Ja, irgendwie total heftig."

„Jace? Lass uns raufgehen, ich will nicht, dass du dich erkältest."
Er lacht an meinem Hals und klapst mir auf den Po. „Spricht da jetzt mein Manager oder mein besorgter Freund?"
Ich lache mit ihm. Der entspannte Umgangston ist klasse. „Dein Manager natürlich. Schau dich um, ich muss Möbel kaufen, da kann ich es mir nicht leisten, wenn mein bestes Pferd im Stall krank wird."
„Hey … dann solltest du mich aber schleunigst ins Bett bringen."
„Und gut zudecken."
„Jaaa, das vor allem."
„Was nicht leicht wird, da ich nur diese eine Decke besitze."
Jace lacht fröhlich auf. Wir gehen Arm in Arm nach drinnen. „Oh, dann musst du mich eben die ganze Nacht gut festhalten, damit ich nicht jämmerlich neben dir erfriere."
Das Fenster ist zu und das Licht gelöscht. Ich strecke ihm die Hand hin und er ergreift sie. Wir drücken uns fest, als müssten wir uns noch einmal versichern, dass es kein Traum ist.
„Ich glaube, das mit dem Festhalten schaffe ich."
„Schön."
Und ein paar Minuten später ist es auch soweit. Nach einem Abstecher ins Bad kehrt Jace zu mir zurück und kuschelt sich vertraulich an mich. Wir liegen eng aneinander geschmiegt auf der Seite. Der Raum ist nicht komplett dunkel, Straßenlicht und der aufgehende Mond tauchen alles in schummriges Licht.
Ich kann kaum glauben, dass ich heute Nacht neben Jace schlafen werde. Sanft küsse ich seinen Nacken, inhaliere seinen Duft.
„Hast du genug Decke?", fragt er mich schläfrig.
„Ja. Und du?"
„Perfekt … Dirk?"
„Hmmm?"
„Was hältst du davon, wenn wir morgen ein zweites Kissen samt Decke kaufen?"
Ich lache leise und puste in seinen Nacken. „Das heißt, du möchtest morgen wieder hier schlafen?"

Jace knurrt leise. „Pah … ich könnte ja damit auf die Couch auswandern, wenn du dich über mich lustig machst, aber du hast ja keine."
Ich lache auf und drücke ihn an mich. „Tja, Pech gehabt. Aber die Idee ist gut. Lass uns das morgen machen."
Er nickt träge, dann wird sein Atem tiefer und ich spüre, wie er sich entspannt.

56.
Dirk

Ich erwache in der Dämmerung und bin sofort komplett da. Kein mühsames in den Wachzustand hangeln, sondern angeknipst wie eine Glühbirne.
Der Grund ist nicht zu übersehen.
Jace!
Ein dümmliches Grinsen und das Gefühl eines Ameisenvolkes, das meine Adern bevölkert, machen mich hibbelig und bescheren mir den Tatendrang, den ich seit Wochen etwas vermisse. Es war gestern keine Fata Morgana, ich habe mich nicht unwissentlich besoffen und mir all das eingebildet. Er ist real. Er ist hier, bei mir.
Vorsichtig richte ich mich auf meinen Ellenbogen auf und sehe auf meinen Jace hinunter. Er schläft noch tief und fest, liegt auf dem Bauch, den Kopf mir zugewandt. Sein Kopf ruht auf seinem rechten Unterarm, der linke liegt entspannt an seiner Seite. Die Decke ist hinabgerutscht, was mir die hervorragende Gelegenheit gibt, seinen Körper hemmungslos zu bewundern.
Für eine Sekunde schmerzt es mich, dass ich meine Frau, mit der ich so viele Jahre verbracht habe, kein einziges Mal so angesehen habe. Kein Wunder, dass sie zuletzt verbittert gewesen ist. Im Grunde hätte sie jedes Recht gehabt, sich einen Liebhaber zu suchen, da sie von mir wirklich nicht viel Zärtlichkeit bekommen hat.
Schon kurios, denn … ich kann kaum meine Hände bei mir behalten. Jace' weiche, gebräunte Haut ist so verlockend wie Schokolade. Ganz vorsichtig beuge ich mich über ihn und schnuppere nach seinem Duft. Ich beiße mir auf die Zunge, um nicht zu stöhnen.
Er riecht wunderbar nach Mann und Schlaf, warm und anheimelnd.
Ich würde gern bei ihm liegen bleiben, aber bin viel zu aufgedreht dazu. Nein, soll er ruhig noch etwas schlafen, der Wecker zeigt mir, dass es kurz nach sieben in der Früh ist. Ich mach jetzt mal in aller Ruhe Kaffee und versuche irgendwie meine

Euphorie wieder in den Griff zu bekommen, sonst renne ich heute wie Speedy Gonzales rum.
Ein sehr sanfter Kuss muss aber sein. Kaum spürbar berühre ich mit den Lippen seine Schulter, lecke mit der Zungenspitze über seine Haut, damit ich sein Aroma schmecken kann.
Zu viel und zugleich zu wenig.
Ich muss hier weg! Nach wie vor schmunzelnd über meine eigene Überdrehtheit, wuchte ich mich auf die Beine, nachdem ich ihn vorsichtig zugedeckt habe. An der Tür werfe ich einen Blick zurück.
Hmmm, eigentlich bräuchte dieser Raum gar keine weitere Einrichtung, denn das Bild, wie dieser schöne Mann da liegt, ist völlig ausreichend.
Geschwind husche ich ins Bad und mache mich etwas frisch. Lediglich mit der Jeans von gestern bekleidet, gehe ich schließlich hinunter und strecke mich ausgiebig vor den großen Scheiben der Terrasse.
Die Sonne geht auf, es wird ein schöner Tag. Vielleicht können wir heute Nachmittag spazieren gehen? Einfach nur diese neue, ungewohnte Vertrautheit genießen? Ich werde Jace fragen.
Kaffee! Hmmm, ich könnte auch Semmel holen, aber wir müssen ja zu dem Brunch. Schade eigentlich, ich hätte gern den Tag alleine mit ihm genossen. Das werden wir dann morgen nachholen. Ich gehe in die Küche, auf halber Strecke bleibe ich stehen und etwas fällt mir auf. Meine Musik fehlt mir! Seltsam, es ist, als habe Jace' Rückkehr in mein Leben all den Nebel und die Watte weggewischt, in der ich seit Wochen umhertappe. Ja, ich werde zeitnah nach München fahren und die Anlage holen. Ein guter Plan, finde ich.
Ich komme nur einen Schritt weiter, als mich eine bekannte Stimme aufhält.
„Hey … was tust du denn?“
Ich grinse und sehe Richtung Treppe. Großer Gott! Mein Unterkiefer klappt nach unten und Jace' Lachen erspart mir jede Antwort.
„Mein lieber Mann. Das geht aber gar nicht.“ Er kommt die letzten Stufen herab.

Jace ist nackt … und erregt. Ein derart sinnlicher Anblick, dass meine Jeans innerhalb eines Augenblicks zu eng wird.
„Äh … was geht nicht?“, krächze ich hilflos, während er geschmeidig wie ein Raubtier auf mich zukommt.
„Dich einfach davonstehlen und mich alleine im Bett liegen zu lassen.“
Noch ein paar Schritte trennen uns, ich schaffe es kaum, in sein Gesicht zu sehen, weil ich das ganze exquisite Bild erfassen will.
„Ich … ich wollte dich schlafen lassen.“
Jace schnalzt mit der Zunge. „Sehe ich aus, als schlafe ich noch?“
„Nein, ihr zwei seht seeehr wach aus.“ Wir grinsen uns an.
Dann ist er heran und macht sich ohne Umschweife an das Öffnen meiner zum Bersten gespannten Hose.
„Yes. Wir sind wach, ausgeschlafen und ausgehungert.“
„Das heißt?“, quetsche ich hervor, weil dieser Schuft den Reißverschluss so öffnet, dass ich den Druck bis an meine Eier spüre.
„Dass wir ganz dringend das letzte Kondom in der Schachtel davor bewahren müssen, sein Ablaufdatum zu erreichen.“
Wir prusten beide los. „Wie romantisch, Mr. Stolz.“
„Ja? Das kann ich gut.“
„Und was kannst du noch?“, will ich lauernd wissen. Es macht mich unwahrscheinlich an, mit Jace so rumzualbern, diese Wortspiele sind wie ein Vorspiel.
„Das, zum Beispiel.“ Er sinkt vor mir auf die Knie, öffnet seine Schenkel und massiert sein Glied, nachdem er meine Hose so weit geöffnet hat, dass mein Schwanz frei ist.
Was für ein sexy Anblick! Dann leckt er über meine Eichel, küsst sie, saugt leicht an ihr. Er sinkt nach vorne, ohne meinen Blick freizugeben. Mein praller Schwanz verschwindet Stück für Stück in seinem Mund, während er sich selbst reibt.
Ich verkralle mich in seinem Haar, rucke mit der Hüfte vor, weil ich tiefer will, spüren will, wie mich seine Kehle umschließt. Er lässt es ein paar Mal zu und drückt mich dann weg.
Jace erhebt sich, sieht mich ernst an. Da ist so viel Sehnsucht und Verlangen in seinem Blick. „Fick mich, Dirk. Ich brauche dich jetzt.“ Leise Worte, der Klang so anders als die harte Bedeutung.
Ich schüttle leicht den Kopf. „Ich würde dich lieber lieben.“

Jace schmunzelt und lehnt sich an mich. Meine Hände gleiten von seinen schlanken Hüften auf seinen knackigen Hintern, massieren ihn, was ihm ein kurzes Seufzen entlockt. „Dann tu es", flüstert er in mein Ohr. „Liebe mich hart und tief, immer wieder. Erobere meinen Körper und zeig mir, dass ich dir gehöre."

Meine Zähne senken sich behutsam in die Haut zwischen Nacken und Schulter. Jace erzittert und wimmert leise. Schlagartig sind alle Vorbehalte und diese blödsinnige Scheu verflogen, wir kennen uns doch bereits so gut. Wir sind vertraut mit dem anderen und ich weiß, was er jetzt braucht und sich ersehnt. Und ich wäre ein schlechter Lügner, würde ich behaupten, nicht unsagbar scharf auf ihn zu sein. Ich weiche ein Stück zurück und sehe ihn an, seine Augen sind lustverhangen und dunkel. Meine rechte Hand ruht an seinem unteren Rücken, jetzt schiebe ich sie nach unten, den Mittelfinger über seiner Spalte, die dem Druck nachgibt. Jace' Atem beschleunigt sich, er leckt sich die Lippen und kann kaum die Augen offen halten. Faszinierend, wie erregt er ist, Sinnlichkeit pur.

Dann ertaste ich seinen Eingang, die gekräuselte Haut, und lasse meinen Finger kreisen, ehe ich ihn langsam krümme und in ihn eindringe. Ganz behutsam öffne ich ihn für mich, sehe ihn dabei an, diese Lust in seinem Blick, die stumme Bitte, ihn zu nehmen, nach all den einsamen Monaten endlich wieder ganz zu dem Meinen zu machen.

„Ich liebe dich, Jace." Ich schlucke, weil mir der Satz ohne nachzudenken entwischt, aber sein Lächeln ist grandios.

„Zeig es mir", flüstert er nah an meinem Mund, ehe er mich küsst und sich auf unvergleichliche Art und Weise an mir reibt.

Darauf gibt es nichts zu erwidern, stattdessen ziehe ich ihn mit mir die Treppe hinauf und entledige mich der Jeans wieder. Grinsend zeige ich auf das eingepackte Gummi.

„Ah … schon vorgesorgt?"

Jace nickt und legt sich auf den Bauch, reckt mir seinen knackigen Allerwertesten entgegen und dehnt sich selbst.

Ohne ihn aus den Augen zu lassen, ziehe ich das Gummi über, bediene mich des Gleitgels und knie mich zwischen seine Beine. Mit beiden Händen streiche ich über seine Oberschenkel, seinen

Hintern und den Rücken. Jace seufzt und richtet sich auf, sieht mich über die Schulter hinweg an.
„Komm, Love."
„Ich will dich erst vorbe..."
„Darling? Du streunerst schon ewig da unten rum. Das habe ich längst erledigt, während ich darauf gewartet habe, dass du vielleicht endlich zurückkommst."
Ich muss lachen und umarme ihn fest, hole ihn zu mir hoch, drehe seinen Kopf zu mir, um ihn küssen zu können. „Kannst du mir vergeben?"
Er nickt lediglich, greift zwischen uns und drückt meinen Schwanz an seinen Eingang. Auge in Auge drängt er sich nach hinten, nimmt mich auf, bis wir beide stöhnen.
Er gehört mir! Mir allein! Völlig ungewohnte Besitzansprüche beherrschen mein Denken, als ich ihn nach vorne drücke und den exquisiten Anblick genieße. Mein Schwanz verschwindet zwischen seinen muskulösen Hinterbacken, entlockt ihm mit jedem Zentimeter ein Stöhnen, bis er sich am Leintuch festklammert. Ich bin ganz in ihm, genieße den Druck um mich, die Hitze und sein grenzenloses Vertrauen.
Ich will es langsam machen, genießen, aber schon nach zwei, drei Bewegungen wird mir klar, dass es nicht funktioniert. Unser Hunger aufeinander ist einfach zu groß und zu lange nicht gestillt worden. Nach Sekunden tue ich genau das, was er gewollt hat: Ich ficke ihn grob und hemmungslos. Es ist wie ein Rausch, der uns beide erfasst, als müssten wir uns auf diese harte Weise unserer Liebe versichern.
Immer und immer wieder erobere ich seinen Körper, umklammere seine Hüften und verhindere jede Ausweichbewegung. Aber Jace geht mit, gibt sich mir komplett hin und heißt jeden Stoß willkommen.
Viel zu schnell spüre ich dieses typische Ziehen im Unterleib, aber ich kann es nicht aufhalten, will es auch nicht. Für Zärtlichkeit wird jetzt immer Zeit sein. Immer!
Ich greife um ihn herum und reibe ihn grob. Jace keucht und drückt sich mir entgegen. Ich spüre, wie er kommt, ebenso wenig in der Lage, das hier in die Länge zu ziehen.

Um meinen Schwanz wird es eng, sodass ich meinen Orgasmus nicht mehr zurückhalten kann und in ihm komme, als sein Sperma über meine Hand rinnt.

Ich stoße nach, folge ihm, als er flach auf das Laken fällt, und treibe mich immer wieder wie im Rausch in ihn. Das hier ist so unglaublich intensiv, wild … völlig untypisch für mich, aber genau das, was wir beide brauchen.

Der Welle verebbt langsam und ich kann mich gerade noch zusammenreißen, damit ich nicht ungebremst komplett auf ihn falle. Aber ich will und kann mich nicht von ihm trennen, umklammere ihn fest und bleibe auf ihm liegen.

Gott, wie macht mich dieser Mann verrückt.

Nach Minuten richte ich mich allerdings notgedrungen etwas auf, weil ich aus ihm rutsche. Ich entsorge das Gummi und falle dicht neben ihm auf die Matratze. Jace stöhnt langgezogen und wendet mir den Kopf zu. Seine Augen funkeln vor purer Freude.

„Das war geil." Seine Stimme klingt undeutlich durch den Stoff.

„Ja, das war es allerdings. War ich nicht zu grob? Sorry, mir ist irgendwie der Gaul durchgegangen."

„Oh … lass ihn ruhig öfters laufen, ich mag es so."

Sanft streiche ich durch seine blonden Haare und entlocke ihm ein Schnurren. Er schließt die Augen und genießt mein Streicheln sichtlich. „Ich sollte aufstehen, es ist reichlich feucht unter mir."

Ich lache und gebe ihn frei. „Dann schläfst du heute Nacht auf der Seite."

Jace lacht ebenfalls und rappelt sich in den Schneidersitz auf. „Frische Bettwäsche?"

„Fehlanzeige."

„Okay, dann sollten wir dringend den Einkaufszettel um Kondome und Bettwäsche erweitern. Und eine neue Flasche Gel kann auch nicht schaden."

„Können wir machen. Magst du duschen?"

Jace streckt sich und fällt dann auf mich drauf. Schräg über meine Brust gelehnt sieht er mich lange an. Ein feines Lächeln umspielt seine Lippen.

„An sich wäre das eine glänzende Idee, aber wir müssen nachher weg, schon vergessen?"

Jace Kopf sinkt auf meine Brust. „Stimmt ja. Dann sollte ich mal meine Tasche aus dem Auto holen."
„Nein", werfe ich lauter ein, als beabsichtigt.
Jace sieht mich komisch an. „Äh … ich brauche frische Sachen?"
„Ja, weiß ich doch. Ich hole sie dir."
Er schmunzelt und sieht mich an. „Das ist lieb, aber …"
„Lass mich einfach."
Jetzt richtet er sich wieder zum Sitzen auf und schüttelt den Kopf. „Was geht in deinem Kopf gerade vor?"
Ich reibe über mein Gesicht und versuche derart die Röte zu vertreiben. Gott, ist das peinlich. „Es ist völlig bescheuert, aber …" Jace erwidert fragend meinen Blick. „So kann ich sicher sein, dass du noch hier bist."
Statt zu lachen, schüttelt er langsam den Kopf, beugt sich zu mir hinunter und küsst mich zart. „Als ob ich wieder gehen würde, jetzt, wo ich dich endlich habe."
„Oh Jace … ich kann dir nicht sagen, wie viel Angst ich habe, dir wieder wehzutun, wenn …"
Er küsst jedes weitere Wort einfach fort. „Pssst. Hör auf. Wir haben alle Zeit der Welt. Ich dränge dich zu nichts, das sagte ich schon. Lass uns einfach herausfinden, wie es am besten funktioniert. Jetzt bin ich erst mal ein paar Tage hier und dann sehen wir weiter."
Hmmm, ein paar Tage? Ich weiß nicht, ob mir das so gefällt. „Und dann? Wo willst du hin?"
Jace zuckt mit den Schultern. Mal sehen, vielleicht mit nach LA, eventuell hat Jamie einen Auftrag.
„Willst du drehen?" Mist. Schon wieder spuckt mein Gehirn Worte aus, die ich nicht sagen will. „Sorry …"
„Dirk! Ich habe keinen Vertrag in der Hinsicht, nur als Erotikmodel, nicht als Pornodarsteller."
„Das weiß ich, aber wenn du das möchtest, kann ich dir sicher helfen." Himmel, diese Worte kosten mich alles.
Jace legt den Kopf schief und mustert mich genau. „Was willst du?"
„Ich?"
„Ja, du. Sag mir ehrlich, ob du damit einverstanden wärst."

Ich weiche seinem Blick aus und sehe nach draußen. Könnte ich das? Nein. Zu meiner Schande muss ich gestehen, dass ich bis jetzt Probleme damit habe, zwischen Business und echtem Sex zu unterscheiden. Resigniert schüttle ich den Kopf und wende mich wieder Jace zu. „Es zählt nicht, was ich möchte, es ist deine Karriere. Wenn es dein Wunsch ist, Filme zu drehen, dann werde ich das schaffen."

Jace seufzt. „Du würdest es tatsächlich zulassen, obwohl du es nicht mal aussprechen kannst."

Ertappt zucke ich mit den Schultern. „Ich will dir in keinster Weise im Weg stehen."

„Tust du nicht. Sagst du mir jetzt bitte die Wahrheit?"

Ich atme tief durch und betrachte den Mann vor mir. „Okay. Ich habe absolut nichts gegen Aktfotos, obwohl ich daran auch eine Bedingung knüpfe. Meinetwegen lass dich von Jamie ablichten, wie er es gerne möchte, auch mit Partnern, aber … keine Ficks vor der Kamera, das packe ich nicht. Ich bin nicht wie mein Bruder. Es tut mir leid."

Jace schmunzelt und wirft seine Hände in die Luft. „Halleluja! Das ist völlig okay, ehrlich. Und was für Bedingungen gibt es für die Bilder?"

Ich grinse und packe ihn, bis er wieder auf mir liegt. „Dass du mir ein Album anlegst und jedes davon einordnest …"

57.
Dirk

Die Kaffeemaschine spuckt die erste Tasse Kaffee aus. Herrlich, es ist erst halb neun und wir haben noch genügend Zeit für uns. Jace ist unter der Dusche, ich habe seine Tasche einfach ins Bad gestellt, damit er sich bedienen kann.
Ich weiß, es ist unhöflich, alleine zu beginnen, aber ich brauche irgendetwas, an dem ich mich festhalten kann, sonst renne ich hier rum wie ein Hamster auf Speed. Wobei es fraglich ist, ob Kaffee wirklich hilft, da ich ohnehin schon total überdreht bin.
Aber hey … was soll's. Wahrscheinlich kapiert mein Gehirn jetzt erst so richtig, was los ist, kann ja auch an den ausgeschütteten Sexualhormonen liegen. Was weiß ich.
Tatsache ist: Jace ist hier! Bei mir, und er hat vor zu bleiben!
Wir werden jetzt gemeinsam zu unseren Freunden fahren und dann einen Teil meiner Familie treffen, bei der wir uns beide bedanken sollten. Und dann gehen wir einkaufen, zusammen, und erstehen Bettwäsche. Ach ja … der Kühlschrank sollte auch gefüllt werden, wenn ich meinen Liebsten mit einem Essen und Frühstück verwöhnen will.
Und dann?
Mein Herz rast unvermittelt los und ich verschütte fast meinen Kaffee.
Ja!
Ich weiß, es ist früh, aber ich setze jetzt alles auf eine Karte. Der Blick hinaus auf die Stadt, die in strahlendem Sonnenschein liegt, gibt mir Mut. Ja, es fühlt sich richtig an. Ich werde Jace fragen, ob er nicht bei mir wohnen will. Allein der Gedanke, dass wir so eine Wochenendbeziehung führen, behagt mir nicht. Natürlich wird er oft unterwegs sein, das steht außer Frage, aber trotzdem möchte ich ihm das Gefühl geben, hier zu Hause zu sein. Bei mir!
Es ist wagemutig, ohne Zweifel, aber ich will nicht länger mein Herz verleugnen und meinen Bauch, der mich vehement darauf hindeutet. Nein, wenn er ablehnt, dann gut … Wir haben Zeit, das sagte er ja selbst.

Ah, Schritte auf der Treppe. Ich drehe mich um und gehe in die Küche zurück, um ihm auch eine Tasse zu machen. Wir treffen uns an der Ecke der Theke und umarmen uns fest. Einfach so. Ich kann nicht beschreiben, wie es sich anfühlt, Jace jetzt immer und bei jeder Gelegenheit ungestraft berühren zu dürfen. Ich presse ihn fest an mich, bis er ächzt, dann gebe ich ihn frei und drücke meine Lippen auf seine Wange. Mmmh, frisch rasiert, sein männlicher Duft gemischt mit einem exquisiten Parfüm.
„Du siehst gut aus und du riechst gut, im Gegensatz zu mir."
Er lacht leise, lässt mich aber nicht los, als ich ihn freigeben will. „Habe eben ein wenig Vorsprung." Seine Stimme verklingt, wir sehen uns einfach an.
Nach einem weiteren liebevollen Kuss gibt er mir einen Klaps auf den Po und grinst mich an. „Du hast auch einen Vorsprung, nämlich was Kaffee angeht, und den würde ich gern aufholen."
„Sorry. Milch? Zucker? Tut mir leid, ich weiß es nicht mehr."
Jace setzt sich auf einen Barhocker und zuckt mit den Schultern. „Ist nicht so wichtig. Ich brauche beides und falls du Süßstoff hast, nehme ich den."
„Muss auf die Einkaufsliste." Ich zwinkere ihm zu, stelle die Sachen hin und beobachte ihn, wie er den ersten Schluck genießerisch trinkt. Hmm, ich laufe wirklich Gefahr, zum Stalker zu werden, was ihn betrifft, weil ich jede Regung wie ein Verdurstender in mich aufnehme. Das muss ihm auffallen, wird mir klar und ich kichere wie ein kleines Mädchen. Großer Gott, ich benehme mich echt unmöglich.
„Was ist?", will er wissen und schmunzelt.
„Ich … tut mir leid, ich starre dich ständig an, wie ein Weltwunder. Sag mir, wenn es dich nervt. Es ist nur …" Mir gehen die Worte aus.
Jace wohl nicht, weil er seelenruhig die Tasse abstellt und seine Hände über die Theke streckt, bis er meine erreicht und sie festhält. „Schau mich ruhig an, damit du endlich begreifst, dass ich nicht mehr gehen werde. Glaubst du, mir geht es anders? Dann täuschst du dich. Bei dir zu sein, hier und jetzt … ich muss mich ständig zwicken, weil ich es nicht glauben kann."
„Ja, geht mir genauso."

„Siehst du? Also werden wir die nächsten Tage oder vielleicht auch Wochen einfach rumsitzen oder stehen und uns ansehen, dann werden wir uns umarmen, küssen und wahrscheinlich sehr, sehr oft im Bett landen, wogegen ich nicht das Geringste habe."
Ich lache befreit auf und küsse seine Handoberfläche. „Das könnte wirklich sein und ja … da bin ich dabei."
„Also? Alles gut."
Wir trinken beide einen Schluck. „Ich sollte duschen gehen", murmle ich leise, weil ich eigentlich keine Lust habe.
„Ich werde hier sein, versprochen."
Ich zucke ertappt zusammen, aber Jace' Blick ist milde und voller Gefühl. „Du musst mich für einen Vollidioten halten."
Langsam schüttelt er seinen Kopf. „Ich halte dich für vieles, aber dafür sicher nicht."
Womit habe ich ihn nur verdient? Ich bringe seit Monaten einige Leben durcheinander und bekomme jetzt dieses unfassbare Geschenk. Kopfschüttelnd leere ich den Rest kalten Kaffees in die Spüle und umrunde die Theke, bis ich hinter ihm stehe.
Jace seufzt leise und gibt mir Raum, als ich ihn umarme, meine Hände auf seinem Bauch verschränke und meinen Kopf an seinen Nacken drücke. So viel Nähe! Es ist erschreckend, dass mir jetzt erst wirklich klar wird, wie sehr ich mich danach gesehnt habe.
„Ich geh dann mal", nuschle ich nah an seiner Haut und entlocke ihm eine Gänsehaut.
„Tu das." Seine Hände streicheln meine Arme und er drückt seinen Kopf an meinen.
„Wirklich!"
„Mmmh."
Nach einer weiteren Minute prusten wir beide los und ich zwinge mich, ihn loszulassen. Mit einem Griff an meine Brust und einem shakespearereifen Stöhnen gehe ich rückwärts bis an die Treppe, ehe ich mich umdrehe und hinaufsteige, weil ich keinen Bock habe, wie ein Käfer auf dem Rücken zu landen.
Sein Lachen verfolgt mich, bis ich die Badtür schließe, und es klingt einfach glücklich und fröhlich.

58.
Jace

Er ist weg. Oben kann ich leise das Rauschen der Dusche hören. Mannomann! Was für ein Abend, eine Nacht und ein Morgen.
Ich umklammere die Kaffeetasse und versuche trotz anstrengendem Dauergrinsen einen Schluck zu trinken. Wenn ich das nicht in Griff bekomme, versaue ich mir gleich das T-Shirt.
Ist das wirklich alles passiert? Monate voller Sehnsucht und Liebeskummer, und jetzt so ein Ende?
Mit der Tasse in der Hand schlendere ich auf die Terrasse und genieße die Sonne. Ich habe es echt nicht geglaubt und die Abfuhr gestern Abend hat es bestätigt. Ich war schon fast so weit, Jamie anzurufen und ihm zu sagen, dass er sich geirrt hat. Aber genau in dem Moment hat mein Handy geklingelt und Dirks Nummer angezeigt.
Komm zu mir zurück, Amber sind wohl die schönsten Worte, die ich je gehört habe. Neben dem *Ich liebe dich* von vorhin natürlich. Er hat mich zurückgeholt. Es fällt mir noch immer schwer, es zu fassen, deshalb kann ich gut verstehen, wenn er mich ansieht, als käme ich vom Mars. Mir geht es nicht anders. Und dann dieser unglaubliche Vertrauensbeweis gestern Abend, als er mich bat, mit ihm zu schlafen. Ich fasse es immer noch nicht. Aber es war wunderschön und ich bin happy, dass wir das öfters machen werden.
Jetzt heißt es aufpassen und nicht zu euphorisch werden. Dirk lebt in Scheidung, muss viele Dinge noch regeln und sein Leben neu aufbauen. Ich darf ihn nicht überfordern und gleich in eine schwule Beziehung drängen. Zeit! Das ist es, was er braucht, und ich werde sie ihm geben, weil ich ihn so sehr will und liebe.
Ich strecke mein Gesicht in die Sonne und könnte schreien vor Glück.
Ja, jetzt heißt es langsam vorgehen. Erst mal bin ich noch ein paar Tage hier, dann sehe ich in Frankfurt nach dem Rechten. Jamie hat noch was von Fotos gesagt, das können wir heute vielleicht klären, und Dirk wird sicher auch Aufträge haben. Ich freue mich darauf, sehr sogar, und jetzt finde ich es gut, dass er mich managt, so haben wir viel Kontakt auch neben unserer

privaten Sache. Mal sehen, vielleicht kann ich ja in ein paar Wochen wieder herkommen? Am liebsten würde ich einfach bleiben, aber ich will mein Glück nicht überstrapazieren.
Ein Handy klingelt. Ich folge dem Ton in die Küche, aber es ist nicht meines. Dirks Apparat liegt auf der Anrichte und blinkt.
Nachdem ich unsere Tassen in die Spülmaschine geräumt habe, setze ich mich wieder auf den Barhocker und drehe mich, um die Leere um mich herum zu bewundern. Mir gefällt der lichtdurchflutete, offene Raum sehr, auch wenn ich niemals sämtliche Wände weiß lassen würde. Für mich hat diese jungfräuliche Wohnung einen symbolischen Charakter und ich denke, Dirk sieht das ähnlich. Ein kompletter Neuanfang in jeder Hinsicht. Und ich bin ein Teil davon. Weiß Gott, ich war kein Engel bis jetzt und ich mag manchmal recht divenhaft rüberkommen, aber ich werde alles, wirklich alles tun, damit ich irgendwann endgültig der Mann an Dirks Seite bin. Das ist es, was ich von ganzem Herzen will, sein Partner und Lebensgefährte sein.
Ah … er kommt wieder.
Mmmh, schöner Mann. Jetzt ist es an mir, zu sabbern, auch wenn ich unwillkürlich über den etwas steifen Look lachen muss. Es wird Zeit, dass etwas Farbe in Dirks Leben kommt, nicht nur an die Wände seiner Wohnung, sondern auch bei seinen Klamotten. Er wirkt wie ein etwas eingestaubter Anwalt oder Ähnliches. Schick, aber eben etwas fade.
Zielstrebig kommt er zu mir und nimmt mich in die Arme. Das tut so unsagbar gut. Ich glaube, wir zwei sind auf dem besten Weg, zu richtigen Kuschelfanatikern zu werden.
„So … jetzt kann ich mich sehen lassen."
Ich nicke und streiche mit der Hand über seine Brust. „Ja, allerdings."
„Aber?"
„Mist, du kennst mich schon zu gut."
„Also? Was hast du auszusetzen?"
Ich belasse meine Hände auf seinen Hüften und streiche mit den Daumen über die empfindliche Stelle. Ich mag seine Augen, dieses warme, sinnliche Braun, das jetzt strahlt wie nie zuvor. Ja, Dirk ist frei, ich freue mich so für ihn. „Nichts, ehrlich. Ich stelle

mir nur gerade vor, dass ein paar modernere und farbenfrohere Sachen dir sicher gut stehen würden."
Dirk lacht auf. Ich bin heilfroh, dass er mir das nicht krumm nimmt.
„Du erfüllst gerade jedes Klischee eines Models, weißt du das?"
„Entschuldige, das war nicht als Kritik gemeint. Ich gebe zu, ich hab's mit Mode, was ja auch Sinn macht, und es wäre mir eine Freude, mit dir shoppen zu gehen."
Dirk verzieht gequält das Gesicht, eine typische Männerreaktion, was mich erneut zum Lachen bringt.
„Sagte ich schon, dass ich so was hasse?"
„War jetzt nicht unbedingt nötig. Dann lass mich einfach machen, was hältst du davon?"
Dirk wischt sich gespielt den Schweiß von der Stirn. „Das klingt gut."
Hmmm, ein weiterer Kuss, ich liebe seinen Geschmack, die weichen Lippen und dieses achtsame Vortasten, als traue er sich nicht. Nein, er traut sich schon, aber es ist diese typische Rücksicht, die mich erregt und gleichzeitig mein Herz wärmt. Ich ziehe Dirk zwischen meine Beine und lehne meinen Kopf an seine Brust. Er erwidert die Geste liebevoll, umschließt mich und stützt seinen Kopf auf meinen.
„Können wir nicht einfach so tun, als hätten wir den Brunch vergessen, und hierbleiben?"
Dirk lacht, ich spüre, wie sein Brustkorb vibriert. „Könnten wir, wird aber nichts nützen."
„Warum?"
„Weil ich einen nervigen Bruder und einen noch nervigeren Schwager habe. Es dürfte nicht lange dauern, bis einer von ihnen anruft."
„Apropos anruft. Dein Handy hat vorhin geklingelt."
Dirk weicht zurück, nicht ohne mir vorher noch einmal über die Haare zu streichen. „Sorry, falls ich deine Frisur in Unordnung bringe, aber ich kann einfach nicht widerstehen."
Ich zucke nur mit den Schultern, und wenn ich gerade von einem sündhaft teuren Friseurbesuch käme, Hauptsache dieser Mann fasst mich an.

Er umrundet die Theke und wischt seinen Sperrbildschirm weg. Als er den Anruf gefunden hat, lacht er leise. „Sag ich's nicht?" Weiter kommt er nicht, weil wieder der Signalton erklingt. „WhatsApp … Mein Bruder! Ich wusste es. Sorry, Amber … aber mit Brunch-Schwänzen wird es leider nichts, schau", meint er und hält mir den Apparat unter die Nase.
Ich schmunzle, als ich das Bild und den Text dazu lese. Ein zerwühltes, rotes, leeres, rundes Bett und dahinter eine fantastische Aussicht auf grüne Wiesen und ferne Berge. Ein Traum. Darunter steht: ‚Raus aus den Federn, ihr zwei! Für die schönste Nebensache der Welt habt ihr heute Nachmittag genug Zeit. ;-)'
„Hmmm, warum fühle ich mich jetzt etwas ertappt?"
Dirk grinst mich an, ich mag diesen spitzbübischen Gesichtsausdruck, er macht ihn um Jahre jünger. „Vielleicht, weil er recht hat? Wenn wir nicht zum Brunch müssten, wären wir wohl kaum aufgestanden, oder täusche ich mich?"
„Nein, das könnte stimmen."
Er schaut auf seine Armbanduhr und seufzt. „Wir sollten uns so langsam auf die Socken machen. Fährst du bei mir mit?"
Ich kneife die Augen zu und mustere ihn. „Warum fragst du? Hast du immer noch Angst, ich gehe später woanders hin?"
Dirk verzieht gequält das Gesicht. „Nein … Doch … Ach, ich weiß nicht. Ich denke, wir sollten den Nachmittag nutzen, um zu klären, wie es jetzt mit uns weitergeht, oder?"
Für einen Moment setzt mein Herz aus, aber ich reiße mich zusammen. Klar, sein Vorschlag macht Sinn. Dass wir uns wieder vertragen, kann vieles bedeuten. „Ja, das wäre gut. Dann lass uns fahren", sage ich und springe vom Hocker. Ehe er an mir vorbei geht, halte ich ihn auf und drehe ihn zu mir herum.
„Dirk? Ich werde nirgends hingehen, versprochen. Ich will dich nur zu nichts drängen, verstehst du?"
Er mustert mich nachdenklich, ich würde zu gerne wissen, was jetzt gerade hinter seiner Stirn vorgeht. Warum werde ich das Gefühl nicht los, dass wir wieder irgendwie aneinander vorbei reden? Egal. Bis heute Nachmittag werden wir es wohl schaffen und dann werden wir unsere Gefühle und das Neue mit uns soweit verinnerlicht haben, um einen gemeinsamen Nenner zu finden.

„Du drängst mich nie, Amber. Das hast du noch nie getan. Im Grunde stellst du deine Wünsche erneut hinten an, und das will ich nicht mehr."

Ich nicke und schaffe es, ihn anzulächeln, auch wenn mir innerlich kalt wird. Meine Wünsche? Gut, aber das, was ich mir ersehne, kann er mir unmöglich geben, dazu ist es viel zu früh. Ich habe ihn um eine Chance gebeten und die bekomme ich, jetzt ist es an mir, das Beste daraus zu machen und einfach daran zu arbeiten, dass wir irgendwann ein Paar werden. „Dirk, ich habe, was ich wollte. Eine reelle Chance, das ist ehrlich gesagt mehr, als ich mir gestern erhofft habe."

Wieder nickt er und lächelt, aber dieses Mal kann ich sein Lächeln überhaupt nicht einordnen. Schließlich nimmt er ganz langsam meine Hand, drückt einen Kuss auf meinen Handrücken und nickt Richtung Tür. „Okay. Dann lass uns mal in die Höhle des Löwen fahren, so langsam habe ich Hunger. Du nicht?"

Er lenkt ab, aber gut, es gibt Schlimmeres. „Jap, nach der körperlichen Betätigung wäre ein Frühstück gar nicht so schlecht."

Dirk lässt meine Hand erst los, als er mich galant auf den Beifahrersitz des Leihwagens bugsiert hat. Ich könnte schon wieder platzen vor lauter Glück. Diese Gesten machen ihn aus und geben mir das Gefühl, sein absoluter Prinz zu sein.

59.
Dirk

Die 15 Minuten Fahrt bis zu Chris vergehen rasend schnell. Wir unterhalten uns über die Umgebung, das Wetter und so Dinge. Es macht Spaß, so unbefangen mit ihm reden zu können. Das ist ungewohnt, aber spannend. In den letzten Stunden habe ich einen neuen, beinahe fremden Jace kennengelernt, der mir mindestens ebenso gefällt wie der Alte. Hmmm … das ist falsch, es sind beides Anteile seiner Persönlichkeit, aber diese Seite zeigt er eben jetzt erst. Ich bezweifle keine Sekunde, dass er mir, sobald wir alleine und ungestört sind, wieder seine provokante, freizügige Persönlichkeit offenbart.
Aber momentan ruht er in sich, strahlt Zufriedenheit und Gelassenheit aus. Ohne Druck sieht er sich die Gegend an, stellt Fragen, diskutiert mit mir, und das ist einfach schön.
Wobei mich die letzten Sätze in der Wohnung schon noch beschäftigen. Ich befürchte, wir zwei missverstehen uns nach wie vor. Was unsere Zukunft angeht, nimmt sich Jace viel zu sehr zurück. Er hat zwar den ersten Schritt getan, wofür ich ihm dankbar bin, aber jetzt überlässt er mir komplett das Ruder. Okay, das kann er gerne haben, mal sehen, ob ihm das, was ich mir vorstelle, nicht doch zu schnell geht.

Wir erreichen die Einfahrt zu Chris' und Romans Anwesen. Das Tor steht offen, also sind die Hunde irgendwo eingesperrt.
„Ich hoffe, du hast keine Angst vor Hunden?"
Jace schüttelt den Kopf und sieht sich um. „Nein, ich mag Tiere, nur aus Jobgründen habe ich keines. Warum?"
„Ach … Chris hat drei und Mike auch einen. Normalerweise sind sie frei auf dem Grundstück, aber da wir kommen, hat er sie wohl eingesperrt."
Jace nickt und betrachtet im Vorbeifahren die Skulpturen rechts und links des Weges. „Respekt. Der Mann hat echt Talent. Würde man ihm so gar nicht zutrauen, auch gestern das Essen."
„Ja, Chris ist ein sehr vielschichtiger Mensch."
Unser Gespräch verstummt, weil ich den Platz vor dem Haus erreicht habe. Mikes Geländewagen steht bereits da.

„Wir sind wohl die Letzten“, sage ich, während ich aussteige und den Wagen umrunde, um Jace’ Tür zu öffnen. Er grinst breit, als er mir die Hand entgegenstreckt. „Du machst dich über mich lustig“, murre ich halb im Spaß.
„Nur ein bisschen. Im Ernst, ich mag es, wenn du so galant bist.“
Ich lasse ihn vorbeigehen und kann nicht widerstehen, ihm auf den Hintern zu hauen. Er fährt zu mir herum.
„Galant? Das ist wohl die nette Umschreibung für altmodisch? So siehst du mich also? Na, das werde ich mir merken.“
Er lacht befreit auf und hakt sich bei mir unter. Arm in Arm gehen wir an die Haustür und er lässt mich erst los, als ich die Klingel betätige. Und wieder bestätigt sich mein Verdacht. Jace wird sich immer zurücknehmen und mir komplett die Geschwindigkeit, in der sich unsere Beziehung entwickelt, überlassen.
Na, dann mach dich mal auf eine Überraschung gefasst, mein Lieber, denke ich, als die Tür aufgeht und ich ihn nach drinnen schiebe.

Die Begrüßung ist herzlich und wie unter alten Freunden. Wir stehen im Wohnzimmer und bewundern die märchenhafte Terrassengestaltung solange, bis Chris das Tor geschlossen und die Hunde freigelassen hat. Kurz darauf ist er wieder da und bittet uns, Platz zu nehmen. Auf dem Weg zurück an den Esstisch, der vor Schüsseln, Brot und sonstigen Leckereien fast zusammenbricht, kabbeln sich Mike und Jamie um die Verwendung des Wettgewinnes.
Ich wechsle mit Jace einen Blick, aber da ist kein Anzeichen von Scham oder Ähnlichem. Ich bin wohl der Einzige, der da immer noch ein leichtes Problem mit hat.
Nun … das wird sich legen, ganz sicher.
Chris schenkt uns allen Wasser ein, ehe er den frisch gebrühten Kaffee austeilt. Jamie mustert uns inzwischen ganz offen und ich bin gespannt, was jetzt gleich von ihm kommt.
Als unser Gastgeber auf die Plätze deutet, unterbricht Jamie ihn.
„Wer von euch beiden braucht ein Kissen?“

Alle lachen, ich schaffe es, mit einzustimmen, aber ehe ich antworten kann, kommt mir Mike zuvor.
„Also Schatz … etwas feinfühliger könntest du schon vorgehen."
„Echt? Ach … warte." Spricht's und geht Richtung Wohnzimmer. Als er wiederkommt, streckt er uns beiden je ein Kissen hin. „So besser, Babe?"
Ich nehme kommentarlos eines der Kissen und haue damit nach ihm. „Also mit solcher Verwandtschaft braucht man echt keine Feinde mehr. Komm her, du Spinner." Mit diesen Worten ziehe ich Jamie in meine Arme und drücke ihn fest. „Danke", flüstere ich leise in sein Ohr. Er erwidert meine Umarmung fest und klopft mir auf den Rücken.
„Nicht dafür."
Ich gebe ihn frei und blicke zu Jace hinüber, der sich gerade von Mike entfernt.
„Und?", fragt Jamie allgemein in die Runde, als wir unsere Plätze einnehmen wollen. „Wie geht es jetzt bei euch weiter?"
Jace, der neben ihm steht, ergreift das Wort. „Wir haben uns gestern ausgesprochen, endlich. Jetzt lassen wir es langsam angehen und sehen, was die Zukunft bringt."
Das hört sich einfach bescheuert an. Dazu muss ich nicht mal zu Jamie schauen, dem gerade sämtliche Gesichtszüge auf so anschauliche Weise entgleiten, dass Chris fast sein Wasser quer über den Tisch spuckt.
Auch Mikes Miene ist gelinde gesagt sehenswert. Klasse, wir waren gestern zweimal miteinander im Bett und für alle hier muss es sich anhören, als wären wir lediglich Fickfreunde, die ihre Affäre wieder aufleben lassen.
Nein.
Nicht mit mir.
„Nein … genau so wird es nicht laufen." Jace verstummt und sieht mich erschrocken an. Gut, meine Tonlage ist jetzt nicht so ganz passend, aber das liegt eher daran, dass ich mich maßlos über mich selbst ärgere, weil ich nicht gestern schon Nägel mit Köpfen gemacht habe, sondern ihn mal wieder im Regen stehen gelassen habe. „Ja, wir haben uns ausgesprochen, soweit stimmt es, was Jace sagt. Aber der Rest … Jace ist mein Partner, der

Mann an meiner Seite und eigentlich wollte ich ihn später in einer ruhigen Minute fragen, ob er nicht bei mir einziehen will. Aber bevor hier noch weitere komische Gerüchte in die Welt gesetzt werden, mach ich es eben gleich.“ Direkt an ihn gewandt sage ich: „Du hast mich um eine Chance gebeten, stimmt. Ich würde sie jetzt gerne nutzen und dich fragen, ob du mit mir zusammen sein willst, ich meine, so richtig, mit allem, was dazu gehört. Sprich mit mir leben, arbeiten … Ist jetzt etwas viel, aber …“ Ich stocke, weil Jace plötzlich den Kopf schüttelt und schneeweiß wird. Habe ich es übertrieben? Was Falsches gesagt oder …?

Ach je. Ich bin echt ein Holzkopf. Er ringt um Fassung und kämpft mit den Tränen. Scheiße, ich bin wirklich nicht der Hellste, was so Gefühlssachen angeht. Ich bin offensichtlich mit der sprichwörtlichen Tür ins Haus gefallen und habe ihn eiskalt erwischt.

Ich strecke langsam meine Hand in seine Richtung und warte, bis Jace einen Schritt auf mich zukommt. Erst als ich seine Hand halte, spreche ich weiter. Sein Gesicht bannt mich, da ist so viel Unglauben, fast ein Schock.

„Entschuldigt ihr uns mal kurz? Ich glaube, ich sollte mich mal eben um Jace kümmern.“

Ich weiß nicht, ob oder wie einer der Anwesenden reagiert, weil ich nur noch ihn sehe. Ich ziehe ihn einfach mit mir nach draußen in die wärmende Sonne. Erst dann wage ich es, ihn anzusehen. Seine Hand bebt in meiner und sein Gesicht ist leichenblass.

„Jace. Vergib mir, ich bin echt ein Trottel. Ich weiß ja gar nicht, ob du überhaupt willst …“

„Doch! Mann! Klar, will ich … es ist nur … Wahnsinn. Ich wollte dir Zeit lassen, dich nicht überrumpeln …“

„Na ja, den Part hab ich jetzt mal übernommen. Komm her, Liebling.“ Er stürmt den letzten Schritt auf mich zu und fällt an mich. Ich umarme ihn fest, presse seinen Kopf an meine Schulter, weil ich spüre, wie er zittert und ein Schluchzen unterdrückt. Wahnsinn. Dieser starke, weltgewandte Mann bricht fast zusammen, weil ich, ICH, ihn um eine Beziehung bitte. Verkehrte Welt, ich werde wohl nie begreifen, warum er ausge-

rechnet mich so liebt. Aber egal. Wir haben beide hart darum gekämpft und ich werde ihm jeden Stern einzeln vom Himmel pflücken, wenn er sich das wünscht. „Ich liebe dich, Jace. Danke für deine Geduld und diese unbegreifliche Liebe. Ich werde dich nie wieder loslassen, wenn es nach mir geht, hörst du?“
Er nickt, ich spüre die Bewegung und gebe mich damit zufrieden. Viel wichtiger ist es mir, ihm die Stärke zurückzugeben, die er mir gestern gegeben hat. Da war er für mich stark, also will ich es jetzt für ihn sein.
Immer und immer wieder streiche ich besänftigend über seinen Kopf und seinen Rücken, halte ihn, wiege ihn sachte hin und her.
Ein Auto fährt auf den Hof, scheucht die Hundemeute auf, die uns irgendwie übersehen haben muss. Jace will zurückweichen, aber ich lasse es nicht zu. Erst als er mich mit fester, wenn auch leiser Stimme darum bittet, gebe ich nach, halte ihn aber weiter im Arm. Unsere Gesichter sind ganz nah. Ich streiche mit den Fingerknöcheln über seine Wange, er schließt genießerisch die Augen.
„Alles okay?“
„Oh ja. Ich kann es nur nicht glauben …“
„Das werden wir beide wohl üben müssen.“
Jace nickt und sieht an mir vorbei, als eine Autotür zuschlägt und Schritte in unsere Richtung auf dem Kies knirschen.
„Ich hoffe jetzt nicht, dass ihr euch hier rausgeschlichen habt und ich euch ertappt habe.“
Roman! Ich gebe Jace lächelnd frei, streiche über seinen Rücken und wende mich dem Neuankömmling zu. Mühsam versucht Roman den wuscheligen Hütehundverschnitt von seiner Anzughose fernzuhalten. Dann ist er bei uns und sieht uns abwechselnd an.
„Nein“, übernehme ich das Reden. „Das hier ist weder geheim noch verboten. Darf ich dir meinen Freund vorstellen? Jace Stolz.“
Roman tritt näher und ergreift Jace’ Hand und schüttelt sie fest. „Freut mich sehr. Dann seid ihr offensichtlich vernünftig geworden?“ Er sieht abwechselnd uns beide an.

„Na ja, ich habe mich vor ein paar Wochen von meiner Frau getrennt, aber es war Jace, der den ersten Schritt gemacht hat. Jetzt ist alles gut, denke ich.“ Mit den letzten Worten sehe ich den wunderbaren Mann neben mir an, der jetzt vertrauensvoll seinen Arm um meine Hüften legt.
„Ja, es ist alles bestens. Es gibt zwar noch ein paar Details, die wir heute klären sollten, aber wir sind zusammen, das zählt.“
Roman greift sich ans Herz und lacht. „Sehr gut. Ich freue mich für euch und bin mir sicher, ihr werdet es schaffen. Ich geh dann mal rein … Bis gleich?“
Wir nicken beide. Jace ergreift nochmal das Wort, als sich Roman abwendet. „Roman? Darf ich dich was Persönliches fragen?“
Der Angesprochene nickt und streichelt wieder den langhaarigen Hund, der ihn anhimmelt und leise dabei winselt. Das ist wahre Hundeliebe.
„Du meintest in der Ausstellung, als du mich angesprochen hast, ich solle gehen, ehe der Schmerz zu schlimm wird. Hast du das auch geschafft?“
Roman lächelt und atmet tief durch.
„Bei mir lag der Fall etwas anders und ich hätte den Absprung fast nicht geschafft. Der Mann, mit dem ich liiert war, hat mir seine Heirat auf dem Silbertablett serviert, mich zu der Trauung eingeladen und wollte am selben Abend unsere Affäre weiterführen. Das ging mir dann doch eine Nummer zu weit und darum habe ich es beendet. Aber im Gegensatz zu Dirk hat er mir von Anfang an etwas vorgespielt, ich glaube, dazu seid ihr beide zu ehrliche Menschen.“
„Oder zu doof“, werfe ich ein und ernte von beiden ein Lachen.
Roman betrachtet mich genau. „Mach dich nicht schlechter, als du bist. Das Leben spielt uns manchmal Streiche, aber ihr habt um den jeweils anderen gekämpft, das ist doch toll. So … ich geh jetzt rein, mein Magen knurrt.“ Mit diesen Worten lässt er uns stehen und ich wende mich wieder Jace zu.
Er lächelt, strahlt jetzt wieder die alte Souveränität aus, worüber ich heilfroh bin. „Schock verdaut?“
Jace umarmt mich und küsst meine Schläfe. „Ja … Und du willst wirklich eine feste Beziehung?“

„Ja. Mal abgesehen davon, dass ich dich unheimlich gern habe, wäre ich ein Idiot, dich weiter frei rumlaufen zu lassen." Er rückt von mir ab und sieht mich an. „Du bist wunderschön, intelligent, sexy ... Wie lange würde es dauern, bis dich jemand mir wegschnappt, also?"

„Hmmm, so was Ähnliches hat Jamie auch zu mir gesagt. Du wärst ein Familienmensch und würdest sicher nicht lange alleine bleiben. Da musste ich alles auf eine Karte setzen."

„Wie gut, dass meine Familie und unsere Freunde intelligenter sind als wir beide."

Jace lacht leise und schmiegt sich seufzend an mich. „Allerdings. Ich bin so happy."

„Ich auch ... und hungrig. Was meinst du? Schaffen wir es rein?"

Anstatt zu antworten, ergreift Jace meine Hand und führt mich nach drinnen.

Ein durch und durch gutes Gefühl, derart mit ihm verbunden zu sein. Als wir den Hauptraum betreten, klatschen alle Anwesenden und Mike köpft eine Flasche Sekt. Wir werden beglückwünscht, umarmt und gedrückt.

Das ist wirklich wie heimkommen, in jeder Hinsicht.

Nach etwa zwanzig Minuten, in denen wir uns alle dem köstlichen Essen widmen, kommt die Sprache unweigerlich auf uns zurück.

Mike macht den Anfang. „Sag mal ... wenn Jace jetzt bei dir wohnt, wird es aber schon langsam Zeit für Möbel, oder?"

Ich sehe zu meinem Freund hinüber. „Ja, wir werden heute Nachmittag mal einen Plan machen, wie wir die nächsten Tage vorgehen. Es gibt doch allerhand zu besprechen."

„Ja", wirft Jace ein. „Das kam jetzt doch etwas überraschend."

„Willst du die Wohnung wirklich so lassen, wie sie ist?", fragt Jamie nach und beißt herzhaft in ein triefendes Melonenstück.

„Äh ...ja, warum nicht?"

Jace mischt sich ein. „Na ja, etwas Farbe könnte nicht schaden, oder?"

Mike grinst und nickt ihm zu. „Dirk ist in der Beziehung etwas … hmmm, einfallslos? Ich glaube, den Job musst du übernehmen."
„Hab ich schon gemerkt. Heute früh habe ich schon die Herrschaft über seine Garderobe an mich gerissen, da werde ich mal dezent aussortieren."
„Hey … könnt ihr aufhören, so zu tun, als wäre ich nicht anwesend!"
Alle am Tisch lachen.
„Ich kann dir einen Maler vom Verein besorgen, der kann die Tage mal bei euch vorbeischauen."
„Bitte … kommt der dann auch im Kilt, wie der eine, der beim Trockenbau geholfen hat? Noch so einen Auflauf muss ich nicht haben", werfe ich ein, aber Mike winkt ab.
„Keine Bange, er trägt bei der Arbeit ganz normale Klamotten."
„Einen Kilt? Wie das denn?", fragt Jace.
„Ach … mein Göttergatte ist in einem Schottenverein und dort haben sich so ziemlich alle … wie heißt das? Gewerke? Versammelt. Ist toll, egal, was gemacht werden muss, irgendeiner ist dabei, der Ahnung davon hat." Jamies Stimme klingt gedämpft, weil er immer noch an der Melone kaut.
„Wow! Das ist doch cool. Ja, Mike, mach das mal, oder, Dirk?" Jace sieht mich an, aber was soll ich dazu schon groß sagen.
„Mach dich locker, großer Bruder. Jetzt weht ein anderer Wind und es kommt Farbe in dein Leben", unterbreitet mir Mike grinsend.
„Eben. Es reicht vollkommen, wenn ein Teil von dir zum richtigen Zeitpunkt steif ist, der Rest …" Weiter kommt Jace nicht, weil wir alle loslachen.
Jamies Melonenstück flutscht ihm aus den Fingern, landet mit einem Platschen auf dem Teller und verteilt den Saft gleichmäßig auf seinem Hemd.
Als ich wieder Luft bekomme, knuffe ich Jace seitlich an. „Was sind das denn für Sprüche? Mach mir keine Angst, es reicht, wenn Jamie andauernd so Sachen bringt."
Jace und Jamie grinsen sich an und klatschen sich über den Tisch hinweg ab.

„Sagte ich schon, dass wir uns ähnlich sind?“, meint Jamie gelassen und putzt sich die Finger an einer Serviette ab.
„Hmmm ... Kann ich meine Glückwünsche noch in eine Beileidsbezeugung umändern?“ Mikes Worte lösen einen weiteren Lachflash aus.

Es wird ein sehr entspannter und lustiger Tag. Wir planen und reden über das weitere Vorgehen, Mike telefoniert öfters und ehe wir uns versehen, sind unsere nächsten Tage komplett verplant. Der Maler kommt übermorgen und da sich irgendwie alle einig sind, dass Jace die Inneneinrichtung unserer Wohnung übernimmt, verdonnert mich mein Bruder während des Termins zur letzten Besichtigung des Büros.
Von einem anderen Kumpel organisiert er einen kleinen LKW, den wir für ein paar Tage behalten können. Klar ist, wir müssen dringend Möbel kaufen, was hingegen unausgesprochen bleibt, ist die Tatsache, dass ich nach München muss.
An diesem Besuch hängt weit mehr dran, als meine Sachen aus dem Büro und etliche Dinge aus Melanies Haus zu holen. Das ist uns irgendwie allen klar und deshalb wird dieses Thema hier zum Glück nicht angesprochen. Fakt ist aber, es macht keinen Sinn, es noch länger hinauszuzögern. Jace ist jetzt ein Teil meines Lebens und ihn Melanie zu verschweigen schürt nur ihren Ärger. Das muss ich mit ihr klären, damit für uns alle eine Chance besteht, ein einigermaßen normales Miteinander zu haben.
Diese Dinge beschäftigen mich, als wir abends endlich wieder in die Wohnung zurückkommen. Wir haben in der Stadt etwas gegessen und sind spazieren gewesen, was mit Jace immensen Spaß macht. Jetzt lagern unsere Einkäufe draußen im Flur, das neue Bettzeug muss noch überzogen werden und die Sachen für ein ausgedehntes Frühstück morgen müssen in den Kühlschrank. Aber zuerst muss ich Luft holen, weil heute so viel geschehen ist.
„Magst du ein Glas Wein, Jace?“
Er ist bereits dabei, die Lebensmittel einzuräumen. „Ja, gerne. Schenkst du ein?“
Als die Gläser voll sind, ist er auch fertig und nimmt seines entgegen. Mit einem Lächeln folgt er mir auf die Terrasse hinaus. Okay, Gartenmöbel müssen auch ganz oben auf die Liste.

Wir lehnen nebeneinander am Geländer und trinken stumm, nachdem wir angestoßen haben. Wahnsinn. Die Hoffnung, dass sich die Neuerungen der letzten Stunden setzen, ist umsonst, weil immer noch mehr dazu kommt.

„Hast du auch das Gefühl, dass irgendwie alles nicht real ist?“, frage ich ihn leise.

Jace lacht leise und lehnt sich seitlich an mich. „Ich weiß, was du meinst, geht mir ähnlich. Deshalb fasse ich dich auch ständig an, um zu spüren, dass du da bist.“

Ich sehe zu ihm hinüber und lege meinen Arm um ihn. „Guter Plan.“

„Geht es dir jetzt doch zu schnell?“, verlangt er leise zu wissen.

„Nein. Es ist gut so.“

„Aber?“

Ich küsse sanft seine Wange. „Nichts aber, mir liegt nur München im Magen. Für Melanie bin ich Single, es wird ein Schock für sei sein, wenn sie von uns erfährt, aber gleichzeitig muss sie es wissen. Ich muss hinfahren und das klären.“

„Ich komme mit.“ Jace’ Satz raubt mir den Atem.

„Ich weiß nicht …“

„Keine Bange, ich werde nicht bei ihr reinstolzieren und mich als dein Partner vorstellen. Meinetwegen bleibe ich im Auto, aber du fährst nicht alleine. Und … na ja, vielleicht könntest du mir wenigstens deine Tochter vorstellen?“

Die Vorstellung jagt meinen Puls in die Höhe, aber nicht vor Furcht, sondern weil ich stolz auf den Mann an meiner Seite bin.

„Ich werde sehen, was ich tun kann.“

„Ja. Hast du noch viele Sachen dort?“

Ich seufze und gehe in Gedanken das Haus, das mir so lange ein Zuhause war, durch. „Ja, etliches. Stereoanlage, Unterlagen, Kleinkram … Und im Büro möchte ich noch diverse Möbel mitnehmen. Das Sofa zum Beispiel.“

Jace kichert und leckt mir über das Ohr, was mir eine saftige Gänsehaut beschert. „Oh ja … das Sofa ist klasse, aber du hast hoffentlich nicht vor, es hier reinzustellen.“

„Nicht?“, ziehe ich ihn auf.

„Oh nein!“

„Keine Angst, ich wollte es ins hiesige Büro stellen.“

„Puh … Guter Plan, weil Sex auf dem Schreibtisch auf Dauer zu unbequem ist.“
Wir lachen beide und meine Befürchtung, dass er Jamie in dieser Hinsicht tatsächlich ähnlich ist, bestätigt sich erneut. Aber das ist der Mann, den ich kennengelernt habe und dessen provokante Ader mich fasziniert und erregt. „Ich hatte eigentlich vor, dort zu arbeiten.“
„Kannst du ja … wenn ich nicht da bin.“
„Ohje … das wird ja lustig.“
Jace haut mir auf den Po und seufzt zufrieden. „Jaaa … wird es. Dafür werde ich schon sorgen …“
Wieder schweigen wir beide, aber es ist angenehm. In Gedanken gehe ich die nächsten Tage durch. „Jace? Wenn ich mir das so überlege, müssen wir gleich morgen nach München, übermorgen kommt der Maler und dann will Jamie ja noch die Aufnahmen mit dir machen.“
„Dann morgen. Lass uns den LKW holen, damit wir alles reinbekommen. Eventuell können wir auf dem Rückweg ja noch in ein Möbelhaus?“
„Gute Idee. Und was hältst du davon, jetzt ins Bett zu gehen?“
Jace nimmt mir mein halbleeres Weinglas ab und stellt es neben seines auf den Boden. „Sehr viel. Lass uns nach oben gehen und ausnutzen, dass das Bett noch nicht frisch überzogen ist, hmmm?“
„Fantastischer Vorschlag.“

60.
Dirk

Es treibt mich wieder früh aus dem Bett. Diverse Gedanken rauben mir den Schlaf und ich will mich nicht sinnlos im Bett hin und her wälzen. Als ich aufstehe, wird Jace ebenfalls wach, aber ich kann ihn überzeugen, noch etwas liegen zu bleiben. Er streckt sich und seufzt, linst mich zwischen den Falten der Bettdecke an. Was für ein schönes Bild, meine Lust auf ihn ist nach wie vor ungebremst, aber wir haben beide genug und brauchen etwas Zeit, um uns zu erholen. Es ist schon faszinierend, wie abwechslungsreich der Sex mit ihm ist, wenn man im Laufe der Stunden den Part wechselt.
„Wo willst du denn jetzt schon hin?", nuschelt er undeutlich und versteckt ein Gähnen.
„Ich kann nicht mehr schlafen. Lass mich wegen München noch telefonieren, okay? Ich mache uns Frühstück und kümmere mich um den Lastwagen."
Jace nickt und kuschelt sich tiefer in die Decke. „Wie du meinst. Wenn ich in einer halben Stunde nicht auf bin, weckst du mich dann?"
„Aber klar." Ich beuge mich über ihn und küsse irgendeinen Teil seines Kopfes, der nicht bedeckt ist.

Eine Dusche später fühle ich mich bereit für den stressigen Tag. Da mir Mike die Handynummer seines Kumpels gegeben hat, kann ich den als erstes anrufen. Melanie wird die nächste sein, aber da sie gerade unterwegs sein dürfte, um Lea in den Hort zu bringen, hat das etwas Zeit.
Die Sache mit dem Auto ist innerhalb einer Minute geklärt. Hans hat ihn bereits bei Mike auf den Hof gestellt und ich kann ihn dort einfach holen. Er braucht ihn die ganze nächste Woche nicht und hat auch gleich noch Hilfe angeboten, sollten wir sperrige Möbel zum Tragen haben. Auf Mikes Jungs ist wirklich immer Verlass.
Jetzt Melanie. Mein Herz pocht unangenehm und ich habe das Gefühl, nur schwer Luft zu bekommen. Sollte sie mich bis jetzt nicht hassen, dürfte sich das nach dem heutigen Tag ändern.

Aber dann soll es eben so sein, weil ich es ohnehin nicht ändern kann. Jace ist hier und wird es bleiben, damit wird sie sich auseinandersetzen müssen.
Es klingelt ein paar Mal, ehe sie rangeht. Seltsam, ihre Stimme zu hören.
„Hi, Melanie, ich bin es. Hör zu, ich würde gerne meine restlichen Sachen holen, wäre das okay?“
Sie atmet genervt auf, das war mir klar. „Das ist recht kurzfristig.“
„Ja, ich weiß, aber das hat sich mit dem Auto erst gestern so ergeben und abends war es zu spät, um dich anzurufen. Wärst du so nett und räumst die Dinge, die ich mitnehmen soll, zusammen? Stell sie einfach auf einen Haufen, Kartons bringe ich mit. Und wenn noch was fehlt, ist das kein Thema.“
Es bleibt lange still am anderen Ende, aber ich gebe ihr die Zeit. Mir ist klar, dass jeder Schritt, den ich gehe, ihr verdeutlicht, dass es keinen Rückweg mehr gibt. Während ich warte, kommt Jace leise die Treppe hinab und fragt mich gestikulierend, ob er oben warten soll. Ich schüttle den Kopf und winke ihn her.
Er lächelt mich an und geht in die Küche, um Kaffee zu machen. Ich beobachte ihn unverfroren, jede Bewegung, jeder Blick, das Strahlen seiner Augen sagt mir, es ist richtig, was ich tue.
„Bis wann bist du hier?“ Für eine Sekunde bringt mich Melanies Stimme aus dem Konzept.
„Wir frühstücken erst, dann fahren wir los. Aber ich kann auch zuerst ins Büro, wenn dir das lieber ist.“
Wieder Stille.
Dann ein Wort. „Wir?“
Scheiße. Ich sehe Jace an und verziehe das Gesicht. „Ja, wir, ich kann schließlich nicht alles alleine tragen.“ Keine Lüge, ich will ihr nicht brühwarm auf die Nase binden, wer mich begleitet. Ich zucke entschuldigend mit den Schultern, aber Jace winkt ab.
„Okay. Es ist mir egal, ich bin daheim. Lea kommt um 12 Uhr wieder, du wirst sie sicher sehen wollen.“
„Und ob. Okay, dann fahren wir erst ins Büro. Dann hast du auch mehr Zeit. Danke dir.“
„Ja … ich muss sehen, was ich fertigbringe, sonst musst du eben wirklich mal mehr Zeit mitbringen.“

„Ich weiß. Bis später dann." Ich würge das Gespräch ab, weil ich keine Lust habe, mich jetzt wieder in irgendeine Ecke drängen zu lassen. Seufzend lege ich das Handy auf die Theke und streiche meine Haare zurück. Dieser Tag noch! Dieser eine, verfluchte Tag, dann wird es hoffentlich besser werden.
Die Kaffeemaschine brummt und verbreitet leckeren Duft. Ich sehe auf und direkt in Jace' Augen, der mir gegenüber auf der anderen Seite der Theke lehnt. „Alles in Ordnung?", will er leise wissen.
„Ja, noch schon. Das dürfte sich ändern, wenn wir dort sind."
Er nickt und holt die zweite Tasse herüber. „Wahrscheinlich, aber komm nicht auf die Idee, mich zu bitten, dich alleine fahren zu lassen. Da mach ich nicht mit."
Ich hebe abwehrend die Hände. „Würde ich mich nie trauen und … ich brauche dich tatsächlich zum Tragen."
„Na, wenigstens etwas." Jace zwinkert mir zu. „Frühstück?"
„Jaaa." Ich springe vom Hocker und geselle mich zu ihm. Als sich Jace wegdrehen will, um etwas aus dem Kühlschrank zu holen, halte ich ihn zurück. „Hey … Ich hatte noch keinen Gutenmorgenkuss."
Er schmunzelt und legt seine Arme auf meine Schultern. „War mir nicht sicher, ob du das möchtest."
Ich stöhne und hole ihn ganz zu mir. Dann sehe ich ihn lange an, küsse seine Nase, die Augen und wuschle durch seine Haare. „Siehst du? Das meine ich. Nimm dich nicht ständig so zurück, das bist nicht du. Ich habe mich für dich entschieden. Wenn du mich berühren willst, tu es, wenn du mich küssen willst, tu es. Ich vertraue dir, Liebling."
Jace schluckt und nickt langsam. „Okay. Wir brauchen wohl beide Zeit, um zu kapieren, dass wir jetzt zusammen sind."
„Das stimmt. Aber wir schaffen das, ja?"
Statt zu antworten, drängt er sich an mich und hält mich fest. „Was ist jetzt mit meinem Kuss?", frage ich nach einer Weile und ernte ein sinnliches Lachen.
Und dann bekomme ich meinen Kuss und bedauere nach etwa einer Sekunde, dass wir heute außer Haus müssen. Das ist mein Jace! Seine Lippen berühren erst täuschend zögerlich die meinen. Er küsst meine Oberlippe, dann die Unterlippe, legt schließlich

den Kopf etwas schräg und schiebt aus etwas Abstand seine Zunge zwischen meine Lippen. Dabei seufzt er leise. Ich erwidere seine Berührungen, lasse ihn ein, bis er selbst vor Ungeduld den Rest überbrückt und endlich seinen Mund auf meinen presst.
Wir atmen beide schwer und unsere Schwänze drücken hart aneinander. Jetzt bewegt Jace seinen Unterleib und wir grinsen beide.
„München … schöner Mist", flüstert er und presst sich stöhnend an mich.
„Ich glaube, die kurze Ruhepause tut unseren Hintern nicht so schlecht."
Er beißt mich sanft in den Hals und bringt mich damit ins Schwanken. „Sagte ich schon, dass ich deinen Hintern liebe?"
„Nein, jetzt weiß ich das auch. Und du darfst ihm das heute Abend gern zeigen."
Jace knurrt und verpasst mir einen weiteren Schmatzer. „Dann hab ich ja was, worauf ich mich freuen kann."
„Jup", erwidere ich und packe seinen Hintern, der mir ebenfalls sehr zusagt. „Und jetzt Frühstück, sonst haben wir später Stress."

Schon eine halbe Stunde später sind wir unterwegs. Jace war noch nie auf Mikes Hof und ist dementsprechend beeindruckt, als wir dort ankommen. Während ich unsere Jacken in den kleinen LKW lade, sieht er sich um.
„Scheint niemand da zu sein", meint er, als er zum Auto zurückkommt.
„Nein, Mikes Jeep ist weg, wahrscheinlich sind sie im Fitness-Studio."
„Apropos Studio … ich muss Jamie fragen, was er empfehlen kann. Das können wir doch zusammen machen, oder?"
Ich verziehe gequält das Gesicht. „Ich mag das nicht, tut mir leid. Das Einzige, was ich tue, das Sport ähnlich ist, ist Laufen. Das können wir gern mal probieren."
Jace lacht und steigt auf der Beifahrerseite ein. „Perfekt. Laufen ist gut, das gehört zu meinem wöchentlichen Trainingsplan."

Ich sehe ihn zweifelnd an, als ich den Motor starte. „Toll, ich meine, ja. Aber ich weiß, ich stinke hoffnungslos gegen dich ab.“
Jace klopft mir auf die Schulter und lächelt. „Das wird schon, lass mich nur machen. Hier ist es so schön, da muss man doch raus.“
Wo er recht hat, hat er recht.

Die Fahrt nach München verläuft ohne Probleme und wir erreichen das Büro um die Mittagszeit. Mein Nachfolger weiß Bescheid, so geht das Ausräumen ohne größere Probleme vonstatten.
Es ist seltsam, hier zu sein, aber meine Wehmut hält sich wirklich in Grenzen. Wie sagt man so schön? Für alles gibt es seine Zeit. Meine hier ist abgelaufen und etwas Neues beginnt.
Bereits eine halbe Stunde später sind wir unterwegs zu Melanie. So langsam steigt mein Adrenalinpegel und Jace wird still neben mir. Wir wissen beide, dass es nicht leicht werden wird.
Ich parke den LKW direkt vor der Haustür, damit der Weg mit den Sachen am kürzesten ist. Aber … Ich sehe an Jace vorbei Richtung Haus, Melanie hat uns sicher bereits gesehen. Und da Jace auf der Hausseite sitzt, hat sie ihn zweifelsfrei ebenfalls schon entdeckt. Ich drücke seinen Oberschenkel und sehe ihn an. Wie gerne würde ich ihn jetzt küssen, aber das verbietet sich komplett. Er lächelt und legt seine Hand auf meine.
„Ich weiß. Jetzt geh schon. Wenn was sein sollte, ich bin hier, Love.“
Ohne ein weiteres Wort steige ich aus und gehe steif Richtung Haustür. Wie ich mir dachte, blieb unsere Ankunft nicht verborgen, denn Melanie öffnet, noch ehe ich ganz dort bin.
Wir sehen uns an, ich hatte auf ein Lächeln gehofft, aber das bleibt aus. Verunsichert sieht sie an mir vorbei zum Wagen.
„Hi, Melanie.“
„Hi. Ihr seid früh dran.“
„Ja, kaum Verkehr, wir hatten Glück. Lässt du mich rein?“
Fahrig weicht sie zur Seite und gibt den Weg frei. Schon im Flur sehe ich verschiedene Sachen, die sie zusammengestellt hat.
„Willst du einen Kaffee?“, fragt sie mich unsicher.
„Nein, danke. Ich …“

„Ist er das?“
Ich erstarre mitten in der Bewegung. Mein Plan, nach zwei bereitstehenden Tüten zu greifen, verläuft im Sande. Ich muss wohl blass geworden sein, weil sie eine Antwort gar nicht erst abwartet, sondern mit erstarrter Miene nickt.
„Von wegen, du hast nichts mehr mit ihm. Einmal Lügner, immer Lügner.“
Wow. Die Worte treffen mich. „Ich habe dich nicht belogen, Melanie. Als ich dir sagte, ich bin alleine, war ich es auch. Wir haben uns vor zwei Tagen ausgesprochen.“
„Und dann bringst du ihn gleich mit her? Hast du eine Ahnung, wie sich das anfühlt?“, wirft sie mir ungehalten an den Kopf.
„Ja … Ehrlich. Deshalb sitzt er im Auto. Er ist dabei, um mir tragen zu helfen, mehr nicht. Und … um Lea kennenzulernen.“
Egal, der Knatsch ist da, jetzt brauche ich nicht länger um den heißen Brei herumzureden.
Melanie erstarrt förmlich.
Ehe sie Luft holt, komme ich ihr zuvor. „Darüber diskutiere ich nicht mit dir. Er ist jetzt ein Teil meines Lebens, auch wenn dich das zutiefst kränkt. Er wird da sein, wenn Lea zu mir kommt, also je eher sie ihn kennenlernt, desto unkomplizierter wird es hoffentlich ablaufen.“
„Ich will ihn nicht in meinem Haus haben.“
Was soll ich dazu sagen? Ärger wallt in mir auf, auch wenn ich sie verstehe. „Es ist auch noch mein Haus.“
„Das lasse ich mir nicht von dir bieten!“ Sie kämpft mit Tränen.
„Melanie … Bitte. Glaubst du, für mich ist das alles ein Kinderspiel? Ja, ich bin der Schuldige, aber … wenn du mich kennen würdest, wüsstest du, dass ich es mir auch nicht leicht mache. Lass uns diesen Tag bitte in Ruhe hinter uns bringen und dann haben wir alle Zeit, Abstand zu finden.“
Sie sieht zu Boden und reibt mit dem Fuß über die Fliesen. „Wie stellst du dir das vor? Wie geht es dann weiter?“
„Ich habe die Scheidungspapiere unterschrieben, sie sind auf dem Weg zu deinem Anwalt. Als nächstes muss ich meine Wohnung fertig machen und dann möchte ich Lea mal für ein Wochenende zu mir holen.“
Melanie sieht wieder an mir vorbei Richtung Auto. „Zu euch.“

Ich folge ihrem Blick, aber Jace sieht nicht herüber, sondern tippt etwas in sein Handy. „Das weiß ich noch nicht. Er ist viel unterwegs, es kann also gut sein, dass er nicht da sein wird."
„Und es ist dir tatsächlich ernst mit einem Mann …"
„Stopp!"
Wir funkeln uns an, mir ist klar, dass es ihr missfällt, wenn ich ihr nicht Rede und Antwort stehe. „Das ist ganz allein meine Sache. Bei allem Respekt … wir gehen jetzt getrennte Wege und …"
„Und ich soll einfach so schlucken, dass Lea jetzt bei dir und deinem schwulen Partner aufwächst?"
Mir wird innerlich eiskalt. Genau davor fürchte ich mich insgeheim. Vor dieser sturen Ablehnung von etwas, das nicht der Norm entspricht, auch wenn es an sich eine Schande ist, Liebe in Kategorien einzuteilen. Es fällt mir schwer, ruhig zu bleiben. Mir wird in dem Moment klar, dass ich Jace inzwischen als meinen Partner ansehe und niemals zulassen werde, dass man schlecht über ihn redet. „Bei mir und meinem Freund, ja. Es dürfte egal sein, welches Geschlecht er hat, verstanden? Und genau das soll Lea lernen, nämlich, dass es unerheblich ist, wen man liebt. Es geht allein um Respekt und Zuneigung, kapiere das endlich und hör auf, mit dem Finger auf uns zu zeigen." Ich sehe zu Boden, weil mir die nächsten Worte schwer fallen. Das bin nicht ich, aber wenn sie die Krallen ausfährt, werde ich kämpfen, das steht fest. „Akzeptiere das. Sollte ich irgendwie erfahren, dass du uns schlecht machst oder Lea aufhetzt, wirst du mich von einer anderen Seite kennenlernen."
Melanie reißt die Augen auf. Verständlich, weil ich normalerweise der friedlichste Mensch auf Erden bin.
„Du drohst mir?"
Ich schüttle den Kopf. „Nein. Das ist ein Versprechen. Ich weiß, die Chancen, als Vater das Sorgerecht zu bekommen, stehen schlecht, aber ich würde den Kampf aufnehmen, glaube mir. Lass es nicht so weit kommen, sondern uns beide versuchen, einen friedlichen Weg zu finden."
Melanie schnauft und verschränkt die Arme vor der Brust. „Und was soll ich jetzt genau tun? Mich auf die Couch setzen und zusehen, wie er dir hilft, oder was?"

Ich atme tief durch. Wenigstens kennt sie mich gut genug, um zu wissen, dass ich keine leeren Drohungen von mir gebe, und rudert zurück. „Nein. Hast du nicht Lust, einen Kaffee trinken zu gehen? Wir bleiben so lange, bis Lea hier ist, dann würde ich dich anrufen."

Sie schaut auf die Uhr, ich sehe, wie ihre Hände zittern. „Ich muss die Küche noch sauber machen."

„Dann mach das. Ich trage solange die Sachen raus."

Wir sehen uns an. Ich spüre, sie will noch etwas sagen, verkneift es sich aber. „Können wir noch kurz durchgehen, was ich an Elektrosachen haben kann?"

Sie nickt, sieht ein letztes Mal zu Jace hinüber und wendet sich dann ab. Auch ich sehe in seine Richtung, ehe ich ihr folge, und diesmal erwidert er meinen Blick. Er lächelt tapfer, ich versuche es auch und auf die Entfernung müsste es ganz gut gelingen.

Zwanzig Minuten später macht sie sich endlich auf den Weg. Die Sachen, die bereits hergerichtet waren, lagern schon im Auto, jetzt geht es an die Stereoanlage, Boxen und einen Aktenschrank, der im Gästezimmer steht und mit in das neue Büro soll.

Als ihr Auto um das nächste Eck biegt und aus meinem Sichtfeld verschwindet, fällt mir hörbar ein Stein vom Herzen. Ich merke, wie ich hier wieder weg will. Klar freue ich mich auf meine Tochter, aber dieses bedrückende Gefühl, hier nicht mehr zu Hause zu sein, ist unangenehm.

Jace kommt auf mich zu. Ich bitte ihn herein und schnappe ihn mir erst einmal. Ich brauche jetzt eine Umarmung, einen Kuss, irgendwas, um mich zu erden. Es scheint ihm genauso zu gehen, weil er sich regelrecht an mich klammert. Dann sieht er mich an, streichelt mein Gesicht und sucht nach irgendwelchen Anzeichen für Unwohlsein. „Was hat sie gesagt?", will er leise wissen.

„Nicht viel. Ihre Begeisterung hält sich verständlicherweise in Grenzen. Aber es wird gehen, muss es einfach. Sie weiß jetzt, dass wir zusammen sind, und ich habe ihr gedroht, dass ich versuchen werde, das Sorgerecht zu bekommen, wenn sie das nicht akzeptiert oder Lea gegen uns aufhetzt. Was wohl nie passieren wird, aber …"

„Falls doch, werde ich hinter dir stehen."

Ich sehe diesen Mann vor mir an. Seine außergewöhnliche Schönheit verbirgt einen noch strahlenderen Charakter.
Wieder ziehe ich ihn an mich, inhaliere seinen Duft und genieße seine Wärme. „Danke dafür, ich weiß, was ich dir abverlange."
„Blödsinn. Jetzt komm … lass uns als erstes den Schrank abbauen, sonst sind wir nicht fertig, bis deine Kleine kommt."
Gesagt, getan. Es bedarf nicht vieler Worte und wir arbeiten perfekt Hand in Hand. So sind wir tatsächlich ein paar Minuten vor ihrer Ankunft fertig und warten beide gleichermaßen nervös, bis meine Prinzessin heimkommt. Eine Mutter aus der Nachbarschaft übernimmt den Bringdienst, sie und Melanie wechseln sich damit ab.
Schließlich ist es soweit. Das Auto hält hinter unserem Wagen und sie klettert heraus. Sie ist schon den halben Weg bis zur Haustür gegangen, als sie mich sieht und lachend auf mich zu rennt. Ich fange sie auf und drücke sie an mich. Himmel, wie sehr sie mir fehlt. Ihre kleinen Arme halten mich fest und sie drückt mir einen Schmatzer auf die Wange.
Dann kommt Jace die Treppe herunter und geht neben mir in die Knie. Lea sieht ihn neugierig an, kuschelt sich aber weiter an mich.
„Hey, Süße. Ich möchte dir jemanden vorstellen. Das ist Jace, ein Freund."
Schüchtern, aber mutig streckt sie ihm die Hand hin und sieht ihn mit großen Augen an.
„Hi, Prinzessin."
Ich sehe den beiden gespannt zu. Ihre Nervosität hält sich die Waage und sie tasten sich beide gleichermaßen langsam vor. Aber sie lächeln sich an. Ich finde, ein guter Anfang.

Nachdem ich mich mit Jace verständigt habe, dass ich ihn kurz alleine lasse, um Melanie anzurufen, verschwinde ich nach drinnen. An der Haustür sehe ich zurück. Sie sitzen jetzt auf dem Beetrand und reden miteinander. Sollte es tatsächlich so einfach sein? Warum nicht? Lea ist ein Kind, ihr fehlen sämtliche Vorurteile. Wir, die Erwachsenen, machen es kompliziert.
Nachdem ich Melanie noch zehn Minuten abringen konnte, kehre ich an die Haustür zurück und sehe den beiden zu. Mein

Herz geht auf. Ich schätze, so leicht, wie es jetzt da aussieht, wird es nicht werden, aber sie scheinen sich zu verstehen und das ist ein guter Anfang. Mir tut Jace wirklich etwas leid, weil er durch unsere Beziehung in eine Rolle gedrängt wird, die er so vielleicht nie wollte. Ich werde auf jeden Fall mein Bestes geben, um es wieder gut zu machen. Soll er seinen Modeljob weitermachen, sich von Jamie nackt ablichten lassen … Damit kann ich gut leben.
Mit diesen Gedanken beobachte ich die beiden liebsten Menschen, die ich habe. Ja, das wird funktionieren. Morgen kommt der Maler, bezüglich ihres Bettes werde ich mit Chris reden und dann wird Lea bald zu Besuch kommen können.
Ein Blick auf die Uhr sagt mir, dass Melanie jeden Moment kommt. Ich gehe zu den zweien und setze mich auf die andere Seite neben Lea. Sie sieht mich an und lehnt sich an mich. Als ich meinen Arm um sie lege, bietet sich mir die Gelegenheit, Jace über den Rücken zu streichen. Wir sehen uns über Leas Kopf hinweg an.
„Wird es Zeit?“, fragt er leise.
Ich nicke nur.
„Okay Prinzessin“, sagt er an Lea gewandt. „Deine Mama kommt jetzt gleich wieder. Ich sage dann mal Tschüss und hoffe, dass wir uns ganz bald wiedersehen.“
„Kommst du mich wieder besuchen?“, fragt sie schüchtern.
Wieder sieht mich Jace an und schmunzelt. „Nein, aber wenn du deinen Papa besuchst, werde ich da sein, ist das in Ordnung?“
Lea sieht mich kurz an und überlegt. „Aber Papa wohnt doch hier.“
Oh je. Ich schlucke und schüttle den Kopf. „Nein, meine Süße, das weißt du doch. Ich wohne jetzt bei Onkel Mike.“
Fassungslos sieht sie wieder zu Jace. Der allerdings schafft es noch ein letztes Mal, sie gekonnt abzulenken. „Sag mal … was ist eigentlich deine Lieblingsfarbe? Dein Papa hat nämlich ein ganz tolles Zimmer für dich und du darfst dir aussuchen, wie es gestrichen wird.“
Lea nickt begeistert und sagt wie aus der Pistole geschossen: „Hellblau.“
Jace sieht mich verblüfft an. „Kein Pink oder Rosa?“

Entschieden schüttelt sie den Kopf. „Nein."
Sie unterhalten sich noch weiter. Ich sehe Melanie an unserem Wagen vorbeifahren und mich überfällt leichte Panik. Sachte stupse ich Jace an, der sofort kapiert, worum es geht. Mit liebevollen Worten, dem Versprechen, ein supertolles Zimmer für sie zu kreieren, und einer festen Umarmung verabschiedet er sich endgültig und geht, nach einem aufmunternden Lächeln an meine Adresse, zu unserem Wagen.
Die Tür ist noch nicht ganz zu, als Melanie hinten an ihm vorbeigeht und den Weg betritt.
Mist. Sie hat schon wieder geweint. Mir war nie bewusst, wie tief ihre Gefühle für mich gehen. Wäre ich boshaft, würde ich behaupten, es liegt allein daran, dass ich ihr die Bequemlichkeit und das gesicherte Einkommen wegnehme. Nein, es ist immer schwierig, wenn ein Partner mehr liebt als der andere.
Die Begrüßung fällt recht trocken aus, was es mir in dieser Hinsicht leicht macht, mich zu verabschieden. Die letzten Minuten gehören ganz alleine Lea. Ich hebe sie hoch und umarme sie fest.
„Papa? Warum gehst du?"
Diese Worte schaffen es, meine Fassung irgendwie zusammenbrechen zu lassen. Was soll ich sagen? Wie ihr erklären, was in erwachsenen Hirnen so vorgeht? Ich drücke sie an mich und wiege sie hin und her, versuche Zeit zu gewinnen, aber ich will sie nicht mit einer Lüge abspeisen.
„Ich wohne jetzt in der Nähe von Onkel Mike, Schatz. Ich habe dort eine Wohnung und Arbeit."
Sie nickt tapfer. „Kriege ich wirklich ein neues Zimmer?"
„Aber ja … gleich heute Nachmittag werden wir damit anfangen, versprochen."
Lea schluchzt leise und schaut Richtung Melanie, die sie auffordert, hereinzukommen.
„Tschüss, meine Süße. Ich rufe dich heute Abend an, ist das okay?"
Jetzt nickt sie, drückt mir einen weiteren Kuss auf den Mund und geht zögerlich auf Melanie zu. Ich sehe ihr nach und spüre, wie in mir drin etwas zerbricht. Es tut höllisch weh und auch wenn ich weiß, es ist richtig, lindert dieses Wissen meinen Schmerz nicht.

Ich winke Melanie zu und gehe zu unserem Wagen, als Lea hinter mir laut „Papa“ ruft.
Schon während ich mich wieder umdrehe, sehe ich meine Kleine auf mich zu rennen. Ihre langen Haare fliegen und sie weint herzzerreißend. Ich sinke auf die Knie und fange sie auf. Himmel, was tue ich ihr nur an?
Ich weiß nicht, wie viel Zeit vergeht, es ist mir egal. So lange bleibe ich hier knien und tröste mein Mädchen, flüstere ihr Versprechen zu, streichle sie und versuche irgendwie, ihre kleine Welt nicht völlig in Schutt und Asche zu hinterlassen. Wahrscheinlich wird ihr heute erst richtig bewusst, dass ich nicht wiederkomme.
Irgendwann ist Melanie dann da, sieht mich strafend an. Ja, ja … ich weiß selbst, dass ich an allem Schuld bin, danke für die ständigen Erinnerungen. Ihr Blick macht mich wütend, und das will ich nicht. Ich sehe Lea an, die jetzt einen Schritt von mir entfernt steht.
Ihr kleines Gesicht ist tränenüberströmt und sie hat Schluckauf. Sanft wische ich die Tränen mit einem Taschentuch weg und warte, bis sie sich etwas beruhigt.
„Lea? Ich hab dich lieb! Du bist mein Goldstück, das weißt du, ja? Jetzt gehst du mit der Mama rein und isst etwas und heute Abend rufe ich dich an. Versprochen.“
Sie nickt tapfer und lässt sich von Melanie an die Hand nehmen. Ich warte, bis sie an der Haustür sind, vorher bewege ich mich nicht von der Stelle und winke ihr noch ein paar Mal.
Dann fällt die Tür ins Schloss und meine mühsam aufrechterhaltene Beherrschung geht flöten. Die geschlossene Eingangstür hat etwas Symbolisches. Dort liegt meine Vergangenheit, wenn ich mich umdrehe, kann ich meine Zukunft sehen. Aber ich bin wie erstarrt, bewegungsunfähig, als weigere sich mein Körper, nach vorne zu sehen.
Wie oft wird es solche Momente noch geben? Wann schaffe ich es, loszulassen? Es macht mir Angst, weil es genau solche Situationen sind, die meine Beziehung zu Jace vergiften könnten.
Eine Hand auf meiner Schulter lässt mich zusammenzucken. Jace! Ich sehe auf und in sein starres Gesicht. Pokerface. Ich kann nicht erkennen, wie er die Szene aufnimmt.

„Komm“, flüstert er leise und streckt mir die Hand hin, um mir aufzuhelfen.
Schon wieder! Wie oft muss dieser fantastische Mann mir noch auf die Beine helfen? Das gibt’s doch nicht. Ich bin der Ältere von uns beiden, auch wenn das jetzt antiquarisch klingt, aber es wäre meine Aufgabe, ihn zu führen, ihm der Fels in der Brandung zu sein in seinem Dasein als Model. Aber nein, er ist für mich da!
Auch wenn ich weiß, dass Melanie uns zusieht, ergreife ich seine Hand und stehe auf. Wir sehen uns an, ich möchte ihn küssen, umarmen, seine heilsame Wärme spüren, aber ich schaffe es nicht, über meinen Schatten zu springen.
Jace nickt, er weiß es, spürt meine Notlage instinktiv. „Gib mir den Schlüssel und dann komm. Lass uns heimfahren.“
Heim! In unser gemeinsames, neues Leben.
Ich drücke seine Hand und entlocke ihm ein zaghaftes Lächeln.

61.
Dirk

Wie ich schon dachte, ist dieser Tag eine Art Wendepunkt. Vorher war ich abgelenkt durch all das Neue, jetzt trifft mich die Endgültigkeit mit der Wucht einer Abrissbirne. Ich will es immer noch von ganzem Herzen und würde es wieder tun, aber dennoch übermannt mich der Schmerz.

Irgendwann wird mir übel, mein Magen jongliert mit den Resten des Frühstücks und mir bricht der Schweiß aus.

„Halt an", bitte ich Jace und schließe die Augen, konzentriere mich völlig darauf, nicht das Wageninnere zu verunstalten.

Als der Wagen langsamer wird, ich das typische Geräusch des Blinkers höre, wage ich es, aufzusehen. Ha … die Sonne verhöhnt mich von einem tiefblauen Himmel und treibt mir die Tränen in die Augen. Jace fährt auf einen kleinen Parkplatz. Bänke stehen unter ausladenden Bäumen und es sind nur zwei andere Autos hier.

Kaum steht der Wagen, springe ich hinaus und renne in die Büsche, um mich zu übergeben. Gott, ist das peinlich! Was bin ich für eine hoffnungslose Memme.

Als nur noch Galle kommt, beruhigt sich mein Magen. Ich hole tief Luft, konzentriere mich auf die Umgebung.

„Hier." Dicht hinter mir erklingt Jace' Stimme. Ein tropfendes Taschentuch erscheint in meinem Sichtfeld. Wahrscheinlich hat er es mit dem mitgenommenen Mineralwasser befeuchtet.

„Danke", nuschle ich und wische mir damit über das Gesicht. Das tut gut, bringt meine fünf Sinne nach und nach zurück.

Ende!

Das Kapitel Ehe ist abgeschlossen und es ist gut so.

Ja.

Frischen Mutes drehe ich mich um und sehe Jace an, der einen Schritt hinter mir steht.

Was ist das? Seine Miene erschreckt mich fast zu Tode. Er ist bleich, sieht aus, als ob er ebenfalls geweint hätte, seine Hände zittern und seinen Mund zieren tiefe Falten.

„Jace?", flüstere ich vorsichtig, weil ich keine Ahnung habe, was hier passiert.

Er holt krampfhaft Luft und sieht mich dann an, mustert mich mit derart viel Trauer in den Augen, dass es mir den Atem raubt. „Geh zurück zu ihr.“ Leise, sanfte Worte, doch so bedeutungsschwer wie ein Vorschlaghammer.
Ich kann es nicht fassen. „Wie bitte?“
Er lacht trocken auf. Ein hartes, unbarmherziges Geräusch. „Geh zurück zu deiner Tochter. Ich will nicht der Mann sein, wegen dem du sie verlassen hast, das bin ich nicht wert.“
Fassungslos starre ich ihn an. „Jace, was redest du da?”
Langsam zuckt er mit den Schultern. „Du wirst mich irgendwann hassen, weil …“
„Hallo? Erinnere dich bitte daran, dass ich gegangen bin, als wir getrennt waren, ja? Und was soll das heißen, du bist das nicht wert? Was zum Teufel redest du da?“
Sein Blick verändert sich, wirkt entrückt, als sehe er in weite Ferne. Mir scheint, es ist nicht nur mein Tag des endgültigen Abschieds. Irgendetwas geschieht mit ihm, in ihm.
„Jace, mach endlich den Mund auf.“
Er erwacht aus seiner Starre, sein Blick sinkt zu Boden. „Warum soll ausgerechnet ich das Glück haben, dass der Mann, den ich liebe, sich scheiden lässt? Das wäre ja wie ein Märchen. Nein, wie kann ich glücklich sein, während …“ Er dreht sich weg und ich sehe ihn schluchzen.
Mit einem Schritt bin ich bei ihm und lege sanft meine Hand auf seine Schulter. „Während?“
Fast scheu sieht er mich wieder an. Ich erkenne, wie er mit sich ringt, abwägt.
„Jace … Ich bin hier, wir sind zusammen, es gibt keinen Grund, zu schweigen.“
Er nickt, streckt zaghaft seine rechte Hand in meine Richtung, die ich sofort ergreife.
„Ich habe meinen Bruder auf dem Gewissen.“
Wow! Also ich habe ja mit allem gerechnet, aber dieser Satz macht mich für einen Moment sprachlos.
Er mustert mich, hin und her gerissen zwischen Furcht, Trauer und dem Versuch, sich zusammenzureißen. Vieles wird mir gerade klar, seine gespielte Kaltschnäuzigkeit, zwei Jahre abzutauchen und die Tätowierung. Ich erinnere mich, wie giftig er

reagiert hat, als ich sie entdeckte und mit dem Finger nachgezeichnet habe.
„Der zweite Buchstabe in diesem Herz, hab ich recht?“
Jace sieht mich erschrocken an, aber dann löst sich seine Miene, als habe er sich entschieden, zu reden, ebenfalls einen Schritt in die Zukunft zu machen, wie ich. Schließlich nickt er langsam. „Paul. Sein Name war Paul.“ Eine Träne rinnt über sein Gesicht und er wischt sie zornig weg. „Aber das ist vorbei. Deine Tochter …“
„Wow, wow. Langsam … Erzähl mir, was passiert ist.“
Jace macht eine fahrige Geste. „Hier? Aber …“
„Ja, hier und jetzt. Wir sollten beide aufhören, uns zu verstecken. Vielleicht ist heute der Tag, an dem irgendwie alles Alte endet. Mir geht es zumindest gerade so und vielleicht tut es dir gut, darüber zu reden, damit du abschließen kannst.“
Er atmet tief durch und sieht zur Seite. „Ich habe doch schon längst damit abgeschlossen.“
„Nein, das erscheint mir nicht so. Wie kommst du sonst darauf, dich als wertlos zu bezeichnen? Irgendwas stimmt doch da nicht.“
Er schweigt lange, betrachtet die Umgebung und verzieht das Gesicht, als ein älteres Ehepaar vorbeigeht und uns einen abfälligen Blick zuwirft. Ich bin stolz, dass es mich völlig kalt lässt.
„Hier also?“
Mein Griff um seine Hand wird fester. „Was spielt der Ort für eine Rolle? Wir sind hier, haben Zeit und ich denke, es ist wichtig, dass wir das klären.“
Jace seufzt und nickt, wirkt etwas gefasster. Als er mich allerdings wieder ansieht, strafen seine Worte seinen Gesichtsausdruck Lügen. „Trotzdem … deine Tochter im Tausch für mich? Eine Bitch mit beschissenem Ruf und einer nicht zu verachtenden Vergangenheit, was Männer angeht?“
Es dauert, bis ich die richtigen Worte zusammen habe, weil es mir wehtut, wie er von sich denkt und spricht. „Um mal eines klar zu stellen: Da wir jetzt zusammen sind, kannst du dir andere Männer abschminken. Auch wenn es, angesichts meiner Affäre, wie Hohn aus meinem Mund klingt, lege ich viel Wert auf Treue. Das bezieht sich auf das Jetzt. Wir haben beide eine Vergangen-

heit und müssen sie akzeptieren. Ich kenne deinen Ruf, aber was für mich zählt, ist der Mann, der du jetzt bist. Und du bist alles andere als eine Bitch. Ich hasse es, wenn du dich so runtermachst. Ich präsentiere dir meine Tochter und erwarte einfach, dass du das schluckst und als selbstverständlich ansiehst, das ist auch nicht besser. Siehst du, was ich meine? Wir haben ein Leben hinter uns, haben Entscheidungen getroffen und vielleicht Dinge getan, auf die wir im Nachhinein nicht sonderlich stolz sind. Aber jetzt sind wir hier, am Punkt Null."

Er mustert mich lange und nickt dann, schweigt aber weiter und verharrt einfach an Ort und Stelle, betrachtet schließlich unsere verbundenen Hände.

„Jace … Ich …"

„Wärst du noch bei deiner Familie, wenn wir uns nicht getroffen hätten?", will er plötzlich wissen.

Ich warte, bis er wieder aufsieht. „Das weiß ich nicht, Jace. Diese Frage kann ich dir nicht beantworten. Alles, was ich dir sagen kann, ist, dass ich unglücklich war, mich gefangen fühlte und dieses Verleugnen meines Verlangens nach Männern brodelte wie ein ruhender Vulkan. Vielleicht wäre ich noch dort, aber dann würde ich mich ständig mit Melanie streiten, und das wäre für Lea auch nicht sonderlich schön."

„Aber sie hätte ihren Papa."

Was ist los mit diesem Mann? „Ja, vielleicht. Aber nun ist es so und ich bin froh darüber."

Ruckartig sieht er mich an. „Aber du … hast geweint, als du gegangen bist."

Ich seufze und ziehe ihn an mich. Wie mir scheint, versucht er irgendetwas zu überspielen, ich weiß auch nicht … „Ja, habe ich, und werde es wahrscheinlich auch noch öfters tun, aber dennoch bin ich froh, dass es vorbei ist. Ich werde um mein Mädchen kämpfen, versuchen, ihr mit allen Mitteln trotzdem ein guter Vater zu sein … und dir ein guter Mann." Ich umfasse sein Gesicht und sehe ihn direkt an. „Vorhin, das … war wie der endgültige Schlussstrich, das tat weh, aber es ist gut so. Ich bereue nichts und ich freue mich unglaublich auf unsere gemeinsame Zeit."

Ein zaghaftes Lächeln erscheint auf seiner Miene und schließlich nickt er leicht. „Okay. Ich will nur nicht, dass … du weißt schon.“
„Ja, ich weiß, was du meinst. Aber schau … Egal, wie ich mich entscheide, ich werde immer jemanden verletzen. Bin ich bei dir, trifft es Melanie und Lea, gehe ich zurück, dich. Also?“
Jace’ Hand gleitet sanft über meine Brust. „Und wo bleibst du dabei?“
„Ich bin genau dort, wo ich sein möchte. Lass uns morgen Leas Zimmer in Angriff nehmen, hilf mir dabei, das wäre mein größter Wunsch.“ Entschlossen nickt er ein weiteres Mal und ich sehe, wie die Anspannung etwas von ihm abfällt. „Und jetzt erzähle mir, was damals vorgefallen ist, bitte.“
Jace nickt entschlossen und sieht sich um. „Sollen wir uns da in die Sonne setzen?“
Kommentarlos ziehe ich ihn mit hinüber auf die Bank und lasse mich nieder. Jace hält etwas Abstand, wahrscheinlich braucht er den, um frei erzählen zu können. Um ihn aufzumuntern, streiche ich über seinen Rücken und entlocke ihm ein Lächeln.
„Okay. Also … Ich habe dir ja schon erzählt, dass ich von der Küste stamme. Paul und ich waren Brüder, er war zwei Jahre jünger als ich und der Liebling meiner Eltern. Er war perfekt, handwerklich begabt und hat die Schreinerei meines Vaters schon früh übernommen. Er war bodenständig, normal und vor allem nicht schwul.“ Jace knetet seine Hände und lacht humorlos. „Ich war das komplette Gegenteil. Bunt, schillernd, laut und was Holz betrifft mit zwei linken Händen gesegnet. Mode war schon immer meins und aus meiner Liebe zu Männern habe ich nie ein Geheimnis gemacht. Ein Skandal in unserem Dorf, glaube mir. Als ich endlich einen Vertrag bekam, waren alle froh, dass ich ging. Bis auf Paul, er stand immer hinter mir. Wir waren wie gute Freunde, unterstützten uns gegenseitig, so wie es zwischen dir und Mike ist. Er war mein Halt, mein Anker in all der wilden, verrückten Zeit. Egal, in welchem Bett ich aufwachte, wie lange die Party dauerte, ein Anruf bei ihm und mein Kopf befand sich wieder in geordneten Bahnen. Wir hatten lange nur telefonischen Kontakt, weil ich mich weigerte, zurückzukommen, obwohl er mich so oft darum bat. Hätte ich

es nur mal getan … Ich sah ihn erst wieder, als es zu spät war. Nach seinem … Unfall."
Er sieht zu Boden und ich sehe, wie schwer ihm das fällt und wie tief die Trauer noch in ihm steckt. „Er wünschte sich ein Quad, so ein richtig schweres Teil, aber das konnte er sich nicht leisten. Also schenkte ich ihm eines zum Geburtstag. Wohl auch, um mein schlechtes Gewissen zu beruhigen, weil ich keiner seiner Einladungen gefolgt bin." Jace wendet sein Gesicht ab, aber ich weiß, er weint. Wie lange trägt er diese Story schon mit sich rum und hat sie unerzählt gelassen? Seine ganz private Hölle. Ich stelle mir vor, wie es wäre, Mike auf so eine Art und Weise zu verlieren, es würde mir das Herz brechen.
„Und dann?"
Er schreckt zusammen und greift nach meiner Hand. „Er ist mit dem Ding auch querfeldein gefahren, hat oft Holz gemacht und war jenseits aller Wege unterwegs. Das war sein Verhängnis. Die Rettung sagte, er sei umgestürzt, als er einen Hang zu schräg angefahren hat. Er wurde unter der Maschine begraben und da er erst Stunden später gefunden wurde, lag er bereits im Koma. Sie konnten ihn am Leben erhalten und operieren. Aber … er kam nicht zurück. Als ich es erfuhr, bin ich sofort heimgeflogen und habe alles getan, was für seine Rehabilitation machbar war. Er bewohnte mit seiner Verlobten ein kleines Häuschen. Ich habe es umbauen lassen, während der Zeit, als er im Krankenhaus lag. Ebenso wie mein Elternhaus. Ich bezahlte die auf Komapatienten spezialisierte Rehaklinik, sämtliche Reha-Maßnahmen, die nicht auf die Kasse liefen, alles. Aber es half nichts. Zu den schweren Kopfverletzungen kamen Infektionen hinzu und schließlich kollabierte seine Lunge. Ein dreiviertel Jahr später wurden die Maschinen abgestellt und er starb." Jace blickt in weite Ferne, sein Gesicht ist voller Gram, aber auch Wut. „Zwei Tage später bin ich gegangen, nachdem man mir nahegelegt hat, dass ich dort unerwünscht wäre. Ich hätte ihn ja schließlich auf dem Gewissen und meine Schuld wäre mit all dem Geld, das ich für ihre Häuser ausgegeben hätte, noch lange nicht bezahlt. Ich sollte einfach verschwinden, weil ich ihnen den einzigen Sohn genommen hätte, der etwas taugt. Das habe ich dann auch gemacht. Ein gutes Jahr habe ich mich in Frankfurt einge-

igelt, gelitten, getrauert und mich fast mit Alkohol, Sex und Zigaretten zugrunde gerichtet. Irgendwann wurde es besser, aus dem Schmerz wurde Hass und ich beschloss, ihnen den Stinkefinger zu zeigen. Ich war nichts wert in ihren Augen, auch recht, aber ich wollte wieder so erfolgreich sein wie zuvor. Auf diese dummen und kleingeistigen Menschen von den Hochglanzcovern der Magazine hinabblicken. Und es hat funktioniert, zumindest fast. Bis mir ein gewisser Herr zum Verhängnis wurde …“ Jace atmet tief durch und ich sehe, wie sich mit der Geschichte etwas in ihm löst. „Das war’s. Mehr gibt es nicht zu erzählen. Es wird Zeit, es völlig hinter mir zu lassen, ändern kann ich ohnehin nichts mehr. Und du hast recht, es war gut, es jetzt loszuwerden.“

„Aber du gibst dir die Schuld an seinem Unfall.“

Jace zuckt mit den Schultern. „Ist auch meine Schuld. Hätte ich ihm diese Höllenmaschine nicht gekauft, wäre er noch am Leben.“

„Er ist gefahren, er wusste sicher, wie gefährlich es kein kann. Und … wenn euer Verhältnis so war wie zwischen mir und Mike, würde er dich schütteln, weil du dir solche Vorwürfe machst.“

Jace lacht leise. „Wahrscheinlich.“

„Du hast keine Schuld und er will sicher nicht, dass du dir jedes Glück verbietest.“

Seine einzige Antwort ist ein Schulterzucken.

„Warst du auf seiner Beerdigung?“

„Nein, ich bin vorher gegangen.“

Es erschüttert mich, wie kalt er das sagt, obwohl ich weiß, dass es ihn mitnimmt. „Du konntest dich nicht verabschieden.“

Es dauert, bis er mir antwortet. „Das habe ich an seinem Bett getan, unzählige Male. Das letzte Mal, als ich ihn sah, hat er gerade aufgehört zu atmen, beziehungsweise die Maschine hat aufgehört. Macht eine Beerdigung also einen Unterschied?“ Jace sieht mich fragend an.

Ich bin froh, jetzt für ihn da sein zu können. „Vielleicht schon, aber es ist nicht mehr zu ändern“, stimme ich ihm nickend zu. „Und deine Eltern? Kein Kontakt mehr?“

„Nein. Es ist gut so. Ich passe nicht in ihre Welt und will es auch gar nicht."

„Okay, ich akzeptiere das natürlich, auch wenn ich es traurig finde."

„Lass es, Dirk, bitte. Ich brauche sie nicht, alles, was mir fehlt, ist Paul."

Wir sehen uns lange an, schließlich reicht er mir wieder die Hand und ich ergreife sie. Es ist ein gutes Gefühl, einfach hier zu sitzen und zu wissen, dass wir beide einen Schritt nach vorne machen.

„Love?"

„Hmmm?"

„Ich freue mich darauf, Lea ein zweiter Papa zu sein, echt. Sie ist entzückend. Lass uns morgen mit unserer Zukunft beginnen."

Ich spüre, dass er nicht länger darüber reden will, und nehme es so hin. Vorbei ist es allerdings nicht und ich habe einen Plan, den ich irgendwann in nächster Zeit umsetzen werde. „Ja, das tun wir. Jetzt komm, fährst du weiter? Ich möchte gerne Chris anrufen, weil ich für Lea ein Bett aus seiner Kollektion haben möchte. Und ich muss Jamie anrufen. In meinem zukünftigen Büro fehlt noch ein wichtiges Accessoire."

Er lacht, aber in seinen Augen kann ich noch eine Spur seines Verlustes sehen. „Ein Bett von Chris? Na, da bin ich aber mal gespannt."

„Er macht tolle Sachen, vielleicht hat er ja Zeit und zeigt uns ein paar Modelle. Wäre ja auch eventuell was für uns."

„Olala." Jace wirft mir einen Seitenblick zu und zwinkert vertraulich, während er den Motor startet. „Lass mich raten. Metallbett? Grrr … da könnte man ja dem Mann seiner Träume eine fesselnde Nacht bieten."

Ich lache, kann mich gar nicht mehr einkriegen und Jace geht es ebenso. Es ist Irrsinn, aber extrem befreiend.

Und ja … dieser Tag ist beides, Abschied und Neuanfang in einem.

62.
Dirk

Zwei Wochen später.

Also, so langsam stellt sich ein gewisser Alltag ein. Was auch gut ist, denn so ein Chaos wie die letzten Wochen brauche ich nicht dauernd. Ich scheine wohl doch alt zu werden.
Obwohl … Jace tut mir verdammt gut und neben den Wandfarben und meiner Kleidung hat er sich auch meinem körperlichen Wohlbefinden angenommen. Na ja, ich meine jetzt, außer diesem sehr ausdauernden, schweißtreibenden Sex.
Nein, neben Bettwäsche und Kondomen hat er mir beim ersten Großeinkauf auch gleich Sportschuhe aufs Auge gedrückt und seine Drohung, mit mir Joggen zu gehen, am nächsten Tag in die Tat umgesetzt. Aber ich muss ihm zugestehen, dass es mir a: guttut und b: Spaß macht.
Heute habe ich allerdings sporttechnisch frei. *Mann* muss ja nicht alles übertreiben. Da Sport aber zu Jace' täglicher Routine gehört, treibt er sich gerade mit Jamie im Studio herum. Sie verstehen sich wirklich ausgesprochen gut und arbeiten viel zusammen. Worüber ich echt glücklich bin. Und ich bin nach wie vor froh, dass mein Schwager extrem geduldig mit uns und mir im Speziellen war, weil mir Mike in den letzten Wochen so viel von seiner Zeit gewidmet hat. Aber das wird sich bald legen.
Heute Vormittag gehen wir unseren eigenen Dingen nach, was mir Gelegenheit gibt, im Büro zu arbeiten. Später sind wir alle hier verabredet, um essen zu gehen und unseren letzten Tag zusammen zu genießen. Ja, der Alltag hält tatsächlich Einzug. Morgen wird mein Freund mit Mike und Jamie nach LA fliegen, um dort diverse Fotostrecken und Werbekampagnen zu machen. Die ich ihm besorgt habe, so ganz nebenbei. Wir haben echt Glück, dass sein Filmchen recht schnell, weil es eben nur zwei Sequenzen waren, wieder in der Versenkung verschwunden ist und außerdem … die Bilder, die Jamie zuletzt von ihm ins Netz gestellt hat, sind ohnehin viel heißer. Seine neu aufgebauten Twitter- und Facebookseiten platzen aus allen Nähten und es macht mir grandiosen Spaß, seine Internetpräsenz zu verwalten.

Und nicht nur seine. Ich habe jetzt auch Zugriff auf Mikes und Jamies, worüber sie froh sind. Sie posten jetzt lediglich ihre privaten Sachen, alles Geschäftliche und Werbung für ihre Projekte übernehme ich. Das ist auch perfekt, weil ich so ihren Fans häppchenweise den Mund wässrig machen kann auf Jamies baldige Rückkehr auf die Leinwand, beziehungsweise das Bett. Schon witzig, wer hätte gedacht, dass ich jetzt mit der Planung für einen exklusiven Porno betraut bin? Ich sicher nicht, aber die zwei haben mit dem Label wirklich gewartet, bis ich mit an Bord bin.
Ich bin echt gespannt, wie ich die nächsten Wochen hier so alleine bewältige. Auf meinem Gesicht spüre ich ein Grinsen. Es ist ja nicht so, dass ich neben dem Management der drei nichts zu tun hätte, im Gegenteil. Scheinbar haben viele von Mikes Kollegen nur darauf gewartet, dass ich endlich in die Gänge komme, weil ich mich vor Anfragen kaum noch retten kann. Es läuft, woran auch Jace seinen Verdienst hat. Er ist tatsächlich ein Kenner der Szene, was Werbung angeht, und hat mir viele neue und wichtige Kontakte vermittelt. Wir haben längst besprochen, dass er, wenn er mit der Modelkarriere zurückfährt, bei mir einsteigt.
So unglaublich viel Neues ist passiert oder passiert gerade eben. Nächstes Wochenende kommt Lea das erste Mal zu mir. Ich freue mich riesig, auch wenn Jace nicht dabei sein wird. Aber es wird toll werden und ich habe die ganze Zeit nur für sie reserviert, um ihr meine neue Heimat zu zeigen. Ihr Zimmer ist ein hellblauer Traum mit einem gemalten Märchenwald an einer Seite und einem Traumbett mit einem weißen Baldachin. Jace hat jedes Möbelstück mit ihr besprochen und nach ihren Wünschen gefragt. Sein Elan diesbezüglich war richtig entzückend, umso mehr bedauert er es, bei ihrem Besuch nicht hier zu sein. Wenn sie da ist, werden wir an den Bodensee fahren und einfach Spaß haben, vielleicht mit einem Boot rausfahren. Roman hat uns auf den Reiterhof eingeladen und ihr eine Reitstunde versprochen. Ich denke, das wird ihr gefallen.
Ein Blick auf die Uhr zeigt mir, dass ich noch eine halbe Stunde Zeit habe. Ich muss die Datei der Models aktualisieren und meinen Typenordner ebenfalls. Ein Tick von mir. Ich brauche

Bilder zu den Männern, das ist für mich greifbarer als lediglich die Sedcard.
Und später bekommt endlich die jungfräulich weiße Wand hinter meinem Schreibtisch ihr Bild. Auf der Rückfahrt von dem denkwürdigen Trip nach München habe ich bei Jamie mein Wunschbild bestellt, allerdings nicht per Telefon, sondern per SMS, weil ich Jace auch überraschen will. Das Motiv hat für mich eine besondere Bedeutung in vielerlei Hinsicht.
Da Jamie die Möglichkeit fehlt, das Foto aufzuziehen, hat er es an einen Spezialisten weitergeleitet, der es auch ausliefert und gleich aufhängt. Wird auch gut sein, weil es doch eine Größe besitzt, die mit Hammer und Nagel nicht zu bewältigen ist.
Das wird heute noch passieren, danach gehen wir dann essen, ein wenig feiern und lassen den Tag ausklingen. Einfach perfekt. Da ihr Flug morgen um die Mittagszeit geht, habe ich Jace eine letzte Nacht bei mir.
Wieder muss ich grinsen.
Wie sich das anhört! Eine letzte Nacht … Himmel, noch vor drei Wochen gab es uns gar nicht und jetzt? Tatsache ist: Es ist perfekt! Wir passen wunderbar zusammen, ergänzen uns super, haben viele ähnliche Interessen und auch beruflich stimmt alles. Das hat diese kurze Zeitspanne bereits deutlich gemacht.
Wir haben uns beide verändert, sagt auch mein Bruder. Jace ist gelassener geworden, wirkt nicht mehr so gehetzt und kühl, lacht mehr. Über seinen Verlust haben wir noch öfters geredet, und mit jedem Mal wurde er ruhiger und konnte mehr loslassen. Seine Selbstzweifel verschwinden und er lebt jetzt völlig im Hier und Jetzt. Was mich zu meinem Urlaubsplan bringt, der aber noch topsecret ist und nur in meinem Kopf besteht. Ja, schon auf dem Rastplatz hatte ich diese Idee, und so wie sich meine finanzielle Lage jetzt darstellt, kann ich sie umsetzen.
Wir sind tatsächlich beieinander angekommen und glücklich. Und wie Jace am Anfang sagte … Ich muss nicht jedem auf die Nase binden, dass ich in einer schwulen Beziehung lebe. Meine Unsicherheit diesbezüglich hat sich schnell gelegt. Ich bin vergeben und liebe einen Menschen. Mehr gibt es dazu nicht zu sagen.

Selbst Melanie hat aufgehört, darauf herumzuhacken, aber das kann auch nur eine trügerische Ruhe sein. Ich weiß es nicht und es ist mir auch gleichgültig. Die Scheidung läuft und in ein paar Monaten werde ich auch auf dem Papier frei für Jace sein. Wichtig ist allein Lea und das klappt hervorragend. Wir skypen oft und sie redet mit Jace wie mit einem guten Freund. Oft lasse ich sie auch alleine quatschen und bin einfach nur happy, wie toll er das mit ihr macht.

Ich bin fast fertig, als die drei eintreffen. Jace begrüßt mich mit einem Kuss und einer Umarmung. Die Stimmung ist gelöst und wir begutachten etliche Bewerbungen auf meinem Schreibtisch. Wir wollen noch die Lieferung des Bildes abwarten, ehe wir zum Essen gehen. Es dürfte eigentlich jede Minute kommen.
Gerade frotzeln Mike und Jace über einen Bewerber, der in ihren Augen nicht so gut passt, als ich den Türschnapper höre und mich erwartungsfroh herumdrehe.
Nun ja … mir bleibt wohl das Gesicht stehen, weil die eintretenden Personen statt einer Begrüßung lachen.
Inzwischen haben alle bemerkt, dass jemand gekommen ist, und das Gespräch am Schreibtisch verstummt. Mike und Jamie drehen sich um und reagieren gefasster als ich. Auch Jace wendet sich den Neuankömmlingen zu, sieht mich dann allerdings verwirrt an, weil Mike an die Tür geht und beide umarmt.
Meine Eltern!
Okay! Jetzt fühle ich mich tatsächlich wie fünfzehn! Sie wissen natürlich, dass ich mit Jace zusammen bin, aber sie haben ihn noch nicht persönlich getroffen. Das war mir bisher irgendwie zu früh, zu intim. Keine Ahnung. Es ist, obwohl ich weiß, wie sie dazu stehen, etwas anderes, einen Mann vorzustellen, wenn man bis dato verheiratet war und nie seine Neigung zur Debatte gestellt hat. Ich weiß nicht … es fühlte sich einfach doof an.
Wobei diese Situation hier auch nicht viel besser ist. Aber da müssen wir jetzt alle durch. Ich gehe ihnen entgegen und nehme zuerst meine Mutter und dann meinen Vater in den Arm.
„Was treibt euch denn her?“, will ich wissen.

Meine Mum schüttelt den Kopf. „Seit wann bist du so unhöflich? Willst du uns nicht erst einmal den jungen Mann vorstellen?“
AUTSCH! Ich verziehe entschuldigend das Gesicht, sowohl in ihre Richtung als auch in Jace’. Aber er lächelt meinen Fauxpas gekonnt weg und kommt stattdessen näher.
Völlig unbefangen streckt er meiner Mutter die Hand hin. „Hallo. Ich bin Jace, Jace Stolz. Ich freue mich, Sie kennenzulernen.“
Meine Mum ergreift die Hand, schüttelt sie kurz, nur um ihn dann kurzerhand zu umarmen. Jamie kichert und lehnt sich an Mike. Von seinem Standpunkt aus hat er freien Blick auf Jace’ Gesicht, das zweifelsfrei komplette Überraschung ausstrahlen dürfte.
Dann mein Vater, er klopft mir auf die Schulter und begrüßt Jace ebenso freundlich. „Und nun zu deiner Frage, was wir hier wollen.“
Ich verziehe ein weiteres Mal das Gesicht.
„Mike hat uns verraten, dass sie morgen wieder in die Staaten fliegen und deinen … Mann mitnehmen. Da du es ja nicht für nötig befunden hast, ihn uns vorzustellen, mussten wir selbst tätig werden.“
Ich höre das winzige Zögern und muss lächeln. Er schlägt sich wirklich tapfer. „Tut mir leid. Es war so viel zu tun.“ Ich deute auf den Raum, dem man das Chaos zum Glück noch etwas ansieht, so ist diese Ausrede wenigstens glaubhaft.
Mein Vater sieht sich um. „Gut … dann lass ich das mal gelten.“
Himmel … Bin ich schon immer so ein mieser Lügner gewesen?
Jace lacht und streicht über meinen Oberarm. „Es war wirklich sehr viel los und wir hatten kaum Zeit, alles auf die Reihe zu bekommen, ehe ich mal wieder arbeiten sollte. Aber es ist schön, dass Sie hier sind.“
„Jap. Das ist es. Wir wäre es, wenn ihr uns zum Essen begleitet?“, fragt Mike und legt einen Arm um Mum. Sie wirkt regelrecht winzig neben ihm und verschwindet in seiner Umarmung.
„Das wäre eine nette Idee. Und danach kannst du uns deine Wohnung zeigen.“

„Klar, mache ich."
Die Tür geht ein weiteres Mal auf und ein fremder Mann streckt den Kopf herein. „Hallo? Bin ich hier richtig? Ich suche einen Herrn Dohlinger?"
Mike und ich antworten beide gleichzeitig und lachen. „Sie meinen wohl in dem Fall mich."
„Okay. Ich bringe das bestellte Bild."
Mir wird leicht warm und Jamies Feixen macht es nicht leichter. Es ist für meine Eltern nicht so ganz einfach, meinen Bruder zu Hause zu besuchen. Die vielen Akte kann man auf Dauer nicht krampfhaft ignorieren, so peinlich es vor allem Dad auch ist. Und jetzt ein Bild von dem Mann an meiner Seite? Nein, das muss ich ihnen nicht zumuten. „Ja, danke. Wenn Sie noch einen Augenblick warten würden?"
Der Mann nickt und verlässt mein Büro wieder. Durch die Scheibe sehe ich, wie er zu einem Transporter geht und die hintere Klappe öffnet. Gut vertäut lehnt das Bild, das ich auf Metall aufgezogen haben wollte, an der Wand. Ja, das ist definitiv eine Sache, die ich alleine mit Jace hinter mich bringen will.
„Okay. Mike? Jamie? Warum schnappt ihr euch nicht Mum und Dad, geht schon mal vor und besetzt einen Tisch? Sobald das Bild hängt, kommen wir nach. Wie wäre das?"
Mein Vater verschränkt die Arme vor der Brust und lächelt. „Du willst uns loswerden, nicht wahr?"
Ich seufze. „Ja … Tut mir leid, ihr könnt es euch später gern ansehen, aber … na ja."
Meine Mum winkt ab und hakt sich bei Mike unter, der bereits an der Tür ist und sie aufhält. „Das werden wir auch machen und wenn das Bild aus Jamies Atelier stammt, ist es die Wartezeit wert."
Ich verziehe verzweifelt das Gesicht und beobachte Jace, der sich vor Lachen kaum noch beherrschen kann. Er boxt mich auf den Oberarm. Als Antwort ziehe ich ihn an mich und umarme ihn kurz. Ein seltsames Gefühl, aber ich will ihm diese Nähe geben, egal wer uns sieht.
Und es beobachtet uns wirklich jemand. Meine Mum hat an der Tür angehalten und mustert uns lächelnd. Ein offenes, freundliches Lächeln, das uns beiden ihre Zuneigung zeigt. Ja, sie steht

wirklich hinter mir und meiner Entscheidung für diese Beziehung, auch wenn Lea jetzt, zu ihrem Bedauern, ihr einziges Enkelkind bleiben wird.
„Also …“ beginnt sie und lässt ihren Blick über uns vier gleiten. „Man kann sagen was man will, aber eines ist unbestreitbar: Ich habe wohl mit Abstand die hübschesten Schwiegersöhne, die man sich wünschen kann.“
Wir prusten alle los. Es tut so gut, gemeinsam zu lachen, und das tun wir ausgiebig. Ich hätte wirklich mit allem gerechnet, aber niemals im Leben mit so einem Spruch. Tja, Mike und ich haben unsere Schlagfertigkeit nicht gestohlen.

Nach kurzer Zeit stehe ich mit Jace alleine im Büro und ziehe ihn an mich. Arm in Arm sehen wir uns an, er strahlt, wie meistens in letzter Zeit. Ich sehe ihm das Glück an und hoffe jedes Mal, dass er in meinem Gesicht das gleiche erkennt.
„Deine Leute sind nett. Ich hätte nie gedacht, dass sie mich so gut aufnehmen.“
„Glaube mir, ich auch nicht. Jamie hatte es bedeutend schwerer. Es tut mir nur leid, dass du da so unvorbereitet reingeschlittert bist. Ich wusste echt nicht, dass sie kommen.“
„Kein Problem, so war ich wenigstens nicht nervös und habe bei einem offiziellen Kaffee irgendwas verschüttet oder Sonstiges vor lauter Panik angestellt.“
Ich lache und raube ihm einen kurzen Kuss. „Du bist Profi, das merkt man. Sollen wir jetzt das Bild aufhängen lassen?“
Jace nickt und streicht über meinen Rücken. „Ja. Ich bin schon gespannt, was du ausgesucht hast.“
„Oh … Na dann.“
Nach einem letzten Kuss gehe ich nach draußen und rufe den Mann. Da das Bild recht sperrig ist, helfen wir ihm, es reinzutragen und auszupacken. Schließlich lehnt es an der Wand, an der es demnächst hängen soll, und wir betrachten es.
Ich mustere lächelnd Jace völlig verdattertes Gesicht. „Und? Zufrieden mit meiner Wahl?“
„Ähm …“ Er kratzt sich am Kopf. „Auf dieses wäre ich jetzt irgendwie gar nicht gekommen.“

„Ich mag es. Irgendwie … Mal abgesehen davon, dass der Mann darauf eine Wucht ist, finde ich, es zeigt, dass man sich mehr auf sich konzentrieren sollte als auf das, was die anderen Leute sagen.“ Ich sehe zu ihm hinüber. „Verstehst du, was ich meine?“
„Ich glaube schon. Höre auf dein Herz.“
Ich werfe dramatisch die Arme in die Luft. „Du hast es wieder perfekt in Worte gepackt.“
„Hey … ich habe mehr zu bieten als nur einen heißen Body.“
Wir lachen, umarmen uns und gehen dann dem Mann beim Aufhängen zur Hand. Schließlich hängt es und ich bin mehr als zufrieden.
Ich mag diese Szene. Es ist eines der ersten Bilder, die ich von Jace gesehen habe, und es ist schlicht perfekt. Das Motiv in dem Münchner Hotel. Jamie hat den nackten, wunderschönen Mann von draußen auf der Straße fotografiert, wie er selbstvergessen seine Kleidung in der Hand hält. Es ist ein ruhiges, erotisches Stillleben. Ein Bild, das ein Versprechen enthält, Geheimnisse, den Gegensatz zwischen Ruhe und der Hektik der Straße. Einfach schön.
„Tolles Foto“, wirft der Handwerker ein. „Kennen sie den Kerl? Also, ich würde mich nicht trauen, mich so ablichten zu lassen.“
Ich grinse vor mich hin und drehe mich zu Jace um, der gegenüber am Regal steht und einen Ordner hineinstellt. Wir sehen uns an, lange, versinken in dieser geheimnisvollen Bindung, die alle Liebenden dieser Welt kennen.
„Ja, ich kenne ihn. Ziemlich gut sogar. Das ist mein Mann!“
Mein Mann! Worte, die mich mit unbändigem Stolz erfüllen. Jetzt lächelt er, schluckt und wischt sich kurz über die Augen.
Ich weiß, was in ihm vorgeht, kann jede Regung in seinem ebenmäßigen Gesicht ablesen. Eine Zufallsbegegnung, vom Schicksal aus einer Laune heraus geboren, die unser beider Leben auf den Kopf gestellt hat.
Ich bin froh drum, froh, dass ich mich damals von Mike habe breitschlagen lassen, das Casting zu übernehmen. Was für ein Schock war es, diesen Mann das erste Mal zu sehen, wie er da strotzend vor Selbstbewusstsein seine Mappe hingelegt hat. Dieses freche Grinsen, die sexy Ausstrahlung und dieser Blick, der mir durch und durch ging.

Amber.
Verrückt.
Vielleicht wussten mein Herz und mein Unterbewusstsein damals schon, dass er der einzige Weg für mich sein würde.
Mein Weg und die große Liebe, nach der ich mich insgeheim gesehnt habe.
Wie sagte Mike zu mir? Der erste Schritt ist immer der schwerste.
Das stimmt, aber man sollte ihn dennoch wagen, auch wenn es Zeit dauert, bis man den Mut dafür findet.

Das Leben ist eine Reise, es gibt schöne Strecken, langweilige, holprige und dunkle. Wichtig ist nur, dass man nicht stehen bleibt.
Ich habe nun endlich die richtige Abzweigung genommen und gehe in der Sonne.
Mit Jace, mit meinem Mann!

63.
Jace

Kann man vor Glück platzen? Ich hoffe nicht, weil mir dann wirklich vieles entgehen würde.
Zwei Wochen sind wir jetzt zusammen, aber es fühlt sich an, als wäre es schon immer so gewesen. Es läuft einfach prima, wir ergänzen uns prächtig und haben Spaß miteinander. Nicht nur im Bett, sondern auch bei der Arbeit. Dirk ist völlig in seinem Element, wenn er Termine planen und Aufträge an Land ziehen kann. Er sprüht vor Eifer und Elan, was mir unheimlich gut gefällt.
Der einzige Wermutstropfen ist die Tatsache, dass ich morgen nach Amerika fliege. Ich will nicht gehen, will eigentlich nur noch an seiner Seite sein und jede Sekunde unserer Liebe ausleben. Was natürlich völlig kindisch ist, aber so ist es wohl, wenn man bis in die Haarspitzen verliebt ist.
Aber ich kann wiederkommen, nein, heimkommen. Nur ein paar Wochen in den Staaten, neue Aufträge und mit Jamie an diesem Erotikbildband arbeiten. Darauf freue ich mich. Ich bin einer von vielen Erotikstars, die sich ablichten lassen, und der Erlös kommt einer Aidsstiftung zugute.
Und dann der heutige Tag. Mann, bin ich erschrocken, als plötzlich seine Eltern hier standen. Aber sie sind nett, sind über ihren Schatten gesprungen und haben mich einfach so angenommen. Ich freue mich auf das Essen später, der perfekte Ausklang und eine passende Gelegenheit, sich in ungezwungener Runde kennenzulernen.
Aber jetzt gerade kann ich irgendwie gar nicht reagieren. Dirks letzter Satz lässt mein Blut schneller durch meine Adern fließen und ich spüre, wie ich erröte.
Mein Mann! Er hat mich als seinen Mann betitelt, und das vor diesem Handwerker. Ich weiß, nur eine winzige Kleinigkeit, aber sie bedeutet mir unheimlich viel.
Dass mich Dirk eines Tages so nennt, war ja mein geheimer Plan. Es jetzt zu hören, ist für mich ein Wunder. Und so schnell … ohne Worte.

Sein Mann! Ja, das bin ich mit ganzem Herzen. Vielleicht war es eine Vorahnung damals, als ich vor dem Tisch stand und meine veraltete Mappe hinlegte. Im Vorfeld habe ich daran gezweifelt, ob es Sinn macht, sich zu bewerben, weil ich mir im Grunde keine Chancen ausmalte und erst nach einigem Zögern hingegangen bin. Aber dann war er da! Diese Begegnung war anders, er war anders. Sein Blick traf einen Punkt in mir, den ich immer verleugnet habe, bei mir und bei jedem Mann, dem ich vorher begegnet bin. Ich suchte nicht nach Liebe, nie zuvor, weil ich dachte, dass sie nichts als Schwierigkeiten macht. Trotzdem gab es ihn, den geheimen, dunklen und versteckten Ort in meiner Seele, der sich nach Liebe und Geborgenheit sehnte und bei Dirks Anblick in helle Aufregung geriet.
Jetzt habe ich das alles und fühle mich ganz.
Es war ein harter Weg mit vielen Tränen, aber auch Stunden voller Leidenschaft, die niemals oberflächlich war. Ich bin froh um den Schmerz, ich weiß, das hört sich dumm an, aber es ist so. Eine Liebe, die so tief geht wie die unsere und die Macht hat, Leben zu verändern, muss vielleicht mit Schmerz verdient werden. Dieses innige Gefühl muss Wertschätzung und Respekt verdienen. Und das tut sie.
Wir haben geliebt, gelitten und gekämpft, beide. Wir sind über Schatten gesprungen, haben neue Wege betreten und alte, ausgetretene Pfade zögernd hinter uns gelassen. Wir sind daran gewachsen, wissen, was wir aneinander haben, und kämpfen darum, dass es so bleibt.
Dirks warme, braune, Geborgenheit versprechende Augen …
Wir sehen uns immer noch an, nach diesem bedeutungsvollen Satz, nichts anderes zählt. Die Zeit scheint still zu stehen und zwischen uns fließen Gefühle, als würden wir miteinander sprechen.
„Ich liebe dich“, lasse ich ihn ohne Worte wissen und er lächelt, als habe er mich gehört.
Sind Tränen kindisch? Ich weiß es nicht, nur, dass ich gerade heulen könnte vor Glück.
Dirk durchquert langsam den Raum, kommt zu mir und raubt mir mit seiner starken Präsenz wie immer den Atem. Ganz

sachte legt er eine Hand auf meine Wange, dreht mein Gesicht so, dass das Licht der Straße darauf fällt.
„Alles gut, Amber?", fragt er sachte und lächelt mich an.
Dieses Lächeln! Diese Fürsorge und Achtsamkeit in jeder Geste, jeder Berührung lassen mein Herz schmelzen. Das ist er! Mein Fels in der Brandung, mein Ruhepol, mein Traummann.
Ich bin angekommen! Voll und ganz.
„Ja. Es ist alles perfekt."
Mit einem Seufzen zieht er mich an seinen warmen, starken Körper und umschlingt mich. Ich schließe meine Augen, lächle die Tränen weg, weil ich weiß, er würde sich unnötige Sorgen machen.
Muss er aber nicht.
Paul fällt mir ein, wie so oft, seit ich Dirk von ihm berichtet habe. Ich möchte ihm gern erzählen, dass ich es gefunden habe, das große Glück, und dass er sich keine Sorgen mehr um mich machen muss. Ich weiß, er würde sich mit mir freuen und Dirk sympathisch finden.
Ich weiß es und das lindert den Schmerz über seinen Verlust.
Es tut nicht mehr so weh und ich fühle mich nicht mehr schuldig, dank Dirk.
Alles ist gut.
Die Reise hat eben erst begonnen und jetzt endlich kann ich die Vergangenheit hinter mir lassen und mit ihm zusammen und seiner Tochter in die Zukunft sehen.

Es gibt Dinge, für die lohnt es sich, zu kämpfen, auch wenn die Chancen schlecht stehen und man keine Hoffnung mehr hat. Macht es dennoch, weil eine vertane Chance noch viel schlimmer ist.
Liebe ist das größte aller Wagnisse, sie kann dir alles nehmen. Und dennoch ist sie das größte Geschenk.

ENDE

Epilog
Dirk

Drei Monate später.

Ich fahre grinsend die enge Straße zu Mikes Hof hinauf. Zweige streichen über das Dach des Wagens und mir wird wieder klar, wie groß dieses Teil im Grunde ist.
Egal. Die Geschäfte laufen gut und ich konnte einfach nicht widerstehen, dieses Gefährt zu kaufen. Mag es auch etwas überdimensioniert sein und nicht ganz der gängigen Camperromantik entsprechen, so hat es dafür einen gewissen Luxus. Und den will ich Jace einfach bieten.
Tja, was soll ich sagen. Ein viertel Jahr währt unsere Beziehung nun schon. Drei Monate, die nicht nur einfach waren, sondern auch etliche Diskussionspunkte mit sich brachten. Aber, und das ist das Wichtigste, wir sind glücklich und hegen beide keine Zweifel an uns. Stress gab es leider sehr oft wegen Melanie, die es uns, wie ich schon vermutet habe, alles andere als leicht macht. Mal klappt die Abholung von meiner Tochter nicht, mal schiebt sie Termine dazwischen und so weiter. Aber ich beiße mich durch, lasse mir nichts zuschulden kommen und lächle, auch wenn mir dabei fast die Backen abfallen. Jace ist es dann immer, der versucht zu schlichten und mich beruhigt, auch wenn es ihn genauso nervt wie mich.
Ansonsten gibt es hin und wieder Unstimmigkeiten, was Kleidung und Freizeitgestaltung angeht. Wie sagt Mike öfters: Gewöhn dir den Stock im Arsch einfach ab, damit kommst du bei Jace nicht weit.
Tja, wo er recht hat, hat er recht. Jace ist ähnlich extrovertiert wie Jamie, geht gerne aus und macht die Tanzflächen unsicher. Ich eben nicht, gut, ab und zu ist das okay, aber nicht jedes Wochenende. Das führt dann zu unterhaltsamen Kabbeleien, die nie richtig ernst gemeint sind.
Bei Modefragen mache ich mir regelmäßig den Spaß, ihn auflaufen zu lassen, wenn er mit aller Gewalt Farbe in meine Garderobe bringen will. Ehrlich … mir gefällt, was er vorschlägt, und ich will ja schließlich nicht neben ihm aussehen wie sein Anwalt.

Aber ich ziere mich hin und wieder zum Spaß, weil ich es genieße, wenn Jace als Modeberater zu Hochtouren aufläuft. Ich befürchte nur, das klappt nicht mehr lange. Er hat meine Spielchen längst durchschaut.
Drei Monate.
Unfassbar, was sich alles verändert hat, wenn ich an das letzte Jahr zurückdenke. Mein Nachfolger im Architekturbüro hat sich hervorragend eingearbeitet und lediglich im ersten Monat hin und wieder angerufen, um Details zu erfragen. Ich habe jetzt nichts mehr damit zu tun und wenn, dann übernimmt mein Dad die Beratung. Ich denke, er ist froh, wieder mehr involviert zu sein, der Ruhestand allein war ihm nicht genug, was auch meine Mum in etlichen Gesprächen bestätigt.
Bei mir läuft es also hervorragend. Demnächst stelle ich unsere Agentur auf einer deutschen Erotikmesse vor, um vollends hier Fuß zu fassen. Wir planen ein europäisches Label, das völlig unabhängig von Amerika arbeitet. Mal sehen, Pläne haben wir genügend, jetzt müssen sie nur noch nach und nach umgesetzt werden.
Aber jetzt ist erst mal Urlaub angesagt. Den haben wir uns verdient, nach all den Veränderungen und der vielen Arbeit der letzten Wochen. Jace weiß, dass ich mit ihm wieder ans Meer möchte. Wir haben oft darüber geredet, unseren gemeinsamen Urlaubstraum in die Tat umzusetzen. Das schon, nur, dass ich ein Wohnmobil gekauft habe, soll eine Überraschung für ihn sein. Morgen geht es dann gleich los. Zu Hause stehen schon die gepackten Koffer und das nötige Zubehör habe ich ebenfalls im Geheimen erstanden und vorhin eingeräumt. Was er auch nicht ahnt, ist eins der Ziele unseres Trips. Das wird auch so bleiben, weil ich nicht sicher bin, ob er widerstandslos mitmacht. Aber ich will es einfach, weil ich glaube, er braucht das. Auch wenn er viel zu stolz ist, um etwas Derartiges zuzugeben.

Ich fahre auf den freien Platz vor Mikes Haus und stelle mich vor die geparkten Autos. Mit viel Glück ist Jace noch mit Jamie im Fotostudio und sieht die Überraschung erst, wenn ich ihn heraushole.

Ich gehe zur Haustür, die, wie meistens, wenn sie zuhause sind, nicht abgeschlossen ist. Stille empfängt mich. Conan widmet mir nur einen kurzen Blick und ein zaghaftes Schwanzwedeln. Er liegt mitten im Wohnzimmer auf dem kühlen Parkettboden.
Keiner da. Gerade, als ich Richtung Studio gehen will, sehe ich auf dem Esstisch etliche Fotoausdrucke. Neugierig trete ich näher und bin echt gespannt. Ich weiß, Jamie wollte mit Jace ein paar experimentelle Sachen probieren, was genau, konnte er nicht benennen, es ging wohl um Farben und Detailaufnahmen …
Die Tür zum Studio öffnet sich und ich höre Schritte, die sich dem Wohnzimmer nähern. Ich sollte reagieren, nicht, dass man mich nicht erwarten würde. Ich kann aber gerade nicht. Aus den Augenwinkeln bemerke ich Mikes beeindruckende Statur und lasse langsam die Luft aus meinen Lungen entweichen.
Er sieht mich und was ich in der Hand halte, kommt näher und legt mir vertraulich einen Arm um die Schulter.
„Äh … bist du dir sicher, dass man die zwei gefahrlos für Stunden in einem Fotostudio vergessen sollte?“
Er kichert und wischt mit einer Hand die Bilder auseinander. Großer Gott!
„Da haben wir zweifelsfrei zwei megaheiße Kerle und bei dem Ergebnis gehe ich das Wagnis gerne ein. Aber … was mich viel mehr verwirrt, ist dieses Hemd.“
Jetzt ist es an mir, zu lachen, auch wenn ich meinen Blick nicht von dem Bild in meiner Hand nehmen kann. Hammer! Jace und Jamie stehen dicht voreinander, so dicht, dass es scheint, als ob der Fotograf sie bei einem Kuss stört. Ihre Gesichter berühren sich beinahe, sie sehen jedoch in die Kamera. Auf beiden Mienen ein sinnlich-lasziver Ausdruck. Diese Bilder strotzen nur so vor Erotik.
„Hey … Du kannst ihn später live anschmachten. Antworte mir. Wie zum Henker kommst du zu so einem Hemd?“
„Gefällt es dir?“ Endlich schaffe ich es, den Druck auf den Tisch zurückzulegen, und sehe meinen Bruder amüsiert an.
Scin Gesicht sieht aus, als habe er in eine Zitrone gebissen. „Also … ich weiß nicht, vorher nur grau, weiß und schwarz und jetzt … Pink?“

„Vorsicht! Das ist kein Pink, sondern Magenta, musste ich mir sagen lassen."
Mike kratzt sich am Kopf. „Macht nicht wirklich einen Unterschied."
„Brüderchen … Mein Mann ist Model, da muss ich hin und wieder neue Wege gehen." Genau in dem Moment, als ich den Satz sage, geht die Tür zum Studio auf und unsere beiden Männer kommen ins Wohnzimmer.
„Ich liebe es, wenn du *dein Mann* sagst." Jamie.
„Frag mich mal", kommt von Jace und sie betreten das Wohnzimmer.
„Ui! Du hast es tatsächlich an. Wahnsinn." Jace kommt zu mir und küsst mich auf den Mund.
„Aha. Dann hast du es ihm aufgeschwatzt?", fragt Mike und grinst immer noch.
„Ja." Jace bleibt vor mir stehen und streicht über das Revers des Kleidungsstückes. „Die warme Farbe passt hervorragend zu seinen dunklen Augen und dem Teint seiner Haut."
Neben uns erklingt Kichern in Stereo.
„Die zwei sind soooo süß." Jamies Stimme nimmt einen Kleinjungenton an.
„Ich bin nicht …"
„Ich bin nicht süß."
Wir sehen uns an und lachen.
„Also, egal was Jamie auch veranstalten würde, ich zieh so was nicht an."
„Musst du auch nicht, mein stolzer Wikinger, es reicht, wenn ich hin und wieder pink trage", erwidert Jamie und ruft bei Mike ein Stirnrunzeln hervor.
„Du hast keine rosa Kleidungsstücke, das wüsste ich."
Jace stöhnt laut. „Leute … das ist Magenta! Ihr seid solche Banausen."
Wir lachen wieder. Ich mag diese Szenen, völlig entspannt und ungestellt.
„Dann eben Magenta. Aber ich habe dennoch pinke Sachen … *Reizwäsche*!"
Okay, jetzt hat er unsere ungeteilte Aufmerksamkeit, aber wohl aus völlig unterschiedlichen Gründen. Mike wirkt nachdenklich,

als ob er den Inhalt ihres Kleiderschrankes durchgeht, Jace ist definitiv neugierig und ich bekomme leichtes Muffensausen, weil es jetzt sicher wieder um irgendetwas Schlüpfriges geht.
„Erzähl“, fordert Jace dann auch tatsächlich. Mike lacht und knufft mich an der Schulter, als ich stöhne.
Jamie zwinkert mir zu. „Du weißt doch, Babe. Dieser knappe String mit dem Band, das nur über eine Hüfte geht.“
Mike prustet los. „Ach so … dieser Eierwärmer am Strick. Das ist ein Witz, der ist so knapp, da fällt alles raus.“
„Bei dir schon, ist ja kein Wunder. Bei mir geht es gerade so.“
„Dafür trägst du ihn aber selten …“
Ich seufze resigniert, schnappe mir Jace’ Hand und ziehe ihn aus dem Raum. „Lass die zwei quatschen. Ich habe eine Überraschung für dich, Liebling.“
„Echt?“ Er strahlt mich an. Wie immer faszinieren mich seine leuchtenden Bernsteinaugen. Ich beuge mich zu ihm und raube ihm einen kurzen Kuss.
„Echt!“
Mehr muss ich auch gar nicht sagen, weil wir die Haustür erreicht haben und meine Überraschung groß genug ist, um sofort gesehen zu werden. Tatsächlich tritt er über die Schwelle, bleibt so abrupt stehen, dass ich in ihn hineinlaufe, und entlässt mit einem lauten „Uff“ die Luft aus seinen Lungen.
Ich stelle mich neben ihn. Jace sieht mich mit riesigen Augen und einem total überraschten Gesichtsausdruck an, der mich komplett verunsichert.
„Zu groß?“, frage ich leise und finde mich innerhalb einer Sekunde in seinen Armen wieder.
„Ja! Ich meine, nein. Das ist einfach unglaublich. Hast du es gemietet?“
Ich kratze mich am Kopf. „Äh, nein. Es gehört uns!“
„Wow. Okay … jetzt bin ich sprachlos.“
„Holla die Waldfee. Als du sagtest, du willst ein Wohnmobil kaufen, wusste ich nicht, dass es ein Reisebus wird.“ Mikes und Jamie sind uns inzwischen gefolgt. „Aber heißer Schlitten.“
„Ja, ich konnte einfach nicht widerstehen. Gilt dein Angebot noch, es in deiner Scheune unterstellen zu können?“

Mike nickt und streicht sich über das Kinn. „Ja, aber das heißt, wir müssen sie zeitnah umbauen."
„Boah … Ich freue mich riesig", jubelt Jace und schlüpft wieder in meine Arme.
„Dann bin ich erleichtert. Wir sollten uns auch langsam auf den Heimweg machen, damit wir morgen in aller Frühe los können. Seid ihr fertig?", wende ich mich an Jamie, der nur lächelnd nickt.
„Ja, sind wir", antwortet Jace und lässt mich los.
Er geht nach drinnen, um seine Jacke zu holen, während ich mich bereits verabschiede. Minuten später sind wir unterwegs.

Früh morgens geht es dann los Richtung Norden. Wir lassen uns Zeit, machen oft Pause und diskutieren über das Endziel. Es ist längst klar, dass wir die drei Wochen nicht an einem Platz verbringen wollen.
Ich lasse Jace reden und planen, höre mir seine Vorschläge an und stimme ihm zu, auch wenn ich für die ersten Tage bereits einen Stellplatz gebucht habe. Gegen Nachmittag wird er dann still und wirft mir einen undefinierbaren Blick zu. Ich weiß, warum, kurz vor Berlin halte ich mich rechts, Richtung Polen, statt wie er vorschlug links Richtung Rostock. Hinter Berlin halte ich mich wieder leicht links, direkt auf die Küste zu. Dieser Weg führt ohne Umweg nach Greifswald, wo ich für zwei Tage einen Platz reserviert habe.
Jace bleibt still, wirkt verschlossen und nicht mehr so glücklich wie bei unserer Abfahrt. Irgendwann bricht er das Schweigen.
„Ist unser Ziel das, was ich befürchte?"
Ich nicke lediglich und hoffe, es kommt bald ein Rastplatz, weil ich ihm das nicht während des Fahrens erläutern will. Das Glück ist mir hold, nur zehn Minuten später, die wir wieder schweigend verbringen, kann ich rausfahren und parken. Als der Motor aus ist, setze ich mich schräg in den Sitz und blicke meinen Mann an. Jace' Gesicht wirkt starr und hart. Er schluckt mehrmals krampfhaft und reagiert erst sehr spät auf meine Hand auf seinem Knie.
„Jace? Sieh mich mal an, bitte."

Er tut es langsam. Seine Augen sind feucht und ich sehe irgendwo Ärger darin.
„Lass es mich erklären, ja?"
Jace nickt, atmet durch und ergreift endlich meine Hand.
„Also … ich habe die letzten Wochen diverse Szenarien durchgespielt, aber alle wieder verworfen, weil es einfach zu blöd war. Ich habe mir überlegt, dir die Augen zu verbinden und heimlich hinzufahren, dich hinten einzusperren und so Zeug. Aber … du bist hier aufgewachsen und hättest sofort gewusst, wo ich hinwill. Jace … die letzten Monate waren wunderbar. Egal, was auch passiert ist, du warst für mich da und hast mir geholfen. Jetzt möchte ich dir etwas davon zurückgeben. Es wird einfach Zeit, dass du mit deiner Vergangenheit abschließt und Abschied nimmst. Lass mich dir das ermöglichen, bitte."
Er schnaubt abfällig. „Dir schwebt hoffentlich keine Familienzusammenführung vor, weil ich da sicher nicht mitmache."
„Nein. Es geht mir allein um deinen Bruder."
Jace holt Luft und sieht hinaus, versteckt sich vor mir. „Wir haben doch schon darüber geredet, warum …"
„Geredet schon. Aber du hängst an diesem Verlust fest, es geht nicht voran, weil du dich nicht verabschiedet hast."
Er will aufbrausen, aber ich unterbreche ihn sofort.
„Nicht! Ich kritisiere dich nicht, nichts liegt mir ferner. Sieh es nur als Chance. Ich habe die letzten Wochen und Monate so viel hinter mir gelassen, und es tut gut. Versuche es einfach. Ich will …" Ich suche nach passenden Worten. „Lass einfach *unser* Leben beginnen. Ich weiß nicht, wie ich es beschreiben soll."
Jace mustert mich lange, ehe er leise seufzt und meine Hand an seine Lippen hebt. „Ich dachte, ich hätte schon mit allem abgeschlossen."
„Okay. Dann lass uns einfach morgen kurz hinfahren und gut ist."
Wir sehen uns lange an. Schließlich schüttelt er den Kopf und versucht ein Lächeln. „Egal, was ich sage, du drehst es immer so, wie du es haben willst."
Ich erwidere sein Lächeln und streiche über seine Hand. „Diesmal schon, ja."

Jace zuckt resigniert mit den Schultern und winkt auf die Straße. „Dann fahr weiter. Ich kann es nicht ändern und will ganz sicher nicht schon zu Beginn unseres Urlaubes mit dir streiten."
„Ich auch nicht, glaube mir. Deshalb will ich es auch gleich machen, damit wir den Rest genießen können."

Der Rest der Fahrt und das Aufbauen auf dem Campingplatz ganz in der Nähe von Greifswald verlaufen ruhig. Mir ist klar, dass es Jace mehr mitnimmt, als er zugibt. Das zeigt mir seine erzwungene und fahrig wirkende Gelassenheit. Ich lasse ihn in Ruhe, weil ich mir gut vorstellen kann, was ihm alles durch den Kopf geht. Natürlich habe ich nicht den Tod meines Bruders zu verarbeiten, aber ich weiß, wie schnell man an die Vergangenheit erinnert wird. Oft reicht ja nur ein Bild, ein Geruch, irgendetwas, was einen an früher erinnert. Mir geht es oft so, wenn ich in München bin. Dort begegnet mir mein früheres Leben auf Schritt und Tritt.

Am nächsten Morgen besorge ich uns Frühstück und fahre zu einem Blumenladen, dessen Adresse ich schon im Vorfeld herausgesucht habe. Jace schläft noch, was mich nicht wundert. Er hat die ganze Nacht kaum ein Auge zugemacht, war mehrmals auf und draußen. Wenn er dann zurückkam, hat er sich an mich gekuschelt und meine Nähe gesucht.
Ja, ja … mein taffes Model. Selbst er hat seine Grenzen, auch wenn er sie sich selbst nicht eingesteht.
Um kurz nach neun Uhr komme ich zurück und finde einen gedeckten Tisch vor unserem Wohnmobil. Mit einem Lächeln lege ich die frischen Brötchen neben die Teller und gehe hinein. Jace kommt mir aus der Schlafkabine entgegen, er schlüpft gerade in ein T-Shirt und sieht mich nicht. Einen Schritt vor mir erscheint sein Kopf in der Öffnung und er zuckt erschrocken zurück.
„Hey … musst du mich so erschrecken?"
Ich lache und ziehe ihn an mich. Hmmm … ich liebe seinen frischen Duft. Seine Haare sind noch feucht von der Dusche. „Ich hab gar nichts gemacht."

Er erwidert sanft meine Umarmung und küsst mich. „Lass es bloß nicht zur Gewohnheit werden, dass ich morgens immer alleine aufwache, hörst du?“
„Keine Sorge. Ich habe Brötchen geholt … und das hier.“ Mit diesen Worten reiche ich ihm die eingepackte Rose.
„Für mich?“, fragt er misstrauisch.
„Nein, für deinen Bruder.“
Wir sehen uns lange an. Ich denke, Jace hat insgeheim gehofft, dass ich meinen Plan fallenlasse.
„Du gibst nicht auf, oder?“
„Nein.“
Seine Stirn sinkt an meine Brust. „Keine Chance?“
„No. Jetzt komm. Lass uns frühstücken und dann fahren wir los.“

Eineinhalb Stunden später sind wir unterwegs. Jace trödelt mit Absicht rum, was mir allerdings nur ein Lächeln entlockt. Irgendwie verstehe ich ihn ja, aber locker lasse ich trotzdem nicht.
Ich programmiere das Navi und ernte von Jace wieder einen scheelen Blick. „Was?“, will ich wissen, als ich auf die Bundesstraße fahre.
„Neuer Friedhof. Woher willst du wissen, dass das stimmt?“
Ich werfe ihm ein selbstgefälliges Grinsen zu. „Habe recherchiert. Wie du weißt, bin ich da gut drin. Der alte Friedhof ist seit über hundert Jahren ein Denkmal, also?“
„Pffft … Angeber.“
Wir lachen beide und ich bin froh über seine Hand auf meinem Oberschenkel während der ganzen Fahrt. So weiß ich wenigstens, dass er nicht sauer auf mich ist.
Die Anlage liegt am Ortsrand auf einer Anhöhe und ist nicht schwer zu finden. Ich parke und stelle den Motor ab. Jace kann seine Nervosität nicht länger verbergen, seine Hände zittern leicht und er gibt sich keine Mühe mehr mit einem Lächeln.
Wir steigen aus und gehen langsam auf den Eingang zu. Die Blume trage ich, weil ich befürchte, sie würde es nicht überleben, bis wir an dem Grab ankommen. Am Tor hält Jace inne und sieht mich direkt an.

„Ich habe Schiss.“
Ganz sachte berühre ich seine Wange mit den Fingerspitzen. „Ich weiß. Deshalb bin ich bei dir.“
Er schluckt und sieht zu Boden. „Ich habe keine Ahnung, wo er liegt.“
„Aber ich. Komm.“
Ich nehme ihn an der Hand und führe ihn stumm durch das Gewirr der Reihen, heilfroh darüber, dass ich mich wirklich schon im Vorfeld schlau gemacht habe. Nur wenige Minuten später erreichen wir die Reihe und ich halte an.
Langsam wickle ich die Rose aus und überreiche sie Jace. Er sieht mich fragend an. „Hier ist es. Soweit ich weiß, ist das Grab irgendwo rechts. Ich warte hier auf dich, ja?“
„Warum kommst du nicht mit?“
„Es ist dein Abschied. Wenn du mich später dabeihaben willst, rufe mich. Aber jetzt solltest du erst mal alleine hingehen.“
Jace schluckt und holt tief Luft, dann nickt er und dreht sich um. Seine Schritte sind anfangs zögernd, unschlüssig, aber nach wenigen Metern gibt er sich einen Ruck und richtet sich auf. Sein Bruder müsste irgendwo in der Mitte liegen und ja, plötzlich stockt Jace' Schritt und er wendet sich nach rechts. Seine Haltung ändert sich, er sackt in sich zusammen und ich kann mich kaum noch beherrschen, zu ihm zu eilen. Stattdessen zwinge ich mich, zu einer Bank zu gehen, von wo aus ich ihn sehen kann, aber nicht störe.
Er kämpft, ich sehe ihn mit sich ringen, näher zu treten. Schließlich tut er es, tritt an das umfriedete Grab heran und geht in die Hocke. Zaghaft streicht er mit einer Hand über die flache Grabplatte und legt schließlich die Rose darauf.
Wie schwer mag ihm das fallen? Was geht gerade in seinem Kopf vor? Sind die Erinnerungen voller Schmerz oder schafft er es, mit einem Lachen an seinen Bruder zu denken? Ich will es zu gerne wissen, aber ich werde nie danach fragen, außer er bietet es an.
Nach langen Minuten steht er auf und sieht sich nach mir um. Ich winke, um mich bemerkbar zu machen. Mit einer Handbewegung bittet er mich zu sich.

Als ich bei ihm bin, sehe ich sein verweintes Gesicht und streiche besänftigend über seinen Rücken. Jace lächelt mich an und ergreift meine Hand.
„Mein Bruder hätte dich sehr gemocht, weißt du?", flüstert er leise.
Ich betrachte das gepflegte Grab vor uns. Späte Stiefmütterchen blühen zwischen Buchsbüschchen. Die edle Rose wirkt wie ein Fremdkörper zwischen dem biederen Ambiente, so als verkörpere sie den Zwiespalt in dieser Familie.
„Glaub mir, ich hätte ihn auch gern kennengelernt."
Jace nickt und seufze leise. Schritte erklingen auf dem gekiesten Weg zwischen den Ruhestätten und er sieht sich gehetzt um, als befürchte er, tatsächlich einem Teil seiner Familie zu begegnen. Als er sicher ist, dass es niemand bekanntes ist, widmet er wieder seinem Bruder die Aufmerksamkeit.
„Brauchst du noch Zeit?", frage ich sachte.
Jace schüttelt den Kopf. „Nein … Ich glaube, ich habe ihm alles gesagt, was ich wollte. Ich wollte nur …" Er verzieht das Gesicht und wischt sich über die Augen.
„Was?"
„Das ist so blöd."
Mein Druck um seine Finger wird fester. Er schenkt mir einen kurzen Blick dafür.
„Ich wollte dich ihm nur vorstellen und ihm sagen, dass ich mit dir unendlich glücklich bin." Seine Stimme ist nur noch ein Wispern, aber ich verstehe jedes Wort und freue mich darüber.
„Das spürt er sicher."
Er nickt leicht und lehnt sich an meine Schulter. Ganz langsam lege ich meinen Arm um seine Hüfte, zeige ihm, dass er zu mir gehört.
So vergehen noch etliche Minuten in andächtigem Schweigen, bis sich Jace wieder aufrichtet und mich ansieht. „Lass uns gehen."
„Wirklich?"
„Ja. Du hast mir genug Zeit gelassen."
Noch ein letzter Blick, er rückt die Rose zurück, als ob er Pauls Namen damit unterstreichen will, dann ergreift er wieder meine Hand und wir gehen langsam den Weg zurück. Jace atmet tief

durch, richtet sich auf. Es wirkt, als habe er vorher Zentner auf seinen Schultern getragen, und vielleicht ist es auch genau so.

Er ist entrückt und nachdenklich, als wir zurückfahren. Kaum angekommen, bittet er mich, ihn allein zu lassen, und geht an den Strand. Ich lasse ihn ziehen, will ihm alle Zeit der Welt geben und genau hier auf ihn warten. Stunden vergehen, aber ehe ich mir ernsthaft Sorgen machen kann, kehrt er zurück. Wir umarmen uns, Jace riecht nach Seeluft und Wind, frisch und kühl.

Er geht nach drinnen. So genau weiß ich nicht, was ich tun soll, aber ich entschließe mich, ihm nicht zu folgen. Wenn es was zu bereden gibt, wird er es mir schon sagen.

Ich hole leise die Flasche Rotwein aus dem Mobil, nehme zur Sicherheit zwei Gläser mit und lasse mich auf der Liege nieder.

Es dämmert, der Wind wird schwächer und lässt die Wärme des Tages zurück. Wolkenbänke ziehen am Himmel entlang, das Licht der untergehenden Sonne färbt die Unterseite leuchtend rot, wie auf einem Gemälde.

Die Tür des Wohnmobils geht auf und wieder zu. Leichte Schritte auf dem Sand. Ich sehe nach rechts und direkt in Jace' Gesicht. Er hat geweint, schon wieder. Ich strecke ihm die Hand hin und er ergreift sie ohne Zögern.

„Darf ich mich zu dir setzen?“, fragt er leise und streckt mir eine Decke hin.

„Klar. Komm.“ Ich rutsche nach oben und nehme die Beine von der Liege. Jace klettert vor mich und lehnt sich zurück, nachdem er die Decke über uns gelegt hat.

Wir schweigen weiter, aber es ist nicht unangenehm, sondern vertraut. Ich halte ihn im Arm, ganz vorsichtig, und er schmiegt sich an mich, kuschelt sich an meine Brust. Ich mag es, wenn ich ihm Halt bieten kann.

„Dirk?“, fragt er nach einiger Zeit leise.

„Ja?“

„Danke. Du hattest recht.“

Ich nicke und küsse seine rechte Halsseite. „Nicht dafür. Hauptsache es geht dir besser.“

Jace nickt und streicht durch meine Haare. „Ja, es geht mir besser. Es war wirklich gut, sein Grab zu sehen, zu wissen, dass er tatsächlich nicht mehr da ist."
„Gut. Dann bist du mir nicht böse?"
„Nein. War ich nie. Ich hatte nur Angst, mehr nicht."
„Okay."
Wieder werden wir still, beobachten das grandiose Schauspiel am Himmel und über dem Meer. Die Weite nimmt irgendwie alle Sorgen mit sich und macht mich frei. Ich hoffe, Jace empfindet ähnlich.
„Love?"
„Hmmm?"
„Lass uns morgen woanders hinfahren, ja?"
„Klar, können wir. Verrätst du mir, warum?"
Jace ruckelt und dreht sich leicht auf die Seite, um mich anzusehen. „Ja, … ich kenne diesen Strand von früher. Wir waren hier öfters zelten. Und … du sagtest doch, wir sollen unsere Vergangenheit hinter uns lassen."
„Das wusste ich nicht, sorry. Aber ja, das habe ich gesagt. Dann gefällt es dir hier nicht?"
Jace küsst vorsichtig mein Kinn. „Doch, schon. Darum geht es nicht. Aber … lass uns einen Ort suchen, der ganz allein uns gehört. Der *nur* uns gehört, verstehst du, was ich meine?"
Sachte streiche ich seine blonden Haare zurück und blicke in diese Bernsteinaugen, die mich schon in der ersten Sekunde fasziniert haben. Ja, ich weiß was er meint. Es wird Zeit, dass wir unsere eigene Geschichte schreiben, eine, in der wir beim jeweils anderen die Hauptrolle spielen, und keine Menschen aus unserer Vergangenheit.
„Ja, Liebling, ich weiß nur zu gut, was du meinst. Wir fahren gleich nach dem Frühstück los und suchen uns einen Ort, den nur wir kennen werden."
Er nickt, schluckt gerührt und legt dann seinen Kopf an meine Schulter.
„Lass das Leben beginnen. Unser gemeinsames Leben …" flüstere ich leise in sein Ohr und presse ihn an mich.
„Ja. Das ist genau das, was ich mir wünsche."

Ich habe ihn gefunden, ich habe ihm mein Herz geschenkt und jetzt werde ich ihn festhalten.
Für immer!
Es gab nie einen Rückweg und das war gut so, denn jeder Schritt zurück hätte mich weiter von ihm weggebracht, von Jace, meiner großen Liebe. Jetzt sind wir zusammen und nichts und niemand wird uns mehr trennen, weder ein Mensch noch das Leben selbst.
Sie beginnt jetzt.
Unsere gemeinsame Reise in die Zukunft.

Leseprobe
Simon Rhys Beck
Leon & Mick: 24/7

„Warum läufst du hier an der Straße entlang?“
Er wirft einen Blick über die Schulter. Da hinten steht tatsächlich ein Baum am Straßenrand. Ein Baum, ich muss mich zurückhalten, keinen Lachflash zu kriegen.
„Bitte sag mir nicht, dass du einen Baum zum Pinkeln brauchst.“
Er ist noch nähergekommen und ich sehe, dass er noch ziemlich jung ist, irgendwo so Anfang zwanzig. Und er ist total durchnässt, Wasser läuft ihm aus den Haaren durch das Gesicht. Auch sein Hoodie ist total nass.
Er strafft sich ein bisschen. „Wo du mich schon fast umgefahren hast – kannst du mich vielleicht mitnehmen? Ich steh hier seit Stunden, aber kein Schwein fährt hier lang. Mein Handy-Akku ist alle und der Wagen sagt keinen Piep. Das ist so ein verfickter Scheiß …“
Ich sehe mich rasch um. Für einen Hinterhalt mit räuberischer Absicht wäre diese Stelle tatsächlich völlig ungeeignet. Ich hab ja selbst seit Ewigkeiten keine Menschenseele mehr gesehen. „Wo musst du denn hin?“
Er zuckt mit den Schultern. „Keine Ahnung.“ Er schlingt die Arme um seinen Oberkörper, ganz offensichtlich friert er.
„Okay, hol dein Zeug. Wir setzen uns erst mal in meinen Wagen.“
Ich laufe rasch zurück zu meinem Wagen und setze mich hinein. Allein dieser kurze Ausflug hat mich schon ziemlich durchnässt. Mein Puls hat sich mittlerweile wieder normalisiert. Mal sehen, was ich da für ein kleines nasses Kätzchen

aufgelesen haben. Was ich eben so sehen konnte, war schon ausgesprochen lecker.
Die Beifahrertür öffnet sich und mein Kätzchen schwingt sich pladdernass auf meine beigefarbenen Ledersitze. Und leider stinkt das Kätzchen nach ausgewachsenem Kater! Oh mein Gott, ich sterbe! Total geschockt halte ich die Luft an. Der Gestank ist nicht auszuhalten. Ich werde mein Angebot zurücknehmen und den Typen gleich wieder rausschmeißen. Himmel, ich kann nicht atmen. Okay, ja, mag sein, dass ich ein kleines bisschen geruchsempfindlich bin. Ich starte den Wagen und lasse sofort das Fenster herunterfahren.
„Ähm, es regnet“, werde ich informiert.
„Ja“, erwidere ich gepresst. „Aber mir scheint, als wäre die frische Luft plötzlich knapp geworden.“
Es dauert nur einen Moment, bis er versteht. Vorsichtig riecht er an seinen Sachen.
„Hm, sorry, kann sein, dass ich etwas … ähm, streng rieche.“
Ich wage kaum, mich zu meinem Navi nach vorn zu beugen, aus Angst, ihm näherzukommen. „Streng rieche?“, wiederhole ich schwach.
„Ich hab die Zimmer für die Tiere saubergemacht.“
Was auch immer das heißen mag … „Und, wo soll ich dich rausschmeißen … ähm, absetzen?“, frage ich und atme nur ganz flach durch den Mund.
Er seufzt herzerweichend. „Ich hab keine Ahnung. – Kannst du die Heizung etwas wärmer machen? Mir ist total kalt.“
Keine Ahnung? Wo soll das sein? Ich kann überhaupt nicht klar denken bei diesem Gestank! Mehr als Unwillen keimt in mir auf. Ja, ich geb zu, ich neige zu Reizbarkeit. Aber das ist wirklich hardcore.